HERMENÊUTICA PLURAL

HERMENÊUTICA PLURAL

*Possibilidades jusfilosóficas em
contextos imperfeitos*

Organizadores
CARLOS EDUARDO DE ABREU BOUCAULT
JOSÉ RODRIGO RODRIGUEZ

Martins Fontes
São Paulo 2005

Copyright © 2002, Livraria Martins Fontes Editora Ltda.,
São Paulo, para a presente edição.

1ª edição
2002
2ª edição
2005

Preparação do original
Lilian Jenkino
Revisões gráficas
*Ana Maria de O. M. Barbosa
Renato da Rocha Carlos
Dinarte Zorzanelli da Silva*
Produção gráfica
Geraldo Alves
Paginação/Fotolitos
Studio 3 Desenvolvimento Editorial

Dados Internacionais de Catalogação na Publicação (CIP)
(Câmara Brasileira do Livro, SP, Brasil)

Hermenêutica plural : possibilidades jusfilosóficas em contextos imperfeitos / organizadores Carlos Eduardo de Abreu Boucault, José Rodrigo Rodriguez. – 2ª ed. – São Paulo : Martins Fontes, 2005. – (Justiça e direito)

Vários autores.
Bibliografia.
ISBN 85-336-2174-4

1. Direito – Filosofia 2. Hermenêutica (Direito) I. Boucault, Carlos Eduardo de Abreu. II. Rodriguez, José Rodrigo. III. Série.

05-5276 CDU-340.12

Índices para catálogo sistemático:
1. Direito : Filosofia 340.12
2. Filosofia jurídica 340.12

*Todos os direitos desta edição, sob todas as formas,
em todas as línguas e para todos os países reservados à*
Livraria Martins Fontes Editora Ltda.
*Rua Conselheiro Ramalho, 330 01325-000 São Paulo SP Brasil
Tel. (11) 3241.3677 Fax (11) 3101.1042
e-mail: info@martinsfontes.com.br http://www.martinsfontes.com.br*

Nossa homenagem a Carolina Mortari
e a Cristina Almeida Santos pelo impulso
inicial e pelo apoio ao nosso trabalho

Índice

Apresentação IX
Nota de abertura XVII

PRIMEIRA PARTE
HERMENÊUTICA JURÍDICA: A CONFIGURAÇÃO DE UM CONCEITO

Uma interpretação filosófica do direito a partir da análise de sua forma objetiva na transição da oralidade para a escritura (Plínio Fernandes Toledo)................ 3
O hermeneuta e o demiurgo: presença da alquimia no histórico da interpretação jurídica (Wilson Madeira Filho)   45

SEGUNDA PARTE
PERSPECTIVAS TEÓRICAS

Racionalidade do direito, justiça e interpretação. Diálogo entre a teoria pura e a concepção luhmanniana do direito como sistema autopoiético (Marília Muricy.).. 103
Interpretando o direito como um paradoxo: observações sobre o giro hermenêutico da ciência jurídica (Juliana Neuenschwander Magalhães).. 127
Hermenêutica: uma crença intersubjetiva na busca da melhor leitura possível (Alexandre Pasqualini) 159
Hans-Georg Gadamer: a experiência hermenêutica e a experiência jurídica (Eduardo C. B. Bittar)................ 181

Casos difíceis no pós-positivismo (José Alcebíades de Oliveira Júnior).. 203
Heurística e direito (Gabriel Chalita) 229

TERCEIRA PARTE
A HERMENÊUTICA JURÍDICA
E SEU SUJEITO

A hermenêutica como dogmática: anotações sobre a Hermenêutica Jurídica no enfoque de Tercio Sampaio Ferraz Jr. (Carlos Eduardo Batalha da Silva e Costa........ 249
Controlar a profusão de sentidos: a hermenêutica jurídica como negação do subjetivo (José Rodrigo Rodriguez) 277
Fundamentos axiológicos da hemenêutica jurídica (José Ricardo Cunha).. 309
Reflexões sobre a Estética de Luigi Pareyson e a plasticidade do Direito, nos modelos e na significação (Carlos Eduardo de Abreu Boucault)............................... 353

QUARTA PARTE
HERMENÊUTICA E CONSTITUIÇÃO

Eficácia constitucional: uma questão hermenêutica. (Margarida Maria Lacombe Camargo) 369
Hermenêutica constitucional, direitos fundamentais e princípio da proporcionalidade (Willis Santiago Guerra Filho).. 391
A atuação do direito no Estado democrático (Augusto César Leite de Carvalho) 413
Hermenêutica constitucional e transponibilidade das cláusulas pétreas (Luís Rodolfo de Souza Dantas)............ 455

Apresentação

Este é um livro de Filosofia do Direito. Todos os trabalhos aqui reunidos, escritos especialmente para esta publicação, são eminentemente teóricos. A escolha dos autores, que informou e inspirou sua concepção, foi norteada por este critério. O leitor tem diante de si uma seleção de trabalhos de teoria da interpretação jurídica.

A escolha da hermenêutica jurídica como fio condutor dos textos não se deu ao acaso. Em nossa concepção, este é um tema central tanto para a reflexão filosófica sobre o direito, quanto para o pensamento dogmático em sua ação cotidiana. Afinal, o que os operadores do direito fazem, todos os dias, nada mais é do que interpretar textos jurídicos, qualificados como tal por sistema de fontes de direito.

Pensar a hermenêutica jurídica é pensar, a um só tempo, a teoria e a prática jurídica. Cabe ao leitor julgar os resultados obtidos por cada um dos trabalhos, apreciando as diversas maneiras pelas quais os autores enfrentaram esta questão.

O livro está dividido em quatro blocos de textos, organizados conforme afinidades que encontramos entre eles. Evidentemente, tal organização é resultado da leitura dos autores deste prefácio e que não pretende ser mais do que *uma* leitura. Há muitos acessos possíveis ao livro, e cada leitor saberá encontrar, neste emaranhado de argumentos e contra-argumentos, a ordem que mais lhe agradar.

O primeiro bloco de textos, "Hermenêutica jurídica: a configuração de um conceito", trata a questão da hermenêutica jurídica sob o ponto de vista histórico-conceitual. Plínio Fernandes Toledo concentra-se na Grécia para demonstrar as modificações no conceito de interpretação jurídica provocadas pela passagem da oralidade para a escritura. Seu trabalho, "Uma interpretação filosófica do direito a partir da análise de sua forma objetiva na transcrição da oralidade para a escritura", desdobra as teses do livro seminal de Eric Havelock, publicado no Brasil sob o título *Um prefácio a Platão*, e inclui a consulta de fontes primárias gregas, fato extremamente raro entre estudiosos de filosofia do direito.

Wilson Madeira Filho, em "O hermeneuta e o demiurgo: presença da alquimia no histórico da interpretação jurídica", faz uma arqueologia do sentido da hermenêutica ao longo da história, buscando explicitar o processo de configuração do conceito e a permanência de suas raízes alquímicas.

No decorrer das questões e das configurações conceituais, os autores se deixam envolver pela criação micro-histórica das fontes interpretativas do Direito sobre níveis de cultura que registram a ritualização da Hermenêutica no universo simbólico dos arquétipos jurídicos.

Enquanto Plínio, cuja devoção aos estudos de textos filosóficos clássicos patenteou, a partir de Havelock, a transição da experiência da oralidade para o sistema da escrita, no intuito de ampliar a visualização do fenômeno jurídico, Wilson evoca o processo criativo na ambientação lingüística e sua depuração nos desdobramentos estéticos revisitados na historiografia iconográfica dos modelos racionalistas da hermenêutica jurídica, procedendo a uma riquíssima reflexão sobre paradigmas clássicos da razão e sua perplexidade no conjunto de referenciais místicos, religiosos, profanos, em que as atividades do "demiurgo" revelam a originalidade do autor na concepção de seu texto.

Em "Perspectivas teóricas", que constituem o segundo bloco dos trabalhos, estão agrupados os que buscam investigar a importância de um autor ou de uma tradição teórica específica para a Filosofia do Direito, abrindo novas perspectivas para o pensamento de problemas clássicos do pensamento jusfilosófico acerca da hermenêutica jurídica.

APRESENTAÇÃO

Os dois primeiros textos do bloco estão centrados no pensamento de Niklas Luhmann. Marília Muricy, em "Racionalidade do direito, justiça e interpretação. Diálogo entre a teoria pura e a concepção luhmanniana do direito como sistema autopoiético", interroga a concepção kelseniana de interpretação, a partir de Luhmann, para explicar a concepção de interpretação jurídica deste autor, desligada de argumentos valorativos destinados a fundamentar decisões judiciais.

Juliana Neuenschwander Magalhães, por sua vez, a partir do conceito de paradoxo, reconstrói Luhmann, uma história conceitual da hermenêutica jurídica para pensá-la como atividade preocupada com a consistência das decisões, e não com seu fundamento. Seu texto é intitulado "Interpretando o direito como um paradoxo: observações sobre o giro hermenêutico da ciência jurídica".

Em seguida, Alexandre Pasqualini e Eduardo C. B. Bittar pensam a hermenêutica jurídica num diálogo com Hans-Georg Gadamer. Pasqualini, em seu trabalho: "Hermenêutica: uma crença intersubjetiva na busca da melhor leitura possível", concebe a hermenêutica em seu enraizamento na cultura, explicitando seus nexos culturais e históricos com a tradição. Bittar constrói seu texto diretamente em torno da obra *Verdade e método* de Gadamer, investigando suas contribuições para o pensamento filosófico sobre a hermenêutica jurídica.

José Alcebíades de Oliveira Júnior, em "Casos difíceis no pós-positivismo", analisa o problema dos casos difíceis, centrado na obra de Ronald Dworkin, mais especificamente na idéia de que há uma única resposta correta para esta espécie de casos, apontando as críticas de Neil MacCormick a esta concepção.

Finalmente, Gabriel Chalita, em "Heurística e direito", discute a relevância da retórica para o Direito, buscando demonstrar sua ligação com o problema da verdade.

O painel temático na seqüência das teorias sobre hermenêutica jurídica reagrupa temas que têm afinidades profundas com o pensamento de Luhmann, Gadamer, Dworkin, explicitados pelos textos de Marília, Pasqualini, Bittar e José Alcebíades. Juliana e Chalita concentram sua análise sobre os pares constantes da obra: e retórica e o paradoxo como limites contraditórios da interpretação jurídica. A partir daí, seria possível introduzir o leitor na ambiência da racionalidade jurídica, sob o impacto de fragmentações desconstrutivas e a flexibilização das decisões que resultam do mecanismo hermenêutico, mediante novas possibilidades de desafio à sistemática principiológica de interpretação.

Trata-se de abrandar a incidência do rigor positivista, que ainda é visto como critério de *objetividade* possível e exclusivo na identificação do fenômeno jurídico, aprisionando-se, em conseqüência, fatores de legitimação do discurso jurídico consentâneos com a vivência prática da experiência social dos povos. Essa reconstrução passa por uma concepção plural que atoniza os recursos da interpretação do direito, extremando as categorias da *fundamentação, argumentação, justiça, positivismo, heurística* e suas derivações filosóficas intercorrentes.

No terceiro bloco de textos, "A hermenêutica jurídica e seu sujeito", estão reunidos trabalhos que, de uma maneira ou de outra, apontam para o problema do autor da interpretação jurídica em face do caso concreto, e sua racionalidade.

A leitura destes textos, na visão dos organizadores, torna-se bastante interessante se o leitor confrontar os argumentos dos trabalhos tendo como centro as análises de Carlos Eduardo Batalha da Silva e Costa em "A hermenêutica como dogmática: anotações sobre a hermenêutica jurídica no enfoque de Tercio Sampaio Ferraz Jr.". Batalha aponta sua artilharia pesada terciana sobre a idéia de que seja possível pensar o sujeito da interpretação jurídica como algo separado do discurso da hermenêutica jurídica, concebido como fetiche a serviço da *ficção do bom poder*. O autor termina seu trabalho com uma nota crítica sobre a possibilidade de pensar a hermenêutica jurídica a partir da perspectiva do Juiz-Hércules Dworkiniano.

José Rodrigo Rodriguez, em "Controlar a profusão de sentidos: a hermenêutica jurídica como negação do subjetivo", concorda com a descrição geral da hermenêutica jurídica, feita por Batalha, mas acredita na possibilidade histórica e na necessidade teórica de colocar sob forma de conceitos não apenas a *racionalidade prática do juiz*, mas sua *singularidade* como sujeito da interpretação. Além disso, aponta como caminho possível para a construção de uma hermenêutica jurídica, pensada como *teoria da liberdade do juiz*, o ponto de vista do juiz-Hércules de Dworkin, em um provável consórcio teórico com as teorias de Klaus Günther.

José Ricardo Cunha, em seu artigo "Fundamentos axiológicos da hermenêutica jurídica", faz um longo inventário das teorias hermenêuticas e os métodos de interpretação jurídica, e discute, na parte final do trabalho, a racionalidade específica da hermenêutica jurídica e sua ligação com a figura do intérprete diante do caso concreto.

Carlos Eduardo de Abreu Boucault busca em Luigi Pareyson elementos para pensar a articulação entre o "caos" e a ordem na hermenêutica jurídica, buscando um modelo de pensamento que incorpore as incoerências da realidade numa interpretação entre Direito e Arte. Seu texto intitula-se "Reflexões sobre a estética de Luigi Pareyson e a plasticidade do direito, nos modelos e na significação".

No plano da figuração estética, os trabalhos de Batalha, José Rodrigo, Ricardo e Boucault enfocam a condição do sujeito e sua vinculação ao processo ordenador do "caos", pela interferência de "eros", mediante os esquemas de adequação dos fenômenos fatuais aos mecanismos de interpretação. É de ver que a fundamentação axiológica, ou as perspectivas históricas do sujeito da interpretação, situa a função judicial como elemento de contemporização do "caos", que preside as ordens culturais estabelecidas. Neste sentido, pela capacidade de expressar o espírito puntual e contingente de uma decisão, o juiz traduz uma dimensão estética do caráter harmônico que o direito busca realizar, na rotina dos quadrantes normativos. A intensificação desse "fazer" interpretativo alça os domínios da Arte e de suas correlações com o sujeito destinário da significação da obra criada, paralelamente à produção legiferante.

Os quatro trabalhos do último bloco de textos do livro, "Hermenêutica e Constituição", estão centrados na questão da *interpretação constitucional*, pensada sob a perspectiva da Filosofia do Direito.

Margarida Maria Lacombe Camargo, em "Eficácia constitucional: uma questão hermenêutica", faz a defesa de uma renovação na metodologia jurídica tradicional, colocando no centro de suas preocupações as teorias de Ronald Dworkin e Robert Alexy. A autora tece um caminho argumentativo pessoal entre os conceitos de autores como Gadamer e Chaïm Perelman e os citados Alexy e Dworkin, explicitando sua repercussão sobre a hermenêutica constitucional.

Willis Santiago Guerra Filho, em "Hermenêutica constitucional, direitos fundamentais e princípio da proporcionalidade", dialoga com a tradição da hermenêutica constitucional e com o direito positivo para afirmar o princípio da proporcionalidade como o princípio ordenador de todo o sistema jurídico, em estreito diálogo com a *teoria dos direitos fundamentais* de Robert Alexy.

Augusto César Leite de Carvalho toma como centro de seu artigo, "A atuação do direito no Estado democrático", a decisão do Supremo Tribunal Federal sobre a constitucionalidade da Emenda Constitucional n.º 3 de 1993. Após um longo intróito teórico, o autor busca discutir a decisão de nossa Corte Suprema sob o ponto de vista de uma razão comunicativa, que combina as perspectivas teóricas de Chaïm Perelman, Tercio Sampaio Ferraz Jr. e Jürgen Habermas, na busca de uma hermenêutica constitucional adequada à democracia.

Ainda neste núcleo temático, Luís Rodolfo de Souza Dantas, no artigo intitulado "Hermenêutica constitucional e transponibilidade das cláusulas pétreas", enfoca a perspectiva do processo hermenêutico de extração clássica na interpretação das normas constitucionais e das demais normas vigentes num dado ordenamento jurídico que consagre a primazia da Constituição. Para fazê-lo, o autor internaliza a adequação hermenêutica proposta por Peter Häberle, no sentido da flexibilização dos critérios de interpretação das normas constitucionais em face dos princípios democráticos imanentes de uma dada sociedade. Em contrapartida, o autor perpassa diversas posições, evidenciando a insuficiência dos cânones hermenêuticos clássicos, os quais enrijecem as estruturas sociopolíticas, distanciando-se das exigências sociais plasmadas pelas instâncias histórico-conjunturais, em que a organização do espaço público

APRESENTAÇÃO

requer alternativas plurais, dinamizadas pela descompressão de princípios jurídicos empedernidos na consciência estamental dos órgãos incumbidos da interpretação do texto constitucional, dentre os quais pontifica o domínio das *cláusulas pétreas*.

Entre muitas potencialidades que a hermenêutica constitucional propicia aos estudiosos que lhe dedicam a preferência teórica, exsurgem as questões discutidas por Margarida, Willis, Augusto e Rodolfo. Cada qual, animado por motivações científicas de matiz distinto, aponta em direção à dogmática constitucional e de sua principiologia ancorada em postulados irredutíveis quanto à transformação dos contextos políticos.

Examinando tópicos fundamentais do direito constitucional moderno, os autores amplificam os poderes da linguagem, na atividade comunicativas, e de formas simbólicas do sentimento ético e de justiça na evolução consciente compartilhada pela sociedade político-humana. A experiência normativa nas transições político-constitucionais se distingue, no tempo presente, de modo que se distancia de conceitos formalistas e de aproximar-se das práticas, as *ethea*, que justificam a finalidade dessas normas e sugerem o balizamento de princípios constitucionais nas passagens ritualísticas do *poder*, tais como sua ruptura e continuidade, etapas que os afirmam como regentes de uma *polis* determinada.

Os organizadores deste livro não podem deixar de manifestar seu agradecimento a todos os autores dos artigos selecionados, pela presteza e pelo rigor com que desincumbiram a tarefa proposta, bem como pela oportunidade ímpar de tomar contato com suas diversificadas perspectivas teóricas a respeito da hermenêutica jurídica. Temos certeza de que o leitor experimentará o mesmo prazer que sentimos ao ler estes trabalhos.

Os organizadores

Nota de abertura

Pensar o Direito: um convite...

> Relembra comigo: o céu de Paris, o imenso lírio, prêmio do
> [outono...
> Compramos corações na moça das flores:
> eram azuis e floresciam n'água.
> Começou a chover no nosso cantinho
> e o nosso vizinho veio, Monsieur Le Songe, um seco
> [homenzinho.
> Jogamos cartas, perdi até os olhos da cara;
> me emprestaste os teus cabelos, perdi-os, ele nos derrotou.
> Saiu pela porta, a chuva o seguiu.
> Estávamos mortos e podíamos respirar.
>
> (Paul Celan, *Lembrança da França*, trad. Flávio R. Kothe)

Houve um tempo em que o mundo tinha um sentido objetivo. Um tempo em que era possível falar sobre o homem, sobre a liberdade, sobre o amor sem perder-se numa teia de contradições insolúveis. Ou ao menos era possível pensar a possibilidade de um solo seguro para apoiar os conceitos filosóficos; perguntar-se sobre o homem, a liberdade e o amor *na expectativa de obter alguma resposta*. Afinal, nesse tempo, Deus ainda existia.

A dissolução das sociedades tradicionais resultou na morte histórica de Deus, que perde seu lugar de fundamento do pensar. É uma história bastante conhecida, que se desdobrou em processos variados, todos resultando na supressão de um fundamento transcendental para o pensar e o agir. A modernidade é (entre outras coisas) esta supressão de qualquer instância de validade exterior à imanência humana. A partir de então, fica nas mãos dos homens a possibilidade de forjar uma objetividade qualquer. Moral, direito e política, se possuem algum fundamento, é um *fundamento artificial*.

Este estado de coisas é figurado por Hegel, em sua forma mais radical e degenerada, com o conceito de *ironia*, forma extrema da subjetividade absoluta[1]. Nesta figura da razão, a subjetividade exacerbada sabe-se desvinculada de tudo, até mesmo de sua criatura que pode, à sua vontade, criar ou aniquilar[2]. Num estado de coisas como este, toda a objetividade reflui para a subjetividade, que declara sua autarquia sobre todas as instâncias: o elemento essencial de sua decisão sobre o que é a verdade, o direito, o bem é "a própria contingência de que esta decisão poderia ser igualmente outra"[3]. Não há nenhuma garantia, nenhum fundamento sólido para os juízos[4].

Para os saudosos da mentalidade pré-moderna, resta mergulhar em um profundo desamparo e saborear a melancolia

---

1. HEGEL, G. W. F. *Enciclopédia das ciências filosóficas em compêndio (1830.)* Trad. Paulo Menezes. São Paulo: Loyola, 1995, vol. III: A filosofia do espírito, § 512, p. 294; *Principes de la philosophie du droit*. Trad. Jean-Louis Viellard-Baron. Paris: Flammarion, 1999, §§ 129 ss., pp. 192-219. Acompanhamos aqui a análise de MÜLLER, Marcos Lutz. "A dialética negativa da moralidade e a resolução especulativa da contradição da consciência moral moderna". *Discurso*. São Paulo: Discurso Editorial, n.º 27, 1996, pp. 83-116.

2. "*Cette subjectivité, en tant qu'autodétermination abstraite et pur certitude ne portant que sur elle-même*, volatise *du même coup toute* déterminité *du droit, du revoir et de l'existence en soi, en tant qu'elle est la puissande* qui juge, *capable de déterminer, seulement d'elle-même, pour un contenu, ce qui est bon, et en même temps la puissance à laquelle le Bien, d'abord seulement représenté et devant être, est redevable d'une* réalité effective." Hegel, *Principles de la philosophie du droit*, § 138, p. 200.

3. "Na instauração reflexiva dessa subjetividade-medida, a ironia se afirma simultaneamente como estando acima da medida recém-estabelecida e, por isso mesmo, solta de todo vínculo que ela mesma cria. Ela reconhece a medida recém-estabelecida somente como válida para os outros e, assim, válida para si tão-só no ato em que ao mesmo tempo reafirma o seu poder de ir mais longe do que os outros, de desprender-se dela e estabelecer uma outra medida. (...) A única objetividade que resta para a ironia é a própria atividade negativa de dissolução universal de todo conteúdo na forma do retorno reflexivo à pura intuição do eu=eu, para o qual toda exterioridade e toda efetividade desapareceu." MÜLLER, ob. cit., p. 99.

4. "A ironia instaurará reflexivamente – o que a ética da convicção absoluta não o fizera – a certeza de si mesma como o princípio que decide formalmente sobre a natureza da verdade, do direito e do dever, colocando-se acima e desvinculando-se absolutamente dessas instâncias, não mais as reconhecendo implicitamente como ainda fazia a 'insinceridade inconseqüente da convicção absoluta." *Idem*, ob. cit., p. 98.

pelo esfacelamento da tradição. Há outros que, abraçando com fervor esta impossibilidade histórica de construção de um sentido, buscam torná-la transcendental, elevando-a a princípio fundamental da atividade do pensar.

Nossa posição é outra. Acreditamos que ainda exista espaço para um *trabalho* ético, possível nesse contexto de desencantamento. Será uma atividade construtiva (ou reconstrutiva como quer Jürgen Habermas[5]), que buscará tornar objetivos certos critérios que sirvam de fundamento para moral, política e Direito.

Pois se não for possível pensar nada *exterior* à subjetividade, nada de *objetivo* capaz de *constrangê-la*, a única objetividade passível de ser pensada é a objetividade da própria escolha subjetiva. E uma escolha situada nestas condições de *vazio fundamental* pode ter qualquer conteúdo: *será igualmente legítimo escolher o bem ou escolher o mal, isso não faz a menor diferença.*

Nesta ordem irônica de razões, a própria idéia de humanidade perde sentido, dissolvida em subjetividades autárquicas que não reconhecem nada que seja exterior a seus desejos. O estabelecimento histórico de uma situação como essa pode ser predicado como um estado de *liberdade absoluta*[6] do sujeito, completamente autônomo e, portanto, *incapaz de compreender critérios exteriores a si mesmo.*

---

5. Sobre este ponto, HABERMAS, Jürgen. *Direito e democracia: entre facticidade e validade.* Trad. Flávio Beno Siebeneichler. Rio de Janeiro: Tempo Brasileiro, 1997, vol. I, pp. 35-47.

6. "O espírito assim está presente como *liberdade absoluta*: é a consciência-de-si que se compreende de modo que sua certeza de si mesma é a essência de todas as 'massas' espirituais, quer do mundo real, quer do supra-sensível; ou, inversamente, de modo que a essência e a efetividade são o saber da consciência sobre si mesma. Ela é consciente de sua pura personalidade, e nela de toda realidade espiritual: e toda a realidade é só espiritual. Para ela, o mundo é simplesmente sua vontade, e essa é vontade universal. E, sem dúvida, não é o pensamento vazio da vontade que se põe no assentimento tácito ou representado, mas é a vontade realmente universal, vontade de todos os Singulares enquanto tais." HEGEL, G. W. F. *Fenomenologia do espírito*, parte II. Trad. Paulo Menezes. Petrópolis: Vozes, 1992, p. 94, com o perdão pela (dis?)torção dos conceitos...

Daí a famosa afirmação de Theodor Adorno: é escandaloso explicar a barbaridade do holocausto[7]. Se formos incapazes de entender por que o holocausto é algo mau, talvez a ironia já tenha tomado completamente as consciências e a barbárie já tenha se instalado no mundo. O holocausto deve ser encarado como um ponto zero a partir do qual é necessário construir uma humanidade engajada na tarefa de evitar sua repetição. Ele é um *padrão*, uma *medida*.

Não é por acaso que Hanna Arendt caracteriza o Direito sob o Terceiro Reich como a *ausência de padrões*, a dissolução de qualquer *consensus iuris*, o que implica o *desprezo por qualquer entrave externo ao poder*, o que inclui até mesmo as leis positivas que ele mesmo formulou[8]. O Terceiro Reich, como encarnação histórica da Lei, usou o Direito como mero *instrumento* estabilizador de seu movimento na direção da concretização de seus objetivos, que se confundiam, na opinião de seus protagonistas e defensores, com a realização da justiça na terra[9].

A *Filosofia do direito* é a negação do determinismo do movimento sobre o Direito. Esta tradição de pensamento recusa-se a pensar o Direito como mero instrumento, mera *tecnologia* a serviço de objetivos quaisquer. Na consagrada terminologia de Tércio Sampaio Ferraz Jr., é o pensamento da filosofia que informa e sustenta a separação entre *dogmática* e *zetética* como dois horizontes possíveis e necessários da reflexão, sem

---

7. "A exigência de que Auschwitz não se repita é primordial em educação. Ela precede tanto a qualquer outra, que acredito não deva, nem precise justificá-la. Não consigo entender como se tem tratado tão pouco disso até hoje. Justificá-la teria algo de monstruoso, ante a monstruosidade do que ocorreu. Que se tenha, porém, tomado tão pouca consciência em relação a essa exigência, assim como das interrogações que ela suscita, mostra que as pessoas não se compenetraram do monstruoso sintoma de que a possibilidade de repetição persiste no que concerne ao estado de consciência e inconsciência destas." ADORNO, Theodor W. "A educação após Auschwitz". *Palavras e sinais: modelos críticos 2*. Trad. Maria Helena Ruschel. Petrópolis: Vozes, 1995, p. 104.

8. ARENDT, Hanna. *As origens do totalitarismo*. Trad. Roberto Raposo. São Paulo: Companhia das Letras, 1989, p. 514.

9. *Idem*, ob. cit., p. 515.

permitir que tudo se precipite num pensamento dogmático, meramente finalístico[10].

Na falta de um sentido *dado* para o Direito, é preciso *dar sentido* a ele, no mesmo ato em que se busca dar sentido para o mundo. Renunciar a esta possibilidade significa abraçar uma posição positivista radical, que concebe o Direito como mera *técnica* a serviço de um *algo* que não pode e não deve ser pensado[11]. Nesse sentido, *o positivismo jurídico é a negação mesma da Filosofia do Direito*.

Todos os autores presentes nesta seleção de textos partilham desta recusa à deslegitimação do pensamento filosófico, subjacente a algumas (infelizes) formulações do conceito de modernidade. Independentemente de seu horizonte teórico, todos eles abraçam a *teoria* como lembrança ou atualização da θεωρία grega que significa, literalmente, *visão do espetáculo*.

Se após Kant não é mais possível para o sujeito pensar a si mesmo como *fora* de um mundo que se oferece objetivamente para a contemplação humana, é possível ainda pensar-se como *sujeito do mundo*, ou seja, afirmar-se como instância doadora de sentido e agente de uma prática possível[12], distanciado da idéia de uma ordem social naturalizada em sua desrazão.

---

10. FERRAZ JR., Tercio Sampaio. *Introdução ao estudo do direito: técnico, decisão, dominação*. São Paulo: Atlas, 1991; *Função social da dogmática jurídica*. São Paulo: Revista dos Tribunais, 1980.

11. KELSEN, Hans. *Teoria pura do direito*. Trad. João Baptista Machado. Coimbra: Armenio Amado, 1976.

12. "Qualquer meditação sobre a liberdade prolonga-se na concepção de sua possível produção, conquanto esta meditação não esteja sujeita pelo freio prático e nem recortada sob medida para seus resultados encomendados. Entretanto, assim como a separação sujeito-objeto não é imediatamente revogável pela decisão autoritária do pensamento, do mesmo modo, tampouco existe unidade imediata entre teoria e práxis: ela imitaria a falsa identidade entre sujeito e objeto e perpetuaria o princípio de dominação, instaurador da identidade, cuja derrota é do interesse da verdadeira práxis. O conteúdo de verdade do discurso sobre a unidade de teoria e práxis ligava-se a condições históricas. Em pontos nodais do desenvolvimento, de ruptura qualitativa, podem reflexão e ação detonar-se mutuamente; mas nem mesmo então são ambas a mesma coisa." ADORNO, Theodor W. "Notas marginais sobre teoria e práxis". *Palavras e sinais: Modelos críticos 2*. Trad. Maria Helena Ruschel. Petrópolis: Vozes, 1995, p. 210.

Nesse sentido, é possível pensar-se *fora* de um suposto curso natural das coisas, ao afirmar-se como *sujeito* de um processo falsamente naturalizado. Como quer Theodor Adorno, é preciso responder com teoria à predominância excessiva da *praxis*[13], ausentar-se temporariamente do mundo para, quem sabe, poder habitá-lo de outra forma, inaugurando uma nova maneira de agir no mundo.

Em nossa opinião, todos nós, estudantes e professores de filosofia, estamos situados neste *fora* artificial que mais parece uma refração, um desvio, uma parada: a contemplação da paisagem estática, que se refaz assim que começamos a tentear novos passos.

Este é um lugar estranho. Um exterior interno ao mundo, feito de palavras pouco confortáveis em figurar uma épica, que rememora e que celebra a sua própria impotência. Uma ilusão extemporânea de totalidade, perdida em um mundo despedaçado. No entanto, permanecemos nesse lugar e convidamos todos os leitores a nos fazer companhia.

Nosso convite é marcado pela ambigüidade, misto de amor e crueldade; um convite para a dúvida e para o impasse. É dirigido para todos nós, amantes do Direito e da Justiça, guardiães zelosos da certeza e da segurança, da imobilidade... Pessoas acostumadas a lidar com dogmas e com permanências, estranhos à ambigüidade e à contradição.

Plantar um ponto de interrogação na mente daqueles que deveriam ter apenas certezas... Certamente, é uma maneira um pouco atroz de convidar pessoas como nós para vivenciarmos nossas angústias e perplexidades. Mas é um convite sincero, vindo de pessoas apaixonadas pelos quadrantes do humano... e pelas suas contradições.

José Rodrigo Rodriguez

---

13. *Idem*, ob. cit., p. 226.

PRIMEIRA PARTE
Hermenêutica jurídica:
a configuração de um conceito

Uma interpretação filosófica do direito a partir da análise de sua forma objetiva na transição da oralidade para a escritura

Plínio Fernandes Toledo*

> O objeto da ciência filosófica do direito é a Idéia do direito, quer dizer, o conceito do direito e sua realização.
>
> (Hegel, *Princípios da Filosofia do Direito*)
>
> A Lei é o aspecto objetivo do Direito.
>
> (Mário Ferreira dos Santos, *Ética fundamental*)

1. Posição

Ao escrever este trabalho, tento cumprir uma promessa difícil. Os temas com os quais lida a filosofia do direito apresentam uma dificuldade fundamental concernente ao problema de sua demarcação e delimitação objetiva em relação a áreas afins, como a filosofia política e a ética. Uma confusão menos clara, mas não menos importante, ocorre também em relação à determinação da natureza essencial da lei humana, para muitos residente em seu caráter normativo. Uma correta interpretação da norma e compreensão de sua natureza essencial comportaria uma delimitação sua em relação à lei natural, com a qual muitas vezes se confunde. As perguntas que surgem e motivam o esforço interpretativo devem, neste caso, referir-se, segundo penso, a questões relativas à forma de articulação entre a existência (a sociedade tomada como uma totalidade organizada em sua forma histórica concretamente determinada) e a representação (as formas pelas quais a sociedade compreende a si mesma a partir da criação de mediações simbólicas). Assim, cumpre perceber a importância dos modelos supra-estruturais a partir de sua matriz ontológica, da forma específica de exis-

---

* Professor da Faculdade de Direito Sta. Marta, São Lourenço – MG.

tência que os gerou. O quadro que se terá compõe-se de normas legais, princípios éticos, mitos, etc. que as sociedades humanas produzem, quase que organicamente, no intuito de compor um tipo de cimento ideológico que torne possível a manutenção de sua coerência e coesão como grupo.

Neste sentido, a lei, juntamente com a língua, o mito e a religião, constitui, em primeira instância, uma forma de representação pela qual a sociedade se identifica e procura manter tal identidade mediante a objetivação de sua essência real. Na inter-relação dialética entre a existência concreta e as suas diversas formas de representação dá-se a construção de um sistema definido e autogerido que caracteriza as sociedades humanas em suas manifestações históricas concretas. As formas de representação variam conforme o contexto histórico das várias sociedades no interior das quais brotaram como forma de autoreconhecimento e regulação. E a lei, em sua dimensão normativa, é instrumento por excelência de auto-regulação social e deve ser entendida sempre no contexto das necessidades objetivas que a geraram. Na relação entre a lei e a existência social, relação que se revela no ajuste daquela em relação às determinações reais desta última, mostra-se o problema da legitimidade, diante do qual nenhum pensador que pretenda compreender o significado do direito mediante a correta tematização de seu conceito deve se esquivar.

E a lei, bem como a língua e a religião, na medida em que espelha as estruturas fundamentais que representam a identidade coletiva de um grupo em seu contexto histórico específico, lhe permite a construção de sua forma mediada de coesão que o define como agrupamento humano: sendo assim, a lei não é apenas uma forma de representação abstrata das normas regulativas da comunidade, que a figuram e norteiam, mas muitas vezes é, ela mesma, a própria sociedade apresentada sob o aspecto legal.

Onde reside então o risco a que me refiro? Exatamente na importância da tarefa e na consciência de sua dificuldade: pensar a lei jurídica em sua especificidade e relação fundamental com a forma de existência da qual ela brota e que ao mesmo tempo regula. A lei é produto da sociedade em seu movimento autoconstitutivo e, simultaneamente, produz a forma legítima da sociedade que a gera. Agora, pergunto: em que momento a lei dá-se à sociedade em sua primeira forma objetiva, identificável como lei abstrata, separada da experiência humana e relativa a ela? Há casos em que não é possível a pergunta sobre a natureza e legitimidade da lei jurídica? Quando então é possível a constituição de um discurso coerente que trate da lei jurídica e dos problemas relativos a ela como objeto? O aparecimento do pensamento jurídico acompanha necessariamente a constituição objetiva da lei e dela depende?

Nossos problemas tendem a nos conduzir a uma compreensão da lei não como princípio formal imposto pelo arbítrio do legislador, nem pela força de interesses que se impõem no jogo das forças sociais, mas como forma representativa legal que dispõe menos do dispositivo coercitivo quanto mais legítima for, e que se desdobra no interior da forma de existência social como determinação fundante que a configura e mantém. A lei compreendida em sua gênese constituiria um paradigma hermenêutico fundamental para a correta compreensão de sua natureza e função diante das suas formas historicamente formadas e deformadas: desde seu isolamento como norma pura até a sua articulação no interior do sistema *jurídico*. Evidentemente, devido à natureza de nosso trabalho, seus limites, não pretendemos desdobrar (explicitar) aqui todas as conseqüências de nosso problema. O que procuramos resume-se na tentativa de determinar a matriz originária da lei jurídica, sua forma primeira de objetificação: momento em que a reflexão e a prática jurídica começam a fecundar-se mutuamente, mediante a explicitação da ação legalmente regulada e a necessidade de sua justificação e legitimação racional. A construção da esfera legal segundo padrões racionais acompanha e exige a reflexão racional efetivamente constituída. A explicitação da lei jurídica, sua objetificação ou concreção, e o pensamento legal são interdependentes. Ambos aparecem em um mesmo momento e ganham significação no interior de um mesmo contexto, no qual, pela primeira vez, as certezas culturais e sociais imediatas sofrem um abalo impedindo que os valores e as normas sejam espontaneamente sustentados: a vida social não é mais vivida em sua imediaticidade; as imediações, agora pensadas e tematizadas, revelam-se mediações. No momento em que tal experiência se revela e é sentida no seio do social, uma experiência de ruptura e cisão, as determinações legais surgem como mediações que se supõem capazes de reconstruir a coerência da existência em um plano superior ao da vida imediata. O momento de tal ruptura e suas conseqüências quanto à forma da lei e à constituição do pensamento jurídico é com o que nos ocuparemos.

O momento de constituição do Direito como categoria objetiva e mediação legal é o mesmo momento do surgimento da possibilidade e da necessidade de pensá-lo. Quando e como isso se deu é que tentaremos determinar. Para tal seguimos de perto e declaramos nossa dívida em relação ao modelo interpretativo alcançado por Eric Havelock, em sua obra fundamental *Preface to Plato*. Dos argumentos de Havelock em relação às condições de nascimento do pensamento objetivo no Ocidente e de sua determinação progressiva até Platão, tiramos as linhas a partir das quais pensamos ser possível a compreensão correta da constituição da lei jurídica como categoria abstrata, desde a estreita vinculação dela à experiência social concreta até sua dissociação e configuração objetiva, tornando possível a emergência do pensamento que a tematiza. Nossa tarefa consiste, em última análise, em entender a forma pela qual a lei jurídica dá-se a conhecer em sua realidade (ou conformação) objetiva, mostrando sua passagem de força imanente de coesão a princípio transcendente de regulação, mediante a aplicação do paradigma oralidade-escritura como conceito analisador. Entender as condições que permitiram a objetificação da lei jurídica ou moral[1] e a realização de seu sistema no interior do or-

---

1. Denominamos lei moral uma vez que incide sobre o comportamento social humano regulando-o de acordo com princípios legais universalmente válidos. A necessidade da lei como mecanismo regulador da ação social correta é uma constante na história humana, na medida em que o homem dissociou-se o suficien-

denamento jurídico, portanto na transformação da lei em categoria objetiva, logo em objeto de investigação e realidade problemática.

2. Pressuposto e trama

Os estudos de Eric Havelock abriram uma nova via para a compreensão da cultura pré-letrada grega, sua transição para a escritura e as conseqüências culturais diversas resultantes dessa transição, principalmente no que concerne à consciência e à psicologia do homem grego sob o influxo das duas formas de comunicação. Especificamente, a construção da filosofia como forma racional de pensar, fundada na dicotomia sujeito-objeto, na transição da oralidade para a escritura.

As novas exigências impostas pela introdução da escrita teriam influído poderosamente sobre a dissociação entre o conhecedor e o conhecido, realidade não experimentada antes pelas culturas iletradas. Discutindo cuidadosamente as teorias de Millman Parry, Adam Parry, Jack Goody[2], Martin Nilsson[3],

---

te da natureza para se permitir a elaboração de sua própria estrutura legal. Lei vem de um radical, que em sânscrito é *lagh*, e *log* no nórdico, daí *legendo* (lendo), cujo radical é o mesmo de *logos*, termo que, veremos, possui amplas conotações em Heráclito. A lei, em sentido moral, é o preceito comum, justo e estável, suficientemente promulgado, segundo a definição de Suarez. A lei é o aspecto objetivo do direito, seu princípio fundamental, portanto aquilo que deve constituir o objeto *par excellence* da filosofia do direito, uma vez que, segundo definição de Ortega y Gasset, a filosofia é a ciência dos princípios. Cumpre então compreender as formas de relação entre a lei moral e a sociedade que dela se serve.

2. GOODY, Jack. *Domestication of the Savage Mindy*. Cambridge: Cambridge University Press, 1977. Esta obra seminal de Goody, como o próprio Havelock admite, trouxe um apoio indireto a sua própria convicção de que a literacia grega não só mudou os meios de comunicação, mas também a forma da consciência grega. Tal obra liga-se, portanto, a uma das teses centrais de Havelock, que consiste em sustentar que o meio de registro e transmissão da tradição cultural influiu poderosamente sobre a consciência do homem grego pré e pós-homérico, moldando-a de acordo com o tipo de experiência que o uso de um ou outro meio induzia.

3. NILSSON, Martin. *Homer and the Mycenae*. Obra mais antiga, no entanto ainda um clássico sobre o assunto.

Marshall McLuhan[4], Walter Ong[5], etc., Havelock concentra-se na caracterização da sociedade homérica, segundo a tecnologia de que se serve como forma de manutenção da coesão do corpo social no contexto de uma realidade limitada pelo analfabetismo. Com a introdução e crescente difusão do alfabeto, a importância do mecanismo de autoconservação social, movido pela poesia épica e sua experiência mítica de identificação do conhecedor com o objeto conhecido, resultado da ação mimética, torna-se cada vez mais reduzida, exigindo-se uma nova tecnologia baseada na escritura que venha a fornecer um outro meio de organização da experiência social segundo um novo padrão normativo, costurado na trama do código escrito.

A importância dos estudos de Havelock e sua nova abordagem da relação entre as culturas mítica e filosófica não foi negligenciada nem mesmo por Giovanni Reale, cujo paradigma hermenêutico situa-se no pólo oposto ao defendido por Havelock no que concerne ao pensamento platônico. Não obstante, Reale fundamenta amplamente o segundo capítulo de sua recente obra[6], na argumentação de Havelock, sem, no entanto, é bom que se diga, aderir a todas as suas implicações de fundo, principalmente aquelas que dizem respeito à metafísica platônica. Isto significa que, mesmo após as conquistas da "Escola de Tübingen", das quais Reale é tributário, a partir dos trabalhos de nomes tais como Hans Kramer, Konrad Gaiser e Tho-

---

4. Cujo livro *The Gutenberg Galaxy* apareceu ao mesmo tempo que *Preface to Plato*, estabelecendo uma solidariedade tácita entre os dois trabalhos. As ligações entre o trabalho de McLuhan e o de Havelock são abordadas não em *Preface to Plato* mas numa outra obra em que o autor resume o seu trajeto intelectual rumo à descoberta de sua hipótese fundamental e discute de forma mais sintética os autores que, de uma forma ou de outra, estão relacionados a seu próprio trabalho. Cf. Havelock, Eric. *The Muse Learns to Write*.

5. ONG, Walter. *Orality and Literacy*. Londres e Nova York: Methuen, 1982. Obra na qual cristaliza-se, pela primeira vez, o conceito que fixa o papel da língua falada como oposta à escrita, apontando indiretamente para a necessidade de uma categoria de comunicação humana designada por oralidade primária, da qual Havelock é um dos principais formuladores.

6. Cf. REALE, Giovanni. "Unità e Molteplicità". *Corpo, anima e salute: il concetto di uomo da Omero a Platone*. Milão, 1999, pp. 41-59.

mas Szlezák, fundadas no "novo paradigma hermenêutico", modelo insubstituível para a moderna interpretação de Platão a partir do postulado da oralidade como veículo por excelência de expressão do pensamento filosófico, o modelo havelockiano de interpretação ainda se impõe como instrumento insubstituível para a compreensão adequada da natureza da personalidade e do pensamento humanos no interior das sociedades orais e as implicações da introdução da escritura, como forma de registro das experiências culturais, sobre a consciência e o comportamento do homem grego, fato fundador da moderna racionalidade ocidental.

A passagem da oralidade à escritura reflete-se também na existência social e suas formas de regulação: de uma a outra pode-se observar uma transformação na natureza e função da lei moral e jurídica, no sentido de sua explicitação, de força interna à categoria objetiva. Aqui, o paradigma oralidade-escritura impõe-se a nós com modelo norteador para uma correta tematização, ainda não tentada, do problema jurídico relativo ao estatuto da lei, sua forma de ação e representação a partir de sua objetivação no código escrito. Abre-se, assim, uma nova possibilidade de compreensão de questões da filosofia do direito que, de outra forma, permaneceriam restritas ao já visto.

Um diálogo possível entre a Arte, a Filosofia Trágica e Platão? A interpretação pela interpenetração do sentido que se evidencia a cada passo do trajeto seguido por aqueles que se permitiram o mesmo esforço de construção de uma nova forma de pensar no interior de um novo padrão de legalidade que se explicitava. A razão de ser do Direito e seu objeto, a lei, só se dá no contexto de um pensamento racional já formulado ou em processo de formulação. A transformação do padrão de legalidade acompanha a transição da forma de pensar alicerçada num movimento da própria existência que experimenta a transposição da judicatura da vida social ao padrão demonstrativo que a explicita objetivamente e a articula à forma de existência na qual se inseria. A circularidade da trama que explicita o sentido do Direito mediante a análise de seu objeto exige a construção de um modelo adequado de interpretação que possibilite acompanhar as formas de relação entre a imediatez da vida social e o plano do simbólico que a traduz, representa e regula. Torna necessária a criação do conceito adequado à compreensão da idéia do direito em sua natureza representativa e sua força reguladora. O procedimento interpretativo verdadeiramente filosófico funda-se, portanto, na possibilidade do manejo conceitual de categorias derivadas de uma ontologia crítica.

Além do paradigma oralidade-escritura, há, portanto, a necessidade de um complemento metodológico que se possa aduzir para a consecução da tarefa que nos impomos. Pois, como já mencionamos, é preciso compreender a lei e interpretá-la não apenas mediante a compreensão de sua natureza e estrutura, mas, fundamentalmente, como forma de representação e regulação, que se erige como norma do comportamento social correto a partir de uma experiência de crise ou cisão. Tentarei entender a crise como algo induzido pela introdução do alfabeto e suas implicações culturais. Resta ligar a lei, como resposta autêntica e ontologicamente vinculada, à existência que a produziu. Tal complemento metodológico deve nos encaminhar à compreensão das ligações reais entre o código (a lei e o sistema legal) e a sociedade que o formulou: a existência compreendida no interior da realização de seu conceito. Aludimos aqui a Aristóteles, que, nos *Analytica Posteriora*, forneceu o meio de avançarmos além da opinião rumo à análise científica, sem perder de vista o fundamento ontológico ao qual toda análise deve se reportar, no intuito de reconduzir os enunciados legais às opiniões pré-analíticas e proposições científicas *stricto sensu*, e os símbolos verbais relacionados a sua experiência originária até alcançarem o estatuto de normas legais, objetivamente corporificadas como formas legítimas de estruturação da experiência humana segundo princípios legalmente válidos. Isto, no entanto, apenas poderia ser feito sobre o pressuposto de que a verdade acerca da ordem do ser – à qual as opiniões também se referem – é objetivamente atingível. E a análise platônico-aristotélica opera, exatamente, como acertadamente percebeu Eric Voegelin[7], sobre o pressuposto de que existe uma ordem

---

7. VOEGELIN, Eric. *Science, Politics and Gnosticism*. Washington: Gateway Editions, 1997.

do ser acessível a uma ciência além da opinião. Desta maneira, a compreensão do ser como ordenamento social passa necessariamente pelo entendimento de sua estrutura legal, expressa primeiro num sistema de símbolos vinculado estreitamente à experiência imediata e por ela contido, até a expressão de sua força ordenadora, mediante a categoria objetiva da lei. Em outros termos, deve-se situar a interpretação da norma jurídica no contexto de sua gênese, desde a produção das normas legais como símbolos gerados por uma existência que se regula no interior de suas próprias produções, até o processo de transmutação dos mesmos símbolos em função de um novo tipo de tecnologia, mediante a qual são agora veiculados e compreendidos socialmente como normas referidas a um plano categorial próprio[8]. Tentamos interpretar o sentido da lei dentro do processo existencial a partir do qual ela se explicita. Os paradigmas havelockiano e aristotélico devem ser movidos como instrumentos que permitem a captação, com o mínimo de distorções, de um movimento real.

Mas, é bom que se diga, não nos incumbimos de explicitar completamente nossos pressupostos, que o leitor o faça. O texto interpretativo deve ele mesmo ser interpretado. O que pretendemos é jogar o leitor *in media res*, possibilitando-lhe acompanhar os paradigmas em ação, como instrumentos de interpretação e análise crítica, voltados à compreensão do sentido da norma jurídica (o princípio objetivo sobre o qual funda-se o Direito) sob um ponto de vista filosófico que não dissocia a lei do plano existencial ao qual se vincula e ao qual se liga, primeiramente, como *doxa* (como padrão legal não explicitado no interior das culturas orais) e finalmente como *episteme* (formas racionais teoricamente explicitadas). Vale dizer, os conceitos teóricos e os símbolos jurídicos, que formam parte da realidade existencial que regulam, devem ser distinguidos, na transição da realidade à teoria, os critérios e o valor dos conceitos devem ser verificados em contextos teóricos mais amplos até sua forma mais definida. Essa é essencialmente a diretriz

---

8. Podemos afirmar que a partir de então ergue-se a possibilidade de desvelar no interior da trama o padrão funcional que a estrutura e norteia.

aristotélica à qual aludimos e que associamos às descobertas de Havelock para a consecução de nossa própria tarefa, que é exatamente uma forma de interpretação pela qual é movido nosso arcabouço conceitual, no intuito de compreender o Direito em seus princípios fundamentais representados na forma objetiva da lei, conforme explicitados em Platão. A referência constante à existência e à necessidade de vinculação da lei a ela surge porque, se pretendemos construir uma interpretação filosófica ontologicamente fundada, não podemos substituir completamente a realidade objetiva pela idéia subjetiva, sem procurar adequar esta última à malha de determinações históricas concretas das quais ela deve ser uma forma adequada de representação. A teoria jurídica sem base na existência histórica efetiva será uma concepção desencarnada, inspiradora de formas de governo e de Estado desajustadas das condições reais dos povos. O resultado seria o conflito entre o "país legal", idealmente construído, sobrevivendo apenas no âmbito volátil da imaginação, e o "país real", largado à mercê do arbítrio dos interesses particulares ou perdido nos descaminhos das opiniões gerais[9], supressoras de todo sentido[10], entre a lei jurídica formal e a vida social e histórica, entre Estado e Nação.

Tentamos realizar aqui uma dupla exigência da qual, penso, toda filosofia jurídica, em seu esforço interpretativo, deveria se ocupar: o estudo compreensivo do princípio fundamental do direito em seu aspecto objetivo, aliado à necessidade imperiosa de vinculá-lo a sua determinação real no contexto da experiência humana e social.

Acreditamos ser essa uma via inusitada, no entanto frutífera[11], para se tentar interpretar a lei em seu contexto vital como força autêntica de coesão e manutenção da existência social

---

9. Lembremos aqui que Goethe considerava as palavras gerais e as grandes pretensões causadoras de grandes males.

10. Cf. o belo, apesar de um tanto esotérico, livro de BAUDRILLARD, Jean. *À sombra das maiorias silenciosas*, e *La société de consommation*. Paris: Gallimard, 1970.

11. Que, devido à extensão do presente trabalho, deverá ficar muito mais sugerida que realizada. O desenvolvimento completo do que aqui se sugere só poderia ser feito, evidentemente, em sede monográfica.

num plano legalmente constituído que, de outra forma, acabaria por se perder no caos dos interesses particulares conflitantes e nas dicotomias alienantes. Do oral ao escrito, poderíamos perceber a emergência da lei e sua realização como idéia ontologicamente construída: de norma imanente ou símbolo autocontido, expresso no conjunto das opiniões correntes, até sua elevação ao posto de categoria objetiva.

Assim, afirmo que a lei só se caracteriza completamente como norma legal relacionada à vivência moral humana na medida em que se distingue da experiência que a originou, quando se torna lei escrita; no entanto, o mesmo processo que a conduz a se afirmar como lei, constelada num sistema legal autônomo, leva a perder de vista sua conexão à experiência originária, podendo então produzir uma compreensão deturpada de sua verdadeira natureza e função. A lei desvinculada da experiência social originária fornece a necessidade de sua completude ao mesmo tempo em que põe a possibilidade de seu esvaziamento. É preciso, portanto, remeter sua interpretação ao contexto da existência que a originou, ligando a base ontológica de sua afirmação à experiência histórica de sua transformação[12].

3. A experiência poética e a imanência da lei

> "O universo tem significação muito antes que se comece a saber o que ele significa; (...) e significou desde o começo a totalidade daquilo que a humanidade pode esperar

---

12. Uma afirmação de Hartmann vincula-se ao que propomos. Em sua teoria das categorias fundamentais esclarece: "Entre um *concretum* e suas categorias existe uma relação de firme correspondência, na qual desempenham as categorias o papel de uma predeterminação que domina de um lado a outro o que há de comum na multiplicidade. Se, pois, o *concretum* do mundo real inteiro forma uma estratificação, têm necessariamente os estratos do real que repetir-se em estratos correspondentes de categorias. A distinção dos estratos reais é apenas uma distinção de princípio, tendo, pois, que estar contida em suas categorias. Porém, nem por isso necessita a estratificação das categorias ser simplesmente idêntica à estratificação do real." HARTMANN. *Der Aufbau der realen Welt.*

conhecer." Daí que no período primitivo "o homem dispõe desde as origens de uma integralidade de significação tal, que é difícil percebê-la, significação que é dada como tal sem ser, nem por isso, conhecida".

(Claude Lévi-Strauss, Prefácio a Mauss, *Sociologie et Anthropologie*)

Conforme sustento, existem duas situações paradigmáticas cuja compreensão lança uma luz considerável sobre o que tencionamos interpretar. Refiro-me à vinculação da lei moral a um tipo de experiência existencial e seu desdobramento num plano categorial próprio, de sua latência a sua substância, e os problemas acarretados por essa nova posição da norma.

O primeiro momento ao qual me refiro encontra-se situado no contexto das sociedades gregas após a invasão dos dórios. Período que vai do século XII ao século VIII a.C. representativo de um grande retrocesso cultural experimentado pela sociedade micênica no que se convencionou chamar "Período homérico". O desaprendizado da escrita foi uma das conseqüências mais importantes das invasões e com ele impôs-se à sociedade grega de então um desafio, que era exatamente o de preservar sua unidade cultural, sustentada pela tradição, no contexto de uma comunidade analfabeta. Os conhecimentos técnicos, histórias, crenças, leis, tudo enfim que constitui o patrimônio cultural de um povo, configurado em um sistema de auto-reconhecimento cultural e regulação normativa, estava ameaçado de se perder junto com a perda de seu principal meio de conservação, a escrita. A própria sobrevivência da sociedade como um todo estava ameaçada, se não se achasse um meio pelo qual fosse possível registrar e transmitir toda a forma e conteúdo da tradição.

A solução foi encontrada na elaboração de uma nova tecnologia de armazenagem e transmissão da cultura independente da possibilidade de seu registro por escrito. A chave para o entendimento de tal tecnologia encontra-se nos poemas homéricos e na função didática desempenhada pela narrativa épica.

Agora, como funcionava e quais as conseqüências da poesia usada como instrumento de registro e transmissão da tradição? Impõe-se aqui a hipótese de Havelock que nos explicita a função da poesia no contexto das sociedades iletradas.

Sabemos que todo conteúdo e forma culturalmente relevantes para a manutenção da identidade e coesão sociais, necessárias à sobrevivência da comunidade, não poderiam mais ser armazenados mediante o registro escrito. Então era preciso que o registro fosse efetuado de uma outra forma, que os dados fossem armazenados não em tábuas de argila, mas, de certa forma, na memória coletiva da tribo. Para tal foi preciso elaborar um tipo de mecanismo capaz de favorecer a memorização, operando o registro da tradição, e a transmissão dos conteúdos memorizados no interior da vida social. A poesia épica desenvolve para esse fim uma sintaxe apropriada à memorização e transmissão oral da cultura. Uma forma lingüística que favorecia o armazenamento dos conteúdos da tradição na memória comunitária mediante a articulação de mecanismos estéticos que produzissem resultados mnemônicos. A instrução através da transmissão da cultura, retendo aspectos significativos dela que permitissem o compartilhamento de conhecimentos e valores socialmente relevantes, deveria ocorrer mediante um tipo adequado de educação. Uma educação que só poderia acontecer através de dispositivos organizados por uma tecnologia ligada à oralidade. A exploração adequada de todos os recursos possíveis a tal tecnologia exigia a construção de uma forma de expressão oral adequada à memorização de dados que de outra forma se perderiam, segundo a conclusão alcançada por Eric Havelock em sua obra *Preface to Plato*. Tal obra partia da tentativa de compreender a natureza da crítica radical endereçada por Platão aos poetas na *República* e a exclusão deles mesmos de sua sociedade ideal. Segundo Havelock, Platão atacava os poetas menos pela poesia do que pela instrução, que consensualmente, supunha-se, estes deveriam fornecer. Os poetas, e o nome de Homero impõe-se aqui como referência irrecusável, tinham sido os professores da Grécia pré-letrada: mediante suas narrativas a sociedade oral grega alcançava o aprendizado de tudo aquilo que contribuía para a manutenção de sua identidade cultural e de sua vida genérica sob um direcionamento legal. Neste aspecto, a literatura grega tinha sido poética porque a poesia tinha desempenhado uma função social, a de preservar a tradição segundo a qual os gregos viviam e a de os instruir nela. E isso só podia significar uma tradição ensinada oralmente e memorizada. Neste aspecto, o grande achado de Havelock consiste na compreensão da natureza didática da poesia épica homérica a partir de uma leitura calcada na crítica platônica à função da poesia conforme se vê na *República*. Em sua interpretação de Platão, Havelock descobre a verdadeira natureza do repúdio mostrado pelo filósofo em relação aos poetas. Tal repúdio não é dirigido às supostas qualidades estéticas da poesia homérica, mas a sua função pedagógica e a conseqüente subordinação dos dispositivos poéticos à necessidade do registro e da transmissão orais tendo em vista fins didáticos. Quer dizer, Havelock foi o primeiro a perceber que a crítica incisiva e radical feita por Platão na *República* não se baseava em motivações estéticas, mas didáticas. Pôde entender assim que Platão via a poesia épica não como uma forma de deleite para a cidade, que se comprazia na audição da narrativa poética sobre os feitos de seus heróis, mas como um mecanismo pedagógico altamente eficiente que produzia um tipo de disposição psíquica combatida veementemente por Platão. O alvo que Platão tinha em mira quando atacava os poetas não visava a poesia como fonte de prazer sensorial, mas como Paidéia, como veículo de formação cultural e educação.

Havelock revela então que a natureza estética da poesia homérica vincula-se estreitamente a sua função educativa, fornecendo os meios necessários à memorização dos conteúdos socialmente relevantes para a preservação da identidade tribal. Vale dizer que era preciso manter a tradição sem a qual a sociedade como ordem automantida se perderia. Em uma sociedade oral para que ela fosse registrada e transmitida era preciso elaborar meios que permitissem a memorização: tais meios são encontrados no ritmo, na estrutura narrativa, no encadeamento musical das frases, nas repetições e nos acentos, em suma, numa sintaxe adequada à transmissão sugestiva e envolvente de eventos e ações situados num plano temporal ordenado. O ordenamento do poema segundo um padrão métrico rigoroso agiria no intuito de facilitar a memorização dos conteúdos veiculados por ele[13]. A reatualização constante da narrativa, mediante a recitação acompanhada por todos e representada coletivamente, facilitava a identificação da comunidade com a história narrada e, portanto, possibilitava sua melhor assimilação. Temos assim uma ordem do discurso cujas qualidades estéticas estão inteiramente a serviço de sua eficácia didática. Mnemósine é a deusa que preside a poesia cuja função é a preservação da identidade tribal mediante o registro da tradição na memória da coletividade.

Platão havia percebido muito bem o papel didático desempenhado pela poesia homérica, contra a qual dirige sua crítica, apontando os prejuízos que ela poderia trazer se usada como recurso educativo num momento em que uma nova realidade tornava necessária a elaboração de um dispositivo que fornecesse meios à construção de uma forma de educação distinta da poético-mimética. Como vimos, em *Preface to Plato* Havelock aceitou a asserção platônica sobre o papel didático de Homero como essencial para uma compreensão das duas epopéias. Antes dele Millman Parry havia compreendido corretamente o uso de fórmulas como sendo inspirado pelas condições da composição oral[14], admitindo que este tipo de compo-

---

13. A linguagem de Homero é a "criação do verso épico", ou seja, ela foi criada, adaptada e formada para adequar-se à métrica épica, o hexâmetro. Este é uma linha, como o nome indica, de seis unidades métricas, que podem ser também dáctilos (uma longa mais duas curtas) ou espondeus (duas longas) nos primeiros quatro lugares, mas pode ser dáctilo e espondeu, nesta ordem, nos dois últimos. As sílabas são literalmente longas e curtas; o metro é baseado no tempo da pronúncia, e não no acento. Enfim, a estrutura fundamental da oralidade poético-mimética era o "módulo métrico", que se repetia formalmente de maneira idêntica, apenas com diferenciações dos conteúdos verbais constituintes, como variações no âmbito do idêntico. A função de tal tecnologia do verso é o que tentamos esclarecer a partir de Havelock. Veremos o tipo de experiência que induz e a natureza que impõe à norma jurídica.

14. A conquista de Parry consistiu em provar que Homero foi um mestre e herdeiro de uma tradição de poesia oral épica que se havia estendido por muitas gerações antes dele, talvez por séculos. Ele chamou a atenção para os ditos "epítetos ornamentais", aqueles rótulos pomposos que acompanham cada aparição de

sição era uma arte de improvisação. Havelock procurou transferir a atenção, no que respeitava à epopéia grega original, da improvisação para a lembrança e a memória, aplicada tanto ao conteúdo como ao estilo e numa escala mais vasta de referência, visto que o que era agora abrangido era toda a tradição da sociedade para a qual o bardo cantava, algo que era seu propósito didático conservar. Atinge com isso uma posição única para a compreensão da cultura grega pré-letrada no âmbito de sua necessidade de autoconservação.

O resultado global do trabalho de Havelock, a partir da hipótese supramencionada, no que tange à compreensão da experiência educacional e à existência social do homem grego`homérico, pode ser resumido mediante citação de suas próprias palavras: segundo o autor, exigia-se do homem homérico, como um ser civilizado, a familiaridade com "a história, a organização social, a competência técnica e os *imperativos morais* de seu grupo. Esse grupo, nas épocas pós-homéricas, será sua cidade, mas esta, por sua vez, pode funcionar apenas como um fragmento do mundo helênico como um todo, faz parte de uma consciência que ele compartilha e da qual, como um grego, tem uma percepção muito clara. Esse *corpo geral de experiência* (evitaremos a palavra 'conhecimento') está *incorporado* numa narrativa ou *conjunto de narrativas rítmicas* que ele *memoriza* e que é *passível de recordação* na sua memória. Essa é uma *tradição poética*, fundamentalmente *algo que ele aceita sem reservas* ou do contrário deixa de sobreviver na sua memória viva. Sua *aceitação* e *conservação* são psicologicamente por um *mecanismo de auto-abandono* diante da declamação poética e de *auto-identificação* com as situações críticas e as histórias relatadas na apresentação. Apenas quando o *encanto* é completamente eficaz sua capacidade mnemônica pode ser

---

um herói, um deus ou mesmo um objeto familiar. Tais rótulos facilitam a improvisação, uma vez que permitem a reprodução mecânica de clichês em certas passagens cruciais e podem também favorecer a memorização, uma vez que os apelidos não são usados em função da caracterização da situação mas da métrica, ou seja, em função do ritmo. Cf. PARRY, Millman. *L'épithète traditionnelle dans Homére*. Paris: Société Editrice des Belles Lettres, 1928.

inteiramente mobilizada. Sua *receptividade à tradição*, desse modo, do ponto de vista da psicologia interior, possui um grau de automatismo que, não obstante, é contrabalançado por uma capacidade efetiva e irrestrita de ação, de acordo com os *paradigmas absorvidos por ele*"[15]. As partes grifadas no texto remetem a alguns pontos básicos que devem ser observados: primeiro, nota-se que a necessidade de ser civilizado do homem homérico, da qual depende a sobrevivência de seu grupo, portanto dos indivíduos mesmos, está associada à possibilidade de familiarização com a sua história, organização social, competência técnica e imperativos morais. A coesão social implica portanto um compartilhamento de experiências e valores fundamentais que identificam e regem a vida da coletividade. Mas como a cultura homérica era totalmente oral, não letrada, a experiência compartilhada não pode ser armazenada senão na memória coletiva. Desse modo, a narrativa deve, em segundo lugar, elaborar artifícios a fim de facilitar a memorização, tornando possível o registro da tradição. Para tal deve induzir um tipo de encantamento através do qual os indivíduos possam imergir completamente na trama narrativa, ou seja, deve situá-lo num plano psicológico de total identificação com o conteúdo declamado: algo que ele então aceita sem reservas e com o qual se relaciona formando um único e indissolúvel plano existencial. Esse estado de total abandono e receptividade por parte do espectador cumpre a função de facilitar a memorização pelo aumento da capacidade mnemônica. Mas, por outro lado, ele não apenas produz a possibilidade da memorização, mas, mais fundamentalmente, induz a uma experiência única de inserção e inclusão, configurando um plano existencial indissolúvel no interior do qual a lei moral e a norma jurídica podem ser situadas. Na experiência peculiar do homem homérico os paradigmas morais, as leis e os princípios jurídicos são totalmente incorporados na vida do indivíduo e da comunidade agindo como modelos reguladores imanentes à existência social. A experiência da repetição ligada à memorização funda a

---

15. Para a citação usei a tradução brasileira da obra de HAVELOCK, Eric. *Prefácio a Platão*. Campinas: Papirus, 1996. Os grifos são meus.

comunidade primitiva unânime. Ela justifica a existência de cada um a cada momento[16]. Não há a dissociação dos planos, logo a caracterização da lei segundo sua substância, nesta inter-relação homológica entre indivíduo, cidade e cultura. A sociedade em sua existência imediata entrelaça numa mesma experiência todas as suas instâncias, não havendo separação entre aquilo que se vive como significativo e aquilo que se prescreve como necessário. O dado primário da existência efetiva atua e se articula na relação imediata com suas formas de estruturação e suas leis constitutivas e reguladoras. A lei não se elevou ainda ao plano de representação, o que suporia o seu emergir por completo do interior da experiência social imediata.

No tipo de discurso elaborado em virtude das necessidades de autoconservação das sociedades gregas pré-letradas, a língua grega teve de curvar-se ante a urgência de uma tecnologia da memorização: era preciso que o discurso se tornasse musical e, junto com ele, os homens que o proferiam. O grego teve assim de se render à sedução da tradição, não podendo dispor as palavras para exprimir a convicção de que o "eu" seja uma coisa e a tradição outra. Que o sujeito pudesse se distanciar da tradição e examiná-la quebrando o encanto de sua força hipnótica, vale dizer, que um "eu" situado no horizonte de sua individualização pudesse desviar da memorização pelo menos alguns de seus poderes mentais e dirigi-los, em vez disso, a alguns canais de investigação crítica e análise. Então, se por um lado a imanência da lei não permitia sua constituição categorial própria como objeto de investigação e análise crítica, por outro a concentração, operada pelo indivíduo, de todos os seus poderes mentais na experiência da memorização impedia a coagulação subjetiva de uma personalidade individual separada da tradição e a ela relacionada criticamente. Sem a elevação da lei ao plano de representação, e a consequente realização de seu conceito, juntamente com a formação da personalidade individual pensante, não era possível a objetivação do direito,

---

16. A caracterização da experiência primitiva da repetição é de GUSDORF, Georges. Cf. *Mito e metafísica*. São Paulo: Convívio, 1980, pp. 42-51.

articulado no sistema jurídico, nem do pensamento que o tematiza: filosofia e direito emergem juntos e configuram-se a partir de uma mesma experiência. Tal experiência será amplamente favorecida pela introdução da escrita e conseqüente alfabetização da Grécia.

4. A alfabetização e a emergência da lei a sua forma de representação

> La filosofia (...) no es solo conocimiento desde principios, como los demás, sino que es formalmente viaje al descubrimiento de los principios.
>
> (Ortega Y Gasset, *La idea de principio en Leibniz*)

A alfabetização não significou apenas o aprendizado imediato de uma forma de escrita, mas um longo processo de ajuste cultural a partir de uma nova experiência induzida pela escritura. Durante a transição aparecem conflitos e ambigüidades resultantes do esforço de adaptar a linguagem e a forma de consciência a um novo meio de expressão. Tal esforço caracteriza a revolução cultural ocorrida desde o século VI, a partir da imposição da escritura sobre a oralidade, refletindo-se na obra de vários autores até Platão, o artífice da nova sintaxe exigida pela palavra escrita e da racionalidade própria à nova forma de linguagem. O que se deve observar, por ora, é que, por volta do fim do século V e da primeira metade do século IV a.C., a Grécia passava, Atenas em particular, de uma cultura em que predominava a oralidade a uma cultura em que a escritura impunha-se, de modo decisivo, como meio de comunicação do saber. De maneira dominante e irreversível firmava-se a escrituração do saber em todas as suas formas. É verdade que desde a metade do século VI a.C. em diante a escrita havia começado a difundir-se[17]. Mas foi apenas a partir da época dos sofistas e de

---

17. Muito do que diremos nesta parte de nosso texto devemos ao livro de ERLER, M. *Il senso delle aporie nei dialoghi di Platone. Esercizi di avviamento al pensiero filosofico*. Trad. C. Mazzarelli. Intr. G. Reale. Milão: Vita e Pensiero, 1991.

Platão que a sua evolução e o seu desenvolvimento atingem o ápice.

Com o desenvolvimento da escrita o livro afirma-se cada vez mais como um meio de registro e instrumento de instrução intelectual, substituindo a experiência da recitação, adstrita à oralidade. A palavra escrita é cada vez mais considerada um meio eficaz para o aprendizado e para a aquisição da sabedoria. Conseqüentemente, uma vez que o registro escrito do conteúdo que se pretende preservar e transmitir figura num plano próprio de apresentação, desvinculado do autor e objetivado diante do leitor, a palavra vem a cindir-se cada vez mais da experiência social que a utiliza adquirindo uma vida autônoma, difundida pelo registro escrito. No interior do processo de separação do meio de registro e transmissão da cultura da realidade existencial à qual se vinculava imediatamente, todos os seus produtos deverão adquirir uma existência autônoma, referida aos diversos planos categoriais que cada um vai de agora em diante ocupar. Observamos a partir de então um lento processo de cisão e organização própria das formas e conteúdos culturais. O plano da linguagem tende a aparecer como algo separado da vida imediata e referido a ela como forma de representação de suas articulações fundamentais. Na experiência de alfabetização e no processo de construção de uma sintaxe própria à palavra escrita, a lei jurídica, acompanhando o desenvolvimento da linguagem, observa a mudança gradual de sua forma de vinculação à existência social e significação.

O impacto produzido na consciência grega pela introdução da escrita foi enorme, mas sua imposição como forma de registro e transmissão foi lento. No interior dele dá-se a possibilidade da construção objetiva da lei como categoria autônoma. Pode-se rastrear tal processo através dos seus diversos produtos culturais, principalmente a filosofia e a tragédia, que o refletem em todas as suas oscilações, ambigüidades e realizações. A tragédia situa-se exatamente no interior das contradições experimentadas por uma consciência dilacerada que não consegue mais justificativa para a sua forma de vida na experiência legal do passado, situada no contexto da oralidade mimética, mas que ainda não construiu o instrumento adequado para a expressão de uma nova estrutura normativa que se impõe a partir da introdução e difusão da escrita. Na tragédia ateniense chocam-se os dois paradigmas legais, o antigo fundado na oralidade e o novo que começa a se configurar a partir da escritura, situando o sentimento das contradições no âmbito da construção da linguagem adequada à nova forma da lei. Louis Gernet empreendeu um trabalho no qual procurou descobrir em que plano se situam, na Grécia, as oposições trágicas, qual é o seu conteúdo e sob que condições vieram à luz. Ele pôde mostrar assim que a verdadeira matéria da tragédia é o pensamento social próprio da cidade, especialmente o pensamento jurídico em pleno trabalho de elaboração. Neste sentido, conforme ressaltou Jean-Pierre Vernant, "a presença de um vocabulário técnico de direito na obra dos trágicos sublinha as afinidades entre os temas prediletos da tragédia e certos casos sujeitos à competência dos tribunais, tribunais esses cuja instituição é bastante recente para que seja ainda profundamente sentida a novidade dos valores que comandam sua fundação e regulam seu funcionamento. Os poetas trágicos utilizam esse vocabulário do direito jogando deliberadamente com suas incertezas, com suas flutuações, com sua falta de acabamento" (...) traduzindo assim seus conflitos com uma tradição (poético-mimética), com uma forma moral da qual o direito já se distinguira, mas cujos domínios não estão claramente delimitados em relação ao dele[18]. A *Antígona*, por exemplo, além do enfoque da ginecocracia, pode-se analisá-la, como determina Junito de Souza Brandão[19], sob outro aspecto não menos importante: o conflito entre a ditadura estatal e a liberdade individual. Segundo o autor, "a Antígona é a oposição de duas normas jurídicas: *athemistía*, a ilegalidade de uma decisão, cifrada em Creonte, que representa uma *polis* especial, a *polis* so-

---

18. Cf. VERNANT, Jean-Pierre, e VIDAL-NAQUET, Pierre. *Mito e tragédia na Grécia antiga*. São Paulo: Livraria Duas Cidades, 1997, pp. 11-34.

19. BRANDÃO, Junito de Souza. *Teatro grego: tragédia e comédia*. Petrópolis: Vozes, 1996, p. 50.

fística, em contraposição a *thémis* ou *nomos*, inserida na decisão de Antígona, que representa a religião, a consciência individual"[20]. No entanto, de posse do nosso paradigma oralidade-escritura, percebemos que o conflito manifesto entre a lei da *polis*, representada por Creonte, e a lei divina, representada por Antígona, é a explicitação dramática de algo mais profundo que se insinua na tragédia: representa as tensões e ambigüidades experimentadas pela consciência do homem grego no processo de transição da lei, de sua imanência à conquista de sua forma própria de representação. Antígona representaria a lei oral, expressão de uma experiência social na qual o mundo humano era totalmente preenchido de significado divino, e Creonte a lei escrita, interpretada por Sófocles, desde sua perspectiva conservadora, como produto de uma decisão totalitária mediante a qual o Estado pretende-se senhor absoluto dos cidadãos[21]. Na *Antígona* pode-se ver a essência da Tragédia Ática como expressão de uma crise no interior de uma indefinição situada na passagem da lei oral para a lei escrita. A lei oral, divina, e a lei escrita, humana e propriamente jurídica, confrontam-se no espaço da tragédia. A recusa de Antígona diante da lei de Creonte representa a agonia de um mundo que começa a ser substituído e que resiste a desaparecer, encontrando forças na indefinição de um novo mundo que ainda não se afirmou por completo. É o que nos revela esta sublime passagem da obra de Sófocles, quando Antígona tenta impor-se a Creonte dizendo: "Mas Zeus não foi o arauto delas para mim, nem es-

---

20. *Idem, ibidem*, p. 53.
21. Como muito bem percebeu Junito de Souza Brandão, Sófocles opôs, em *Antígona*, o direito antigo, no entanto ainda novo na consciência individual, a um postulado jurídico novíssimo, criado pelos sofistas. E os sofistas foram exatamente aqueles que deram o maior relevo à palavra escrita, usando a escritura como instrumento de educação e difusão da cultura. A língua mordaz de Aristófanes colocava no mesmo plano o Sofista e o livro, apresentando Pródico exatamente como identificável com um livro: "Este homem ou livro." Com efeito, os sofistas deram ao livro importância muito grande, não só fora da escola, ou seja, do círculo dos alunos, para criar imagem e notoriedade, mas também dentro da escola para o aprendizado (cf. ERLER. *Insegnamento e aprendimento per i sofisti e per Platone*, cap. III *et pas.*).

sas lei são as ditadas entre os homens pela justiça (...); e não me pareceu que tuas determinações tivessem força para impor aos mortais até a obrigação de transgredir *normas divinas, não escritas, inevitáveis*; não é de hoje, não é de ontem, é desde os tempos mais remotos que elas vigem, sem que ninguém possa dizer quando surgiram."[22]

No plano ontológico e gnosiológico, a indefinição, à qual nos referimos, significa que, na transição que vai da cultura oral à escrita, a partir da adaptação da mentalidade grega ao novo meio, adaptação que passa por um progressivo reordenamento da linguagem segundo um novo padrão sintático[23], não havia ainda uma nítida caracterização que diferenciasse as palavras das coisas. No contexto da tradição oral, a situação mimética da declamação como meio para a memorização da cultura, as palavras e as coisas vinculavam-se a um único plano existencial e categorial, faziam parte dos eventos e das ações desempenhadas pelos heróis que a comunidade repetia e com os quais se identificava imediatamente. Ambas pertenciam à ordem do vivido e dos acontecimentos existenciais. A experiência da repetição oral dos modelos produziu a confusão dos pla-

---

22. SÓFOCLES, *Antígona*, 510-520. Nossa hipótese encontra suporte no fato de que as tragédias – no século V – fornecem provas da difusão do livro: após a primeira apresentação, que era também a única, eram difundidos textos escritos, que *eram lidos independentemente da representação*. Após a publicação, *a separação entre o livro e o seu autor* era uma conseqüência inevitável, com toda sorte de efeitos que isto comportava, um dos quais procuramos aqui tematizar no âmbito da lei.

23. Gerhard Krahmer foi o primeiro estudioso que examinou a fundo a questão da adaptação do pensamento grego a uma nova sintaxe adequada à palavra escrita. No dizer de Giovanni Reale, Krahmer *"Ha cercato di caratterizzare la differenza essenciale (...) mediante la metafore linguistiche della ipotasi e della paratassi. Nel procedimento sintattico della ipotassi, il discorso procede connettendo a uma proposizione principale altre proprosizioni da essa dipendenti e subordinate; invece, nel procedimento sintattico della paratassi, il discorso procede com uma serie di proposizioni coordinate, e quindi senza quel nesso estrutturale e funzionale di subordinazione e dipendenza"*. REALE, Giovanni, ob. cit., p. 19. "Naturalmente, os dois tipos de procedimento implicam modos de expressão e de pensamento muito diferentes entre si. Mais ainda, implicam a construção inevitável de uma nova forma de experimentar a realidade a partir de um padrão de mediações articuladas num plano teórico distinto ao da vida imediata."

nos, induzindo a uma experiência de identificação entre a sociedade e suas formas de representação e regulação, entre as quais inclui-se a norma jurídica. Com a indistinção a lei conforma-se à ordem da ação imediata com a qual liga-se estreitamente direcionando-a desde o seu interior: faz-se princípio imanente da ação social. Podemos dizer que toda ação significativa é imediatamente legal e toda lei imediatamente significativa no interior da ação que regula. A lei moral funciona como a alma da qual a comunidade é o corpo num padrão de relação orgânico. O fundamento de todo o corpo que permite a este viver e mover-se como ordem na inter-relação harmônica de suas partes. No contexto dessa experiência não há lugar para a confrontação de um sujeito que conhece com um objeto conhecido, para tal o ego grego teve de deixar de se identificar sucessivamente com toda a série de situações narrativas vividas, devendo deixar de "reencenar toda a escala de emoções, de desafio e de amor, ódio, medo, desalento e alegria, na qual os personagens do poema épico se envolviam"[24].

Sem a objetivação do texto diante de seu produtor e do leitor, não havia oportunidade para que a *psyche* se afirmasse como realidade autônoma e contraposta aos princípios objetivos por ela produzidos ou alcançados mediante a reflexão. Na possibilidade da separação entre as palavras e as coisas dava-se, simultaneamente, a realidade da cisão entre um plano de objetos conhecidos, o conhecedor e os meios de conhecimento. A distinção foi movida pela introdução do alfabeto cujo processo de difusão induz a uma crise ou cisão que exigia uma nova forma de coesão, não mais operada na imediatez da relação entre a comunidade e a lei, mas a partir da construção de uma arquitetura legal diferenciada dos eventos e ações com os quais se relaciona e ordenada segundo um padrão estrutural próprio. Podemos dizer que a construção da lei como categoria autônoma segue de perto o desenvolvimento da linguagem como veículo conceitual e a transformação do seu padrão sintático imposta pela transição da oralidade à escritura.

---

24. HAVELOCK, ob. cit. p. 216.

Desde o momento em que a palavra teve de ser moldada numa nova disposição e organização, segundo as exigências de uma sociedade que necessita traduzir e justificar suas razões de ser a partir de uma nova forma de discurso, há uma modificação no estatuto da linguagem e da lei que acompanha a emergência de ambas ao plano de uma objetividade efetivamente constituída. Se antes a lei, expressa no contexto da experiência mimética, moldava-se aos eventos como parte significativa deles, como seu padrão normativo imanente, agora, com a possibilidade de seu registro escrito, ela adquire um distanciamento que permite sua determinação objetiva. Com os meios construídos pela racionalidade que se afirma progressivamente, a norma jurídica deverá, seguindo padrões lógicos, operar sua distinção teórica no interior de uma estrutura conceitual inteligível e consistente. De Hesíodo a Aristóteles, pode-se perceber uma objetivação progressiva da lei, uma vez que de um a outro autor tanto *nomos* quanto *ethos* evoluem, de forma semelhante, do concreto para o abstrato[25], observando, por assim dizer, a progressiva realização de seu conceito. Tal processo se dá no interior da construção de um novo tipo de discurso vinculado a uma nova forma de relação do indivíduo e da sociedade com a experiência. Quer dizer, de Hesíodo a Aristóteles emerge um

---

25. Conforme esclarece Eric Havelock, os *ethea* referiam-se a um termo mais pessoal, denotando originariamente o modo como um ser humano vivia nos seus "esconderijos". Com a transição para a escritura foi ampliando-se, no sentido de abranger os costumes do esconderijo humano, que constitui o lar e a família; abrangeria também os sentimentos e reações particulares com respeito aos íntimos e inimigos. A norma ética mantinha, neste sentido, a coesão pessoal, o caráter, e a unidade familiar, funcionando como lei particular restrita ao *genos*. Já os *nomoi* associavam-se à distribuição de pastagem, considerando os costumes e o hábito de um ponto de vista mais geral e mais social. Descreveria, como em Hesíodo, por exemplo, a lei universal do trabalho ou a proibição indistintivamente observada pela humanidade contra o canibalismo. *Nomos* e *ethos* correspondem, portanto, àquilo que se poderia denominar aproximadamente o público e o privado, ou à lei política e à familiar: o código da lei pública e o padrão do comportamento privado. O termo *nomos* foi primeiramente empregado por Hesíodo e talvez tenha sido ele o responsável por ter se tornado corrente. Em Hesíodo, como observou Havelock, não pode significar estatuto, mas poderia abranger o costume que foi promulgado oralmente.

novo padrão para o tratamento da lei: de sua conformação à nova perspectiva lingüística até sua diferenciação, moldando-se os tipos de lei aos fenômenos com os quais se relaciona.

Pode-se seguir o processo de diferenciação progressiva da lei em relação aos fenômenos que regula, incluindo aí o fenômeno social, sua elaboração como categoria autônoma desde os pré-socráticos. Tal processo põe a própria possibilidade da filosofia jurídica, uma vez que explicita o objeto que será o seu tema e a linguagem que constitui o seu meio.

Se tomarmos o pensamento de Anaximandro e o compararmos ao de Xenófanes e Heráclito, poderemos acompanhar um exemplo do desdobramento progressivo da lei na direção da realização de sua idéia objetiva, desdobramento que só finaliza com Platão, cujo pensamento distingue pela primeira vez os dois planos, existencial e categorial, e os articula no interior do discurso filosófico[26]. No entanto, já nos pré-socráticos evidencia-se o esforço peculiar de um pensamento que pretende alcançar uma forma de expressão que possibilite a representação de um padrão de legalidade universal a ordenar e reger a totalidade dos fenômenos cósmicos e sociais. Observa-se aqui um transitar da indistinção dos planos, resultante de uma proximidade ainda não superada em relação à experiência homérica, até o desvelamento da lei num plano próprio de referência.

Na sentença de Anaximandro percebe-se a expressão de um pensamento que une os eventos cósmicos ao seu padrão legal, totalizando numa significação global as manifestações sensíveis junto à substância que as rege e sustenta. Para uma mente deste tipo, não faria sentido indagar se a natureza possui leis caracterizadas como formas de regulação inscritas num plano categorial próprio. Para ela a natureza é, de uma certa forma, a própria lei que a ordena, correlacionadas no interior de uma totalidade que as engloba e inclui, mostrando-se apenas na di-

---

26. Podemos afirmar com isso que somente a partir de Platão dá-se a possibilidade da lei como mediação racional e objeto tematizável pelo pensamento filosófico. A abordagem completa do pensamento platônico, no entanto, seria tema para um outro trabalho. Contento-me aqui apenas em interpretar a lei no processo de transição que caracterizou a sua forma racional.

ferenciação de suas duas faces como lei implícita no desdobramento explícito dos fenômenos. Mediante um movimento autogenético global os coágulos sensíveis acompanham o desdobramento de uma necessidade absoluta que os compreende. Não se apresentam instâncias separadas e nitidamente caracterizadas, mas momentos inter-relacionados do todo no qual a verdade inteira se dava mediante um padrão de legalidade homológica. A sentença de Anaximandro apreende o inteiro de um único processo cíclico global, que é a sua própria lei: modos de uma única ordem que se desdobra em subordens relacionadas e articuladas ao todo: universo, homem, sociedade[27]. A verdade está no todo, segundo reza a sentença de Periandro[28], e o todo é a lei que se evidencia em cada uma de suas partes. Conforme esclarece Heidegger, a sentença de Anaximandro fala do ente múltiplo em sua totalidade. "Mas do ente não fazem apenas parte as coisas. De maneira alguma são as coisas apenas as coisas da natureza. Também os homens e as coisas produzidas pelo homem e os estados produzidos pelo agir e não agir humano e as circunstâncias provocadas fazem parte do ente. (...) O pressuposto aristotélico-teofrástico que *tà ónta* sejam os *phýsei ónta*, as coisas da natureza em sentido estrito, carece absolutamente de base."[29] A nossa maneira habitual de ver as coisas através das disciplinas particulares (física, ética, filosofia do direito, biologia, psicologia) não tem ainda lugar aqui, onde as delimitações das ciências especiais estão ausentes[30]. No entanto, há uma conquista decisiva no sentido da abstração operada pelo pensamento de Anaximandro, pois com a sugestão de que a *arché* era algo indeterminado (*ápeiron*) deu-se um enorme passo na direção do afastamento das categorias

---

27. Segundo texto aceito comumente, a sentença diz: "De onde as coisas têm o seu nascimento, para lá também devem afundar-se segundo a necessidade; pois pagam umas às outras castigo e expiação pela injustiça, conforme o que determina o tempo." SIMPLÍCIO, *Física*, 24, 13.
28. Cf. KRANZ, Diels, 10, 3, Periandros fr. 1.
29. HEIDEGGER, Martin. *A sentença de Anaximandro*. Trad. Ernildo Stein. Col. "Os Pensadores". São Paulo: Abril Cultural, 1978, p. 24.
30. *Idem, ibidem*, p. 25.

pensadas do puramente sensorial. Abriu, por assim dizer, a possibilidade de a *arché* ser algo mais básico do que aquilo que poderia ser percebido pelos sentidos, embora o *ápeiron* possuísse, neste estágio, características notadamente materiais. Mas a ambigüidade e a indecisão caracterizam as épocas de transição.

Um passo mais à frente foi dado por Xenófanes, quando este ataca a visão dos mortais que "imaginam que os deuses podem nascer e que eles possuem as mesmas roupas, vozes e corpos que os homens"[31], e quando ele anuncia, ao contrário, que há apenas "um único deus, maior que todos os outros e em nada semelhante aos mortais, nem em corpo nem em pensamento"[32] que permanece para sempre estacionário em um único lugar mas "agita todas as coisas com o pensamento sem esforço de sua mente"[33]. O que podemos encontrar aqui, pela primeira vez na literatura que sobreviveu, é a total rejeição da base sobre a qual repousa a teologia tradicional, base que sustentava a consciência e o comportamento gregos moldando-os a um padrão que começa a ser estranho para a mente de Xenófanes. A nova concepção da divindade como ingênita, e não apenas imortal, e totalmente diferente dos homens, é, essencialmente, a concepção de um deus cósmico: uma divindade concebida não como o supremo patriarca de uma família quase humana, mas como o princípio regulador de um universo ordenado. Tem-se aqui algo bem diferente daquilo que se tinha em Anaximandro, pois começa a emergir e caracterizar-se um novo padrão de legalidade que começa a se distinguir dos fenômenos e ações que regula, pressupondo o pensamento que o antecede, mas superando-o no sentido da abstração e delimitação conceitual da lei.

Com a publicação de *Heraclitus, the Cosmic Fragments* (1954), de G. S. Kirk, o termo *logos*, com todas as suas implicações lingüísticas, foi colocado no centro do sistema do filósofo, impondo-se sobre o elemento fogo, que Aristóteles havia

---

31. KRANZ, Diels, fr. 14.
32. Fr. 23.
33. Frs. 25-6.

colocado como princípio primeiro, procurando enfatizar o aspecto material da *arché* pré-socrática. A partir do novo enfoque imposto pela interpretação de Kirk, a antiga posição que, desde Platão, enfatizava o problema da mudança como sendo o cerne do pensamento do filósofo de Éfeso, se não foi completamente abandonada, ao menos ganhou uma nova perspectiva a partir da qual foi situada. A constatação acerca da transformação universal e incessante à qual estão submetidas todas as coisas do universo físico pôde ser compreendida, assim, como um ponto de partida do pensamento de Heráclito, ocupando uma posição problemática contextualizada e superada pela compreensão da lei que a governa. O *logos* entendido como medida reguladora, fórmula unificadora ou plano estrutural, nos permite situar o pensamento do filósofo no contexto do esforço pré-socrático em adaptar a linguagem e o pensamento à expressão não de eventos e ações singulares, mas da lei universal que a tudo submete e a tudo governa. Tal lei universal, no entanto, possuía uma natureza não apenas legal, mas unificadora, estabelecendo o equilíbrio na articulação dos planos cósmico, humano e social. Marcovich agrupou, a propósito, dois fragmentos de Heráclito (23-24) sobre a base de que se tratavam de inferências acerca do caráter comum, isto é, da validez universal do *logos*, que interpretou como estendidas a quatro planos: o lógico, segundo o qual a razão é operante em todas as coisas; o ontológico, segundo o qual a razão é um substrato unificador sob a pluralidade das manifestações das coisas, quer dizer, constitui a unidade do mundo; o gnosiológico, segundo o qual a compreensão da razão é imprescindível para a correta compreensão do mundo; o ético-jurídico, segundo o qual a razão é também um guia para a conduta diária e para a constituição de uma comunidade social justa. Para Heráclito, portanto, não haveria conflito entre a concepção particular e social da *arete*, uma vez que a estrutura mais profunda do ser é reconhecida como coextensiva ao universo em geral e à comunidade política em particular. Os homens vivem como se tivessem um mundo particular de pensamentos e critérios, mas o *logos* da ordem universal, como a lei da cidade, é comum a todos: ambos não são constituintes visíveis, não se confundindo com a realidade material sobre a qual incidem, mas um padrão comum regulador e unificador.

Uma geração mais tarde, a Ilustração sofística iria opor *physis* e *nomos*, natureza e convenção[34]. E os livres-pensadores do século V apoiariam todos os clamores e restrições morais sobre a convenção apenas. Um precursor dessa Ilustração, Heráclito continuaria conservador a este respeito, pois, para ele, não haveria distinção de princípio entre *nomos* e *physis*. Resultado de um pensamento que avançava na direção da abstração, mas que ainda não operava completamente no interior das cisões produzidas pela distinção entre sujeito e objeto, induzidas pela confrontação entre o escrito (ordenado num padrão sintático próprio adaptado à expressão abstrata) e o vivido (relativo ao plano das ações e dos eventos particulares). Deve-se notar, entretanto, a nova posição alcançada pelo pensamento de Heráclito, a partir da caracterização da lei como estrutura comum mas dissociada de certa forma dos fenômenos que regula, não se confundindo com eles. Tal posição situa-se no plano de uma conquista lingüística decisiva que coloca Heráclito como marco inicial da filosofia política e jurídica e o começo da teoria da lei natural, que receberiam seu enunciado clássico pelos estóicos. A própria formulação de Heráclito é nova em três aspectos, conforme distingue Charles H. Kahn: em primeiro lugar, ele *generaliza* a noção de Justiça aplicada a cada manifestação da ordem cósmica, incluindo a lei da selva

---

34. Antifonte procurou determinar as diferenças entre a justiça natural e as leis convencionais como base para refutar Protágoras. Para ele, os preceitos da Lei (*nomos*) são convencionais, e os da Natureza (*physis*), necessários e não-convencionais. Trasímaco, por sua vez, situa a relação entre justiça e Direito natural num plano de argumentação essencialmente pragmático, sustentando ser o justo o que é útil ao mais forte, sendo no Estado aquilo que convém ao governo constituído. Cf. *República*, I, 338C. Para Cálicles, prefigurando Nietzsche, as Leis são invenções dos débeis e fracos a fim de dominarem os mais fortes, procurando estabelecer como Lei apenas aquilo que os beneficia e favorece. No entanto, esta Lei não está de acordo com a Natureza que mostra que "Justo é que o mais forte exceda o mais débil". Cf. *Górgias*, 513C.

pela qual os animais devoram-se uns aos outros[35]; em segundo lugar, concebe a lei humana como *princípio unificador* da comunidade política (*nomos*), e assim apoiada sobre a ordem racional da natureza (*physis*) que rege e unifica o cosmo; finalmente, o *status* único da lei humana e da ordem política é interpretado como conseqüência comum da possessão humana da linguagem (*logos*) e entendimento (*noos*), isto é, como conseqüência da capacidade racional de comunicar os próprios pensamentos e chegar ao consenso (*homologein* in: D. 50) que funda a comunidade politicamente justa, vale dizer, apoiada sobre a mesma lei distinta e articulada ao social como seu critério regulador. Assim, é sob os ditames do pensamento e da palavra erigidos por Heráclito que Platão construirá a sua própria perspectiva, ecoando a do mestre de Éfeso. Defendendo a base natural da ordem moral contra os relativistas e niilistas de seu próprio tempo, ele definiria a lei (*nomos*) como o arranjo disposto pela razão (*nous*)[36].

Platão soube responder a todas as necessidades da nova cultura que se impunha a partir da introdução da escrita e darlhes uma direção precisa que influenciaria todo o pensamento ocidental. Em relação aos pré-socráticos, que, em vista do modelo oralidade-escritura, deveriam ser mais bem caracterizados de pré-platônicos, representa uma evolução decisiva na direção da conquista do plano das categorias puramente racionais, referidas ao pensamento e à linguagem e totalmente distintas dos fenômenos sensíveis aos quais, no entanto, se relacionam. O pensamento platônico construiu-se, assim, como um esforço dirigido à necessidade de elaboração de uma sintaxe adequada à palavra escrita, fundada em relações de subordinação lógica entre conceitos precisamente definidos e racionalmente articulados. Ora, se em Heráclito vimos a lei universal atingir sua forma objetiva, no pensamento do filósofo de Éfeso ela ainda

---
35. Cf. D. 80.
36. PLATÃO, *Leis* IV, 714A (a posição platônica prefigura a definição completa da lei por Santo Tomás de Aquino: "um ordenamento racional pelo bem comum").

não havia se alçado ao plano transcendental das categorias, separado dos fenômenos cósmicos e dos eventos morais sobre os quais incidia como regra ordenadora e norma da ação. Mas, com a conquista da transcendência por Platão, não só a lei ganha sua expressão própria no interior da sintaxe lógica, referida ao pensamento puro e ordenada segundo os ditames da razão, mas, fundamentalmente, atinge sua forma própria de representação, especificando-se como objeto articulado a outros objetos num plano hierárquico de relações de pertinências e subordinações. A transição do esquema de categorias objetivas até o social deve-se fazer agora segundo um duplo movimento mediado pela inteligência: o sinótico, concernente à percepção da unidade essencial dos planos regidos pela idéia suprema do Bem (*noesis*), modelo para o conhecimento e para a ação justa; e o diairético, efetuado mediante a descida desde a idéia unitária, racionalmente concebida, passando por todas as instâncias nas quais se articula, até a vida social. A lei deve ser primeiramente contemplada, ao fim de um longo processo de ascese intelectual, para enfim ser elaborada conceitualmente no interior da linguagem escrita. A fixação da lei mediante a escritura forneceria assim o modelo por excelência do comportamento moral, estruturado como norma separada mas relativa à ação social. O projeto platônico poderia ser definido então como mimese racionalmente mediada? Uma tentativa de retorno à ordem e de manutenção de sua estrutura jurídica pela imitação do *logos* divino contemplado pela intuição intelectual (*noesis*)? É o que sugere o próprio Platão ao afirmar que "o filósofo, entretendo-se sempre com o que é divino e ordenado, torna-se ele também divino e ordenado na medida em que é possível ao homem"[37].

O projeto do rei filósofo significa a necessidade da construção do verdadeiro legislador, capaz de imprimir à vida social a sua constituição mais justa porque pode ajustá-la à norma divina, que a tudo abarca e governa. Ou seja, "o Estado não poderá ser feliz enquanto seu plano não for traçado por aqueles

---

37. PLATÃO, *A república*, livro VI, 500b.

pintores que utilizam o modelo divino"[38]. A contemplação da forma como causa fundante do ser significa, ao mesmo tempo, a apreensão da norma paradigmática do padrão de comportamento social justo. A validade e a legitimidade da lei jurídica não se apóiam na força dos interesses em jogo, ou seja, não no confronto das forças sociais, mas no conhecimento do princípio universalmente válido de ajuste do comportamento moral. A forma mais majestosa dessa convicção é o enunciado platônico segundo o qual a idéia do Bem, embora dispondo o ser, enquanto ser-supremamente-ser, no lugar do inteligível, não deixa por isso de ser *epekeina tes ousias*, além da substância, isto é, inapreensível na configuração imediata daquilo que se mantém ali, Idéia que não é uma Idéia, mas aquilo de que a idealidade da Idéia extrai seu ser (*tò einai*), e que, portanto, não se deixando conhecer na articulação do lugar, pode somente ser vista, contemplada, segundo um olhar que é o resultado de um percurso iniciático. O plano da normatividade ideal torna-se uma estrutura legal não produzida pela atividade intelectual, mas o fim de uma apreensão racional cuja construção lingüística do conceito, e sua articulação no interior do sistema, serve de meio de acesso e captação.

No processo descrito na *República*[39], é a inteligência que deve apreender a estrutura fundamental da existência em seus diversos estratos ontológicos e planos categoriais, para com isso poder forjar adequadamente em consonância com o que é, a *physis*, aquilo que deve ser, o *nomos*, organizando a forma de expressão e representação legal em referência à fonte universal de toda lei, situada acima de toda particularidade e, por isso mesmo, capaz regular a experiência social de forma justa. No duplo movimento da dialética platônica, do sujeito que procura e da verdade que se insinua ao pensamento[40], efetiva-se a aventura da lei que, como a linguagem, teve de romper o

---
38. *Idem, ibidem*, 501c.
39. Cf. *idem, ibidem*, especialmente 511a-511e.
40. Procuro analisar esse movimento em detalhes, tentando percebê-lo em todas as suas significações, em artigo ainda inédito intitulado "Alétheia".

encantamento do êxtase poético e organizar-se segundo um novo padrão, o padrão lógico da argumentação, que não procura a sedução mas o esclarecimento, saindo da existência imediata, na qual se inseria e com a qual se confundia, em busca da forma correta de sua elaboração justa, como categoria de certa forma distinta e ligada ao estrato categorial do qual se diferenciou.

Todo trabalho intelectual conduzido, assim, desde a introdução da escrita, procurou responder às urgências teóricas e legais impostas pelo novo meio, cuja disseminação levou à busca gradual de formas de representação articuladas não mais com base nas necessidades mnemônicas da oralidade mas nas exigências lógicas da palavra escrita, cada vez mais dissociadas da experiência comunitária original. A tarefa peculiar da filosofia seria, então, não só ajudar a construir uma forma adequada de expressão escrita, mas reconduzir o conceito da lei, abstraído da existência à qual se ligava imediatamente, à experiência da qual brotou e que deve regular e representar legitimamente: seja como lei natural, seja como norma jurídica. A unidade imediata da experiência mimética, sob a oralidade, uma vez perdida, deve ceder lugar a uma nova forma de unidade, sob a experiência lógico-categorial, mediante a qual a narrativa de eventos e ações particulares é abandonada em função de um meio de expressão construído a partir da articulação racionalmente mediada entre o fato e o conceito. Na representação e significação efetivas estava dada a possibilidade da legitimidade real da lei jurídica, bem como a delimitação conceitual de sua forma válida.

Com o "isolamento" da linguagem nos sistemas categoriais põe-se o problema de sua articulação com os fatos. Da mesma forma que a lei jurídica só atinge seu estatuto definido na medida em que ela se diferencia dos processos que regula, a medida mesma de sua diferenciação põe o problema de sua relação justa com a existência da qual se distinguiu: assim, a questão de sua natureza liga-se ao problema de sua legitimidade. A conquista da forma abstrata da idéia por Platão, captada pela mediação racional do conceito[41], significou a posição da lei como norma universal materializada como realidade autônoma e detentora de significação própria. Ao mesmo tempo, a exigência do sistema como *constructo* lógico, no âmbito das distinções categoriais hierárquicas, abriu campo à possibilidade do ordenamento racional da lei no interior da linguagem filosófica, fundada sobre novas bases metafísicas. Efetiva-se assim, pela primeira vez, a estrutura legal e o molde racional aos quais a lei jurídica começa a se ajustar como determinação abstrata. Com isso é posto o problema de sua recondução à experiência original da qual brotou, matriz ontológica de sua significação e substrato de sua legitimidade. O duplo caminho da dialética platônica, entre a *doxa* – ligada à existência imediata, e a *episteme* – situada no plano das mediações pensadas –, procurou exatamente atar as duas pontas, possibilitando a constituição da vida social justa no interior do Estado, sua legitimidade jurídica, a partir da concepção racional da lei reconduzida ao plano da existência efetiva como norma reguladora e modelo de construção da vida ética no interior da comunidade política justa.

Platão, como Heráclito, viu sua cidade dominada pela guerra contra outras cidades e dilacerada pela guerra civil. Assim como Heráclito, tornou-se sensível ao requerimento fundamental, para uma vida minimamente decente, de uma comunidade humana fundada sobre uma estrutura legal e moral que possibilitasse amparo comum a todos os cidadãos. Tal estrutura deveria ser, como dissemos, separada o suficiente da existência social para não se confundir com os interesses particulares e poder regulá-los justamente em nome do bem comum. Tal disposição da lei foi amplamente conquistada, e perdida, pelos gregos no contexto da resposta filosófica à crise do *ethos* e da consciência suscitada pela alfabetização. No caminho que

---

41. Para uma percepção mais detalhada acerca da função do conceito cf. TOLEDO, Plínio Fernandes, "Observação sobre o conceito". *Visão e ação*, São Lourenço, março de 2000.

leva à conquista da legalidade como padrão universal de conduta moral racionalmente mediado, filósofos como Heráclito e Platão distinguem-se pela ousadia de suas posições e, ao mesmo tempo, pelo alcance humano de suas conquistas.

5. Posição final

> A Ciência do direito é uma parte da filosofia. Conseqüentemente, sua tarefa é acompanhar o desenvolvimento da Idéia – sendo a Idéia o fator racional em qualquer objeto de estudo – a partir do conceito, ou, o que é a mesma coisa, observar o desenvolvimento imanente da coisa mesma.
>
> (Hegel, *Princípios da filosofia do direito*)

A partir do movimento da oralidade à escritura, que acompanhamos brevemente, pode-se afirmar que, se o conceito da lei não emerge dos eventos, aos quais se ligava indissoluvelmente numa totalidade autocontida, tornando-se forma da representação e estrutura abstrata de significação desses mesmos eventos, o Direito, como forma específica de referência normativa à existência humana, não se pode definir no contexto de seu próprio significado: de um lado, a lei, como forma objetiva, não teria como distinguir-se significativamente do tipo de ser que regula; de outro lado, a legalidade intrínseca às ações humanas não possuiria suporte para diferir horizontalmente da legalidade física, impossibilitando o confronto da lei jurídico-moral com a lei natural a partir do domínio próprio de suas singularidades. A diferença entre o natural e o convencional, entre *physis* e *nomos*, aparece como contemporânea à descoberta da natureza e portanto da filosofia[42]. Como é próprio da filosofia nascente, ela exerce, simultaneamente com a descoberta da "natureza", uma influência sobre a atitude do homem para com os problemas jurídicos e políticos em geral e para com as leis em particular.

---

42. Como afirmávamos, o direito emerge como categoria autônoma juntamente com a construção do pensamento que o tematiza.

Portanto, na evolução da lei no sentido de seu progressivo caminhar rumo à abstração, dá-se a possibilidade do estabelecimento de sua dupla diferenciação: em relação aos eventos e em relação às outras formas de legalidade. É ao fim desse processo de abstração e caracterização dos planos categoriais que se dará o enquadramento racional da existência que permite distribuir o real global em quadros que o dissociam, tornando-o mais manejável e articulável pela inteligência que se serve do texto escrito. Com isso, verifica-se a formalização do Direito como conjunto de categorias articuladas no código escrito, situadas como padrões normativos dissociados e referidos à existência como sua essência legal. Uma nova forma de legalidade começa a instaurar-se. Se a oralidade lidava basicamente com eventos e ações contidos e expressos numa sintaxe narrativa, a experiência da alfabetização trará consigo a necessidade de articular o conhecimento segundo um novo padrão sintático, adequado à palavra escrita: o plano das categorias lógicas e da razão demonstrativa. Acompanha-se aqui o aparecimento de uma nova forma de saber que pretende resistir à dissociação das formas de vida operada a partir da transformação da oralidade para a escritura e da crise da cidade homérica. A existência imediatamente ordenada e articulada numa totalidade indissolúvel deve agora ser reordenada segundo uma ordem própria que se chamará a "ordem das razões" (*sullogismós*) ou a demonstração[43]. Na tarefa de construção da linguagem jurídica, imposta pela necessidade imperiosa de dar uma nova forma de estruturação legal à existência social, a partir da crise induzida pela introdução da escrita, atesta-se o prodigioso "poder do negativo do *logos*", o termo é de Hegel, mediante o qual a linguagem e a lei jurídica são arrancadas de sua aderência imediata ao mundo da experiência e alçadas a um plano de representação no qual as experiências vividas começam a transmutar-se em mediações pensadas. Na experiência do reordenamento na dissociação dos planos a lei jurídica começa a estabelecer o seu papel e, ao mesmo tempo, cumprir o seu destino.

---

43. Cf. VAZ, Henrique Cláudio de Lima, *O problema da filosofia no Brasil.* Cadernos Seaf.

O que minha interpretação tentou mostrar, na exigüidade do espaço a ela destinado, limitado ainda pela modéstia de minhas reflexões, foi a maneira como podemos compreender o significado da norma jurídica e interpretar o seu sentido, pretendendo um mínimo de distorções, no interior de seu desdobramento histórico a partir da vinculação a sua matriz histórica fundante, ontologicamente situada no plano das categorias existenciais. O contexto, que analisamos brevemente, instaura um momento de crise do *ethos*, sem o qual nem a filosofia nem o direito teriam razão de ser. Na experiência crítica induzida pela introdução da escrita deu-se a possibilidade do afastamento do código da existência imediata e, ao mesmo tempo, a necessidade de reconduzi-lo a tal existência, sob pena de perder o suporte de sua validação e legitimidade.

Acompanhamos o processo de realização da lei como desdobramento desde o plano de imanência até sua configuração objetiva, postulando a necessidade de referi-la à matriz ontológica de sua significação: a comunidade humana. Partimos da forma da lei como alma da comunidade, sua estrutura imanente de regulação, observando a maneira pela qual ela acabou por separar-se da experiência social concreta atingindo um plano próprio de representação. Nesse sentido, ao elaborarmos modelos à interpretação da lei em seus dois momentos fundamentais, de sua sombra em Homero até sua substância em Platão, quisemos acompanhar de perto o desenvolvimento de sua idéia, porque esta é a razão do objeto, o termo é de Hegel, e a melhor forma de compreensão reside na reprodução, mediante o pensamento, daquilo que evolui na existência efetiva como seu conteúdo essencial. É preciso assim procurar ajustar a compreensão à forma de desenvolvimento do próprio objeto.

As questões tratadas pela filosofia incidem todas sobre princípios e só podem ganhar significação no momento de pleno desabrochar de seu objeto que, no seu percurso formativo inicial, exibe as determinações que lhe constituem na origem e das quais ele pode ter se afastado no seu processo de diferenciação histórica. Não é possível ao investigador romper a casca das abstrações e penetrar o sentido fundamental de seu objeto enquanto este último não tiver explicitado por completo suas determinações essenciais. Enquanto a lei não se mostra como forma autônoma, mediante sua explicitação na escritura, não realiza por assim dizer a sua idéia, ou seja, não se efetiva como objeto apreensível e tematizável pelo pensamento e, assim, a verdadeira relação cognitiva, da qual depende a correta interpretação, não se dá. Pois a atividade interpretativa é uma forma de cognição que deve distinguir-se das atividades produtivas caracterizando-se como relação de captação mediante a qual a intenção, no dizer de Hartmann, atravessa o círculo de bronze e apreende algo que existe antes do conhecimento e independente dele. O efeito próprio da atividade hermenêutica consistiria numa forma de expressão pela palavra (conceito) de um significado (idéia), manifestando pela língua o *logos* interior no momento em que ele deixa-se mostrar à cognição. Citando Hegel, poderíamos concluir essa justificação tardia dizendo que: "Do que a filosofia se ocupa é de Idéias (...), revelando que o verdadeiro conceito (e não o que assim se denomina muitas vezes e não passa de uma determinação abstrata do intelecto) é o único que possui realidade justamente porque ele mesmo a assume. Toda a realidade que não for a realidade assumida pelo próprio conceito é existência passageira, contingência exterior, opinião, aparência superficial, erro, ilusão, etc. A forma concreta que o conceito a si mesmo se dá ao realizar-se está no conhecimento do próprio conceito, o segundo momento distinto da sua forma (abstrata) de puro conceito."[44]

6. Coda

O filósofo é o amigo do conceito, ele é conceito em potência. Quer dizer que a filosofia não é uma simples arte de formar, de inventar ou de fabricar conceitos, pois os conceitos não são necessariamente formas, achados ou produtos. A filosofia, mais rigorosamente, é a disciplina que consiste em *criar* (grifo meu) conceitos. O amigo seria amigo de suas pró-

---

44. HEGEL, *Princípios da filosofia do direito*, "Introdução".

prias criações? Ou então é o ato do conceito que remete à potência do amigo, na unidade do criador e de seu duplo? Criar conceitos sempre novos é o objeto da filosofia. É porque o conceito deve ser criado que ele remete ao filósofo como àquele que o tem em potência, ou que tem sua potência e sua competência.

(Gilles Deleuze e Félix Guattari, *O que é a filosofia?*)

As páginas que se seguiram quiseram fornecer ou encaminhar uma resposta a questões relativas à interpretação da lei no interior do processo de formação do seu conceito, a partir da experiência social situada na transição da oralidade para a escritura, da aquisição de sua forma própria de representação e regulação aos problemas por ela acarretados. Se não foi completa e nem exaustiva, o que efetivamente não poderia ser, quis ao menos traçar um caminho e indicar um método que possa servir como base para discussões e aprofundamentos futuros.

As epígrafes iniciais e a final constroem uma contradição possível (ou aparente): Hegel contra dois pensadores anti-hegelianos, Deleuze e Guattari; o primeiro defendendo a objetividade da idéia, os últimos sustentando a objetividade do conceito. Em que ponto faz-se possível o ajuste? Apenas quando começa a ser preciso ficar de pé por si mesmo, lá onde reside a necessidade de se libertar da fraseologia oca e do lugar comum rumo à construção de conceitos vigorosos que se movam com a força da inteligência que os impulsiona. Mediante a elaboração criativa de seus conceitos, o filósofo permite-se a adequação deles mesmos ao objeto em relação aos quais são os legítimos meios de compreensão. Senão é possível que nos limitemos a repetir apenas o que outros já repetiram. Vale aqui o que afirma Ernst Bloch, que o homem acostumado a pensar por conta própria não aceita nada como fixo nem definitivo, nem os fatos amealhados nas generalidades inertes e menos ainda os tópicos enrijecidos. Aquele que aprende tem que se ver afetado ativamente pela matéria, "pois todo saber deve considerar-se capaz de viver sobre o caminhar, de romper a casca exterior das coisas"[45].

---

45. BLOCH, Ernst. *Subjekt-Objekt. Erläuterungen zu Hegel.* Frankfurt, 1962.

Bibliografia

ARISTOTLE, *Nicomachean Ethics (Ethica Nicomachea)*. Translated by W. D. Ross. Chicago: Enciclopaedia Britannica, 1994.
_____. *Posterior Analytics (Analytica posteriora)*. Translated by G. R. Mure. Chicago: Enciclopaedia Britannica, 1994.
AUDEN, W. H. (Editor). *The Portable Greek Reader*. New York: Penguin Books, 1977.
BLOCH, Ernst. *Subjekt-Objekt, Erläuterungen zu Hegel*. Frankfurt/Main: Suhrkamp Verlag, 1962.
BRANDÃO, Junito de Souza. *Teatro grego: tragédia e comédia*. Petrópolis: Vozes, 1996.
CASTIGNONE, Silvana. *Introduzione alla filosofia del diritto*. Roma-Bari: Editori Laterza, 1998.
COLLI, Giorgio. *La sapienza greca III. Eraclito*. Milano, 1980.
DELEUZE, Gilles e GUATTARI, Félix. Rio de Janeiro: Editora 34, 1997.
ERLER, M. *Il senso delle aporie nei dialoghi di Platone. Esercizi di avviamento al pensiero filosófico*. Milano: Vita e Pensiero, 1991.
_____. *Insegnamento e aprendimento per i sofisti e per Platone*. Milano: Vita e Pensiero, 1991.
FINNIS, John M. *Natural Law and Natural Rights*. Oxford, 1980.
_____. *Problems of the Philosophy of Law*. In: "The Oxford Companion to Philosophy"; edited by Ted Honderich. Oxford: Oxford University Press, 1995.
FRIEDRICH, Carl J. "Duas interpretações filosóficas do Direito Natural", *Diógenes*, Brasília: Editora Universidade de Brasília, 1982.
GADAMER, Hans-Georg. *Dialogue and Dialectic: eight hermeneutical studies on Plato*. New Haven and London: Yale University Press, 1980.
GOODY, Jack. *Domestication of the Savage Mind*. Cambridge: Cambridge University Press, 1977.
GUSDORF, Georges. *Mito e metafísica*. São Paulo: Convívio, 1980.
HAVELOCK, Eric. *The Literate Revolution in Greece and its Cultural Consequences*. Princeton: Princeton University Press, 1982.
_____. *Prefácio a Platão*. Campinas: Papirus Editora, 1996.
_____. *A musa aprende a escrever: reflexões sobre a oralidade e a literacia da antiguidade ao presente*. Lisboa: Gradiva, 1996.
HEGEL, Georg W. F. *Princípios da filosofia do direito*. São Paulo: Martins Fontes, 1997.

HEIDEGGER, Martin. *A sentença de Anaximandro*. Trad. Ernildo Stein. Col. "Os Pensadores". São Paulo: Abril Cultural, 1978.

HOMER. *The Iliad*; Translated by Robert Fagles; introduction and notes by Bernard Knox. New York: Viking, 1990.

KAHN, Charles H. *The art and thought of Heraclitus, An edition of the fragments with translation and commentary*. Cambridge: Cambridge University Press, 1999.

KELLY, J. M. *A Short History of Western Legal Theory*. Oxford: Oxford University Press, 1992.

KIRK e RAVEN. *Os filósofos pré-socráticos*. Lisboa: Fundação Calouste Gulbenkian, 1982.

LEVINSON, Ronald B. *In defense of Plato*. Cambridge, Mass., 1953.

NILSSON, Martin. *Homer and the Mycenae*. New York: Cooper Square Publishers, 1968.

ONG, Walter. *Orality and Literacy*. London and New York: Methuen, 1982.

PARRY, Milman. *L'épithète traditionnelle dans Homére*. Paris: Société Editrice des Belles Lettres, 1928.

PLATONE. *Tutti gli scritti*. Milano: Rusconi, 1996.

REALE, Giovanni. *Corpo, Anima e Salute: il concetto di uomo da Omero a Platone*. Milão, 1999.

TOLEDO, Plínio Fernandes. "Observação sobre o conceito". *Visão e Ação*, São Lourenço, 2000.

VERNANT, Jean-Pierre, e VIDAL-NAQUET, Pierre. *Mito e tragédia na Grécia antiga*. São Paulo: Livraria Duas Cidades, 1997.

VOEGELIN, Eric. *A nova ciência da política*. Brasília: Editora Universidade de Brasília, 1982.

_____. *Science, Politics and Gnosticism*. Washington, Gateway Editions, 1997.

_____. *Plato*. Columbia and London: University of Missouri Press, 2000.

WILD, John. *Plato's Modern Enemies and the Theory of Natural Law*. Chicago, 1953.

O hermeneuta e o demiurgo: presença da alquimia no histórico da interpretação jurídica

*Wilson Madeira Filho**

Nós somos tanto o centro como qualquer outro ponto do Universo.
(Giordano Bruno, 1591)

1. Enxofre

A figura acima fez parte do primeiro *Musaeum Hermeticum*, surgido em Frankfurt em 1625, por meio do editor Lucas Jennis, um simpatizante da invisível Irmandade Luterana. Determinadas correspondências em sua interpretação poderão vir a enunciar questões no mínimo curiosas sobre os primórdios da hermenêutica jurídica.

---

* Professor da Faculdade de Direito da Universidade Federal Fluminense.

Não se pretenda, contudo, encontrar no presente texto uma leitura de fundo místico e religioso, mesmo por respeito aos místicos, junto a cujo trabalho sequer se atreve qualquer comparação. Trata-se o ensaio antes de uma investigação de ordem semiológica, buscando compreender um pouco da natureza do discurso interpretativo, operando aspectos da semântica e da metalinguagem. À pecha de esoterismo e ingenuidade com colorido exótico, geralmente atribuída a boa parte dos estudos atuais em Alquimia – vale dizer, os mesmos argumentos que, desde o final do século XVI, buscam enfatizar a Ciência como o local por excelência do definição da Verdade –, poderia aqui resultar numa alegoria paradoxal: o discurso do Direito, por autovalidar suas verdades, não fugiria ao atribuído tom "religioso" e "pseudocientífico".

Elementos, enfim, encontradiços, aos quais se irá retornando mais adiante, na medida em que forem chamados à cena esses diferentes aspectos.

Na gravura acima, as correspondências numéricas assinaladas nas pontas da estrela permitem que se estabeleça uma leitura gradativa[1], partindo de uma unidade essencial, o número um, identificado com o centro da mandala, onde o próprio alquimista se apresenta, mesmo a indicar ser este o espaço onde a consciência deve postar-se, a integrar os elementos simbólicos ao redor. Vale dizer, aquele que interpreta não pode perder de vista que ele está no centro da interpretação. Tal assertiva não se imbui aqui de um caráter protoetnocêntrico, como enunciado em Protágoras, para quem "o homem é a medida de todas as coisas", mas antes como alerta de que o próprio homem deve interpretar-se no conjunto da investigação.

O número dois salienta a reunião dos opostos, através dos arquétipos do masculino e do feminino, propulsores da Obra em Vermelho e da Obra em Branco. Nesse sentido, vemos, de um lado, o rei solar, montado sobre um leão, símbolo do domí-

---

1. A ordem da presente leitura é tributária da interpretação da mesma gravura por MCLEAN, Adam, no seu *A mandala alquímica: um estudo sobre a mandala nas tradições esotéricas ocidentais*. Trad. Júlio Fischer. São Paulo: Cultrix, 1997, 10.ª ed., pp. 40-2.

nio sobre a matéria-prima necessária para a constituição da Tintura Vermelha. E, do lado oposto, a rainha lunar, montada sobre uma baleia, em meio ao mar da procriação, dominando a matéria-prima necessária para a realização da Tintura Branca. A reunião de ambos na unidade do demiurgo traria a figura mitológica do hermafrodita – filho de Hermes e Afrodite –, ideal de reunificação da completude do corpo humano, cingido quando da aventura humana para além do Uno primordial.

O número três transparece no triângulo formado pela Alma solar, pelo Espírito lunar e pelo Corpo terreno (representado pelo cubo da Terra, cercado pelos cinco demais planetas). Aqui a leitura hermética já demonstra francamente sua influência rosa-cruciana, pelo consórcio dos saberes atribuídos a Hermes Trismegisto com a tentativa de tradução desse simbolismo para a atmosfera do cristianismo, propondo paralelos entre o triângulo alquímico e a Santíssima Trindade. Observa-se ainda que o sistema cósmico do Timeu de Platão (427-374 a.C.), consagrado, com leve alteração, no sistema de Ptolomeu (c. 100-160 d.C.), tendo a Terra como centro do Universo, cercada pelas sete esferas etéreas da Lua, Mercúrio, Vênus, Sol, Marte, Júpiter e Saturno, já se encontra em controvérsia com outros sistemas, como o proposto em 1543 por Copérnico (1473-1543) – com o Sol no centro do Universo, descrevendo movimentos ascensionais da matéria desde seu estado mais impuro, vindo de Saturno-Chumbo até o Sol-Ouro – e o proposto em 1580 por Tycho Brahe (1546-1601), o último e o mais brilhante astrônomo a olho nu, para quem o Sol giraria ao redor da Terra, sendo, por sua vez, o centro dos outros cinco "planetas".

O número quatro está simbolizado pela quadratura do círculo[2], simbolizado pelo quadrado que envolve a gravura e que

---

2. Segundo Michael Maier (1568-1622), "os quatro elementos devem ser separados de todo o corpo simples (...). Através da transformação do quadrado num triângulo, mostram que o homem deve promover o espírito, o corpo e a alma, que surgem então em três breves cores antes do vermelho". Ao corpo corresponderá a cor preta saturnina, ao espírito a brancura lunar e à alma uma tonalidade citrina imaterial. "Quando o triângulo atingir sua perfeição máxima, deve ser transformado de novo num círculo, ou seja, num vermelho imutável. Através dessa operação a mulher regressa ao homem e das pernas de ambos forma-se um só." MAIER.

possui em suas quatro extremidades a salamandra de Fogo, a águia do Ar, a Terra e a Água: os quatro elementos formadores da vida, forças criadoras do Universo – cuja correspondência na literatura hesiódica demonstra a origem com Caos, Gaia, Tártaro e Eros.

O número cinco, formado pelo pentágono do corpo do alquimista, aponta para a quintessência, o elemento transformador da Criação, aqui identificado com a própria busca do alquimista, em sua trajetória pela indagação. Seu pé direito encontra-se sobre a terra e seu pé esquerdo sobre a água, a pena na mão esquerda simboliza tanto o ar quanto a Tintura Branca, lunar, e a tocha na mão direita simboliza a um tempo o fogo e a Tintura Vermelha, solar. A Tintura Branca, elemento formador da Obra em Branco, seria aquela, construída entre os homens, capacitando a variedade. A Tintura Vermelha, realizando a Obra em Vermelho, seria a da consagração do *demiurgo*[3], entendido aqui como o próprio pesquisador alquimista em sua "colaboração" para com a criação, não só desvendando os mistérios da natureza, mas participando ativamente da vida pulsante da consciência, em permanente processo de descoberta. Nesse sentido, a quintessência está simbolizada nas asas sobre a cabeça do alquimista, fazendo-o alçar o vôo espiritual.

O número seis está simbolizado pela imbricação do triângulo externo com o triângulo interno formado pelos símbolos básicos da alquimia, o mercúrio lunar à esquerda, o enxofre solar à direita e o sal, correspondendo, respectivamente, ao *Spiritus*, à *Anima* e ao *Corpus*. Todavia essa disposição simbólica, através de obras correlatas de Jacob Boehme (1575-1624), per-

---

Michael. *Atalanta fugiens*. Oppenheim, 1618, *apud* ROOB, Alexander. *O museu hermético: alquimia & misticismo*. Trad. Teresa Curvelo. Lisboa: Taschem, 1996, p. 466.

3. ROOB, Alexander, (ob. cit., p. 18) irá comentar: "Enquanto no mito platônico da criação do mundo, o Timeus, o demiurgo também aí designado por 'Poeta', forma a partir do mundo primordial um cosmos de proporções perfeitas sob a forma de um organismo animado de alma, que 'contém em si todas as coisas mortais e imortais', o demiurgo gnóstico gera um caos medonho, uma criação corrupta e imperfeita, que terá de ser aperfeiçoada e acabada, segundo a convicção dos alquimistas, através da sua 'arte' mediante uma nova organização ou reorganização."

mitem tomar todo o centro da figura como um símbolo estilizado do elemento mercúrio – versão romana do deus Hermes –, formado pelo círculo no centro, encimado pelas asas da fênix no topo e pela cruz saturnina em direção ao cubo terrestre. Do mesmo modo, diante de uma leitura comparada com a Cabala, os dois triângulos seriam os formadores da estrela de seis pontas, a Estrela de David, ou o Signo de Salomão, capaz de conter os espíritos sobrenaturais.

Finalmente, o número sete aparece representado de várias formas. Uma delas é a estrela de sete pontas com os símbolos dos planetas. Nesse sentido, o caminho do um ao sete representaria não apenas uma ascensão da busca do indivíduo que alcança uma geometria espiritual mais ampla, como também as dimensões da investigação, atuando tanto no microcosmos do investigador quanto no macrocosmos do Universo.

Outra forma são as sete letras do acróstico da palavra VITRIOL, indicando o vitríolo, elemento químico elaborado pela demiúrgica, como representante terrestre do mercúrio primordial, elemento de transformação e revelação. Composto por sete palavras: *"Visita Interiora Terrae Rectificando Invenies Occultum Lapidem"* (visitando o interior da terra, purificando-se, encontrarás o Lápis Oculto), é a súmula da busca ocidental pela Pedra Filosofal, ou Lápis Filosofal, o elemento de retorno à unidade, pelo entendimento das forças de transformação do universo.

Outra forma, ainda, de manifestação do número sete é o processo da *nigredo*, ou a Obra em Negro, representado nos sete círculos que intermediam as arestas da estrela, apresentando as sete fases da Obra como um progresso interior, revelando o processo de meditação do alquimista/pesquisador, realizando sua catábase em busca de um renascimento espiritual, começando com a putrefação – a partir de Saturno, o velho solar – e terminando com o renascimento como uma jovem lunar. Daí a necessidade de o alquimista, em sua busca pelo conhecimento, abandonar os preconceitos e *a priori* de sua investigação, apresentando-se aberto a um infinito de possibilidades, deixando "morrer" seu ser anterior, para tornar-se veículo do *devir*.

Por sua vez a disposição dos sete círculos (encimados por Kether, a coroa), se reunidos com o círculo central, mercurial, a ponta negra e saturnal da estrela e o cubo terrestre permitem uma leitura análoga à da árvore dos Sefiroth, encontrada no coração da Cabala, representando os dez números primordiais, atributos dos poderes de Deus, seu "rosto mítico"[4]. Todavia, na criação, seriam visíveis apenas os efeitos dos sete Sefiroth inferiores, uma vez que a tríade superior atua fora do tempo e da razão.

1.1 Hermenêutica, hermeneutas e sociedades herméticas

O conceito de hermenêutica jurídica vem sofrendo, sobretudo desde os meados da década de 1980, séries de questionamentos e transformações. Se toda a grade curricular das Faculdades de Direito no Brasil, afeita a uma leitura positivista da legislação, viu este perfil ser sublinhado durante o período da ditadura militar, a reação democrática, assinalada nos debates preparatórios à constituinte que gerou a Constituição Federal de 1988, veio a consolidar-se, no que tange ao reingresso de uma postura jurisfilosófica, com a Portaria MEC n.º 1.886, de 30 de dezembro de 1994, definindo as diretrizes curriculares e o conteúdo mínimo dos cursos jurídicos.

Esse "arejamento" dos cursos jurídicos, que busca tornar presente a crítica acadêmica em uma estrutura até então marcadamente técnica – na qual o estudo do Direito parecia se limitar a ser uma espécie de sucursal do Poder Judiciário, preparando "peças" para reposição numa máquina conservadora, sectária, elitista e mesmo antidemocrática –, passa a resgatar a dimensão filosófica e deontológica do Direito, demonstrando-o como um discurso sobre cuja análise concorrem arestas lingüísticas, históricas, sociológicas, políticas e antropológicas. Revela-se, ainda, que, manifestamente, a chamada Ciência do Direito, se compreendida como uma estrutura de aplicação das leis,

---

4. Conforme ROOB, ob. cit., pp. 310 ss.

é inexoravelmente uma ciência incompleta, insustentável, fruto de delírios de um racionalismo ideológico.

Desse modo, o sentido geralmente conferido à hermenêutica jurídica enquanto uma modalidade de interpretação própria dos operadores de Direito[5], distinta portanto seja de um olhar erudito, seja de uma perspectiva sociológica, viria a sofrer a influência de estudos de semiologia, buscando delimitá-la como parte de uma ciência da literatura empírica. O que, através da retomada de fundamentos filosóficos, como na obra de Chaïm Perelman, encaminhando os estudos de uma lógica jurídica em direção aos estatutos de uma nova retórica, ou via dimensionamento político de direitos universalmente reconhecidos através da construção de uma ação comunicativa como proposta por Jürgen Habermas, ou, entre nós, pela intensificação por parte de Tercio Sampaio Ferraz Jr. de modelos propostos por Viehweg, elaborando novas nuanças para uma teoria da comunicação pragmática, vem resultando em constantes questionamentos sobre a mera delimitação técnico-explicativa da disciplina.

Na realidade, a questão hermenêutica enquanto um reclame por uma modalidade de interpretação diversa da do dogmatismo institucionalizado guarda imensas proporções para com o "problema hermenêutico" colocado pela Contra-Reforma no Concílio de Trento (1545-63). O problema, então levantado, tratava não apenas da emergência do protestantismo que apon-

---

5. Uma das conceituações mais creditadas sobre Hermenêutica Jurídica, tornada clássica em nossa literatura, é a de Carlos Maximiliano, que diz: "A Hermenêutica Jurídica tem por objeto o estudo e a sistematização dos processos aplicáveis para determinar o sentido e o alcance das expressões de Direito." MAXIMILIANO, Carlos. *Hermenêutica e aplicação do direito*. Rio de Janeiro: Forense, 1988, 10.ª ed., p. 1. As primeiras edições da obra remontam à década de 1920. Por outro lado, tornou-se igualmente conhecida a irônica definição de Direito dada pelo escritor modernista Oswald de Andrade em seu "Manifesto antropófago" (1928): "Perguntei a um homem o que era o Direito. Ele me respondeu que era a garantia do exercício da possibilidade. Esse homem chamava-se Gali Mathias. Comi-o", aludindo o autor paulista à palavra galimatias, relativa a discurso confuso, obscuro, que mal se pode entender. ANDRADE, Oswald de. *Literatura comentada*. São Paulo: Abril Educação, 1980, p. 82.

tava para uma interpretação da Bíblia a partir de seu próprio texto, contra as invectivas da Igreja Católica que advogava o fato de ser senhora da legitimidade interpretativa das escrituras sagradas, como tratava também da consagração, no auge do Renascimento, das estratégias de interpretação advindas das sociedades herméticas, muitas vezes secretas ou "invisíveis".

Para melhor compreender esse panorama é importante resgatar o fato de que o culto ao deus Hermes foi o culto pagão que sobreviveu por mais tempo às perseguições do cristianismo, chegando até o século XVIII e antes havendo se tornado "esclerosado" a partir do século XVI – o termo é de Michel Foucault[6] – em função do apogeu do cientificismo.

Ora, a mitologia em torno do deus Hermes atravessa diversos momentos diferenciados no correr da história, antes representando uma releitura de mitos e um sincretismo ou interpenetração de manifestações de diferentes religiões que terminam por amalgamar-se na construção de uma nova mitologia, a figura a um tempo enigmática e redentora de Hermes Trismegisto.

Nascido de Zeus e Maia, portanto um deus de quarta geração, o recém-parido deus Hermes rouba o gado de Admanto, protegido de Apolo, amarrando feixes de palha nos rabos do animais do rebanho para que estes apaguem o próprio rastro, vindo a realizar um holocausto em homenagem aos onze deuses olímpicos, representados em doze piras de pedra. A décima segunda pira de pedra representaria ele mesmo, Hermes, que estaria alçando-se a esse patamar superior. Descoberta a trama, Apolo reclama de Zeus o gado roubado; porém Maia defende o filho, alegando ser inverossímil ser atribuído tal ato a um recém-nascido. Zeus, porém, descobre a verdade e Hermes, nascido com o dom de artesão dos instrumentos musicais, inventa a lira da casca de uma tartaruga, com a qual presenteia Apolo, contendo sua ira[7].

---

6. FOUCAULT, Michel. *A verdade e as formas jurídicas*. Trad. Roberto Cabral de Melo Machado e Eduardo Jardim Morais. Rio de Janeiro: Nau, 1996.
7. Conforme BRANDÃO, Junito de Souza. *Mitologia grega*. Vol. II. Petrópolis: Vozes, 1989, 3.ª ed., pp. 191-207.

Hermes, portanto, surge no céu da mitologia como um deus malandro, solerte e ladrão, uma espécie de Macunaíma do Olimpo. Será justamente o deus protetor dos ladrões e das rapinagens, vindo a evoluir para um deus protetor dos comerciantes; afinal, entre comerciantes e ladrões parecia haver, já na Antiguidade clássica, certo parentesco. Evolui o mito para o de um deus protetor das estradas, estradas por onde cruzam os comerciantes, ambulantes, viajando na venda de suas mercadorias, estrada onde se ocultam os ladrões, preparando tocaias para os incautos. Evolui, finalmente, para um deus protetor das travessias, sejam estas pelas estradas terrenas da vida, sejam pelos caminhos insondáveis do além-vida, tornando-se um deus psicopompo, capaz de habitar as esferas da existência, levando mensagens entre os deuses, os homens e os mortos, transitando do Olimpo à terra e à região ctônia.

O mito de Hermes é já, então, o mito da decifração dos segredos da vida, posto ser o deus o conhecedor de todas as formas do possível. Seu culto, diferente do culto de Apolo – o mais marcante da Era Clássica –, centralizado nos sacerdotes, que incorporavam o deus, dá-se de forma curiosa: a pessoa, ingressando no templo em Acaia, fazia sua pergunta secreta à estátua no fundo, vindo a tapar os ouvidos e, correndo para fora do templo, destapando-os, quando, então, a primeira fala que ouvisse representaria a fala, em forma de parábola, do deus. Daí o jargão, até hoje conhecido: "A voz do povo é a voz do deus", forma de sublinhar a principal característica de Hermes, o estar entre os homens[8].

Com a queda de Cartago, o mundo político se homogeneíza, talvez pela primeira vez, sob a clave distintiva do Império Romano, que traslada os cultos gregos em performances românicas. Hermes se transforma em Mercúrio, o deus mensageiro, de asas nos pés. No início do século IV d.C. Constantino trans-

---

8. Conforme HOMERO, *Ilíada*, canto XXIV, versos 334-5: "Hermes, por teres prazer especial em servir de companhia/ para os mortais, sobre dares ouvido àqueles que estimas." Trad. Carlos Alberto Nunes. Rio de Janeiro: Tecnoprint, s/d. p. 370.

forma o cristianismo em religião oficial do Império Romano, iniciando paulatina perseguição aos cultos antigos, agora pagãos. Fecham-se os templos, sobretudo das religiões apolíneas. O culto de Hermes-Mercúrio vai migrar para o Oriente e para o Egito, de onde se bifurcará nas duas principais correntes da alquimia. De um lado, se associará ao deus Thot egípcio – deus da medicina, da escrita e da magia, que presenteara os homens com a linguagem enquanto técnica decifratória da existência, por meio da escrita hieroglífica –, plasmando, na cultura ocidental, o mito de Hermes Trismegisto, o Hermes Três Vezes Máximo, patriarca do misticismo da natureza, a quem se atribui a autoria da *Tábua de Esmeralda* (*Tabula Smaragdina*), iniciando-se a busca da Pedra Filosofal. De outro lado, no contexto chinês, a alquimia vai associar-se à busca da imortalidade ou da Fonte da Juventude, manifestamente através de duas modalidades: a composição do Elixir Externo (Wui Tan) da imortalidade, por meio da pesquisa de metais e de drogas e da destilação de substâncias químicas, e do Elixir Interno (Nei Tan), pelo controle das energias vitais do organismo.

O desenvolvimento da alquimia no Ocidente é o que imbricará na "questão hermenêutica", por meio de sociedades fechadas, imersas em linguagens simbólicas, ditas herméticas por culturarem Hermes Trismegisto, e muitas vezes reunindo-se em locais secretos, para fugir da Inquisição, ou mesmo tornando-se "invisíveis", com seus próprios membros não conhecendo senão alguns poucos dos integrantes, a fim de garantir a permanência da busca pelo *Lapis*, no caso de serem identificados por seus perseguidores.

Imbuídos do subjetivismo já presente na *Tabula Smaragdina*, criar-se-á uma série de sistemas simbólicos, dos quais um dos mais extraordinários é a arte das mandalas, diagramas artísticos, que se popularizam com os movimentos internos do Renascimento. Nesse sentido, vem se somar o mito de Christian Rosenkreutz, que teria nascido na Alemanha em 1378, cuja figura lendária teria pregado a reunião de leis cósmicas e naturais, iniciando uma ordem filosófica existente, através de diversas tendências, até os dias atuais. Os *Rosae Crucis*, simbolizados pela cruz com a rosa (junção do cristianismo com a quintessência plasmada nas cinco pétalas da rosa), pelo menos em uma de suas modalidades mais marcantes, teriam sido responsáveis, no que tange à linguagem simbólica das mandalas, por um consórcio das linguagens herméticas para com certa interpretação do cristianismo, na qual o próprio Jesus Cristo será equiparado ao demiurgo, representando a reunificação do homem com Deus e a ascensão do corpo à alma divina, pela intermediação do espírito. Nessa trilha, poder-se-ia, remontando a Santo Alberto Magno (1193-1280), Roger Bacon (1220-1292) e Santo Tomás de Aquino (1225-1274), reconhecer no século XIII uma primeira geração gnóstica a valer-se dos conhecimentos herméticos em suas produções.

Possivelmente essa "leitura comparada" do hermetismo e do cristianismo foi o que possibilitou a permanência tão prolongada do culto a Hermes, que passa a ser tolerado por facções da Igreja. Junito de Souza Brandão (ob. cit.) chega a referir algumas variações do culto na Portugal novecentista, onde São Zacarias, pai de João Batista, surgirá como um "mentor de vozes", cujas respostas aos consulentes deveriam ser buscadas entre as falas do povo, semelhante ao culto a Hermes no templo em Acaia.

Outro importante personagem renascentista, participando para consolidar esse sincretismo, foi o já aludido místico alemão Jacob Boehme, luterano devoto, que teria recebido a revelação da presença de Deus em todas as coisas, iniciando uma série de escritos e gravuras poéticos, estabelecendo narrativas visionárias da criação, valendo-se de três princípios divinos para a liberdade e a regeneração humanas tomados da alquimia, batizando-os de enxofre, mercúrio e sal, manifestos no homem como corpo espiritual, alma e corpo material.

No apogeu do Renascimento a cultura de Hermes irá repercutir pela via artística, manifestamente em obras como as de Hieronymus Bosch (1450-1516), Albrecht Dürer (1471-1528), Leonardo da Vinci (1452-1519) e Michelangelo (1475-1564). O primeiro Museaum Hermeticum (1625), do editor Lucas Jennis, trará gravuras de Mattheus Merien (1593-1650), acompanhadas de versos de Stolcenberg, discípulo de Michael Maier (1568-1622), médico de Rudolfo II, o "Hermes alemão".

O editor Theodor de Bry, em 1618, publicara *Atalanta fugiens* de Maier e *A história de dois mundos* de Robert Fludd (1574-1637), que ostentava o título de Doutor Trismegistiano-Platônico-Rosacruciano. Na Contra-Reforma, essa edição é superada pela do jesuíta Athanasuius Kircher (1602-1680), fundador da egiptologia e decifrador de hieróglifos, preparando o terreno para o sincretismo aventureiro da sociedade teosófica, em fins do século XIX.

Elemento vivo da civilização ocidental até os séculos XVII e XVIII, a tradição hermética será banida primeiro com os golpes repetidos do cartesianismo, em seguida dos pensadores do chamado "Século das Luzes" e enfim dos positivistas. Ainda que rejeitada sob a acusação de "obscurantismo", essa tradição continuará a se transmitir fora dos caminhos batidos pelo saber oficial – os trabalhos de Swendenborg, de Martinez de Pasqually, de Claude de St. Martin, de Lavater, de Mesmer, do mineralogista alemão Werner, dos irmãos Schlegel atestam a vitalidade desta pesquisa paralela.[9]

O apogeu da arte emblemática coincide com a decadência da alquimia clássica. Alquimistas teosóficos iniciam conflitos com os alquimistas com prática laboral, os quais aproximam-se da química analítica.

Em contexto correlato, trabalhando com uma clave distintiva na qual a *prova* surgirá como uma forma jurídica própria da Alta Idade Média, envolta em conteúdos rituais e religiosos, oposta ao *inquérito*, entendido como forma jurídica que permite o desenvolvimento de uma forma sistematizada de saber que se conjuga ao poder em mecanismos de controle das sociedades, Michel Foucault irá ressaltar:

> O saber alquímico se transmitiu unicamente em forma de regras, secretas ou públicas, de procedimento: eis como se deve fazer, eis como se deve agir, eis que princípios respeitar, eis que preces fazer, que textos ler, que códigos devem estar presentes. A Alquimia constitui essencialmente um *corpus* de regras jurídicas,

---

9. UTÉZA, Francis. "Hermes e a alquimia". *JGR: metafísica do grande sertão*. Trad. José Carlos Garbuglio. São Paulo: Edusp, 1994, p. 418.

de procedimentos. O desaparecimento da Alquimia, o fato de um saber de tipo novo se ter constituído absolutamente fora de seu domínio, deve-se a que esse novo saber tomou como modelo a matriz do inquérito. Todo o saber de inquérito, saber naturalista, botânico, mineralógico, filológico é absolutamente estranho ao saber alquímico que obedece aos modelos judiciários da prova.[10]

A consagração da ciência tem como resultado um poder que o próprio império do cristianismo e todas as cruzadas não houveram por bem alcançar, liquidam a imaginação criativa, expulsam da República os poetas, exterminam os alquimistas, ou pior, transformam em "malucos-beleza" suas novas gerações: "bichos-grilo" a puxar um fumo nas matas próximas às cachoeiras, alimentando-se apenas de vegetais e iogurtes e limitados à fala da importância do signo ascendente no zodíaco.

Da busca do Ouro Filosofal ou do Elixir da Longa Vida restam apenas os enredos infantis nos filmes americanos nas matinês, enquanto, por outro lado, os mesmos jovens espectadores preparam-se para decorar a tabela periódica diante do vestibular que se aproxima.

Para um brilhante bacharel do século XIX e acurado hermeneuta, Max Weber, essa fragmentação das esferas do saber impunha uma quebra de paradigma:

> A intelectualização e a racionalização crescentes não equivalem, portanto, a um conhecimento geral crescente acerca das condições em que vivemos. Significam, antes, que sabemos ou acreditamos que, a qualquer instante, poderíamos, bastando que quiséssemos, provar que não existe, em princípio, nenhum poder misterioso e imprevisível que interfira no curso de nossa vida; em uma palavra, que podemos dominar tudo, por meio da previsão. Equivale isso a despojar de magia o mundo. Para nós não mais se trata, como para o selvagem que acreditava na existência daqueles poderes, de apelar a meios mágicos para dominar os espíritos ou exorcizá-los, mas de recorrer à técnica e à previsão. Tal é a significação essencial da intelectualização[11].

---

10. FOUCAULT, ob. cit., p. 418.
11. WEBER, Max. *Ciência e política: duas vocações*. Trad. Leonidas Hegemberg e Octany S. da Mota. São Paulo: Cultrix, 1972, p. 30.

O século XIX irá afastar interpretação jurídica e estudo da linguagem. O Direito, ou melhor, o sistema jurídico será apreciado dentro de seu ordenamento específico, emprestando-se particular ênfase ao positivismo das leis, tornadas *dever-ser* social, em oposição aos estudos do ser. Por sua vez, a lingüística iniciará sua trajetória de afirmação como ciência pela via da gramática, elaborando o histórico e as origens dos diversos ramos das linguagens, reconhecendo parentescos, afinidades, tentando redesenhar o caminho babilônico da fragmentação do que teria sido, nas priscas eras, uma língua única e universal, a "língua-mãe" das civilizações.

Curiosamente, o termo hermenêutica, utilizado enquanto compreensão e metodologia dos sistemas de interpretação, restará consagrado justamente na jusfilosofia, tornando-se praticamente uma palavra própria do cotidiano dos operadores do Direito, sendo rara sua utilização freqüente em outras ciências, à exceção, na psicanálise, de sua manutenção na retórica junguiana.

1.2 Pressupostos em Platão

Em *As leis*[12], Platão inicia o diálogo com a indagação de a quem devem ser atribuídas as disposições legais: a um deus ou a algum homem? A questão, recorrente no correr da obra, visa aferir tratarem-se as legislações de mero artifício político e técnica utilizada pelos homens de forma aleatória, em conformidade com as intenções do momento, ou se, contrariamente, por possuírem inspiração divina, devam ser interpretadas como atinentes não só aos indivíduos em suas particularidades, mas também e sobretudo ao gênero humano, participando da busca filosófica pela revelação da verdade das coisas.

Desse modo, o conceito de Leis (*Nomoi*) não se restringiria ao entendimento daquilo que é legal e jurídico, mas avançaria sobre questões éticas, políticas, ontológicas e mesmo sobre

---

12. PLATÃO. *As leis*; *Epinomis*. Trad. Edson Bini. Bauru: Edipro, 1999.

aspectos mais amplos e metafísicos, como a cosmologia, a matemática e a gnose.

Em *As leis*, obra inacabada, Platão viera aparar algumas de suas idéias anteriores, sobretudo questões expostas na *República*, consolidando outras posições. Algumas destas questões, relativas à interpretação, haviam sido apresentadas no diálogo *Crátilo*[13], obra que, atualmente, tem reconhecida vanguarda pela intuição da semiologia pelo filósofo grego. No *Crátilo*, dois personagens, Crátilo e Hermógenes, vão à procura de Sócrates para resolver um dilema: as palavras guardam estrita relação com as coisas que nomeiam ou trata-se de mera técnica aleatória, podendo-se alterar o código lingüístico, o qual, uma vez decodificado, permaneceria a comunicação corrente? Nota-se, com assombro, que são as mesmas questões suscitadas por Saussure, no século XX, e intensamente sublinhadas por lingüistas contemporâneos como Hjmeslev e Chomsky. Ora, a obra platônica é ainda mais saborosa quando se depreende que Crátilo representa a escola de Parmênides de Eléia – unitarista – e Hermógenes representa a escola de Heráclito de Éfeso – da constante transformação.

Platão não esconde a predileção pela escola parmenidiana, o título do diálogo já o revela: mesmo sendo neste preponderante a fala de Hermógenes, é o nome de Crátilo quem o define. Parmênides fora mestre de Sócrates, que fora mestre (e personagem) de Platão. Na filosofia parmenidiana o Uno indivisível, denominado de *apeiron*, coincide com tudo o que é; todas as coisas juntas, somadas, fragmentadas pela visão do homem, consolidam-se na unidade que sempre preponderou; na realidade, a aventura humana é que é uma ilusão, por julgar-se destacada do *apeiron*, para o qual há de retornar fatalmente, pela morte, tornado matéria no *apeiron*, ou filosoficamente, reconhecendo-se parte da Verdade essencial da Unidade. Numa leitura análoga no cristianismo, poder-se-ia alinhar aqui o

---

13. PLATÃO. *Crátilo; Teeteto*. Trad. Carlos Alberto Nunes. Belém: Universidade Federal do Pará, 1973.

mito do pecado original e a trajetória humana pela purificação dos pecados, buscando reunir-se a Deus.

Já para Heráclito de Éfeso nada é o mesmo duas vezes. É famosa sua alegoria sobre o banho: o homem que entra no rio para banhar-se jamais utiliza a mesma água, que é sempre outra, na medida em que corre o rio. É outra a água e é outro o homem, que é como se possuísse um rio interno, a transformá-lo constantemente. Essa a marca original da vida, o *devir*, a constante transformação. Idéias e construções, poderes, são tudo castelos de areia, átomos a chocar-se no fogo das paixões, onde o destino é descrito como uma criança a correr inocente.

Para Platão, que insistia que a essência por trás do mundo aparente deve ser apreendida, seria esta a verdadeira missão do filósofo, esclarecer sobre a verdade que parecia estar oculta, desvelando que a obra humana não passa de imitação de uma verdade primordial da qual devemos nos reaproximar ao máximo. Para ele a obra parmenidiana é um argumento de autoridade imprescindível, base de sua própria teoria. Mesmo o adjetivo "platônico", derivado de suas idéias, geralmente simbolizando o sujeito sonhador, utópico ou romântico, ainda guarda algo da noção de que existe uma verdade essencial por trás das aparências, seja o mundo ideal ou amor verdadeiro. De modo inverso, a filosofia de Heráclito será vista com desconfiança, no sentido de que se nada permanece o mesmo a própria verdade não existiria, por ser eternamente outra. Platão, como Sócrates, identifica na escola de Heráclito o supra-sumo da escola dos sofistas, capazes de justificar qualquer idéia ou de defender qualquer causa. Nesse sentido, ao estudar a relação entre palavras e coisas no *Crátilo*, o personagem Sócrates irá exemplificar a verdade na etimologia dos nomes ao demonstrar que Hermógenes, o discípulo de Heráclito, tem o nome derivado de Hermes e de *genes*, ou seja, é o "descendente de Hermes", tido aqui como o deus ladrão e solerte, protetor dos enganadores.

Todavia, nessa obra de maturidade, ainda pouco debatida, Platão, diferente do *Sofista*, apesar das duras farpas que joga na direção dos heraclitianos, arrisca uma conciliação entre as duas escolas. Tanto é assim que encerra o diálogo de forma aberta, com Sócrates aconselhando aos dois, Crátilo e Hermógenes, que sigam pela estrada em busca da opinião de um mestre da escola de Heráclito, simbolizando a um tempo que a estrada do conhecimento deve ser o caminhar conjunto dos pontos de vista diferenciados, com o que ele não esconde o tendencionismo parmenidiano de suas colocações. No plano interno do diálogo a mesma dialética se apresenta ao aproximar-se do núcleo da questão: a identidade entre palavras e coisas. Para ele, Sócrates, num passado primevo, as palavras e as coisas guardavam estrita correspondência, devido à arte do legislador, a quem chama também de *nomoteta*, aquele que nomeia, que descobre o sentido oculto das coisas inventando as palavras a elas equivalentes. Assim como o pescador é o artesão capaz de retirar o peixe da natureza ou o carpinteiro o artesão capaz de retirar da natureza os móveis, assim o legislador retira da natureza as palavras e a lei. Muito bem, irá retrucar Hermógenes, sendo assim, como explicar que a mesma mesa ou o mesmo peixe seja denominado com uma palavra em um lugar e por outra palavra em outro lugar, como no estrangeiro? Ora, dirá Sócrates, ocorre que o ofício do legislador deu-se nas priscas eras e seu trabalho foi gradativamente se afastando da *mimesis* original pelo uso indevido dos homens, nômades e desatentos à filosofia, que deixaram se afastar das palavras seu sentido original. Hermógenes ainda colocará outra importante questão: se o *nomoteta* é o artesão que foi à natureza para retirar as palavras, como ele as transmitiu se antes dele não havia palavras? Aqui Sócrates dará uma resposta fabulosa que teve de esperar até Saussure para sua continuidade: dirá que o *nomoteta* plasmou a linguagem das outras formas de comunicação dadas pela natureza, como os gestos, as sensações térmicas, os sons, a luz, etc., modos de comunicação originários diante dos quais as palavras seriam apenas uma técnica. De fato Saussure, em seu *Curso de lingüística geral* (1916)[14], demove a tese das escolas

---

14. SAUSSURE, Ferdinand de. *Curso de lingüística geral.* Trad. Antônio Chelini, José Paulo Paes e Izidoro Blikstein. São Paulo: Cultrix, 1995, 20.ª ed.

comparativistas, que reacenderam a questão da busca da língua original ou língua-mãe das civilizações, chamando a atenção para a importância histórica das linguagens fonéticas e demonstrando que a lingüística era apenas parte de uma ciência muito mais ampla, a Semiologia, que deveria abarcar todas as formas de comunicação.

Saussure irá distinguir também entre língua e fala. Língua será um organismo vivo, composto pela fala isolada de cada indivíduo, em constante devir, e não a intenção unitarista das gramáticas – como, anteriormente, a Gramática de Port-Royal – estabelecendo, com valor quase-legal, as normas de cada linguagem. A fala será o uso individual do repertório da língua, cada um se valendo dele conforme seu referencial, participando de perspectivas culturais em que o sentido semântico poderá ser alterado. Lições essas que tanto os gramáticos quanto os juristas até hoje têm dificuldade de apreender.

2. Mercúrio

Esta gravura de Theophilus Schweighardt Constantiensem[15], da obra *Speculum Sophicum Rhodo-Stauroticum*, de 1618, apresenta a tríade da Alquimia Espiritual própria da Fraternidade Rosa-Cruz. Na parte superior temos o alquimista realizando sua Obra (*ergon*) com Deus (*cum Deo*) e, na parte de baixo, o trabalho subsidiário (*pareigon*) que lhe permitiu atingir aquele grau de desenvolvimento. Encontramo-lo então bipartido entre *Labore* e *Arte natura*, entre a busca elementar da matéria-prima, seu "trabalho de campo", avançando na água do conhecimento, nas intempéries do dia-a-dia, e o trabalho solitário ao calor das ciências. Sofia, a sabedoria, que vai parir o novo homem, está entre eles, simbolizando a necessária junção das duas tarefas.

Junção de contrários, todo homem é feijão e sonho, é divino e maldito, fazendo surgir no espelho de seus mais profundos segredos o reflexo desse outro, difícil de decifrar posto sermos uma incógnita para nós mesmos. Difícil delimitar o oposto quando não se atinge o próprio conceito, quando, no atravessar de séculos, ainda não se sabe quem somos, de onde viemos, para onde vamos. Como afinal já estava descrito na *Tabula Smaradigna*, encontrada, segundo a lenda, nas pirâmides de Gizé pelos soldados de Alexandre, a qual, conforme a tradução da versão estabelecida pelo misterioso Fulcanelli (Vulcano-Hélio), autor nos anos 30 de *Les demeures philosophales* em que transcreve:

> É verdade, sem mentira, certo e muito verdadeiro:
> O que está embaixo é como o que está em cima, e o que está em cima é como o que está embaixo; por essas várias coisas se fazem os milagres de uma só coisa. E como todas as coisas existem e provêm do UM, pela mediação do UM, assim todas as coisas nascem dessa coisa única por adaptação. O Sol é o pai e a Lua é a mãe. O vento a carrega em seu ventre. A terra é sua nutridora e seu receptáculo. O Pai de tudo, o Telemo do mundo universal está aqui. Seu poder se conserva inteiro mesmo se se

---

15. *Apud* MCLEAN, ob. cit., p. 79. Também ROOB, ob. cit., p. 333.

converte em terra. Tu separarás a terra do fogo, o sutil do espesso, suavemente e com grande indústria. Ele sobe da terra e desce do céu, recebe a força das coisas superiores e das coisas inferiores. Terás deste modo a glória do mundo e toda obscuridade se afastará de ti. É a força reforçada de toda força, porque vencerá toda coisa sutil e penetrará toda coisa sólida. Assim o mundo foi criado. Disso sairão admiráveis adaptações, para as quais o meio está dado aqui. É por isto que me chamaram de Hermes Trismegisto, tendo as três partes da filosofia universal. O que eu disse da Obra solar é completo.[16]

Não é a História uma continuidade de fatos sobrepostos, através dos quais se tenta retomar o fio embaralhado da meada. A História é antes o nosso olhar sobre ela, inventando nossos antepassados. Poder-se-ia, então, dizer que os artistas alquímicos anteciparam a arte modernista, uma vez que não é a ilustração do fantástico mas justamente os processos signicos de representação da realidade o que nos absorve enquanto arte conceitual. Mas também se poderia dizer que foram esses artistas que, olhando para a frente, viram este passado sem datas, com o qual procuraram dialogar.

O certo é que vamos encontrar esse mesmo dualismo entre Irracionalismo e Razão em Shakespeare (1564-1616), em William Blake (1757-1827), em Goethe (1749-1832), em Joyce (1882-1941), em Guimarães Rosa (1908-1967).

Sobretudo a partir dos meados do século XVIII, quando a invenção do Mundo Moderno atinge seu apogeu e a ciência já começa a tomar definitivamente o terreno. Diderot, o organizador da *Enciclopédia*, sabe disso; não é por menos que redige a "Carta sobre os cegos"[17], na qual, em meio à especulação sobre o saber médico é possível depreender toda uma sensualidade a emergir da epistemologia, tornando plena de ambigüidade uma fala "científica", a tal ponto que Luís XV resolve

---

16. *Apud* UTÉZA, ob. cit., p. 416.
17. DIDEROT, Denis. "Carta sobre os cegos para uso dos que vêem". *Diderot: textos escolhidos*. Col. "Os Pensadores". Trad. J. Guinsburg. São Paulo: Abril Cultural, 1979, pp. 1-38.

encerrá-lo na prisão no castelo de Vincennes, em 1749, julgando haver no texto uma alusão ao governo da França. Época também em que o jovem Goethe escreve o *Werther*[18], iniciando uma das mais fortes tendências que irá desembocar no movimento romântico que fará frente ao Iluminismo racionalista, opondo a Paixão à Razão.

Confronto ainda, já simbolizado na gravura de T. S. C. – que rabisca suas iniciais na parede da gruta-laboratório –, entre o homem e sua obra, que virá a ser tematizado pelos estruturalistas, que procuraram afastar um do outro, justificando o exame da obra independente do perfil biográfico de seu autor, sem muitas vezes notar, como o salientavam os alquimistas, que é justamente na tina de roupa que se depura o cotidiano e se transmitem as tradições, preparando o espírito para corporificar a obra e, assim, alçar-se à alma universal.

2.1 Paradigma indiciário

Propondo o que qualificou como análise de um paradigma emergente do século XIX e ainda em vigor, cuja teorização poderia contribuir para enfrentar-se os embaraços na contraposição entre racionalismo e irracionalismo, Carlo Ginzburg disserta sobre a recuperação de métodos indiciários de investigação[19]. Trata-se, segundo o autor, de uma cisão epistemológica em consonância com os modelos propostos por Th. S. Kuhn em *A estrutura das revoluções científicas*[20]. O método, que trabalha conjuntamente com aspectos morfológicos e históricos, incide sobre o pormenor revelador, marcas e sinais que permi-

---

18. GOETHE, Johann Wolfgang von. *Os sofrimentos do jovem Werther*. Trad. Marion Fleischer. São Paulo: Martins Fontes, 1998.
19. GINZBURG, Carlo. "Sinais: raízes de um paradigma indiciário". In: *Mitos, emblemas, sinais: morfologia e história*. Trad. Federico Carotti. São Paulo: Companhia das Letras, 1990, pp. 143-79.
20. KUHN, Thomas S. *A estrutura das revoluções científicas*. São Paulo: Perspectiva, 1975.

tiriam a identificação de particularidades de outro modo subsumidas nos mecanismos de interpretação.

O ponto de partida são os estudos sobre pintura italiana de um tal Ivan Lermolieff, traduzidos do russo para o alemão por Johannes Schwarse em torno de 1875. Ambos desconhecidos revelam-se, alguns anos depois, como pseudônimos do italiano Giovanni Morelli, cujo método proposto para o reconhecimento de um original em relação a suas cópias consistia na observação de pormenores negligenciáveis nos retratismos: lóbulos de orelha, tamanho das unhas, formato dos dedos, etc. Desse modo, Morelli, formado em medicina, cataloga formas anatômicas próprias a Boticelli, Cézanne, Tuna e outros, chegando, por exemplo, a identificar, numa galeria de Dresden, uma obra de Giorgione até então tida como cópia feita por Sassoferrato de uma pintura perdida de Ticiano. Ginzburg observa que o gosto pelo indício revelador impõe-se inclusive nos pseudônimos de Morelli, do qual Schwarse é o equivalente em alemão e Lermolieff, um anagrama com sotaque russo.

O interesse renovado pelo método "morelliano" teria sido fruto dos trabalhos de E. Wind, que vira neles um avatar da atitude moderna em relação à obra de arte, privilegiando o pormenor em relação ao conjunto.

Mas o que Ginzburg ressalta e que virá a correlacionar a proposta de Morelli ao paradigma Kuhniano é a leitura concomitante dos artigos de Morelli por Conan Doyle e por Sigmund Freud, caracterizando, a partir desse trio, um modelo epistemológico calcado sobre um saber indiciário.

A comparação Conan Doyle-Morelli, já desenvolvida por Castelnuovo, revela que: "O conhecedor de arte é comparável ao detetive que descobre o autor de um crime (do quadro) baseado em indícios imperceptíveis para a maioria. Os exemplos da perspicácia de Holmes ao interpretar pegadas na lama, cinzas de cigarro, etc. são, como se sabe, incontáveis."[21]

A tríade fica completa pela correlação de Freud a Morelli (insinuada por E. Wind) e ao método detetivesco da psicanáli-

---

21. GINZBURG, ob. cit., p. 145.

se, relembrando o autor uma passagem de um ensaio de Freud, *O Moisés de Michelângelo* (1914) – escrito sob pseudônimo –, quando este comenta haver lido Ivan Lermolieff antes da descoberta da psicanálise, dizendo: "Creio que o seu método está estreitamente aparentado à técnica da psicanálise médica. Esta também tem por hábito penetrar em coisas concretas e ocultas através de elementos pouco notados ou despercebidos, dos detritos ou 'refugos' da nossa observação."[22]

O método indiciário, exposto através dessa tríplice ramificação, pode, contudo, traduzir uma outra pista: o sintoma de Freud, o indício de Holmes e o signo pictórico de Morelli permitem entrever o modelo da semiótica médica. Todos os três autores, Morelli, Conan Doyle e Freud, eram médicos formados, habituados a formular diagnósticos e identificar doenças na base de sintomas superficiais.

Ginzburg vai, então, buscar as raízes históricas desse paradigma indiciário, elencando, entre outros, o caçador, capaz de decifrar, através de pegadas, penas, entranhas de animais, etc., o "livro da natureza", conseguindo ler nas pistas mudas uma série coerente de fatos. A escrita é apresentada, então, como um correspondente simbólico desses sinais naturais, a tradição chinesa reputava sua invenção à observação das pegadas de um pássaro nas margens arenosas de um rio e a arte divinatória mesopotâmica buscava a decifração de caracteres divinos inscritos na realidade. O advento da escrita e posteriormente o da imprensa irão modificar gradativamente o relacionamento do homem com os símbolos.

> Inicialmente, foram considerados não pertinentes ao texto os elementos ligados à oralidade e à gestualidade; depois, também os elementos ligados ao caráter físico da escrita. O resultado dessa dupla operação foi a progressiva desmaterialização do texto, continuamente depurado de todas as referências sensíveis: mesmo que seja necessária uma relação sensível para que o texto sobreviva, o texto não se identifica com o seu suporte. Tudo

---

22. *Apud* GINZBURG, ob. cit., p. 147.

isso nos parece óbvio, hoje, mas não o é em termos absolutos. Basta pensar na função decisiva de entonação nas literaturas orais, ou da caligrafia na poesia chinesa, para perceber que a noção de texto que acabamos de invocar está ligada a uma escolha cultural, de alcance incalculável.[23]

Com potencial para um desenvolvimento em sentido rigorosamente científico, o texto, a princípio manualmente, depois mecanicamente, a partir de Gutenberg (1394-1468), inicia o caminho para seu pleno amadurecimento no século XIX.

Ginzburg irá avaliar suas hipóteses em momentos diferenciados na História, sobretudo num duplo confronto. O primeiro deles, na corte de Urbano VIII, entre as teorias de Galileu e as de Giulio Mancini, médico-mor, e o segundo, entre costumes de nativos de Bengala e a apropriação de seus instrumentais pictóricos por oficiais ingleses para fins administrativos.

Para Galileu (1564-1642), a leitura dos símbolos geométricos da natureza pressupunha o correto entendimento de seus caracteres, à semelhança da filologia, dispensando o que, não sendo símbolo, como os odores, os sabores e os sons, restaria como meros nomes. O grau de cientificidade de uma análise, nesse sentido, decresceria gradativamente, à medida que se passasse das "propriedades universais" (geometria) para as "propriedades comuns do século" (escritas) e, em seguida, às "propriedades individuais", manifestadas na pintura ou na caligrafia, por exemplo.

Mancini, por sua vez, é autor de uma obra intitulada *Algumas considerações referentes à pintura como deleite de um gentil-homem nobre e como introdução ao que se deve dizer*, que circulara amplamente em manuscrito junto a seus contemporâneos. A obra, voltada à elite diletante, é a primeira tentativa de fundar uma *connoisseurship*, e a parte dedicada a distinguir originais de cópias baseia-se numa correlação com a escrita, vinculada provavelmente, segundo Ginzburg, aos trabalhos contemporâneos de Leone Allaci, bibliotecário da Vaticana, e aos

---

23. GINZBURG, ob. cit., p. 157.

de Camillo Baldi, médico bolonhês. Assim, Mancini propõe, quanto à "propriedade comum do século", a prática na cognição da variedade da pintura quanto a seu tempo, buscando datar devidamente a pintura, de forma correlata à datação de manuscritos gregos e latinos por Allaci. Em segundo lugar, contemplando a "propriedade individual", observar o nexo analógico entre pintura e escrita, remontando a Hipócrates, que observava ser possível remontar das "operações" às "impressões" da alma, chegando a Baldi e seu "Tratado sobre como de uma carta missiva se conhece a natureza e a qualidade do escritor", o mais antigo texto de grafologia da Europa. Mancini, todavia, não se interessa pela reconstituição do caráter psicológico, mas sim pelo pressuposto da singularidade inimitável das escritas individuais. Caso se isolassem nas pinturas elementos equivalentes poder-se-ia concluir pela originalidade ou não de um quadro.

O contraponto formado pelos paradigmas galileano e indiciário bifurcava, no que concerne à ciência, o caminho da escrita entre o sacrifício do elemento individual à generalização ou à elaboração, às apalpadelas, de um método, ainda a definir-se, que viesse a contemplar o conhecimento científico das propriedades individuais. Porém, mesmo a primeira via, percorrida pelas ciências naturais, demonstrar-se-ia insuficiente, por não possuírem as propriedades comuns – como a escrita ou, de maneira correlata, a medicina – o rigor matemático desejável:

> Em primeiro lugar, não bastava catalogar todas as doenças até compô-las num quadro ordenado: em cada indivíduo, a doença assumia características diferentes. Em segundo lugar, o conhecimento das doenças permanecia indireto, indiciário: o corpo vivo era, por definição, inatingível. Certamente, podia-se seccionar o cadáver; mas como, do cadáver, já corrompido pelos processos da morte, chegar às características do indivíduo vivo? Diante dessa dupla dificuldade, era inevitável reconhecer que a própria eficácia dos procedimentos da medicina era indemonstrável.[24]

---

24. *Idem, ibidem*, p. 166.

O saber cotidiano, a concretude da experiência não se conformavam às regras. A vinda de um temporal pela mudança dos ventos, a intenção hostil num rosto, etc. eram elementos impossíveis de se aprender em tratados de meteorologia ou psicologia. Por outro lado, esse corpo de saberes locais e de experiências cambiáveis, ao tornar-se tradição literária, veio a fornecer um rumo inesperado ao paradigma indiciário.

Nesse sentido, a fábula oriental *Peregrinação dos três jovens filhos do rei de Serendip*, surgida no Ocidente em 1557 através da coletânea de Sercambi, relata, em um de seus contos, como três irmãos, encontrando um homem que perdeu um camelo, descrevem o animal: cego de um olho, branco, carregando odres de vinho e de óleo; mas, perguntados se o viram, respondem que não. Os irmãos são aprisionados, acusados de roubo. No julgamento, demonstram como, através de pequenos indícios, foram capazes de reconstruir o que nunca viram. O sucesso do conto foi tão grande que levou Horace Walpole, em 1754, a criar o neologismo *serendipity*, designando "descobertas imprevistas, feitas graças ao acaso e à inteligência"[25]. Voltaire reelaborou a aventura, no terceiro capítulo de *Zadig*, transmudando o camelo numa cadela e num cavalo. A nova versão é igualmente aclamada, de forma que Thomas Huxley, em 1880, num ciclo de conferências sobre as descobertas de Darwin, define como "método de Zadig" a capacidade de fazer profecias retrospectivas, reunindo história, arqueologia, geologia, astronomia física e paleontologia. Na impossibilidade de reproduzir as causas, demonstrava-se ser possível inferi-las a partir de seus efeitos.

O segundo exemplo utilizado por Ginzburg para a demonstração metodológica do paradigma indiciário diz respeito à mudança da legislação penal junto aos conceitos burgueses de propriedade, modificados com o advento das relações de produção capitalistas. Aumentava-se o número de delitos e o valor das penas, criando-se conseqüentemente um sistema carcerário mais complexo e exigente, que ademais sofria adminis-

---

25. *Idem, ibidem*, p. 168.

trativamente pela nova exigência de identificar o reincidente. Como assegurar, portanto, na Inglaterra de 1720, que um dado indivíduo era o mesmo que já fora condenado? A respeitabilidade burguesa exigia métodos diversos das marcas no corpo, qual o lírio no ombro de Milady que permite sua identificação por D'Artagnan. Após o Código Napoleônico, a mesma preocupação tomará o restante da Europa. Em 1879 Alphonse Bertillon cria um método antropométrico, baseado em descrições minuciosas do corpo. Porém, se o método tornava possível estabelecer diferenças, era incapaz de asseverar que duas séries idênticas de dados referiam-se ao mesmo indivíduo. O método das impressões digitais só surgirá em 1888, proposto por Galton, baseado todavia nos trabalhos de Purkyne e na prática de *sir* William Herschel. Purkyne, fundador da histologia, em sua dissertação *Commentatio de examine physiologico organi visus et systematis cutenei*, de 1823, afirmava não existirem dois indivíduos com impressões digitais idênticas. As possibilidades práticas não foram aventadas pelo autor, e sim as filosóficas, quais sejam, a diagnose médica, os sintomas sendo diferentes em indivíduos diferentes e devendo, portanto, ser tratados de diferentes maneiras. Por outro lado, desconhecendo o trabalho de Purkyne, esquecido por sessenta anos, Herschel, administrador-chefe do distrito de Hooghly em Bengala, notando o costume dos nativos de imprimir nas cartas e documentos uma ponta de dedo borrada de piche, utiliza-se do método como instrumento de identificação eficaz nas colônias britânicas. O costume bengalês, eivado de reflexões de caráter divinatório, era agora usado contra eles, apropriado pelo colonizador inglês.

   Mas, se o paradigma indiciário passava a ser utilizado na elaboração de técnicas sofisticadas de controle social, o inverso também se dava: constituía-se numa maneira de dissolver a ideologia do capitalismo maduro. E aqui Ginzburg faz remontar o histórico proposto ao trio inicial, Morelli-Freud-Conan Doyle, em que se poderia perceber um desenvolvimento do tipo Serendip-Zadig-Conan Doyle de um lado e, de outro lado, Morelli como uma versão atualizada de Mancini. A invenção da psicanálise de Freud reuniria, por fim, as duas tendências, o diagnóstico médico e a "propriedade individual", juntando ao pensamento científico a necessária intuição, impossível de ser formalizada ou mesmo dita.

O paradigma indiciário, proposto inicialmente como modelo para evitar os desconfortos das cisões entre racionalismo e irracionalismo, parece, portanto, apostar num racionalismo moderno, fragmentário, capaz de ser revisto pela individualidade intuitiva e capaz de decifrar para além da superfície dos discursos:

> A decadência do pensamento sistemático veio acompanhada pelo destino do pensamento aforismático – de Nietzsche a Adorno. O próprio termo "aforismático" é revelador. (É um indício, um sintoma, um sinal: do paradigma não se escapa.) Com efeito, *Aforismos* era o título de uma famosa obra de Hipócrates. No século XVII, começaram a sair coletâneas de *Aforismos políticos*. A literatura aforismática é, por definição, uma tentativa de formular juízos sobre o homem e a sociedade a partir de sintomas, de indícios: um homem e uma sociedade que estão doentes, em crise. E também "crise" é um termo médico, hipocrático. Pode-se demonstrar facilmente que o maior romance da nossa época – a *Recherche* – é constituído segundo um rigoroso paradigma indiciário.[26]

Algumas questões, contudo, parecem haver não diríamos escapado, mas talvez sido redirecionadas por Ginzburg, como, por exemplo, o fato de haver evitado as literaturas herméticas e rosa-crucianas e retroagido o paradigma médico apenas a Galileu – e não, por exemplo, a Thot, enquanto deus da medicina –, o que favoreceu sobremaneira um teatro impressionista que coincide com a emergência do pensamento cartesiano e se direciona para as "sociedades de controle", conforme o modelo já esboçado por Foucault[27].

Resta, por um lado, aferir que do conflito entre os alquimistas teosóficos e os químicos com prática laboral invocavam

---
26. *Idem, ibidem*, p. 178.
27. Conforme FOUCAULT, ob. cit. e retro, p. 50.

ambas as correntes um mesmo patrono: Theophrastus Bombastus von Hohenheim, vulgo Paracelso (1493-1541), para quem os estudos empíricos das ciências naturais constituíam um pano-de-fundo místico visionário, seguindo a máxima de que aquilo que obedece à razão opõe-se ao espírito. Por outro lado, cumpre distinguir que, entre o abismo cartesiano que vai de Paracelso a Freud, a própria diagnose do *corpus iuris* não é pacífica quanto aos "sintomas do positivismo".

É nesse sentido que Tercio Sampaio Ferraz Jr.[28] vai retomar a edificação do conceito de sistema pela jurisfilosofia do final do século XVIII para buscar a gênese do confronto de duas outras escolas ou tendências, os objetivistas e os subjetivistas, traçando os aspectos centrais na Europa moderna da hermenêutica jurídica como a inserção da norma em discussão na totalidade do sistema. "O relacionamento, porém, entre *sistema* e *totalidade* acabou por colocar a questão geral do *sentido* da unidade do todo."[29] O sistema seria a soma de suas partes, como no modelo tecnicista e mecânico, exemplificado no funcionamento de um relógio, submetido a um sistema lógico, ou seria o caso de considerar o paradigma médico e esboçar o sistema como um modelo orgânico, tendo como modelo o corpo biológico, cuja unidade era mais do que a soma de suas partes componentes?

Onde encontrar a verdade jurídica? No encadeamento de premissas segundo uma lógica aristotélica no qual a Premissa Maior corresponderia à norma, a Premissa Menor ao fato, gerando uma conclusão válida por si mesma, ou, pelo contrário, encontrar-se-ia em um fator outro, orgânico, responsável pela atribuição de sentido (os valores éticos e morais, a noção de nacionalidade ou de sobrevivência, etc.)? A lei já não encerra a clareza cristalina pretendida pelos *juris prudentes*; na realidade, nunca encerrara. E tal revelação talvez tenha se dado nesse

---

28. FERRAZ JR., Tercio Sampaio. *Introdução ao estudo do direito: técnica, decisão, dominação*. São Paulo: Atlas, 1994, 2.ª ed.
29. *Idem, ibidem*, p. 265.

momento, quando a hermenêutica jurídica depara com a antropologia do Direito. Faz-se necessário explicitar os critérios metodológicos daquilo que se classifica como verdade jurídica. De que verdade se trata ou o que se infere ao dizer "a vontade da lei": a vontade do legislador, entendido aqui como um braço do poder público ou da soberania, representante da vontade geral em sua atuação como agente do sistema, ou tratar-se-ia de algo mais complexo, um sistema vivo de relações vitais, pulsantes, a exigir seu individual e permanente exame?

Tercio Sampaio Ferraz Jr. sintetiza:

> Esta oscilação entre um fator subjetivo – o pensamento do legislador – e outro objetivo – o "espírito do povo" – torna-se assim um ponto nuclear para entender-se o desenvolvimento da ciência jurídica como teoria da interpretação. Em meados do século XIX ocorre, assim, na França e na Alemanha, uma polêmica. De um lado, aqueles que defendiam uma doutrina restritiva da interpretação, cuja base seria a vontade do legislador, a partir da qual, com o auxílio de análises lingüísticas e de métodos lógicos de inferência, seria possível construir o sentido da lei ("Jurisprudência dos Conceitos", na Alemanha, e "Escola da Exegese", na França). De outro lado, foram aparecendo aqueles que sustentavam que o sentido da lei repousava em fatores objetivos, como os interesses em jogo na sociedade ("Jurisprudência dos Interesses", na Alemanha), até que, já no final do século XIX e início do século XX, uma forte oposição do "conceptualismo" desemboca na chamada escola da "libre recherche scientifique" (livre pesquisa científica) e da "Freirechtsbewegung" (movimento do direito livre) que exigiam que o intérprete buscasse o sentido da lei na vida, nas necessidades e nos interesses práticos. Desenvolvem-se, nesse período, métodos voltados para a busca do fim imanente do direito (método teleológico) ou de seus valores fundantes (método axiológico) ou de suas condicionantes sociais (método sociológico) ou de seus processos de transformação (método axiológico-evolutivo), ou de sua gênese (método histórico), etc.[30]

---

30. *Idem, ibidem*, p. 266.

A doutrina subjetivista vai insistir numa teoria do ordenamento jurídico que o pressupõe como um saber dogmático, logo subsumindo-o à compreensão do pensamento do legislador. Contrariamente, para a doutrina subjetivista, a norma possui um sentido próprio, vivo, independente mesmo do sentido pretendido originariamente pelo legislador.

A polêmica é longa e lista uma série de argumentos em ambos os lados. Estamos, mal comparando, de volta à polêmica entre a unidade do *aperion* de Parmênides de Eléia e o *devir* de Heráclito de Éfeso. Estamos no *pareigon* da hermenêutica jurídica, sofrendo *os trabalhos e os dias* da construção de um discurso ético nas grutas de uma montanha ainda a ascender, na elaboração permanente de uma obra que exige tudo de nós, tudo de fato, pois exige a nós mesmos.

2.2 Pressupostos em Poe

O romantismo na obra de Edgar Allan Poe não é mero reflexo do modismo importado da Europa em oposição ao neoclassicismo. Alguns críticos literários tendem a emprestar-lhe certo colorido nacionalista, visto tratar-se possivelmente do primeiro escritor norte-americano a inverter as relações de consumo, tornando-se um *best-seller* na Inglaterra. O certo é que, diferente de certa tendência do movimento romântico, que explora os sentimentos amorosos, possuindo a paixão pela amada como bandeira contra o estatuto da racionalidade, Poe aborda a questão pela via da inventividade e da imaginação. É precursor de vários estilos e mesmo de uma escrita mais popular. Em seu "A aventura sem par de um certo Hans Pfaall", por exemplo, estão as bases da ficção científica contemporânea; em "O gato preto", vemos seu marcante estilo de demonstrar que o aparente sobrenatural apenas reveste as profundezas psicológicas. Escreve como um autor/leitor, sempre tecendo uma reflexão que é conjuntamente um debate intelectual. Observe-se a presença dos livros em suas cenas, não se trata de meros adereços, mas de verdadeiros personagens. Em "A queda da Casa Usher", a biblioteca hermética de certa forma conduz o fio de sobressaltos do enredo e, ao mesmo tempo, apresenta antecipadamente, via Schwenderborg, por exemplo, o deslinde moral da trama; no poema "O corvo", é a biblioteca o cenário do questionário feito ao irracionalismo. Pois é justamente este, o irracional, seu principal protagonista.

Em "Os crimes da Rua Morgue", afamado como o primeiro conto policial da literatura, iniciando um dos gêneros mais populares já existentes, temos justamente o confronto entre a tecnicidade do raciocínio lógico e a marcante presença do irracionalismo aparentemente sobrenatural. Poe irá miscigenar ambos, demonstrando como a chamada racionalidade muitas vezes se contenta com sua própria aparência, sem avançar cientificamente, e como, contrariamente, operações tidas como fantásticas ou irracionais revelam-se plenas de acuidade e inteligência, produzindo performances insuspeitáveis. O enredo do conto é por demais conhecido, tornou-se referência: um crime em um ambiente fechado. Inicia, como boa parte das narrativas do autor norte-americano, com um breve ensaio aparentemente fora da ordem da ficção, mas que, logo se verá, servirá como base de reflexão de toda a trama. Fala-nos da acuidade diante dos jogos e suas regras, demonstrando como o jogo de dama é mais complexo que o de xadrez. A afirmativa parece despropositada, mas o narrador apresenta a tese de que o que é complexo no xadrez são as regras, diferente do jogo de damas em que, sendo as regras muito simples, a acuidade exigida seria muito maior. Vamos entender com a afirmativa seguinte, sobre ser o jogo de uíste o mais difícil de todos, justamente por suas regras poderem ser completamente desprezadas pelo blefe, de que espécie de acuidade se está falando. Trata-se da atenção aos mínimos detalhes do jogo, explorando, inclusive, o adversário psicologicamente, adivinhando suas intenções e antecipando suas jogadas:

> Reconhece um jogo fingido, pela maneira como é lançada a carta na mesa. Uma palavra casual ou inadvertida, uma carta que cai acidentalmente, ou que é virada e o conseqüente olhar de ansiedade ou despreocupação com que é apanhada, a conta-

gem das vasas pela sua ordem de arrumação, o embaraço, a hesitação, a angústia ou a trepidação, tudo isso são sintomas, para sua percepção aparentemente intuitiva, do verdadeiro estado de coisas. Realizadas as duas ou três primeiras jogadas, está ele de posse completa das cartas que estão em cada mão e, portanto, joga suas cartas, com uma tão absoluta precisão, como se o resto dos jogadores houvesse mostrado as suas.[31]

Artífice do paradigma indiciário, esse acurado analista irá dar entrada ao antepassado dos detetives, Charles Augusto Dupin, tipo esquisitão que mora numa casa de esquina em um bairro afastado em Paris, tendo suas fabulosas aventuras relatadas por um narrador amigo, constantemente incrédulo com a perspicácia intelectual do companheiro. Dupin é apresentado como tendo um único luxo e uma esquisitice. O luxo são os livros. A esquisitice é o cerrar de cortinas durante o dia e o caminhar notívago. O conto, em seguida, apresenta mais um preâmbulo, agora sobre as capacidades de discernimento de Dupin que, após quinze minutos de silêncio, retruca desembaraçadamente ao que o narrador estava pensando. Este queda estupefato ao dar-se conta do extraordinário do fato, visto estar pensando em algo pouco comum, a baixa estatura de um determinado ator. A explicação de Dupin é um passeio alegórico de Poe aos assombros da técnica racionalista, expondo como, de um encontrão que o narrador dera num padeiro quinze minutos antes, seguira sua linha de raciocínio presumível, passando por questões mirabolantes, até deter-se na estatura do ator.

Até aqui vimos o modelo do qual Conan Doyle retirou seu Sherlock Holmes. A mesma "esquisitice" para o protagonista, o mesmo narrador simplório e entusiasta das operações do intelecto (Watson e o narrador inominado), a mesma acuidade de raciocínio. Divergentes apenas o tipo propriamente nacionalista do escritor inglês, que cria um personagem inglês que enfatiza o raciocínio enquanto técnica, e o escritor norte-americano

---

31. POE, Edgar Allan. "Os crimes da Rua Morgue". In: *Contos*. Trad. Editora Globo. Rio de Janeiro: Editora Três, 1974, pp. 128-64.

que se distancia do realismo, criando um personagem francês e fazendo desenrolar uma trama criminal em Paris. Sabe-se que Conan Doyle, após o sucesso de seu Sherlock, foi chamado a colaborar com a polícia inglesa no deslinde de casos intricados, parece que com certo sucesso. De modo semelhante, Poe, em "O mistério de Mary Roget", se vale de um caso real, noticiado nos jornais, para, utilizando nomes fictícios e ambientando mais uma vez a trama em Paris, apresentar uma solução intelectual para o caso, a qual, anos mais tarde, desvendado o mistério real, revelará coincidir com a do conto.

Mas prossigamos com "Os crimes da Rua Morgue". Apresentados temas e personagens inicia-se a trama propriamente dita, toda lida das notícias de um jornal. Um quarto fechado, duas mulheres mortas, mãe e filha, esta enfiada de cabeça para baixo em uma chaminé, a outra degolada e encontrada na rua de trás. Os gritos apavorantes atraíram vizinhos à casa, testemunhas acorreram ouvindo o que parecia ser uma discussão. Presentes vários estrangeiros que se contradiziam ao relatar a estranha voz que vinha de uma altercação no quarto andar do prédio. Cada um parecia distinguir uma voz áspera, mas que nunca coincidia nem com o francês nem com a língua de sua nacionalidade. Ao terminarem de subir os lances de escada e arrombarem a porta, encontram um quarto revirado, dinheiro no chão, a janela trancada e nada do criminoso, que se evadira misteriosamente.

O jornal do dia seguinte já apresenta o rol de testemunhas que o leitor atual, assíduo e perspicaz[32], leria com olhos desconfiados, buscando saber qual produz o relato falso. Conhecemos, então, as testemunhas que nos parecem suspeitos em potencial: Paulina Duborg, Pedro Moreau, Isidoro Muset, Henrique Duval, Odenheimer, Júlio Mignaud, Adolfo Le Bon, Guilherme Bird, Afonso Garcio, Alberto Montani, Paulo Dumas,

---

32. Jorge Luis Borges dirá: "Há um tipo de leitor atual, o leitor de ficção policial. Esse leitor, que se encontra em todos os países do mundo e que se conta aos milhões, foi criado por Edgar Allan Poe." BORGES, Jorge Luis. "O conto policial". *Cinco visões pessoais*. Trad. Maria Rosinda Ramos da Silva. Brasília: UnB, 1996, 3.ª ed., p. 32.

Alexandre Etienne... Somos tentados a pensar que o criminoso é um dos estrangeiros. Mas, e se for um francês se fazendo passar por estrangeiro? E se for mais de um culpado?

Dupin, apenas com a leitura dos jornais, já parece ter resolvido a intricada questão, e comenta sobranceiro:

> Não devemos julgar os meios (...) por esse arcabouço de interrogatório. A polícia de Paris, tão enaltecida pela sagacidade, é apenas astuta e nada mais. Não há método em seus processos, além do método do momento (...) As formas e origens dessa espécie de erro tipificam-se bem na contemplação dos corpos celestes. Lançar um olhar rápido para uma estrela, olhá-la obliquamente, voltando para ela as partes exteriores da retina (mais suscetíveis às impressões de luz que as interiores) é contemplar a estrela nitidamente, é apreciar perfeitamente seu brilho, que se vai esmaecendo, justamente, na proporção em que dirigimos nossa visão em cheio sobre ela. Neste último caso, maior número de raios luminosos incide sobre o olho, mas no primeiro há uma capacidade mais refinada de compreensão.[33]

E aqui, de fato, poder-se-ia parar, porque tudo já está dito, o mistério já está solucionado – por mais que o leitor ainda não tenha notado, ou melhor, ainda não tenha aprendido a notar, aprendendo a reler os indícios e a desvendar a verdadeira trama. Que já estava lá, na disposição dos teoremas sobre os jogos, que já estava no encadeamento de questões que permitiram reentabular uma conversação quinze minutos depois, que já estava na preocupação sociológica das escolas objetivistas. Trata-se da luta da racionalidade enquanto técnica do momento, insistindo em criar um padrão analítico homogeneizador, universalista, geométrico, em oposição à acuidade analítica e à inserção das individualidades na orquestração das ciências. Lançar um olhar rápido sobre a luz é não enxergar. As escolas iluministas estavam sendo vítimas de sua própria luminosidade, confundindo o momento com a eternidade. O personagem estrangeiro, o protagonista do imaginário e da inteligência, vi-

---

33. POE, ob. cit., p. 144.

nha mostrar que o aparente diferente era um irônico disfarce do mesmo, pois, às vezes, o que muito procuramos, como uma carta roubada a que ansiamos encontrar, talvez esteja ali no local óbvio e por isso jamais notado. Ele, o notívago, suposto "vampiro", suposta força irracional a "adivinhar" nossos pensamentos, olhar oblíquo – olhar atribuído ao Demônio – a desvendar as possibilidades da Luz, luciferino, se nos apresenta agora como a caricatura do próprio movimento romântico a enfrentar as insuficiências de um cientificismo pueril e de um positivismo tirânico.

A solução do conto é uma obra-prima da ironia; nenhum leitor afeito às soluções caseiras de uma Agatha Christie jamais o desvendaria; pelo contrário, sentir-se-ia traído pelo aparente *nonsense* do caso. O assassino era um orangotango, capturado em Bornéus e fugido de um circo, o que Dupin também depreendera dos jornais, pela leitura de outras colunas. Por isso a voz "estrangeira" não reconhecida na cena do crime tratava-se de uma vocalização símia – analogia cruel para com as intenções dos gramáticos históricos, fazendo-os deparar com essa "língua-mãe" darwiniana. Por isso a ferocidade e a espantosa rapidez do "criminoso" – era um inocente e infantil orangotango querendo brincar de "fazer a barba" nas mulheres – gesto que observara seu mestre realizar através das grades no circo e, depois, iniciada a gritaria, tentando esconder a "bagunça" para escapar ao castigo. Uma visita ao local do crime permitira ao olhar adestrado de Dupin notar um defeito na janela do quarto, dando a impressão de que esta tivesse sido fechada por dentro.

Ao exagerado mal, Poe contrapõe a inocência primeva. À razão, está contraposto o irracional. Não é à toa que apenas um orangotango poderia ser o assassino, pois o crime narrado, a verdadeira trama, é da ordem da inteligência; trata-se das lidas entre racionalistas e românticos, entre subjetivistas e objetivistas, em que, para os Iluministas, o irracional sempre seria o criminoso, sempre seria o falho, o "obscuro", o nicromante, o alquimista.

3. Sal

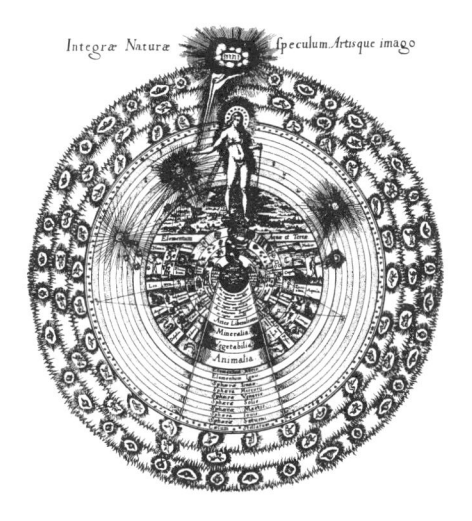

"Espelho de toda a natureza e símbolo da arte", esta obra de Robert Fludd[34], originalmente editada em *Utriusque Cosmi*, vol. I, em Oppenheim, em 1617, é assim comentada por Alexander Roob:

> A "Cadeia Dourada de Homero", que Fludd identifica com o "Fogo Invisível", conduz da mão de Deus através da Natureza Virgem até o Símio da Arte. Este representa as capacidades intelectuais e técnicas com as quais o homem imita a Natureza e procura aperfeiçoá-la.
>
> A Natureza, a mãe alimentadora de todas as coisas, faz a união do céu ígneo e divino, do céu astral e etéreo e do mundo sublunar e elementar. Ela é a "alma do universo", a mediadora entre o espírito divino e a expressão material. "Tem ao peito o verdadeiro sol, e no ventre a lua." O seu coração dá luz às estrelas, e o seu útero, o espírito da Lua, é o filtro através do qual as influências astrais chegam à Terra. "Tem o pé direito apoiado na terra, o esquerdo na água, mostrando assim a relação entre Enxofre e Mercúrio, sem a qual nada pode ser criado."[35]

---

34. *Apud* MCLEAN, ob. cit., p. 38. Também em ROOB, ob. cit., p. 501.
35. ROOB, ob. cit., p. 501.

Aqui a ordenação esférica e perfeita do universo demonstra a sincronia e a simetria das ordens do macrocosmo e do microcosmo, de Deus e do homem, do patamar ideal, divino, e a aventura real, traçado do imaginário trazendo à criação a criatividade.

Do mistério do Não-Criado faz-se o caminho para a Criação do mundo, qual um grande óvulo que prepara a gestação de todas as coisas, formando, dos círculos externos para a esfera central da Terra, a música da existência, a qual atravessa as esferas planetárias e elementares, fazendo nascer a arte, em que esses valores se corporificam, se multiplicam – signos do zodíaco, símbolos dos metais, etc. – e se fragmentam na multiplicidade infinita do possível.

Os alquimistas "inventaram" o pós-moderno, de certa forma intuindo que a Obra dos tempos iria se impregnar de uma razão cínica a autovalidar-se, prejudicando o sonho da modernidade. Anteciparam o paradoxo, o fragmento, o multivariado. Notaram que a noção de tempo pode ser uma armadilha e inventaram a agoridade, revitalizando o *aoristo* – o tempo mítico dos gregos, ocorrido antes da idéia de tempo, no qual ocorrem as gerações dos deuses, a evolução de seus mitos e seu sincretismo.

A Arte do Direito tentou plasmar essa idéia na distinção entre *ex tunc* e *ex nunc*, fazendo retroagir a decisão ao momento ou ao *aoristo*, quando, então, *nunca teria sido de outra maneira*. Inventou também a Assembléia Constituinte, momento mítico em que se "inventa" o Estado e em que se "inventa" a Lei – qual Moisés com os mandamentos, qual Maomé com o Alcorão –, e algo ainda mais extraordinário, a chamada Teoria da Recepção, em que a Lei Constituída, dita Constituição, iria reaproveitar o passado, transladando para o Novo Tempo aquilo que não lhe fosse contrário. Trata-se de uma resposta engenhosíssima à antiga tecnicidade romana intentada por Sávio Juliano, que no império de Adriano (76-138) teve a pretensão de tornar perpétuo o Edito Perpétuo.

Circularidade, eterno retorno, teorias trabalhadas, entre outros, por Platão, Maquiavel e Nietzsche, a estética alquimista devolve o que temos de demiurgo, participando dessa esfericidade sendo um ponto, mera poeira na perspectiva universal sim, mas um ponto, único, diferenciando cada um dos demais, e por isso inimitável e necessário. E, como todo ponto, nova esfera para novos universos interiores ainda a desvendar.

3.1 Hermenêutica total

A retomada da "questão hermenêutica" após a Segunda Guerra Mundial, em sentido inverso ao da controvérsia estabelecida no Concílio de Trento, procurava questionar se os chamados Direitos Humanos ter-se-iam tornado de maior gravame diante das autonomias dos diferentes Estados. Nesse sentido, Norberto Bobbio irá falar em uma "Era dos Direitos"[36], com a reemergência dos direitos naturais na era moderna, sinalizadores de uma noção de progresso do gênero humano. Chaïm Perelman irá identificar uma profunda alteração no raciocínio judiciário depois de 1945, influenciado pelos excessos do regime nazista e pelo processo de Nurenberg. Declara o autor belga:

> O positivismo jurídico, oposto a qualquer teoria do direito natural, associado ao positivismo filosófico, negador de qualquer filosofia dos valores, foi a ideologia democrática dominante no Ocidente até o fim da Segunda Guerra Mundial. Elimina do direito qualquer referência à idéia de justiça e, da filosofia, qualquer referência a valores, procurando modelar tanto o direito como a filosofia pelas ciências, consideradas objetivas e impessoais e das quais compete eliminar tudo o que é subjetivo, portanto arbitrário.[37]

Nesse sentido, vale referir a fala doutrinária consagrada de Miguel Reale: "O essencial, em suma, é reconhecer o *status* ori-

---
36. Conforme BOBBIO, Norberto. *A era dos direitos*. Trad. Carlos Nelson Coutinho. Rio de Janeiro: Campus, 1992.
37. PERELMAN, Chaïm. *Lógica jurídica*. Trad. Vergínia K. Pupi. São Paulo: Martins Fontes, 1998, p. 91.

ginário e primordial da pessoa humana como *valor-fonte*, evitando-se não somente o mal irreparável das ideologias totalitárias, mas também toda e qualquer forma de autoritarismo."[38]

Do mesmo modo, relatando um mundo em que a instrumentalização do Direito se faz preponderante no *devir* social, sublinha Peter Häberle:

> Todo aquele que vive no contexto regulado por uma norma e que vive com este contexto é, indireta ou até mesmo diretamente, um intérprete dessa norma. O destinatário da norma é participante ativo, muito mais ativo do que se pode supor tradicionalmente, do processo hermenêutico. Como não são apenas os intérpretes jurídicos da Constituição que vivem a norma, não detêm eles o monopólio da interpretação da Constituição.[39]

Marcado por uma concepção tópica do raciocínio jurídico, esse novo período irá se caracterizar, sob a perspectiva de Theodor Viehweg[40], na construção de uma Jurisprudência Problemática, junto à qual o Direito surgirá justamente como uma técnica de solução de problemas, de natureza arbitrária e não axiológica. Desse modo a solução de determinados problemas buscaria o convencimento da parte contrária sobre os tópicos aludidos, chegando a um resultado lógico pela via dialética. Os tópicos em Direito devem ser, nesse sentido, entendidos dentro de uma ordem funcional, como orientadores ou fios condutores do pensamento. A partir daí irá estabelecer uma cisão entre Pensamento Problemático – voltado à dialogia das soluções, permitindo a mutabilidade dos sentidos – e Pensamento Sistemático – característico de um discurso monológico ou em cuja dialogia o receptor aparece como não habilitado para intervir.

---

38. REALE, Miguel. *O estado democrático de direito e o conflito das ideologias*. São Paulo: Saraiva, 1998, p. 111.
39. HÄBERLE, Peter. *Hermenêutica constitucional. A sociedade aberta dos intérpretes da Constituição*: contribuição para a interpretação pluralista e "procedimental" da Constituição. Trad. Gilmar Ferreira Mendes. Porto Alegre: Sergio Antonio Fabris Editor, 1997, p. 15.
40. Cf. VIEHWEG, Theodor. *Tópica y jurisprudencia*. Trad. Luiz Díez-Picasso Ponce de León. Madrid: Taurus, 1964.

Tercio Sampaio Ferraz Jr., trabalhando junto de Viehweg na Faculdade de Mainz, dando continuidade a esse debate irá, a partir do binômio Sistema/Problema, delimitar uma pragmática do discurso jurídico de cunho retórico[41]. A partir de três gêneros retóricos tomados de Aristóteles (judicial, deliberativo e demonstrativo), irá trabalhar para a construção do que denomina de "pragmática do discurso jurídico" ou de "ação discursiva empírica dos agentes jurídicos". Desse modo, ao discurso jurídico tomado como com maior grau de dialogia (dialética) seguir-se-ia o discurso deliberativo, com grau mais brando de dialogia, e, por fim, o discurso demonstrativo, de baixa incidência dialógica. Parte destes gêneros para acoplá-los à noção de "mútuo entendimento" e à elaboração do discurso jurídico como uma técnica de tradução de valores informacionais para uma estrutura pragmática que possibilite alcançar-se uma solução "lógica", ainda que esta não corresponda ao conflito social que motivou a demanda. O Direito seria, assim, uma espécie de permutador de voltagens a exercer sua "violência simbólica", *representando* para a sociedade o final do conflito, ao instituir-se como um terceiro comunicador privilegiado, numa espécie de metadiscurso ou, diríamos, numa espécie de "metalitiscontestação".

Reflexões que implicam uma profunda alteração, uma verdadeira "mudança copernicana" – o termo é ainda de Ferraz Jr. –, para preservar horizontes democráticos diante das tendências técnico-performáticas da legislação atual. O que vem a se somar politicamente a séries de movimentos como os de reforma e democratização do Judiciário, Direito Achado na Rua e Direito Alternativo, que, entre outras bandeiras, propõem um alargamento dos horizontes da hermenêutica jurídica.

Nesse sentido, Raimundo Bezerra Falcão irá declarar, em um tom algo naturalista:

---

41. FERRAZ JR., Tercio Sampaio. *Direito, retórica e comunicação: subsídios para uma pragmática do discurso jurídico*. São Paulo: Saraiva, 1997, 2.ª ed.

Se o sentido não fosse tão rico, se ele fosse único, não existiria qualquer motivo para se cogitar da hermenêutica. Sobretudo de uma Hermenêutica voltada à totalidade. O resultado da interpretação seria o mesmo. Aliás, não haveria o sentido, pois aquilo que fosse extraído, por ser único, não seria sentido. Este pressupõe alternativas de racionalidade. Por isso, também não haveria interpretação. Sequer estaríamos escrevendo aqui, uma vez que seres humanos não seríamos, porquanto não os haveria. A Hermenêutica, portanto, origina-se da inexaurabilidade do sentido.[42]

Questões que, em campo correlato, manifestamente o da própria modernidade enquanto uma espécie de ideologia, serviram para que Edgar Morin vaticinasse o fim do século XX:

> A ciência derrubou as verdades reveladas, as verdades absolutas. Do ponto de vista científico, essas verdades são ilusões. Pensou-se que a ciência substituía essas verdades falsas por verdades "verdadeiras". Com efeito, ela fundamenta suas teorias sobre dados verificados, reverificados, sempre reverificáveis. Contudo, a história das ciências mostra-nos que as teorias científicas são mutáveis, isto é, sua verdade é temporária. A retomada dos dados desprezados, o aparecimento de novos dados graças aos progressos nas técnicas de observação/experimentação (que causaram a descoberta do átomo e da partícula, das galáxias e dos quasares, pulsares, etc.) destroem as teorias que se tornaram inadequadas e exigem outras, novas.
>
> Foi sobre isso que Karl Popper trouxe uma abordagem revolucionária. As teorias científicas, mostra ele, não são "verdadeiras". Elas seriam verdadeiras não apenas se os dados fossem determinados uma vez por todas, mas também se pudessem ser induzidas logicamente dos dados. Mas, na realidade, não há lógica indutiva em que os "falsos" produzam uma teoria. As teorias não vêm dos dados. São sistemas lógicos de idéias (ideológicas) que o espírito aplica aos dados para descrevê-los de maneira racional. Portanto, uma teoria é científica não só porque parece descrever dados ou fenômenos aos quais se aplica, mas

---

42. FALCÃO, Raimundo Bezerra. *Hermenêutica*. São Paulo: Malheiros, 1997.

também porque oferece os meios para sua própria refutação. Em outras palavras, uma teoria é científica não porque é verdadeira, mas porque permite que seu erro seja demonstrado. Aqui, encontramos a diferença entre a doutrina fechada, que recusa as relações com o mundo exterior se este a lesa ou a degrada, e a teoria aberta, que corre o risco de se transformar e morrer. A teoria científica é biodegradável.[43]

Contudo, resta examinar que, conceitualmente, a linha de raciocínio, que avança de um positivismo estruturalista em Bobbio, passa pela Tópica estruturalista de Viehweg e segue pelo caminho binário das oposições discursivas em Ferraz Jr., é tributário dos sucessos das pesquisas semiológicas, em especial de uma trajetória paralela no estudo da comunicação que traria nomes como Saussure, Jakobson (com suas funções da linguagem), Roland Barthes (com seu "duplo grau de articulação do significado"), desembocando em trabalhos como o de A. J. Greimas sobre análises semióticas do discurso jurídico[44].

Uma ciência da literatura empírica contemporânea, apresentada como alternativa para uma mudança paradigmática nos estudos da linguagem, necessitaria conceituar a ação comunicativa, para possibilitar equacionar-se a potência de um discurso[45]. Tal trabalho, também inspirado no conceito de paradigma científico de Th. S. Kuhn, repercutiria nas ciências da linguagem, aparentemente fora do alcance da crítica, justamente por

---

43. MORIN, Edgar. *Para sair do século XX*. Trad. Vera de Azambuja Harvey. Rio de Janeiro: Nova Fronteira, 1986, pp. 197-8.

44. Cf., entre outros, SAUSSURE, Ferdinand de; JAKOBSON, Roman; HJELMSLEV, Louis Trolle; CHOMSKY, Noam. *Textos selecionados*. Col. "Os Pensadores". Trad. Carlos Vogt, J. Mattoso Câmara Jr., Haroldo de Campos, Francisco Achcar, José Teixeira Coelho Neto, Armando Mora d'Oliveira. São Paulo: Abril Cultural, 1978, 2.ª ed.; BARTHES, Roland. *Mitologias*. Trad. Rita Buongermino e Pedro Paulo de Souza. São Paulo: Difel, 1982, 5.ª ed.; BARTHES, Roland. *Elementos de semiologia*. Trad. Izidoro Blikstein. São Paulo: Cultrix, 1979, 6.ª ed.; GREIMAS, Algirdas Julien. *Semiótica e ciências sociais*. Trad. Álvaro Lorencini e Sandra Nitrini. São Paulo: Cultrix, 1981.

45. Cf. OLINTO, Heidrun Krieger *et alii*. *Ciência da literatura empírica: uma alternativa*. Rio de Janeiro: Tempo Brasileiro, 1989.

ser o discurso a necessária ferramenta para a afirmação teórica dos diversos campos científicos. O controle da ambigüidade das palavras, vale dizer, um diagnóstico semântico rigoroso, poderia ser compreendido como imperativo para dar continuidade a valores de uma ética ocidental em que se destacam os princípios kantianos do Esclarecimento.

Nesse sentido, os trabalhos do grupo Nikol, ligado às universidades de Bielefeld e Siegen, publicados a partir dos anos 1980, integram campos da ciência literária como a historiografia, a sociologia e a psicologia, através do exame de categorias diacrônicas, sociológicas e psicológicas. A proposta alemã toma como base teorias biológicas cognitivas do chileno Humberto R. Maturana, que em seu conceito de *autopoiése* determina que o conhecimento individual não reproduz uma realidade essencial, mas constrói aquilo que o indivíduo aceita como realidade[46]. Desse modo, Siegfried J. Schmidt expõe os fundamentos metateóricos da ciência da literatura empírica, alertando: "não há transmissão de idéias de um sistema vivo para outro, há apenas sucessões paralelas de interações orientacionais internas ao sujeito, facultadas pela socialização verbal"[47].

Para tanto, e participando das propostas metateóricas do funcionalismo construtivo de Peter Finke, um conceito científico deverá nascer do consenso de uma comunidade de cientistas que contemple os termos de explicitação das teorias, a averiguação de sua empiricidade e sua relevância político-social. Profissionais especializados deveriam acionar o que tomam por conceito de ciência, de sociedade e de literatura, como condição para estabelecer um pré-saber inalienável.

> ... uma realidade enquanto tal, uma realidade absoluta, não constitui parâmetro para o estudo ontológico de seus constructos, mas são as regras de aceitação, as estratégias de consenso acerca dos

---

46. Cf. MATURANA, Humberto R. *Erkennen: Die Organisation und Verkörperung von Wirklichkeit*. Vieweg, Braunschweig/Wiesbaden, 1982; e MATURANA, H. R. e VARELA, Francisco. *Autopoises and cognition: Boston studies in the philosophy of science*. Boston: Reidel, 1979.

47. SCHMIDT, Siegfried J. "Do texto ao sistema literário. Esboço de uma ciência da literatura empírica construtivista". In: OLINTO, ob. cit., p. 38.

elementos do modelo de realidade de determinado grupo social e o conteúdo de realidade desses elementos que decidem sobre a nossa visão/versão do mundo. São esses modelos e não a realidade exterior ao olhar ativo que explicam, assim, por que em certo grupo social o mundo é visto de modo semelhante, e por que o mundo em que vivemos não é cópia mas composição.[48]

Enquanto a Estética da Recepção transforma o texto em objeto relacional, privilegiando a interpretação individual, a ciência da literatura enfatiza as pesquisas empíricas sobre os processos de compreensão do leitor, com base em seus próprios princípios epistemológicos, permitindo uma teoria da literatura fundamentada na relação texto/contexto. A rede teórica proposta abrange a elaboração do conceito de comunicação como forma de ação, distinguindo base comunicativa, o meio material, de comunicado, construído pelo participante da comunicação a partir de seus pressupostos. Desse modo, seria possível substituir a literalidade por um sistema que compreende o contexto de quatro papéis distintos, a saber: a produção, a mediação, a recepção e a elaboração pós-recepcional de comunicados literários. Substituído o texto por um sistema de ação comunicativa, a análise do crítico da linguagem teria efeitos retroativos sobre todo o campo do saber.

Se com o desenvolvimento da ciência da literatura empírica de fato se delinear uma mudança paradigmática, não podemos simplesmente retomar global ou parcialmente problemas, teorias, modelos, conceitos e valores antigos, porque no novo paradigma se alteram – em função de decisões epistemológicas, metateóricas e sociopolíticas – as regras e normas de construção da realidade, sentido, valor e identidade. Resumindo, não se desenvolveu apenas uma nova teoria, mas a vida ficou diferente.[49]

Em outro contexto, Jürgen Habermas irá propor uma teoria discursiva da ética, a partir da noção de consciência moral

---

48. OLINTO, ob. cit., p. 20.
49. SCHMIDT, Siegfried J. "Do texto ao sistema literário. Esboço de uma ciência da literatura empírica construtivista". In: OLINTO, ob. cit., p. 38.

desenvolvida por L. Kohlberg, alinhando-a ao agir comunicativo. A fundamentação consiste num princípio de universalização enquanto regra de argumentação de discursos práticos aliado à comprovação pragmático-transcendental de pressupostos universais[50]. Enquanto a ciência da literatura empírica trabalha no campo da semiótica, buscando estabelecer com mais rigor as funções dos sistemas comunicacionais, Habermas permanece no campo filosófico (ou deveríamos dizer político?), fornecendo para o pensamento hegeliano uma versão atualizada, em acordo com um panorama pós-metafísico[51].

> ... uma filosofia que não se esvai na auto-reflexão das ciências, que liberta seu olhar da fixação no sistema das ciências, que reverte esta perspectiva, detendo-se nas veredas do mundo da vida, é uma filosofia que se liberta do logocentrismo. Ela descobre uma razão já operante na própria prática comunicativa cotidiana. Aqui se cruzam as pretensões à verdade proposicional, à correção normativa e à autenticidade subjetiva no interior de um horizonte concreto do mundo que se abre lingüisticamente; por serem pretensões criticáveis, elas transcendem os contextos nos quais são formuladas e nos quais elas pretendem valer. (...)
> Em seu papel de intérprete, que lhe permite mediar entre o saber dos *experts* e a prática cotidiana necessitada de orientação, a filosofia pode utilizar-se deste saber e contribuir para que se tome consciência de tais deformações do mundo da vida.[52]

Observa-se até aqui que o pensamento alemão reestruturou-se no sentido de atender às expectativas de um projeto iluminista, instrumentalizando-se para dar continuidade científica à modernidade. No lugar do texto, a literatura como sistema; no espaço de uma ideologia marxista, um critério moral, contribuindo para construir um mundo menos ameaçado. O indi-

---

50. HABERMAS, Jürgen. *Consciência moral e agir comunicativo*. Trad. Guido A. de Almeida. Rio de Janeiro: Tempo Brasileiro, 1989.
51. *Idem. Pensamento pós-metafísico*. Trad. Flávio Beno Siebeneichler. Rio de Janeiro: Tempo Brasileiro, 1990.
52. *Idem, ibidem*, p. 60.

víduo, em todo caso, torna a perder terreno para o contexto holista, do qual se torna manifestação singularizada. Os conflitos entre razão e irracionalismo já não resultariam em sua especificidade teórica, mas, por pertencerem à ordem da ação, implicariam a construção de fundamentos éticos. Participando da gênese *autopoiética* da singularidade, trazendo à tona discursos que passam a veicular-se em sistemas e permitem encadeamentos em edifícios discursivos de poder, a ação comunicativa constituir-se-ia a um tempo em mediador e objeto.

Por outro lado, diferentemente do racionalismo alemão, a proposta de reversão paradigmática, recebe uma – inevitável? – versão estética, neo-subjetivista. Félix Guattari, a partir de seus trabalhos conjuntos com Gilles Deleuze, estabelece as linhas para um dispositivo esquizoanalítico de metamodelização. Interrogando o caráter científico da estrutura psicanalítica freudiana, desenvolve uma abordagem construtivista do inconsciente, tomado não mais como teatro (Édipo) mas como usina (modernidade)[53]. Opondo à programação psicanalítica do Outro uma pragmática ontológica das multiplicidades, elabora uma modelização transformacional, a qual, em sentido lato, encaminha a leitura cientificista para paradigmas éticos-estéticos. "Estamos diante de uma escolha ética crucial: ou se objetiva, se reifica, se 'cientifiza' a subjetividade ou, ao contrário, tenta-se apreendê-la em sua dimensão de criatividade processual."[54]

Estamos, agora, de retorno ao contraponto formado pelos paradigmas galileano e indiciário, entre o sacrifício do elemento individual à generalização ou a elaboração de um método que contemplasse o conhecimento científico do individual.

A opção de Guattari, na esteira da revolução lingüística de Saussure e das investigações semiológicas de autores como Jakobson, Hjemslev e Barthes, propõe realizar-se na função existencial que se identifica na reversibilidade entre Expressão e

---

53. GUATTARI, Félix e DELEUZE, Gilles. *O ant-Édipo: capitalismo e esquizofrenia*. Trad. Joana Morais Varela e Manuel Maria Carrilho. Lisboa: Assírio & Alvim, 1972.
54. GUATTARI, Félix. *Caosmose: um novo paradigma estético*. Trad. Ana Lúcia de Oliveira e Claúdia Leão. São Paulo: Editora 34, 1992, p. 24.

Conteúdo. Se para Saussure, na composição de uma palavra, *grosso modo*, conjugar-se-iam dois elementos, o significante (a forma) e o significado (o conteúdo), os quais, juntos, formariam o signo lingüístico, seria necessário dar-se um passo adiante, como em Barthes – no referencial semiológico – ou em Hjemslev – no campo próprio lingüístico –, e compreender que o próprio signo, imerso numa realidade cultural e histórica, cria uma espécie de novo "significante", mitificado pela dinâmica social. O signo, portanto, ao referendar seu significado, estaria compromissado com o entendimento do momento e da cultura em que se inscreveria sua articulação, podendo cambiar ainda conforme o acordo comunicacional estabelecido entre emissores individualizados. Essa virtualidade polifônica, recuperarando o termo de Bakhtin[55], permitiria uma paradoxal *autopoiése* maquínica.

> Francisco Varela caracteriza uma máquina como "o conjunto das inter-relações de seus componentes independentemente de seus próprios componentes". (...) Ele distingue dois tipos de máquinas: as "alopoiéticas", que produzem algo diferente delas mesmas, e as "autopoiéticas", que engendram e especificam continuamente sua própria organização e seus próprios limites. (...)
> Assim as instituições como as máquinas técnicas que, aparentemente, derivam da alopoiese, consideradas no quadro dos Agenciamentos maquínicos que elas constituem com os seres humanos, tornam-se autopoiéticas *ipso facto*. Considerar-se-á, então, a autopoiése sob o ângulo da ontogênese e da filogênese próprias a uma mecanosfera que se superpõe à biosfera.[56]

Guattari propõe, então, o que denomina de "metamodelização significante". No caso, trata-se de considerar os vetores sociais como máquinas promotoras de significantes, cujo exemplo é o próprio capitalismo. Criam-se não mais singularidades, mas processos de singularização, com seus universos de refe-

---

55. Cf. BAKHTIN, Mikhail. *Problemas da poética de Dostoiévski*. Trad. Paulo Bezerra. Rio de Janeiro: Forense Universitária, 1981.
56. GUATTARI, ob. cit., pp. 51-2.

rência ontológicos. O homem cede terreno para o além-do-homem nietzschiano, encarnado no processo maquínico. A subjetividade capitalística, com suas coordenadas heterogêneas reduzidas, se implica na tangência da morte e da finitude, numa alienação de alteridade que beira a paranóia, afasta-se, contudo, de um ideal de objetividade homogênea, quedado em "um morno infantilismo"[57]. Para combater a pulsão de morte de sistemas de singularização como o do capitalismo com sua potência de abolição da subjetividade, para destruir a alegria do marketing[58], ativam-se agenciamentos enunciativos que implicam substituir os imperativos categóricos kantianos por comandos ontológicos, processuais e micropolíticos. Desse modo, para além da criação semiológica de sentido, impõe-se a criação de uma textura ontológica heterogênea.

> Produzir uma nova música, um novo tipo de amor, uma relação inédita com o social, com a animalidade: é gerar uma nova composição ontológica correlativa a uma nova tomada de conhecimento sem mediação, através de uma aglomeração pática de subjetividade, ela mesma mutante.[59]

A produção política de uma subjetividade, em confronto com um ideal de objetividade, favorecido pela "hipnose" veiculada através da mídia, restaria como atualização possível de um "irracionalismo programático".

3.2 Pressupostos em Canotilho

Hermenêutica Total é um termo que vem recebendo os mais variados conteúdos, não raro resvalando para noções pseudo-holísticas, nas quais chega a reduzir-se a manejos teóricos de manuais de auto-ajuda para advogados.

---

57. *Idem, ibidem*, p. 86.
58. O termo é de Gilles Deleuze em "Post-scriptum sobre *As sociedades de controle*". *Conversações*. Trad. Peter Pal Pelbart. São Paulo: Editora 34, 1992, p. 226.
59. GUATTARI, ob. cit., p. 89.

A questão fundamental colocada, inserir a interpretação da lei na interpretação do mundo, pela via dos direitos humanos, tornou a ser elaborada, entre outros, por José Joaquim Gomes Canotilho[60], que, sob o pressuposto de que o princípio da universalização do Direito encontra sua expressão mais acabada no catálogo constitucional dos direitos fundamentais, apresentou os seguintes problemas e indagações sofridos pela contemporaneidade: 1) problemas de inclusão nos textos constitucionais de novos direitos diante de noções consagradas de estadania; 2) problemas de referência no que tange à comunicabilidade entre os atores coletivos e a "semântica do poder" gerando déficits; 3) problemas de mal-estar cívico e político causados pela crise de representação, agravada pelo patente estado de corrupção; 4) problemas de bem-estar programático diante da avalanche de direitos sociais, econômicos e políticos nos textos constitucionais, gerando um paradoxo entre o texto da lei e a realidade prática; 5) problemas de reflexão sobre a impossibilidade de o sistema regulativo central apresentar-se como racional e coerente, considerado, pelo contrário, como um vazio funcional, no qual as fontes normativas tradicionais do Direito deixam de ser funcionalmente adequadas; 6) problemas de reinvenção do território, na medida em que a soberania do Estado cada vez mais demonstra-se como uma peça na orquestração mundializada dos direitos, inserindo-se em processos de decisões coletivas levadas a cabo por organizações fora do Estado; 7) problemas de competência e de saber, em que ressaltaria a ausência no Judiciário de uma metodologia analítica racionalista, antes caracterizada pela falta de rigor, pela ausência de critérios nítidos e pela falta de competência.

Trata-se de reconhecer, continua Canotilho, que a Constituição não é mais o lugar do *superdiscurso* social. Todavia é, mais do que nunca, o elemento propulsor de uma idéia de integridade e de uma dimensão moralmente reflexiva a desdobrar-

---

60. Cf. CANOTILHO, José Joaquim Gomes. "Teoria jurídico-constitucional dos direitos fundamentais". *Revista Jurídica Consulex*. Ano IV, n.º 45. Brasília: Consulex, 30 de setembro de 2000, pp. 36-43.

se em: a) ordens parciais universais; b) práticas sociais solidamente radicadas; e c) teorias de reflexão racionalizadoras e controladoras dessas práticas.

Observa-se que o jurisfilósofo português subordina as leis positivas às estratégias filosófico-iluministas de uma "gestão pós-moderna" da teoria jurídica. Citemos o próprio autor:

> (...) se o "direito" deixou de ser um sistema privilegiado e se as propostas de conformação social, através do direito esbarram com a desvalorização progressiva do direito positivo, como aceitar a positivação e positividade normativo-institucional dos direitos fundamentais? A questão que deixamos aqui, em jeito de tom e dom conclusivos é esta: a "teoria da justiça" recupera a pretensão de universalidade dos direitos fundamentais, considerando os direitos humanos como limites morais ao pluralismo e às práticas sociais nacionais e internacionais. A "lei" ou "direito dos povos" não significará, necessariamente, direito internacional positivo, mas, sim, uma concepção política do direito e da justiça informadora dos princípios de direito e práticas internacionais.[61]

Ora, as interpretações da lei na atualidade sofrem o concurso de pontos de vista multivariados e perspectivas das mais diversas: cada segmento social, cada grupo ou cooperativa tende a segmentar suas invectivas sem, contudo, causar óbice às investidas individuais e à participação do cidadão em mais de um subconjunto. Desse modo, o discurso reivindicatório de direito, substancialmente identificado num passado recente com o discurso político-partidário ou mesmo com o discurso sindicalista "aparelhado", encontra-se, hodiernamente, fragmentado, dissolvido numa hermenêutica plural.

Contudo, uma primeira reflexão intermitente seria a de constatar que essas interpretações múltiplas recebem, atualmente, um tratamento especial, algo como uma clave distintiva, que é o fato de se conformarem elas mesmas com uma espécie de metainterpretação, qual seja, justamente a da pluralidade,

---

61. *Idem, ibidem,* p. 43.

mesmo implícita na palavra atualidade, já até aqui tão repetida. Nesse sentido, essa modernidade, cuja novidade vem sendo continuamente questionada, estaria também a autovalidar-se.

A idéia de Constituição como Pedra Filosofal da alquimia democrática e da Assembléia Constituinte enquanto ritualização desse momento inaugural restabelece na hermenêutica a disposição psicopômpica do deus Hermes – capaz de atravessar e de interpretar as diversas esferas da existência: a telúrica, a terrestre e a ctônia – e demonstra na confecção do texto de uma Carta Magna a intenção lúdica da confecção da Grande Obra.

A hermenêutica constitucional como parâmetro interpretativo da estrutura normativa do direito carrega como pressuposto a existência de uma base comum, fundamental, para o surgimento de um Estado e sua conformação para com a idéia que um dado povo tem sobre si mesmo. A idéia, sublinhada na atualidade, de um resgate da hermenêutica constitucional como substrato a garantir, na interpretação das leis e na aplicação da justiça, uma constante repassagem pelo filtro da fundamentalização comunal poderia implicar, desde já, uma dupla perspectiva, muitas vezes antagônica. De um lado, as normas constitucionais referir-se-iam, substancialmente, ao desenvolver da semente da legalidade, exposta, sobretudo, no tronco dos Princípios Fundamentais, ou normas-base ou normas-matriz; aquelas que, segundo Carl Schmitt, traduzem o perfil do Estado, seus poderes e autolimitações. De outro lado, o entendimento sobre os critérios para essa fundamentação estariam forçosamente delimitados ao externar a Assembléia sua escolha pelo modelo contratual, o que implicaria não propriamente a eleição de uma modalidade nova, vale dizer, a *invenção* de um Estado, mas a adaptação a um modelo político prévio ou, pelo menos, cuja liberdade de criação estaria sendo aferida em comparação com seus iguais. Vale dizer, a influência dos fatores externos sobre a soberania do Estado. Ou, traduzindo para nosso *internetês* corrente, as artimanhas de uma globalização, na qual os fundamentos constitucionais sofreriam a tendência para uma planetarização.

Planetarização que, via fragmentação da idéia do Estado-Nação, faz retornar ao indivíduo sua potencialidade de intervenção. Afinal, quando, na Constituição da República Federativa do Brasil, em seu artigo primeiro, parágrafo único, se estabelece que "Todo o poder emana do povo, que o exerce por meio de representantes eleitos ou diretamente, nos termos desta Constituição", essa soberania popular, síntese do espírito democrático, que a um tempo cria o Estado e é por este criada, merece elucidar todo o subjetivismo de sua gênese. O Estado contemporâneo, justamente por habitar num liame da existência, a um tempo presença e dissolução, sugere um novo horizonte para os sonhos de liberdade do liberalismo clássico, que torna a imaginar a reinvenção do homem, justamente pela necessidade de sua iniciativa mais que nunca presente. A ação neoliberal, nesse sentido, estaria reclamando uma outra teorização, ainda não realizada, ou pelo menos ainda não suficientemente digerida.

Reinventado o homem e seus direitos naturais, podemos iniciar a trajetória do alquimista, partindo de sua unidade para a tentativa de compreensão de universo muito mais vasto que o cerca – sobretudo em um mundo que ameaça, em menos de cem anos, ingressar em uma Terceira Guerra, onde os ataques suicidas de um terrorismo cruel desmoronam as torres e os pentagramas do Ocidente, despertando a fera do revide, a insuficiência das crenças e o absoluto medo do vazio.

Niterói, 11 de setembro de 2001.

Bibliografia

ANDRADE, Oswald de. *Literatura comentada*. São Paulo: Abril Educação, 1980, p. 82.
BAKHTIN, Mikhail. *Problemas da poética de Dostoiévski*. Trad. Paulo Bezerra. Rio de Janeiro: Forense Universitária, 1981.
BARTHES, Roland. *Mitologias*. Trad. Rita Buongermino e Pedro Paulo de Souza. São Paulo: Difel, 1982, 5ª ed.
_____. *Elementos de semiologia*. Trad. Izidoro Blikstein. São Paulo: Cultrix, 1979, 6ª ed.

BOBBIO, Norberto. *A era dos direitos*. Trad. Carlos Nelson Coutinho. Rio de Janeiro: Campus, 1992.

BORGES, Jorge Luis. "O conto policial". In: *Cinco visões pessoais*. Trad. Maria Rosinda Ramos da Silva. Brasília: UnB, 1996, 3ª ed.

BRANDÃO, Junito de Souza. *Mitologia grega*, vol. II. Petrópolis: Vozes, 1989, 3ª ed.

CANOTILHO, José Joaquim Gomes. "Teoria jurídico-constitucional dos direitos fundamentais". *Revista Jurídica Consulex*. Ano IV, n.º 45. Brasília: Consulex, 30 de setembro de 2000, pp. 36-43.

DELEUZE, Gilles. "Post-scriptum sobre *As sociedades de controle*" in *Conversações*. Trad. Peter Pal Pelbart. Rio de Janeiro: Ed. 34, 1992, p. 226.

DIDEROT, Denis. "Carta sobre os cegos para uso dos que vêem". In: *Diderot: textos escolhidos*. Coleção "Os Pensadores". Trad. J. Guinsburg. São Paulo: Abril Cultural, 1979, pp. 1-38.

FERRAZ JR., Tercio Sampaio. *Introdução ao estudo do direito: técnica, decisão, dominação*. São Paulo: Atlas, 1994, 2ª ed.

_____. *Direito, retórica e comunicação: subsídios para uma pragmática do discurso jurídico*. São Paulo: Saraiva, 1997, 2.ª ed.

FOUCAULT, Michel. *A verdade e as formas jurídicas*. Trad. Roberto Cabral de Melo Machado e Eduardo Jardim Morais. Rio de Janeiro: Nau, 1996.

GINZBURG, Carlo. "Sinais: raízes de um paradigma indiciário" In: *Mitos, emblemas, sinais: morfologia e história*. Trad. Federico Carotti. São Paulo: Companhia das Letras, 1990, pp. 143-179.

GOETHE, Johann Wolfgang von. *Os sofrimentos do jovem Werther*. Trad. Marion Fleisher. São Paulo: Martins Fontes, 1998.

GREIMAS, Algirdas Julien. *Semiótica e ciências sociais*. Trad. Álvaro Lorencini e Sandra Nitrini. São Paulo: Cultrix, 1981.

GUATTARI, Félix, e DELEUZE, Gilles, *O ant-Édipo: capitalismo e esquizofrenia*. Trad. Joana Morais Varela e Manuel Maria Carrilho. Lisboa: Assírio & Alvim, 1972.

GUATTARI, Félix. *Caosmose: um novo paradigma estético*. Trad. Ana Lúcia de Oliveira e Claúdia Leão. Rio de Janeiro: Ed. 34, 1992, p. 24.

HABERMAS, Jürgen. *Consciência moral e agir comunicativo*. Trad. Guido A. de Almeida. Rio de Janeiro: Tempo Brasileiro, 1989.

_____. *Pensamento pós-metafísico*. Trad. Flávio Beno Siebeneichler. Rio de Janeiro: Tempo Brasileiro, 1990.

HÄBERLE, Peter. *Hermenêutica constitucional. A sociedade aberta dos intérpretes da Constituição: contribuição para a interpretação*

pluralista e "procedimental" da Constituição. Trad. Gilmar Ferreira Mendes. Porto Alegre: Sergio Antonio Fabris Editor, 1997.
HOMERO, *Ilíada.* Trad. Carlos Alberto Nunes. Rio de Janeiro: Tecnoprint, s/d.
KUHN, Thomas. S. *A estrutura das revoluções científicas.* São Paulo: Perspectiva, 1975.
MATURANA, Humberto R. *Erkennen: Die Organisation und Verkörperung von Wirklichkeit.* Vieweg, Braunschweig/Wiesbaden, 1982.
MATURANA, H. R., e VARELA, Francisco. *Autopoises and Cognition: Boston Studies in the Philosophy of Science.* Boston: Reidel, 1979.
MAXIMILIANO, Carlos. *Hermenêutica e aplicação do direito.* Rio de Janeiro: Forense, 1988, 10.ª ed.
MCLEAN, Adam. *A mandala alquímica: um estudo sobre a mandala nas tradições esotéricas ocidentais.* Trad. Júlio Fischer. São Paulo: Cultrix, 1997, 10.ª ed.
MORIN, Edgar. *Para sair do século XX.* Trad. Vera de Azambuja Harvey. Rio de Janeiro: Nova Fronteira, 1986, pp. 197-198.
OLINTO, Heidrun Krieger *et alii. Ciência da literatura empírica: uma alternativa.* Rio de Janeiro: Tempo Brasileiro, 1989.
PERELMAN, Chaïm. *Lógica jurídica.* Trad. Vergínia K. Pupi. São Paulo: Martins Fontes, 1998.
PLATÃO, *Crátilo; Teeteto.* Trad. Carlos Alberto Nunes. Belém: Universidade Federal do Pará, 1973.
_____. *As leis; Epinomis.* Trad. Edson Bini. Bauru: Edipro, 1999.
POE, Edgar Allan. "Os crimes da Rua Morgue". In: *Contos.* Trad. Editora Globo. Rio de Janeiro: Ed. Três, 1974, pp. 128-164.
REALE, Miguel. *O estado democrático de direito e o conflito das ideologias.* São Paulo: Saraiva, 1998, p. 111.
ROOB, Alexander. *O museu hermético: alquimia & misticismo.* Trad. Teresa Curvelo. Lisboa: Taschem, 1996.
SAUSSURE, Ferdinand de, JAKOBSON, Roman, HJELMSLEV, Louis Trolle, e CHOMSKY, Noam. *Textos selecionados.* Coleção "Os Pensadores" Trad. Carlos Vogt, J. Mattoso Câmara Jr., Haroldo de Campos, Francisco Achcar, José Teixeira Coelho Neto, Armando Mora D'Oliveira. São Paulo: Abril Cultural, 1978.
SAUSSURE, Ferdinand de. *Curso de lingüística geral.* Trad. Antônio Chelini, José Paulo Paes e Izidoro Blikstein. São Paulo: Cultrix, 1995, 20.ª ed.

SCHMIDT, Siegfried J. "Do texto ao sistema literário. Esboço de uma ciência da literatura empírica construtivista". In: OLINTO, Heidrun Krieger *et alii*. *Ciência da literatura empírica: uma alternativa*. Rio de Janeiro: Tempo Brasileiro, 1989.

UTÉZA, Francis. "Hermes e a alquimia". In: *JGR: metafísica do Grande Sertão*. Trad. José Carlos Garbuglio. São Paulo: Edusp, 1994.

VIEHWEG, Theodor. *Tópica y jurisprudencia*. Trad. Luiz Díez-Picasso Ponce de Leon. Madrid: Taurus, 1964.

WEBER, Max. *Ciência e política: duas vocações*. Trad. Leonidas Hegemberg e Octany S. da Mota. São Paulo: Cultrix, 1972, p. 30.

SEGUNDA PARTE
Perspectivas teóricas

Racionalidade do direito, justiça e interpretação. Diálogo entre a teoria pura e a concepção luhmanniana do direito como sistema autopoiético

Marília Muricy*

Introdução

Um dos problemas mais destacados do debate contemporâneo no campo da hermenêutica jurídica é o da objetividade possível aos critérios que orientam a aplicação do direito e, principalmente, o da difícil harmonização entre a relevância do significado social das decisões e as demandas de legitimidade de tais decisões, tendo em vista a natureza do fundamento de que se valem.

Embora o problema da objetividade apresente, na área jurídica, contornos próprios, não é ele questão que afete exclusivamente a atividade interpretativa desenvolvida pelos juristas. Muito menos podemos qualificá-lo como questão emergente. A discussão acerca do equilíbrio entre os aspectos subjetivos da interpretação e sua capacitação como elemento do sistema comunicacional da sociedade tem ocupado lugar privilegiado na teoria hermenêutica, desde os seus primeiros passos, com os estudos bíblicos de Schleimacher, para quem "a arte da compreensão correta do discurso de um outro", além de pressupor a reconstrução histórica dos elementos subjetivos da estrutura discursiva, exige a apreensão de seus elementos objetivos, através de uma prática metódica voltada para a justificação racional do resultado da interpretação.

---

* Professora da Faculdade de Direito da Universidade Federal da Bahia.

O caminho aberto por Schleimacher foi decisivo para o desenvolvimento ulterior de uma epistemologia das ciências sociais, sustentada na idéia de *compreensão* como método de apreensão peculiar ao conhecimento de objetos marcados pela presença do valor. O conceito de *verstehen*, cujas bases originais se encontram no pensamento de Dilthey, é o eixo de uma vasta e prolongada tradição teórica centrada na preocupação de definir a relação sujeito/objeto nas ciências de objeto cultural, em que a intervenção do sujeito, no campo a que se dirige o conhecimento, põe especiais desafios ao problema da objetividade hermenêutica. Tais desafios concentram-se, em última análise, na fixação dos limites da interpretação, isto é, da linha divisória entre o resultado da presença do sujeito e de seus comprometimentos com o objeto e a formação de um produto hermenêutico capaz de ser absorvido pelo universo coletivo de receptores da mensagem. Dentro desse quadro, os problemas da objetividade atrelam-se à exigência de controle da valoração, realizada sem que se tenha de pagar tributo ao preconceito positivista de veto aos juízos de valor na ciência.

Outra importante dimensão do problema da racionalidade da interpretação é explorada, na teoria literária, pelo debate entre pragmatistas, como Richard Rorty, e desconstrutivistas, a exemplo de Derrida, que propõem a alternativa de uma multiplicidade infinita de "leituras" da obra, e outros, como Umberto Eco, dispostos a contrapor às "superinterpretações" literárias a necessidade de um padrão para a interpretação aceitável.

Contra a liberdade absoluta do leitor (*intentio lectoris*) Eco sublinha a importância da intenção da obra (*intentio operis*), que, não obstante inconfundível com a intenção do autor, e, portanto, incapaz de subordinar o leitor às motivações subjetivas que atuaram no processo de elaboração do texto, fixa um universo de interpretações possíveis ao "leitor-modelo". As formulações de Umberto Eco, apresentadas nas conferências Tanner de Cambridge, em 1990, aproximam-se claramente da polêmica que se desenvolve na teoria do direito acerca do contraste entre a vontade da lei e a vontade do legislador como alvo da indagação sobre o sentido da norma.

É verdade que o problema da correta interpretação no campo jurídico ultrapassa, em muito, a pergunta tradicional acerca do grau de subordinação do intérprete à autoridade do legislador, gerando, para a doutrina, um amplo universo de indagações de que se vêm ocupando, com maior ou menor intensidade, todas as correntes do pensamento filosófico-jurídico

Esse trabalho limitará o espaço de discussão ao que pode ser extraído de uma análise comparativa entre a Teoria Pura e a concepção luhmanniana do direito como sistema autopoiético, buscando identificar, nos pontos de aproximação ou de afastamento entre as duas doutrinas, as projeções da teoria do sistema no campo hermenêutico, em especial no que se refere às relações entre o problema da objetividade possível à decisão jurídica e a questão da justiça, tendo, como pano de fundo, uma reflexão acerca da racionalidade do direito. A exposição se desdobrará em dois planos. No primeiro, a ênfase será posta sobre a radicação histórica, social e política do pensamento dos autores considerados, procurando-se, tanto quanto possível e o permitir o rigor da análise, estabelecer vínculos entre a ambiência social e política que circunda a Teoria Pura do Direito e a teoria luhmanniana e os supostos epistemológicos que sustentam suas distintas concepções do sistema jurídico. Um segundo momento conduzirá a análise para o difícil problema das conexões entre a racionalidade do direito e a questão da justiça, procurando acentuar, quanto a esta última, a diferença entre o recorte epistemológico que, na Teoria Pura, a expulsa para fora do campo de uma teoria científica do direito e as razões encontradas por Luhmann para incorporá-la, nos limites de sua compreensão como "fórmula de contingência", ao conjunto das operações do sistema autopoiético do direito. Ainda neste plano, o esforço final e conclusivo procurará apontar, a partir das linhas prefixadas, pontos de convergência e de dissimilitude entre a visão kelseniana da interpretação e o papel que esse conceito desempenha na teoria de Luhmann.

1. A noção de sistema jurídico na teoria pura e no direito autopoiético. Contextualização histórica e fundamentos epistemológicos

1.1 Racionalidade e sistema em Kelsen

Referindo-se à associação entre a modernidade político-jurídica e o desenvolvimento do capitalismo, Boaventura de Souza Santos observa a função desempenhada pelo positivismo jurídico na imunização da razão contra a "contaminação de qualquer irracionalidade não capitalista"[1]. Afirmando que o Estado Constitucional do século XIX, embora herdeiro da rica tradição jusnaturalista anterior, realiza, ao entrar na posse de tal herança, a transição da "boa ordem" para a "ordem *tout court*", o cientista português, cuja análise da relação emancipação/regulação no projeto da modernidade integra hoje a agenda obrigatória dos estudos sobre direito e capitalismo, atribui ao positivismo o papel de "consciência filosófica do conhecimento-regulação" e contribui, largamente, para que possamos compreender a distância que vai do conhecimento sistemático inaugurado pela Escola Racionalista do Direito Natural até a visão sistêmica do direito, no modo como em Kelsen a encontramos.

Enquanto os filósofos racionalistas do século XVIII procuravam extrair noções jurídicas concretas de uma verdade de razão ética, como expressão máxima e superior do direito, a Teoria Pura do Direito esvazia a norma fundamental, para ela princípio regulador da juridicidade de qualquer sentido moral ou legitimação material, conferindo-lhe função de simples postulado do conhecimento, que atende à exigência de plenitude do sistema[2].

---

1. Cf. SANTOS, *Crítica da razão indolente*, p. 140.
2. Ainda que alguns, como Legaz y Lacambra, tenham procurado ver, no conceito de norma fundamental, um princípio de ordem material, encontrando, aí, contradição com o conjunto das idéias de Kelsen, prevalece, na doutrina, o reconhecimento da natureza formal do conceito, a nosso ver, autorizado pela leitura adequada da Teoria Pura.

No processo de derivações sucessivas que a partir daí se instala, também não ingressam, como objeto de interesse científico para o jurista, conteúdos de natureza econômica ou política. Abstraído, pelo voto de pureza metódica, o significado concreto das normas, o pensamento kelseniano realiza o grande giro entre a racionalidade material (quer a jusnaturalista, de natureza ética, quer a racionalidade empirista de fins, de que Ihering é bom exemplo) para a racionalidade formal de um "direito autônomo"[3]. Embora mantida a associação entre direito-Estado, é certo que a concepção estatista do direito que encontramos em Kelsen não compromete a "pureza" de sua teoria, alimentada por uma visão procedimentalista de geração de normas (o direito regula sua própria criação...) e embasada em um bem-sucedido esforço metodológico de dessubstancialização do direito. É esse, aliás, o traço que a torna inconfundível com formulações ulteriores de uma razão material finalística, tal como se pode identificar no chamado "direito promocional" (Bobbio) e em outras vertentes da teoria funcional do direito, apropriadas a diferente perfil das relações Estado/sociedade, de que falaremos adiante.

Esta é a inconfundível identidade da Teoria Pura do Direito: a de ser, por suas virtudes ou em seus defeitos, uma metodologia do direito, cujo inequívoco formalismo reflete importante teorização filosófica quanto às condições de validez do processo de conhecimento.

Desdobremos, melhor, este ponto: motivado pela preocupação em assegurar a autonomia da ciência do direito em frente ao que considera invasivas interferências de outras ciências sociais; preocupado, por outro lado, em eliminar o risco ideológico do jusnaturalismo que ameaçava o rigor científico de prática do jurista, Kelsen vai buscar, na matriz kantiana da "razão pura", eficiente cobertura epistêmica para seus propósitos. Sua filiação ao pensamento do "filósofo das três críticas", não obstante o desprezo com que trata pressupostos e conseqüências da "razão prática", é, a nosso ver, inquestionável, nela en-

---

3. LUHMANN. *O direito da sociedade*, p. 71

contrando fundamento a separação intransponível entre *ser* e *dever ser*, responsável por seccionar o saber sobre a sociedade em um saber sobre a "natureza" (Sociologia) e um saber direcionado pela lógica da imputação (Direito).

Na mesma seqüência, realizando, com seu "agnosticismo axiológico", o que Recasens Siches chamou de "reelaboração positivante do kantismo", conduz a tarefa de depuração científica do objeto do direito a um segundo nível de diferenciação: a distinção entre o "dever ser lógico" e o "dever ser axiológico", entregando este último à competência metafísica da Ética e dos filósofos.

Aí, as duas faces da couraça epistemológica que protege a "pureza" da teoria kelseniana contra o ineditismo pluralista do mundo real e contra o risco das "contaminações valorativas". De um lado, o anseio pela autonomia que liberte o jurista da complexidade da experiência, tendente a ameaçar a eficácia da prática científica. De outro lado, o horror metafísico que desqualifica o mundo dos valores, tido por invulnerável a qualquer critério de objetividade. Sob tais imunidades, coerentes, mas artificiosamente construídas, emerge a teoria do ordenamento jurídico, como escalonamento hierárquico de normas que encontram na norma fundamental a base (pressuposta) de sua validez global e nos níveis derivados da Constituição, patamares sucessivos de asseguramento da validez das normas hierárquicas inferiores, até o ponto último das normas individuais, que se apresentam como fundamentação pura, uma vez que delas não derivam novas normas. Voltaremos, adiante, a este ponto, por ser crucial para entender a teoria hermenêutica kelseniana e suas aproximações com o problema da justiça. Por enquanto, basta acrescentar que, embora Kelsen reconheça existir em cada degrau da hierarquia normativa a presença de certa dose de indeterminabilidade quanto aos limites de elaboração da norma inferior, tal indeterminabilidade, por ser relativa a questões de conteúdo e decisão valorativa, não penetra o núcleo identificador do sistema, isto é, a vinculabilidade procedimental entre a norma inferior e a competência monogenética expressa na norma superior, aspecto que se evidencia no conceito kelseniano de habilitação de normas. A ênfase, portanto, é posta sobre a noção de validez, cujo feitio lógico-objetivante não absorve parâmetros valorativos e hostiliza qualquer tentativa de aproximá-la da confluência teórica em que se inscreve a questão da legitimidade.

É, pois, a noção de validez, não obstante as concessões observáveis na obra de Kelsen, sobretudo na chamada fase americana, ao conceito de eficácia, que constitui o centro da teoria kelseniana do sistema, nitidamente calcado no suposto de uma racionalidade jurídica formal, em que a expulsão de fatos e valores caminha ao lado de uma igualmente dessubstancializadora redução do conceito de subjetividade jurídica, como se pode concluir da sua teoria dos sujeitos de direito como "pontos de imputação".

1.2 O direito como sistema autopoiético. Pós-modernidade e "racionalidade sistêmica" no pensamento de Luhmann

Se as raízes histórico-sociais da Teoria Pura podem ser localizadas na crise do projeto emancipador do liberalismo iluminista, engolido pela ideologia positivante de um direito do Estado, a teoria luhmanniana do direito é contemporânea da segunda crise da modernidade capitalista; a crise do Estado social, cujo paradigma jurídico tem sido considerado incapaz de responder satisfatoriamente ao estágio atual das relações Estado/sociedade e direito.

Enquanto Kelsen encontrara, sobre o pano de fundo do primeiro pacto entre capitalismo e modernidade, campo favorável para estabelecer as bases epistemológicas de um "direito mínimo", o ambiente político em que se produz a teoria luhmanniana do sistema jurídico exige respostas para o esgotamento do Estado intervencionista e de seu instrumental jurídico, diante de desorientadora complexidade que, sobretudo a partir dos anos 1970, vem indicando uma tendência para a global desregulação da vida econômica e sociopolítica.

A ciência política estudou, à exaustão, as bases do delineamento histórico do Estado social, em seu propósito de promover a justiça e a igualdade buscadas por um novo perfil de sociedade, em que atores coletivos tomam o lugar dos sujeitos individuais de direito e carregam consigo exigências igualmente coletivas, afetando o princípio de separação entre o público e o privado no campo jurídico, com sérias conseqüências para o modelo de autonomia formal, progressivamente substituído pela racionalidade jurídico-material, que propõe o uso do direito no controle da economia.

Aos poucos, porém, foi-se instalando a conhecida crise do Estado social, resultado, de um lado, da hiperjuridificação da sociedade produzida pelo intervencionismo normativo e, de outra parte, pela notória incapacidade do Estado e de seus instrumentos formais para dar conta do aumento incontrolável das demandas sociais. No plano epistemológico, a resposta a esse processo aparece na forma de uma revisão da teoria funcional do direito, com vistas ao estabelecimento de pressupostos tidos por mais adequados ao cenário de crise do Estado nacional, desregulação e privatização.

É nesse contexto, em que se evidenciam as limitações da nacionalidade jurídica formal e se fragilizam as bases de uma racionalidade de fins, que Luhmann vem a instalar o que Raffaele de Giorgi chama de "racionalidade sistêmica", com a responsabilidade de atuar como o iluminismo possível no mundo contemporâneo.

O ponto de partida da concepção do direito como sistema autopoiético situa-se a léguas de distância teórica do pensamento de Kelsen.

Para este, a autonomia sistêmica é fruto do fechamento lógico e da hostilização da plenitude da experiência jurídica, cujas "impurezas" representam ameaça à unidade do sistema, por sua vez assegurada pela especificidade do dever-ser, única via pela qual adquirem sentido os fatos da vida. Para Luhmann, diferentemente, o sentido inerente às estruturas de comunicação é a base do sistema, cuja clausura não resulta de nenhuma diretriz epistemológica, mas, sim, do modo como se realizam suas próprias operações, e do feitio peculiar pelo qual se reproduzem, assegurando o seu fechamento. Não há lugar, portanto, para que se possa prescrever, metodologicamente, os limites do direito: "Só o direito limita o direito"; vale dizer, é por sua capacidade de auto-reprodução (autopoiésis) que o sistema constitui sua própria unidade e se faz autônomo. Além disso, não há, na aplicação ao direito da noção de autopoiésis sistêmica, qualquer acolhimento à tentativa, como em Kelsen realizada, de buscar a especificidade do jurídico, na distinção entre o ser e o dever-ser, voltada a separar, epistemologicamente, direito e sociedade. O Direito da sociedade (como intitula sua obra mais recente, nesse terreno), embora diferenciado pela existência de um código que lhe é exclusivo, encontra-se aberto (abertura cognitiva) para os demais sistemas comunicacionais, cujas demandas ora se limitam a produzir "irritações" e permanecem fora do sistema jurídico, ora são por ele absorvidas, na medida em que, como os demais sistemas comunicacionais, o direito exerce a sua seletividade (redução de complexidade), podendo vir a incorporá-las ao convertê-las a seu próprio código.

O que até aqui se disse, na tentativa de expor o extremamente complexo pensamento luhmanniano, exige, para melhor clareza, alguns desdobramentos, sobretudo porque necessários à compreensão de aspectos a serem cuidados mais adiante.

Ao transpor para as ciências sociais o conceito de autopoiésis, cuja origem é a teoria biológica de Maturana e Varela, Luhmann distinguiu a autopoiésis biológica do modo como funcionam os sistemas de sentido, como o direito. Tais sistemas, diferentemente dos biológicos, são capazes de auto-observar-se, referindo-se, a um só tempo, a si mesmos e a seu entorno, para integrar seu próprio conjunto de operações, a diferença entre sistema e meio ambiente. Não há, portanto, uma atuação externa do meio ambiente sobre o sistema do direito. Harmonizados pela auto-observação, fechamento operativo e abertura cognitiva garantem aos sistemas sociais autopoiéticos sua necessária autonomia, sem que isso signifique o isolamento absoluto quanto a outros sistemas.

Ora, o sistema jurídico como formulado por Kelsen é, como pudemos ver, um sistema que se isola, autarquicamente, dos demais sistemas sociais. E embora seja certo que o ingresso da conduta no mundo jurídico também se dá, na versão da Teoria Pura, pela conversão de dados da realidade fenomênica em elementos normativos, de acordo com a capacidade que têm as normas de dar sentido jurídico aos fatos da vida, não passa daí a similitude entre a Teoria Pura e a Teoria do direito autopoiético. Pois, enquanto o funcionamento do sistema jurídico reside, segundo Kelsen, na estruturação hierárquica de normas, tendo por pressuposto de completude e unidade o postulado gnoseológico da norma fundamental, em Luhmann não encontramos qualquer critério lógico que venha a servir à unidade do sistema, sendo ele mesmo, por suas próprias operações, responsável pelo estabelecimento de seus limites.

Ademais, de hierarquia não se trata, com a noção de autopoiésis, mas sim de uma circularidade reflexiva em que se põem mutuamente, em relação, operações sistêmicas da mesma espécie, o que imprime ao conceito de validez um significado claramente diferenciado do que lhe atribui a Teoria Pura.

Como, ainda que transversalmente, já aludimos, o conceito de validez é o centro da teoria do ordenamento jurídico elaborada por Kelsen sob o princípio de hierarquia, não sendo possível ignorar a sua extrema utilidade prática, como instrumento para o expurgo de contradições entre normas.

Luhmann, diferentemente, não vê associação entre validez e hierarquia normativa. Para ele, a validez é o "símbolo responsável pela unidade do sistema"[4] desempenhando a função de enlaçar operações. A simbolização operativa a cargo do conceito não se confunde com as operações do sistema que atuam como observações. Situada em um nível mais baixo que estas, seu desempenho é, todavia, imprescindível para assegurar a continuidade entre operações, produzindo referências que garantam a circularidade do sistema. É símbolo destituído de qualquer valor intrínseco, indiferente ao conteúdo prescritivo das normas, e, pois, imprestável como elemento de solução dos conflitos entre disposições de diferentes hierarquias.

---

4. LUHMANN, *O direito da sociedade*, pp. 71 ss.

É visível a distância que separa Kelsen e Luhmann no tocante a esse ponto. Não obstante pareça nítida, na Teoria Pura, a desvinculação entre o "dever ser lógico", a que se liga o conceito de validez e o sentido valorativo ("dever ser axiológico") relacionado a questões de convalidação ético-política (= legitimidade) das normas, nela é possível encontrar, embora com função secundária ante o feitio eminentemente processual da dinâmica normativa, referência a questões de conteúdo que indicam subordinação material entre normas.

E ainda que menos relevantes que a regra de hierarquização de competência, própria do sistema, tais questões de conteúdo não são de todo destituídas de importância, podendo mesmo falar em uma fundamentação/derivação material de normas ao interior do modelo kelseniano, já que o extremado formalismo de Teoria Pura resulta, tão-só, como temos insistido em afirmar, de uma opção teórica que não ignora a plenitude da experiência jurídica.

Luhmann, diferentemente, não recorre a nenhum critério metodológico previamente selecionado para, a partir dele, construir o objeto científico do jurista. Definir-se é tarefa do próprio sistema autopoiético do direito, de seu potencial de auto-observação, de sua capacidade de impor-se limites. Daí que a validez, como operação do sistema, não se vincule à noção de norma jurídica, estabelecendo-se pura e simplesmente como símbolo que assegura a circular sucessividade das operações. Tal desvinculação pode ser explicada pela relevância atribuída por Luhmann à decisão jurídica e à independência entre esta e quaisquer critérios de conteúdo valorativo que fundamentem a sua aceitabilidade social. De todo modo, ela também pode ser explicada – e aqui nos valemos da crítica produzida por Habermas – pelo tratamento destinado por Luhmann à norma jurídica, cuja conseqüência é desvesti-la de seu caráter obrigatório, deontológico, para, no horizonte de uma análise meramente funcional, defini-la como espécie de expectativa cognitiva, cuja natureza contrafática a torna imune à aprendizagem. Entende Habermas que a compreensão luhmanniana da positividade do direito (direito vigente), fundada em uma "reinterpretação empirista da normatividade", termina por acentuar, através da eliminação do que chama de "sentido ilocucionário do mandamento", a importância da institucionalização estatal e da ameaça de sanções como resultado da incorporação de expectativas sujeitas ao risco de decepção ao sistema jurídico, incumbido, por seus procedimentos, de neutralizar tal risco[5].

A crítica habermasiana toca de perto o que se tem considerado como vocação, a-crítica da crítica luhmaniana à teoria tradicional do direito: seu inescondível desprezo pelos problemas de legitimidade material do direito e sua opção por um decisionismo funcionalista desligado de qualquer sentido ético. A este ponto retornaremos, cuidando das relações entre justiça e interpretação. Por ora, contentamo-nos em frisar, a modo de conclusão provisória, aproximações e afastamentos entre os conceitos de norma e validez, como aparecem em Kelsen e como tratados por Luhmann: ambos resistentes à associação entre validez e legitimidade, divorciam-se pela ausência, na concepção luhmanniana, do elemento hierarquizante e, pois, pela negação do sentido convalidante da norma superior em face dos regramentos normativos inferiores, o que, segundo tal concepção, é responsabilidade exclusiva do direito vigente, intervindo como circularidade auto-referencial de operações que se sucedem, neutralizando decepções e assegurando "consistência" às decisões.

É fácil associar o empenho da teoria do direito autopoiético no sentido de atribuir base procedimental à positividade do direito aos desafios históricos da pós-modernidade.

Em seu livro *Direito e democracia*[6], Celso Campilongo, combinando uma análise sociopolítica do direito, nos diferentes estágios do Estado capitalista, com preocupações de ordem epistemológica, registra limites e dificuldades do paradigma do direito responsivo (elaborado por Selznick e Monet, como alternativa para o esgotamento do "modelo repressivo" do di-

---

5. Ver HABERNAS, *Direito e democracia*, vol. II. Rio de Janeiro: Tempo Brasileiro, 1997, pp. 223 ss.
6. Ver CAMPILONGO, *Direito e democracia*. São Paulo: Max Limonad, 1997. pp. 55 ss.

reito, fruto do capitalismo liberal) diante das exigências do estágio subseqüente do capitalismo intervencionista.

Ao "direito autônomo", caracterizado pela separação entre direito e política e pela valorização da racionalidade formal que identifica legitimidade e legalidade, opõem os dois autores, na linha de uma teoria funcional do direito com que parecem identificar-se, a afirmação da responsabilidade do direito pela redução das dificuldades sociais, a partir de um sistema aberto, pautado por princípios e disponível para abrigar a discricionalidade de decisões norteadas pela boa e sã utopia de uma reengenharia social, pelo caminho do jurídico.

Mas, como é ainda Campilongo quem observa, o modelo do "direito responsivo", além de pressupor uma "ética de integração comunitária", pela via idealista de um homem "bom por natureza", deixa sem resposta a questão do controle do poder informal que se instala em novos espaços de produção do direito e não esclarece o papel reservado ao Estado ante a multiplicação de centros de regulação político-jurídica nas sociedades complexas. É nesse espaço de crítica que se instala a proposta do "direito reflexivo" em Teubner e, na mesma linha, a preocupação de Luhmann em preservar, diante da elástica complexidade do mundo pós-moderno, a integridade do sistema jurídico, valendo-se de estratégias já mencionadas, entre as quais é possível destacar: o princípio da clausura operacional e abertura cognitiva do sistema que sustenta a distinção código/programa; a recusa à possibilidade de que venha o meio ambiente a produzir, por si só, transformações no sistema; e, finalmente, o esvaziamento ético-político da normatividade.

Não é difícil desvendar, atrás desse conjunto, a concepção de racionalidade jurídica que perpassa a teoria luhmanniana: uma racionalidade imaterial e sistêmica, de que se exclui a responsabilidade subjetiva, individual ou coletiva, na tarefa de produzir o direito, para dar lugar ao jogo funcional de estruturas geradoras de estabilidade e neutralização de riscos.

Este o ponto a que chegou o projeto da razão iluminista que os jusnaturalistas esboçaram e Kelsen cuidou de neutralizar com seu formalismo estatista: um programa, elaborado sob uma perspectiva sociológica de pretensões universalizantes, objetivando reduzir a complexidade do mundo; um mundo sem sujeitos e deserto de responsabilidades éticas, para um direito indiferente à legitimidade, que abdica do consenso em favor de procedimentos aptos a tornar efetiva a aceitabilidade das decisões.

2. Justiça e interpretação

2.1 O cepticismo valorativo da Teoria Pura e o problema da interpretação

É unânime, entre admiradores e críticos de Teoria Pura, a afirmação de seu cepticismo axiológico, fruto da censura à ideologia jusnaturalista e claramente ajustada à descrença positivista na objetividade (ou intersubjetividade) dos valores. Tal cepticismo não se restringe às conseqüências do voto de pureza metódica professado como condição indispensável ao vigor da ciência, mas se estende, para além da Teoria Pura do Direito, a filosofia kelseniana da justiça, a cujas luzes não existe, mas questões valorativas, qualquer objetividade possível[7].

Apesar da convicção kelseniana quanto à inacessibilidade dos problemas de valor a critérios racionais, e, pois, quanto à impossibilidade de estabelecer pautas de preferibilidade para as opções axiológicas, a Teoria Pura não nega lugar aos valores como integrantes da experiência jurídica e reconhece sua pre-

---

7. A orientação positivista de Kelsen leva-o ao mais extremado subjetivismo axiológico, negando qualquer alternativa de racionalidade e consenso em questões de valor. Por isso, não é, para ele, aceitável a existência de uma norma de justiça segundo a qual se possa proceder à avaliação do direito positivo. À ciência, portanto, somente interessa o "justo objetivo", isto é, aquilo que os homens designam em algum momento como justiça: "Um tratamento científico do problema da justiça deve partir dessas normas de justiça e por conseqüente daquilo que os homens, no presente e no passado, e efetivamente se fazem e fizeram, daquilo que eles chamam 'justo', que eles designam como justiça. A sua tarefa é analisar objetivamente as diversas normas que os homens consideram válidas quando valoram algo como 'justo'." KELSEN. *O problema da justiça*, p. 16.

sença na prática profissional dos juristas. Tem-se aqui aspecto importante para a análise de sua teoria da interpretação.

É usual afirmar que a teoria da interpretação, tanto quanto a teoria das fontes do direito, está, em Kelsen, atrelada a sua concepção do ordenamento como estrutura hierárquica de normas jurídicas. Escalonamento de produção sucessiva de normas, o direito positivo se apresenta, em cada um de seus níveis hierárquicos, como sendo, a um só tempo, aplicação e criação do direito, uma vez que cada grau da escala normativa realiza prescrição da norma superior e gera nova norma, por seu turno responsável pelos limites da norma inferior. Ocorre que a moldura que é a norma superior combina vinculação e indeterminabilidade do conteúdo da norma inferior, trazendo, como conseqüência, que o processo de criação do direito carregue, dentro de si, a imperiosa necessidade de interpretação. É o que Kelsen denomina de interpretação autêntica, a cargo do órgão de aplicação do direito, no exercício de sua competência normativa. Diferentemente do que acontece com a interpretação doutrinária, de responsabilidade do teórico do direito, a interpretação autêntica se produz como ato de vontade vinculante, produtor de normas e apto ao preenchimento de lacunas. Enquanto aquela se desenvolve no plano das proposições jurídicas, como atividade cognitiva sem poder vinculante e limitada a apontar alternativas hermenêuticas abertas pela indeterminação lingüística dos termos normativos, ou pela deliberação do legislador, a interpretação autêntica não é ato de conhecimento, mas de vontade, segundo o qual o órgão intérprete e aplicador do direito realiza escolha valorativa, refletindo critérios discricionários que escapam ao domínio da ciência do direito.

Trata-se, portanto, do que Warat denominou, com propriedade, de "voluntarismo estruturado", inconfundível com o voluntarismo amorfo que caracteriza a Escola do Direito Livre. Dotada do mérito indiscutível de haver rompido com a visão mecanicista da Escola de Exegese, que nega a produção judicial do direito e atribui à função hermenêutica natureza lógico-formal, peca, todavia, a teoria kelseniana por sua incapacidade de oferecer fundamento metodológico à decisão judicial, momento de especial importância para a prática jurídica. Com efeito, a resistência kelseniana a incorporar à sua teoria do direito positivo o problema da justiça deixou sem resposta os desafios concretos enfrentados pelo jurista, em seu trato com a experiência plenária do direito e, pois, com a presença dos valores. Não é por acaso que Larenz, com indisfarçável ironia, afirma haver Kelsen, em seu empenho de purificação do direito e sob os pressupostos neokantianos de determinação metodológica do objeto científico, "deitado fora a criança com a água do banho"[8].

A despeito desta e de outras fortes críticas que possa merecer a Teoria Pura no particular, é indispensável ter em conta que a vinculação por ela estabelecida entre opção valorativa e ato de vontade é produto de sua constante censura às teses do jusnaturalismo acerca da racionalidade da justiça. Pois, segundo Kelsen, atribuir caráter racional à qualificação de uma conduta como devida, sob o ponto de vista de seu valor intrínseco, implicaria, como afirma ao comentar a obra de Grócio, negar diferença entre uma lei física e matemática e uma lei moral[9]. Este é, aliás, o ponto que conduz à sua negação da razão prática kantiana, para ele uma impossibilidade lógica, dada a intransponível irredutibilidade do dualismo ser e dever ser, que torna autocontraditória qualquer tentativa de associar racionalidade e justiça e impõe reconhecer, na tarefa de criar normas mediante a contribuição de um sentido de valor, uma função exclusiva da vontade.

É desnecessário conceder aqui largo espaço para o grande número de críticas dirigidas contra a teoria hermenêutica kelseniana, e suas conseqüências quanto ao postulado da discricionariedade judicial. Entretanto, é imperioso sublinhar que tais críticas, embora dispensem o apelo a uma norma transcendental de justiça, supostamente universal e imutável, insistem em refutar o pressuposto de um sistema jurídico fechado em axiomas rigorosos, negando a redução científica da experiência

---

8. LARENZ, *Metodologia da ciência do direito* (1996).
9. Cf. KELSEN, ob. cit., p. 89.

jurídica a formas e estruturas. Ademais, sustentam a convicção de que a racionalidade jurídica, não obstante prescindir de uma fundamentação axiomática, ao estilo das verdades do direito natural, é uma razão diferenciada da razão teórico-formal e comprometida com diretivas de valor. O ponto de união entre as muitas correntes que circulam em torno desse eixo é a idéia de que a ordenação jurídica deve ser vista como um sistema material, aberto a diferentes formas de conexão com as demais dimensões do mundo da vida. Há também ponderável acordo no que toca à relevância dos princípios gerais do direito, particularmente em autores como Dworkin, segundo o qual as decisões judiciais, inclusive nos *hard cases*, são e devem ser geradas por princípios[10]. Enfim: uma radicação da racionalidade jurídica no campo da razão prática, observável sobretudo entre as modernas Teorias da Argumentação, de que é emblemático o pensamento de Alexy, cuja filiação à teoria habermasiana do discurso racional e de verdade consensual é incontroversa.

A menção a essas orientações mais recentes não passa entretanto, quando referida a Kelsen, de restrição às lacunas deixadas por sua teoria, deixando incólume a coerência interna de seu sistema de idéias, fiel aos pressupostos de que parte, por sua vez compatíveis com um estágio das relações, direito e sociedade ainda capaz de tolerar a afirmação de uma racionalidade formal para o campo jurídico.

2.2 Justiça e interpretação na teoria do direito como sistema autopoiético. Justiça como "fórmula de contingência" e interpretação como operação do sistema

Enquanto a Teoria Pura encontra, em suas bases epistemológicas, o fundamento para expulsar, do campo da ciência do

---

10. É certo que a formação ultraliberal de Dworkin força-o a distinguir entre princípios e diretrizes políticas; estas últimas perseguem metas coletivas e justificam decisões a cargo do legislador; os primeiros, distintamente, são constitutivos do próprio sistema jurídico, têm natureza vinculante, e, não obstante relacionados com as decisões políticas, procuram justificá-las pela vinculação entre a razão de decidir e o respeito ao direito preexistente. Cf. DWORKIN, *Los derechos en serio*, p. 148.

Direito, o problema da justiça, resguardando-lhe, todavia, o estatuto próprio, no terreno da filosofia e da política, como questão de natureza ética, Luhmann o incorpora como elemento do sistema jurídico autopoiético, retirando-lhe o significado ético para emprestar-lhe o papel de unidade operacional do sistema, obediente a suas regras internas e destinado a atuar como "fórmula de contingência", cuja função é assegurar "consistência" às decisões[11].

Desempenhando a função de reduzir complexidade em um mundo que atesta as limitações dos instrumentos jurídicos utilizados pelo Estado social, o direito realiza a estabilização das possibilidades por ele próprio admitidas de acordo com a atuação de seu código binário (lícito/ilícito). Como sistema de comunicações que é, relaciona-se, em abertura cognitiva, com outros sistemas comunicacionais, destes, entretanto, absorvendo (fechamento operacional), não obstante o número infinito de "ressonâncias" possíveis, apenas uma parcela de alternativas, cuja relevância ele mesmo estabelece, processando-as como informações. Constitui-se assim como sistema fechado que produz seus elementos através de seus próprios elementos (auto-referencialidade) e se define (auto-observação) pelo processamento de informações e dentro dos limites em que as põe.

Tal como ocorre com os demais contatos que estabelece com o seu ambiente, também em suas relações com os elementos da política, o sistema jurídico está disponível para assimilá-los (segundo seus próprios critérios de relevância, vale repetir) mas não é, de nenhum modo, por eles diretamente condicionado. Por isso, a legitimidade termina por reduzir-se, na teoria do direito luhmanniana, aos critérios de legalidade que integram a natureza autopoiética do sistema jurídico, reservando-se-lhe, exclusivamente, o desempenho procedimental de tornar certa a decisão, cuja incerteza quanto ao conteúdo cabe-lhe ab-

---

11. Os conceitos de "fórmula de contingência" e "consistência das decisões", aqui enunciados, desempenham importante papel para a Teoria da Justiça em Luhmann e serão esclarecidos no decorrer do texto.

sorver[12]. Por outro lado, é necessário destacar que a hipercomplexidade do mundo em que se produz o pensamento luhmanniano explica o desprezo para com fundamentos de ordem ética, tidos como desestabilizadores da função seletiva do direito e sua capacidade de generalizar expectativas.

De tudo isso resulta que a inclusão do problema da justiça no sistema autopoiético do direito tenha que pagar o preço de sua desqualificação axiológica, de modo que se possa concebê-la, não como um valor, que o direito atrai para si, mas como forma de reflexão do sistema acerca dele próprio, "representação da unidade do sistema no sistema". Enquanto o símbolo formal da validez facilita a auto-referência sistêmica recorrendo a textos determinados do direito vigente, a Justiça realiza o papel de projetar o sistema em sua totalidade unitária, como espécie de "programa para todos os programas"[13].

Embora Luhmann não desconheça o sentido ético da noção de justiça e se dê conta, também, do processo de juridificação de normas morais, seu intento é emancipar a noção do justo de qualquer espécie de teorização prévia produzida no âmbito moral, atribuindo-lhe lugar teórico específico. É o que procura atingir pelo conceito de "fórmula de contingência", que, segundo expressamente afirma, ocupa o lugar de outros conceitos utilizados na definição de justiça, a exemplo de virtude, princípio, valor. Como "fórmula de contingência", a justiça, mantendo-se na fronteira entre determinabilidade e indeterminabilidade das decisões, tem a função de "legitimar" a decisão selecionada, sem que isso implique a deslegitimação de outras opções possíveis[14].

---

12. Comentando este aspecto da teoria procedimentalista da legitimidade em Luhmann, diz Tercio S. Ferraz Jr. que ela concebe "a legitimidade das normas como uma ilusão funcionalmente necessária, que não pode ser posta a descoberto, sob pena de abalar-se a própria crença na legalidade". FERRAZ JR., *Teoria da norma jurídica*, p. 174.

13. Esclarecedoras, nesse sentido, as observações seguintes: "... *la decision misma non es un componente de la alternativa: no es uno de los senderos. (...) Es la diferencia que constituye la alternativa, o com más precisán: es la unidad de esta diferencia.*" LUHMANN, ob. cit., p. 245.

14. *Idem, ibidem*, p. 253.

Não há, portanto, na teoria luhmanniana da justiça, lugar para o consenso, sendo, por conseqüência, irrelevante a discussão sobre a natureza intrínseca dos argumentos em que se baseiam as decisões. De fato, é sob o rígido enquadramento da análise da natureza e processamento da decisão que se desenvolvem as reflexões de Luhmann quanto aos limites da interpretação e da apresentação no direito, reflexões precedidas e não por acaso em sua obra *O direito da sociedade*, de considerações sobre o lugar dos tribunais no sistema do direito, lugar que entende merecer especial destaque por força do princípio da proibição da denegação de justiça, por ele visto, e com propriedade, como postulado de natureza operacional (dogmático), tendo em vista que a complexidade do mundo atual é incapaz de garantir, sob o ângulo meramente lógico, a exclusão do *non liquet*.

Avaliando a obrigação que têm os tribunais de oferecer fundamentos a suas decisões, Luhmann nega importância a argumentos legitimadores que guardem relação com questões de valor. Em cenário demarcado pela elevada seletividade das regras (programas) e pela incerteza quanto ao conteúdo da decisão final, pouco importam "os aspectos éticos, políticos ou orientados pelo benefício econômico"[15]. A tarefa dos tribunais, observando a consistência de decisões anteriores que, por sua vez, também se incumbiram de observar o direito, é o que se deve entender por interpretação. O que importa é que o resultado da atividade hermenêutica possa neutralizar a insatisfação, sendo irrelevante a natureza intrínseca dos argumentos de que se vale. Distanciando-se de autores como Perelman, Alexy ou MacCormick, despreza a diferença entre argumentos convincentes e inconvincentes, bons ou maus argumentos e afirma que a condição para entender a argumentação jurídica é levar em conta "o que com ela não se pode obter", ou seja, a "movimentação do símbolo de validez do direito" que permite transformar o direito vigente. Esse enlace entre validez e argumentação, operações do mesmo sistema, Luhmann o estabelece

---

15. *Idem, ibidem*, p. 270.

pela referência aos textos, modos privilegiados de auto-observação do direito. Assim, ter por razoável uma argumentação não significa que ela esteja sustentada em "boas razões": "Quem tem razões para fundamentar necessita de princípios sólidos. E aquele que fixa princípios, em última instância, tem que se remeter ao entorno do sistema no qual esses princípios são reconhecidos. Isso é sobretudo válido quando os princípios se complementam com a 'moral', a 'ética' ou a 'razoabilidade'. Quando uma teoria da argumentação está estabelecida desta maneira, não se pode aceitar a tese da clausura operativa do sistema do direito, tendendo-se a buscar apoio em razões da práxis argumentativa mesma, razões que contrariam tal clausura."[16]

A citação acima, com que se evidencia o círculo vicioso de uma crítica à práxis argumentativa que ultrapasse os limites do sistema, pela simples objeção de ser inadequado ultrapassá-los, estimula a recuperar o hipotético diálogo que procuramos estabelecer entre a Teoria Pura e o pensamento luhmanniano, e permite fixar algumas conclusões.

Em ambos, presente a vigilância crítica contra a metafísica jusnaturalista, aproxima-os a preocupação com a eficiência e o rigor dogmático, não obstante a diversidade dos caminhos por que seguem, levados por ventos históricos que correm em direções distintas. Nos dois, ainda, a resistência em aceitar critérios de objetividade para a decisão jurídica, fundados em consenso quanto a questões ético-políticas. Ainda próximos no empenho em submeter a pluralidade da experiência (irredutibilidade do dualismo ser/dever ser em Kelsen, seletividade do código/fechamento operacional em Luhmann) à rigidez do sistema jurídico, separam-se, entretanto, em importantes e decisivos aspectos.

Na linha das distinções necessárias, o primeiro ponto a fixar é a inexistência, em Luhmann, de qualquer orientação, no plano epistemológico, para o divórcio entre a Ciência do Direito e a Sociologia. Distante de Kelsen, seu alvo não é a autonomia da Ciência do Direito, mas, sim, do próprio direito, com vistas a responder às exigências funcionais de um tempo histó-

---

16. *Idem, ibidem*

rico de alta complexidade, operando as distinções necessárias a garantir a especificidade do direito como generalização de expectativas contrafáticas. Sem maior atenção, também, para com as linhas demarcatórias dos limites Ciência/Filosofia, presente na obra kelseniana, pôde, por isso mesmo, incorporar ao sistema jurídico a discussão sobre a justiça, não obstante retirar-lhe, como foi dito, sua expressividade moral, transformando-a em garantia de "consistência" das decisões. Decisões cuja qualidade intrínseca é desimportante para sua teoria, não por força de seu sentido político-valorativo (como em Kelsen se evidencia), mas, sim, em virtude da redução de todos os problemas do jurista, inclusive o da interpretação, argumentação e aplicação do direito, a sua funcionalidade sistêmica.

Bibliografia

ALEXY, Robert. *Teoría de la argumentación jurídica.* Madri: Centro de Estudios Constitucionales, 1997.
AMADO, Juan Antonio García. *La filosofía del derecho de Habermas y Luhmann.* Universidade Exteréado de Colombia, 1997.
ATIENZA, Manuel. *Las razones del derecho: teorías de la argumentación jurídica.* Madri: Centro de Estudios Constitucionales, 1997.
BOBBIO, Norberto. *Contribuición a la teoría del derecho.* Valência: Fernando Torres, 1980.
———. *O positivismo jurídico: lições de filosofia do direito.* São Paulo: Ícone, 1995.
CAMPILONGO, Celso Fernandes. *Direito e democracia.* São Paulo: Max Limonad, 2000, 2.ª ed.
CANARIS, Claus. Wilhelm. *Pensamento sistemático e conceito de sistema na ciência do direito.* Lisboa: Fundação Calouste Gulbenkian, 1996, 2.ª ed.
DE GIORGI, Raffaele. *Ciencia del derecho y legitimación.* México: Un. Ibero-Americana, 1998.
DWORKIN, Ronald. *Los derechos en serio.* Barcelona: Ariel, 1995.
———. *O império do direito.* São Paulo: Martins Fontes, 1999.
FERRAZ JR., Tercio Sampaio. *Teoria da norma jurídica.* Rio de Janeiro: Forense, 1999, 3.ª ed.

HABERMAS, Jürgen. *O discurso filosófico da modernidade*. São Paulo: Martins Fontes, 2000.
———. *Pensamento pós-metafísico*. Rio de Janeiro: Tempo Brasileiro, 1990.
———. *Direito e democracia: entre praticidade e validade*. Rio de Janeiro: Tempo Brasileiro, 1997.
KELSEN, Hans. *O problema da justiça*. São Paulo: Martins Fontes, 1993.
———. *La idea del derecho natural y otros ensayos*. México: Ed. Nacional, 1974.
———. *A justiça e o direito natural*. Lisboa: Armênio Amado, 1979.
———. *Contribuiciones a la teoría pura del derecho*. Buenos Aires: Centro Editor de América Latina, 1969.
———. *Teoria geral das normas*. Porto Alegre: Antônio Fabris, 1986.
LARENZ, Karl. *Metodologia da ciência do direito*. Lisboa: Fundação Calouste Gulbenkian, 1969, 2.ª ed.
LUHMANN, Niklas. *Sociologia do direito I*. Rio de Janeiro: Tempo Brasileiro, 1983.
———. *Sistema jurídico y dogmática jurídica*. Madri: Centro de Estudios Constitucionales, 1983.
———. *Poder*. Brasília: Edumb, 1992, 2.ª ed.
———. *O direito da sociedade*. Tradução provisória para o espanhol de Javier Torres Mafarrate.
NEVES, Marcelo. *A constitucionalização simbólica*. São Paulo: Acadêmica, 1994.
SANTOS, Boaventura de Souza. *Pela mão de Alice*. São Paulo: Cortez, 1996.
———. *Crítica da razão indolente: contra o desperdício da experiência*. São Paulo: Cortez, 2000.

Interpretando o direito como um paradoxo: observações sobre o giro hermenêutico da ciência jurídica

Juliana Neuenschwander Magalhães*

I

O tema dos paradoxos há muito vem desafiando a ciência[1]. As mais grandiosas construções da tradição do pensamento jurídico surgiram, exatamente, como respostas teóricas ao encontro desta com os paradoxos do direito. Respostas que evitam um confronto do direito com seus próprios paradoxos e por isso, desempenham um importante papel criativo no sistema: tornam possíveis decisões em contextos em que as condições parecem ser mais favoráveis a uma não-decisão.

A noção de soberania, com a qual se pretendeu explicar a gênese do direito e do Estado desde o século XVI, é um bom exemplo de estratégia para a ocultação de paradoxos. Com a introdução do conceito de soberania pretendeu-se oferecer um fundamento político ao direito. O direito funda-se numa vontade soberana que, por sua vez, não se pode deixar limitar *juridicamente*: o rei não pode estar sujeito às leis que ele mesmo fez, o que seria uma contradição lógica – *"nulla obligatio consistere potest, quae a voluntate promittentis statum capit"*: "assim como o papa não ata jamais suas próprias mãos, como dizem

---

* Professora da Faculdade de Direito da Universidade Federal de Minas Gerais.

1. GENOVESE, *Figure del paradosso*

os canonistas, tampouco pode um príncipe soberano atar as suas, ainda que o quisesse"[2]. Em suma: Bodin constrói a noção de soberania como absoluta, não porque este seja um poder ilimitado (os vínculos externos, como o Direito Natural ou a *colère publique*, permanecem), mas sim porque é logicamente impossível um soberano vincular-se a si mesmo. Para evitar o paradoxo, surge o conceito de uma soberania que se pretende absoluta. Mais tarde, quando se torna necessário um vínculo especificamente jurídico ao poder político – uma vez que aquele poder ilimitado revelara-se tanto mais forte quanto mais limitado fosse –, o paradoxo é reformulado na forma de uma soberania constitucionalmente fundada – *pouvoir constituant* –, ou seja, no direito ilimitado que tem o direito de se autolimitar.

O direito funda-se num paradoxo: o paradoxo da unidade da diferença entre direito e não-direito. Essa diferença – entre aquilo que, na sociedade, não é direito e aquilo que, na sociedade, é direito – na história das teorias jurídicas manifestou-se/ocultou-se de diversas formas, ou seja, através da introdução de assimetrias tais como Direito Natural/Direito Positivo, ser/dever-ser, princípios/regras, etc. Referências externas ao direito, clássicas na teoria jurídica, tais como a Natureza, Religião (Deus), Moral (Razão), Política (Soberania), etc., funcionam como uma espécie de interrupção da circularidade na qual se funda o direito: o direito que tem o direito de dizer o que é direito e o que não é direito.

Toda vez que as modalidades da auto-reflexão do sistema jurídico se viram confrontadas com a circularidade constituinte do direito, tratou-se de inventar fórmulas que apresentem, para além da tautologia do círculo, um fundamento último para o direito. No entanto, estas estratégias são precárias e artificiais, no sentido de que não descrevem a realidade do modo em que, na sociedade, se produz e, portanto, se autolegitima o direito da sociedade. Elas apenas encobrem esta realidade que, tal como é, não pode ser observada pelas teorias jurídicas,

---

2. BODIN, *Los seis libros de la republica*, I, VIII.

comprometidas com a decidibilidade dos "conflitos" através do direito: o direito opera no sentido de produzir decisões jurídicas, mas não pode, a cada decisão, confrontar-se com a questão relativa à sua legitimidade – ao direito do direito – para fazê-lo.

Ocorre que, mais cedo ou mais tarde, os artifícios criados pelas teorias têm sua plausibilidade exaurida, e o paradoxo, latente, volta a aparecer. Assim ocorreu com a máscara da soberania, assim ocorreu com a precária metáfora do contrato social, com a anterioridade dos direitos naturais diante daqueles ditos positivos, com a pressuposição da norma fundamental kelseniana e, também, com as tentativas de fundar o direito, visto como um texto, nos mais diversos contextos. Toda vez que uma "máscara" cai, os limites das teorias tornam-se bastante evidentes, ou seja, o paradoxo, que permanecia latente por detrás daqueles artifícios, volta a aparecer. Uma nova estratégia, então, tem de ser inventada.

Com este propósito, no século XX tornaram-se bastante difundidas distinções que vêm ocultar o fato de que normas jurídicas sejam socialmente construídas como fatos sociais que, por sua vez, manifestam-se também como normas jurídicas: "ser/dever-ser", "faticidade/validade", "princípios/regras" ou, ainda, "princípio/conseqüências". Aqui, a referência ao sistema da ciência acabou por impor tal distinção como necessária para a construção de um conhecimento propriamente científico do direito, ao preço do isolamento e, portanto, também da construção do direito como objeto de uma Ciência Jurídica.

O pensamento positivista resultou no principal produto da consciência, adquirida somente no século XIX, da historicidade do direito. Nos dois últimos séculos, esta materialidade do direito foi progressivamente ocultada, na tradição da Teoria Geral do Direito, pela visão do direito, como objeto do conhecimento científico, como a forma de um "dever-ser" esvaziado de qualquer conteúdo. Desta forma, a percepção da positividade, juridicidade e contingência como características do direito moderno tornou possível a formação da moderna ciência jurídica, ao preço de se esvaziar o direito, enquanto positivo e jurídico, de toda contingência.

Afastar a contingência significava eliminar toda a problemática ligada à extrema variabilidade do direito sob o plano do conteúdo, antepondo-se a esta labilidade do direito, num primeiro momento, dogmas como "certeza do direito", "justiça da decisão", "não-discricionariedade dos juízes" para, depois, retirar-se do campo do conhecimento científico do direito exatamente este tipo de questão. Assim, no discurso desta Ciência do Direito de caráter formal, a interpretação jurídica tornou-se um momento particularmente incômodo do direito. Nestas teorias, o problema da interpretação foi tratado de dois modos: numa primeira direção, pretendeu-se reduzir o processo interpretativo, também, a uma forma, ou seja, ao formalismo dos procedimentos interpretativos metodicamente garantidos (Escola da Exegese; Jurisprudência dos Conceitos); ao passo que, numa segunda direção e de certa forma já se apontando para os caminhos trilhados pela Hermenêutica Jurídica, simplesmente o problema da interpretação foi descartado do campo da Ciência Jurídica, exatamente por considerar-se que a interpretação, por si, não se deixa reconduzir à forma do dever-ser.

O pensamento positivista, ao esvaziar o direito de todo conteúdo, ou seja, ao partir do problema da contingência para negar a própria contingência, acaba por jogar o direito na indeterminação. O problema dos limites do direito e dos riscos de um direito ilimitado torna-se a questão central do debate jurídico de meados do século XX. A resposta ao "mal-estar" de um positivismo que passa a descrever o direito como uma forma desprovida de qualquer conteúdo – o que significa que, a princípio, *tudo* pode ser jurídico – deu-se a partir de várias "frentes", recorrendo-se a modelos derivados das ciências sociais e da filosofia. Um objetivo comum foi perseguido por essas diversas disciplinas: era necessário procurar o fundamento do direito para além de sua positividade. Se, para Kelsen, o problema da interpretação foi propositadamente deixado de lado, para o pensamento posterior este passou a ser o centro da própria concepção de direito. Nisso consistiu a chamada "virada hermenêutica" da Teoria Jurídica: o direito visto como uma "prática interpretativa".

A chamada "virada hermenêutica" da Ciência Jurídica, ocorrida a partir dos anos 1960, despontou como uma via de superação dos limites do formalismo jurídico que caracterizou a teoria jurídica dos séculos XIX e XX. Neste sentido, a perspectiva hermenêutica no campo da Jurisprudência apresentou-se como a porta pela qual "reentraram" no discurso jurídico todos aqueles fatores que, do ponto de vista do positivismo normativista, haviam sido indicados como metajurídicos e, portanto, excluídos da observação científica do direito. O influxo da hermenêutica possibilitou uma renovação da tradição da Filosofia do Direito, como uma resposta ao abandono dos valores, dos conteúdos e das certezas por parte da teoria pura do direito.

Pretendeu-se, neste passo, a construção de uma teoria pós-positivista do direito. Mas o que se pretende com uma "teoria pós-positivista" do direito? Aqui, muitas questões se colocam. A primeira delas diz respeito ao real significado da expressão "positivismo jurídico" e, portanto, da real compreensão do sentido da normatividade e positividade do direito moderno. Um segundo problema aponta para os limites e a tarefa da tradicional Ciência Jurídica enquanto modalidade da auto-reflexão do direito. Estes limites foram, tradicionalmente, estabelecidos a partir de uma diferença "base": a diferença direito/sociedade. Na tradição do pensamento jurídico, isso significou seja uma naturalização da sociedade e, portanto, também do direito desta sociedade (Filosofia do Direito), seja uma juridização da natureza e, portanto, também da sociedade (Teoria do Direito). A assunção desta diferença como ponto de partida para a observação do direito, ao mesmo tempo, produziu nas abordagens clássicas da Sociologia Jurídica uma Sociologia do Direito sem direito[3].

Neste artigo, procurar-se-á explicitar o modo no qual a modalidade da observação do direito que o compreendeu como uma "prática interpretativa" interrompeu o paradoxo da unida-

---

3. LUHMANN, *Das Recht der Gesellschaft*

de da diferença direito/sociedade através da colocação do "intérprete" como uma espécie de conector do direito, visto como texto, com o "contexto" social. Na verdade, conforme veremos, não apenas também a argumentação jurídica depende da validade jurídica, como o próprio direito não pode ser interpretado como texto distinto de seu contexto.

A Hermenêutica Jurídica operou, mediante a utilização da diferença texto/contexto, uma "internalização" do paradoxo, tendo como referência algo que, por sua vez, é externo ao direito: a consciência dos indivíduos que "interpretam" o direito. A interposição do intérprete, no entanto, oculta o fato de que o direito nada mais é do que o contexto comunicativo (e, portanto, social), no qual também os textos adquirem seu sentido jurídico. O intérprete, neste passo, não apenas não "cria" o direito do nada (como também não o faz o legislador ou as partes contratantes), como também não é aquele que descobre, ou revela, o direito.

Uma vez promovido o giro hermenêutico, ou seja, uma vez colocado no centro do debate o problema da interpretação como estratégia de "assimetrização" do paradoxo, torna-se necessário esvaziar da noção de interpretação toda a subjetividade do intérprete que interpreta. Esta passa a ser balizada seja por procedimentos (teoria discursiva do direito), seja por argumentos (teoria da argumentação jurídica). Aqui, a diferença entre discurso (argumentos) de justificação/discurso (argumentos) de aplicação[4] vem simbolizar a incapacidade de se observar como o direito, através de sua aplicação, se justifica a todo momento.

---

4. "É precisamente a diferença entre os discursos legislativos de justificação, regidos pelas exigências da universalidade e abstração, e os discursos judiciais e executivos de aplicação, regidos pelas exigências de respeito às especificidades e à concretude de cada caso, ao densificarem as normas gerais e abstratas na produção das normas individuais e concretas, que fornece o substrato do que Klaus Günther denomina senso de adequabilidade, que, no Estado democrático de Direito, é de se exigir do ordenamento ao tomar suas decisões." CARVALHO NETTO, "Requisitos pragmáticos da interpretação jurídica sob o paradigma do Estado democrático de direito", p. 483.

II

A modernidade traz, consigo, uma crescente percepção do caráter de positividade, juridicidade e contingência do direito. Nos Setecentos, isso vai significar a assunção de que o direito é produto de decisão e, conseqüentemente, a identificação desta decisão com a vontade "soberana" do monarca absoluto. No *Leviatã*, Hobbes já aponta para a diferença entre o direito natural e o direito positivo, indicando este como sendo o "verdadeiro" direito[5]. Este é um passo significativo da passagem da compreensão da verdade do direito como sendo manifestação da sua necessidade sob o plano do conteúdo para um entendimento de que, no direito positivo, não há verdades a serem buscadas para além de sua própria positividade.

O direito visto como positivo, jurídico e contingente é aquele que desafia um novo modelo cognoscitivo. Nesse direito não existem referências metajurídicas capazes de garantir a certeza de um direito justo, de um bom direito. O direito moderno, que se reconhece como direito decidido, coloca-se como, também, incerto diante dos riscos da decisão. Se não há garantias da justiça do direito, de um lado, por outro o direito "decidido" já não pode decidir quanto a sua efetividade. O problema da contingência do direito permanece aberto como problema central do pensamento jurídico da modernidade.

A teoria do direito positivo constrói-se, portanto, tendo presente duas fronteiras: de um lado, a fronteira do jusnaturalismo, ou seja, de toda concepção de direito que, vinculando-o à natureza, tornava-se vítima de um insuperável determinismo naturalista[6]; de outro, a fronteira da concepção sociológica do direito, segundo a qual a normatividade nada mais significa que

---

5. "As leis da natureza e a lei civil contêm-se uma à outra e são de idêntica extensão. Porque as leis da natureza, que consistem na eqüidade, na justiça, na gratidão e outras virtudes morais destas dependentes (...) não são propriamente leis, mas qualidades que predispõem os homens para a paz e a obediência. Só depois de instituído o estado elas effectivamente se tornam leis (...)." HOBBES, *Leviatã ou matéria, forma e poder de um estado eclesiástico e civil*, p. 219.

6. DE GIORGI, *Materiali di sociología del diritto*, p. 100.

a sua efetividade enquanto agir social, na pretensão de "aplainar a normatividade sob o plano causal da efetividade"[7].

A delimitação do campo da jurisprudência foi a primeira empresa da *Teoria pura do direito*. O artifício de que Kelsen lança mão para a construção do direito enquanto o objeto "puro" de uma teoria pura do direito é, mais uma vez, o da distinção entre "ser" e "dever-ser". O direito como "dever-ser" significa norma, e a específica normatividade deste, enquanto capacidade de criação de vínculos com o futuro, é significada como sanção, como coerção.

O momento do direito que Kelsen vem descrever, portanto, é o momento da positividade deste vista enquanto decisão. Os momentos anteriores ou posteriores àquele da decisão permanecem fora das províncias da jurisprudência. "Ser" e "dever-ser", mundo dos fatos e mundo das normas, faticidade e validade: mais do que uma permanente tensão na Teoria Jurídica, este é um limite que a *Teoria pura* se impôs[8]. O cientista do direito não mais se interessa pelas intenções do legislador ou pelos métodos da interpretação que possam garantir uma boa resposta diante da necessidade de se decidir sobre conflitos; da mesma forma, o modo em que é experimentado e reconhecido o direito na prática social não se inscreve no campo da pesquisa jurídico-científica. Via de conseqüência, a aplicação do direito, enquanto decisão, é atividade criadora de direito, produz normas, mas, como ato de vontade do juiz[9], pertence à ordem do "ser"; a norma, resultado ou produto desta criação, ela sim é expressão daquilo que "deve-ser" e, como tal, pode ser objeto do conhecimento por parte da Ciência do Direito.

---

7. *Idem, ibidem*, p. 100.

8. Ou ainda, aquilo que Luhmann chamaria como "ponto-cego" da teoria: na medida em que "ser"/"dever-ser" constitui a distinção primeira, constitutiva da teoria, há a impossibilidade de que esta, por sua vez, seja uma distinção observável pela própria teoria.

9. O juiz, embora não seja o único intérprete, é para Kelsen um intérprete privilegiado enquanto órgão aplicador e, portanto, criador de Direito – aquele que produz a "interpretação autêntica" em contraposição à "interpretação não-autêntica" realizada pela Ciência do Direito.

Para Kelsen, a Ciência do Direito pode ocupar-se da interpretação jurídica apenas na medida em que esta se presta a traçar a "moldura" das interpretações possíveis de uma norma jurídica. É claro que aqui há um otimismo exagerado, ou uma exagerada pretensão, quando é pensada como factível uma descrição de todos os possíveis sentidos a serem atribuídos a uma regra. Evidente que o mais formalista dos juristas do século XX não considera o contexto como algo que deva ser levado em consideração quando da atribuição de sentido à norma e, muito menos, como doador de sentido a esta. Esta perspectiva hermenêutica está claramente afastada. Kelsen fala da e na perspectiva da Filosofia Analítica, de uma dada concepção de ciência e de linguagem que desconhece os usos, ou os diferentes contextos em que desta se faz uso. Conhecer, na perspectiva da Filosofia Analítica, é "traduzir numa linguagem rigorosa os dados do mundo"[10]. A tarefa da Ciência do Direito é a descrição das normas jurídicas válidas (e cada descrição – proposição – será verdadeira apenas sob a condição de ser a descrição de uma norma jurídica válida). Considerar o momento da interpretação seria constranger a Ciência do Direito a lançar seu olhar sobre esses fatores extrajurídicos que interferem na produção do Direito no momento da interpretação. Resulta muito mais de um conhecimento deste como um problema fundamental do Direito, consistindo numa propositada recusa em se tratar da questão.

A Ciência do Direito poderia, para Kelsen, no máximo traçar as várias possibilidades de se interpretar uma norma – "interpretação não-autêntica", pois não consiste em aplicação do Direito e, portanto, produção de normas jurídicas. Em oposição ao positivismo legalista do século XIX (que se assentava na noção de completude do ordenamento, numa nítida pretensão de substituição da ordem jusnaturalista pela ordem absolutista dos códigos), Kelsen fala de uma indeterminação das normas jurídicas, o que as tornaria sempre sujeitas à interpretação. Para o autor da *Teoria pura* aponta que esta indetermina-

---

10. WARAT, *O direito e sua linguagem*, p. 37

ção pode ser voluntária e involuntária e, aqui, parece tratar a divergência de possíveis interpretações como uma mera diferença lingüística. A moldura do direito não pode ser uma prisão para as interpretações possíveis. Pelo contrário, esta é uma concessão mínima que Kelsen faz à questão da interpretação. Por isso, mesmo uma interpretação que escape a esta moldura é factível, no sentido de que não existem limites metajurídicos ao conteúdo de uma norma aplicanda, cuja aplicação consiste na criação de uma nova norma no sistema[11]. Nessa direção, pouco importa qual seja o conteúdo de cada interpretação possível, não há a "boa decisão", não há a decisão correta, assim como não há uma noção de Justiça à qual se submeta o direito positivo. Mesmo uma decisão que escape à moldura das interpretações possíveis descritas pela Ciência do Direito pode ser uma interpretação aceitável (pelos órgãos aplicadores, que podem não invalidá-la). Nem mesmo os chamados "métodos da interpretação" podem ser de utilidade na produção das decisões jurídicas.

O desprezo da *Teoria pura* pelo tema da interpretação – basta ver a brevidade com que este é abordado no Capítulo VIII, que é muito mais uma explicação do porquê de este não ser um tema tratado pela Ciência do Direito e, portanto, pela própria *Teoria pura* – é, como observamos, um abandono "estratégico", necessário para que a teoria não entrasse em *"panne"*[12]. Na segunda metade de nosso século tudo isso gerou certo mal-estar, colocando a epistemologia positivista em situação de embaraço. O positivismo jurídico passou a ser acusado por seus críticos de ser uma epistemologia legitimadora de ordens jurídicas totalitárias, passando a ser reputado responsável pelas mazelas que a humanidade conheceu em meados de nosso

---

11. Em sentido diferente, ver Carvalho Netto, para quem Kelsen pretendeu "limitar a interpretação da lei através de uma ciência do Direito encarregada de delinear o quadro das leituras possíveis para a escolha discricionária da autoridade aplicadora". CARVALHO NETTO, ob. cit., p. 481.

12. Expressão usada por OLIVEIRA, Marcelo Andrade Cattoni de, na monografia "Interpretação como ato de conhecimento e interpretação como ato de vontade: a tese kelseniana da interpretação autêntica".

século[13]. O modelo kelseniano é acusado de "reducionismo positivista", na medida em que qualquer decisão positiva, se válida, é uma decisão possível e, como decisão jurídica, é justa[14].

Mas, se a *Teoria pura do direito* evitou o tema da interpretação para ocultar novamente os paradoxos do direito, esta mesma acaba por se revelar paradoxal. O direito como norma é explicado como uma cadeia de validade normativa cujo fundamento último é a chamada norma fundamental (*Grundnorm*). Esta é uma norma da qual se pode dizer jurídica, uma vez que funda a validade jurídica num contexto em que já não é possível retroceder a argumentos de ordem jusnaturalista ou empirista. No entanto, a norma fundamental não é positiva, pois não tem existência empírica, ou seja, não apenas não é *decidida* ("querida") como também não tem qualquer conteúdo. É a mais absoluta indeterminação, fundadora da contingência do direito positivo que, desta forma, já não pode ser tratada pela Ciência Jurídica[15].

Neste sentido, a *Grundnorm*, enquanto norma fundadora da validade do direito, ainda que seja uma estratégia meramente cognoscitiva, oculta a realidade da fundação paradoxal do direito. Paradoxalmente, a idéia de norma fundamental vem exatamente ocultar o fato de que o fundamento do direito posi-

---

13. "A degeneração nazista demonstrou que o direito, como ordenamento normativo da sociedade, podia ser instrumento de violência organizada, que o direito do Estado podia ser instrumento de opressão da sociedade, que o princípio da juridicidade poderia reprimir todo princípio ético que não fosse derivado da mais profunda eticidade do Estado, que esta eticidade do Estado manifestava-se na identificação da justiça com o direito do Estado, de justiça e lei." DE GIORGI, *Scienza del diritto e legitimazione*, p. 92.

14. Raffaele de Giorgi refere-se da seguinte forma ao período que sucedeu as duas grandes guerras: "À sistematização kelseniana segue-se, para a epistemologia jurídica, um período que se pode designar como fase de transição: a epistemologia jurídica, reconhecendo a necessidade de uma fundação teórica do direito como superação da imanência metodológica, esforça-se em superar o modelo kelseniano, culpado de um reducionismo positivista, culpado, não obstante a originária separação, de ter identificado o dever ser com o ser, de ter feito da existência do direito positivo o critério de sua justiça." *Idem, ibidem*, p. 91.

15. LUHMANN, "Die Rückgabe des zwölften Kamels", p. 3.

tivo puro não é, por sua vez, positivado; não é, por sua vez, objeto de decisão. Neste passo, a norma fundamental kelseniana nada mais é do que uma nova estratégia de externalização do paradoxo constitutivo do direito: desta vez, não mais na Natureza ou na Moral, mas sim, enquanto pressuposto hipotético, no sistema da Ciência[15].

III

A hermenêutica jurídica, por sua vez, procura construir, no contexto do reconhecimento da positividade do direito, ou seja, onde já não é possível indicar Deus, a Natureza, Razão, e tampouco a Ciência, uma referência não mais externa ao direito. Não mais metajurídica, mas agora interna. No centro da discussão coloca-se a noção de interpretação. Exatamente onde Kelsen havia se detido, ao nosso ver não de uma forma ingênua, mas sim na tentativa de "salvar" a teoria do encontro com seus próprios paradoxos, a hermenêutica reinicia. Curiosamente, embora interna não ao Direito, mas sim interna à interioridade dos indivíduos que interpretam o direito, pretende-se fazer da compreensão do direito o próprio direito.

Na Hermenêutica Jurídica, o paradoxo do direito que produz o direito é assimetrizado pela internalização daquilo que o positivismo normativista havia externalizado, isto é, isolado do campo de estudo da Ciência Jurídica. Esta internalização, por sua vez, é novamente exterior ao direito: assume como referência a compreensão dos indivíduos que, enquanto intérpretes do direito, deste fazem uma "prática interpretativa". O "ponto de vista interno" assume como fundamental (no sentido de fundador) para o direito a interpretação: o direito é, ele mesmo, descrito como uma prática interpretativa.

O paradoxo da unidade da diferença entre direito e não-direito é ocultado de muitas formas na tradição da virada hermenêutica. O ponto de partida desta abordagem é a distinção texto/contexto, numa releitura da velha distinção direito/sociedade.

O direito, visto como texto, apresenta-se como diferente em diferentes contextos. Nesta visão, o contexto é "quem" atribui sentido ao texto[16].

Ocorre que o direito não é um texto, ainda que se exprima na forma de textos: "O texto exprime o direito, mas não é o direito. Com o texto pratica-se e reconhece-se a diferença entre sentido e texto. Desta diferença derivam outras diferenças: a diferença entre texto e contexto, entre texto e interpretação, entre sentido e contexto, entre o sentido intencionado e aquele expresso, entre o sentido do presente da produção do texto e o sentido dos diferentes presentes da interpretação do texto."[17]

O direito é, na verdade, ele mesmo um contexto comunicativo: o contexto em que, na sociedade, produz-se a diferença entre direito e não-direito. É claro que, na medida em que se apresenta na forma de textos, o direito adquire novas possibilidades evolutivas: "Na forma de textos, o sistema ganha possibilidade de se coordenar mediante suas próprias estruturas sem que, com isso, veja-se na necessidade de fixar de antemão o número (e a designação) das operações que são necessárias para reutilizar determinadas estruturas, para citar determinados textos, para solucioná-los, para transformá-los. Somente desta forma pode ser fixada e ter a exigência ideal de que para casos iguais seja dado um tratamento igual (justiça)."[18]

Os textos cumprem a importante função de possibilitar um entrelaçamento entre a validade jurídica e os argumentos trazidos para as decisões jurídicas. Nenhum argumento é jurídico, no sentido de que nenhum argumento (lei, contrato, decisão judicial) é capaz de transformar o direito vigente: "Esta dependência da validade é, ao mesmo tempo, condição para que a argumentação jurídica restrinja-se ao direito filtrado pelo

---

16. Nisto consistiu a visão gadameriana do "círculo hermenêutico": *"El círculo de la comprensión no es en este sentido un círculo 'metodológico' sino que describe un momento estructural ontológico de la comprensión."* GADAMER, *Verdad y método*, p. 335.

17. DE GIORGI, "Il Dio con barba e il Dio senza barba", p. 3.

18. LUHMANN, *Das Recht der Gesellschaft*, p. 338.

direito e não resvale em preconceitos morais ou em outros preconceitos."[19]

Na virada hermenêutica, tratou-se então de repensar a validade jurídica através do esquema princípios/regras. Aqui, o paradoxo aparece na forma de princípios que, embora tenham força normativa, diferenciam-se das "normas" em geral (regras). A tradição hermenêutica introduz a curiosa distinção entre "normas" e "regras", que vem exatamente encobrir o fato de que toda regra, enquanto tal, é norma e de que toda norma deve, minimamente, apresentar-se como regra. A ambígua categoria dos princípios do direito serve amplamente a tais propósitos.

Desde Joseph Esser, na obra *Grundstaz und Norm* (Princípio e norma na elaboração jurisprudencial do direito privado), o argumento de princípio parece ser a chave para escapar dos dilemas do positivismo jurídico, que marcaram a ciência jurídica ao longo dos séculos XIX e XX. Bobbio, por exemplo, vai dizer: "que os princípios sejam construções da doutrina não exclui, de fato, que estes possam ter a seu tempo e lugar eficácia normativa"[20], o que é uma descrição paradoxal, pois, ao mesmo tempo em que nega aos princípios um caráter normativo (identificando-os, a partir de uma concepção positivista da normatividade, como uma construção da doutrina), procura resguardar que, a despeito de não serem normas, os princípios em determinadas circunstâncias (evidentemente, o positivismo não vai indicar quais sejam) têm eficácia normativa. Já em Joseph Esser aparece uma curiosa distinção entre princípios de direito e direito positivo. O ponto crítico desta distinção encontra-se no fato de que os princípios não podem ser desvalorizados como meros *guides* para as decisões, reconhecendo-se nestes uma validade que, desprovida de "elementos de direito natural", seja por seu turno também independente da "configuração estatal positiva". Lembrando Feuerbach, Esser afirma que "não é benéfico, nem para a estabili-

---

19. *Idem, ibidem*, p. 338.
20. BOBBIO, "Principi generali del diritto", p. 890.

dade nem para a evolução do direito, ocultar deste modo o ponto crítico em que, com as palavras de Feuerbach, há que se sair do positivo para voltar a entrar no 'positivo''', ou seja, "muitas coisas podem ser válidas logicamente, sem ser, por isso, direito positivo"[21].

Neste quadro de grande ambigüidade teórica, a resposta da Hermenêutica Jurídica[22] ao positivismo vai passar pela assunção da tese da "resposta correta". O positivismo jurídico (já em Kelsen, mas sobretudo em Hart) assume uma visão de que há uma zona de imprecisão lingüística na regra jurídica e que os juízes dispõem, portanto, de uma liberdade interpretativa. Ambos, Kelsen e Hart, afirmam a tese do poder discricionário dos juízes. Contra esta tese, Ronald Dworkin, sucessor de Hart na cátedra de *Jurisprudence* na Universidade de Oxford, afirma que o juiz sempre pode chegar a uma *boa resposta*, mesmo com a mera exegese dos textos legais, e que as divergências de que fala o positivismo nada mais são que desacordos lingüísticos. O desacordo não é só lingüístico, diz Dworkin, mas sim uma divergência teórica acerca do próprio conceito de direito.

Na busca da determinação da resposta correta, Dworkin promove o "giro interpretativo", ao afirmar ser o direito uma prática interpretativa, apelando então para a metáfora deste com o romance. Ambos são uma "grande narrativa". O direito é visto como uma cadeia de interpretações ("*a chain of law*"), na qual cada juiz reescreve o capítulo anterior escrito pelos seus predecessores. Desta forma, Dworkin pretende recuperar "a dimensão política do direito" – expressa nos direitos e princí-

---

21. ESSER, *Principio y norma en la elaboración jurisprudencial del derecho privado*, p. 54.
22. "A hermenêutica é hoje uma derivação da filosofia analítica baseada nos trabalhos de Wittgenstein (Investigações Filosóficas) que redefiniu, em meados do século, a ênfase no rigor e na pureza lingüística por abordagens que privilegiam os contextos e as funções das imprecisões dos discursos." ROCHA, "Da teoria do direito à teoria da sociedade", p. 71. Sobre a influência da hermenêutica alemã na obra de Dworkin, Karam, *A filosofia jurídica de Ronald Dworkin como possibilidade de um discurso instituinte de direitos*.

pios – desvelando o sentido do Direito como dimensão simbólica da justiça e da eqüidade[23].

Dworkin desenvolve uma teoria sobre os princípios que são, ao mesmo tempo, uma filosofia do direito e uma filosofia política (ou que estaria entre as duas). De uma perspectiva hermenêutica, Dworkin explica o direito a partir da sua força interpretava "em geral", vendo-o sempre no contexto de uma "ética pública", que depende de uma série de motivações coletivas que são a um só tempo universais e inseridas em um contexto específico. Dessa articulação da Filosofia do Direito com a Filosofia Política, sustenta Dworkin que as decisões jurídicas devem fazer valer direitos políticos a elas preexistentes. Desta perspectiva, em sua obra o direito é entendido como uma ordem teleológica, pois ele serve para assegurar a realização de uma *liberal theory of law*. No centro desta tarefa de implementação de uma política liberal, atuam os princípios (*principles*), que se distinguem das políticas (*policies*). A *rule of law*, neste sentido, é concebida por Dworkin como uma concepção de direitos (*rights conception*), como "o ideal de um governo fundado em uma precisa concepção pública dos direitos individuais"[24]. A partir de tal concepção da *rule of law* não se nega que o "livro de regras" (*rule-book*) seja uma fonte de direitos morais, mas nega-se que seja esta a única fonte destes direitos. Por outro lado, um juiz não pode aplicar um princípio se este não for coerente com o "livro de regras": "O princípio não pode, absolutamente, estar em conflito com outros princípios que devam ser pressupostos para justificar a regra que este está aplicando, ou com qualquer outra parte considerável das outras regras."[25]

Dworkin exemplifica isto, imaginando um juiz que deseja aplicar em um caso difícil "um princípio cristão radical", segundo o qual cada cidadão tem o direito moral de ter, daqueles

---

23. CHUEIRI, "A dimensão jurídico-ética da razão: o liberalismo jurídico de Dworkin", p. 178.
24. DWORKIN, "Il ruolo dei giudici e il governo della legge", p. 8.
25. *Idem, ibidem*, p. 16.

que são mais ricos, o excedente de sua riqueza. Este juiz poderia querer aplicar este princípio, por exemplo, em matéria de responsabilidade civil, baseando-se nele para negar um pedido de ressarcimento contra um pobre, argumentando que o direito do autor, mais rico, deve ser contrabalanceado pelo direito da outra parte à caridade. No entanto, decidindo desta forma, ele está sendo incoerente com a maior parte das regras enunciadas no "livro de regras". Por isso, a concepção dos direitos assume que o "livro de regras" representa os esforços da comunidade para reunir todos os direitos morais e exige que qualquer princípio que dele não conste não seja relevante na jurisdição.

A Hermenêutica Jurídica avançou ao "reconduzir" o Direito à sociedade, superando a "purificação" positivista e colocando a questão da interpretação como fundamental no debate jurídico contemporâneo[26]. Mas a hermenêutica é uma teoria do direito ambígua, dizem seus críticos: "A hermenêutica é a doutrina (...) da ambivalência do direito, da sua duplicidade. A hipótese sobre a qual esta doutrina se constrói é a de que o direito existente, a sua forma histórica, não exaure o princípio do direito, esta o exprime apenas parcialmente."[27]

Além de ser uma concepção ambígua do Direito, oscilando entre teses jusnaturalistas e positivistas, a hermenêutica fracassa como epistemologia, segundo De Giorgi, na medida em que coloca o intérprete com suas pré-compreensões – leia-se preconceitos – como aquele cuja subjetividade "constrange e força o texto". Assim, "a compreensão, como processo conclusivo do fazer hermenêutico (...) é o lugar onde a impotência epistemológica da hermenêutica torna-se evidente. A impotência de um pensamento que não pode se constituir como teoria, porque não possui hipóteses o objeto, porque produz anulação e sublimação contextual do próprio objeto; de um pensamento

---

26. Para Habermas, o mérito desta teoria está em, justamente, ocultar novamente o paradoxo: "Contra o modelo convencional da decisão jurídica como subsunção de um caso a uma regra pertinente, a hermenêutica jurídica teve o mérito de reabilitar a idéia aristotélica segundo a qual nenhuma regra pode disciplinar sua própria aplicação." HABERMAS, *Fatti e norme*, p. 237.
27. DE GIORGI, *Scienza del diritto e legitimazione*, p. 114.

que exprime o grau mais profundo da involução da razão iluminista, resolvida como assunto privado da consciência (...)"[28].

O paradoxo do "giro hermenêutico" vem, então, à tona: o paradoxo de um sujeito cujas pré-compreensões tornam-se tema de suas compreensões, constituindo o objeto (texto) a ser compreendido no quadro de um contexto que, porque interno à interioridade dos indivíduos, permanece inacessível à comunicação e, portanto, à própria compreensão.

Diante de tais críticas, as várias teorias da argumentação jurídica da atualidade têm a pretensão de fazer da decisão jurídica algo de *racional*. Uma vez destronado o sujeito de sua soberania de fundamentar tudo o que existe, o conceito de "intersubjetividade" vem suceder a primazia da razão enquanto atributo dos particulares.

Neste passo, a teoria do direito como um discurso intersubjetivamente fundado merece destaque. Segundo esta teoria, o que falta na teoria hermenêutica é o diálogo: "o que alarga e transforma as relações concretas de reconhecimento existentes entre pessoas naturais na abstrata relação de mútuo reconhecimento de sujeitos de direito é aquilo que resulta de uma forma reflexiva do agir comunicativo, mais precisamente da práxis argumentativa que obriga todo participante a assumir também a perspectiva de todos os outros"[29].

Ocorre que "intersubjetividade" não pode ser considerada um conceito, mas sim uma fórmula de compromisso, que pretende exprimir tão-somente o fato de que o sujeito já não pode ser sustentado ou determinado. Luhmann aponta este conceito como sendo, por sua vez, paradoxal: recorre-se à intersubjetividade quando se quer e não se quer prender-se ao sujeito. Intersubjetividade é um conceito que serve para introduzir nas teorias que partem da subjetividade da consciência algo que estas já não podem conceber[30]. Na perspectiva da teoria dos sistemas, a intersubjetividade pode ser interpretada apenas a

---

28. *Idem, ibidem*, p. 123.
29. HABERMAS, ob. cit., p. 266.
30. LUHMANN, *Complejidad y modernidad: de la unidad a la diferencia*, p. 32.

partir da bifurcação consenso/dissenso. No entanto, o que a teoria habermasiana não pode ver é que todo consenso implica, necessariamente, dissenso. Ao contrário, a teoria habermasiana acabou por apoiar-se na idéia de que o consenso é melhor e inclusive mais intersubjetivo do que o dissenso, "de forma que na conduta realizada no contexto da intersubjetividade instalou-se uma teleologia encaminhada na direção de um consenso bem fundamentado"[31]. A racionalidade "discursiva" apresenta-se, desta forma, como uma racionalidade que ainda não é capaz de se reconhecer como polivalente.

Isto se torna particularmente problemático na teoria da argumentação jurídica de Robert Alexy. Partindo das noções habermasianas de um "discurso ideal", Alexy pretende construir um modelo de sistema do direito que possa ser considerado racional. Procura recuperar a idéia de razão prática, através de uma teoria do discurso vista como uma teoria de procedimentos – uma norma vai ser considerada exata na medida em que resultar de um determinado procedimento, aquele do discurso prático racional. Esta teoria do discurso, sendo um modelo de teoria argumentativa, tem como característica o fato de que as convicções e os interesses dos indivíduos podem modificar-se ante os argumentos que são colocados ao longo do procedimento. Neste sentido, é uma teoria que parte do pressuposto de que é possível chegar a um consenso[32].

Para Alexy o sistema do direito não pode prescindir de uma teoria do discurso, da mesma forma que esta só pode ter ampla validade dentro de uma Teoria do Direito e do Estado[33]. Desta forma, e procurando estabelecer uma coerência entre os "aspectos ideais e não-institucionalizados" e os "aspectos reais e institucionalizados" da racionalidade prática, através de sua

---

31. *Idem, ibidem*, p. 36.

32. Para tanto são estabelecidas regras do discurso que pretendem formular uma espécie de código da razão prática. Estas vão desde as regras "de base", que descrevem as condições *"de la possibilité de toute communication verbal dans laquelle il s'agit de verité et d'exactute"*, até regras que exprimem uma situação ideal para o desenvolvimento do discurso.

33. ALEXY, "Idée et structure d'un système du droit rationnel", p. 30.

Teoria da Argumentação Jurídica, Alexy procura conjugar dois modelos de sistema do direito: o modelo segundo o qual o direito é visto como um sistema de normas, e o modelo segundo o qual ele é visto como um sistema de procedimentos[34].

Como um sistema de normas, o direito pode ser concebido apenas como um sistema que concilia os níveis das regras e dos princípios (e, como terceiro nível, o dos procedimentos). Para Alexy, diferentemente de Esser e Dworkin, os princípios são obrigações de otimização, ao passo que as regras têm um caráter de obrigação definitiva. Assim, para os princípios a ponderação é a forma característica da aplicação do direito, ao passo que, para as normas, é aplicada a subsunção. Quando há contradição entre duas normas, elimina-se esta contradição, declarando-se a invalidade de uma delas (que é eliminada do sistema). Em relação aos princípios, uma colisão entre eles não vai resultar na sua invalidação ou na sua exclusão da ordem jurídica – a aplicação da ponderação consiste na determinação de uma relação de prioridade concreta, de forma que o princípio recusado continue a fazer parte do direito.

A questão principal é a de determinar como se pode estabelecer uma relação entre regras e princípios em um sistema do direito. Ele recusa uma concepção de um sistema do direito fundado apenas nas regras, na medida em que este não propicia uma racionalidade total, pois a partir deste modelo a coerência e a segurança jurídica se tornam questões de "tudo ou nada". As exigências que a razão prática faz ao direito vão além do princípio da fidelidade à lei e da segurança jurídica. Por outro lado, um modelo "puro" de princípios como uma opção radical ao modelo das regras, elaborado segundo a idéia de que o sistema do direito consiste apenas nos princípios, contraria as exigências da segurança jurídica, em razão de sua grande flexibilidade e indeterminação, contra o postu-

---

34. Como um sistema de procedimentos, o direito apresenta quatro diferentes níveis: o nível procedimental do discurso prático geral, o nível da criação estatal do direito, o nível (não-institucionalizado) do discurso jurídico e, por fim, o nível dos procedimentos jurídicos institucionalizados.

lado da vinculação aos órgãos institucionalizados de criação do direito[35].

Os princípios, concebidos como obrigações de otimização, são mais do que simples tópicos, dos quais se pode servir arbitrariamente – levam a formas de fundamentação das decisões jurídicas que não poderiam existir sem eles. A "obrigação de otimização" quer dizer duas coisas: uma medida M é proibida em relação aos princípios P1 e P2 se ela não se mostra eficaz na proteção do princípio P1, mas eficaz para impedir o princípio P2; M1 é proibida em relação a P1 e P2 se existe uma alternativa M2 que proteja P1, pelo menos de uma forma razoável, e que traga menos entraves a P2[36].

A ponderação vai atuar à medida que o grau de não-satisfação de P1 aumente; a importância da satisfação de P2 também deve aumentar.

Este modelo de aplicação dos princípios de Alexy é construído com base nas teorias do direito constitucional alemão e se baseia na práxis do Tribunal Constitucional Alemão[37]. Segundo este modelo, o critério de correção das decisões é dado pela forma de argumentação nelas aplicada: uma decisão se justifica se é suficiente e corretamente fundada em uma argumentação, ainda que não seja necessariamente justa.

Por isso, o modelo de regras e princípios necessita ser completado pelos procedimentos, pois as regras e os princípios não dizem nada a respeito de sua aplicação – formam apenas o lado passivo do sistema do direito.

IV

O nível dos procedimentos representa a instância na qual as teorias da argumentação pretenderam elidir os paradoxos contidos nas distinções texto/contexto, princípio/norma, consenso/dissenso, fruto das elaborações discursivas do direito. Se,

---
35. ALEXY, ob. cit., p. 36.
36. *Idem, ibidem*, p. 36.
37. GIANFORMAGGIO, "L'interpretazione della Costituzione tra applicazione di regole ed argumentazione basata su principi", p. 91.

por um lado, a procedimentalização vem significar uma definitiva juridização dos argumentos, por outro é evidente o forte componente teleológico que esta noção encerra. Aqui, o que aparece como "teoria da argumentação" acaba por consistir fundamentalmente numa recomendação sobre os argumentos para os procedimentos adequados[38]. Em Klaus Günther, por exemplo, chama a atenção o fato de se fazer apelo a critérios como proporcionalidade, que exigem, a cada caso, tanto a imparcialidade quanto a consideração de todas as circunstâncias de uma situação concreta: como podem ser levadas em conta todas as circunstâncias da situação? E por que apenas daquela situação?[39]

As teorias da argumentação ocupam-se muito mais dos fundamentos da decisão do que das próprias condições, possibilidades e função da argumentação. Neste passo, tendem a confundir o problema da argumentação com o da fundamentação do Direito.

A primeira distinção a ser feita é exatamente entre interpretação e argumentação. Uma vez que o direito moderno apresenta-se na forma de textos e, também, de casos e problemas que especificam os textos a que se deve recorrer, ele está aberto à interpretação, o que, por sua vez, dá margem à argumentação: "Há margem para a argumentação somente quando e na medida em que os textos possam ser interpretados de diferentes maneiras (...) Nesta medida, a distinção entre texto e interpretação (...) é o suposto de toda argumentação jurídica."[40]

Luhmann diz que o que vai diferenciar a noção de interpretação da de argumentação é que, no primeiro caso, tem-se em vista uma atividade mental de um leitor individual[41], ao passo que a argumentação jurídica é uma operação interna do sistema do jurídico. Logo, a argumentação jurídica não é um

---

38. LUHMANN, *Das Recht der Gesellschaft*, p. 344.
39. *Idem, ibidem*.
40. *Idem, Teoria de los sistemas sociales*, p. 180.
41. Neste ponto, Luhmann observa que noções como a de *interpretative community* e as que indicam nesta idéia uma *masked power* exigiriam uma observação mais cuidadosa de ambos os lados da controvérsia. Cf. LUHMANN, *Teoria de los sistemas sociales*, p. 180, n.° 13.

acontecimento individual, mas sim comunicativo – o que não significa que os envolvidos não "pensem ao mesmo tempo"[42]. Isso significa que não apenas os textos, mas também as interpretações que se fazem destes textos contribuem para a formação de um contexto de argumentação no sistema jurídico.

Aqui, podemos então definir a argumentação jurídica, não mais como uma busca de fundamentos, mas como a busca de consistência das decisões jurídicas. Devemos evitar a "fundamentação" ao discutirmos o conceito de argumentação, pois esta não contempla a possibilidade de fracasso, definindo-se a argumentação, então, "(...) como uma operação de auto-observação do sistema jurídico, que reage em seu contexto comunicativo a uma divergência de opinião quanto à atribuição dos valores jurídico/antijurídico codificados"[43].

Neste nível de auto-observação, é possível ver como o problema da "consistência das decisões" foi resolvido e descrito em diferentes momentos da evolução – ou melhor, da transformação – do direito como sistema social. Trata-se, aqui, de uma descrição das diferentes formas que o direito utilizou para observar suas próprias operações; veremos, então, como muitas vezes a noção de fundamentos, legalidade, justiça, fins, direitos, etc. são utilizadas como mecanismos de controle interno ao sistema quando este procura garantir sua própria coerência interna.

As teorias da argumentação parecem ter em comum uma referência às conseqüências da decisão como garantia da coerência interna do sistema. Seja em Dworkin, partindo da premissa da unidade hermenêutica e da noção de justiça como integridade, seja em Alexy, partindo da razão prática e do discurso "ideal", tendo em mira um sistema de direito "racional", vemos construções de uma interpretação orientada para fins. O interessante destas teorias é que estas têm em comum o fato de que projetam este ideal de direito para o futuro – têm um conteúdo prescritivo, em detrimento de uma descrição do sis-

---

42. *Idem, ibidem*, p. 180.
43. *Idem, ibidem*, p. 174.

tema do direito. Ao ocultar o paradoxo constitutivo do direito – o direito que o direito tem de dizer o que é e o que não é direito –, estas teorias optaram pela temporalização do paradoxo: projetam o futuro do direito enquanto vínculo com o futuro. O direito, enquanto modalidade de criação de vínculos com os futuros, encontra seu fundamento, então, no futuro deste futuro. Com quantos Juízes-Hércules já deparamos? É possível existir, seguindo Alexy, uma situação comunicativa ideal na qual se desenvolvam os procedimentos judiciais?

Depois dos direitos naturais e dos direitos da razão, que se afirmaram no passado do sistema do direito, vem a era dos direitos determinados por suas conseqüências, que se afirmam na projeção do futuro. Assim, é introduzido um novo paradoxo no direito: em substituição à diferença justo/injusto, a distinção legal/ilegal passa a demandar o apoio da diferença princípio/conseqüência. Neste quadro, o princípio da "certeza do direito", traduzido na função do direito de reduzir expectativas estruturando expectativas de expectativas, pode ser mantido?

Essa valoração das conseqüências, aparentemente, serve como uma "espécie de teste quanto à relevância social dos casos jurídicos e das posições jurídicas. A relevância social, assim, não tem origem apenas nas valorações existentes nas normas, mas é temporalizada e derivada por via indireta através da dimensão temporal"[44]. Trata-se, portanto, da introdução de uma assimetria a partir da variável "tempo", que passa a constituir-se em critério para a tomada de decisões. Se isto é possível, e em que medida isto é possível, é um dos problemas cruciais da Teoria Jurídica Contemporânea.

Esta, por sua vez, é uma teoria não muito convincente, pois, se por um lado o futuro permanece sempre inobservável do presente, por outro lado uma questão posterior deve ser considerada: que tipo de "adivinhação" sobre o futuro pode-se considerar válida para a tomada de decisões?[45] Além disto, a con-

---

44. *Idem, La differenziazone del diritto*, p. 74.
45. *Idem*, "The Third Question: The Creative Use of Paradoxes in Law and Legal History", p. 160.

seqüência esperada pela aplicação de um princípio pode não ser alcançada e, não obstante este fato, a decisão deve permanecer válida. Uma situação em que uma sentença possa deixar de ser válida porque não produziu os efeitos previstos vai contra qualquer idéia de direito enquanto sistema que pretende assegurar expectativas, protegendo-as da desilusão. Uma decisão orientada às suas conseqüências, portanto, comporta grandes riscos, colocando a certeza, e principalmente a certeza do direito, como problema e como valor[46]. Não se pode procurar atingir determinados efeitos através da razão e, simultaneamente, decidir de modo igual casos iguais: não se pode pretender, de um juiz, simultaneamente imparcialidade e responsabilidade[47].

V

A teoria dos sistemas de Niklas Luhmann e Raffaele De Giorgi parece ter uma predileção pelo tema dos paradoxos. Duas pequenas histórias ilustram o ponto de vista sistêmico segundo o qual os paradoxos são constitutivos da realidade.

"A tort et à raison", ou a negativa da tese da resposta correta:

Numa história atribuída ao *Talmud*[48] um professor tenta resolver uma discussão entre dois alunos. O primeiro aluno expôs seu ponto de vista e, após refletir por algum tempo, o mestre deu-lhe razão. Então, o segundo aluno também apresentou seus argumentos e o professor, depois de longa reflexão, também lhe deu razão. Os dois alunos ficaram estupefatos com o

---

46. Idem, *La differenziazone del diritto*, p. 80.
47. ECKHOFF, "Imparciality, Separation of Powers, and Judicial Independence". In: *Scandinavian Studies of Law*, IX, 1965, pp. 11-48 ; *apud* LUHMANN, *La differenziazone del diritto*, p. 86.
48. A história é contada por ATLAN, Henri, (*A tort e à raison*, p. 11) e lembrada, também, por LUHMANN, Niklas ("The third question: the creative use of paradoxes in law and legal history").

fato de o mestre dar a razão a duas versões contraditórias dos mesmos fatos. Argumentaram que isso não era possível. Após uma nova longa reflexão, o professor então respondeu: "De fato, vocês também têm razão..."

Esta história ilustra o fato de que não existe uma só racionalidade, ou uma única possibilidade de "ter razão". A perspectiva hermenêutica procura reconstruir uma racionalidade para as decisões, primeiro através da superioridade de um intérprete capaz de descobrir, a cada situação concreta, a melhor resposta e, depois, através de procedimentos e construção de argumentos que levam à construção intersubjetiva da resposta adequada. O professor que decide que ambos os alunos têm razão funciona como um observador de segunda ordem, capaz de indicar as razões de ambos os alunos como racionais.

O uso criativo do 12.º camelo, ou melhor, dos paradoxos do direito

Os paradoxos não bloqueiam as operações do sistema. Ao contrário do que a lógica clássica sempre sugeriu, os paradoxos têm um grande potencial criativo para o sistema. A história do 12.º camelo, trazida por Luhmann no texto "Die Rückgabe des zwölften Kamels" (pp. 3-4), ilustra de maneira extraordinária o uso criativo dos paradoxos do direito. Segundo esta história, um velho beduíno havia deixado em testamento a seguinte distribuição de seus bens (doze camelos) entre seus três filhos: o filho mais velho, Achimed, deveria ficar com a metade dos bens. Ao filho do meio, Áli, caberia um quarto dos camelos, e ao caçula, Benjamin, um sexto. Quando o pai morreu, o número dos camelos havia se reduzido, e agora o complexo de seus bens consistia em onze camelos. Áli argumentou que era vontade de seu pai que o filho mais velho ficasse com seis camelos, mas isso, na verdade, agora era mais do que a metade dos camelos. Os outros irmãos argumentaram que a divisão deveria ser, então, realizada por um juiz. O juiz disse: eu lhes empresto meu camelo que, depois, vocês me devolverão. Com doze camelos é possível fazer a conta tal como o pai de vocês havia pensado. Achimed ficou com a metade dos camelos, isto é, com seis. Áli recebeu o seu um quarto, ou seja, três camelos. E, finalmente, Benjamin levou consigo dois camelos, um sexto do total dos camelos a serem divididos. Distribuídos onze camelos, os irmãos devolveram então ao juiz o décimo segundo camelo, aquele que havia tornado possível a divisão dos bens.

Ao contar esta história, Luhmann coloca a seguinte questão: "O décimo segundo camelo deve ser necessariamente real ou ele pode ser apenas uma ficção?"[49]. O décimo segundo camelo tem, claramente, uma função: a de tornar possível a realização da divisão dos camelos num contexto em que as condições eram bastante adversas: onze camelos não podem ser divididos pela metade, um quarto e um sexto. Considerando este fato, pode-se observar que o décimo segundo camelo há um só tempo existe e não existe no sistema: ele "flutua" nas operações, ou seja, nas decisões[50]. O direito é constituído com base num paradoxo e, por isso, o camelo existe e não existe a um só tempo.

O sistema do direito, incapaz de uma total auto-observação, esconde seus paradoxos. Este comportamento auto-simplificador funciona como uma condição para que ele continue operando. Isto porque uma descrição dos princípios do direito como paradoxos do direito levaria à discussão, por exemplo, a respeito do direito que tem o sistema do direito de dizer o que é direito e o que não é. A incapacidade de uma total auto-observação, neste sentido, é uma condição da sobrevivência do sistema. Este não pode permanecer imobilizado pelo contínuo retorno de uma distinção a si mesma. Os paradoxos são observáveis e vão interessar a um observador de "segunda ordem" que, realizando observações sobre as observações de um sistema, vai descrever as funções que têm os paradoxos no prosseguimento da *autopoiésis* de um sistema.

O paradoxo vai constituir um problema quando da observação do sistema, enquanto nas demais operações o sistema

---

49. LUHMANN, "Die Rückgabe des zwölften Kamels", p. 4.
50. *Idem, ibidem.*

reage como se o paradoxo não existisse. A elisão do paradoxo se torna, desta forma, um pré-requisito da continuidade das operações do sistema. O imperativo do sistema é prosseguir com sua *autopoiésis*, e sempre que se encontrar bloqueado pelo contínuo reenvio de uma distinção a si mesma o sistema "escapará" desta circularidade criando novas distinções, *desparadoxantes*.

É o que acontece, por exemplo, com a figura dogmática dos princípios do direito, como também com as várias descrições de como "se deve" interpretar o direito. Os princípios não existem no sistema, porque são criados pelo juiz, mas, uma vez que são criados pelo juiz, existem no sistema. O juiz é o sistema? O sistema é resultado da interpretação do juiz? Os juízes não criam o direito, porque interpretam o direito aplicando seus princípios gerais (assim diria Dworkin); mas criam o direito, quando o aplicam tendo em vista determinadas conseqüências, porque nem todas elas e, portanto, nem todos os princípios podem ser previstos pelo Direito.

As teorias do pós-giro hermenêutico têm um grande potencial operativo. Elas procuram reconstruir como uma referência para o sistema a racionalidade que ele mesmo constrói a cada operação. Como estratégia de explicação da realidade das operações do sistema, estas teorias são pouco plausíveis, uma vez que ocultam o fato de que "somente a interpretação pode colocar limites à interpretação", assim como a "a plausibilidade dos argumentos utilizados na interpretação depende do fato de que, na interpretação, estes sejam reconhecidos como argumentos da interpretação"[51].

Diante da cláusula do *non liquet*, que deve ser considerada como o princípio de todos os princípios, os juízes são obrigados a decidir: os paradoxos do sistema devem ser "superados", a distinção deve ser salva, a *autopoiésis* deve prosseguir. A interpretação e a argumentação jurídica propiciam a continuidade da *autopoiésis* do sistema do direito, estruturando novas expectativas sobre expectativas; no entanto, não estão em

---

51. DE GIORGI, "Il Dio con barba e il Dio senza barba", p. 3.

condições de "guiar" a evolução do direito e, através deste, a evolução da própria sociedade. O direito não tem um "princípio", assim como não conhece justiça que não seja a sua justiça, e não tem também um "fim": o que importa é que esta circularidade seja interrompida e que, através da interposição de diferenças criativas – no sentido de que podem criar diferenças ulteriores –, o direito possa realizar sua função. Esta é a única teleologia a que o sistema do direito pode aspirar; e esta é a única teleologia a que a interpretação jurídica pode servir, no contexto argumentativo do direito.

Bibliografia

ALEXY, Robert. "Idée et structure d'un système du droit rationnel". *Archives de philosophie du droit*. T. 33, 1988.
ATLAN, Henri. *A tort et à raison. Intercritique de la science et du mythe*. Paris: Éditions du Seuil, 1986.
BOBBIO, Norberto. "Principi generali del direitto". In: Novissimo Digesto Italiano, vol. XIII. Turim: Unione Tipografico – Editrice Torinese. 1966, pp. 887-96.
BODIN, Jean. *Los seis libros de la república*. Trad. Pedro Bravo Gala. Madri: Tecnos, 1992.
CARVALHO NETTO, Menelick. "Requisitos pragmáticos da interpretação jurídica sob o paradigma do Estado democrático de direito". *Revista de Direito Comparado*, v. 3. Belo Horizonte: Faculdade de Direito da UFMG, 1998, pp. 473-86.
CHUEIRI, Vera. "A dimensão jurídico-ética da razão: o liberalismo jurídico de Dworkin". *Paradoxos da auto-observação: percursos da teoria jurídica contemporânea*. Org. Leonel Severo Rocha. Curitiba: JM, 1997, pp. 151-95.
———. *Filosofia do direito e modernidade: Dworkin e a possibilidade de um discurso instituinte de direitos*. Curitiba: JM, 1995.
DE GIORGI, Raffaele. *Materiali di sociologia del diritto*. Bolonha, 1981.
———. *Scienza del diritto e legitimazione*. Lecce: Pensa Multimedia, 1998.
———. "Il Dio con barba e il Dio senza barba". *Manuscrito*, 2001.
DWORKIN, Ronald. "Il ruolo dei giudici e il governo della legge". *Questione di principio*. Milão: Il Saggiatore, 1990.
ESSER, Joseph. *Principio y norma en la elaboración jurisprudencial del derecho privado*. Barcelona: Casa Editorial Bosch.
GADAMER, Hans-Georg. *Verdad y método. Fundamentos de una hermenéutica filosófica*. Salamanca: Ediciones Sígueme, 1961.

GENOVESE, Rino (org.) *Figure del paradosso. Filosofia e teoria dei sistemi*. Nápoles: Liguori Editore, 1992.

GIANFORMAGGIO, Letizia. "L'interpretazione della Costituzione tra applicazione di regole ed argumentazione basata su principi", *Rivista Internazionale di Filosofia del Diritto*. IV serie, LXII, 1995.

HABERMAS, Jürgen. *Fatti e norme. Contributi a una teoria discorsiva del diritto e della democrazia*. Náples: Guerini e Associati, 1996.

HART, Herbert. *The Concept of Law*. Trad. A. Ribeiro Mendes. Oxford/Lisboa: Oxford University Press/Fundação Calouste Gulbenkian, 1961.

HOBBES, Thomas. *Leviatã ou matéria, forma e poder de um estado eclesiástico e civil*. Trad. João Paulo Monteiro e Maria Beatriz Nizza da Silva. Imprensa Nacional, Casa da Moeda, 1995.

KARAM, Vera. *A filosofia jurídica de Ronald Dworkin como possibilidade de um discurso instituinte de direitos*. Curitiba: JM, 1995.

KELSEN, Hans. *Teoria pura do direito*. Trad. João Baptista Machado. São Paulo: Martins Fontes, 1994, 4.ª ed.

KOZICKI, Katia. "O positivismo jurídico de HART e a perspectiva hermenêutica do Direito". In: *Paradoxos da auto-observação: percursos da teoria jurídica contemporânea*. Org. Leonel Severo Rocha. Curitiba: JM, 1997, pp. 127-49.

LUHMANN, Niklas. "The Third Question: The Creative Use of Paradoxes in Law and Legal History". *Journal of Law and Society*, vol. 15, n.º 2, 1988.

————. *La differenziazione del diritto*. A cura de Raffaele De Giorgi. Bolonha: IL Mulino, 1990.

————. *Das Recht der Gesellschaft*. Frankfurt: Suhrkamp, 1993.

————. *Teoría de los sistemas sociales (artículos)*. México, Universidad Iberoamericana, 1998.

————. *Complejidad y modernidad: de la unidad a la diferencia*. Trad. Josetxo Berian e José María García Blanco. Madri: Editorial Trotta, 1998.

————. "Die Rückgabe des zwölften Kamels". *Zeitschrift für Rechtssoziologie*, 21 (2000), Heft 1, 2000, pp. 3-60.

NEUENSCHWANDER MAGALHÃES, Juliana. "O uso criativo dos paradoxos do direito: a aplicação dos princípios gerais do direito pela Corte de Justiça Européia". In: ROCHA, Leonel Severo (org.). *Paradoxos da auto-observação: percursos da teoria jurídica contemporânea*. Curitiba: JM, pp. 243-77.

————. "A unidade do sistema jurídico em Niklas Luhmann". Workbook do *International Symposium on Autopiesis*. Belo Horizonte: UFMG, 1997.

OLIVEIRA, Marcelo Andrade Cattoni de. "Interpretação como ato de conhecimento e interpretação como ato de vontade: a tese kelseniana da interpretação autêntica". *Manuscrito*. Belo Horizonte, 1996.

ROCHA, Leonel Severo. "Da teoria do direito à teoria da sociedade". In: *Teoria do direito e do Estado*. Porto Alegre: Sérgio Antônio Fabris Editor, 1994.

WARAT, Luis Alberto. *O direito e sua linguagem*. Porto Alegre: Sérgio Antônio Fabris Editor, 1984, 2.ª ed. revista e ampliada por Leonel Severo Rocha e Gisele Cittadino.

Hermenêutica: uma crença intersubjetiva na busca da melhor leitura possível

*Alexandre Pasqualini**

A hermenêutica tornou-se tão célebre, tão conhecida até dos que não se aprofundaram em seu estudo, tão enraizada nos diversos segmentos da pesquisa científica e filosófica, que construir um bom texto sobre o tema é como tentar esclarecer o que a maioria já imaginava há muito esclarecido. De fato, dissertar sobre hermenêutica filosófica, depois de Heidegger[1] e Gadamer[2], ou sobre a hermenêutica jurídica, depois de Carlos Maximiliano[3] e Juarez Freitas[4], constitui tarefa bastante espinhosa. Ademais, não se trata, como se pode convir, de um tema como outro qualquer, mas de algo que repercute sobre todos e sobre tudo. Em toda a parte, a vida é cingida por um verdadeiro zodíaco de ciências hermenêuticas. Uma vez que qualquer reflexão é carne da sua carne, sangue do seu sangue, sem a hermenêutica ainda poderia haver mundo, porém nunca consciência de mundo. Schelling, pensando em outra época e com outros conceitos, sustentava que com os homens a natureza abre os olhos e percebe que existe. Talvez seja o caso de afirmar, expandindo essa idéia, que só por meio da hermenêutica é que a realidade consegue abrir os olhos e, então, perceber que existe.

---

* Professor da Faculdade de Direito da PUC-SP.
1. *Sein und Zeit*. Tübingen: Max Neiemeyer Verlag, 1963.
2. *Wahrheit und Methode*. Tübingen: J. C. B. Mohr, 1990.
3. *Hermenêutica e aplicação do direito*. Rio de Janeiro: Forense, 1984.
4. *A interpretação sistemática do direito*. São Paulo: Malheiros, 1998.

Pela onipresente hermenêutica das representações humanas, a natureza fala, pensa e procura conhecer a si mesma. Certo, a hermenêutica não criou as estrelas, entretanto, salvo melhor juízo, transformou-as em galáxias, em astronomia e, até, em astrologia. Como se vê, o livro da natureza também pertence ao poder criativo dos olhos que o lêem. Essas "lentes-sujeitos"[5], que são os homens, vestem o universo com as cores dos seus sentimentos e intuições[6]. Por isso, se soa exagerado aduzir que "o sol nasce e se põe dentro do meu crânio"[7], não o é, com certeza, ponderar que entre as têmporas do intérprete, em um piscar de olhos, os paradigmas[8] nascem e se põem.

Diante de fenômeno assim tão vasto, para não se correr o risco de articular exposição meramente itinerante ou fragmentária, optou-se, privilegiando os vínculos internos, por enfocar três questões que, em conjunto, dizem respeito, e de maneira fundamental, às múltiplas vozes da hermenêutica. Em outras palavras, preferiu-se examinar três problemas cujas conseqüências lógicas e materiais projetam-se tanto nos domínios da hermenêutica jurídica, quanto nas demais esferas da interpretação.

Eis as questões:
• Por que interpretar?
• Há limites para o trabalho da hermenêutica? Pode o intérprete, mediante justo título, coroar-se imperador do sentido?
• Seria possível cogitar de uma hermenêutica desconectada da ética?

1

Ninguém mais contesta: assim como não há um único modo de viver, também não há um único modo de ler e de inter-

---

5. *"Subject-lenses"*. EMERSON, Ralph Waldo. *Experience. The complete Essays and Other Writings*. Nova York: The Modern Library, 1940, p. 359.
6. *Idem, ibidem*, p. 361: "... *the universe wear our color...*".
7. KAZANTZÁKIS, Nikos. *Ascese*. Trad. José Paulo Paes. São Paulo: Ática, 1997, p. 41.
8. Ver KUHN, Thomas S. *A estrutura das revoluções científicas*. Trad. Beatriz Vianna Boeira e Nelson Boeira. São Paulo: Perspectiva, 1998.

pretar. Mas, relativismos pós-modernos à parte, não haveria, quem sabe, um principal impulso do qual receberiam os homens o estímulo desafiador da exegese e da leitura? Por que lêem? Por que escrevem? Por que, enfim, interpretam?

Para alguns a resposta é concisa e terminante: lêem, escrevem e, por conseguinte, interpretam pela circunstância elementar de que não dispõem de outra alternativa. É interpretar ou interpretar – "o resto é silêncio"[9]. Na medida em que "tudo o que [...] nós podemos compreender e representar depende da interpretação"[10], todos, aonde quer que forem, de onde quer que venham, estão, desde sempre e para sempre, condenados a interpretar. Não faz sentido dizer: eis ali o mundo e eis acolá os homens e a sua hermenêutica – antes eles estão sempre juntos. Como o mundo só vem à consciência pela palavra, e a linguagem é já a primeira interpretação, a hermenêutica tornou-se tão inseparável da vida quanto "a dança do dançarino" (Yeats). Numa frase, a hermenêutica ganhou o *status* de mediadora de todas as mediações cognitivas, de modo que, se a luz da hermenêutica se apagasse, também o mundo mergulharia na penumbra. É claro que com tal afirmação não se pretende, como sugerem alguns, que o mundo seja construído apenas pela hermenêutica e que, "neste sentido, ser é [tão-somente] interpretação"[11]. Forte, simples e tentadora – essa concepção de Günter Abel vai longe demais, convertendo a hermenêutica em uma espécie de nova ontologia ou de nova filosofia primeira[12]. Sempre um passo à frente do método e da epistemologia, a razão está, entretanto, com Gadamer e com os que cerram fileiras com a tradição da hermenêutica filosófica: quando se fala

---

9. SHAKESPEARE, William. "Hamlet". *The Complete Works*. Londres: Collins, 1959, 5, 2, 349, p. 1072: "*The rest is silence.*"
10. LENK, Hans. *Interpretationskonstrukte*. Frankfurt am Main: Suhrkamp Verlag, 1993, p. 21: "*alles, was wir ... erfassen und darstellen können, ist abhängig von Interpretationen*".
11. ABEL, Günter. *Interpretationswelten*. Frankfurt am Main: Suhrkamp Verlag, 1995, p. 195: "*In diesem Sinne ist Sein Interpretation*".
12. Ver a esse respeito STEIN, Ernildo. *Interpretacionismo*. Santa Maria: Editoraufrm, 2000, p. 59.

em hermenêutica isso quer significar, mais precisamente, que a interpretação atua como o nosso modo originário de ser-no-mundo, o qual jamais deve desvincular-se das noções de pré-compreensão, círculo hermenêutico e consciência histórica.

Realmente, todas essas idéias são de domínio público e, além disso, difíceis de ser negadas. Todavia, ninguém pretende enganar ninguém. Será que não há mesmo nada mais a ser pensado quando se cogita da origem do processo de interpretação? Será que sobre esse assunto não haveria, implícito, algo ainda com igual ou maior importância a ser destacado, algo que, embora já dito, muitos, por vezes, esquecem ou teimam em negligenciar?

Pondo desde o início as cartas na mesa, parece que a originária universalidade da hermenêutica esconde em si outra motivação mais profunda e sugestiva. Mesmo sem saber se interpretar é nosso débito com o destino ou com a vida, talvez a hermenêutica seja, acima de tudo, "uma vela acesa"[13] pela esperança e pela fé na lucidez e na sabedoria dos homens. Toda hermenêutica alvorece pela força votiva desse preliminar gesto de confiança. Essa pequena e inicial centelha de crédito constitui o fio de luz que conecta a linguagem ao mundo, tornando-se a grande responsável pelo que de melhor a nossa forma de vida até hoje conseguiu realizar. Foi em torno dessa fagulha que as gerações trabalharam, lutaram e prevaleceram. O triunfo da vida e do pensamento sobre o abissal oceano do nada deve-se, em larga proporção, a essa delicada chama acesa pela confiança de que os homens seriam capazes de aquecer a alma ante o fogo racional do saber e da consciência. Conquanto o fatigado e ofegante círculo da razão esteja, para os pós-modernos, quase em ruínas, cada intérprete, em alguma escala e, às vezes, sem notar, persegue, como condômino da linguagem, a companhia visionária do entendimento, da comunicação e, portanto, das certezas mínimas e possíveis. Iluminando o caos, essa centelha de esperança na racionalidade foi o que tornou

---

13. BLOOM, Harold. *Como e por que ler*. Trad. José Roberto O'Shea, Rio de Janeiro: Objetiva, 2001, p. 20.

tudo viável, resgatando a vida dos sombrios flagelos de uma noite perpétua. Lá no mais íntimo do seu íntimo, o intérprete é, pois, um autêntico peregrino – um peregrino da prudência, um peregrino da sabedoria, um peregrino do conhecimento. Em uma espécie de luta irrefreável pela vida, é como se uma voz socrática e vitalista sussurrasse em seus ouvidos – acredite!, conhece a ti mesmo!, conhece ao mundo! – e o hermeneuta jamais conseguisse silenciá-la.

Não dá mesmo para negar: no princípio era, sim, a confiança. A dúvida só veio depois[14], na convicção de que a descrença pressupõe já a crença[15]. Positivamente, o homem lê e interpreta, antes de tudo, porque acredita e confia. Desde as menores minúcias, a sua vida erigiu-se sob a perseverante certeza de que "todos os jogos de fala descansam no fato de que se possa reconhecer de novo as palavras e os objetos"[16]. Mas lembrem: trata-se apenas de uma pequenina vela. O otimismo imponderado, que desequilibra o andar das idéias, é sempre da parte dos pensadores um obstáculo à apreciação calma, à compreensão serena da realidade. Fugindo de um inimigo, é preciso ter cuidado para não cair nas garras de outro muito pior. De nada adianta fingir um poder que não se tem. De nada adianta atirar os homens atrás de ilusões. Não se trata, por conseguinte, de erguer um canto à suntuosidade da razão. Não há lugar, como no passado ainda recente do racionalismo cientificista, para a construção de um épico de autoconfiança e de convicções absolutas. Há poucos anos, bastava uma insignificante simetria, um sistema qualquer com aparência de ordem, para seduzir os homens com falsas promessas cartesianas. No campo do conhecimento e dos estudos, a verdade é que, mais e sem-

---

14. WITTGENSTEIN, Ludwig. *Über Gewissheit*. Oxford: Basil Blackwell, 1979, (160), p. 23: *"Der Zweifel kommt nach dem Glauben"* ("A dúvida vem depois da crença").

15. *Idem, ibidem*, (354), p. 46: *"Zweifelndes und nichtzweifelndes Benehmen. Es gib das erste nur, wenn es das zweite gibt"* ("Conduta de duvidar e conduta de não-duvidar: só se dá a primeira se se dá a segunda").

16. *Idem, ibidem*, (455), p. 59: *"Alles Sprachspiel beruht darauf, dass Wörter und Gegenstände wiedererkannt werden"*.

pre, tudo está constante e hermeneuticamente sendo reescrito. Já se foi o tempo dos *"superconceitos"*[17], supostamente aptos a estabelecer elos *"super-rígidos"*[18] entre os homens e a linguagem, de um lado, e o mundo, de outro. É preciso admitir que apenas aquela frágil chama de esperança parece, de forma implícita, ser reafirmada e confirmada em cada reinterpretação, em cada releitura. A recorrente instabilidade das idéias funda a perene estabilidade da procura e, por conseguinte, da fidúcia – uma fidúcia que, sendo congenial à linguagem, nunca se ausenta, jamais sai de férias. Como pondera Wittgenstein, os jogos de fala acreditam a si mesmos e em si mesmos[19]. Ontem e hoje, a indelével integridade desse eterno voto de confiança continua sendo a mais leal companheira da razão, de sorte que a peregrina busca pelo conhecimento de si mesmo e do mundo sempre outra vez regenera a nossa tácita esperança nas nobres e não-totalitárias virtudes do intelecto e da compreensão.

Assim, os homens, ao que tudo indica, lêem e interpretam para diminuir o território do desconhecido; lêem e interpretam para sondar os segredos da vida; lêem e interpretam para aprender com mentes mais sábias e mais lúcidas; lêem e interpretam, enfim, porque, desde o início, confiam. Mas, afinal, indaga Wittgenstein, "em que posso confiar?" Ele próprio responde: "O que realmente quero dizer é que um jogo de fala só é possível se se confia em algo."[20] E o mesmo Wittgenstein, preocupado com os mal-entendidos, enfatiza: "eu não disse 'se se pode confiar em algo.'"[21] Mais didático é impossível: Wittgenstein não escreveu à maneira dos pirrônicos, tampouco à moda dos dogmáticos. Confiar, simplesmente confiar – eis o humano

---

17. Idem, *Philosophische Untersuchungen*. Oxford: Blackwell, 1999 (97), p. 44: "... *über-Begriffen*...".
18. CAVELL, Stanley. *Esta América nova, ainda inabordável*. Trad. Heloisa Toller Gomes. São Paulo: Editora 34, 1997, p. 58.
19. Wittgenstein, *über Gewissheit*, (474), p. 62: "*Dieses Spiel bewährt sich*".
20. *Idem, ibidem*, (508-9), p. 66: "*Worauf kann ich verlassen? Ich will eigentlich sagen, dass ein Sprachspiel nur möglich ist, wenn man sich auf etwas verlässt. ...*".
21. *Idem, ibidem* (509), p. 66: "*... (Ich habe nicht gesagt 'auf etwas verlassen kann')*".

fundamento (tão seguro quanto algo neste mundo pode ser seguro) com o qual o nosso cosmos de palavras, conceitos e significados ganhou solidez. Foi sobre os alicerces da confiança que idéias e ações, teorias e práticas surgiram arrancadas da lastimosa e imensa desolação do caos. Por isso, quem fala ou escreve, quem lê ou argumenta, já sempre reconhece na linguagem um instrumento eficaz para nos colocar em contato e, mais do que isso, em sintonia com o mundo. Todos quantos lêem, escrevem ou falam têm em comum esta *forma de vida* que, ancorada no diálogo, reiteradamente pressupõe o duplo percurso que vai das palavras aos conceitos e dos conceitos às palavras[22]. Com efeito, é como se a linguagem, a partir de suas bases (por assim dizer) pragmáticas, contemplasse o mundo sempre da ótica transitiva da primeira pessoa do plural. Faz parte das reverberações da nossa forma linguageira de vida pensar e agir, interpretar e viver como se a comunicação fosse um inextrincável atributo da linguagem que, uma vez negado (dúvida), solapa o próprio sentido da negação (dúvida)[23]. Foi exatamente esse pressuposto imanente ao uso da razão e ao emprego da linguagem que, ao fim e ao cabo, tornou possível içar a humanidade, salvando-a das trevas.

A despeito disso, com curiosa e enfática segurança (sempre desconfortável para os que só acreditam na dúvida e na contradição), uma certa corrente de cariz desconstrutivista, da qual cumpre excluir, desde já, Heidegger, tem sustentado, dando voltas e mais voltas nos parafusos do subjetivismo, que só a linguagem raciocina, escreve e interpreta, os homens não[24]. Para essa corrente de pensamento, é como se a linguagem jogasse um jogo labiríntico cujo arco de possibilidades semânticas seria, em todos os casos, absolutamente inefável. No *Paraíso perdido* de Milton, Satã exclama: "Mal, sejai o meu Bem! Ora, aqui não é lugar para fazer uma crítica com nomes pró-

---

22. GADAMER, Hans-Georg. *Da palavra ao conceito*. Trad. Hans-Georg Flickinger e Muriel Maia-Flickinger. Porte Alegre: EDIPUCRS, 2000, p. 14.
23. Ver WITTGENSTEIN, *über Gewissheit* (341), p. 44.
24. Ver BLOOM, ob. cit., p. 25.

prios. Neste momento, não importam os pensadores, mas os pensamentos. Assim, não se deseja satanizar o pós-moderno niilismo, nem declarar uma inútil guerra santa contra os seus simpatizantes. Contudo, não se pode deixar de reconhecer, há algo de semelhante entre eles e o famoso personagem de Milton. É como se os desconstrutivistas, em uníssono, implorassem à sua musa: "incerteza, sejai minha certeza!". Mas, finalmente, eles colhem o que semeiam: uma incerteza que tornasse tudo incerto já não seria fonte de total incerteza. Como se pode notar, o tiro sai pela culatra.

Não se nega que, às vezes, questionar a razão faça bem à razão. Nada é mais humano do que desconfiar da humanidade[25]. A rigor, quando se contempla o cepticismo a partir desse viés, nem sequer se justifica diagnosticá-lo como doença. Nesse caso específico, como não se trata de uma teoria que possa ser refutada só com argumentos, tentar varrê-lo da face da terra significaria o mesmo que pretender livrar a humanidade da própria humanidade. Apesar de os nossos jogos de linguagem não se escorarem em fundamentações últimas, mas, acima de tudo, na simples e quotidiana confiança, não se pode deixar de reconhecer, em contrapartida, que a dúvida (a dúvida derivada da confiança) também faz parte da condição humana, o que nos desafia a viver em um território a meio caminho da total objetividade e da inteira subjetividade. Esse, aliás, foi o maior ensinamento deixado por alguns cépticos (antigos e modernos) da estirpe de Montaigne. Ocorre que, algumas vezes, no exaspero do cansaço, muitos, flechados pelo desdém, vão longe demais e desejam abandonar tudo, amaldiçoando a própria linguagem com que se expressam. Todavia, o projeto de conduzir a dúvida até as raias do absurdo está, desde o nascedouro, fadado a autodestruir-se. Embora seja grande a tentação de considerar a vida uma completa farsa, uma opereta para a qual não

---

25. Ver CAVELL, Stanley. *The Claim of Reason*. Nova York/Oxford: Oxford University Press, 1999, p. 109: "*Nothing is more human than the wish to deny one's humanity, or to assert it at the expense of others*".

vale a pena comprar ingresso, não se pode deixar de reconhecer que até as dúvidas só fazem sentido quando projetadas sobre um pano de fundo indubitável. Para além desse horizonte, horizonte que sustenta todos os nossos jogos de fala (hermenêuticos), já não tem, nem faz sentido duvidar. Como diria Wittgenstein, ultrapassados certos limites, "tuas dúvidas agora não fazem mais sentido"[26]. Tendo em vista que até as desconfianças baseiam-se em razões, o jogo da dúvida é também um jogo de fala que, portanto, presta vassalagem às mesmas regras dos jogos de certeza. De fato, os conceitos de verdade e de objetividade são inconsistentes, mas, seja como for, pragmaticamente indispensáveis. É bom lembrar que, guardadas as regras materiais da malha lingüística, não há como troçar da verdade ou da objetividade sem, de algum modo, pressupô-las. Conquanto os problemas filosóficos vinculados a esses conceitos sejam, ao que tudo leva a crer, insolúveis, ainda há, apesar disso, maneiras melhores e piores de pensar neles e, com eles, pensar os muitos paradoxos que brincam à solta pelos campos da vida. "Cínicos sobre a filosofia e, talvez, sobre a humanidade, acharão que perguntas sem respostas são vazias; dogmáticos dirão que chegaram às respostas; filósofos caros ao meu coração antes preferirão transmitir o pensamento de que a despeito de não haver respostas satisfatórias... há, por assim dizer, rumos de respostas, maneiras de pensar, em que vale a pena despender o nosso tempo para descobri-las."[27]

Apesar de tudo, razão, verdade e objetividade sempre serão palavras à procura de seu melhor e mais oportuno significado. Do ponto de vista hermenêutico, esses eternos pontos de

---

26. WITTGENSTEIN, *über Gewissheit* (310), p. 40: "...; *deine Zweifel haben jetzt noch gar keinen Sinn*".
27. CAVELL, Stanley. *Themes out of School*. Chigago/Londres: The University of Chicago Press, 1992, p. 9: "*Cynics about philosophy, and perhaps about humanity, will find that questions without answers are empty; dogmatists will claim to have arrived at answers; philosophers after my heart will rather wish to convey the thought that while there may be no satisfying answers..., there are, so to speak, directions to answers, ways to think, that are worth the time of your life to discover.*"

interrogação (para os quais não se têm respostas definitivas) são os mais importantes. Diante deles, todos retornam à infância[28], todos transformam-se, outra vez, em alunos e podem avaliar, como integrantes da "tribo das crianças grandes"[29], o quanto ainda necessitam aprender num mundo em que as indagações sem respostas são, em última análise, a única "educação dos adultos"[30]. Essas perguntas são o momento da incompletude, o instante da abertura, o tempo e a hora da vitalista liberdade. É como se o verdadeiro caminho interpretativo só principiasse depois da encruzilhada, pois, apesar da infinita multiplicidade das respostas, sempre haverá (como sustenta Putnam inspirado em Cavell) maneiras mais ou menos adequadas de respondê-las[31].

Assim, sentindo outra vez os pés em terreno menos arenoso, é a razão, e não a irracionalidade, que consegue esquivar-se da contundência pós-moderna. Não se trata, porém, de uma artificial comutação da pena. Embora o seu triunfo não se queira converter em *slogan* para panfletos racionalistas, o certo é que o intérprete, sem rufar de tambores ou salvas de canhões, pode, ao final, desabafar aliviado – a racionalidade ainda vive! – e vive graças àquela pequena vela acesa pela nossa sempre recorrente confiança (mínima) na sabedoria e na lucidez dos jogos de fala (hermenêuticos). Depois de tudo e para além da leitura trivializante, quem sabe a razão não está com Stevens Wallace: "basta uma vela para iluminar o mundo"[32].

---

28. *Idem*, *The Claim of Reason*, p. 125: "Em face das perguntas formuladas por Agostinho, Lutero, Rousseau, Thoreau..., nós somos crianças" (*"In the face of the questions posed in Augustine, Luther, Rousseau, Thoreau..., we are children;..."*).
29. *Idem, ibidem*, p. 124: "... *tribes of big children...*".
30. *Idem, ibidem*, p. 125: "... *education of grownups*".
31. PUTNAM, Hilary. *Realism with a Human Face*. Cambridge: Harvard University Press, 1992, p. 18: "*Of course philosophical problems are unsolvable; but as Stanley Cavell once remarked, 'there are better and worse ways of thinking about them'*."
32. STEVENS, Wallace. *Poemas*. Trad. bilíngüe de Paulo Henriques Brito. São Paulo: Companhia das Letras, 1987, p. 76: "*a candle is enough to light the world*".

2

Outra conclusão hoje consensual é a de que a hermenêutica nunca se cansa, jamais encontra paradeiro definitivo. É verdade. Isso quer dizer que o intérprete acha-se, invariavelmente, em meio a uma trajetória que, como a vida, não tem início, nem fim. A hermenêutica é como Ulisses: sempre explorando novos mundos, sempre em alto-mar, sempre viajando. Na *Odisséia*, Homero narra o rapto do deus Proteu por Menelau, navegador grego que, após o cerco a Tróia, na viagem de regresso a sua cidade natal, fora apanhado por uma calmaria e por uma epidemia de fome que se prolongaram por vinte dias. Conta Homero que Proteu seria forçado a revelar o rumo dos ventos mais favoráveis, caso o nosso marinheiro conseguisse capturá-lo. Todavia, isso se mostrou muito difícil, já que Proteu constantemente mudava de forma. Talvez a arte de harmonizar palavras, sentidos e idéias seja como o deus Proteu. Mal se consegue decifrar um dado texto ou uma dada realidade e eles, como Proteu, mediante uma nova leitura, sempre saturada com os humores do intérprete, transformam-se quase por inteiro. Mudar de conteúdo e de dimensões faz parte da faina hermenêutica. Faz parte da sua natureza modificar-se a cada leitura, a cada interpretação, a cada secular fusão de horizontes. É por esse motivo que Emerson, antecipando-se à tradição hermenêutica, já ponderava que *"... é o olho que faz o horizonte"*[33], de modo que *"tal como sou, assim eu vejo"*[34].

Bem, de viagem em viagem, essa idéia, atualmente, parece significar mais do que na realidade significa. Dizer que os intérpretes só enxergam aquilo que são, não é o mesmo que sugerir que os leitores apenas vêem o que a sua despótica vontade decreta e impõe. De viagem em viagem, isso representaria converter o texto em um mero espelho d'água, no qual o intérprete, contemplando apenas a si mesmo, transformar-se-ia em

---

33. EMERSON, ob. cit., p. 359: *"People forget that it is the eye which makes the horizon..."*

34. *Idem, ibidem*, p. 361: *"As I am, so I see."*

único autor, em exclusivo legislador e, em alguns casos, até em constituinte originário do sentido. Sem dúvida, as distâncias minguaram, mas ainda há um importante espaço residual a separar o intérprete e o texto (quer normativo, quer literário). Todos estão de acordo que não existem significados completamente objetivos. Contudo, essa conclusão não exclui que se possa e se deva questionar a ocorrência de interpretações deletérias. Ao se referir que não há sentidos absolutamente palpáveis, sendo o significado também um efeito da interpretação, com isso não se pretende lançar a tese de que todas as interpretações, na falta de um critério arquimediano infalível, devessem ser escrutinadas como possíveis. Conquanto alguns desconstrutivistas tentem persuadir-nos de que o sentido é demasiado faminto para ser saciado, não se afigura razoável converter a hermenêutica apenas em apetite – em simples palato sem compromisso. "Não custa recordar que o aviamento do sentido só tem significância quando o falar do sem-sentido ainda faz sentido."[35] Embora não haja leituras obrigatórias, há, quem sabe, leituras proibidas ou temerárias. Da mesma forma que não se afigura sensato dizer que as aves integram o reino mineral, também não se mostra razoável, a despeito da enorme tentação satírica, aventurar a idéia de que Marx, em *O capital*, foi, na realidade, um representante do *laissez-faire* – um feroz, engajado e consciente inimigo da classe proletária. Consentindo com Umberto Eco, "existem coisas que não podemos dizer"[36], de sorte que se alguém, diante de um texto, assumisse a sério a idéia de que todas as interpretações são possíveis, então "a aventura da sua contínua interrogação não teria mais senti-

---

35. PASQUALINI, Alexandre. *Hermenêutica e sistema jurídico*. Porto Alegre: Livraria do Advogado Editora, 1999, p. 29.
36. ECO, Umberto. *Kant e o ornitorrinco*. Trad. Ana Thereza B. Vieira. Rio de Janeiro/São Paulo: Record, 1998, p. 52. Como já escrevi no meu *Hermenêutica e sistema jurídico*, p. 37: *"Onde não há interpretações ou significações impossíveis, não cabe mais pensar nas melhores ou nas piores, de sorte que a hermenêutica se converte, como* parole vide, *num anticonceito a serviço dos voluntarismos de todo gênero. Assim, na volúpia desconstrutiva, a razão está com todos e, por isso, com ninguém."*

do. Bastaria falar dele ao acaso. A interrogação contínua parece razoável e humana justamente porque assumimos que existe um Limite"[37].

O que se percebe é que, ao longo dos anos, tem ocorrido um desnecessário e aviltante estremecimento nas relações entre intérprete e texto. Enfatizando ora o poderio do intérprete, ora a força de atração do texto, eis um relacionamento que, infelizmente, vem se articulando em termos da lógica senhor-escravo. Hermenêutica, entretanto, não deveria ser confundida com meras estratégias circunstanciais, sejam de dominação, sejam de autoflagelação. Antes, a exegese afigura-se um desafio para que juntos, texto e intérprete, em um infinito e dialógico processo de mútuas perguntas e respostas, reúnam condições para descobrir suas próprias potencialidades e fragilidades. Na acepção mais plena, o sentido não existe apenas do lado do texto, nem somente do lado do intérprete, mas como um evento que se dá em uma dupla trajetória: do texto (que se exterioriza e vem à frente) ao intérprete; e do intérprete (que mergulha na linguagem e a revela) ao texto. Esse duplo percurso sabe da distância que separa texto e intérprete e, nessa medida, sabe que ambos, ainda quando juntos, se ocultam (velamento) e se mostram (desvelamento). Longe de sugerir metáforas forçadas, a relação entre texto e intérprete lembra muito a que se estabelece entre músico e instrumento musical: sem a caixa de ressonância de um violino, suas cordas não têm nenhum valor, e essas e aquela, sem um violinista, nenhuma utilidade. Uma coisa afigura-se, talvez, indiscutível: caso os três não se unam, jamais haverá música.

Tendo presente tal ordem de idéias, quando, nos tempos pós-modernos, observa-se alguém desdenhar o espaço do texto, sempre é bom relembrar que livros como *Verdade e método*, *Fenomenologia do espírito* e *Tópica e jurisprudência* são textos que, no mais das vezes, conseguiram nos ler e interpretar muito melhor do que alguns de nós os lêem e interpretam. Quando, ao contrário, embora os ventos não estejam soprando

---

37. ECO, ob. cit., p. 49.

em favor do *Ancien Régime* hermenêutico (técnicas de leitura cerrada), assiste-se, com grande aflição, a certos colegas exumarem quimeras objetivistas, tudo para chumbar o avanço inexorável dos tempos, convém recordar, então, intérpretes como *Gadamer, Harold Bloom e Umberto Eco*, homens cuja inegável responsabilidade, amor à tradição e rara criatividade elevaram a *ars inveniendi* a um patamar poucas vezes igualado. Enfim, a hermenêutica não se confunde nem com o "anjo do abismo"[38], nem tampouco com o guardião das verdades absolutas. Fundindo horizontes, é como um livro que se projeta sobre outros livros, uma realidade que ilumina outras realidades, um sentido que se conecta a outros sentidos, um destino existencial que se conjuga a outros destinos existenciais.

Cumpre enfatizar, pois, que não há nenhum argumento convincente para que se possa submeter o intérprete aos papéis contraditórios do objetivismo interpretocrata (ex.: Escola da Exegese) ou do subjetivismo interpretoclasta (ex.: Escola do Direito Livre). A interpretação não se confunde, quer com a leitura burocrática, quer com a leitura iconoclasta. Assim, assegurados os espaços do texto e do intérprete, a hermenêutica, como tudo na vida, parece movimentar-se, em oscilação pendular, entre o puro objetivismo e o pleno subjetivismo, sem que esses dois extremos jamais ocorram. Sempre há um pouco de objetividade na subjetividade e um pouco de subjetividade na objetividade. É por causa disso que, em qualquer proferimento interpretativo, observa-se, simultaneamente, alguma vinculação e alguma liberdade. Tudo não passa, portanto, de uma questão de grau e, sobretudo, de muita sabedoria (*sophía*) e indispensável prudência (*phrónesis*). Usando termos mais acessíveis aos operadores do Direito, isso quer dizer que nunca há uma interpretação puramente discricionária, tampouco uma interpretação inteiramente vinculada. Em todos os instantes e instâncias, liberdade e necessidade, autonomia e vinculação andam juntas e inseparáveis.

De uma vez por todas, convém reconhecer que o intérprete não pode fazer com a linguagem, com um texto ou com um

---

38. *Apocalipse* 9,11: *"angelum Abyssi"*.

código, tudo o que desejar. As palavras, os livros e, também, as leis são um patrimônio semântico que pertence a todos e a cada um de nós. Apesar de as possibilidades de interpretação mostrarem-se teoricamente infinitas, essas possibilidades, em cada situação concreta, seja em um poema, seja em um dispositivo normativo, sofrem o controle das forças sociais que as modelaram. Queiram ou não, na esfera da linguagem e da hermenêutica, todos os discursos já vêm ao mundo socializados. Em cada ato interpretativo, está presente, consciente ou inconscientemente, a tradição histórica, cultural e sociológica com base na qual o intérprete faz os significados significarem. Em certo sentido, é como se nunca tivesse existido um tempo – desde quando o andar ereto transformou-se em consciência – em que não houvesse uma tradição, um dado sistema de hábitos ou de referências normativos. Assim como toda embarcação que chega ao Brasil em parte deve a Cabral o mapa da viagem, da mesma maneira todos os intérpretes e todas as interpretações são, em alguma medida, tributários do aço elástico das tradições em que foram gestados.

Em síntese, respondendo à segunda pergunta, é necessário reconhecer que há, sim, limites para o trabalho hermenêutico. Se, de um lado, um texto (normativo ou literário) está longe de ser um animal doméstico, mansamente acomodado aos pés do intérprete, de outro, entretanto, também está bem distante de ser um monstro selvagem totalmente rebelde às aproximações da exegese. A interpretação de um soneto de Shakespeare parece ser mais livre do que a de um artigo do Código de Trânsito, porém nenhuma das duas interpretações pode ser considerada absolutamente anárquica ou desenganadamente fortuita.

3

No rol das teses mais difundidas, uma muito popular é a de que a hermenêutica não comportaria uma moral. Em outras palavras, não se poderia cogitar de uma ética da leitura. Eis uma idéia que, no mínimo, merece ressalva: a hermenêutica não se configura propriamente uma moral, mas, sem dúvida, desperta nobres e lídimas preocupações morais[39]. Provavelmente, é aqui que se aloja a maior cegueira. Longe de ser tão-só uma técnica à procura de um assunto (talvez fosse o caso de dizer, uma vítima), a hermenêutica conduz à alteridade. O maior impacto causado pela hermenêutica é, quem sabe, a surpreendente e inesperada descoberta, na linguagem, de si mesmo no outro. Toda interpretação confronta-se com o outro. "Não há um falar que não junte o falante e o interlocutor. E isso vale também para o processo hermenêutico."[40] Quem interpreta, ultrapassa-se, sobrevoa o isolamento do ser para si. Este ponto é vital: aquele que imagina interpretar somente para si mesmo na verdade não interpreta, apenas esbulha, ultraja. É oportuno recordar que as conhecidas antinomias que ataviam a quimérica linguagem privada também inviabilizam uma suposta hemenêutica solipsista. Se a ética, no sentido clássico, também colima o bem do outro (*prós héteron*)[41], a interpretação, em igual sentido, almeja o melhor do texto. Se pela mão originária e social da palavra os outros nos circundam, a linguagem, ela mesma, manifesta, então, um implícito brado ético de responsabilidade, motivo pelo qual, por detrás de cada dúvida hermenêutica, quase sempre – para não dizer sempre – agita-se uma disputa ético-axiológica. Quem interpreta já sempre se vê integrado em um acontecimento comunicativo em que faz valer um sentido para o eu

---

39. Uma ressalva impõe-se: cogitar de uma ética da leitura não implica, nem de logo, qualquer policiamento ideológico. Sejam quais forem as suas convicções, textos e intérpretes são mais do que simplesmente ideologia. Como já se teve a oportunidade de frisar, o credo da hermenêutica não é a desconfiança. Que ninguém consegue esquecer de seus valores durante a leitura, que a hermenêutica não se confunde com um destilado puro e inodoro da nossa mente – todos têm plena consciência. Mas diferente da pré-compreensão é, com certeza, o *pathos* da aberta hostilidade, de cuja seita jamais saíram bons intérpretes. Nas veias dessa leitura ideológica, corre o sangue da intolerância e a adrenalina das visões conspiratórias, sempre ineptas quando se trata de harmonizar razão e vontade.

40. GADAMER, *Wahrheit und Methode*, p. 401: "*Es kann kein Sprechen geben, das nicht den Sprechenden mit dem Angesprochenen zusammenschliesst. Das gilt auch für den hermeneutischen Vorgang.*"

41. Ver ARISTÓTELES. *Éthique a Eudème*. Trad. Vianney Décarie. Paris: J. Vrin, 1978, 1245b, 18-9.

e para o tu. A atmosfera da hermenêutica será, invariavelmente, a atmosfera lingüisticamente comunitária[42], que implica a perpétua co-presença dos outros. Assim, a linguagem de cada intérprete configura, em alguma escala e intensidade, uma projeção tópica do caráter intersubjetivo e valorativo da lingüisticidade em geral.

Ora, se a hermenêutica, no *medium* universal da linguagem, é diálogo, convém não esquecer que qualquer diálogo sempre supõe alguma base ou postura ética. Depois de verificar que confiança e diálogo integram o núcleo do processo lingüístico-hermenêutico, torna-se mais fácil reconhecer os profundos laços entre ética e interpretação. Se confiança e diálogo são as margens do rio hermenêutico, a moral, por sua vez, constitui o seu leito. É lamentável que parte da teoria hermenêutica hoje em voga no meio universitário raramente tenha a oportunidade de alertar aos usuários acadêmicos que, não fossem as inquietações e implicações éticas da exegese, ninguém despenderia seu tempo preocupado em saber como e por que interpretar. A hermenêutica não se relaciona apenas com o rigor semântico-formal da leitura, mas, por acréscimo, com o modo com que intérprete e texto posicionam-se em face do mundo. Ao interpretar, o exegeta confronta a sua linguagem e a sua vida com a linguagem e a vida dos outros e, mais importante, contrasta a sua linguagem e a sua vida com a linguagem e a vida dos critérios da cultura (inclusive jurídica) em que se encontra inserido. Na condição de herdeira do passado e guardiã do futuro de nossa linguagem, até a mais despretensiosa e aleatória das exegeses está ligada a seus nexos culturais e históricos, mantendo permanente e implícita interlocução com seus aliados e críticos. Quando alguém pensa e interpreta, muitos, discordando ou concordando, junto com ele também interpretam e pensam. Não se pode esquecer que qualquer palavra pronunciada pelo intérprete lhe foi confiada por seus anteces-

---

42. WITTGENSTEIN, *Philosophische Untersuchungen* (19), p. 8: "E representar uma linguagem significa representar-se uma forma de vida." ("*Und eine Sprache vorstellen heisst, sich eine Lebensform vorstellen.*")

sores. Sob esse aspecto, os intérpretes nunca deixarão de ser eternos legatários. Como enfatiza Cavell (apoiado em Emerson), "todas as minhas palavras são [, ao mesmo tempo,] de outras pessoas"[43], e cada uma das palavras com que os leitores, críticos, autores, advogados, legisladores, juízes e intérpretes em geral manifestam suas vontades, queiram ou não, "exalam, a todo momento, um hálito de virtude ou de vício"[44]. É por esse motivo que hermenêutica e linguagem, no sentido mais nobre e espiritual da metáfora, são, simultaneamente, herdeiras e heranças – liberdade e responsabilidade.

Diante disso, de que adianta encher os bolsos de indiferença e de niilismo se a integralidade dos nossos proferimentos interpretativos sempre se vincula a alguma matriz axiológica, em cujo centro os intérpretes, consciente ou inconscientemente, refugiam-se junto a uma determinada pretensão de verdade ou de validade? Chegou o momento, pois, de reconhecer que toda e qualquer interpretação é guiada por motivos e, principalmente, por escolhas (*proairésis*), razão pela qual se faz acompanhar, desde o primeiro início, pelo som aristotélico e pelo eco helênico da palavra *melhor* (*beltion*). Se quem interpreta, ao mesmo tempo, aplica (Gadamer)[45] e hierarquiza (Juarez Freitas)[46], então o jogo da exegese representa, mais do que qualquer outra coisa, perseguir o *melhor possível* (*beltiston ek ton dynaton*)[47]. Quem, diante de um texto literário ou de um

---

43. CAVELL, *Esta América nova, ainda inabordável*, p. 74.
44. *Idem*. In *Quest of the Ordinary - Lines of Skepticism and Romanticism*, Chicago/Londres: University of Chicago Press, 1997, p. 25: "... *emit a breath of virtue or vice every moment...*".
45. GADAMER, em *Wahrheit und Methode* (p. 31), afirma que "compreender é, então, um caso especial da aplicação de algo geral a uma situação concreta particular" ("*Verstehen ist dann ein Sonderfall der Anwendung von etwas Allgemeinem auf eine konkrete und besondere Situation*").
46. Com diz lucidamente FREITAS, Juarez, ob. cit., pp. 155-6: "... *interpretar é bem hierarquizar;...*".
47. Sobre esse ponto, duas observações são necessárias: (I) embora a expressão *melhor* apareça várias vezes e em momentos importantes no texto das éticas de Aristóteles, o mesmo não ocorre com a expressão *melhor possível*, apenas encontrada em *On The Parts of Animals* (Trad. William Ogle. Chicago: Great Books, 1952, vol. 9, 687, a, 16, p. 218). Todavia, Platão a emprega no diálogo da *Repú-*

preceito jurídico, prefere uma exegese em detrimento de outras (*héterou pró héterou*)[48] assume, desde logo, que essa leitura é *melhor* do que as demais. Como no geral dos dilemas de conduta, qualquer eleição entre diversas interpretações possíveis revela-se (com o texto e para além do texto, com o intérprete e para além do intérprete) uma não-contornável e aristotélica pergunta ética acerca do bom e do melhor[49] – bom e melhor que, numa perspectiva hierarquizadora e tópico-sistemática (Juarez Freitas), confundem-se com aquela leitura capaz de propiciar, renunciando aos ângulos da mera refutação ou da simples reverência, a máxima universalidade e sintonia com o mínimo de oposição ou de contradição.

Aristóteles, escrevendo sobre o lugar e a tarefa de destaque da Filosofia, sustentava que outras ciências poderiam ser mais necessárias, mas nenhuma superior à especulação filosófica: "*necessariores quidem igitur omnes ipsa, dignior vero nulla*"[50]. Com a hermenêutica as coisas talvez se invertam: embora nenhuma ciência seja mais necessária, muitas lhe são superiores. Nesta altura, depois do esforço empreendido para responder às três perguntas formuladas ao início, a explicação para tal veredicto não é difícil de compreender: (a) nenhuma é

---

blica (Roma-Bari: Editori Laterza, 1997), 618, c, 5-6, p. 700: "... *ton beltio ek ton dynaton*...". Ver a esse respeito AUBENQUE, Pierre. *La prudence chez Aristote*. Paris: Presses Universitaires de France, 1976, nota n.º 2, p. 132; (II) no que concerne à busca da *melhor interpretação possível*, para se evitarem leituras apressadas, cumpre esclarecer, ademais, que o vocábulo *melhor*, aqui utilizado, nem de longe se identifica com a idéia totalmente anacrônica de uma única interpretação correta. Movendo-se nos domínios da contingência, a procura prudencial e comunicativa da melhor interpretação possível jamais quer dizer que o intérprete se tenha lançado ao encalço da única, da exclusiva e excludente possibilidade de interpretação. Enquanto a *única* ab-roga o múltiplo, a *melhor* pressupõe a variedade e, portanto, a escolha. Em outros termos, a busca da melhor interpretação conserva-se ligada ao insuprimível princípio da pluriinterpretabilidade, de modo que, quando se fala no *melhor possível*, não se cogita de um superlativo absoluto, porém de um superlativo relativo.

48. Ver ARISTÓTELES, ob. cit., p. 112.
49. Ver PASQUALINI, ob. cit., p. 50, mas, sobretudo, ver FREITAS, ob. cit.
50. *Metafísica*. Trad. trilíngüe de Valentín G. Yebra. Madri: Editorial Gredos, 1982, 983, a, 10, p. 17.

mais necessária, uma vez que todas as ciências só se constituem enquanto interpretação; (b) muitas são superiores, porque, acima da mera ação de interpretar, eleva-se a eticamente inderrogável busca da melhor exegese e, por conseguinte, a perpétua, vertical e teleológica tangência da *sophía* e da *phrónesis*. Pondo remate a essas linhas e dizendo tudo em um traço rápido, conclui-se: não basta apenas interpretar, é imperioso, principalmente, bem interpretar.

Bibliografia

ABEL, Günter. *Interpretationswelten*. Frankfurt am Main: Suhrkamp Verlag, 1995.

ARISTÓTELES. *Éthique a Eudème*. Trad. Vianney Décarie. Paris: J. Vrin, 1978.

———. *On The Parts of Animals*, vol. 9. Trad. William Ogle, vol. 9. Chicago: Great Books, 1952.

———. *Metafísica*. Trad. trilígüe de Valentín G. Yebra. Madrid: Editorial Gredos, 1982.

AUBENQUE, Pierre. *La prudence chez Aristote*. Paris: Presses Universitaires de France, 1976.

BLOOM, Harold. *Como e por que ler*. Trad. José Roberto O'Shea. Rio de Janeiro: Objetiva, 2001.

CAVELL, Stanley. *Esta América nova, ainda inabordável*. Trad. Heloisa Toller Gomes. São Paulo: Editora 34, 1997.

———. *The Claim of Reason*. New York/Oxford: Oxford University Press, 1999.

———. *Themes out of School*. Chigaco/London: The University of Chicago Press, 1992.

———. *Quest of the Ordinary – Lines of Skepticism and Romanticism*. Chicago/London: University of Chicago Press, 1997.

ECO, Umberto. *Kant e o ornitorrinco*. Trad. Ana Thereza B. Vieira. Rio de Janeiro/São Paulo: Record, 1998.

EMERSON, Ralph Waldo. *Experience. The complete essays and other writings*. New York: The Modern Library, 1940.

FREITAS, Juarez. *A interpretação sistemática do direito*. São Paulo: Malheiros Editores, 1998.

GADAMER, Hans-Georg. *Wahrheit und Methode*. Tübingen: J. C. B. Mohr, 1990.

───. *Da palavra ao conceito.* Trad. Hans-Georg Flickinger e Muriel Maia-Flickinger. Porto Alegre: EDIPUCRS, 2000.

HEIDEGGER, Martin. *Sein und Zeit.* Tübingen: Max Neiemeyer Verlag, 1963.

KAZANTZÁKIS, Nikos. *Ascese.* Trad. José Paulo Paes. São Paulo: Ática, 1997.

KUHN, Thomas S. *A estrutura das revoluções científicas.* Trad. Beatriz Vianna Boeira e Nelson Boeira. São Paulo: Perspectiva, 1998.

LENK, Hans. *Interpretationskonstrukte.* Frankfurt am Main: Suhrkamp Verlag, 1993.

MAXIMILIANO, Carlos. *Hermenêutica e aplicação do direito.* Rio de Janeiro: Forense, 1984.

PLATÃO. *República.* Roma-Bari: Laterza, 1997.

PASQUALINI, Alexandre. *Hermenêutica e sistema jurídico.* Porto Alegre: Livraria do Advogado, 1999.

PUTNAM, Hilary. *Realism with a Human Face.* Cambridge: Harvard University Press, 1992.

SHAKESPEARE, William. *Hamlet.* The complete works. London: Collins, 1959.

STEIN, Ernildo. *Interpretacionismo.* Santa Maria: Editoraufrm, 2000, p. 59.

STEVENS, Wallace. *Poemas.* Trad. bilíngüe de Paulo Henriques Brito. São Paulo: Companhia das Letras, 1987.

WITTGENSTEIN, Ludwig. *Über Gewissheit.* Oxford: Basil Blackwell, 1979.

───. *Philosophische Untersuchungen.* Oxford: Blackwell, 1999.

Hans-Georg Gadamer:
a experiência hermenêutica
e a experiência jurídica

*Eduardo C. B. Bittar**

1. Introdução

Hans-Georg Gadamer (1900-2002), personalidade intelectual marcante do século XX, é, pode-se dizer, um destacado teórico da hermenêutica contemporânea e discípulo de Heidegger, ou seja, profundo devedor de conceitos basilares de sua proposta a este filósofo[1]. Conceitos da fenomenologia de Heidegger[2] são inteiramente revigorados pela filosofia hermenêutica gadameriana, com vistas à soldagem das peças e das idéias necessárias para o adequado tratamento do problema da interpretação (*Auslegung*). Percebe-se, pela própria declaração de Gadamer, no prefácio à 2.ª edição da obra *Verdade e método*, o quanto a própria definição de hermenêutica, que haverá de afetar todo o conjunto de suas reflexões, está imbricada com a fenomenologia heideggeriana[3].

---

* Professor da Faculdade de Direito da Universidade de São Paulo.

1. Ver como exemplo deste discipulado de idéias o texto de Gadamer, "A universalidade do problema hermenêutico", onde abundantes citações a Heidegger confirmam esta afirmação e esta emblemática relação entre Heidegger e Gadamer. Ademais, leia-se: "*La adscripción al campo fenomenológico de Hans-Georg Gadamer no ofrece ninguna dificultad, no sólo porque pueda justificarla un examen de sus propios textos, sino porque es reconocida abiertamente por él mismo.*" MONTERO, *Retorno a la fenomenología*, p. 25.

2. É importante que se diga que o trabalho de Heidegger já se encaminhava para uma hermenêutica ontológica: "Num segundo passo Heidegger confere ao método fenomenológico o sentido de uma hermenêutica ontológica." HABERMAS, *O discurso filosófico da modernidade*, p. 142.

3. Neste local, Gadamer faz a seguinte confissão quanto a este relacionamento estreito entre fenomenologia e hermenêutica: "A analítica temporal da existên-

É na obra intitulada *Verdade e método* (*Warheit und Methode*) que se haverá de encontrar o que há de fundamental em matéria de hermenêutica, para a discussão que ora se enceta. Em sua reflexão, contida, sobretudo, nesta obra e em alguns artigos esparsos, Gadamer cumpre sua missão de dessacralizar a hermenêutica de seu pedestal purista (típico procedimento da ciência positivista do século XIX), assim como de seu *status* de tarefa meditativa e contemplativa (típico procedimento da teologia e da exegese dos textos sagrados), para fazê-la cair na condição existencial em que se encontra o homem: eis a tarefa desta hermenêutica, na esteira da fenomenologia de Heidegger[4].

2. Pressupostos para a idéia de hermenêutica

Para compreender a idéia de hermenêutica é fundamental o estudo de alguns pressupostos fenomenológicos de sua composição e de seu valor na teoria de Gadamer. Pode-se desde logo dizer que a experiência de mundo, a vivência das coisas, a existência histórica não estão excluídas do sistema de produ-

---

cia (*Dasein*) humana, que Heidegger desenvolveu, penso eu, mostrou de maneira convincente que a compreensão não é um modo de ser, entre outros modos de comportamento do sujeito, mas o modo de ser da própria pré-sença (*Dasein*). O conceito de 'hermenêutica' foi empregado, aqui, nesse sentido. Ele designa a mobilidade fundamental da pré-sença, a qual perfaz sua finitude e historicidade, e a partir daí abrange o todo de sua experiência de mundo." GADAMER, *Verdade e método*, prefácio à 2.ª edição, p. 16. Aqui tem-se a um só tempo: a filiação de Gadamer a Heidegger trazida a público e a determinação da derivação do conceito de hermenêutica do seio da fenomenologia.
4. Sobre o existir a condição da filosofia diante do homem em Heidegger, leia-se: "Para Heidegger filosofia torna-se a arte de *estar-atento do dasein para si próprio*. Voltar-se para o cotidiano tem uma ênfase polêmica dirigida contra uma filosofia que ainda acredita conhecer a determinação (*Bestimmung*) do ser humano. (...) Primeiro laboriosamente mas depois com o crescendo de uma conquista triunfante, ele pouco a pouco faz emergir da treva do *dasein*, como agora chama a vida humana, os dispositivos apresentados em *Ser e tempo* como existenciais (*existenzialien*): ser-em, sentimento de situação (*Befindlichkeit*), compreender, decair (*Verfallen*), preocupação. Ele encontra a fórmula do *dasein, que se importa com o seu próprio poder-ser* (*Seinkönnen*)." SAFRANSKY, *Heidegger*, pp. 186-7.

ção do conhecimento. Portanto, toda vez que me aproximo de um objeto, não o conheço, simplesmente, mas já o interpreto. Quando o faço, em verdade, dele permito aproximar-se um conjunto de outras preocupações ligadas à minha experiência de mundo. É exatamente este importe fenomenológico que será o fundamento para a construção do conceito de experiência hermenêutica (*hermeneutische erfahrung*).

Conseqüência desta postura é o fato de a interpretação e a hermenêutica serem vistas como o próprio modo de existir do ser, e nada diferente disso. É algo que está na experiência de mundo do ser, e que compõe parte de sua experiência de mundo, não uma categoria aleatória criada pela teoria para descrever as coisas ou criar hipóteses científicas.

É após uma longa discussão sobre as teorias de Heidegger, Dilthey e Husserl que Gadamer chega a um termo sobre a questão da participação da vida na constituição do espaço hermenêutico[5]. Para discutir a temática e colocá-la cientificamente, Gadamer recorre a duas experiências de alienação[6]. São estas experiências de alienação que farão com que se compreenda o quanto a história é determinante para a constituição do espaço do histórico, o que, num segundo momento, permitirá a Gadamer concluir que não há hermenêutica alheia ao homem, e que não há homem alheio à hermenêutica. Esta é uma condição da humanidade da qual não se pode destacar os seres, algo tão vital e constitutivo quanto a água que se bebe[7].

Isto será importante para Gadamer definir a idéia de que a compreensão está recheada de "pré-conceitos", proto-idéias formadas a partir de experiências e vivências que ocupam o espaço da compreensão e condicionam a aproximação de todo

---

5. A discussão se encontra entre as pp. 368-99 de *Verdade e método*.

6. "O que é a hermenêutica? Gostaria de partir de duas experiências de alienação, que encontramos na nossa existência concreta: a experiência da alienação da consciência estética e a experiência da alienação da consciência histórica." GADAMER, "A universalidade do problema hermenêutico", p. 182.

7. "Há hermenêutica porque o homem é hermenêutico, isto é, finito e histórico, e isso marca o todo de sua experiência de mundo." OLIVEIRA, *Reviravolta lingüístico-pragmática na filosofia contemporânea*, p. 225.

hermeneuta de um objeto de conhecimento, de todo leitor de um texto[8]. Gadamer, ao utilizar-se da idéia de "pré-conceito", não o faz no sentido mais pejorativo da palavra (sinônimo de discriminação), mas sim no sentido fenomenológico de conceito formado previamente, de algo que constitui e determina todas as estruturas do conhecimento. Está formado, a partir desta idéia, o círculo hermenêutico, pois, se conheço as coisas a partir de "pré-conceitos", estes passam a se incorporar às coisas de modo que quando conheço coisas conheço também "pré-conceitos"; à ciência é dado o dever de desvendar estes "pré-conceitos" que se arraigam às coisas[9].

O *ser-no-mundo* carrega esta experiência do *estar-aí* (*Dasein*) da qual não pode se desvincular; não posso modificar minha *compreensão-de-mundo,* pois ela é já determinada pela minha *história-de-mundo*, da qual não posso me alhear[10]. As condições existenciais (*ek-sistere*, estar-aí) em que sou posto determinam também as condições com as quais interpreto e *con-vivo* com o mundo. A existência ou não dos "pré-conceitos" na determinação de todo sentido apreendido do mundo não depende da vontade humana. Os "pré-conceitos" existem, no sentido deste *estar-aí* contra o qual não se pode lutar, e estão presentes na avaliação de cada peça de nossa interação com o mundo. A vontade pode dizer não e renunciar aos "pré-conceitos", mas esta é já uma postura claramente carregada de

---

8. "Ora, isso significa dizer que nossa historicidade não é uma limitação, mas antes 'condição de possibilidade' de nossa compreensão: compreendemos a partir de nossos pré-conceitos que se gestaram na história e são agora 'condições transcendentais' de nossa compreensão." *Idem, ibidem*, pp. 227-8.

9. A noção de círculo hermenêutico, extraída de Heidegger, é muito importante, na medida em que a nossa experiência é o fruto de nossos preconceitos e vivências interiores: "Os preconceitos são orientações da nossa abertura em relação ao mundo. São simplesmente condições pelas quais sentimos algo, ao passo que aquilo que encontramos nos diz algo." GADAMER, "A universalidade do problema hermenêutico", p. 188.

10. "A pergunta fundamental que vai marcar o pensamento de Gadamer é: que significa para a compreensão e a autocompreensão do homem saber-se 'carregado' por uma história, que se articula para nós como linguagem dada pela tradição? Trata-se de explicitar a historicidade da compreensão, a forma originária de ser do 'ser-no-mundo'." OLIVEIRA, ob. cit., p. 226.

"pré-conceitos" e de tomadas de posição próprias de um sujeito histórico e gravado por uma experiência peculiar.

Esta postura de Gadamer, que coloca claramente o conhecimento como algo condicionado às idéias de "pré-conceito" e de experiência, atenta contra o postulado maior das ciências desde o positivismo científico e filosófico do século XIX: a neutralidade do método. Segundo Gadamer, as ciências do espírito são contaminadas pela experiência de mundo, pela historicidade de seu engajamento, pela contextualidade de sua produção. É muito menos a ciência um procedimento rigoroso de constituição de seus objetos, e mais um método de depuração dos preconceitos vividos e interpretados pelo agente do conhecimento, em que desponta a instância lingüística como fundamental. Dizer o contrário é correr o risco de aceitar a inocência metodológica que reduz os fenômenos sociais a meras fatias do saber do mundo dispostas para análises laboratoriais[11].

Deve-se, portanto, admitir que a historicidade participa da experiência humana na medida em que a determina e que se assinala como latente por meio dela nos atos de conhecimento. A experiência em si é já uma mostra da finitude humana[12]. Tornar-se plenamente maduro das coisas do mundo é fazer-se plenamente consciente de sua finitude[13].

Vê-se, portanto, que a valorização da experiência é tão grande que disto ressai uma ética gadameriana, estribada em modelos clássicos[14]; sabe-se, então, que há um entrecruzamen-

---

11. "Não se exige, portanto, um desenvolvimento da história efeitual como nova disciplina auxiliar das ciências do espírito, mas que se aprenda a conhecer-se melhor a si mesmo e se reconheça que os efeitos da história efeitual operam em toda compreensão, esteja ou não consciente disso. Quando se nega a história efeitual na ingenuidade da fé metodológica, a conseqüência pode ser até uma real deformação do conhecimento." GADAMER, *Verdade e método*, p. 450.

12. "Experiência é, pois, experiência da finitude humana." *Idem, ibidem*, p. 527.

13. "A verdadeira experiência é aquela na qual o homem se torna consciente de sua finitude." *Idem, ibidem*, p. 527.

14. A ética aristotélica passa a servir de modelo: "Se, ao modo de conclusão, colocarmos em relação com o nosso questionamento a descrição aristotélica do fenômeno ético, em particular, da virtude do saber moral, então a análise aristotélica se nos apresenta como uma espécie de *modelo dos problemas inerentes à tarefa hermenêutica.*" *Idem, ibidem*, p. 481.

to entre sua proposta hermenêutica e a construção de ética voltada para a idéia de prudência (*phrónesis*) da tradição platônico-aristotélica[15].

3. Hermenêutica e linguagem

Se a compreensão está determinada pelos "pré-conceitos" extraídos da experiência, e se a cada ato de conhecimento do mundo passa-se a contaminar o mundo com suas próprias impressões, está claro que o mundo está sendo construído pelo artifício dos "pré-conceitos". Esta construção, em verdade, consiste num processo de decodificação da linguagem do mundo, das linguagens da tradição em novas linguagens criadas a cada ato de compreensão do mundo. O exercício individual da linguagem é um ato de apropriação de um acervo de idéias (signos, valores, conceitos, projetos, expectativas, sentimentos...) herdadas da tradição que antecede a existência do indivíduo falante; os indivíduos falantes externam suas finitudes por meio dela, mas ela "pré-existe" e "sub-siste" a todo e qualquer ato de fala individual[16]. Percebe-se, com Gadamer, o quanto o mundo e a compreensão do mundo são devedores do fenômeno da linguagem e da tradição, da dinâmica dos falantes, ao estilo de Humboldt[17], e à *experiência-de-mundo*, ao estilo de Heidegger.

Bem compreendida a questão, em verdade, as diversas acepções de linguagem são muito mais acepções de mundo do que propriamente problemas lingüísticos[18]. Começa a exsurgir

---

15. Cf. VAZ, *Escritos de filosofia IV*, p. 428.
16. "O fundamento do fenômeno hermenêutico é para Gadamer a finitude de nossa experiência histórica. A linguagem é o indício da finitude não simplesmente porque há uma multiplicidade de linguagens, mas porque ela se forma permanentemente enquanto traz à fala sua experiência de mundo." OLIVEIRA, ob. cit., p. 240.
17. "Gadamer parte da concepção de linguagem de Humboldt. Para ele, a essência da linguagem é sua execução viva, a *energeia* lingüística." *Idem, ibidem*, p. 236.
18. "Seu verdadeiro significado para o problema da hermenêutica se encontra noutro lugar: no seu descobrimento da *acepção da linguagem como acepção do mundo*." GADAMER, *Verdade e método*, p. 642.

uma postura teórica tal que a linguagem não está no mundo, não é parte do mundo (como mais um objeto de sua pertença), mas é o mundo, ou o mundo é linguagem.

Isto porque tudo o que é vivido (sentido, experimentado, intuído, visto...) pelos indivíduos históricos é depositado sobre um código comum de identificação e comunicação, de modo que a história se deposite em camadas na linguagem, ganhando assento paulatino em seu processo de transmissão pela tradição e de geração para geração[19]. O que faço significar o mundo hoje, coloco à disposição da tradição através da linguagem, e é esta que haverá de dizer algo aos pósteros. Enfim, a história é feita linguagem, de modo que o conjunto das múltiplas experiências humanas reduz-se aos códigos da linguagem, e, a eles incorporado, transmite-se sutilmente aos outros como as sementes que espalham sua fecundidade sutilmente pelo vento.

É desta forma que a historicidade da tradição aporta nas docas do conhecimento de um indivíduo. Na medida em que, como utente de um sistema de linguagem, se vale do conjunto de símbolos à sua disposição, se manifesta para sua existência o que de história anterior já houve para um conjunto de outros indivíduos que com ele repartem a condição humana. Assim é que a hermenêutica tem a ver com a tradição[20], uma vez que a compreensão está determinada pela linguagem[21], forma que tenho para conhecer o mundo e as coisas[22].

---

19. "A consciência produzida pela história realiza-se no que é lingüístico." *Idem*, "A universalidade do problema hermenêutico", p. 193.

20. "A experiência hermenêutica tem a ver com a tradição. É esta que deve chegar à experiência. Todavia, a tradição não é simplesmente um acontecer que se pode conhecer e dominar pela experiência, mas é *linguagem*, isto é, fala por si mesma, como faz um tu." *Idem*, *Verdade e método*, p. 528.

21. Em poucas palavras: "Toda compreensão é interpretação, e toda interpretação se desenvolve no seio da linguagem, que quer deixar o objeto vir à palavra e, ao mesmo tempo, é a linguagem própria ao intérprete." OLIVEIRA, ob. cit., p. 233.

22. "A compreensão está associada à linguagem, mas esta afirmação não nos leva a qualquer relativismo lingüístico." GADAMER, "A universalidade do problema hermenêutico", p. 195.

Em verdade, o mundo é linguagem[23], é um grande texto no qual sentidos se concatenam e se relacionam, e que demanda da humanidade ser decodificado[24]. À pergunta "O que é que pode ser compreendido?" Gadamer responde da seguinte forma:

> O ser que pode ser compreendido é linguagem. O fenômeno hermenêutico devolve aqui a sua própria universalidade à constituição ôntica do compreendido, quando a determina, num sentido universal, como *linguagem*, e determina sua própria referência ao ente, como interpretação.[25]

Então, pode-se fazer este outro questionamento: "Como é que me relaciono com o mundo?" E a resposta será: "Tu te relacionas com evidências que se mostram do mundo, e não com o próprio mundo em si." Eis a chave para a compreensão do pensamento gadameriano, pois, se me relaciono com evidências do mundo, é claro que estas evidências são por mim construídas a partir de minha historicidade, de minha finitude, de minha circunstancialidade. O modo de a história efeitual estar presente em minha vida é a própria presença da linguagem na constituição de minha *compreensão-de-mundo*[26].

Então, o que efetivamente tenho de concreto, no plano do conhecimento, são "evidências de sentidos do mundo" que se

---

23. "*Es decir, con todo ello se refiere Gadamer a lo que podría ser denominado fenomenológicamente como el 'fenómeno originario' de que el mundo está costituído por su presencia en la existencia humana como un mundo de cosas que de suyo son significativas y que, por ello mismo, hacen posible el lenguaje que asume su significación cósica convirtiéndola en el sentido de los enunciados.*" MONTERO, ob. cit., p. 26.

24. Sua filiação a Heidegger é notória e faz-se sentir sobretudo por sua visão fenomenológica da linguagem, uma vez que esta figura em sua teoria como parte constitutiva das coisas, do modo de existência das coisas: "*En efecto, la teoría de Heidegger (de la que nos ocuparemos más adelante) de que todo el mundo está constituído por complejos de cosas útiles, cuyas mutuas remisiones (Verweisungen) las hacen significativas, hace que el mundo sea un inmenso texto, cuya lectura o interpretación está condicionada por las ocupaciones de quienes lo hacen patente mediante el lenguaje.*" Idem, ibidem, p. 26.

25. GADAMER, *Verdade e método*, p. 687.

26. "A lingüisticidade da compreensão é *a concreção da consciência da história efeitual*." Idem, ibidem, p. 567.

remetem a "sentidos do mundo percebidos", que, por sua vez, entram em contato com "percepções de sentido do mundo" de outros indivíduos... num círculo hermenêutico onde se define o espaço da liberdade humana de constituir-se e de constituir o mundo em suas dimensões hermenêuticas[27].

Perceba-se que eu sou o outro e o outro sou eu quando se faz da linguagem o acervo das experiências comuns humanas. O entendimento e a compreensão, independentemente de meu contato com o outro, se realizam por meio da linguagem; não sei quem é o outro, mas já sei o que quer dizer; estar na linguagem é estar em terreno seguro para o exercício da compreensão[28]. Deste modo, compreender é participar da linguagem, em que moram as experiências humanas e os depósitos seculares da tradição[29].

Enfim, o que se há de dizer é que:

> Pelo contrário, a linguagem é o medium universal em que se realiza a própria compreensão. A forma de realização da compreensão é a interpretação.[30]

A circularidade da linguagem[31] e a da hermenêutica, assim como a da própria compreensão[32], são coisas que se entrela-

---

27. "Precisamente o que caracteriza a relação do homem com o mundo, por oposição à de todos os demais seres vivos, é a sua *liberdade face ao mundo circundante*. Essa liberdade inclui a constituição lingüística do mundo. Um faz parte do outro." *Idem, ibidem*, p. 644.

28. "Em contraposição a essa concepção, Gadamer vai acentuar que a linguagem só tem seu ser próprio no diálogo, isto é, no processo de entendimento." OLIVEIRA, ob. cit., p. 238.

29. "Compreender é participar num sentido, numa tradição, numa conversa." *Idem, ibidem*, p. 235.

30. GADAMER, *Verdade e método*, p. 566.

31. "Cada um é antes de mais um círculo lingüístico, e estes círculos lingüísticos entram em contacto uns com os outros, fundindo-se cada vez mais. A linguagem intervém novamente no vocabulário e na gramática, como sempre, e nunca sem a infinidade interior do diálogo que está em curso entre o falante e o seu parceiro." *Idem*, "A universalidade do problema hermenêutico", pp. 196-7.

32. "O sujeito já desde sempre se experimenta no seio de um mundo de sentido, ao qual ele pertence e que nunca simplesmente pode tornar-se seu objeto, pois é sempre o horizonte a partir de onde qualquer conteúdo singular é captado em seu sentido. Daí o caráter circular de toda compreensão." OLIVEIRA, ob. cit., p. 230.

çam no *continuum* infinito que se deposita na sucessão das gerações dos indivíduos caídos na mundanidade. Assim, a fenomenologia de Gadamer acaba por se definir no sentido exato da fenomenologia de Heidegger, e no sentido oposto à fenomenologia de Husserl; menos a intuição dos *objetos-em-si* e mais a percepção dos sentidos atribuídos a estes objetos é o que importa ao conhecimento. Há nisto um tom de ontologia hermenêutica[33].

4. A experiência hermenêutica e a experiência dos jogos de linguagem

A idéia de jogo também participa dos quadrantes teóricos das investigações gadamerianas sobre linguagem, interpretação e compreensão do mundo, ao estilo dos jogos de linguagem de Wittgenstein. Isto porque o caráter lúdico da linguagem, que se apossa de tudo para poder exprimir esse todo de coisas que se manifestam à compreensão, é que permite a analogia com a idéia de jogo, pois este contém os jogadores, grifando-se que os jogadores estão contidos pelo jogo.

Por isso vale a pena recordar aqui as nossas constatações sobre a essência do jogo, segundo as quais o comportamento do jogador não deve ser entendido como um comportamento da subjetividade, já que é, antes, o próprio jogo o que joga, na medida em que inclui em si os jogadores e se converte desse modo no verdadeiro *subjectum* do movimento lúdico. Tampouco aqui se

---

33. É esta postura caracteristicamente heideggeriana, conforme constatação de Habermas: "Deste modo Heidegger prepara um conceito apofântico de verdade e inverte o sentido metodológico da fenomenologia da intuição da essência no seu oposto hermenêutico-existencial: no lugar da descrição do objeto directamente intuído surge a interpretação de um sentido que escapa a toda e qualquer evidência." Habermas, ob. cit., p. 142. Também: "A nova ontologia da linguagem, da linguagem das coisas, que quer ser ouvida assim como as coisas vêm à palavra. É essa experiência, adequada a nossa finitude, aquela correspondência que a metafísica tematizou como a adequação originária de todas as coisas criadas umas com as outras." OLIVEIRA, ob. cit., p. 248.

pode falar de um jogar com a linguagem ou com os conteúdos da experiência do mundo ou da tradição que nos interpelam, mas do jogo da própria linguagem, que nos interpela, propõe e se recolhe, que pergunta e que se consuma a si mesmo na resposta.[34]

De fato, assume-se que não há interpretação possível fora da linguagem, pois a linguagem constitui toda e qualquer *compreensão-de-mundo*[35]. Ademais, é a linguagem que condiciona os falantes, assim como o jogo condiciona os jogadores a competirem dentro de regras e a comportarem-se dentro de parâmetros específicos.

Jogar segundo regras é estar imerso em seus mandamentos. Quando se compreende algo, se está jogando, neste sentido próprio do verbo jogar; quando se toma contato com algo, este é já algo compreendido, de modo que já se está sob a posse das regras do jogo, sem que se possa agir para compreender de outra maneira, ou seja, sem os pressupostos da linguagem e dos "pré-conceitos"[36].

---

34. GADAMER, *Verdade e método*, p. 707.
35. "A melhor maneira de determinar o que significa a verdade será, também aqui, recorrer ao conceito do *jogo*: o modo como se desenvolve o peso das coisas que nos vêm ao encontro na compreensão é, por sua vez, um processo lingüístico, por assim dizer, um jogo de palavras que circunscrevem o que queremos dizer. São também *jogos lingüísticos* os que nos permitem chegar à compreensão do mundo na qualidade de aprendizes – e quando deixaremos acaso de o ser?" *Idem, ibidem*, p. 707.
36. "Portanto, a compreensão é um jogo, não no sentido de que aquele que compreende se reserve a si mesmo como num jogo e se abstenha de tomar uma posição vinculante frente às pretensões que lhe são colocadas. Pois aqui, não se dá, de modo algum, a liberdade da autopossessão, que é inerente ao poder abster-se assim e é isso o que pretende expressar, a aplicação do conceito do jogo à compreensão. Aquele que compreende já está sempre incluído num acontecimento, em virtude do qual se faz valer o que tem sentido. Está pois justificado que, para o fenômeno hermenêutico, se empregue o mesmo conceito do jogo que para a experiência do belo. Quando compreendemos um texto nos vemos tão atraídos por sua plenitude de sentido como pelo belo. Ele ganha validez e já sempre nos atraiu para si, antes mesmo que alguém caia em si e possa examinar a pretensão de sentido que o acompanha. O que nos vem ao encontro na experiência do belo e na compreensão do sentido da tradição tem realmente algo da verdade do jogo. Na medida em que compreendemos, estamos incluídos num acontecer da verdade e quando queremos

Jogar bem e representar bem é estar sob a inteira possessão das regras do jogo ou da representação[37]. Na vivência, compreender bem é estar plenamente ciente e consciente da dimensão da finitude e historicidade em que se encontra o homem.

5. Reflexões para uma hermenêutica jurídica

5.1 O jurista e o historiador do direito

Em parte inspirado em Emilio Betti, Gadamer procede à discussão de hermenêutica propriamente jurídica, em *Verdade e método*, a partir da análise da dicotomia de papéis do historiador das leis e do jurista[38]. Assumindo esta linha de debate, procura encontrar os elementos que permitem distinguir as tarefas de um e de outro, assim como localizar as dimensões comuns a ambos.

Então, a primeira averiguação leva à conclusão de que o jurista parte para a interpretação da norma instigado pela necessidade de satisfação de um caso concreto, enquanto o historiador do direito avança no sentido da norma como um fenômeno histórico mais geral que necessita possuir um sentido[39].

---

saber o que temos que crer, parece-nos que chegamos demasiado tarde." *Idem, ibidem*, p. 708.

37. "Depois de tudo que desenvolvemos sobre a natureza do jogo, uma tal diferenciação subjetiva de si mesmo com relação ao jogo, no qual reside desempenhar um papel, não é o genuíno ser do jogo. O jogo, ele mesmo, é de tal maneira uma transformação que para ninguém continua a existir a identidade daquele que joga (representa). Todo mundo passa apenas a se perguntar o que vem a ser isso, o que é que isso 'quer dizer'. Os jogadores (atores) (ou o dramaturgo) não mais existem, mas tãosomente o que é jogado (representado) por eles." *Idem, ibidem*, p. 189.

38. "Trata-se de investigar o comportamento do *historiador jurídico* e do *jurista*, comportamento que assumem com respeito a um mesmo texto jurídico, dado e vigente." *Idem, ibidem*, p. 483.

39. "Que existe uma diferença é evidente. O jurista toma o sentido da lei a partir de e em virtude de um determinado caso dado. O historiador jurídico, pelo contrário, não tem nenhum caso de que partir, mas procura determinar o sentido da lei, na medida em que coloca construtivamente a totalidade do âmbito de aplicação da lei diante dos olhos." *Idem, ibidem*.

Importa dizer que o historiador se atém mais ao passado enquanto tal, e que o jurista se aferra mais ao presente, procurando adaptar-lhe o passado em face de sua necessidade atual[40]. A solução de um caso instiga e atrai o jurista.

> É verdade que o jurista sempre tem em mente a lei em si mesma. Mas seu conteúdo normativo tem que ser determinado com respeito ao caso ao qual se trata de aplicá-la.[41]

Esta tarefa de detectação do sentido jurídico de uma norma pode consistir:
- na pura aferição de um sentido verdadeiro, único e puro da norma jurídica, segundo o que suas palavras dizem;
- na pura tarefa de levantamento do sentido histórico da norma jurídica, quando produzida e como produto de um contexto histórico;
- na pura aferição da compreensão que outros juristas tiveram nos períodos em que vigeu a norma jurídica;
- no puro desvelamento da realidade clara e cristalina latente nos meandros dos verbos e da gramática das *littera* da norma jurídica;
- no puro estudo das intenções e dos protocolos parlamentares que deram ensejo à promulgação da norma[42].

A opção de Gadamer não é por nenhuma das hipóteses acima. É certo que admite que a hermenêutica não pode prescindir de compreender o texto como um produto histórico[43], de

---

40. "Como historiador ele se movimenta numa contínua confrontação com a objetividade histórica para compreendê-la em seu valor posicional na história, enquanto o jurista, além disso, procura reconduzir essa compreensão para a sua adaptação ao presente jurídico. A descrição de Betti trilha mais ou menos esse caminho." *Idem, ibidem*, p. 484.
41. *Idem, ibidem*, p. 485.
42. "Não obstante, não pode sujeitar-se a que, por exemplo, os protocolos parlamentares lhe ensinariam com respeito 'a intenção dos que elaboraram a lei'." *Idem, ibidem*.
43. "Esta é a clara exigência hermenêutica: compreender o que diz um texto a partir da situação concreta na qual foi produzido." *Idem, ibidem*, p. 496.

compreender o conjunto de intenções e decisões que conduziram à promulgação da norma, de compreender que há certo sentido primeiro que recorre à vista do historiador e do jurista. Mas, em verdade, a conclusão da hermenêutica gadameriana não pode ser em outro sentido senão aquele que aponta para: a pluralidade de sentidos de todo texto normativo; o desenraizamento do texto produzido das intenções que o revestiram no momento de sua produção; a solução de continuidade entre presente e passado nas mãos do jurista ao operar com o ontem tendo em vista o hoje, ao operar com o geral da norma para atender ao circunstancial do caso concreto.

5.2 A igualdade como condição para a hermenêutica jurídica

Outra constatação importante da teoria de Gadamer: só há hermenêutica jurídica quando há um sistema jurídico vigente para todos os membros de uma comunidade, inclusive e, sobretudo, para aqueles que elaboram as leis e ditam as regras sociais. Se algo é vinculante e não-abolível, o único recurso racional à solução necessária para a decisão é o recurso à hermenêutica[44]. Caso contrário, se um soberano dita a lei, não se aplicando a regra por ele criada sobre seu próprio comportamento, ele pode definir os sentidos da regra conforme sua vontade ou interesse determinam em cada caso, não carecendo recorrer à interpretação para que a lei seja aplicada. Ora, se o soberano não se submete à lei, não há hermenêutica jurídica possível, pois as regras sempre serão redefinidas em seu sentido conforme o que disser de novo o soberano.

Então, a hermenêutica se constrói onde as regras são para todos. A idéia de igualdade jurídica[45] é, portanto, essencial para

---

44. "A vontade do monarca, não sujeito à lei, pode sempre impor o que lhe parece justo, sem atender à lei, isto é, sem o esforço da interpretação. A tarefa de compreender e de interpretar só ocorre onde se põe algo de tal modo que, como tal, é vinculante e não abolível." *Idem, ibidem*, p. 489.

45. "Assim, para a possibilidade de uma hermenêutica jurídica é essencial que a lei vincule por igual todos os membros da comunidade jurídica. Quando não

que a hermenêutica surja como saber necessário para a construção não-arbitrária, ou não-parcial, ou não-aleatória, do sentido de um texto de lei. Vale dizer, onde há arbítrio, não mora a hermenêutica. Onde há hermenêutica, procura-se exercitar a razão para que a determinação dos sentidos da lei não se dê de modo arbitrário.

5.3 A aplicação na Constituição da hermenêutica jurídica

Ora, as normas jurídicas, ante a igualdade de todos, são regras conferidas à comunidade que carecem de uma segunda atividade para que se vejam consolidadas e implementadas na prática: a aplicação. Surge, então, a questão dos sentidos possíveis da lei, pois em sua aplicação as anteposições da acusação e da defesa haverão de apontar quais os possíveis usos contextuais cabíveis do mesmo texto normativo. É, sobretudo, como atividade de apoio à práxis jurídica que aparece a hermenêutica, em função das situações concretas que demandam soluções diferentes no tempo e no espaço, ante regras quase sempre fixas[46]. Então:

> A tarefa da interpretação consiste em *concretizar a lei* em cada caso, isto é, em sua *aplicação*. A complementação produtiva do direito, que ocorre com isso, está obviamente reservada ao juiz, mas este encontra-se por sua vez sujeito à lei, exatamente como qualquer outro membro da comunidade jurídica. Na idéia de uma ordem judicial supõe-se o fato de que a sentença do juiz não surja de arbitrariedades imprevisíveis, mas de uma ponderação justa do conjunto.[47]

é este o caso, como no caso do absolutismo, onde a vontade do senhor absoluto está acima da lei, já não é possível hermenêutica alguma, 'pois um senhor superior pode explicar suas próprias palavras', até contra as regras da interpretação comum." *Idem, ibidem*, p. 488.

46. "A hermenêutica jurídica não teria a ver com esse nexo, pois não procura compreender textos dados, já que é uma medida auxiliar da práxis jurídica e inclina-se a sanar certas deficiências e casos excepcionais no sistema da dogmática jurídica." *Idem, ibidem*, p. 482.

47. *Idem, ibidem*, p. 489.

Na tarefa de mediação entre presente e passado, escavando o juiz para a aplicação prática, do passado em que está cristalizada a norma jurídica para o presente uma solução de direito possível, e não-arbitrária, o modelo de atuação da hermenêutica jurídica pode tornar-se o modelo ideal das ciências do espírito, dado que, com este procedimento, presente e passado se unem numa experiência única. É importante, com Gadamer, perceber que a dimensão histórica se torna um contínuo fluxo de informações, com importações e exportações de sentido, na mão do jurista e do julgador. Não se deve fazer do passado uma realidade morta, extinta, que se visita para maravilhar-se; o passado pode ser revigorado na experiência do hoje nas mãos do julgador, ao criar soluções jurídicas para as necessidades do hoje. Assim:

> A hermenêutica jurídica recorda em si mesma o autêntico procedimento das ciências do espírito. Nela temos o modelo de relação entre passado e presente que estávamos procurando. Quando o juiz adequa a lei transmitida às necessidades do presente, quer certamente resolver uma tarefa prática. O que de modo algum quer dizer que sua interpretação da lei seja uma tradução arbitrária. Também em seu caso, compreender e interpretar significam conhecer e reconhecer um sentido vigente. O juiz procura corresponder à 'idéia jurídica' da lei, intermediando-a com o presente. É evidente, ali, uma mediação jurídica. O que tenta reconhecer é o significado jurídico da lei, não o significado histórico de sua promulgação ou certos casos quaisquer de sua aplicação. Assim, não se comporta como historiador, mas se ocupa de sua própria história, que é seu próprio presente. Por conseqüência, pode, a cada momento, assumir a posição do historiador, face a questões que implicitamente já o ocuparam como juiz.[48]

A hermenêutica jurídica habilita-se a ser, portanto, o modelo a partir do qual se unificam as experiências do historiador, do filólogo e do jurista, fazendo-se dela a sede das ciências do

---

48. *Idem, ibidem*, p. 487.

espírito para a demonstração do valor da experiência e da historicidade na determinação do sentido da compreensão. Leia-se:

> O caso da hermenêutica jurídica não é, portanto, um caso especial, mas está capacitado para devolver à hermenêutica histórica todo o alcance de seus problemas e reproduzir assim a velha unidade do problema hermenêutico, na qual o jurista e o teólogo se encontram com o filólogo.[49]

Não há, portanto, qualquer pretensão de se afastar a hermenêutica jurídica da sede das discussões comuns de toda hermenêutica (histórica, filológica, teológica, científica). Aliás, em Gadamer, há uma solução de continuidade entre estas experiências hermenêuticas dada pela história factual. Chega-se a esta conclusão geral interessante para a hermenêutica jurídica:

> O modelo da hermenêutica jurídica mostrou-se, pois, efetivamente fecundo. Quando o jurista se sabe legitimado a realizar a complementação do direito, dentro da função judicial e face ao sentido original de um texto legal, o que faz é o que, seja como for, tem lugar em qualquer forma de compreensão. *A velha unidade das disciplinas hermenêuticas recupera seu direito se se reconhece a consciência da história efeitual em todo afazer hermenêutico, tanto no do filólogo como no do historiador.*[50]

5.4 Desdobramentos críticos para uma hermenêutica jurídica

Ante esta filosofia hermenêutica, a inocência da hermenêutica jurídica tradicional, e sua ingenuidade na crença da existência do legislador onisciente, ou do jurista intuído em sua tarefa de exegese, ou na crença da possibilidade psicológica de se desvendar as intenções do texto legislativo, são transformadas em utopias ilusórias, ou verdadeiras ideologias para encobrir uma realidade incontornável: a hermenêutica se faz com todo o relativismo histórico dos sujeitos que a operam.

---

49. *Idem, ibidem*, p. 488.
50. *Idem, ibidem*, p. 504.

A tomada de consciência que se afigura na teoria hermenêutica de Gadamer acerca do problema da historicidade e da lingüisticidade da experiência humana é algo de notória importância para uma crítica do método das ciências modernas (pretensamente neutras e objetivas), assim como para a avaliação do estado atual da hermenêutica jurídica, ainda prenhe de ilusões decorrentes das inspirações positivistas do século XIX.

Mais que isto, a proposta de Gadamer coloca em evidência a fragilidade de toda tentativa de fazer do universo normativo jurídico um "céu de estrelas fixas", como nas tentativas da Escola da Exegese, da Escola Histórica e da Escola Pandectista. O normativo está jungido às mesmas determinações de toda a experiência convencional sobre o mundo. Com isto, o circunstancial ganha importância em face do definitivo, o relativo é sobrelevado em face do absoluto, o temporal diante do eterno. A hermenêutica de Gadamer aponta para caminhos em que o jurídico se satisfaz com necessidades aplicativas imediatas, pois toda hermenêutica jurídica se exerce com vistas a uma solução aplicativa qualquer.

As fundações da hermenêutica tradicional do Direito se vêem, de certa forma, abaladas e estremecidas com este enfoque teórico conferido à hermenêutica. Normalmente dogmáticas e clausulares, com pretensões universalistas, as teorias tradicionais sobre a hermenêutica jurídica vêem-se fragilizadas pela aceitação dos pressupostos teóricos com os quais trabalha a filosofia hermenêutica de Gadamer. Não há método hermenêutico que se sobreponha à história, ou à historicidade de normas jurídicas, mas sim métodos hermenêuticos que participam da história e que são manifestação momentânea desta própria história e da experiência extraída de dentro de si. Assim também, não existem métodos que atravessem ilesos a história para se sobreporem como modelos formais de interpretação cabíveis para toda e qualquer realidade jurídica. O absoluto não tem espaço quando a regra se deposita na temporalidade e na experiência.

A hermenêutica jurídica se exerce em caráter circunstancial, não podendo estar pré-orientada por métodos ou fórmulas rígidas, através dos quais se obteriam resultados sólidos e certos cada vez que aplicados. A hermenêutica não pode se reduzir à tarefa histórica, como assinalava como Savigny[51]. Assim, constituir uma hermenêutica das leis a partir de métodos clausulares e absolutos (métodos lógico, histórico, gramatical...) seria, em Gadamer, um apelo a algo ineficaz diante da própria historicidade e da mundanidade em que se encontra imerso todo hermeneuta. Evidencia-se, portanto, com Gadamer, a importância da aceitação pelo exegeta de que sua constituição é a de um agente finito, cuja história é finita, devendo-se ter presente que qualquer método hermenêutico deve ser definido como algo finito, e jamais universal e atemporal, racional e absoluto.

Ademais, suas preocupações com a questão da linguagem, como espaço constitutivo da própria experiência do mundo, como algo que define a existência da tradição e que participa da ontologia dos fatos, das ocorrências e da reconstituição das coisas são de notório valor para a discussão da experiência jurídica, que, de fato, é uma experiência de mundo inteiramente reportada pela linguagem. Fatos não são propriamente fatos, mas "fatos contados pela vítima", "fatos contestados pelo réu", "fatos não negados pelo autor", "fatos argumentados como inexistentes pelo advogado de defesa", "fatos julgados pelo juiz". A recomposição, sobretudo processual, de fatos e acontecimentos de relevância jurídica é sempre levada a efeito pela linguagem, veículo de aproximação do passado às necessidades imediatas e conseqüenciais do presente.

Este tipo de abertura na teoria hermenêutica e na filosofia contemporâneas foram ingredientes de valor para as perspectivas teóricas da linguagem jurídica, da semiologia jurídica e da semiótica jurídica. Ora, é fato presente e incontornável a afirmação das proximidades em que vivem e *con-vivem*, atual-

---

51. "Savigny, em 1840, descreveu a tarefa da hermenêutica jurídica como puramente histórica (no *System des romischen Rechts*). Assim como Scheiermacher não via problema algum em que o intérprete tenha de se equiparar ao leitor originário, também Savigny ignora a tensão entre sentido jurídico originário e atual." *Idem, ibidem*, p. 484.

mente, a hermenêutica e a linguagem na teoria jurídica. Não se pode negar este entrelaçamento, tendência que vem sendo afirmada a partir da importação deste tipo de reflexão filosófica para o universo das implicações jurídico-teóricas. Constroem-se, assim, as canaletas pelas quais haveriam de fluir as águas em jorro das teorias da linguagem, do discurso, da compreensão histórico-lingüística e analítica da verbalidade jurídica.

6. Conclusões

As discussões contidas em *Verdade e método* trazem à baila a importância de alguns valores centrais para todo exercício hermenêutico: a experiência, a compreensão, a historicidade, a lingüisticidade. Sempre foram estes os elementos desprezados pelas tendências conservadoras da ciência moderna e da hermenêutica jurídica.

Contra a experiência estavam postados os teóricos da objetividade e neutralidade da ciência jurídica. Contra a historicidade, os teóricos da universalidade da razão e da atemporalidade do sentido jurídico. Contra a lingüisticidade, os teóricos para os quais a língua não possuía qualquer interferência no processo de constituição do sentido jurídico. A erosão destes modelos, atualmente, coloca ainda mais em evidência a proposta hermenêutica de Gadamer.

A proposta teórica de Gadamer vai no sentido contrário de todas as tendências da hermenêutica jurídica tradicional, tal como praticada e apregoada pela dogmática jurídica. Em síntese, percebe-se que a hermenêutica jurídica, em sua tarefa de fundir passado e presente, serve de experiência comum modelar às ciências do espírito, uma vez que a aplicação do hoje demanda a compreensão do ontem, fazendo do ontem a mola propulsora para as decisões que determinam o futuro, num círculo de sentido em que se entremeiam de tal modo passado, presente e futuro, que a linha do sentido histórico faz-se um contínuo processo de hermenêutica e compreensão do ser pelo próprio ser.

Bibliografia

BITTAR, Eduardo C. B., e ALMEIDA, Guilherme Assis de. *Curso de filosofia do direito.* São Paulo: Atlas, 2001.
BLEICHER, Josef. *Hermenêutica contemporânea.* Trad. Maria Georgina Segurado. Lisboa: Edições 70, 1992.
GADAMER, Hans-Georg. "A universidade do problema hermenêutico". In: BLEICHER, Josef. *Hermenêutica contemporânea.* Trad. Maria Georgina Segurado. Lisboa: Edições 70, 1992, pp. 182 ss.
——— . *Verdade e método: traços fundamentais de uma hermenêutica filosófica.* Trad. Flávio Paulo Meurer. Rio de Janeiro: Vozes, 1998, 2.ª ed.
HABERMAS, Jürgen. *O discurso filosófico da modernidade.* Trad. Ana Maria Bernardo, José Rui Meirelles Pereira, Manuel José Simões Loureiro, Maria Antônia Espadinha Soares, Maria Helena Rodrigues de Carvalho, Maria Leopoldina de Almeida, Sara Cabral Seruya. Lisboa: Dom Quixote, 1990.
LARENZ, Karl. *Metodologia da ciência do direito.* Trad. José Lamego. Lisboa: Fundação Calouste Gulbenkian, 1989, 2.ª ed.
MONTERO, Fernando. *Retorno a la fenomenología.* Barcelona: Anthropos, 1987.
OLIVEIRA, Manfredo Araújo. *Reviravolta lingüístico-pragmática na filosofia contemporânea.* São Paulo: Loyola, 1996.
SAFRANSKY, Rüdiger. *Heidegger: um mestre da Alemanha entre o bem e o mal.* Trad. Lya Lett Luft. São Paulo: Geração Editorial, 2000.
VAZ, Henrique C. de Lima. *Escritos de filosofia IV: introdução à ética filosófica 1.* São Paulo: Loyola, 1999.

Casos difíceis no pós-positivismo

*José Alcebíades de Oliveira Júnior**

Resumo

    Este artigo objetiva discutir aspectos atuais da hermenêutica e da argumentação jurídica, sintetizando e aprofundando vários trabalhos do autor nessa referida área[1]. Como um texto inédito, apresenta-se em três momentos claramente demarcados e que são os seguintes: a) em primeiro lugar visa situar teórica e conceitualmente a emergência da temática dos casos difíceis no âmbito da reflexão jurídica; em seguida, b) a partir da obra de Carrió estuda o aprofundamento do debate entre Hart e Dworkin sobre princípios no âmbito do direito positivo, constatando uma realidade que, embora alguns juristas não queiram aceitar, diz respeito à dissolução da oposição entre jusnaturalismo e positivismo jurídico; por fim, c) a partir da obra de MacCormick culmina com uma reflexão sobre possíveis critérios resolutivos da problemática interpretativa diante dos ditos casos difíceis, bem como com uma reflexão crítica sobre a idéia de uma única reposta correta para as decisões judiciais diante dos casos difíceis.

---

* Professor da Faculdade de Direito da UFSC, da ULBRA e da UNIVALI.
1. A motivação principal para estas pesquisas tem sido dada pelo CNPq, que invariavelmente tem apoiado todas elas.

1. Campos da reflexão jurídica e o aparecimento do tema dos casos difíceis[2]

1.1 Introdução

Parte-se, neste primeiro momento, de uma constatação prática e até mesmo banal, mas que possui profundas implicações teóricas: a de que as normas jurídicas – regras ou princípios – se apresentam em muitos casos em sentidos opostos, em contradição, dando origem, por um lado, ao que se denomina classicamente de antinomias e, por outro, aos conflitos de princípios.

Essas antinomias e/ou conflitos acarretam sérias dificuldades para o processo decisório jurídico. Para que a solução não fique à mercê de um ato discricionário, pretende-se implementar discussões sobre a solução desses problemas, tais como aquela que sustenta a idéia de que para toda decisão judicial existe uma resposta correta, tese da integridade dos direitos, desenvolvida amplamente por Ronald Dworkin. Sobre a tese de Dworkin é importante dizer que ela eleva o Estado Democrático de Direito, em vez do Estado de Direito, à condição de paradigma para as decisões judiciais, procurando ir além do princípio da autoridade formal (tese positivista) como fundamento das decisões.

Para realizar esta introdução ao tema dos casos difíceis, far-se-á uma incursão na teoria jurídica a partir de dois ângulos diferenciados mas interligáveis: primeiramente, um ângulo ana-

---

2. Um trabalho na área da teoria do direito ou teoria jurídica, como é o caso deste, deve ser entendido como um esforço de teorização reintegrante de todos os problemas que intentavam enfrentar as correntes jusnaturalistas e as do positivismo jurídico, incluindo, ademais, outros problemas que haviam sido marginalizados ou rechaçados por aquelas correntes filosóficas. Assim, a atual teoria do direito tem que ser colocada como uma teoria dirigida não somente a juristas teóricos ou cientistas, senão que é mais importante, aos juristas práticos, isto é, aos operadores jurídicos ou juristas profissionais que participam, de uma forma direta ou indireta, no processo de elaboração, interpretação e aplicação do direito ou, o que é o mesmo, no processo de desenvolvimento geral do direito. Sobre o tema ver DULCE, María José Fariñas. "Filosofia del Derecho versus teoría del Derecho". *Anuario de Filosofía del Derecho*. Madri: Ministério de Justicia, 1992, p. 222.

lítico e estrutural que procurará estudar os vários campos da reflexão jurídica na modernidade e que terminará por situar o problema estudado no âmbito da interpretação e argumentação; e, posteriormente, um ângulo funcional, que, desde a perspectiva das decisões judiciais, da jurisprudência em movimento, procurará estudar a repercussão das reflexões feitas no primeiro momento na formação de modelos dessas decisões. Em outras palavras, falar-se-á da teoria do direito desde uma perspectiva estática e outra dinâmica.

1.2 Visão analítica ou estrutural

A reflexão jurídica na modernidade – modernidade entendida aqui como aquela época caracterizada, dentre outras coisas, pela presença de um poder centralizado no Estado – tem se dado em cima do direito positivo, entendido este como as normas postas por esse Estado, através de um processo de decisão política.

Tal reflexão tem se voltado particularmente para quatro grandes campos: a) metodológico ou epistemológico (particularmente a disputa sobre um tipo de ciência para o direito); b) o ontológico ou de teoria geral do direito (particularmente o estudo dos conceitos fundamentais aplicáveis a todos os ramos da ciência jurídica; c) o fenomenológico ou de sociologia jurídica (especialmente referido à interpretação e à argumentação jurídicas); e d) o de deontologia ou filosofia política (o problema da aplicação do direito). É preciso atentar que essas distinções são de caráter didático, pois em realidade o fenômeno jurídico é uno e apenas a sua observação é parcializável.

De forma resumida, o campo da metodologia foi operado por "juristas com interesses filosóficos" que visaram o estabelecimento de critérios para a aproximação do pesquisador ao fenômeno jurídico. Uma metodologia com "ares epistêmicos" que procurou importar, para a ciência jurídica, princípios conquistados por outras ciências, dentre os quais a verificabilidade e a descritividade objetiva, neutra e imparcial do direito, por parte do jurista.

Hans Kelsen é o jurista mais notável nesse esforço. O seu monumental *Teoria pura do direito* pode ser apresentado como a principal aventura epistemológica da ciência jurídica. Nele, Kelsen defendeu, sob tríplice aspecto, a questão da ciência. Em primeiro lugar, sustentando que as normas jurídicas estatais são o verdadeiro objeto da Ciência Jurídica (CJ), quando nada, porque uma proposição de ciência com base nelas poderia ser verificada em sua verdade ou falsidade. Em segundo lugar, na medida em que as normas jurídicas estatais são entendidas como o correto objeto da Ciência Jurídica, Kelsen propôs uma revolução no método da CJ. Deixariam de existir o mal e o bem em si como sustentavam as correntes jusnaturalistas. Para se saber se algum fato ou ato de vontade é jurídico ou antijurídico, seria preciso olhá-lo mediado pela norma. Enfim, Kelsen sustentou com ardor a descritividade como função primordial da Ciência Jurídica. A CJ cumpriria o importante papel de tornar objetivo o sentido subjetivo dos atos de vontade dos legisladores. Nobre ideal hoje claramente não aceito por não coincidir com a realidade prática dos juristas.

Não obstante essa e outras críticas possíveis à obra de Kelsen, várias de suas afirmações seguem válidas e importantes se se quiser um Estado de Direito democrático. Hoje está claro que a defesa do Direito positivo estatal não implica a defesa de apenas uma ideologia supostamente dominante. O Estado condensa o jogo contraditório e complexo de forças e, dependendo da existência de uma democracia realizada, exprime uma normatividade de caráter não só liberal, mas também de caráter social. Portanto, a obra de Kelsen tem sido execrada e tem pago um preço em decorrência da predominância – felizmente temporária – de um tipo de olhar radicalmente parcial da academia.

Passando ao campo da Teoria Geral do Direito (TGD), pode-se dizer que nele – como afirma Miguel Reale em seu tradicional *Filosofia do direito* – vê-se cristalizada a epistemologia normativista. Uma vez determinado o objeto da ciência jurídica, passa-se a analisar como ele se estrutura, como ele se diferencia de outros objetos, a exemplo da moral, como se articula entre si formando um sistema, e como ele pode se integrar com os demais subsistemas. A TGD veio completar o papel de construção estrutural da ciência jurídica, tendo sempre como ponto principal de preocupações o problema da validade formal do Direito. O que seria a norma e o ordenamento jurídico, bem como a afirmação de um fundamento de autoridade formal, passaram a ser alguns dos principais temas desse campo.

Norberto Bobbio, jurista italiano já bastante conhecido no Brasil, foi um dos mais importantes teóricos dessas questões. A partir de um positivismo crítico, cheio de tensões, e bem mais pragmático que o kelseniano, inquieto como diria Sérgio Cotta, elaborou uma TGD de bastante utilidade, como aliás é o caso da discussão das antinomias referidas ao início. Sem descer a detalhes, o tema da unidade, da coerência e da completude do ordenamento jurídico recebeu de Bobbio um tratamento que até hoje, em certo sentido, não foi superado. A textura aberta do Direito trabalhada por Hart, assim como os ditos "casos difíceis" de Ronald Dworkin, são a nova roupagem para os antigos problemas das antinomias e das lacunas. Adiante veremos melhor cada um desses problemas.

Já no campo da Fenomenologia ou Sociologia Jurídicas, as preocupações se voltam para os fins do Direito, para que serve essa estrutura. Perguntam-se os sociólogos se além de válido é eficaz esse direito e, em tal caso, que tipo de eficácia. É importante ressaltar que a reflexão sociológica vem na esteira do avanço da filosofia da linguagem e com ela se associa, pois a exigência sociológica da correlação entre direito posto e conduta efetiva realça o papel da hermenêutica e da interpretação jurídicas. Abre-se o leque da discricionariedade (Hart) diante dos casos difíceis. Necessariamente, não existiria um direito *a priori*, mas constituído a cada momento pelos novos fatos sociais.

Dentre os temas tratados nesse campo está o do acesso à justiça. Dentre os autores que o valorizaram está Capelletti, que o trabalhou especialmente numa perspectiva de crítica ao extremo formalismo processual, dando azo a soluções não-estatais de controvérsias, assunto bastante atual mas que transborda nosso interesse momentâneo.

Seria importante distinguir ainda o fato de que se desenvolveram sociologias de cunho empírico e de cunho teórico, e que no primeiro grupo entrariam todas aquelas de origem marxista, e que, no segundo, todas aquelas de origem funcionalista (lembremos Niklas Luhmann), ambas preocupadas com as funções do direito. As primeiras entendendo existir um valor preferencial de orientação dos conteúdos das decisões judiciais, e as segundas pregando a indeterminacão dessas decisões.

No campo da Deontologia ou da Filosofia Política, a interrogação se volta para a discussão dos valores e dos bens positivados. Quais seriam os preferenciais? Como solucionar um conflito entre eles? É certo porém que, como se trata de uma discussão no âmbito do direito positivo, isto é, a partir do direito legal, clara está a importância da discussão sobre a autoridade de quem faz a lei. Daí a relação entre deontologia e filosofia política e o necessário estudo de conceitos como poder, autoridade, obediência, etc. Aliás, como assinala Bobbio, o poder e a norma são as duas faces de uma mesma medalha, sendo que a justiça do direito depende da legitimidade do poder e vice-versa. A discussão da legitimidade está atravessada pela legalidade, tanto que, comumente, se fala, nos meios forenses, em legitimidade para agir como a simples autorização legal para alguém ser parte.

Enfim, não é por acaso que em Bobbio a questão da coerência das normas pode não ser um problema para a validade do direito, mas seguramente é um problema para a justiça que deverá se realizar através dessas normas, e daí a pergunta pelo critério que será adotado. Mas o problema da legitimidade do poder tem encontrado, ao longo da história, distintas explicações, que seguramente também transcendem o nosso interesse momentâneo. A natureza, Deus e a razão são algumas dessas explicações. De qualquer modo, como diria o professor italiano, governar com as normas (também leis no caso) é uma qualidade de governo, e é esta a problemática que em grande parte circunscreve o debate entre Hart e Dworkin se se deve governar com o livro de regras ou além dele, o que será visto adiante.

1.3 Visão funcional ou operativa do direito

O estudo da teoria jurídica desde uma perspectiva dinâmica ou desde o prisma da função judicial pode ser proposto a partir de pelo menos cinco modelos: a) o silogístico; b) o realista; c) o da discricionariedade judicial; d) o da resposta correta; e) outros – Ferrajoli, Habermas e, especialmente, MacCormick, que será estudado no terceiro momento[3].

O primeiro é defendido pelo positivismo formalista que, como se viu, tem em Kelsen seu maior expoente. Nele a tarefa do juiz é lógico-mecânica. Trata-se da subsunção pura simples do fato à norma preestabelecida. Nessa perspectiva, como salienta Casalmiglia[4], não existem casos difíceis, porque tudo o que não está proibido está permitido. E é possível lembrar Bobbio sobre o assunto quando o autor italiano relata em seu *Teoria do ordenamento jurídico* a disputa pela idéia de completude e lacunaridade, entre positivistas e sociólogos, e diz que os primeiros, a partir da lógica, sustentam não existir espaço jurídico vazio quando algum fato não está tipificado, justamente porque o que não está proibido está permitido. O Direito nunca faltaria.

O segundo modelo, o realista, é defendido por correntes antiformalistas. Entendemos que Alf Ross é um típico representante desse modelo. Porém, é interessante seguir o que diz Casalmiglia para melhor entender esse modelo: nele, as decisões dos juízes são fruto de suas preferências pessoais e de sua consciência subjetiva. O juiz primeiro decide e logo busca justificativa no ordenamento jurídico; não existiriam casos difíceis, o juiz poderia solucionar todos. E assim, concede ao poder judicial um autêntico poder político que não é congruente com o sistema de legitimação dos estados democráticos, nem com o postulado da separação dos poderes.

---

3. Esta classificação é hoje pacífica na academia, mas a aproveito especialmente de CALSAMIGLIA, A. "Ensaio sobre Dworkin". In: DWORKIN. *Los Derechos en Serio*. Barcelona: Ariel, 1987, p. 20.

4. *Idem, ibidem*, p. 22.

Com o terceiro modelo, o da discricionariedade judicial, encontramos propriamente o tema proposto por este trabalho, qual seja, o dos casos difíceis. E dos problemas daí resultantes a emergência do fato de que eles precisam ser enfrentados desde um critério hermenêutico adequado que, sobretudo, leve em conta o Estado constitucional e democrático de direito[5], mesmo que tal estado abrigue, em seu ordenamento, valores conflitantes.

O modelo da discricionariedade emerge pois do fato de existirem casos difíceis para o Direito, muito embora os cursos e as academias não ressaltem esse fato, passando a impressão de que a ciência jurídica navega sobre um mar de tranqüilidade. Felizmente, autores como Norberto Bobbio, Herbert Hart e Ronald Dworkin não se acomodaram a uma ciência fácil, procurando, cada um ao seu modo, enfrentar as dificuldades. E, de imediato, por interesse didático, passemos a uma caracterização do que sejam casos difíceis utilizando aportes do jurista colombiano que organizou a publicação do debate entre Hart e Dworkin naquele país, César Rodríguez[6].

Em linhas gerais, consoante o autor colombiano, um caso é difícil quando os fatos e as normas relevantes permitem, pelo menos à primeira vista, mais de uma solução. Ainda como segue o professor, o tipo mais freqüente de caso difícil é aquele no qual a norma aplicável é de textura aberta, ou contém uma ou mais expressões lingüísticas vagas, como diria Hart. E dá como exemplo a norma "está proibida a circulação de veículos no parque", perguntando se ela se aplica tanto aos automóveis como às bicicletas. Por outro lado, como salienta Rodríguez, é possível que, mesmo sendo clara a norma, exista mais de uma alternativa razoável de solução. Mas a essa dificuldade pode-se agregar outras quatro: 1) quando dois ou mais

---

5. Estado democrático e constitucional de direito entendido aqui como contendo uma justiça que vai além da legalidade formal em direção a uma fundamentação principiológica das normas jurídicas aplicadas. Em outras palavras, aquele que busca uma justiça legítima, e não política, como diria Otfried Höffe.

6. Cf. estudo preliminar à obra *La decisión judicial*, de H. Hart e Ronald Dworkin, realizado por César Rodríguez. Santafé de Bogotá, Colômbia, 1997.

princípios colidam; 2) quando não existe nenhuma norma aplicável, ou então lacuna; 3) quando mesmo que exista e seja clara a norma é injusta; 4) quando mesmo que exista um precedente judicial, à luz de um novo caso, se considere necessário modificar[7].

Por fim nos interessaria ressaltar o modelo da resposta correta de Ronald Dworkin, que não só foi o sucessor de Hart, mas um de seus maiores críticos. Por uma série de razões, Dworkin sustenta que o juiz não possui a discricionariedade aludida por Hart. Dentre vários argumentos, afirma que o papel do juiz não é criar direito e portanto não é o de legislar. Caso isso aconteça, certamente ele estará agredindo pilares básicos da democracia e do próprio direito. Por um lado, rompendo a teoria da separação dos poderes; e, por outro, agredindo o princípio da legalidade, procedendo a uma justiça *ex post facto*.

Mas o que parece essencial ressaltar é que Dworkin sustenta algo que hoje pode nos parecer um tanto óbvio, mas que nem sempre foi assim: isto é, que os sistemas jurídicos são conformados também por princípios. Em certo sentido, defende a tese de que os ordenamentos jurídicos são integrados por normas que, por um lado, são regras em sentido estrito e que, por outro, são princípios em sentido amplo. De todo modo, o que é importante perceber é que o autor americano sustenta que por trás das normas existem valores fundantes que podem servir de orientação para a aplicação delas em caso de conflito ou antinomia. Assim, quando duas normas colidem, o que no dizer bobbiano caracteriza-se como uma antinomia real, isto é, para a qual há uma insuficiência de critérios, situação para a qual Hart diria que o juiz poderia agir de modo discricionário, Dworkin sustenta, com base em uma distinção entre princípios e políticas, a existência de uma resposta correta. Esta é a tese, em linhas gerais, de Dworkin. Embora fundamental para um Estado democrático de direito, trata-se de uma afirmação polêmica e que vem recebendo muitas críticas, tal como veremos

---

7. *Idem, ibidem*, p. 68.

com a obra de MacCormick. Ressalte-se que o modelo quinto de decisões judiciais proposto ao início e que poderia ser composto também a partir dos estudos de Luigi Ferrajoli[8] ou de Jürgen Habermas[9] transcende os nossos interesses momentâneos, sendo que nos deteremos unicamente nos trabalhos de MacCormick tal como já foi dito.

2. A dissolução da oposição jusnaturalismo e positivismo jurídico: a contribuição de Dworkin

2.1 Introdução

Vista de maneira resumida a problemática dos casos difíceis, tomemos agora um tema que não é exatamente uma novidade, mas que torna ainda mais complexa a solução daqueles casos: o da dissolução da oposição jusnaturalismo e positivismo jurídico. Autores como Tercio Sampaio já vêm há tempo anunciando o enfraquecimento dessa dicotomia[10]. Mesmo uma das principais obras de Dworkin, *Levando os direitos a sério*, de 1977, já apontava para o tema. Porém, a falta de consciência dos juristas sobre o que contém e determina a sua experiência prática que, na realidade, é atravessada por valores, ainda coloca como importante a discussão.

A demonstração da hipótese de dissolução que ora nos ocupa será feita considerando o texto "Juízes políticos e o Estado de Direito" de Ronald Dworkin[11] que, em síntese, apresenta o desmoronamento das certezas e segurança jurídicas

---

8. Sobre a teoria garantista de Luigi Ferrajoli, pode ser lido de sua própria autoria "O Direito como sistema de garantias". In: OLIVEIRA JÚNIOR, José Alcebíades (org.). *O novo em direito e política*. Porto Alegre: Livraria e Editora do Advogado, 1997.

9. Ver especialmente o seu recém-traduzido *Direito e democracia: entre facticidade e validade*. Rio de Janeiro: Tempo Brasileiro, 1998.

10. Cf. seu *Introdução ao estudo do direito: técnica, decisão, dominação*. São Paulo: Atlas, 1994, 2.ª ed., p. 170.

11. Cf. *Uma questão de princípio*. São Paulo: Martins Fontes, 2000, pp. 3-39.

prometidas pelo positivismo jurídico, e a conseqüente constatação de que as soluções jurídicas estão cada vez mais politizadas, sobretudo quanto aos ditos casos difíceis ou controversos, existentes hoje em grande quantidade devido ao constitucionalismo programático e aberto reinante nas principais democracias do mundo[12].

2.2 Sobre a polêmica Hart e Dworkin e os primeiros sinais de politização do direito

Hart e Dworkin mantiveram uma polêmica sobre os ditos casos difíceis no âmbito da teoria do direito, polêmica essa já bastante conhecida na academia. Hart com seu "positivismo suave", no qual o fundamento do sistema jurídico repousa na regra de reconhecimento, num "querer" além do "ter que" clássico e explícito da teoria kelseniana[13] e é composto por regras, sustenta que diante dos casos difíceis, oriundos da textura aberta do direito, por exemplo, o juiz possui discricionariedade, isto é, poder de escolha. Dworkin, com seu "neojusnaturalismo"[14], entende que os sistemas jurídicos são compostos também por princípios além de regras, e que eles, ao final, articulam e delimitam o próprio campo do direito, estabelecendo por derradeiro uma crítica de impossibilidade lógica e dispensabilidade técnica à idéia de regra de reconhecimento. Com efeito, a posição de Dworkin sobre os casos difíceis é a de que eles devem ser solucionados buscando-se a resposta correta. Em tese, tanto Hart quanto o Dworkin dos primeiros tempos (1977) pretenderam conceber a teoria do direito e conseqüentemente a operação judicial, desde um mínimo de objetividade e neutralidade e, portanto, distanciamento da política. Com as obras posteriores, Dworkin deixou claro o primarismo dessa discus-

---
12. Cf. OLIVEIRA JÚNIOR, José Alcebíades. *Teoria jurídica e novos direitos*. Rio de Janeiro: Lumen Juris, 2000, pp. 71-82.
13. Cf. HÖFFE, Otfried. *Justiça política*. Rio de Janeiro: Vozes, 1991, p. 135.
14. Cf. CASALMIGLIA, ob. cit., p. 11.

são, assumindo que as decisões judiciais, embora não sejam ações políticas em sentido estrito, possuem essa coloração.

No que se refere a Hart, sustentamos que a regra de reconhecimento ao ultrapassar a idéia de uma validez *a priori* e buscar também na efetividade a obrigatoriedade das normas, politiza a teoria e a operação jurídica. A manutenção do princípio da autoridade para dizer o direito não impede que o direito aplicado seja de base junaturalista, por exemplo. Especialmente no caso de Hart que a efetividade pode se dar de modo discricionário, temos a possibilidade tanto de inclusão de valores não expressos pelo ordenamento como a possibilidade de se falar de um direito legislado por juízes.

2.3 A dissolução da oposição jusnaturalismo e positivismo demonstrada por Genaro Carrió

O sistema jurídico estar constituído ou colmatado por princípios além de regras não é nenhuma novidade para Genaro Carrió[15]. E não é nenhuma novidade em realidades jurídicas como a brasileira. A oposição jusnaturalismo × positivismo jurídico está rompida. Entretanto, não há uma consciência clara por parte dos juristas e juízes dessa assertiva, e, mais, de que ela implica admitir que a atividade jurídica possui uma coloração política. Recorrer a princípios é lançar mão de valores ou referências amplas que transcendem a legislação em sentido estrito, e isto é politização, pois, como diria Dworkin, se estaria legislando nesses casos.

É bastante didática a forma como Carrió comprova essa sua tese, ao comparar o jogo do direito ao jogo de futebol. Em ambos, existem três tipos de normas: uma que proíbe e sanciona uma conduta precisa, por exemplo a proibição de colocar a mão na bola e o homicídio; uma outra que proíbe e sanciona uma variedade de condutas, a exemplo do jogo perigoso e da

---

15. CARRIÓ, Genaro. *Principios jurídicos y positivismo jurídico.* Buenos Aires: Abeledo-Perrot, 1970.

norma de responsabilidade civil do código civil; e uma terceira, mais ampla e que funciona exatamente como um princípio, tal como a lei da vantagem no futebol e aquela que diz, no direito, que ninguém deve levar vantagem com sua própria torpeza. Ora, essas últimas, que se dirigem mais às primeiras e às segundas assim como aos árbitros e aos juízes, sempre existiram, restando questionar se são jurídicas, ou como se tornaram jurídicas, etc. De qualquer maneira, ao proporcionarem possibilidades de exceções, de introdução de outros elementos às normas jurídicas estritas, segundo nosso ponto de vista politizam o direito, pois permitem claramente o uso teleológico do sistema.

2.4 As teses de Ronald Dworkin

2.4.1 O primarismo da discussão sobre se o direito é político ou não e a argumentação substitutiva

Para Dworkin essa discussão sobre se o que os juristas fazem ou deixam de fazer é também política, é uma discussão primária. A partir de uma pesquisa na Grã-Bretanha e nos EUA, demonstra que, embora os juristas não tenham consciência, a sua atividade é política.

Sustenta que essa discussão negligencia uma outra bem mais fundamental sobre os tipos de argumentos envolvidos nas decisões judiciais, apresentando a seguinte classificação: as decisões judiciais podem conter, por um lado, argumentos de princípio político, especialmente relacionados aos direitos fundamentais da pessoa humana; e, por outro, argumentos de procedimento político, ligados por assim dizer aos interesses da coletividade, funcionando a partir de alguma concepção de bem-estar, de interesse público. E é dessa distinção que a ponderação sobre a prevalência dos princípios em jogo deve ser encontrada.

2.4.2. Poder Judiciário e Estado de direito: qual a questão?

Da linha de raciocínio anterior Dworkin parte para o que para ele é mais fundamental do que saber se o direito é político, que é a discussão sobre o que é o Estado de direito e, portanto, quando o Judiciário estaria em consonância ou dissonância com ele.

Segundo nosso autor, duas concepções fortes de Estado de direito se digladiam:

a) aquele em que as ações de governo estão centradas no texto legal, de acordo com as regras públicas colocadas no "livro de regras", independentemente do seu conteúdo;

b) aquele em que as ações de governo estão centradas nos direitos, isto é, aquele em que ações, embora tomando em conta os textos legais, vão além deles, trazendo à baila também outros direitos, como os morais, por exemplo.

De alguma maneira essas caracterizações lembram as antigas denominações de positivismo e jusnaturalismo. Lembram os paradoxos clássicos da filosofia do direito entre estabilidade e eqüidade, certeza e justiça. De qualquer modo, são modelos que não podem ser pensados mais como hegemônicos, excludentes. Desde Hart se fala na textura aberta do direito e, portanto, das incertezas dos códigos. Por outro lado, o modelo centrado nos direitos oferece, como diz Dworkin, a deficiência de o poder policial poder ser usado de outras maneiras que as especificadas nos livros de regras.

O que julgamos também interessante de ser comentado, a partir da leitura de Dworkin, e que serve para demonstrar o quanto existe uma unificação dos problemas discutidos pela teoria do direito no mundo, é que a partir da defesa do Estado de direito, como ações centradas no livro de regras, se desenvolveram teorias jurídicas de cunho semântico, buscando-se então o significado das palavras e dos textos legais. Uma espécie de busca da intencionalidade do legislador. Indiscutivelmente tem sido esse o ângulo preferencial de estudos desenvolvidos no Brasil. Por outro lado, o Estado de direito centrado nos direitos propiciou o aparecimento de teorias jurídicas fundadas no que Dworkin denominou de psicologia de grupo. Ao centrar a atividade jurídica nos valores dominantes e não nos textos legais, sem desprezá-los, necessita de um relacionamento com a psicologia, a fim de saber quais são esses valores, e essa interdisciplinaridade também politiza a atividade jurídica.

2.5 Decisões judiciais e o teste da democracia

Além da preocupação com o Estado de Direito, Dworkin reflete também sobre o problema da democracia. E um argumento que poderia ser visto como insuperável a favor da democracia, o da autoridade, que sustenta o dever dos juízes de seguir as regras do livro de regras, e não, por exemplo, as de um sábio sobre o que seja direito, se confronta com um outro que é também forte: o de o Estado poder prometer aos seus cidadãos que regerá as suas relações de uma maneira justa.

Claramente, a proposta de Dworkin suplanta a idéia de uma democracia procedimental tal como a sustentada por Bobbio, autor do best-seller *O futuro da democracia*, assumindo a possibilidade de se saber como se faz a opção entre valores conflitantes. E, entre argumentos de princípio político e argumentos de procedimento político em conflito, defende a prevalência dos primeiros, advindo daí alguns rótulos que lhe têm sido atribuídos, tais como o de individualista, neojusnaturalista, etc.

2.6 Exemplo prático comprovante das teses apresentadas

Tomemos um exemplo da Constituição do Brasil, no seu artigo 145, parágrafo 1º para comprovar em grande parte as palavras de Dworkin[16]:

---

16. Tomei esse exemplo por sugestão do projeto de dissertação de Francisco de Assis Dantas, na Unesa.

Art. 145 – A União, os Estados, o Distrito Federal e os Municípios poderão instituir os seguintes tributos:
I – Impostos
II – ....
III – ....
Parágrafo primeiro: Sempre que possível, os impostos terão caráter pessoal e serão graduados segundo a capacidade econômica do contribuinte...

Ora, o que quer dizer "sempre que possível"? Como adotar um direito centrado nos textos legais? Por outro lado, como aplicar de modo não-político o texto constitucional se necessário se faz respeitar o princípio da capacidade contributiva, que é lembrado desde os gregos e os romanos como ponto articulador da justiça, se esse princípio é relativo e determinado pela ideologia dominante?

A nosso ver, o trabalho hermenêutico de Dworkin dá margem para que nos preocupemos com o desenvolvimento de teorias sobre argumentação jurídica, tais como aquelas que vêm sendo desenvolvidas por Theodor Viehweg, Chaïm Perelman, Neil MacCormick e Robert Alexy[17].

Enfim, indiscutivelmente a oposição entre jusnaturalismo e positivismo jurídico está rompida. Necessário se faz que cada vez mais os operadores jurídicos se preparem no âmbito das teorias argumentativas, sejam elas num viés "ontológico" – busca de um direito fundamental constitucional – ou mesmo num viés "tópico-retórico", a fim de que consigam legitimar-se. Por fim, a preparação dos juristas é importante porque o direito, hoje em dia, cada vez mais é entendido melhor como uma postura diante de determinados fatos e situações do que qualquer outra coisa[18].

---

17. Ver ATIENZA, Manuel. *As razões do direito*. São Paulo: Landy, 2000.
18. Sobre uma postura que entendemos adequada, consultar OLIVEIRA JÚNIOR., José Alcebíades. "Direito e humanismo". *Jurispoiesis*, n.º 3, pp. 113-21.

3. Breve leitura da teoria integradora da argumentação jurídica de Neil MacCormick[19]

3.1 Introdução

A problemática relativa a uma teoria da argumentação jurídica renasceu nos anos 1950 conectada com o problema das relações entre o direito e a sociedade, sobretudo a partir do entendimento de que haveria a necessidade de se ter prudência com a aplicação da chamada ciência do direito em função das desigualdades sociais. Tecnicamente, esse reaparecimento representou uma crítica à importação da lógica dedutiva própria das ciências naturais e matemáticas ao direito, e a busca de um enquadramento do direito no âmbito das ciências humanas e sociais, muito mais abertas, incertas e mutáveis.

Desde um ponto de vista estrito, esse reaparecimento tem a ver com a crise da idéia de sistema no direito, idéia esta adotada e propugnada pela matriz positivista de modo geral até Hart. Theodor Viehweg é um dos precursores da ciência jurídica mais como um problema argumentativo do que como conclusões decorrentes ou retiradas de um sistema[20].

---

19. A leitura e o comentário do tema serão realizados a partir do livro *As razões do direito*, de Manuel Atienza, pp. 169-232, exatamente o capítulo que analisa a obra de MacCormick.

20. Primeiramente convém consignar que teorias argumentativas, ontológicas ou retóricas, existem desde o mundo antigo, grego e romano. Aristóteles e Cícero são dois dos principais exemplos. Não obstante, lembre-se que o direito pretoriano era basicamente o fruto de argumentações casuísticas, de vez que não havia um poder jurídico central a partir do qual se pudesse falar em um sistema jurídico. Uma tradução da principal obra de Viehweg saiu pelo Ministério da Justiça, Departamento de Imprensa Nacional, em 1979, com tradução e apresentação de Tercio Sampaio Ferraz Jr. Em meio à apresentação, procurando explicar o pensamento do autor em referência, Tercio afirma que as ciências naturais e matemáticas constroem sistemas axiomáticos que constituem hipóteses genéricas que poderiam servir de prognósticos para a ocorrência de fenômenos que obedecem às mesmas condições descritas teoricamente, modelo esse que se procurou importar para a ciência jurídica. Viehweg detecta que esse modelo não serve ao direito, porque as teorias das ciências humanas não só se prendem a determinadas épocas ou culturas, como também têm de levar em conta uma variabilidade que acaba por afastá-las do modelo científico das demais ciências.

Por outro lado, é importante que se diga que a idéia de uma ciência do direito como argumentação surge também não somente em oposição mas em complementação e atribuição de importância à idéia de interpretação sistemática no direito[21]. Além de uma preocupação estrutural e metódica com a interpretação, a argumentação vai em direção à tentativa de explicitar os fins da interpretação. Dito de outro modo: da busca de uma intencionalidade do legislador ou de uma solução previamente dada pelo sistema jurídico, a argumentação funciona muito mais como um instrumento construtor da ponte entre o direito e os ditos *hard cases* – casos difíceis.

Em linhas gerais, como salienta Atienza, a argumentação jurídica pode estar centrada tanto na lógica dedutiva como em sua rejeição, ou, ainda, na constatação dos seus limites, que é o que de modo principal salienta a teoria de Viehweg. Desde o ângulo da Teoria e da Filosofia do Direito, a argumentação jurídica é um dos seus principais centros de interesse, tratando-se, como diz Manuel Atienza[22], de uma versão contemporânea da velha questão do método jurídico, sobretudo em relação à revisão do paradigma naturalístico.

Dirigindo-nos diretamente a MacCormick, objeto deste terceiro momento, o que ele trata de harmonizar, do ponto de vista da filosofia geral, são as teorias de Kant e Hume, o que significa procurar aproximar razão e paixão, descrição e prescrição, aspectos dedutivos com aspectos não-dedutivos. Do ponto de vista jurídico, procura harmonizar as teorias de Ross/Hart com Dworkin, buscando um ponto intermediário entre o irracionalismo dos primeiros (diríamos mesmo de completo discricionarismo nas tomadas de decisões), e o dito ultra-racionalismo da resposta correta dos segundos.

---

21. Como assinala Tercio, "a teoria jurídica sobretudo em conseqüência das intenções dos séculos XVII e XVIII, durante muito tempo, que a estrutura formal do direito podia ser entendida, *grosso modo*, como uma conexão dedutiva, explicável, principalmente, pela lógica dedutiva. Esta concepção seria própria de uma época que considerou o papel da interpretação não como principal, mas como secundário. Pois, sem dúvida, é evidente que a interpretação tende a perturbar sensivelmente o rigor do sistema dedutivo". Ob. cit., p. 2.

22. Cf. ATIENZA, ob. cit., p. 170.

Embora sua teoria parta de casos concretos ocorridos na Inglaterra e na Escócia, aplica-se a quaisquer sistemas jurídicos evoluídos. A título de curiosidade, diferencia-se da teoria da argumentação de Robert Alexy por ir do particular ao geral, enquanto a deste último vai do geral ao particular. MacCormick vai do jurídico ao mundo filosófico, e não o contrário. Este trabalho pretende culminar com uma apreciação sobre o que alguns autores denominam de uma argumentação ontológica e/ou retórica.

3.2 A teoria de Neil MacCormick

3.2.1. Segundo o autor em estudo, existem casos fáceis e difíceis no direito. Aos primeiros se aplica mais tranqüilamente a lógica dedutiva, enquanto, para os segundos, é preciso ir além

Para demonstrar sua tese dos casos fáceis, MacCormick toma como exemplo a sentença do juiz Lewis J. no caso Daniels *versus* R. White and Sons and Tarbard (1938, 4A11ER 258). A hipótese se refere à compra num bar de uma limonada que posteriormente se descobriu contaminada, vindo a causar danos ao comprador e sua esposa. Na *commom law* haveria uma condição implícita de que a mercadoria devesse ter qualidade comercializável. Descumprir essa condição implicaria obrigação de responder pelos danos e prejuízos causados.

Em palavras simples, estamos diante de um clássico silogismo, no qual existe uma premissa geral, uma premissa menor relacionada com ela, donde é possível extrair conseqüências. A lei diz que quem causar danos deve responder por eles; quando isto ocorre, conseqüências são imputadas ao causador.

Muitos dos casos no direito seriam tranqüilos não fosse uma observação importante de MacCormick*: a lógica determina a obrigação do juiz de sentenciar no sentido indicado, mas não a sentença do juiz como tal.* A lógica apenas orienta mas não vincula, e o principal é considerar que a lógica apenas molda formalmente o argumento mas não dá o seu conteúdo.

Ao comentar essa questão, MacCormick se pergunta: mas se alguém disser que no caso em questão não houve lógica pois se estaria condenando um inocente? Aliás, a sentença julgou o vendedor da limonada inocente, culpando o produtor. O que poderia estar acontecendo, diante dessas múltiplas possibilidades?

Segundo Atienza[23], para MacCormick duas coisas poderiam estar acontecendo: por um lado, *existe uma vagueza da expressão "lógica"*, que poderia ter pelo menos dois sentidos. Primeiro, um sentido técnico em relação aos argumentos, às inferências, como por exemplo a verificação de se as premissas não são contraditórias. E, um segundo sentido, no qual lógica equivaleria a justo. E, segundo nosso autor, uma decisão pode ser considerada lógica se "estiver" de acordo com o primeiro sentido de lógica, que se refere à técnica dos argumentos, mesmo não o sendo no sentido de justa. Entretanto, não poderá ser considerada lógica somente no segundo sentido (de justa), no qual estariam sendo desprezadas a coerência e a consistência dos argumentos. Por outro lado, *poderia estar ocorrendo um problema relativo à prova*. É o problema de se ter que provar quem tem responsabilidade, se o vendedor ou o fabricante, problema que surge quando a lei fala que o comerciante deveria ter "cuidado razoável", e é preciso saber quem realmente não teve esse cuidado. E aqui sem se falar no problema de quanto cuidado é necessário para que ele seja considerado razoável.

3.2.2. Pressupostos e limites da justificação dedutiva. Casos fáceis e casos difíceis

MacCormick inicia por assinalar os pressupostos da justificação dedutiva, que são dois:

a) o juiz tem o dever de aplicar as regras do direito válido. Há um contexto subjacente a esse dever, tais como a busca da certeza do direito, o respeito à divisão dos poderes, o princípio da autoridade, etc.;

---

23. *Idem, ibidem*, pp. 176-7.

b) o juiz pode identificar quais são as regras válidas, o que implica aceitar a existência de critérios de reconhecimento, compartilhados pelos juízes.

MacCormick avança para discutir então o fato de que os pressupostos da lógica dedutiva enfrentam problemas relativos aos seus limites, basicamente no sentido de que *a formulação das premissas normativas ou fáticas pode suscitar problemas*[24], o que exatamente viria a gerar os ditos casos difíceis. E foi o que aconteceu no exemplo da venda da bebida contaminada. Dificuldade em saber o que é cuidado razoável e dificuldade em saber a quem deveria ser atribuída a referida falta de cuidado com o produto.

Pois bem. Em relação aos casos difíceis[25], interessa ver agora como MacCormick os entende, para logo depois ver quais os critérios que oferece para a solução e, enfim, ver como podemos confrontar sua opinião com a de Dworkin. Assim, os casos difíceis podem ser:

a) relativos ao problema de interpretação

Existe quando não há dúvida sobre a norma aplicável, mas ela admite mais de uma leitura. O exemplo fornecido é o da "Lei de Relações Raciais", de 1968. Ela proíbe a discriminação, na Grã-Bretanha, com base na cor, raça, origem nacional ou étnica, mas surgem dúvidas a propósito de se a proibição cobre também hipótese em que uma autoridade local estabelece que apenas os cidadãos britânicos têm direito a obter uma casa protegida[26].

b) relativos ao problema de pertinência

Aqui a discussão não é sobre clareza da norma, mas se ela existe. O exemplo que MacCormick propõe é o caso Donhoghue *versus* Stevenson, no qual o que se discutia era se existe ou não responsabilidade por parte de um fabricante de uma bebi-

---

24. *Idem, ibidem*, p. 179.
25. Segundo CASALMIGLIA, ob. cit., p. 13, "*un caso es difícil si existe incerteza, sea porque existe varias normas que determinan sentencias distintas – porque las normas son contradictorias –, sea porque no existe norma exactamente aplicable*". Ver também OLIVEIRA JÚNIOR., *Teoria jurídica e novos direitos*, pp. 109-19.
26. *Idem, ibidem*, pp. 179-80.

da que, por estar em mau estado, ocasiona danos à saúde do consumidor. Embora não existisse precedente vinculante (mas sim precedentes análogos) quando o caso foi decidido, a maioria entendeu que havia (digamos, estabeleceu) uma regra da *common law* que obrigava o fabricante a indenizar quando este não tivesse tido um cuidado razoável no processo de fabricação[27].

c) relativos aos problemas de prova

Referem-se, principalmente, ao estabelecimento da premissa menor. Por exemplo, o caso da morte de leões-marinhos no Mar do Norte da Alemanha. É preciso provar o nexo de causalidade entre a morte dos leões e o depósito de dejetos tóxicos no local[28].

d) relativos aos problemas de qualificação

Os problemas de qualificação ou "fatos secundários" são suscitados quando não há dúvidas sobre a existência de determinados fatos primários que se considerem provados, mas o que se discute é se integram ou não um caso que possa ser subsumido no caso concreto da norma. O exemplo dado é o de uma ação de divórcio fundada no fato de a esposa ter cometido adultério, uma vez ter dado à luz um filho depois de se terem passado onze meses da última relação sexual. A esposa admitiu o fato mas negou o adultério, sob o argumento de que teria concebido utilizando-se de técnicas de inseminação artificial. A pergunta é: este fato está contido na hipótese do adultério[29]?

3.2.3 A justificação nos casos difíceis

Caminhando em busca de critérios, MacCormick aponta os seguintes requisitos:

---

27. *Idem, ibidem*, p. 180.
28. Ver sobre a problemática ambiental e a destruição dos leões-marinhos, o artigo de WOLF Paul, "Irresponsabilidade organizada". In: OLIVEIRA JÚNIOR. (org.), *O novo em direito e política*, pp. 177-89.
29. *Idem, ibidem*, pp. 180-2.

a) Requisito de primeiro nível
Trata-se da universalidade – exigência de justiça formal. Aqui significa que a aplicação deve respeitar o passado e que deverá ser mantida no futuro.

b) Requisitos de segundo nível
Trata-se aqui da consistência e coerência – ainda relativos ao sistema e implicam a escolha da norma geral aplicável. Segundo MacCormick, uma norma satisfaz o requisito da consistência quando se baseia em premissas normativas que não entram em contradição com normas estabelecidas de modo válido. E isso vale também para a premissa fática. Esse requisito deriva da obrigação dos juízes de não infringir o direito vigente e, por outro lado, da obrigação de se ajustar à realidade em termos de prova[30]. Quanto à coerência, que se trata de um requisito mais forte, significa dizer que quando se quer defender um valor, como por exemplo o valor segurança no trânsito, deve-se estabelecer normas coerentes com esse objetivo.

c) Requisitos centrados nas conseqüências da ação
Uma decisão, além de estar justificada internamente ou segundo suas relações com o sistema, precisa ter sentido em relação ao mundo. Entende-se aqui que argumentos de utilidade, razoabilidade e proporcionalidade poderiam ser entendidos como argumentos conseqüencialistas, e é sobretudo aqui que entendemos abrir-se um leque de respostas igualmente corretas e que possibilitam uma crítica à idéia de uma única resposta correta.

3.2.4 A tese da única resposta correta – crítica em quatro pontos segundo MacCormick

Ao analisar a crítica de Dworkin a Hart, MacCormick tece alguns comentários que apresentamos em síntese:

---

30. Cf. ATIENZA, op. cit., p. 187.

a) a importância dos princípios é inegável, porém eles não devem ser vistos unicamente como substitutivos das regras, que também cumprem importante papel;

b) reconhecer o papel dos princípios não implica ter de abandonar o positivismo jurídico;

c) reconhecer o importante papel da "regra de reconhecimento" não quer dizer que os juízes passarão a atuar apenas de modo cognoscitivo, pois também atuarão de modo volitivo, quer dizer, também usarão de sua vontade de base moral, conforme eles entendam que devem reger as situações normadas;

d) os juízes, para MacCormick, não devem gozar de poder discricionário em sentido forte, pois existem os limites de universalidade, consistência e coerência anteriormente apontados; porém, do ponto de vista pragmático, das razões práticas de uma decisão, ou então dos argumentos conseqüencialistas, poderá haver uma divergência resultante das crenças subjetivas e subjacentes sobre os valores que devem fundar uma decisão, divergência essa entre dois pontos de vista ambos válidos, ou, como diz MacCormick, "simplesmente dois aspectos da mesma realidade complexa"[31].

Enfim, seguindo MacCormick, "o raciocínio jurídico é, como o raciocínio moral, uma forma da racionalidade prática, embora – também como a moral – não seja governado apenas por ela". Dito de outro modo, "o raciocínio moral não é um caso mais pobre de raciocínio jurídico, e sim que o raciocínio jurídico é um caso especial, altamente institucionalizado e formalizado, de raciocínio moral"[32]. Como dissemos, MacCormick, então, em relação a Dworkin, acerca de respostas corretas únicas para casos difíceis, se posiciona num meio-termo entre o irracionalismo de Alf Ross e o ultra-racionalismo de Dworkin.

Com essa afirmação, verifica-se que não é que nós juristas e nossa epistemologia jurídica estejamos diante da dissolução da oposição entre jusnaturalismo e positivismo jurídico, senão que estamos diante da dissolução do *mito* que vem sustentando essa ruptura. E, assim, repetimos o que foi dito ante-

---

31. ATIENZA, ob. cit., p. 201.
32. *Idem, ibidem*, p. 203.

riormente neste trabalho: *a preparação dos juristas é cada vez mais importante para as decisões judiciais, sobretudo nos casos difíceis, porque, hoje em dia, cada vez mais, o direito vem sendo entendido como uma adequada postura (humanista) diante de determinados fatos e situações*[33].

---

33. Sobre postura humanista ver MENEGHETTI, Antônio. *Em si do homem.* Trad. Alécio Vidor. Passo Fundo: Ontopsicológica, 1987.

Heurística e direito

Gabriel Chalita*

> Não há, numa Constituição, cláusulas, a que se deva atribuir meramente o valor moral de conselhos, avisos ou lições. Todas têm força imperativa de regras, ditadas pela soberania nacional ou popular aos seus órgãos.
>
> (Ruy Barbosa)

1. Considerações iniciais

1.1. O direito e a sociedade em transformação

O século XXI apresenta uma enorme gama de desafios para o estudioso e o cientista do Direito. A sociedade em transformação exige uma resposta constante na solução de seus conflitos. A pessoa humana não é simples, não é estática, não se satisfaz, e isso gera um conflito continuado de expectativas individuais e coletivas. Novas tecnologias, novas fontes de informação, novos domínios da ciência, e o direito não pode ficar à margem pois que trata do mister de fazer justiça de restabelecer o sentido de opção de vida em grupo que gerou a própria sociedade. Evidentemente, a sociedade contemporânea não tem um sentido de opção, o Estado se configura como uma necessidade. Não há alternativa de se fazer parte ou não do Estado, a questão é de solução dos conflitos que se repetem e dos novos desafios gerados por novas posturas da sociedade.

---

* Professor da Faculdade de Direito da PUC-SP e da Unimes-Santos.

2. O sistema normativo

Há uma necessidade de repensar o papel do Estado diante de todas essas transformações e de quebrar alguns paradigmas. As numerosas tentativas de estabelecer o conceito e a atuação de Estado vêm se deteriorando atiçadas por uma humanidade insatisfeita e complexa. Os sistemas fechados ou abertos têm se mostrado insuficientes para essa empreitada de fazer justiça.

Discussões sobre bioética, biodireito, controle de engenharia genética, conflitos de um Estado capitalista, realidade virtual em termos civis ou penais, apresentam sérias lacunas sob a óptica de um positivismo normativista. Não há norma que traga em seu bojo previsão para todos esses conflitos. E, quando essas normas forem criadas, outros conflitos surgirão a desafiar a velocidade do legislador.

2.1 Normas objetivas ou normas subjetivas

As normas são específicas, tratam de uma ação certa, um dever-ser. Elas visam a segurança dos cidadãos e por isso, em sua maioria, prevêem sanção para o seu não-cumprimento. A sanção assegura, entre outros fatores, a eficácia da norma. E isso é necessário para que se pontue uma regra de conduta permissiva ou proibitiva. Aparentemente a norma confere assim uma objetividade textual que gera uma objetividade real. Quando o Código Penal em seu artigo 32 determina:

As penas são:
I – privativas de liberdade;
II – restritivas de direitos;
III – de multa.

parece resolver a questão e demonstrar os tipos de penas que poderão ser aplicadas pelo agente competente. Isso remete, entretanto, a outras legislações que surgiram para ampliar ou reduzir o conceito de privativas de liberdade, restritivas de direitos e multa. Qual o objetivo de restringir direitos? Qual a multa justa aplicável a determinada conduta tipificada na legislação em vigor?

As modalidades de extinção do crédito tributário previstas no artigo 156 do Código Tributário Nacional (CNT) assim estão determinadas:

> Extinguem o crédito tributário:
> I – o pagamento;
> II – a compensação;
> III – a transação;
> IV – a remissão;
> V – a prescrição e a decadência;
> (...)

Esses itens extinguem o crédito tributário. Os artigos 170, 171 e 172 do CTN trazem elementos indispensáveis para a compreensão dos itens II, III e IV. Todos eles dependendo de normas integradoras. Não se trata de uma simples demonstração que qualquer leitor desavisado poderia compreender. Só a riqueza de detalhes no instituto da prescrição e da decadência já se constituem sistemas complexos de interpretação e conhecimento.

O Código de Defesa do Consumidor em seu artigo 4.º, inciso III, inova o sistema positivo:

> A Política Nacional das Relações de Consumo tem por objetivo o atendimento das necessidades dos consumidores, o respeito à sua dignidade, saúde e segurança, a proteção de seus interesses econômicos, a melhoria da sua qualidade de vida, bem como a transparência e harmonia das relações de consumo, atendidos os seguintes princípios:
> III – harmonização dos interesses dos participantes das relações de consumo e compatibilização da proteção do consumidor com a necessidade de desenvolvimento econômico e tecnológico, de modo a viabilizar os princípios nos quais se funda a ordem econômica (art. 170, da Constituição Federal) sempre com base na boa-fé e equilíbrio nas relações entre consumidores e fornecedores.

A riqueza terminológica e conceitual que compreende o artigo coloca em xeque mais uma vez essa tentativa reducionista de uma objetividade que viria por meio da norma. Se não bastante a amplitude interpretativa de respeito, dignidade, interesses econômicos, qualidade de vida, transparência, harmonia todos presentes no *caput* do artigo, há também o trabalho insano de entender o que é boa-fé. Os próprios autores do Código de Defesa do Consumidor não só divergiram como evoluíram nessa temática. A doutrina também não é uníssona, não tem linguagem unívoca e nem dá uma diretriz cristalina para a atuação do julgador.

As normas não carregam a objetividade para sanar dúvidas. Além disso, não prevêem e nunca conseguirão prever toda a espécie de comportamento humano.

3. Princípios constitucionais

Uma visão contemporânea do direito no Brasil a partir da Constituição Federal de 1988 impulsiona o estudioso do direito a entender o processo hierárquico com base em elementos fundantes e fundados. O elemento fundante do processo constitucional é a dignidade da pessoa humana. A mola primeira, propulsora para a compreensão de todo o restante do sistema constitucional e do sistema infraconstitucional. Como expõe o professor Rizzatto Nunes[1], a dignidade da pessoa humana é o superprincípio que interfere diretamente na interpretação e aplicação dos demais princípios. Para compreendê-lo é preciso optar por conceitos filosóficos de uma dimensão apoiada no antropocentrismo, sem perder de conta o holismo que dialoga com várias correntes filosóficas de nossos tempos. A dignidade da pessoa humana apresenta outros tantos princípios, como os elencados no *caput* do artigo 5.º da Constituição Federal: vida, liberdade, igualdade, segurança, propriedade. Imagine a difi-

---

1. NUNES, *Manual de introdução ao estudo do direito*, pp. 169-70; *Comentários ao Código de Defesa do Consumidor*, pp. 15-6.

culdade de compreensão da amplitude do conceito de liberdade ou de igualdade. A dignidade da pessoa humana orienta a leitura e compreensão dos objetivos da República Federativa do Brasil que no artigo 3º, inciso I, fala em construir uma sociedade livre, justa e solidária. O que é uma sociedade solidária? Pode-se obrigar alguém a ser solidário? Trata-se de objetivo vago, sem necessidade? Ora, nada pode haver na Carta Magna que não tenha carga de necessidade. Como necessária foi a emenda 19, de 4 de junho de 1998, que acrescentou o princípio da eficiência ao *caput* do artigo 37 da Constituição Federal. O que é eficiência? Não seria possível que o legislador federal explicasse cada novo conceito trazido ao texto. Qual a vontade do legislador? Como fixar o caráter interpretativo nessa vontade se a própria vontade muda? Defini-la como resultado da vontade também não resolve a subjetividade terminológica, conceitual.

3.1 Subjetividade textual

O problema da subjetividade textual não tem solução porque a palavra carrega uma carga ideológica que não lhe pode ser retirada. A tentativa de retirar termos equívocos ou possíveis de analogia para se fixar em termos unívocos encontra um anteparo impossível de ser transposto: a própria linguagem. Se por um lado ela dificulta a percorrida objetividade, por outro, ao emprestar essa carga enorme de subjetividade, permite um processo evolutivo muito mais ágil e dinâmico.

3.2 Vagueza normativa e aplicação dos princípios

A vagueza normativa, no que tange a questões como bioética e era informacional, começa a ser resolvida pelo caráter complexo e amplo dos princípios. Princípios que se compreendidos e aplicados resolvem algumas questões imprescindíveis à expectativa do cidadão.

A utilização dos princípios é mais difícil e penosa que a utilização de normas mais diretas ao caso concreto. A norma parece facilitar a vida do julgador. Trata-se de aplicar a lógica deôntica. Tem-se uma norma, um fato concreto que, em possibilidade está descrito na norma, e, por vezes, sua previsibilidade de sanção.

O artigo 157 do Código Penal em seu *caput* determina:

> Subtrair coisa móvel alheia, para si ou para outrem, mediante grave ameaça ou violência à pessoa, ou depois de havê-la, por qualquer meio, reduzido à impossibilidade de resistência:
> Pena – reclusão, de quatro a dez anos, e multa.

Trata-se de uma norma.
João tentou roubar.
Qual a pena? Trata-se de tentativa. Admite-se tentativa? Depende. Se for roubo próprio, sim. Se for roubo impróprio, depende. Depende ainda se for furto consumado ou tentado. A norma não resolve essas questões. A doutrina tenta resolver. Se precisa de intérprete, de doutrinador, não há essa objetividade absoluta. Há ainda outros fatores que mereceriam atenção. Há outras possibilidades quanto ao tipo de roubo no sistema. Por isso a interpretação não pode prescindir do sistema.

4. Retórica e a interpretação constitucional

A lógica formal, apregoada desde os tempos da Grécia clássica, não soluciona sozinha o problema jurídico.

Como exemplo derradeiro de subjetividade textual e sistêmica pode-se falar nas garantias constitucionais do adolescente na Constituição Federal de 1988.

Imbuído do conceito já discutido de que a dignidade da pessoa humana é o princípio informador do texto constitucional, pode-se afirmar que o legislador constituinte optou em escrever o texto magno com base no conceito de que a pessoa humana é o eixo central de toda a discussão do ordenamento jurídico.

4.1 Exemplo de interpretação retórica

O artigo 60, § 4, da Constituição Federal prevê as chamadas cláusulas pétreas, isto é, dispositivos que em hipótese alguma podem ser objeto de supressão ou restrição:

> Não será objeto de deliberação a proposta de emenda tendente a abolir:
> I – a forma federativa de Estado;
> II – o voto direto, secreto, universal e periódico;
> III – a separação dos Poderes;
> IV – os direitos e garantias individuais.

Os direitos e garantias individuais não comportam, portanto, qualquer espécie de restrição. O artigo 5º da Constituição Federal traz os direitos e deveres individuais e coletivos, elencando de forma espetacular direitos que envolvem questões abrangentes com relação à pessoa humana. É a opção clara do legislador constituinte pela questão antropocêntrica. Valorizar a pessoa humana, sua dimensão de vida, liberdade, propriedade, igualdade e segurança.

Os direitos e garantias individuais não se concentram apenas no artigo 5º da Constituição Federal, mesmo porque, se a dignidade da pessoa humana é o princípio nuclear, informador de todo o texto, é natural que esteja presente em outros princípios e normas.

Em se falando de adolescência, a Constituição lhe deu atenção especial. Além disso, o Estatuto da Criança e do Adolescente se concretizou como uma legislação contemporânea absolutamente comprometida com o princípio da dignidade da pessoa humana.

Infelizmente, o adolescente infrator vem sendo bombardeado pela mídia como um dos grandes responsáveis pelo crescente aumento da violência e da marginalidade. São colocados como chefes de quadrilhas com condições suficientes para o discernimento necessário à imputabilidade. A solução para o problema parece ser a diminuição da maioridade penal, o que significaria uma alteração do artigo 228 da Constituição Federal e do artigo 27 do Código Penal. Acreditam os que defendem essa tese que isso alteraria substancialmente a segurança no país. Parece um pouco ingênuo esse posicionamento porquanto, se assim o fosse, não haveria maior criminoso, já que há punibilidade prevista para o maior de dezoito anos. É preciso que se esclareça que o menor não fica impune aos atos que pratica, pois por isso o Estatuto da Criança e do Adolescente elenca uma série de medidas socioeducativas para recuperá-lo e adequá-lo à vida em sociedade, o que na maioria dos casos foi subtraído por toda uma injustiça social que há muito campeia neste país.

Sobre essa questão, há dois pontos que merecem atenção:
a – Se a função do Estado é garantir a dignidade da pessoa humana, parece mais razoável que se invista no cumprimento do disposto no artigo 227 da Constituição, proporcionando um ambiente saudável para a formação integral do adolescente e respeitando o seu caráter peculiar de pessoa em desenvolvimento. Observe-se que o texto utiliza a expressão "absoluta prioridade":

> É dever da família, da sociedade e do Estado assegurar à criança e ao adolescente, *com absoluta prioridade*, o direito à vida, à saúde, à alimentação, à educação, ao lazer, à profissionalização, à cultura, à dignidade, ao respeito, à liberdade e à convivência familiar e comunitária, além de colocá-los a salvo de toda forma de negligência, discriminação, exploração, violência, crueldade e opressão.

Parece que o Estado vem descumprindo a sua parte em garantir esses direitos ao adolescente. E não se trata de norma programática, mas de um imperativo.

b – Se os direitos e garantias fundamentais não podem sofrer alterações que venham a restringi-los, parece lógico que o artigo 228 contempla uma garantia individual da pessoa humana que não pode ser objeto de alteração. É uma garantia ao menor de dezoito anos que não seja responsabilizado penalmente por seus atos:

São penalmente inimputáveis os menores de dezoito anos, sujeitos às normas da legislação especial.

Enfim, diante da Constituição Federal de 1988, não há que falar em diminuição da maioridade penal. Se o texto constitucional contempla a dignidade da pessoa humana, a diminuição da idade para a responsabilização penal divorcia-se do mandamento que determina o respeito à condição peculiar do adolescente, de pessoa em desenvolvimento. Ademais, a questão dos direitos fundamentais do adolescente é uma prioridade para um Estado que tem de se preocupar com as futuras gerações. A dimensão social do texto não pode ser negligenciada. A formação de uma nova geração depende da intenção política de se fundar um Estado em que a felicidade não seja uma ficção ou uma referência aos autores clássicos do direito.

Essa é uma interpretação possível que não exclui outras. É uma visão que tenta dialogar o direito com uma verdade possível. Ela é recheada de retórica. Retórica no sentido aristotélico, não no sentido platônico. Platão não distinguia retórica de sofisma ou de falácia. Aristóteles distinguia. A retórica tem algumas funções que a resgatam das críticas formuladas por Platão e por pensadores como Descartes[2] e Locke.

4.2 As funções da retórica

Olivier Reboul[3] traz as funções da retórica e seu diálogo com o direito contemporâneo. As funções são quatro: persuasiva, hermenêutica, heurística e pedagógica.

---

2. Descartes assim afirmava na abertura do *Discurso do método*: "Eu apreciava muito a eloquência e era apaixonado por poesia mas achava que uma e outra eram dons do espírito e não frutos do estudo. Aqueles que têm raciocínio mais forte e que digerem melhor seus pensamentos, para torná-los claros e inteligíveis, são os que sempre conseguem persuadir melhor daquilo que propõem, ainda que só falassem baixo-bretão e nunca tivessem aprendido retórica."

3. REBOUL, *Introdução à retórica*, pp. XIV-XXII.

4.2.1 Função persuasiva

A função persuasiva trata do processo mais antigo apregoado pela retórica, a arte de persuadir, de levar o interlocutor a aceitar a tese esposada. Para isso é preciso que o orador saiba como a platéia o percebe e conheça as fraquezas dessa platéia[4]. O conhecimento é imprescindível para se obter êxito nessa dimensão persuasiva. O encadeamento de idéias e a exteriorização de conteúdos de forma instigante também coroam a persuasão.

4.2.2 Função hermenêutica

A função hermenêutica trabalha com o processo de interpretação de textos, de normas, de princípios. Se o direito tivesse uma linguagem demonstrativa, e não houvesse dúvidas a respeito de suas múltiplas possibilidades, poder-se-ia dizer que a hermenêutica não seria necessária. Entretanto, se houvesse essa possibilidade de resolver todas as ambigüidades presentes no sistema jurídico, poder-se-ia desenvolver um programa informacional em que os problemas fossem jogados no computador, que se responsabilizaria por emitir a sentença. Sempre objetiva. Sempre a mesma em casos idênticos. Isto ainda é, e sempre será, ficção, porque o ser humano não é o mesmo e os seus problemas não se repetem em linguagem matemática.

A interpretação é indispensável para a compreensão do sistema jurídico[5].

4.2.3 Função pedagógica

A função pedagógica trabalha e atualiza a dimensão da profunda evolução humana quando objetiva empreender o desafio

---

4. O caráter, a credibilidade do orador era chamada de *Ethos* e a sensibilidade, as emoções, o desejo do auditório era chamado de *Pathos*.
5. Cf. FERRAZ JR., *Introdução ao estudo do direito*, cap. 5.

de persuadir alguém de alguma coisa e para isso interpretar fatos. Cada nova tese que busca a adesão do auditório é uma nova aprendizagem nessa relação contínua do sujeito com ele mesmo e com o seu auditório.

A função pedagógica concebe de plano a dificuldade que o retor tem de se convencer e de convencer o auditório. Muitas vezes o problema consiste no convencimento próprio, na mudança de postura com relação a uma idéia ou a um fato[6].

4.2.4 Função heurística

A função heurística é a que mais nos interessa neste estudo e, portanto, é a que trataremos com mais vagar.

Heurística é a parte da ciência que tem por objeto a descoberta dos fatos[7].

Toda descoberta exige uma busca e essa busca deve ser a mais autêntica possível, deve trabalhar com a verdade.

Heurística é a técnica pedagógica que leva o educando à verdade por seus próprios meios[8].

5. Heurística e direito

O problema da verdade é um problema que instiga muito o investigador da ciência. É possível atingir a verdade? Existe uma verdade plena? Carlos Drummond de Andrade, em sua magistral filosofia poética, insistia na impossibilidade da verdade[9]. Charles Chaplin também mostra a possibilidade cons-

---

6. Cf. PERELMAN e OLBRECHTS-TYTECA, *Tratado da argumentação*, pp. 22-6.
7. LALANDE, *Vocabulário técnico e crítico da filosofia*, p. 462.
8. DINIZ, *Dicionário jurídico*, vol. 2, p. 719.
9. O poema de Drummod diz assim: "Verdade – A porta da verdade estava aberta/ Mas só deixava passar/ Meia pessoa de cada vez./ Assim não era possível atingir toda verdade./ Porque a meia pessoa que entrava/ Só trazia o perfil de meia verdade/ E sua segunda metade/ Voltava igualmente com meio perfil/ E os meios perfis não coincidiam./ Arrebentaram a porta, derrubaram a porta,/ chegaram ao lugar luminoso onde a verdade esplendia seus fogos./ Era dividida em metades

tante de engano em uma verdade aparentemente visível[10]. Para os sofistas, a busca desenfreada pela verdade não levaria a lugar algum visto que não se pode garantir sua existência.

Parece que, apesar da dificuldade de se atingir a verdade, sua descrença transforma o papel do investigador em algo sem significado. Tudo se resume a uma aceitação dos fatos como são apresentados e a uma pacificação social com um discurso que não necessariamente percorreu um caminho visando alcançar a verdade ou pelo menos a verossimilhança, aquilo que é provisoriamente uma verdade, que é aceitável.

Sem a dimensão heurística não há retórica. Sem a busca da verdade não há sentido na configuração de um Estado que propugna pela dignidade da pessoa humana como valor maior.

5.1 Heurística e intuição

A heurística em sua dimensão intuitiva é a capacidade de penetrar no âmago do ser, isto é, na essência das coisas para compreender profundamente o seu significado[11]. A intuição heurística é um caminho eficaz para solucionar questões de ordem pessoal e profissional, pois se trata de um conhecimento interno que gera uma intervenção externa.

5.2 Heurística e auditório

A discussão entre verdade e opinião levou Parmênides, na Grécia antiga, a criticar aqueles que se deixavam persuadir por opiniões falsas, pelo senso comum, em detrimento daqueles que conseguiam ir em busca da verdade. Se o auditório estivesse

---

diferentes uma da outra./ Chegou-se a discutir qual a metade mais bela./ Nenhuma das duas era totalmente bela e carecia optar./ Cada um optou conforme seu capricho, sua ilusão, sua miopia..."

10. Em cena do filme *Tempos modernos*.
11. Cf. BAZARIAN, *Intuição heurística*, pp. 51-3.

comprometido com a verdade, os oradores teriam de se adequar a essa verdade. O auditório melhora o orador quando tem consciência, quando tem conhecimento. Demóstenes[12], em orações e discursos políticos, acredita na possibilidade de os ouvintes mudarem os oradores; em outro sentido, de o povo mudar o legislador ou o administrador ou o julgador.

É por isso que a Constituição Federal em seu artigo 205[13] determina que a educação é direito de todos e que visa, entre outros, ao pleno desenvolvimento da pessoa e seu preparo para a cidadania.

Na medida em que esses ditames forem cumpridos, é possível que o povo exija que a democracia formal se concretize em democracia real. A ausência de educação cria um vácuo no conhecimento, e o sistema legislativo, por mais sofisticado que seja, se torna privilégio de alguns.

Outro anteparo na luta pelos direitos é o medo. O medo da justiça é também resultado da falta de conhecimento e da linguagem de quem detém esse conhecimento.

5.3 Heurística e mentira

Há uma outra questão que instiga os profissionais do direito e o senso comum: advogado pode mentir no processo, amparado pelo princípio da ampla defesa[14]?

Na dimensão heurística, de busca da verdade, pode o estudante desatento imaginar que o advogado pode mentir, isto

---

12. "Jamais vossos oradores", diz ele, "vos tornam bons ou maus; sois vós que fazeis deles o que quiserdes. Com efeito, não vos proponeis conformar-vos à sua vontade, ao passo que eles se pautam pelos desejos que vos atribuem. Tende, pois, vontades sadias e tudo irá bem. Pois, de duas, uma: ou ninguém dirá nada de mal, ou aquele que o disser não se aproveitará disso, por falta de ouvintes dispostos a se deixarem persuadir."

13. "A educação, direito de todos e dever do Estado e da família, será promovida e incentivada com a colaboração da sociedade, visando ao pleno desenvolvimento da pessoa, seu preparo para o exercício da cidadania e sua qualificação para o trabalho."

14. Artigo 5º, LV, da Constituição Federal.

porque não está tipificado no Código Penal o crime de falso testemunho para o acusado ou para o advogado. O artigo 342 do Código Penal, em seu *caput*, traz:

> Fazer afirmação falsa, ou negar ou calar a verdade, como testemunha, perito, tradutor ou intérprete em processo judicial, policial ou administrativo, ou em juízo arbitral:
> Pena – reclusão, de um a três anos, e multa.

Não fala em advogado. Entretanto, a Constituição Federal considera o advogado como indispensável à administração da Justiça[15]. Ora, não pode alguém que é indispensável à administração da Justiça mentir no processo. A questão é inclusive mais abrangente. O conhecimento profundo de uma ciência que é argumentativa, e não demonstrativa, permite que o profissional do direito consiga elementos necessários para a defesa de sua tese dentro do campo do verossímil. Não é preciso comprar testemunha nem rasgar páginas do processo. Não é preciso inventar tramas para defender ou acusar. É preciso ter conhecimento e dele se valer na construção de um direito justo.

Além disso, é preciso lembrar que mesmo no processo civil a litigância de má-fé está proibida. E no rol das hipóteses para a caracterização da litigância de má-fé está exatamente a mentira, colocada como proibição de alteração da verdade dos fatos[16].

O processo heurístico como uma das funções retóricas visa dar densidade de verdade a uma ciência que trabalha com a linguagem e que dela pode ser refém. Quem domina a linguagem tem um instrumental de autoridade muito maior do que quem não a conhece.

---

15. Artigo 133 da Constituição Federal.
16. Inciso II do artigo 17 do Código de Processo Civil.

6. Considerações finais

Todo processo de luta pela justiça, pelo direito, passa pela concepção de Estado e de cidadão que se pode ter. Na medida em que um dia o homem livre optou por deixar de lado sua liberdade individual em prol da construção de uma sociedade, seu grande objetivo, indubitavelmente, foi o de encontrar a felicidade. Essa é a grande justificativa para que se deixe de pensar em expectativas individuais e se pense em bem comum, em expectativa coletiva ou social. Essa noção norteia e justifica o próprio Estado. Não são poucos os filósofos e os autores da Teoria do Direito que se debruçaram sobre essa temática. Se a felicidade é uma aspiração individual e coletiva, o Estado, ao fazer justiça, permite que esses anseios possam ser minimizados. Com o tempo, os anseios mudam, e a felicidade fica ainda mais distante. Com o tempo, as condutas de comportamento vão sendo assimiladas, transformadas, enriquecidas, e isso interfere diretamente nesses anseios. O direito vai mudando, entre outros, por meio da produção legislativa. Isso leva tempo. A sociedade evolui muito mais rapidamente do que o direito, que deve ter a cautela necessária para absorver essas transformações.

Enquanto não ocorrem essas transformações, não pode o juiz deixar de decidir, não pode a expectativa ser frustrada por uma vagueza normativa. A solução está em uma interpretação argumentativa que tenha base retórica. A base retórica se compõe de algumas funções, entre elas a heurística, que significa o caminho em direção à verdade, o ato de descortinar os fatos para que se chegue ao que é possível sob o aspecto da justiça. Trata-se de uma postura não-passiva com relação a uma tentativa superficial de acomodação. A justiça é coisa julgada quando o julgamento foi resultado de um processo heurístico. A justiça é meio e fim de advogados, promotores, procuradores, delegados e outros operadores do direito quando cada um em seu mister tem a consciência de ter percorrido as sendas heurísticas de aproximação da justiça.

Não se trata de uma visão utópica da sociedade e do aparelhamento do Estado diante da demanda social. Em muitas áreas do direito as recentes leis possibilitam acreditar que um novo tempo pode ser construído nas esferas complexas das relações sociais norteadas pelo direito. E tudo isso é possível dentro de um pressuposto básico para a convivência humana: a verdade!

Bibliografia

ABAGNANNO, Nicola. *Dicionário de filosofia*. São Paulo: Mestre Jou, 1982.
ARISTÓTELES. *Ética a Nicômaco*. São Paulo: Nova Cultural, 1987.
BAZARIAN, Jacob. *Intuição heurística*. São Paulo: Alfa-Ômega, 1973.
BERGEL, Jean-Louis. *Teoria geral do direito*. São Paulo: Martins Fontes, 2001.
CASCARDI, A. *et alii*. *Retórica e comunicação*. Coordenação e prefácio de Manuel Maria Carrilho, da Universidade Nova de Lisboa. Porto: Edições Asa, 1994.
CASSIN, Barbara. *Ensaios sofísticos*. Trad. Ana Lúcia de Oliveira e Lúcia Cláudia Leão. São Paulo: Siciliano, 1990.
CHALITA, Gabriel. *A sedução do discurso: o poder da linguagem nos tribunais do júri*. São Paulo: Max Limonad, 1997.
DESCARTES, René. *Discurso do método*. São Paulo: Ática, 1989.
―――. *Regras para a orientação do espírito*. Trad. Maria Ermantina Galvão. São Paulo: Martins Fontes, 1999.
DINIZ, Maria Helena. *Dicionário jurídico*. São Paulo: Saraiva, 1998.
FERRAZ JR., Tercio Sampaio. *Introdução ao estudo do direito: técnica, decisão, dominação*. São Paulo: Atlas, 1996.
―――. *Direito, retórica e comunicação*. São Paulo: Saraiva, 1997.
KELSEN, Hans. *Teoria pura do direito*. São Paulo: Martins Fontes, 1998.
LALANDE, André. *Vocabulário técnico e crítico da filosofia*. São Paulo: Martins Fontes, 1999.
LOPES, Edward. *Discurso, texto e significação: uma teoria do interpretante*. São Paulo: Cultrix, 1978.
NUNES, Luiz Antonio Rizzatto. *Comentários ao Código de Defesa do Consumidor*. São Paulo: Saraiva, 2000.
―――. *Manual de introdução ao estudo do direito*. São Paulo: Saraiva, 2000.

OSAKABE, Haquira. *Argumentação e discurso político*. São Paulo: Martins Fontes, 1999.
PERELMAN, Chaïm. *Lógica jurídica*. São Paulo: Martins Fontes, 1998.
———. *Retóricas*. São Paulo: Martins Fontes, 1997.
———, e OLBRECHTS-TYTECA, Lucie. *Tratado da argumentação*. São Paulo: Martins Fontes, 1999.
REBOUL, Olivier. *Introdução à retórica*. São Paulo: Martins Fontes, 2000.

TERCEIRA PARTE
A hermenêutica jurídica e seu sujeito

A hermenêutica como dogmática: anotações sobre a Hermenêutica Jurídica no enfoque de Tercio Sampaio Ferraz Jr.

Carlos Eduardo Batalha da Silva e Costa[*][1]

Disse Hesíodo que "oculto retêm os deuses o vital para os homens"[2].

É provável, porém, que ainda reste aos homens a esperança de que o oculto próprio a todas as palavras possa ser, de algum modo, desvelado. Poeta grego, do século VIII a.C., Hesíodo é um homem, não um Deus. Logo, não nos parece possível que o bom entendimento de seus versos nos seja um completo interdito. A posse de certos elementos, como a localização do verso em *Os trabalhos e os dias*, nos anima a afirmar que a ocultação referida pelo poeta, sem a qual "comodamente em um só dia trabalharias para teres por um ano"[3], não é senão parte da narrativa do mito de Prometeu e Pandora. Seu contexto como que nos autoriza a falar que o fogo celeste é o que foi por Zeus ocultado, após encolerizar-se com o titã Prometeu, porque este tentou enganá-lo na partilha de um boi. Explicamos, então, que o titã furtou o fogo para entregá-lo aos homens, os quais, contudo, receberam apenas um fogo precário e que, depois, fez-se acompanhar por um conjunto de males tramados

---

* Professor da Faculdade de Direito da Faap.

1. Tive a oportunidade de discutir alguns aspectos do tema dessas anotações, assim como obtive valiosas sugestões com os integrantes do projeto coletivo da pesquisa de *Direito, moral e política: uma investigação a partir da obra de Jürgen Habermas*, financiado pela Fapesp e sediado no Cebrap.

2. HESÍODO, *Os trabalhos e os dias*, p. 25.

3. *Idem, ibidem.*

por Zeus na figura de Pandora. E até mesmo concluímos que, em suma, as palavras de Hesíodo servem de introdução a uma narrativa da separação entre deuses e homens.

A tudo isso, entretanto, não podemos chamar de desvelamento. Trata-se, apenas, de entendimento, compreensão, interpretação. Para que nossa seqüência de afirmações passe de entendimento a desvelamento, para que nosso entendimento possa ser predicado como bom, correto ou verdadeiro, não basta um mero poder de fato sobre certos elementos. Ao menos no âmbito daquela parte das ciências humanas chamada dogmática jurídica, será preciso também o que se poderia denominar, em termos amplos, como "um poder de direito". É o que nos indicam as considerações de Tercio Sampaio Ferraz Jr. sobre a Hermenêutica Jurídica: no campo da ciência dogmática do direito, *bem* entende aquele que fala *com propriedade*. Falar em Hermenêutica, "palavra que se aplica sobretudo à interpretação do que é simbólico"[4], é para Ferraz Jr. cuidar do que se oferece como "caixa de ressonância das esperanças prevalescentes e das preocupações dominantes dos que crêem no governo do direito acima do arbítrio dos homens"[5].

I

O simbólico para o qual a Hermenêutica está voltada, no que diz respeito a sua vertente jurídica, constitui-se de palavras ou, mais propriamente, de signos de caráter lingüístico[6]. O que se busca bem entender são entes que se caracterizam por sua base fonética e que, como signos, têm por função um "apontar para algo ou estar em lugar de algo"[7]. O funcionamento das palavras, no entanto, não é decorrente de sua base fonética; esta constitui apenas a base material do signo lingüístico, e não ape-

---

4. LALANDE, *Vocabulaire technique et critique de la philosophie*, p. 412.
5. FERRAZ JR., *Introdução ao estudo do direito*, p. 285.
6. *Idem, ibidem*, p. 257.
7. *Idem, ibidem*.

nas bases diferentes (como as junções de fonemas que constituem as palavras "casa" e "moradia") podem ter o mesmo uso (apontando para o mesmo ente), como uma mesma base (por exemplo, a palavra "manga") pode ter mais de um uso (referindo-se a entes distintos). A função significativa das palavras envolve a concepção da língua no seu relacionamento com a realidade.

No âmbito da dogmática do direito, a relação entre língua e realidade é predominantemente compreendida à luz da chamada concepção *essencialista* da língua, que defende a possibilidade de os signos lingüísticos refletirem uma presumida essência das coisas. A maioria dos juristas, denuncia Ferraz Jr., não se furta à tentativa de definir o que é "o direito em geral", e isso se dá porque os conceitos jurídicos são por ela entendidos como instrumentos que, de certa forma, *veiculam* a realidade[8]. Mesmo admitindo a vaguidade de termos como a própria palavra "direito", a doutrina jurídica, no que se refere a seus objetos, sustenta "a possibilidade de definições *reais*, isto é, a idéia de que a definição de um termo deve refletir, por palavras, a coisa referida"[9]. O que significa dizer que, em sua relação com a realidade, cada termo jurídico é entendido como possuindo, ainda que em princípio, uma única definição válida.

Essa concepção, contudo, traz dificuldades para a própria dogmática. Como se sabe, a teoria essencialista da língua sofre objeções variadas. Muitas apontam, por exemplo, para o problema de que as definições que procuram designar um fenômeno na sua "essência" ou são circunstanciadas demais ou são demasiado genéricas e abstratas para conseguir atingir uma universalidade que ainda se preste a traçar os limites do objeto definido. Na definição do que seja "o direito", a universalidade do fenômeno jurídico escapa tanto à redução do direito à lei quanto à identificação do jurídico com o justo. Com isso, os que assumem essa teoria ou concluem pela impossibilidade de o homem conhecer os objetos que o cercam ou, ao menos, afir-

---

8. *Idem, ibidem,* p. 34.
9. *Idem, ibidem,* p. 35.

mam a impossibilidade de conhecê-los verdadeiramente. Para a dogmática jurídica, a perspectiva essencialista resulta na afirmação da impossibilidade de elaborar um discurso sobre sua própria atividade hermenêutica.

Além disso, a concepção essencialista também traz o problema de ter por fundamento um pressuposto indemonstrável[10]. Não há, pois, como demonstrar que as coisas possuiriam uma unidade de significação intrínseca chamada "essência" e que a língua seria apenas uma "representação", mais ou menos perfeita, dessa unidade. As línguas naturais criam a ilusão de que a expressão "mundo real" designa algo, como se a realidade fosse um "dado" (uma "não-sentença", na terminologia de Vilém Flusser[11]) ao qual deveríamos adequar nossos enunciados (ou "sentenças"). Entretanto, a realidade não tem uma estrutura própria, independente da linguagem e exterior a esta. Como nos demonstra a experiência do aprendizado de uma língua, o mundo real não é um "conjunto de objetos enquanto coisas singulares, concretas e captáveis sensivelmente"[12]. É na presença de outros que vêem o que vemos e ouvem o que ouvimos que se garante a realidade do mundo[13]. A realidade é uma *língua* e o mundo não é senão o que dele *podemos* dizer.

Objeto da crítica de Kant justamente por colocar seus objetos (o ser, o sujeito, a essência, o acidente, Deus, o ato, a vontade, etc.) "sem interrogar preliminarmente a 'gramática' (conforme expressão comum a Nietzsche e a Wittgenstein) na qual foram pensados"[14], o dogmatismo filosófico já foi denunciado por não observar que o próprio reconhecimento de objetos é resultado de uma articulação entre as palavras. O que Ferraz Jr. denuncia quanto à dogmática do direito, ainda que esta seja distinta da filosofia dogmática, não é diferente: a realidade não é vista pelos juristas como o que resulta da articulação de no-

---

10. *Idem, ibidem*, p. 269.
11. FLUSSER, "Para uma teoria da tradução", p. 17.
12. FERRAZ JR., *Introdução ao estudo do direito*, p. 270.
13. ARENDT, *A condição humana*, p. 60.
14. WOLFF, *Dizer o mundo*, p. 21.

mes e predicadores, a partir dos quais se torna possível lidar com a situação existencial[15]. Devido a sua concepção de língua, os juristas recaem na mesma "ilusão metafísica" que se costuma apontar para o chamado "pensamento dogmático" no campo da filosofia. E, também por esse aspecto, a fundação de uma Hermenêutica resta aqui impossibilitada.

Diante disso, para a compreensão da função significativa das palavras torna-se necessário não assumir os pressupostos (metafísicos) com os quais opera o próprio discurso jurídico. O relacionamento da língua com a realidade deve escapar ao "realismo verbal" da teoria essencialista para que se possa compreender como se dá a atividade hermenêutica dos juristas. Ora, para que a realidade possa ser compreendida como língua é preciso ter por pressuposto uma outra concepção da própria língua, na qual esta seja entendida como um "sistema de signos, cuja relação com a realidade é estabelecida arbitrariamente pelos homens"[16]. É o que se dá no chamado enfoque *convencionalista* da linguagem, que se encontra defendido no âmbito da filosofia analítica e que aparece a Ferraz Jr. como alternativa viável para que se instaure um discurso sobre a Hermenêutica Jurídica.

II

"O convencionalismo", lembra Ferraz Jr., "se propõe a investigar os *usos* lingüísticos"[17]. Neste enfoque, a pretensão de buscar a essência ou a natureza das palavras é deixada de lado e, em seu lugar, passa-se a uma investigação sobre os critérios comuns vigentes para usar as palavras. Fala-se, com ele, em definições *nominais*, por se entender que a descrição da realidade varia conforme os usos conceituais, ou seja, ela "depende

---

15. FERRAZ JR., *Introdução ao estudo do direito*, p. 270.
16. *Idem, ibidem*, p. 35.
17. *Idem, ibidem*, p. 36; grifo nosso.

de como definimos o conceito e não o contrário"[18]. O significado deixa de ser uma questão de essência e se transforma numa relação meio/fim. Converte-se, pois, numa relação *pragmática*, no interior da qual será possível compreender como se dá o correto entendimento dos termos jurídicos.

Essa outra concepção de língua não é, contudo, um pressuposto que se assume arbitrariamente. Sua assunção decorre da percepção da circunstância histórica peculiar à formação da Hermenêutica Jurídica. Ainda que seja possível dar à questão do sentido jurídico certa perenidade, pela remissão aos romanos no que diz respeito à afirmação de fórmulas utilizáveis para a *prudentia* do Direito, a Hermenêutica é um "estilo" de conhecimento jurídico[19], que não apenas elenca técnicas interpretativas mas principalmente elabora interpretações, colocando o bom entendimento jurídico como objeto próprio de reflexão. E a necessidade de elaborar interpretações foi como que despertada pela modernidade, no sentido de resultar de uma necessidade de racionalização e autocertificação, que, como aponta Jürgen Habermas, se destaca no pensamento europeu do final do século XVIII[20].

Em decorrência do avanço do capitalismo, desenvolveu-se na Europa moderna uma nítida tensão entre as religiões da fraternidade universal e a esfera "econômica". O espírito capitalista se harmonizava, a seu modo, com a ética protestante, mas, devido a sua concepção de economia, desenvolvia relações cada vez mais tensas com as religiões sublimadas da salvação. "Uma economia racional", como afirma Max Weber, "é uma organização funcional orientada para os preços monetários que se originam nas lutas de interesse dos homens no *mercado*. O cálculo não é possível sem a estimativa em preços em dinheiro e, daí, sem lutas no mercado. O dinheiro é o elemento mais abstrato e 'impessoal' que existe na vida humana. Quanto mais o mundo da economia capitalista moderna segue suas pró-

---

18. *Idem, ibidem*, p. 36.
19. FERRAZ JR., *A função social da dogmática jurídica*, em várias passagens.
20. HABERMAS, *O discurso filosófico da modernidade*, p. 25.

prias leis imanentes, tanto menos acessível é a qualquer relação imaginável com uma ética religiosa da fraternidade. Quanto mais racional, e portanto impessoal, se torna o capitalismo, tanto mais isso ocorre."[21]

Na verdade, continua Weber, "a religião da fraternidade sempre se chocou com as ordens e valores deste mundo, e quanto mais coerentemente suas exigências foram levadas à prática, tanto mais agudo foi o choque"[22]. O que se dá peculiarmente na modernidade européia é que "a divisão tornou-se habitualmente mais ampla na medida em que os valores do mundo foram racionalizados e sublimados em termos de suas próprias leis"[23]. Nesse contexto, as interpretações globais do mundo, antes oferecidas pelos mitos e pelas religiões avançadas, cederam lugar a um processo de separação das esferas de valor e, como diz Habermas[24], o amplo desenvolvimento dos "subsistemas do agir-racional-com-respeito-a-fins" acabou por despolitizar o "quadro institucional" que era característico das sociedades pré-modernas.

Ora, se nas sociedades pré-modernas, que Habermas denomina como "tradicionais", a atividade dos juristas (por exemplo, os *prudentes* romanos) ainda era compreendida no interior da esfera política, com o advento da racionalização ocidental o conhecimento do direito se afasta do âmbito da "interação" e passa para a esfera do "trabalho"[25]. Com isso, o significado nele produzido, assim como o significado das coisas em geral, "que deveria ser dado pela ação, pelo pensar, pela política, pelo agir em conjunto (...) passa a ser dado por uma relação

---

21. WEBER, "Rejeições religiosas do mundo e suas direções", pp. 379-80.
22. *Idem, ibidem*, p. 381.
23. *Idem, ibidem*.
24. HABERMAS, "Técnica e ciência como ideologia", pp. 313 ss.
25. Aqui pensamos tanto no sentido atribuído a esse termo por Habermas, em seu texto sobre "Técnica e ciência como ideologia", como no sentido empregado por Hannah Arendt ao distinguir "ação" e "trabalho" em *A condição humana*. Ambos encontram-se incorporados, de modo muito próprio, no pensamento de FERRAZ JR. Cf., deste, *Introdução ao estudo do direito*, p. 24, e *A função social da dogmática jurídica*, p. 174.

funcional de meios e fins"[26]. O jurista moderno não se prostra perante a realidade em busca do sentido *do* mundo, mas elabora um saber que se caracteriza pela funcionalidade[27]. Diante disso, para que se possa falar sobre a Hermenêutica Jurídica é necessário ser possível falar dos aspectos pragmáticos do sentido jurídico. E, como essa possibilidade escapa a uma concepção essencialista da linguagem, esta precisa ser substituída por uma concepção em que a análise lingüística considere o uso do termo tendo em vista a relação do termo por quem e para quem o usa[28]. A modernidade intrínseca à Hermenêutica Jurídica já traz à compreensão desta a necessidade de que sua análise tome por pressuposto o enfoque convencionalista.

III

Como nesse enfoque a realidade é também compreendida como língua, Ferraz Jr., ao elaborar sua análise da Hermenêutica, afirma que o entendimento dos termos jurídicos é análogo a uma tradução. Entender o sentido jurídico é, assim, uma "questão interlingüística"[29]; é passar de uma língua (a língua normativa) para outra (a língua-realidade). Entender, compreender e interpretar são atividades próximas da prática de traduzir.

Essa prática, como se sabe, exige a comparação das estruturas das línguas. Tomando por pressuposto que uma língua é um sistema de símbolos (palavras) e relações conforme regras, ou seja, um conjunto formado por um repertório (os símbolos) e uma estrutura (as regras de relacionamento), Ferraz Jr. afirma que, de início, é possível apontar as espécies de tradução a partir do resultado obtido pela comparação dos repertórios. Assim, diz ele que, quando em duas línguas o repertório coincide (como se percebe, em geral, na comparação de línguas de

---

26. FERRAZ JR., *Introdução ao estudo do direito*, p. 25.
27. *Idem, ibidem*, p. 70.
28. *Idem, ibidem*, p. 37.
29. *Idem, ibidem*, p. 279.

origem latina), é possível falar que uma tradução de uma para a outra é "fiel". Já quando os repertórios são aproximadamente semelhantes (como ocorre em muitos casos de tradução do inglês para o português), fala-se que a tradução é "livre".

Quanto às estruturas, um sistema lingüístico contém, em princípio, regras básicas e secundárias. Básicas são aquelas sem as quais qualquer sentença numa língua carece de sentido. Secundárias são as que, se violadas, não chegam a produzir um sem-sentido, embora possam criar obscuridades, mal-entendidos. No que diz respeito à relação entre as regras, diz Ferraz Jr., três hipóteses são admissíveis:

(a) se as regras básicas de ambas as línguas coincidirem, será possível traduzi-las uma para a outra (como ocorre na tradução de um teorema geométrico em um teorema algébrico);

(b) se a coincidência for apenas parcial, será possível uma transferência que exige adaptação (como ocorre na transferência para o português de um poema em inglês);

(c) se não coincidirem, elas são, em princípio, incomunicáveis.

Neste terceiro caso, entretanto, é possível uma transferência *indireta*, como ocorre nos casos de transferência entre a língua da música para o português cotidiano. Assim, realizada a comparação de estruturas, procede-se à adaptação ou à recriação do sentido por meio de uma língua intermediária. Recorre-se a uma terceira língua[30] que possa funcionar como *ponte* entre as outras. Seu requisito: ela deverá conter, entre suas regras secundárias, as regras básicas das outras.

Sendo a interpretação jurídica uma passagem (da língua normativa para a língua-realidade), Ferraz Jr. conclui que o entendimento jurídico se realiza por meio dessa terceira língua, que toma as duas anteriores como seu objeto. A Hermenêutica Jurídica é uma ponte entre norma e mundo. Ela, como a realidade, é uma língua que possui regras próprias, mas que, como

---

30. No exemplo de Vilém Flusser, a linguagem do crítico de arte. Cf. FLUSSER, ob. cit., p. 21.

metalíngua, além de possuir regras próprias, também tem regras secundárias formadas pelas regras básicas da língua normativa (o dever-ser) e da língua-realidade (o ser).

No que diz respeito à regra básica da Hermenêutica dos juristas, Ferraz Jr. a localiza no "empíreo razoável", que é a figura do "legislador racional". Esta é certa imagem do legislador que a ele remete peculiares qualidades: singularidade, permanência, omnisciência, omnipotência, coerência, justiça, etc. Com ela, idealiza-se o "dever-ser", a fim de permitir uma racionalização do discurso jurídico em geral. O "dever-ser ideal", sugerido a Ferraz Jr. pela expressão kelseniana "dever-ser descritivo", é o que permite que se desenvolvam os entendimentos no campo do direito e, assim, que se elaborem as chamadas "interpretações jurídicas".

Para identificar a língua hermenêutica, porém, não basta a referência ao "dever-ser ideal". O ato doador do sentido jurídico aparece na estruturação hierárquica da língua-ponte (relação metalíngua/língua-objeto), mas essa estruturação não é definitiva[31]. Uma explicação didática sobre a obra de Kelsen pode funcionar como terceira língua (isto é, a língua que opera a tradução) para um aluno que, conhecedor da língua da ciência dogmática do direito, procure entender o sentido do que Kelsen escreveu sobre a ciência jurídica. Isso, contudo, não faz com que a explicação seja, por ela mesma, uma terceira língua. O mesmo aluno pode tomá-la como objeto a ser entendido e, nesse caso, tomar a língua da dogmática jurídica como "ponte" para fazer a passagem entre a explicação e o texto de Kelsen.

A posição hierárquica de metalíngua e língua-objeto, explica Ferraz Jr., depende do *enfoque* do tradutor. Assim, é possível dizer que o critério da boa tradução (ou seja, do bom entendimento) repousa, mais precisamente, na *aceitação* do enfoque do tradutor. Por aceitação entenda-se aqui a abertura de um crédito de confiança para a competência do tradutor. Ela envolve, pois, a noção de uso competente da língua. O entendimento correto dos significados se dá quando deciframos a pa-

---

31. FERRAZ JR., *Introdução ao estudo do direito*, p. 273.

lavra no seu contexto, entendendo como se organizam simbolicamente as falas.

De um modo geral, é possível afirmar que a fala se organiza como *comunicação* na qual se apela para o *entendimento* do receptor. Partindo de uma distinção de Habermas entre "proposição" (unidade lingüística) e "enunciado" (unidade do discurso), lembra Ferraz Jr. que "quando falamos, enunciamos proposições" e "quando enunciamos, nos comunicamos". Desse modo, "a comunicação aparece, inicialmente, como uma organização *horizontal* das relações entre quem fala e quem ouve, entre emissor e receptor. Postamo-nos um perante o outro"[32]. A fala, na horizontalidade da comunicação, constitui-se como troca de mensagens e, nesse sentido, mesmo um monólogo pressupõe um auditório universal e presumido de todos e qualquer um. Toda fala exige para sua constituição tanto um emissor quanto um receptor.

Entretanto, à diferença das outras formas comunicativas, a fala se constitui na medida de uma outra exigência: a de que "o receptor entenda a mensagem, isto é, seja capaz de repeti-la". Por isso, é possível dizer, com Ferraz Jr., que "quem discursa discute"[33]. Falar é dar a entender alguma coisa a alguém mediante símbolos lingüísticos[34]. Quem realiza um discurso ou uma fala não se dirige apenas a outrem (um pianista, ao instrumento, também o faz), mas principalmente *apela* para a compreensão de outrem. A rigor, somente a fala está imediatamente a serviço do mútuo entendimento, já que, no âmbito da ação lingüística, "o ouvir e o compreender se confundem" (ao contrário do que ocorre na audição de uma música, em que o ouvir e o compreender são ação distinguíveis). Por mútuo entendimento, porém, não se entenda necessariamente "consenso": "para que duas pessoas se entendam não é preciso que estejam de acordo"[35]. Para que ocorra o entendimento exigido

---

32. *Idem, ibidem*, p. 275; grifo do autor.
33. FERRAZ JR., *Direito, retórica e comunicação*, p. 29.
34. *Idem, Introdução ao estudo do direito*, p. 259.
35. *Idem, Direito, retórica e comunicação*, p. 29.

pela fala existem regras de uso da língua, que permitem o controle da contingência que permeia o discurso[36].

Na dogmática jurídica, esse controle assume, em geral, duas formas. José Joaquim Gomes Canotilho, exemplo de jurista que concebe o sentido de um enunciado como fixado através de convenções lingüísticas, cuida de ambas as formas de controle ao ressaltar que "na interpretação da lei constitucional podem ser tomadas em consideração duas convenções lingüísticas diferentes"[37]. Assim, diz ele que a concepção convencionalista da linguagem resulta, para a Hermenêutica Constitucional, no problema da determinação dos critérios de "escolha" pelo intérprete da convenção a ser tomada em consideração. É possível escolher tanto a "convenção lingüística do tempo em que surgiu a lei constitucional" quanto a "convenção lingüística do tempo de sua aplicação"[38]. E a "escolha" do intérprete constitucional pode ser compreendida a partir de duas posturas, as quais são chamadas por esse constitucionalista como "actualismo" e "historicismo" e que, por sua vez, guardam correspondência com as doutrinas da interpretação que a teoria jurídica denomina, respectivamente, como "objetivista" e "subjetivista".

A doutrina "objetivista", como lembra Ferraz Jr., tem essa denominação por vincular o sentido da norma a determinados fatores independentes, até certo ponto, "do sentido que lhe tenha querido dar o legislador"[39]. Se a ciência jurídica é um saber dogmático, essa doutrina entende por dogma "um arbitrário *social*" e, com isso, seu entendimento da interpretação jurídica é, antes de tudo, uma compreensão *ex nunc*, isto é, "tendo em vista a situação e o momento atual de vigência da norma". Com essa compreensão, ganham papel preponderante os aspectos estruturais em que a norma ocorre, e isso, de um lado, conduz a um conjunto de técnicas (como o método sociológico) apropriado à captação dessas estruturas. De outro

---
36. Idem, *Introdução ao estudo do direito*, pp. 258-60.
37. CANOTILHO, *Direito constitucional e teoria da Constituição*, p. 1881.
38. *Idem, ibidem.*
39. FERRAZ JR., *Introdução ao estudo do direito*, p. 266.

lado, no entanto, essa postura ("actualista") gera críticas que nela apontam certa consagração do arbítrio do intérprete, na medida em que a vontade deste seria colocada acima da "vontade do legislador".

Essas críticas provêm da chamada doutrina "subjetivista", a qual, por sua vez, caracteriza-se por localizar no "pensamento do legislador" o critério para a compreensão normativa. No âmbito de um saber dogmático, essa doutrina, contudo, parte de um entendimento diferenciado do que seja um "dogma". Para os subjetivistas, este não é um "arbitrário social", mas "um princípio arbitrário *derivado da vontade do emissor de norma*"[40]. A interpretação, portanto, é aqui entendida basicamente como compreensão *ex tunc*, isto é, desde o aparecimento da norma pela positivação da vontade legislativa. Em consonância, ressalta-se na interpretação a função preponderante do "aspecto genético" e das técnicas (como o método histórico) que se apresentam como apropriadas ao entendimento da gênese normativa. Com isso, porém, surgem críticas que apontam para uma defesa do arbítrio do legislador que, em situações extremas, poderia servir a um autoritarismo personalista (como efetivamente ocorreu na Alemanha na época do nazismo).

O que Ferraz Jr. entende por "controle" escapa, no entanto, às formas tradicionalmente utilizadas pela dogmática jurídica (a concepção de um "arbitrário social" e a concepção de um "arbitrário do legislador competente"). A Hermenêutica, como língua cuja regra básica é a figura do "legislador racional", se impõe como discurso quando manifesta um arbitrário *socialmente prevalecente*, isto é, quando *usada de modo competente*[41]. Ela é qualquer terceira língua a que se atribua um enfoque privilegiado. E essa atribuição decorre não do reconhecimento de sua "fidelidade" ao pensamento do legislador ou à realidade objeto de legislação, mas de uma "confiança" em termos de sua aceitação, a qual é obtida ao servir à violência simbólica. A uniformização dos significados, que é um outro

---

40. *Idem, ibidem*, p. 266; grifos nossos.
41. *Idem, ibidem*, p. 276.

sentido do desvelamento a que fizemos referência, tem a ver com o reconhecimento de uma instância de poder.

IV

Essa instância de poder, por sua vez, tem a ver com um quadro de relações que se desenvolvem a partir do Renascimento. Na Idade Média, as relações de poder, que se davam entre suseranos e súditos, eram "concretas", no sentido de que *emergiam* de mecanismos de apossamento de terras e riquezas[42]. O poder soberano era então uma "relação concreta do senhor sobre a terra e sobre os que nela vivem", o que ainda hoje é perceptível quando se afirma uma proximidade entre as noções de territorialidade e soberania. Na obra de Maquiavel, nota-se essa característica quando se percebe que os "súditos" do príncipe não estão no interior da relação de poder. O poder em Maquiavel se caracteriza, como diz Foucault[43], por uma "singularidade transcendente", e isso significa não apenas que este poder é um pólo exterior aos conflitos (entendidos estes como a oposição dos desejos entre os grandes e o povo), mas também que ele se destina a um conjunto composto pelo território e pelas propriedades neles existentes. Não à toa, em trecho de *O príncipe*, Francesco Sforza aparece como preocupado com a conservação "de suas possessões". A soberania aqui expressa-se em termos ainda próprios à Idade Média.

A partir do Renascimento, a complexidade populacional, o intercâmbio com o Oriente, o crescimento em geral das atividades mercantis inserem a noção de soberania em um novo quadro de relações de poder. Estas, na expressão de Ferraz Jr., ganham "uma certa flexibilidade abstrata que esconde as relações de propriedade como poder e cria a impressão de que tudo tem uma base naturalmente econômica, competindo ao poder

---

42. *Idem, ibidem*, pp. 179 e 225.
43. FOUCAULT, *Microfísica do poder*, p. 280.

político zelar convenientemente por ela"[44]. Com isso, a soberania ganha nova forma, que é nova por *constituir* a possibilidade de apossamento de terras e riquezas. Tem-se o que Foucault chama de "poder disciplinar", e este, à diferença da soberania, tem por objeto não apenas um território, mas os corpos e suas ações. Ele não corresponde, portanto, ao que os juristas usualmente interpretam como sendo "soberania", sendo mais especificamente um "poder sobre o trabalho". Ainda assim, trata-se de um elemento presente na constituição da política moderna. E um elemento importante, na medida em que, a partir dele, tem-se um diferencial perante as formas políticas herdadas da Idade Média. Agora, o "súdito" passa a fazer parte da relação de poder e, assim, é possível à soberania tornar-se "um exercício interno de comando e organização"[45]. Com a formação do poder disciplinar, o Estado se *burocratiza* e "o direito de soberania se transforma também num direito de sistematização centralizada das normas de exercício do poder de gestão"[46].

Por não ser descontínuo, nem ocasional, o poder disciplinar é mais racionalizável. Serve, pois, à dominação que Max Weber chama de "legal", isto é, à crença em uma legitimidade do poder fundada na racionalidade e na eficiência da ordem. Com isso, o poder soberano, ao recepcionar o contínuo e o permanente característicos da disciplina, toma por base não apenas alguma concepção de "pacto social" (como aparece, por exemplo, em Hobbes), mas também a idéia de supremacia da lei como centro irradiador da ordem. Na modernidade, o poder exige um sistema permanente de delegações, e assim as relações de poder, que já eram mediatizadas, passam a sê-lo por uma *disposição impessoal de competências*. O exercício do poder ocorre agora por meio de "instituições, procedimentos, dispositivos de segurança, que fazem surgir uma série de aparelhos, os aparelhos de Estado, de produção econômica, de con-

---

44. FERRAZ JR., *Introdução ao estudo do direito*, p. 225.
45. *Idem, ibidem*, p. 178.
46. *Idem, ibidem*.

trole social"⁴⁷. A disciplina engendra a burocracia e o poder; em conseqüência, torna-se o que Ferraz Jr. denomina controle.

No âmbito do Direito, porém, o termo controle não se vincula apenas à noção de disciplina. Como aponta Ferraz Jr., esse controle ainda guarda algo da noção weberiana de "dominação"⁴⁸. Assim, é válido lembrar, com Lebrun, que, na concepção de Weber, o poder (*Herrschaft*) é "toda oportunidade de impor a sua própria vontade, no interior de uma relação social, até mesmo contra resistências"⁴⁹. Mas esta imposição não se constitui como uma relação interpessoal. Na dominação, não apenas o agente de dominação e o paciente são elementos fundamentais das relações de poder. A estas também são fundamentais as organizações estatuídas, as quais, diz Ferraz Jr.⁵⁰, constituem um "código explícito". Ou seja, quando um agente emite uma norma, esta pode ser captada pelo paciente de diversos modos, e esses modos fazem parte da própria relação de poder.

Na linguagem utilizada por Ferraz Jr., esses modos aparecem como "código", ou seja, como "uma estrutura capaz de ordenar, para um item qualquer, dentro de um campo limitado, um outro que lhe seja complementar". "Os códigos", diz ele, "tornam comuns as orientações de agentes comunicativos."⁵¹ Por meio deles, generalizam-se as significações e ganha-se uma relativa liberdade da situação concreta. São, portanto, "regras sobre as regras de interpretação das normas"⁵².

Ora, o controle de que necessita o entendimento para se firmar como "bom" ocorre na medida em que se consegue impor o contexto no qual o próprio entendimento se dará. Assim, o que aparece como Hermenêutica Jurídica nada mais é do que uma instância de poder (controle) na qual certas significações

---

47. *Idem, ibidem*, p. 226.
48. *Idem, ibidem*, p. 313.
49. LEBRUN, *O que é poder*, p. 12.
50. FERRAZ JR., *Introdução ao estudo do direito*, p. 283.
51. *Idem, ibidem*.
52. *Idem, ibidem*, p. 49.

são impostas como legítimas. Ferraz Jr., ao afirmar que a verdade hermenêutica se constitui no interior de uma língua, está afirmando que por trás dela o que existe, como meio de comunicação, é o que Bourdieu e Passeron denominam "poder de violência simbólica"[53].

Entendido como meio de comunicação, o poder consiste numa série de símbolos generalizados que regula a transmissão de performances seletivas. Todavia, ele não se reduz a esta série. Em razão de sua própria existência física, os participantes de todo processo de comunicação, como seres vivos, também se encontram envolvidos por condições e limitações comuns à seletividade. A sexualidade, por exemplo, envolve os participantes do processo de comunicação que se organiza como "amor". Diante disso, é de reconhecer para Ferraz Jr. que o poder, como código, também toma por "base de segurança" algum "mecanismo simbiótico". Mais propriamente, para que as estruturas do poder se constituam é necessária também a presença de alguma *força física*.

Isso não significa, porém, que a força física constitua o poder. Através da força, uma ação elimina outra (como ocorre na coação, entendida literalmente como "co-ação", ou seja, como "substituição do receptor pelo emissor"), e isso impede a transmissão das premissas decisórias, que, aliás, é propriamente a base constitutiva do poder. Entretanto, como código, o poder envolve a força física na medida em que esta, ao se colocar como uma alternativa a evitar, lhe traz uma base de *segurança*. Assim, o exercício do poder se constitui não pelo uso da força, mas pela demonstração de que seria uma loucura provocar o seu uso. E, nesse sentido, lembra Ferraz Jr., "entendemos os esforços feitos por qualquer detentor do poder em *manter* a força como uma alternativa a evitar, de tal modo que, quando ela é *usada* concretamente, este uso é demonstrado como *paradigmático*, e não como um exercício contínuo e normal"[54].

---

53. BOURDIEU e PASSERON, *A reprodução*.
54. FERRAZ JR., "Poder representativo e comunicação", p. 160; grifos do autor.

Além disso, a força não é decisiva para a manutenção do poder. Ainda que seu uso concreto pertença às condições necessárias à gênese do poder, a força física "alcança muito rapidamente o seu ponto de esgotamento". Para o controle do poder são necessários certos procedimentos, no sentido de uma seleção em termos de imposição de certas significações que dissimulem as relações de força que estão na base da própria força. A introdução da força na estrutura do poder conduz, por isso, à "violência simbólica", ou seja, ao "poder capaz de impor significações como legítimas, dissimulando as relações de força que estão no fundamento da própria força"[55].

Nesses termos, dizer que o desvelamento decorre do reconhecimento de uma instância de poder significa que "faz parte da definição completa das relações de força, na qual os sujeitos estão colocados, a interdição posta a estes sujeitos de perceberem o fundamento destas relações". O entendimento correto é conseqüência de uma generalização do sentido, ou seja, da possibilidade de uma "independência de *quando*, *o que* e *por quem* algo é vivenciado"[56]. A Hermenêutica Jurídica não é senão *fixação de um sentido jurídico básico*.

V

É sabido que, na fase de seu pensamento anterior a 1814, Savigny ainda se referia de forma técnica à questão da interpretação, como já indica sua afirmação de que interpretar é "mostrar aquilo que a lei diz"[57]. Somente na segunda fase de seu pensamento Savigny apresentará, ainda que em esboço, o problema da constituição da dogmática jurídica a partir de um modelo hermenêutico. Se antes a dogmática limitava-se a enumerar as técnicas interpretativas, agora ela se preocupará com

---

55. *Idem*, *Introdução ao estudo do direito*, p. 276.
56. *Idem*, "Poder representativo e comunicação", pp. 161 ss.
57. Os trechos citados entre aspas neste parágrafo, e nos próximos três, referem-se a FERRAZ JR., *A função social da dogmática jurídica*, pp. 138 ss., com grifos nossos.

o *critério* do sentido *autêntico* da ordem normativa. Nesses termos, a interpretação passa a ser afirmada como "compreensão" do pensamento do legislador manifestado no texto da lei. A teoria jurídica passa, então, a se perguntar "qual o paradigma para se reconhecer que uma interpretação do texto da lei é autêntica".

Em decorrência do positivismo, o direito passou a ser visto a partir do século XIX como produto da "posição de um sentido através de um ou mais atos normativos", entendidos, pois, como "atos *intencionais* produtores de direito". Com isso, os enunciados a respeito do direito começaram a perder progressivamente a possibilidade de serem entendidos como verificáveis, ou seja, de fornecerem os critérios e os instrumentos de sua verificação intersubjetiva. No século XX, com a compreensão de que os atos produtores de direito não se constituem como "criação" de normas, mas sim como "imputação" de validade jurídica a certas decisões, houve mesmo quem entendesse não ser mais possível postular caráter científico para a atividade de conhecimento do direito. Entretanto, como toda investigação científica sempre faz frente ao problema da verdade, o que o fenômeno da positivação provocou com relação ao conhecimento do direito foi o acréscimo de um problema básico do ângulo do método. Se antes da positivação a ciência jurídica estava voltada apenas para o problema da configuração sistemática da ordem normativa, a partir do século XIX acrescenta-se neste campo o problema da determinação do seu sentido.

A fixação de um sentido *básico* para as normas jurídicas surge, então, como mais um trabalho a ser realizado pelo jurista. Tudo o que é direito passa a ser determinado pelas próprias construções jurídicas, e isso conduz à necessidade de uma racionalização das regras e dos conceitos sobre normas jurídicas. O método dogmático torna-se, pois, compreensivo, e o próprio objeto da teoria jurídica se altera, deixando de ser identificado com o texto da norma para ser visto como os atos intencionais produtores de direito e, por isso mesmo, dotados de um significado que deve ser elucidado. Como esses atos são condicionados por diversos fatores, que podem alterá-los, restringi-los, aumentá-los, surge para a dogmática o problema do *ponto de partida* da interpretação jurídica. Perguntar-se pelo paradigma de reconhecimento da autenticidade da interpretação não é senão buscar o fundamento do sentido da ordem normativa. Essa busca decorre de o sentido jurídico ter sido determinado por outro ato interpretativo: o ato da autoridade competente que positivou a norma. E, se a norma não tem um sentido, pois tudo é doação de sentido, para constituir uma dogmática de estilo hermenêutico será preciso tomar por pressuposto da atividade interpretativa o princípio da inegabilidade dos pontos de partida, dogmatizando um ato doador de sentido. Assim, ainda que o dogma inicial possa ser colocado em diferentes níveis (como o da justiça, o da efetividade, etc.), hierarquizados ou não, o que interessa à dogmática é que *exista* um critério que, impedindo o retrocesso ao infinito, torne possível a obtenção de uma decisão. "O importante", como lembra Ferraz Jr., "é que a interpretação jurídica tenha sempre um ponto de partida tomado como indiscutível."

Por isso mesmo, a Hermenêutica Jurídica, ainda que assemelhada a outras ciências humanas (como, por exemplo, a história), delas se distingue justamente por seu caráter dogmático. A Hermenêutica Jurídica se distingue de outras hermenêuticas por não se limitar ao estabelecimento do sentido e do movimento dos textos jurídicos em seu contexto. Sua finalidade, enquanto saber dogmático, é prática, na medida em que, como lembra Ferraz Jr., envolve também a determinação da "força e do alcance dos textos normativos em presença dos dados atuais de um problema"[58]. Como aspecto da investigação científica do direito, sua preocupação máxima é mais propriamente a questão da decidibilidade dos conflitos, e nesse problema localiza-se sua diferença específica perante as outras formas de saber preocupadas com a determinação do sentido. A determinação do sentido correto das normas tem conseqüências para a distribuição de direitos, obrigações e restrições.

---

58. FERRAZ JR., *Introdução ao estudo do direito*, p. 256.

Criar condições para uma decisão possível é, portanto, o critério para entender a finalidade prática da Hermenêutica Jurídica. A ciência jurídica, mesmo quando ainda em esboço, como na época da *prudentia* romana, sempre foi um saber prático. Entretanto, no âmbito positivista em que as discussões hermenêuticas começaram a ser incorporadas à teoria jurídica, este saber prático, à diferença do que ocorria para os romanos, já estava apartado do problema do verdadeiro. Assim, se em Kant ainda podemos encontrar o entendimento de que "todos os princípios jurídicos práticos devem conter uma verdade rigorosa"[59], o desenvolvimento do positivismo fez do saber jurídico "uma *provocação*, uma *interpelação* da vida social", deixando de ser um saber que produzia o verdadeiro no campo da ação[60]. A dogmática jurídica elabora uma hermenêutica como racionalização de suas normas e regras, tendo em vista a possibilidade de decidir conflitos sociais.

Por isso, o bom entendimento jurídico é a interpretação capaz de impor significações como legítimas, dissimulando as relações de força, ou seja, a que melhor realiza a violência simbólica e, assim, produz aceitação. A Hermenêutica Jurídica é um discurso de poder ou de parapoder, pois, como doutrina, a própria dogmática acaba por conferir ao seu discurso uma espécie de autoridade pedagógica. "Por si", diz Ferraz Jr., "ela já é a imposição de uma definição social daquilo que merece ser ensinado, *do próprio código no qual sua mensagem é transmitida*, daqueles que devem transmitir, bem como dos que são dignos de receber a mensagem doutrinal."[61]

VI

Ao contrário de Hans Kelsen, Tercio Ferraz Jr. conclui pela possibilidade de uma generalização dos sentidos por outros

---
59. KANT, "Sobre um suposto direito de mentir por amor à humanidade", p. 128.
60. FERRAZ JR., *Introdução ao estudo do direito*, p. 88; grifos do autor.
61. *Idem*, *A função social da dogmática jurídica*, p. 175; grifos nossos.

meios que não uma definição normativa. Com a neutralização dos fatores de variedade e diversidade de sentidos, uma interpretação pode generalizar os sentidos por ela obtidos. Também é possível, portanto, chamar uma interpretação doutrinária como "autêntica". Entretanto, como essa generalização é produzida no interior da dogmática, certas alternativas se tornam, em princípio, até mesmo incabíveis.

Para continuarmos com o exemplo de dogmática hermenêutica apresentado por Canotilho, da concepção convencionalista também decorre o problema relativo à "escolha entre a convenção baseada no *uso científico* e a convenção baseada no *uso normal*" da linguagem[62]. Desse modo, "na jurisprudência e doutrina americanas os dois cânones de *constitutional construction* mais analisados têm sido os seguintes: (1) as palavras ou termos da constituição devem ser interpretados no seu sentido normal, natural, usual, comum, ordinário ou popular; (2) quando se utilizam termos técnicos eles devem ter sentido técnico"[63]. Mas, como aponta Ferraz Jr., ainda que a língua hermenêutica possua relações com a língua-realidade, suas regras de uso são próprias.

Quando usadas em normas jurídicas, as palavras se revestem do dever de "expressar o sentido daquilo que deve ser"[64]. Quanto a isso, é possível reconhecer que esse dever não as afasta de seu sentido corrente. O uso normativo oscila entre o aspecto semasiológico dos símbolos lingüísticos, referente à significação *técnica* destes, e o aspecto onomasiológico, que diz respeito ao seu sentido *comum*. Na legislação brasileira, por exemplo, o uso da palavra "parente" é algumas vezes coincidente com seu uso vulgar. Entretanto, como essas oscilações nem sempre resultam na coincidência entre os aspectos mencionados, o que se tem para o bom conhecimento do "sentido daquilo que deve ser" é uma atividade especificamente "técnica": a Hermenêutica Jurídica.

---

62. CANOTILHO, ob. cit., p. 1881; grifos do autor.
63. *Idem, ibidem.*
64. FERRAZ JR., *Introdução ao estudo do direito*, p. 255.

É esse "trabalho" que confere *realidade* ao direito na medida em que torna possível um sentido comum, ainda que, para que o direito tenha *sentido*, seja necessária a existência de um mundo comum. Nesses termos, o que o enfoque de Ferraz Jr. nos adverte é que, assim como o jurista se distingue do homem comum[65], a língua hermenêutica não se confunde com a língua-realidade. A não ser que se entenda a interpretação como "juízo" (tal qual sugere José Rodrigo Rodriguez, ao propor como objeto da Hermenêutica "um sujeito singular diante de um conflito humano igualmente singular"), enquanto ao homem comum cabe o julgamento e, nesse sentido, o discurso sobre a justiça, ao jurista, enquanto dogmático, cabe principalmente fazer a *norma* falar[66].

Com isso, a orientação comum só se torna possível, num contexto caracterizado pela atrofia da esfera pública e pelo declínio do senso comum, quando a independência (e não repressão) da profusão de sentidos é operada (como controle) pela Hermenêutica Jurídica. O desvelamento aqui caracterizado parece criar para o jurista o problema de só lhe ser possível falar em justiça após passar pela língua hermenêutica. Assim, se o "poder comunicativo", em termos habermasianos[67], necessita do *medium* Direito para se transformar em "poder administrativo", o que ele encontra ao enfrentar dogmática jurídica é tão-somente uma cidadela sitiada pelo "poder de violência simbólica", na qual o mundo comum se insere, no mais das vezes, como perturbação.

Por isso mesmo, Ferraz Jr. entende que a Hermenêutica Jurídica não pode ser desenvolvida como uma ciência. "Isso só aumentaria as angústias sociais", diz ele[68]. A Hermenêutica Jurídica integra a dogmática jurídica contemporânea e, nesse sentido, ela é mais propriamente uma tecnologia. Não lhe é possível uma constituição crítica, porque "qualquer pensar crí-

---

65. *Idem, ibidem*, p. 31.
66. *Idem, ibidem*, pp. 285 e 307; grifo nosso.
67. HABERMAS, *Direito e democracia*, pp. 186 ss.
68. FERRAZ JR., *A função social da dogmática jurídica*, p. 176.

tico, no direito, acaba absorvido pela dogmática enquanto tal"[69]. O que nela se percebe, quanto ao desvelamento que inicialmente apontamos, é apenas mais uma manifestação do divórcio entre o filósofo e o jurista, que Miguel Reale, em outro contexto, já buscava superar[70].

VII

As considerações de Ferraz Jr. sobre a Hermenêutica Jurídica se inserem em um contexto crítico familiar a autores como Pierre Legendre. Este, em texto sobre "O direito, como grande fetiche", entende que "o direito se acha num campo separado, mantido à boa distância, pestilencial, mais ou menos ignorado fora dos espaços cerrados onde se mantêm os juristas, mestres de uma linguagem política reservada e da qual ninguém, por hipótese, possui a chave, tal como participantes dos mistérios. (...) Os juristas se proíbem de falar das instituições jurídicas sem seguir um certo código retórico. (...) Há um acordo tácito e unânime para se abster de abrir esta divisão da estrutura nacionalista onde estão enterrados certos objetos da mais alta importância. O direito deve permanecer inacessível, enquanto instrumento voltado para a manutenção da ordem, seja ela qual for, a todos aqueles que, de uma maneira ou de outra, se pretendam inimigos do poder"[71].

Uma vez desempenhada num contexto de posição de sentido, a razão prática em termos jurídicos não se coloca questões de verdade social. Ao contrário, a razão jurídica as obscurece na medida em que se constitui. Na distância com o homem comum é que se torna possível jogar o que Legendre e Ferraz Jr. denominam como "a ficção do bom poder". Parafraseando Bourdieu e Passeron[72], é possível dizer que a Hermenêutica Ju-

---

69. *Idem*, "Depoimento", p. 287.
70. REALE, *O direito como experiência*, p. 82.
71. LEGENDRE, *Jouir du pouvoir*, p. 154.
72. BOURDIEU e PASSERON, ob. cit., p. 218.

rídica, como dogmática, não é mais que um instrumento privilegiado de uma espécie de sociodicéia que confere aos privilegiados o supremo privilégio de não aparecer como privilegiados.

Essa afirmação, por sua vez, pode ser relacionada ao verso de Hesíodo que inicialmente caracterizamos como parte da narrativa do mito de Prometeu e Pandora. Neste mito, como se sabe, em meio a seus personagens, encontra-se Hermes, o "veloz mensageiro dos deuses", que ali surge para contribuir na construção do mal tramado por Zeus. Ele será o responsável pela entrega de Pandora aos homens como presente dos deuses. No poema de Hesíodo, porém, Hermes também aparece como responsável pela composição de Pandora com "mentiras e sedutoras palavras", para fazê-la adquirir, pela fala, "espírito de cão e dissimulada conduta". Com isso, sua imagem de mensageiro, aquele que serve de apoio ao viajante que cruza fronteiras em direção ao desconhecido, revela outros contornos. Deus das transições, das intermediações, das passagens de um mundo a outro, Hermes exsurge no poema como senhor das terras de fronteiras difusas, ou seja, como deus da ambigüidade. Não se pode esquecer que não apenas a palavra "hermenêutica" conta-se entre seus herdeiros[73]; dentre estes, também está seu filho Hermafrodito. Embora tido como o mais amigo dos homens dentre os deuses, Hermes revela-se em sua ação como "arauto" destes[74], sendo, por isso, compreensível que, no âmbito da partilha da realidade do mundo (que, como lembra Torrano[75], é o tema mesmo do mito de Prometeu), ele atue na defesa da ocultação do que é vital aos homens. Hermes não é um homem, mas um deus.

"Deus mensageiro", pode alguém completar, para nos lembrar que sua atuação perfazia a comunicação entre deuses e homens. Todavia, somente à parte do mito de Prometeu e Pandora é que a caracterização de Hermes não significaria, por si, distanciamento com relação ao humano. Na mitologia grega,

---

73. FERRAZ JR., *Introdução ao estudo do direito*, p. 307.
74. HESÍODO, ob. cit., p. 29.
75. TORRANO, "Prometeu e a origem dos mortais", p. 17.

como relata Jean-Pierre Vernant, a partilha das honrarias entre os olímpios e os homens restringiu a comunicação com o divino a certos cerimoniais festivos, de caráter sacrificial[76]. Portanto, a atuação de Hermes, na composição e no oferecimento de Pandora aos homens, revela tanto a superioridade dos deuses perante os homens quanto os limites existentes entre os espaços próprios a cada um. Mesmo servindo à comunicação (como "troca" de mensagens), Hermes não é propriamente um deus do diálogo. O que ele torna possível é apenas a demonstração de que, como exprime outro verso de Hesíodo, "da inteligência de Zeus não há como escapar!"[77].

Sua atividade "hermenêutica" não é senão uma manifestação de poder. Logo, o que se desvela pelo bom entendimento não deve ser confundido com o que é vital aos homens. Quanto ao espaço comum entre deuses e homens, o que parece restar, ao menos para Hermes, é tão-somente o silêncio. Talvez por isso haja quem entenda ser necessário substituí-lo, no campo da dogmática jurídica, por outros seres mitológicos, como Hércules. Mas, antes de avaliar essa necessidade, fica a questão de saber se a substituição é mesmo possível. Eis o desafio que Tercio Sampaio Ferraz Jr. nos coloca.

Bibliografia

ARENDT, Hannah. *A condição humana*. Trad. Roberto Raposo. Rio de Janeiro: Forense Universitária, 1991, 5.ª ed.

BOURDIEU, Pierre, e PASSERON, Jean-Claude. *A reprodução: elementos para uma teoria dos sistemas de ensino*. Trad. Reynaldo Bairão. Rio de Janeiro: Francisco Alves, 1992, 3.ª ed.

CANOTILHO, José Joaquim Gomes. *Direito constitucional e teoria da constituição*. Coimbra: Almedina, 2000, 4.ª ed.

FERRAZ JR., Tercio Sampaio. *A função social da dogmática jurídica*. São Paulo: Max Limonad, 1998, 2.ª ed.

---

76. VERNANT, *Entre mito e política*, pp. 263-8.
77. HESÍODO, ob. cit., p. 29.

———. "Depoimento". In: NOBRE, Marcos, e REGO, José Marcio. *Conversas com filósofos brasileiros*. São Paulo: Editora 34, 2000.
———. *Direito, retórica e comunicação: subsídios para uma pragmática do discurso jurídico*. São Paulo: Saraiva, 1997, 2.ª ed.
———. *Introdução ao estudo do direito: técnica, decisão, dominação*. São Paulo: Atlas, 1995, 2.ª ed.
———. "Poder representativo e comunicação". *Filosofia Política 3*. Porto Alegre: L&PM, 1986.
FLUSSER, Vilém. "Para uma teoria da tradução". *Revista Brasileira de Filosofia*, vol. XIX, fasc. 73, jan./mar., 1969.
FOUCAULT, Michel. *Microfísica do poder*. Org. e trad. Roberto Machado. Rio de Janeiro: Graal, 1996, 12.ª ed.
HABERMAS, Jürgen. *Direito e democracia: entre facticidade e validade*, vol. I. Trad. Flávio Beno Siebeneichler. Rio de Janeiro: Tempo Brasileiro, 1997.
———. *O discurso filosófico da modernidade. Doze lições*. Trad. Luiz Sérgio Repa e Rodnei Nascimento. São Paulo: Martins Fontes, 2000.
———. "Técnica e ciência como ideologia". *Textos escolhidos*. Col. "Os Pensadores". Trad. Zeljko Loparic. São Paulo: Abril Cultural, 1975.
HESÍODO. *Os trabalhos e os dias*. Primeira parte. Intr., trad. e comentários de Mary de Camargo Neves Lafer. São Paulo: Iluminuras, 1996, 3.ª ed.
KANT, Immanuel. "Sobre um suposto direito de mentir por amor à humanidade". In: *Kant (I): textos seletos*. Trad. Floriano de Sousa Fernandes. Petrópolis: Vozes, 1985, 2.ª ed.
LALANDE, André. *Vocabulaire technique et critique de la philosophie*. Paris: Presses Universitaires de France, 1951.
LEBRUN, Gérard. *O que é poder*. Trad. Renato Janine Ribeiro e Silvia Lara. São Paulo: Brasiliense, 1994, 14.ª ed.
LEGENDRE, Pierre. *Jouir du pouvoir: Traité de la bureaucratie patriote*. Paris: Les Éditions de Minut, 1976.
REALE, Miguel. *O direito como experiência: introdução à epistemologia jurídica*. São Paulo: Saraiva, 1992, 2.ª ed.
TORRANO, J. A. A. "Prometeu e a origem dos mortais". In: ÉSQUILO. *Prometeu prisioneiro*. Trad. J. A. A. Torrano. São Paulo: Roswitha Kempf, 1985.
VERNANT, Jean-Pierre. *Entre mito e política*. Trad. Cristina Murachco. São Paulo: Edusp, 2001.

WEBER, Max. "Rejeições religiosas do mundo e suas direções". *Ensaios de sociologia.* Org. e intr. H. H. Gerth e C. Wright Mills. Trad. Waltensir Dutra. Rio de Janeiro: LTC, 1982, 5.ª ed.

WOLFF, Francis. *Dizer o mundo.* Col. "Clássicos e Comentadores". Trad. Alberto Alonso Muñoz. São Paulo: Discurso Editorial, 1999.

Controlar a profusão de sentidos: a hermenêutica jurídica como negação do subjetivo[1]

*José Rodrigo Rodriguez**

Para meu querido professor Nelson Ferreira de Carvalho (*in memoriam*)

Poetas, filósofos e juízes

O juiz, assim como o poeta e o filósofo, é um habitante do mundo das palavras. Como seus companheiros de cidade, ele precisa aprender a lidar com a profusão de significados que nascem dessa convivência com seus companheiros no processo de comunicação. Mas seu papel nos domínios do sentido, apesar de guardar semelhanças, não se confunde com o dos outros dois.

O poeta, livre dos entraves das leis da associação[2], pode se dedicar a construir significados numa atividade relativamente livre de quaisquer entraves externos à poesia. Pode gozar dos

---

* Professor universitário.
1. Nasceu da leitura em conjunto da obra de Ronald Dworkin, *O império do direito*, realizada no Subgrupo de Teoria do Direito, parte do projeto coletivo da pesquisa de *Direito, moral e política: uma investigação a partir da obra de Jürgen Habermas* financiado pela Fapesp e sediado no Cebrap.
2. "A imaginação (...) é, com efeito, muito poderosa na criação como que de uma outra natureza, com a matéria que lhe dá a natureza efetiva. Entretemo-nos com ela onde a experiência nos parece demasiado prosaica; e também não deixamos de transformar a esta: decerto ainda segundo leis analógicas, mas no entanto também segundo princípios que estão mais altamente situados na razão (...); nisso sentimos nossa liberdade face à lei da associação (...) de tal modo que, segundo a mesma, decerto emprestamos a matéria da natureza, mas esta pode ser elaborada por nós para tornar-se algo inteiramente outro, a saber, aquilo que transcende a natureza." KANT, *Kant (II): textos selecionados*.

benefícios da autonomia da arte em relação às outras esferas da sociedade: a arte deixa de ser parte de uma totalidade em que se integram de maneira indiferenciável religião, política, direito, etc. para formar um espaço separado, dotado de critérios próprios.

A autonomia da arte deve ser compreendida como parte do processo de separação das esferas de valor, resultado do avanço da racionalização[3] que dissolveu as sociedades tradicionais dominadas pelo pensamento religioso. A sociedade passa a ser concebida como cindida em diversas esferas de valor regidas por leis próprias.

O desenvolvimento do intelectualismo e da racionalização da vida modifica essa situação. Nessas condições, a arte torna-se um cosmo de valores independentes, percebidos de forma cada vez mais consciente, que existem por si mesmos. A arte assume a função de uma salvação neste mundo, não importa como isso possa ser interpretado. Proporciona uma salvação das rotinas da vida cotidiana, e especialmente das crescentes pressões do racionalismo teórico e prático.[4]

Num mundo estruturado desta forma, o poeta pode *ocupar o papel de criador de sentidos novos* sem que isso afete diretamente o funcionamento das outras esferas sociais: a arte é relativamente irrelevante para a economia, para a política, para a religião[5], e o artista tem liberdade para deixar que seu desejo

---

3. "*Weber sees cultural rationalization in modern science and technology, in autonomous art, and in a religiously anchored ethic guided by principles. He designates as rationalization every expansion of empirical knowledge, of predictive capacity, of instrumental and organizational mastery of empirical processes.*" HABERMAS, *The Theory of Communicative Action: Reason and Rationalization of Society*, p. 159.

4. WEBER, *Textos selecionados*, p. 252.

5. Theodor Adorno dirá que o preço da liberdade absoluta na arte é sua completa irrelevância social, o que ameaça seu direito de existência: "*Infatti, restando l'opera d'arte pur sempre un fatto particolare, l'assoluta libertà che c'è in essa entra in contraddizione col perenne stato di illibertà vigente nel tutto. Nel tutto il posto dell'arte è diventato incerto. L'autonomia che essa conseguí dopo essersi*

deslize sobre todas as coisas, constituindo seu significado em harmonia com o movimento de suas fantasias.

O filósofo[6] parece ocupar um lugar semelhante ao do poeta, desenvolvendo uma atividade marcada pela liberdade de criação de sentidos encerrada à esfera da cultura. Caso o diagnóstico weberiano esteja correto, pensar filosoficamente significa pensar sem compromisso com a realização de objetivos práticos: verdade pela verdade, arte pela arte; ou seja, grande liberdade criativa acompanhada de irrelevância prática[7].

O juiz ocupa um lugar *sui generis* nesta paisagem do pensamento. Sua atividade de criador de sentidos (ou de atualizador do sentido dos textos, pouco importa) *não pode ser livre*. Sua função é conter a profusão de significados para conformar o sentido dos textos jurídicos aos esquadros do Estado de Direto. E, na concepção corrente das teorias sobre a interpretação jurídica, deve fazê-lo por meio de uma atividade interpretativa que reprima sua subjetividade. É preciso excluir, se possível, todo e qualquer subjetivismo na apreciação dos casos concretos que se lhe apresentam. A função jurisdicional é vista como *espaço recortado pelas normas jurídicas*, delimitado de modo

---

sbarazzata della funzione liturgica che aveva avuto e poi delle imitazioni di questa, viveva dell'idea di umanità. L 'autonomia perciò venne tanto piú sconvolta quanto meno umana diventava la società." ADORNO, *Teoria estetica*, p. 4. Walter Benjamin, num diagnóstico diverso, acredita encontrar potenciais emancipatórios na arte: BENJAMIN, *Obras escolhidas: magia e técnica, arte e política*.

6. Excluímos deste comentário o papel da *Filosofia do direito dos juristas*, no conceito de Norberto Bobbio. Para este autor, é preciso diferenciar este tipo de Filosofia do Direito daquela praticada pelos filósofos. A Filosofia do Direito dos juristas nasce da atividade prática que consiste em lidar com o direito positivo: é um pensamento filosófico sobre o direito que nasce de problemas colocados pela prática. Nessa formulação, este tipo de pensamento enquadra-se na hermenêutica objetivista de que falaremos a seguir. BOBBIO, *Giusnaturalismo e positivismo giuridico*, pp. 40 ss.; LAFER, *A reconstrução dos direitos humanos*, pp. 48 ss.

7. A separação entre as esferas não é um problema exclusivamente teórico. Já na formulação de Weber, tal conceito, um tipo ideal, pretende servir para compreender a sociedade. Portanto, saber se arte e filosofia são completamente irrelevantes significa, entre outras coisas, fornecer evidências sociológicas que comprovem a separação das esferas de valor.

estrito, que será ocupado por um sujeito que precisa *livrar-se de sua singularidade* para desenvolver sua atividade conforme uma rígida metodologia.

Controlar a profusão de sentidos: o Estado de Direito

O juiz não pode ser livre porque o Direito não é uma esfera separada das outras: a sentença judicial serve a objetivos práticos, está ligada a uma *praxis*, que é a necessidade de decidir conflitos sociais dos mais diferentes tipos com o fim de manter a paz social[8]. Para que possa realizar esse objetivo, é preciso que o juiz disponha de uma linguagem que possibilite sua comunicação com as outras esferas sociais, caso contrário seria impossível decidir conflitos com o fim de disciplinar condutas no campo da economia, da política e da cultura.

Este entrave à liberdade do juiz está inscrito nas estruturas do Estado de Direito. O estabelecimento do monopólio da violência pelo Estado retirou das pessoas o poder de recorrer à autotutela[9], à justiça de mão própria. Para que possam resolver seus conflitos elas precisam recorrer aos tribunais do Estado: a possibilidade de exercer o direito de ação em sentido material[10]

---

8. O Direito deve também ser entendido como *decisão* e, portanto, a excessiva abertura para a variação de sentido das normas, um excesso zetético, comprometeria o funcionamento da dogmática jurídica em seu caráter tecnológico de instrumento destinado à solução de conflitos. FERRAZ JR., *Função social da dogmática jurídica* e *Introdução ao estudo do direito*.

9. GRINOVER, *Teoria geral do processo*.

10. Uma pessoa é titular de posições jurídicas ativas em relação ao sujeito passivo de uma relação jurídica. Estas posições jurídicas ativas são derivadas ou de normas de conduta – o poder de exigir um comportamento ou a abstenção de um comportamento de um sujeito passivo (direito subjetivo em sentido estrito) – ou de normas de competência – o poder de modificar a esfera jurídica do sujeito passivo sem sua anuência (direito potestativo). A resistência ao direito subjetivo em sentido estrito faz nascer a pretensão de exigir que o sujeito passivo realize ou deixe de realizar a conduta prescrita ou proibida pela norma jurídica. A existência da pretensão faz nascer a ação em sentido material, possibilidade de constranger o sujeito passivo a realizar a conduta imposta pela norma. Simplificando o problema, que exigiria maiores especificações conceituais, nosso sistema jurídico exige que a ação

é residual[11]. Diante de uma pretensão resistida, as pessoas são obrigadas a levar sua demanda aos tribunais por meio de ações judiciais.

O monopólio da jurisdição por parte do Estado estabeleceu a *previsibilidade* da produção, execução e aplicação das normas jurídicas, aumentando a segurança jurídica. O juiz é peça-chave no funcionamento do Estado, pois é o responsável por dar uma resposta àquelas pessoas que se sentem injustiçadas por terem tido seus direitos violados. O monopólio da jurisdição deixa apenas um caminho para a busca de uma solução para os conflitos[12]. Por esta razão, o juiz está obrigado a julgar, não pode deixar de entregar uma resposta para as questões que lhe sejam apresentadas sob pena de colocar em risco a paz social. Despojados do direito de resolver seus conflitos por si mesmos, os cidadãos dispõem apenas do recurso aos tribunais para buscar uma solução para suas desavenças. Privá-los dessa possibilidade significa colocar em risco o monopólio estatal da jurisdição, abrindo espaço para um retrocesso em direção à autotutela.

Nos limites do Estado de Direito, o juiz está obrigado, de uma maneira ou de outra, a realizar a vontade das normas jurídicas que nascem das fontes de direito reconhecidas e autori-

---

em sentido material seja substituída pelo exercício do direito de ação perante o Poder Judiciário. Nesse sentido: PONTES DE MIRANDA, *Tratado das ações* e *Tratado de direito privado*; SILVA, *Revista Brasileira de Direito Processual*, vol. 37, pp. 103 ss. Sobre a idéia de posição jurídica e relação jurídica: HOHFELD, *Fundamental Legal Conceptions as Applied in Judicial Reasoning*; LUMIA, *Lineamenti di teoria e ideologia del diritto*; CARNELUTTI, *Teoria geral do direito*.

11. Por exemplo, o artigo 502 do Código Civil brasileiro permite que o titular do direito subjetivo violado ou ameaçado de violação aja de suas próprias forças em caso de turbação ou esbulho.

12. Atualmente, assistimos a um processo que poderíamos chamar, ironicamente, de *fuga da jurisdição estatal* por parte de empresas multinacionais e outros atores do processo de globalização da economia. Outros meios de solução de conflitos estão sendo desenvolvidos e aperfeiçoados como, por exemplo, a arbitragem nacional e internacional. Para repensar o papel do juiz de forma completa será necessário passar por estas questões, as quais não são objeto de análise neste artigo. Para uma discussão destes problemas, ver: FARIA, *O direito na economia globalizada*.

zadas[13] pelo ordenamento jurídico. Resumidamente, o Direito moderno configura-se da seguinte maneira:

> 1. Any norm may be enacted as law with the claim and expectation that will be obeyed by all those who are subject to the authority of the political community.
> 2. The law as a whole constitutes a system of abstract rules, which are usually the result of enactment, and the administration of justice consists in the application of these rules to particular case. Governmental administration is likewise bound by rules of law and conducted in accordance with generally formulated principles that are approved or at least accepted.
> 3. The people who occupy positions of authority are not personal rulers, but superiors who temporaryly hold an office by virtue of which they possess limited authority.
> 4. The people who obey the legally constituted authority do so as citizens, not as subjects, and obey the "law" rather than the official who enforces it.[14]

Juízes não são legisladores: não detêm um mandato eletivo que os legitimem como representantes da vontade popular. Por definição, sua atividade, por mais criativa e inovadora que possa ser, deve se enquadrar nos limites ditados pelo direito positivo e pelas estruturas de organização do poder do Estado. Nas palavras de Miguel Reale:

> Destarte, alterada a visão da experiência normativa, que deixou de corresponder a mera *estrutura lógico-formal*, para ser entendida *em termos retrospectivos de fontes e prospectivos de modelos*, isto é, em razão da estrutura histórica concreta, o problema hermenêutico deve passar a ser resolvido, partindo-se do pressuposto de que toda norma jurídica é:

---

13. BOBBIO, *O positivismo jurídico: lições de filosofia do direito*, pp. 161-79. Na opinião de Bobbio, o juiz não pode ser fonte originária de direito, mas pode ser fonte derivada nos casos em que, por exemplo, esteja autorizado a julgar por eqüidade.

14. BENDIX, *Max Weber: An Intelectual Portrait*.

a) um *modelo operacional* que tipifica uma ordem de competência, ou disciplina uma classe de comportamentos possíveis;
b) devendo ser interpretado no conjunto do ordenamento jurídico;
c) a partir dos fatos e valores que, originariamente, o constituíram.[15]

Mesmo François Geny, que normalmente é citado como precursor da idéia de que o juiz deve ter liberdade total para interpretar os textos jurídicos, era um defensor radical da idéia de que ser juiz significa servir ao Estado de Direito. Ao examinar a atuação do juiz Magnaud, magistrado francês que se orgulhava de sua liberdade para interpretar o direito para além das normas reconhecidas pelo ordenamento, fazendo justiça para os humildes e punindo os abusos dos poderosos, Geny afirmou:

> Mais, ce qui est plus grave et vraiment déconcertant, c'est que les jugements, ayant illustré le Tribunal de Château-Thierry, si on les prend dans leur ensemble, les uns favorables aux miséreux, les autres sévères aux prétendus privilegiés, ressentent, à peu près tous, *um esprit de basse politique, et laissent échapper un relent de littérature électorale, qui trouble étrangement la sereine atmosphère de la justice* (grifo meu). Et, l'attitude de leur auteur, qui n'a quitté son siège de magistrat, que pour se poser en politicien démagogue, n'est, certes pas, faite pour atténuer cette impression. Bien mieux. Quand on analyse, en vue d'en caractériser au fond la portée spécifique, les décisions principales du Président Magnaud, on y relève d' étranges disparates, qui tendraient à mettre en suspicion la sincerité ou la pondération de leur auteur.[16]

---

15. REALE, *Fontes e modelos do direito: para um novo paradigma hermenêutico*, p. 109.
16. GENY, *Méthode d'interpretation et sources en droit privé positif: essai critique*, p. 291.

Toda interpretação jurídica é um objetivismo

O modo de proceder do juiz Magnaud, na opinião de Geny, caracteriza-se pela preponderância da "apreciação subjetiva" que domina e anima todo o processo de seus julgamentos.

> Celui-ci prétend voir, lui-même et du premier coup, le motif de la décision. Et, síl fat intervenir la loi, c'est pour en estimer la valeurs à son jugement propre. Aussi, critique-t-il, de haut et sans ménagements, la jurisprudence établie, qui ne répondrait pas à ses vues personnelles.[17]

Geny identifica o subjetivismo do juiz Magnaud com a arbitrariedade na interpretação do direito, em defesa da segurança jurídica. Este valor da segurança jurídica e o combate ao subjetivismo do juiz são idéias comuns a praticamente todos os teóricos do direito.

Por exemplo, falar em direito natural, seja numa sociedade tradicional, seja num contexto moderno, significa buscar algo de estável e objetivamente pensável para servir de fundamento para o Direito e, por via de conseqüência, para as decisões judiciais que lidam diretamente com o direito positivo. Da mesma maneira, o paradigma da filosofia do direito, nascido da erosão do paradigma do direito natural, "é a busca de um saber confiável em matéria de Direito, provocado pela fratura da crença do Direito Natural"[18], ou seja, a busca de uma objetividade que, no âmbito de decisão judicial, deverá servir de limite à interpretação do juiz.

Nesse sentido, parece razoável afirmar que todo pensamento moderno sobre o direito tem como finalidade buscar algum conhecimento objetivo sobre o direito, ou seja, é um obje-

---

17. *Idem, ibidem*, p. 299.
18. LAFER, ob. cit., p. 41. Segundo Celso Lafer, a erosão do paradigma do direito natural teve como causas a *secularização* do Direito concebido como separado da Teologia, sua *sistematização* realizada pelos Códigos; a *positivação* do Direito que passa a ser concebido como direito positivo e, finalmente, a percepção do Direito como *fenômeno histórico* e, portanto, algo contingente e variável.

tivismo, independentemente de sua matriz teórica: governo das leis, e não governo dos homens. Por via de conseqüência, como a interpretação jurídica é vista como um processo de busca de um sentido objetivo para as normas jurídicas, esse sentido deverá ser independente da vontade do sujeito da interpretação.

Afirmar que a interpretação jurídica, no contexto do Estado de Direito, é essencialmente objetivista não significa negar a existência da dualidade vontade da lei/vontade do legislador na teoria da interpretação jurídica. Na verdade, o que estamos tentando demonstrar é que esta dualidade está assentada sobre um elemento que não pode ser questionado: tanto para o intérprete que acredita na vontade da lei como critério de interpretação quanto para aquele que defende a vontade do legislador, trata-se de interpretar um conjunto de textos reconhecidos como jurídicos por um sistema de fontes de direito. Para ambas as posições, em primeiro plano está o *juiz burocrata*, que deve interpretar os textos de modo objetivo, sem misturar sua subjetividade nas sentenças, sem se deixar levar por si mesmo, em busca de um ideal de imparcialidade em que o juiz é concebido, primordialmente, como funcionário da justiça.

Kelsen e os "transbordamentos de um subjetivismo excessivo"

Colocado lado a lado com a exposição que fizemos acima, o diagnóstico de Hans Kelsen sobre a interpretação jurídica, exposto no capítulo final da *Teoria pura do direito*, publicada em 1960, é completamente desconcertante:

> A interpretação jurídico-científica não pode fazer outra coisa senão estabelecer as possíveis significações de uma norma jurídica. Como conhecimento do seu objeto, ela não pode tomar qualquer decisão entre as possibilidades por si mesma reveladas, mas tem de deixar tal decisão ao órgão que, segundo a ordem jurídica, é competente para aplicar o Direito.
> ....
> A interpretação jurídico-científica tem de evitar, com o máximo cuidado, a ficção de que uma norma jurídica apenas per-

mite, sempre e em todos os casos, uma só interpretação: a interpretação <<correta>>. Isto é uma ficção de que se serve a jurisprudência tradicional para consolidar o ideal de segurança jurídica. Em vista da plurissignificação da maioria das normas jurídicas, este ideal somente é realizável aproximativamente.

Não se pretende negar que esta ficção de univocidade das normas jurídicas, vista de uma certa posição política, pode ter grandes vantagens. Mas nenhuma vantagem política pode justificar que se faça uso desta ficção numa exposição científica do Direito positivo, proclamando como única correcta, de um ponto de vista científico objectivo, uma interpretação que, de um ponto de vista político subjectivo, é mais desejável do que uma outra, igualmente possível do ponto de vista lógico. Neste caso, com efeito, apresenta-se falsamente como verdade científica aquilo que é tão-somente um juízo de valor político.[19]

Kelsen afirma que a ciência do Direito não tem meios para garantir que a interpretação do direito tenha resultados únicos. A profusão de sentidos não pode ser controlada cientificamente: a ciência jurídica só tem poder para apontar a variedade de interpretações sem estabelecer critérios para decidir por qual delas devemos optar.

Mais do que isso, a opção por uma das interpretações é política. Deve estar fundada na análise do direito positivo, mas não há meios para afirmar que ela é a melhor interpretação entre todas as interpretações possíveis. Não há critério científico para decidir sobre qual caminho seguir: a opção do juiz é subjetiva, arbitrária. Ele pode escolher entre diversas interpretações possíveis, igualmente coerentes com o ordenamento jurídico positivo. As conseqüências desta visão são surpreendentes para os princípios de um Estado de Direito moderno:

> Esta coerência de Kelsen com seus princípios metódicos, porém, nos deixa sem armas. Sua renúncia pode ter um sentido heróico, de fidelidade à ciência, mas deixa sem fundamento a maior parte das atividades dogmáticas, as quais dizem respeito à

---

19. KELSEN, *Teoria pura do direito*, pp. 472-3.

hermenêutica. E ademais não explica a diferença entre a mera opinião, não técnica, sobre o conteúdo da lei, exarada por alguém que sequer tenha estudado Direito, e a opinião do doutrinador que busca, com os meios da razão jurídica, o sentido da norma. A diferença, em termos de aceitação, resta meramente política. Ou seja, para Kelsen, é possível denunciar de um ângulo filosófico (zetético), os limites da hermenêutica, mas não é possível fundar uma teoria dogmática da interpretação.[20]

O diagnóstico kelseniano parece se confirmar quando acompanhamos a argumentação de Geny em sua análise do *fenômeno Magnaud*. François Geny nos conta que, apesar de ter conquistado muitos admiradores, o juiz Magnaud não chegou a formar uma escola, permanecendo como um fenômeno isolado. Este desfecho, segundo Geny, deveu-se a duas características do sistema jurídico francês:

a) os magistrados são capazes de perceber a inconsistência dos procedimentos de um juiz como Magnaud, bem como suas incoerências;
b) a hierarquia judiciária interviria em seu papel moderador, limitando e fazendo com que parassem de acontecer estes *transbordamentos de um subjetivismo excessivo* (les débordements d'un subjectivisme outrancier).[21]

Na análise de Geny, as instituições judiciárias francesas disporiam apenas de sua própria tradição e dos tribunais superiores para conter o transbordamento do sujeito da interpretação judicial em suas sentenças. Nada no pensamento jurídico poderia atuar como freio ao poder jurisdicional.

O desenvolvimento posterior do pensamento jurídico sobre a interpretação jurídica pode ser pensado como uma resposta a este problema colocado por Kelsen. Em nossa leitura, trata-se de responder à seguinte questão: visto que sempre haverá diversas possibilidades interpretativas de um mesmo tex-

---

20. FERRAZ JR., *Introdução ao estudo do direito*, p. 238.
21. GENY, ob. cit., p. 306.

to jurídico, como controlar a escolha do juiz garantindo que ela seja o mais coerente possível com o ordenamento jurídico? Em outras palavras, como podemos nos defender da vontade do sujeito da interpretação, impondo limites a sua subjetividade arbitrária?

Pressupomos nesta análise que o controle relativo das interpretações possíveis, que se deve ao fato de o intérprete estar necessariamente situado nos limites de um Estado de Direito, é insuficiente para garantir segurança jurídica. Seria fácil demonstrar, em qualquer ramo do direito, como é possível criar e recriar interpretações absolutamente contraditórias com o mesmo material jurídico, bem como é possível qualificar juridicamente[22], de formas as mais diversas, os mesmos fatos, modificando o regime jurídico ao qual eles devem estar submetidos. Pois a clareza da norma, como observa Perelman, muitas vezes não passa de falta de imaginação do intérprete[23].

Além disso, a tradição das interpretações repetidas pelos tribunais não é freio suficiente para o juiz arbitrário, pois, em nosso sistema jurídico, o magistrado tem o poder de decidir também sobre esta tradição[24]. Ele pode inovar a interpretação, deixando de lado a reiteração constante de julgamentos uniformes e, por esta razão, podemos dizer que a jurisprudência não é dotada de uma coercibilidade necessária[25].

---

22. A qualificação jurídica é a "operação que consiste em confrontar dois sistemas conceituais, um que descreve uma situação de vida (*Lebensverhältnis, Fatti di vita umana*) e outro que confere a essa situação a sua qualificação jurídica". Prossegue o autor: "Contrariamente a uma opinião bastante difundida junto aos juristas, a operação de qualificação não é uma passagem do fato ao direito, sendo então o fato entendido como um simples dado existencial, uma factualidade em estado bruto. Para serem apreendidos pela norma jurídica, os fatos devem ser introduzidos em um aparelho conceitual, o da linguagem. Por mais elaboradas que possam parecer, as definições jurídicas se referem, em última instância, à linguagem 'usual', 'corrente'." RIGAUX, "Qualificação", pp. 655-6; ver também *A lei dos juízes*.
23. PERELMAN, *Lógica jurídica*, p. 51.
24. HART, *O conceito de direito*, p. 17.
25. REALE, ob. cit.; BOBBIO, ob. cit.

Razão prática como controle do subjetivismo

Em linhas gerais, o pensamento jurídico contemporâneo caracteriza-se por negar a lógica formal como método por excelência do pensamento jurídico. Em seus desenvolvimentos mais recentes, parece ter sido completamente abandonada a idéia de que interpretar um texto jurídico consistiria *apenas* em aplicar o raciocínio dedutivo, o silogismo jurídico, para estabelecer uma mediação entre normas gerais e casos concretos[26]. No excelente resumo de Alexy:

> "It can [...] no longer be seriously maintained that the application of laws involves *no more* than a logical subsumption under abstractly formulated major premises." This observation by Karl Larenz marks one of the few points of agreement in contemporary discussions of legal methodology. In many cases, the singular normative statement which expresses a judgment resolving a legal dispute is not a logical conclusion derived from formulations of legal norms presupposed valid taken together with statements of fact which are assumed or proven to be true. There are at least four reasons for this: (1) the vagueness of legal language, (2) the possibility of conflict between norms, (3) the fact that there are cases requiring a legal statement which do not fall under any existing valid norm, and finally (4) the possibility, in special cases, of a decision which is contrary to the wording of a statute.[27]

Mesmo entre os lógicos jurídicos há consciência de que a lógica formal não pode dar conta de todos os problemas da interpretação jurídica:

> A Lógica somente garante o seguinte: *se* as premissas são *verdadeiras* (no que tocam aos enunciados *descritivos*) ou *váli-*

---

26. REALE, ob. cit.; RECASÉNS-SICHES, *Nueva filosofía de la interpretación del derecho*; LARENZ, *Metodologia da ciência do direito*; ENGISH, *Introdução ao pensamento jurídico*; BERGEL, *Teoria geral do direito*; NEVES, *Metodologia jurídica: problemas fundamentais*; além de outros autores, alguns deles citados adiante.

27. ALEXY, *A Theory of Legal Argumentation*, p. 2.

das (no que tocam às proposições *prescritivas*) e o processo inferencial-dedutivo está sintaticamente correto (congruência na relação conseqüencial, em sentido husserliano), então a conclusão ou sentença (a proposição prescritiva em que se verte a decisão judicial) é *verdadeira* ou *válida*, respectivamente.
Mas *a Lógica mesma é impotente para escolher a premissa maior, isto é, a proposição normativa geral*. Não é potente para esta seleção justamente porque *não tem meios para decidir sobre o conteúdo normativo da proposição jurídica*.[28]

As propostas teóricas atuais procuram buscar maneiras de controlar a opção valorativa que o juiz pode fazer ao interpretar uma norma jurídica. É um pressuposto amplamente aceito que a interpretação é sempre necessária, não existe norma sem interpretação, e que as interpretações possíveis de uma norma num ordenamento são variadas. Assim, para que se possa falar numa *racionalidade da atividade jurisdicional* contra Kelsen, a atividade do juiz passa a ser concebida como uma modalidade de razão prática[29] sujeita a regras e, portanto, passível de controle.

Nesse sentido, Robert Alexy fala em diversas propostas de "objetivação do problema dos julgamentos de valor"[30] antes de apresentar sua teoria da argumentação jurídica que é concebida como uma espécie de discurso racional prático. Chaïm Perelman, negando a idéia de que os juízos de valor sejam completamente arbitrários, afirma que seu projeto é desenvolver uma filosofia prática que dê conta da racionalidade desses juí-

---

28. VILANOVA, *As estruturas lógicas e o sistema do direito positivo*, p. 317.
29. Salvo engano, a retomada da razão prática para pensar o Direito se dá por duas vias: *Aristóteles* e o conceito de *prudência*, como em Chaïm Perelman e Recaséns-Siches; e *Immanuel Kant*, caso de Robert Alexy e, numa hipótese a ser comprovada, Klaus Gunther (também é o caso de Jürgen Habermas e John Rawls, mas nenhum dos dois dedicou-se especificamente a pensar a Teoria do Direito). Fique claro que esta avaliação está longe de ser precisa. Seria necessário fundamentá-la melhor, examinando exaustivamente as teorias que se apresentam no cenário filosófico contemporâneo. No prefácio de 1963 de sua *Filosofia do direito*, Carl J. Friedrich faz afirmação semelhante a nossa. Ver FRIEDRICH, *La filosofía del derecho*, p. 10.
30. ALEXY, ob. cit., p. 7.

zos³¹. Klaus Gunther, aparentemente também situado nos domínios da razão prática, busca uma teoria que garanta a coerência e a justificação das decisões judiciais³².

A abordagem da interpretação a partir da idéia de uma razão prática é evidentemente um avanço em relação à posição de Hans Kelsen. Mas, para o problema que buscamos abordar, *elas continuam a ocupar o mesmo ponto de vista em relação ao sujeito da interpretação, negando sua subjetividade*. Um sujeito da interpretação como o juiz, pessoa com nome e sobrenome, responsável final pela interpretação jurídica, não é tematizado por essas teorias da interpretação.

O estudo teórico da interpretação tem buscado descobrir quais são os contornos do lugar que o juiz ocupa no quadro institucional, qual a extensão e a configuração de seu espaço para julgar. *Mas o sujeito que irá ocupar este espaço não é objeto de estudo*. É como se ele fosse dedutível das regras que governam a razão prática, assim como o juiz positivista era dedutível da máquina formal do silogismo jurídico. Por meio destas abordagens, só temos acesso ao *juiz racional em geral*, e não ao sujeito real que tem diante de si um caso concreto real, ambos irrepetíveis e irredutíveis a qualquer regra da razão ou conceito jurídico abstrato³³.

É evidente que as normas jurídicas selecionam aspectos dos casos concretos que devem ser examinados tendo em vista os critérios estabelecidos previamente pelo ordenamento jurí-

---

31. PERELMAN, ob. cit., p. 137.
32. GÜNTHER, *Uma concepção normativa de coerência para uma teoria discursiva da argumentação jurídica*.
33. GUNTHER, Klaus (ob. cit.) e DWORKIN, Ronald (*O império do direito*) desenvolvem suas teorias da interpretação do ponto de vista do juiz, reconstruindo a partir daí as necessidades de coerência e justificação das sentenças, ao contrário de Habermas (capítulo V de *Direito e democracia*), que aponta para a necessidade de uma hermenêutica construída a partir da inserção da jurisdição no conjunto das instituições, abordando a atividade jurisdicional, por assim dizer, "de cima". Preferimos a abordagem dos dois primeiros autores, pois acreditamos que o juiz está mais próximo do mundo da vida do que os mecanismos institucionais do Direito. Além disso, nosso objetivo é apontar para a necessidade de tematizar o autor da interpretação judicial.

dico. Mesmo numa interpretação das mais simples, destinada a solucionar um caso pouco complexo, os fatos não são relevantes em sua totalidade para o Direito: será considerado fato jurídico apenas aquela parte do fato real que seja subsumível a uma norma jurídica[34].

Mas parece também evidente que as normas jurídicas não podem interpretar a si mesmas. Para haver seleção dos fatos relevantes é preciso que o autor da interpretação olhe, pelo menos uma vez, para o conflito em sua totalidade, sob todos os seus aspectos singulares, sem os óculos dos textos jurídicos, e decida como deverá qualificá-lo juridicamente e, conseqüentemente, quais serão os textos normativos relevantes para sua disciplina. Além disso, o juiz tem o dever de guiar os debates no interior de um processo, dirigindo a instrução processual para obter todos os elementos relevantes para a formação de sua convicção.

Ao fim e ao cabo, independentemente da teoria hermenêutica que o juiz adote, independentemente das estruturas do Estado de Direito, o que temos diante de nós numa interpretação jurídica é *um sujeito singular diante de um conflito humano igualmente singular*.

Essas singularidades, do juiz e do caso concreto, devem ser colocadas no primeiro plano num estudo sobre a interpretação jurídica. Normalmente, estes dois aspectos do problema são abordados mediatamente, deduzidos das regras gerais da racionalidade, dedutiva ou prática, pouco importa: em ambos os casos, o juiz é o *burocrata* que tem deveres em relação ao Estado de Direito e deve limitar sua subjetividade em nome do princípio da legalidade. É preciso que contenha seus impulsos singulares, que limite seu poder de interpretar criativamente para evitar qualquer *transbordamento subjetivo excessivo*.

---

34. PONTES DE MIRANDA, ob. cit.

O que significa ser autor de uma interpretação?

Até por fidelidade ao nosso problema, eu gostaria de relatar uma experiência pessoal que nasceu da convivência com meu pai, Antônio Rodriguez, na época juiz no Estado de São Paulo, Titular da 3.ª Vara Cível do Foro Regional de Santo Amaro.

Um de seus últimos casos julgados em primeira instância tratava de um pedido de indenização por danos materiais e morais dirigido a uma clínica de tratamento psicológico. Um de seus pacientes havia cometido suicídio enquanto estava internado sob os cuidados médicos da clínica, enforcando-se dentro de seu quarto. A esposa do paciente propusera a ação buscando responsabilizar civilmente a clínica pela morte de seu marido.

Meu pai ficou particularmente perturbado com esse caso. Não era a primeira vez que eu o via perder o sono pensando numa solução para um processo. Apesar de diversas tentativas, nunca consegui identificar temas ou áreas do direito que fossem especialmente sensíveis para ele. Seu esforço pessoal em realizar uma boa instrução processual e em esmiuçar pacientemente cada elemento do caso concreto não fazia distinções.

Durante muito tempo, imaginei que meu pai, bem no fundo, devido a sua história de vida, convicções políticas e filosóficas, tivesse escolhido a magistratura para fazer justiça aos mais pobres e punir a arrogância dos mais fortes. Mas essa impressão foi se desfazendo conforme eu avançava no estudo do Direito e passava a ter condições de compreender suas sentenças. Suas inquietações eram de outra ordem. Não decorriam de um desejo maniqueísta de instrumentalizar a ordem jurídica em nome da justiça social.

Em todos os julgamentos que presenciei, especialmente nas audiências de instrução em que meu pai deparava com os sujeitos envolvidos na disputa, nunca o senti completamente à vontade, completamente tranqüilo com o desenrolar dos acontecimentos. Sua condução da audiência era processualmente rigorosa, mas sempre senti em seu modo de agir e de lidar com os conflitos uma frustração antecipada pela decisão que iria proferir. Mesmo após uma instrução extremamente detalhada, mesmo após esforços incessantes em busca dos mais diversos meios de prova, após interrogatórios minuciosos, eu sentia em seu olhos uma sensação de impotência que se traduzia em sentenças enormes, as quais se estendiam, quase sempre, por mais de trinta e, às vezes, por mais de cem páginas. E mesmo assim, não raro, eu ficava com a sensação de que meu pai ainda achava que alguma coisa tinha escapado ao seu exame.

O julgamento do caso de suicídio foi particularmente difícil para ele. A primeira vez em que me contou os fatos que examinava, dentre inúmeras outras que se seguiram, meu pai olhava constantemente para o chão e alisava com freqüência pouco usual seus cabelos grisalhos. Estava visivelmente angustiado e ansioso. Depois de discutir durante um bom tempo alguns detalhes do caso comigo, pediu que eu obtivesse alguns livros que discutissem o tema do suicídio para que ele pudesse estudar.

Demorei um pouco para conseguir os livros devido a minha ignorância no assunto e à dificuldade de encontrar alguns deles, com edições esgotadas. Claramente angustiado, meu pai me cobrou diversas vezes a obtenção das obras. Tenho todos os livros que consegui reunir diante de mim, no momento em que escrevo estas linhas, dentre eles, o trabalho clássico de Durkheim, *O suicídio*, assim como a tradução da coleção "Os Pensadores" de *O mal-estar na civilização*, de Freud, e *Eros × Tânatos*, além de *O homem contra si mesmo*, de Karl Menninger. Gostaria que ele ainda estivesse vivo para ler o livro de Pierre Fédida, *Depressão*.

Meu pai leu todos os livros apaixonadamente, anotando e sublinhando diversas passagens, sem fazer nenhum comentário comigo. Não tive coragem ainda, quatro anos depois de sua morte, de examinar os livros para ver quais trechos ele sublinhou, quais as passagens que mais lhe chamaram a atenção. Ao final de umas três semanas de leitura ininterruptas e encerrada a instrução processual, ele se sentiu em condições de proferir sua sentença que, como era de esperar, condenava a clínica por culpa *in vigilando* devido ao fato de que o paciente tinha um histórico de tentativas de suicídio e tinha sido internado, naquela ocasião, devido a uma de suas inúmeras tentativas frustradas da acabar com a própria vida.

O que mais me incomodou em todo esse episódio, do ponto de vista pessoal, era a incapacidade de meu pai em vestir de modo altivo e orgulhoso, como o fazem muitos magistrados que conheci, uma segunda pele que dissolve o sujeito em um burocrata, com vocabulário próprio e trejeitos característicos, e garante a padronização dos julgamentos. Por que se incomodar tanto com tantos casos, muitos deles juridicamente bastante simples, se o que bastava era aplicar a legislação positiva ao caso concreto, ou seguir a interpretação dominante dos tribunais? Sua consciência da singularidade de cada caso concreto era completa. Como nos ensina Engish:

> Na subsunção, tal como agora a encaramos, trata-se primariamente da sotoposição de um caso *individual* à hipótese ou tipo legal e não directamente da subordinação ou enquadramento de um *grupo* de casos ou uma *espécie* de casos. Em segundo lugar, devemos ter presente que, como já acentuamos, nos representamos a subsunção como uma subsunção *nova*, uma subsunção a fazer pela primeira vez, e não, portanto, como simples repetição rotineira de subsunções que já muitas vezes foram feitas para casos do mesmo tipo.[35]

O que me parece mais perturbador no comportamento de meu pai era que, mesmo quando a solução de um determinado caso era relativamente simples, isso não significava menos sofrimento (aos meus olhos era sofrimento, agora já não tenho tanta certeza). Dependendo do teor do caso, suas características e das pessoas envolvidas, eu era espectador de um esforço monstruoso de estudo e interpretação dos textos jurídicos, muitas vezes seguidos de insatisfação e frustração com o resultado final que, a meus olhos, era perfeitamente adequado e, não raras vezes, brilhante.

---

35. ENGISH, ob. cit., pp. 94-5.

Sempre me incomodei com a dificuldade de meu pai em vestir a pele do juiz burocrata, o que certamente faria dele uma pessoa mais tranqüila, mas com certeza muito menos interessante. Talvez não tivesse morrido de infarto aos 56 anos, mas, por outro lado, talvez nunca tivesse sido levado a ler Freud e a ouvir as pessoas com tanta atenção e cuidado, a olhar os casos concretos com a angústia de quem sabe que nunca chegará ao conhecimento completo do problema que se estende diante de seus olhos.

Para ele, ser autor de uma sentença significava, quase sempre, decidir uma questão importante e grave. Ele tinha consciência plena do poder diabólico da sentença judicial que, para usar a conhecida máxima, pode "fazer do redondo, quadrado". Suas decisões eram pensadas e moldadas ao caso concreto, no qual buscava penetrar com paixão, mesmo que aparentemente a solução jurídica fosse das mais óbvias. Inúmeras vezes, após me contar um de seus casos, eu rapidamente ensaiava uma solução e ele sempre me repreendia da mesma forma: "Calma rapaz, pense um pouco!" Um olhar disciplinado para o detalhe, para a nuance, para a singularidade.

A convivência com meu pai levou-me a imaginar que a abordagem tradicional da hermenêutica adota um ponto de vista excessivamente objetivista. É evidente que o juiz ocupa uma posição como órgão de poder do Estado e deve guiar seu pensamento e seu desejo pelos caminhos do Estado de Direito. Mas o momento crucial da interpretação não é a descrição das regras e procedimentos de uma metodologia jurídica. O momento dramático da interpretação é a *apropriação destas regras e procedimentos por um sujeito singular* que, não devemos esquecer, irá assinar seu nome no final do termo da sentença, deixando ali marca de sua personalidade.

> Os momentos culminantes da atividade do jurista são aqueles em que ele se defronta com a situação-obstáculo posta à liberdade de alguém e o da solução que ele encontra para removê-la. É a partir do fato, que se pretende juridicizar, e no momento em que o fato se faz direito, juridicizando-se, que o jurista se justifica e se realiza. Toda a atividade dogmática intermediária é mero instrumento a serviço da vida e a serviço dos homens, nun-

ca a serviço de categorias, silogismos, esquemas, conceitos. Quanto mais próximos dos homens, mais juristas somos. Quanto mais próximos da lógica e das categorias e dos conceitos, mais rábulas somos nós, se não somos menos do que isso.[36]

A variabilidade das interpretações nasce das mudanças da sociedade, do movimento da história, de dados geográficos, das circunstâncias do caso concreto. Mas, além disso, *as interpretações variam porque seus autores variam*: supondo que fosse possível impor regras e procedimentos interpretativos ao juiz (e isto está muito longe de ser uma realidade[37]), a subjetividade irá sempre aflorar, seja para conformar-se com a tradição, seja para dar novos contornos a deduções rigorosamente formalistas, seja para variar o peso de princípios em conflito[38]. Positivismo, pós-positivismo, lógica do razoável, teorias da argumentação: serão os autores da interpretação os responsáveis por acolher, qualificar e apreciar um pedido.

O juiz como autor de um "romance em cadeia": Ronald Dworkin

Em minha opinião, o ponto de partida para desenvolver uma teoria hermenêutica que realmente dê conta da efetividade do processo de tomada de decisões deve partir do sujeito da interpretação. Esta opinião, que está baseada nas evidências teóricas e nos pressupostos filosóficos que busquei explicitar acima, ainda está longe de atingir, ao menos na minha reflexão, a condição de um conceito que me permita desenvolver

---

36. CALMON DE PASSOS, J. J. *Comentários ao Código de Processo Civil*, vol. X, tomo I. São Paulo: Revista dos Tribunais, 1984, p. 18.
37. Sobre este ponto, ENGISCH, ob. cit., demonstra que, até hoje, a ciência do direito nunca conseguiu demonstrar a necessidade de que o intérprete seguisse determinado procedimento necessário, ordenando os diversos métodos de interpretação jurídica.
38. ALEXY, *Teoría de los derechos fundamentales*; CANOTILHO, *Direito constitucional*; SARMENTO, *A ponderação de interesses na Constituição Federal*.

uma teoria de interpretação com estas feições. Na falta desses conceitos, e buscando me aproximar deles, chamou-me a atenção a formulação da interpretação de Ronald Dworkin em *O império do direito*, entendida como um "romance em cadeia":

> Os juízes, porém, são igualmente autores e críticos. Um juiz que decide o caso *McLoughlin* ou *Brown* introduz acréscimos na tradição que interpreta; os futuros juízes deparam com uma nova tradição que inclui o que foi feito por aquele. É claro que a crítica literária contribui para as criações artísticas em que trabalham os autores; a natureza e a importância dessa contribuição configuram, em si mesmas, problemas de teoria crítica. Mas a contribuição dos juízes é mais direta, e a distinção entre autor e intérprete é uma questão de diferentes aspectos do mesmo processo. Portanto, podemos encontrar uma comparação ainda mais fértil entre literatura e direito ao criarmos um gênero literário artificial que podemos chamar de "romance em cadeia"[39].

Continua o autor, num trecho crucial:

> Em tal projeto, um grupo de romancistas escreve um romance em série; cada romancista em cadeia interpreta os capítulos que recebeu para escrever um novo capítulo, que é então acrescentado ao que recebeu para escrever um novo capítulo, que é acrescentado ao que recebe o romancista seguinte e assim por diante. Cada um deve escrever seu capítulo de modo a criar da melhor maneira possível o romance em elaboração, e a complexidade da tarefa reproduz a complexidade de decidir um caso difícil de direito com integridade.[40]

Dworkin faz questão de esclarecer, não sem ironia, que o romance em cadeia não deve ser confundido com uma série de televisão: seus autores devem se esforçar para produzir um romance da melhor qualidade possível. Esta saborosa metáfora pretende mostrar como o juiz singular, ao lidar com um caso concreto, deve preocupar-se em decidir respeitando a dimen-

---

39. DWORKIN, *O império do direito*, p. 275.
40. *Idem, ibidem*.

são da adequação, ou seja, sua decisão deve respeitar a lógica estabelecida pela tradição.

Além disso, a metáfora põe em evidência que o juiz, além de reproduzir a lógica institucional, é também seu criador. Ele a constrói a cada nova decisão; refaz a lógica das instituições quando profere suas sentenças. A metáfora nos dá a dimensão da imediatidade deste trabalho construtivo das decisões judiciais que, mesmo quando sejam conservadoras e repetitivas, inovam nesta repetição ao reiterar uma mesma lógica.

Caso sejam sentenças inovadoras, caso tenham de lidar com casos difíceis, estas sentenças precisam estar ancoradas em certos princípios[41], que, por serem coletivamente aceitos e inscritos nas instituições, podem garantir a ligação destas sentenças com o passado e, ao mesmo tempo, reproduzir, ao menos em parte, uma mesma lógica institucional.

E o juiz é um ator privilegiado no processo de reprodução institucional[42] e totalização simbólica de uma sociedade cindida em esferas mais ou menos independentes e formada por uma pluralidade de grupos sociais, cada um senhor de uma tábua diferente de valores.

Evidentemente, para dar conta de uma tarefa enorme como esta, que implica um domínio completo dos princípios que informam o ordenamento jurídico e de toda a tradição, será necessário recorrer a um semideus, Hércules, transformado em juiz. O juiz-Hércules dworkiniano, filho de Júpiter e Alcmene, tem apenas um trabalho, mas que vale pelos doze de seu irmão grego: reproduzir o todo social por meio do Direito, garantindo sua unidade e inovando quando necessário, ou seja, quando deparar com casos difíceis.

Para mim, a ironia da imagem evocada por Dworkin é evidente. Por isso as críticas à solidão do juiz-Hércules diante de

---

41. Concordamos com as críticas a Dworkin reunidas por Habermas no capítulo V do livro *Direito e democracia*. Apesar disso, acreditamos que elas não dão conta deste ponto que estamos procurando evidenciar.

42. Numa sociedade pluralista, desprovida de qualquer fundamento tradicional que lhe dê unidade, o direito assume um papel central na reprodução social. Ver HABERMAS, *Direito e democracia*; GARAPON, *O juiz e a democracia: o guardião das promessas*.

sua tarefa hercúlea devem ser bem interpretadas. Dworkin está dizendo: é preciso um semideus para dar conta da tarefa que coloco em suas mãos; portanto, não é possível criticar Dworkin acusando-o de ignorar a dificuldade da tarefa que o Poder Judiciário tem diante de si em sociedades complexas e pluralistas. A crítica deve, ou negar este papel ao Direito, mostrando que a reprodução social passa por outros caminhos que retiram do juiz a centralidade que parte da Teoria do Direito atual lhe atribui[43], ou concordar com este papel central ocupado pelo Direito, buscando dotar o juiz-Hércules de meios mais eficientes para realizar sua tarefa.

Em minha opinião, se concordarmos que o Direito é central para a reprodução social, o Poder Judiciário, automaticamente, assume papel fundamental neste processo, e o juiz, seu agente, fica colocado no centro do problema. Mesmo assumindo como correta a crítica à solidão do juiz-Hércules[44] e à dificuldade de suprir sua necessidade de uma teoria confiável para realizar sua tarefa, não podemos questionar sua posição.

A teoria de Dworkin pode ser acusada de excesso de construtivismo: o juiz singular seria responsável por realizar uma tarefa excessivamente difícil para suas possibilidades limitadas, seus conhecimentos sempre parciais do ordenamento jurídico e da realidade social, bem como pelos limites necessários ao tempo de duração dos processos judiciais. Mas, em minha opinião, seu ponto de vista é o mais adequado para pensar teoricamente a interpretação jurídica[45].

Mesmo assumindo que a reprodução social não está mais restrita às estruturas do Estado[46], mesmo concordando com o

---

43. Nesse sentido LUHMANN, *Sociologia do direito*; TEUBNER, *O direito como sistema autopoiético*; NEVES, *A constitucionalização simbólica*; GUERRA FILHO, "O direito como sistema autopoiético".
44. HABERMAS, *Direito e democracia*, capítulo V.
45. GUNTHER, Klaus assume o mesmo ponto de vista. É uma hipótese a ser comprovada se ele estaria sofisticando a teoria da interpretação da Ronald Dworkin. Ver GUNTHER, ob. cit.
46. Textos fundamentais sobre esta visão da sociedade, além dos trabalhos de Habermas (alguns deles citados neste artigo), estão reunidos em SOUSA, *Democracia hoje: novos desafios para a teoria democrática contemporânea*.

fato de que vivemos numa sociedade relativamente descentralizada em diversas esferas e diversos processos de integração social funcionam simultaneamente para reproduzir o todo social, afirmar a centralidade do Direito implica atribuir-lhe algum grau de protagonismo neste processo. Significa também que, ao buscar elevar a interpretação judicial individual no plano dos conceitos, depararemos necessariamente com as demandas interpretativas de cada caso concreto[47] e com a figura do juiz; mais do que isto, com o sujeito singular que veste sua pele institucional.

Se o que estou dizendo é correto, e o que acho que estou dizendo é que o juiz ocupa um papel estratégico no atual processo de reprodução social, uma abordagem da hermenêutica deve ter o juiz, e não o sistema social como objeto central de suas preocupações. As exigências dos princípios do Estado de Direito e as regras racionais práticas devem ser abordadas a partir do ponto de vista do sujeito que precisa incorporá-las e, repetidamente, reafirmá-las em sua prática cotidiana. Não temos o direito de reprimir nosso medo do anarquismo do juiz Magnaud; precisamos acolhê-lo e levá-lo ao plano dos conceitos, incorporar o indivíduo no pensamento sobre o Direito e não negá-lo, deduzindo a figura do juiz das necessidades institucionais ou das regras do discurso racional.

A hermenêutica como teoria da liberdade do juiz: uma teoria de seres reais e pensantes (juiz-pai, juiz-Hércules)

Toda interpretação de uma norma jurídica elaborada por um juiz singular é original e única. Ao julgar um caso concreto, mesmo que sua decisão repita o texto de inúmeras outras decisões proferidas anteriormente, mudando apenas as partes envolvidas e as datas dos acontecimentos, o juiz está inovando o sistema jurídico. Está introduzindo um elemento novo numa

---

47. Ponto ressaltado por GUNTHER, ob. cit.

tradição de decisões que se desenrola, se renova ou se repete, com seu ato. O conflito examinado é único, e a decisão que buscará resolvê-lo deve ser igualmente única, elaborada por um sujeito singular que assina sua obra.

O juiz precisa ser livre para dar conta dessa originalidade. Os sujeitos que levam suas demandas ao Poder Judiciário não desejam ser tratados como casos particulares de uma regra geral. Seu sentimento de injustiça demanda uma resposta única, pensada para as peculiaridades de cada caso concreto[48].

O juiz precisa buscar alcançar as peculiaridades da situação que se descortina diante de seus olhos. Sem algum grau de liberdade, sem algo de original e irredutível às regras da racionalidade prática que constitui o pensar do julgador, ele nunca seria capaz de encontrar a decisão mais adequada para casos sempre únicos, mesmo que sua solução seja a de repetir um julgamento semelhante a outros tantos proferidos em situações parecidas. Pois mesmo uma decisão conservadora deve ser motivada pela convicção de que aquele caso concreto original merece ser julgado *desta* mesma forma.

Além disso, sem esta abertura para o novo, o juiz não será capaz de, caso isso seja necessário, reconhecer a novidade de casos difíceis[49] que desafiam a capacidade do repertório do ordenamento jurídico de fornecer uma solução adequada. Sua racionalidade abstrata tenderá a reduzir o caso aos padrões que determinam seu raciocínio, sem que possa perceber a originalidade radical que o caso difícil propõe.

---

48. Poderíamos pensar uma hermenêutica que fosse inserida numa lógica de conflito social a partir da perspectiva dos atores sociais e que, a partir deste ponto de vista, pudesse dar conta das necessidades de reprodução do todo social, contraposta a um pensamento hermenêutico que pensa os conflitos sistemicamente, a partir das necessidades de reprodução social já contidas na lógica imanente dos sistemas sociais. Nesse sentido, estamos examinado atualmente os seguintes textos: RANCIÈRE, *O desentendimento*; MOORE JR., *Injustiça. As bases sociais da obediência e da revolta*; HONNETH, *The Struggle for Recognition. The Moral Grammar os Social Conflicts*; MCCARTHY, *Ideals and Illusions. Reconstruction and Deconstruction in Contemporary Critical Theory*.

49. DWORKIN, *Levando os direitos a sério*.

Os casos difíceis não se apresentam naturalmente à cognição do juiz. *A dificuldade de um caso não é um dado, mas uma criação interpretativa.* Um exemplo conhecido do que estou dizendo é a construção genial da jurisprudência da "sociedade de fato entre concubinos"[50], origem de todas as demandas atuais dos homossexuais por direitos decorrentes de sua convivência. A qualificação jurídica como "sociedade de fato" da convivência de um homem e uma mulher que vivem como se fossem casados, instituto sem qualquer relação com o Direito de Família, permitiu que se indenizasse a concubina por sua colaboração na construção do patrimônio comum do casal.

No âmbito do Direito de Família brasileiro não havia solução jurídica possível para satisfazer o interesse da concubina em participar do acervo de bens construído pelo casal, pois a incidência das normas sobre o regime de bens do matrimônio pressupõe a existência do estado de casado. A disciplina jurídica do Código Civil não seria aplicável neste caso. Ou seja, olhado do ponto de vista do Direito de Família, o conflito seria juridicamente inexistente, as normas deste ramo do direito não incidiriam sobre os fatos levados a juízo. A mudança na qualificação jurídica, obra evidentemente coletiva, de advogados e de juízes que decidiram acolher seus pedidos, é que permitiu que o conflito social fosse qualificado como jurídico e se tornasse uma questão jurisdicional passível de ser objeto de uma ação judicial.

Admitir que o juiz é relativamente livre significa também admitir que suas sentenças podem ser controladas. Se a coerência e a justificação das decisões judiciais decorressem naturalmente das regras estruturais do sistema, sem nenhuma atividade construtiva por parte do juiz, seria contraditório admitir que esta decisão é racionalmente criticável. Para que seja possível discutir uma sentença, questionando a motivação do juiz singular, *é preciso admitir que ela poderia ter sido diferente.* Se o ato do juiz fosse completamente redutível à lógica sistê-

---

50. Sobre a evolução da jurisprudência neste tema, WALD, *O novo direito de família*, pp. 215 ss.

mica, aos procedimentos jurisdicionais do Estado de Direito, sem que fosse atribuída a ele nenhuma margem de discrição, seria impossível mesmo caracterizar seu procedimento cognitivo como dirigido por uma razão prática.

Em minha opinião, o ponto de partida da hermenêutica deve ser a tentativa de levar ao nível de conceito este encontro de singularidades; o *juiz* que assina a sentença, sujeito da interpretação, e o *caso concreto*, para buscar uma compreensão mais adequada do ato de julgar, construindo uma racionalidade a partir deste algo que não se repete. O centro do problema está na liberdade do juiz, necessária para fazer frente às novidades propostas pelos conflitos de interesse que são trazidos à justiça: como se constitui esta liberdade, como ela deve operar, como ela pode ser controlada democraticamente, em conexão estreita com o caso concreto e com as necessidades da reprodução social, vistas deste ponto de vista, a partir de baixo.

Bibliografia

ADORNO, Theodor. *Teoria estetica*. Turim: Eunaudi, 1975.
ALEXY, Robert. *A Theory of Legal Argumentation*. Oxford: Clarendon Press, 1989.
———. *Teoría de los derechos fundamentales*. Madrid: Centro de Estudios Constitucionales, 1997.
BENDIX, Reinhard. *Max Weber: An Intelectual Portrait*. Berkeley: University of California Press, 1978.
BENJAMIN, Walter. "A obra de arte na era de sua reprodutibilidade técnica". *Obras escolhidas: magia e técnica, arte e política*. São Paulo: Brasiliense, 1986.
BERGEL, Jean-Louis. *Teoria geral do direito*. São Paulo: Martins Fontes, 2001.
BOBBIO, Norberto. *Giusnaturalismo e positivismo giuridico*. Milão: Ed. di Comunità, 1972.
———. *O positivismo jurídico: lições de filosofia do direito*. São Paulo: Ícone, 1995.
CALMON DE PASSOS, J. J. *Comentários ao Código de Processo Civil*, vol. X, tomo I. São Paulo: Revista dos Tribunais, 1984.
CANOTILHO, Joaquim José Gomes. *Direito constitucional*. Coimbra: Almedina, 1993.

CARNELUTTI, Francesco. *Teoria geral do direito*. São Paulo: Lejus, 1999.

DWORKIN, Ronald. *Levando os direitos a sério*. São Paulo: Martins Fontes, 2002.

———. *O império do direito*. São Paulo: Martins Fontes, 1999.

ENGISH, Karl. *Introdução ao pensamento jurídico*. Lisboa: Fundação Calouste Gulbekian, 1988.

FARIA, José Eduardo. *O direito da economia globalizada*. São Paulo: Malheiros, 1999.

FERRAZ JR., Tercio Sampaio. *Função social da dogmática jurídica*. São Paulo: Revista dos Tribunais, 1978.

———. *Introdução ao estudo do direito: técnica, decisão, dominação*. São Paulo: Atlas, 1990.

FRIEDRICH, C. J. *La filosofía del derecho*. México: Fondo de Cultura Económica, 1997.

GARAPON, Antoine. *O juiz e a democracia: o guardião das promessas*. Rio de Janeiro: Revan, 1999.

GENY, François. *Méthode d'interpretation et sources en droit privé positif: essai critique*. Tome Second. Paris: Librairie Génerale de Droit et Jurisprudence, 1919.

GRINNOVER, Ada *et alii*. *Teoria geral do processo*. São Paulo: Malheiros, 1992.

GUERRA FILHO, Willis S. "O direito como sistema autopoiético". In: *Revista Brasileira de Filosofia*, n.º 163, São Paulo, 1991, pp. 185-96.

GÜNTHER, Klaus. *Uma concepção normativa de coerência para uma teoria discursiva da argumentação jurídica*. Trad. revista e inédita de Leonel Cesarino Pessôa. Uma tradução anterior deste texto foi publicada em *Cadernos de Filosofia Alemã*, n.º 6, São Paulo: Humanitas, agosto de 2000, pp. 85-102.

HABERMAS, Jürgen. *Direito e democracia: entre facticidade e validade*. Rio de Janeiro: Tempo Brasileiro, 1997.

———. *O discurso filosófico da modernidade*. São Paulo: Martins Fontes, 2000.

———. *The Theory of Communicative Action: Reason and Rationalization of Society*. Cambridge: Polity Press, 1991.

HART, Herbert. *O conceito de direito*. Lisboa: Fundação Calouste Gulbekian, 1986.

HOHFELD, Wesley Wheeler. *Fundamental Legal Conceptions as Applied in Judicial Reasoning*. New Haven: Yale University Press, 1919.

HONNETH. Axel. *The Struggle for Recognition. The Moral Grammar of Social Conflicts*. Cambridge: MIT Press, 1996.

KANT, Immanuel. "Da arte e do gênio. Crítica do juízo", parágrafo 49. In: *Kant (II): textos selecionados*. Trad. Rubem Rodrigues Torres Filho. São Paulo: Abril Cultural, 1980.

KELSEN, Hans. *Teoria pura do direito*. Coimbra: Armenio Amado, 1976.

LAFER, Celso. *A reconstrução dos direitos humanos*. São Paulo: Companhia das Letras, 1991.

LARENZ, Karl. *Metodologia da ciência do direito*. Lisboa: Fundação Calouste Gulbekian, 1978.

LUHMANN, Niklas. *Sociologia do direito*, vols. I e II. Rio de Janeiro: Tempo Brasileiro, 1983/1985.

LUMIA, Giuseppe. *Lineamenti di teoria e ideologia del diritto*. Milão: Giuffrè, 1981.

MCCARTHY, Thomas. *Ideals and Illusions. Reconstruction and Deconstruction in Contemporary Critical Theory*. Cambridge: MIT Press, 1993.

MOORE JR., Barrington. *Injustiça. As bases sociais da obediência e da revolta*. São Paulo: Brasiliense, 1987.

NEVES, A. Castanheira. *Metodologia jurídica: problemas fundamentais*. Coimbra: Coimbra Editora, 1993.

NEVES, Marcelo C. P. *A constitucionalização simbólica*. São Paulo: Acadêmica, 1994.

PERELMAN, Chaïm. *Lógica jurídica*. São Paulo: Martins Fontes, 2000.

PONTES DE MIRANDA. *Tratado das ações*, vol. I. São Paulo: Revista dos Tribunais, 1970.

―――. *Tratado de direito privado*, vols. I, V e VI. São Paulo: Revista dos Tribunais, 1983.

RANCIÈRE, Jacques. *O desentendimento*. São Paulo: Editora 34, 1996.

REALE, Miguel. *Fontes e modelos do direito: para um novo paradigma hermenêutico*. São Paulo: Saraiva, 1994.

RECASÉNS-SICHES, Luiz. *Nueva filosofía de la interpretación del derecho*. México: Porrua, 1973.

RIGAUX, François. "Qualificação". In: ARNAUD, Andre-Jean *et alii* (orgs.). *Dicionário enciclopédico de teoria e sociologia do direito*. Rio de Janeiro: Renovar, 1999.

―――. *A lei dos juízes*. São Paulo: Martins Fontes, 2000.

SARMENTO, Daniel. *A ponderação de interesses na Constituição Federal*. Rio de Janeiro: Lumen Juris, 2000.

SILVA, Ovídio A. Baptista da. "Direito subjetivo. Pretensão de direito material e ação". *Revista Brasileira de Direito Processual*, vol. 37.

SOUSA, Jessé (org.). *Democracia hoje: novos desafios para a teoria democrática contemporânea*. Brasília: Universidade de Brasília, 2001.

TEUBNER, Gunther. *O direito como sistema autopoiético*. Lisboa: Fundação Calouste Gulbenkian, 1993.

VILANOVA, Lourival. *As estruturas lógicas e o sistema do direito positivo*. São Paulo: Max Limonad, 1997.

WALD, Arnoldo. *O novo direito de família*. São Paulo: Revista dos Tribunais, 2000.

WEBER, Max. "Rejeições religiosas do mundo e suas direções". *Textos selecionados*. São Paulo: Abril Cultural, 1985.

Fundamentos axiológicos da hermenêutica jurídica

*José Ricardo Cunha**

1. Considerações sobre o papel da hermenêutica

Recorrente e usual é a temática da hermenêutica no universo dos estudos jurídicos, pois trata-se de aspecto central quer na teoria, quer na prática do direito. Aliás, é correto afirmar que os pressupostos hermenêuticos e a atividade interpretativa é que operam no dado momento da passagem da teoria à prática, ou de um direito abstrato para um direito concreto. É, precisamente, nessa idéia de "elo" ou nesse lugar de "ligação" que encontramos o referente fulcral dos conceitos de hermenêutica e interpretação: *mediação*. Baseia-se esta afirmação na compreensão singular de que o mundo jurídico nunca se apresenta ao mundo da vida de maneira imediata, ou seja, instantânea, sem detença e sem permeio. Ao contrário, a normatividade jurídica é sempre dependente de "algo" que lhe determine o sentido prático e aplicável nas situações reais do mundo da vida em determinadas circunstâncias e momento histórico. A normatividade jurídica é sempre dependente de uma *medição*. Não poderia ser diferente na medida em que o caráter prescritivo do direito sempre se volta para a conduta social dos indivíduos, dando ao direito um caráter, ao mesmo tempo, normativo e social[1].

---

* Professor da Faculdade de Direito da UERJ, UCAM E PUC-Rio.
1. Cf. PERRY, "Interpretação e metodologia na teoria jurídica", p. 145.

Hermenêutica e interpretação medeiam a experiência jurídica na vida real, porém não por elas mesmas, e sim pela atuação de um sujeito: o hermeneuta ou o intérprete, não devendo se entender estes como especialistas, mas como sujeitos intrinsecamente ligados àquela experiência jurídica. Assim, mais importante que o direito abstrato são os sujeitos intérpretes da experiência jurídica porque vivificam e resignificam a norma a partir de um sentido próprio e real. Na verdade, são estes sujeitos que animam o direito, garantindo-lhe o dinamismo e a processualidade que lhe são próprios dentro de uma sociedade aberta e pluralista. Não é por outra razão que o lugar de hermeneuta ou intérprete não pode ficar reservado para os "especialistas", e sim deve ser ocupado pelos "interessados", pois são estes que asseguram o teor propriamente *democrático* da experiência jurídica. A mediação aberta é que assegura a pluralidade dos sistemas democráticos, oportunizando aos sujeitos e agentes sociais uma definição autônoma de seus estilos de conduta. Na experiência jurídica, lembra-nos Peter Härbele, em sede de direito constitucional, que a hermenêutica da Constituição somente deve ocorrer no âmbito de uma interpretação pluralista, na qual a sociedade desempenha, ao lado do Estado, função vital na busca do sentido concreto da norma constitucional; de órgãos estatais até grupos sociais organizados, todos interferem no momento hermenêutico de compreensão da norma e, portanto, da ação social[2]. Eis aqui aspecto significativo do papel da hermenêutica: assinala e assegura a participação de um sujeito ativo que não apenas descreve, mas dá sentido à norma. Com efeito, o processo hermenêutico e interpretativo corresponde, igualmente, a um processo de humanização do direito, na medida em que é este sujeito intérprete e hermeneuta que medeia o direito na vida e, neste ato, transcende o perigoso fetichismo da lei pela lei para registrar que o direito não pode ser maquinal e que sua alma é humana e, como tal, aberta e imprevisível.

---

2. Cf. HÄRBELE, *Hermenêutica constitucional. A sociedade aberta dos intérpretes da constituição: contribuição para a intepretação pluralista e "procedimental" da Constituição*, pp. 19-28.

O humanismo subjacente à atividade hermenêutica e interpretativa nos tranqüiliza quanto ao pesadelo de uma aplicação mecânica e autômata da norma jurídica que, no limite, substituiria juízes por computadores e homens por máquinas. Todavia, ainda campeia alguma angústia que resulta da constatação de uma certa acomodação do pensamento diante de supostas verdades aparentemente legitimadas por uma epistemologia positivista de caráter mecanicista e determinista. Curiosamente, o humanismo próprio da modernidade resultante dos pensamentos renascentista e iluminista foi, de alguma forma, traído pelo determinismo do cientificismo positivista. O sujeito livre da história parece ter sido aprisionado no reino da natureza onde os acontecimentos são definidos não pela liberdade, mas pela necessidade, onde não há possibilidade de escolha, apenas de contemplação de uma condição que não é construída, mas necessariamente dada pelas circunstâncias; da mesma maneira que ocorre na lógica analítica em que o pensamento não é livre para escolher ou deliberar, mas apenas conclui um resultado necessário da articulação de premissas. Onde há necessidade como fatalidade, não há liberdade, e onde não há liberdade se obscurece ou diminui a humanidade. Por isso mesmo o ser humano não pode ser definido apenas como ser da natureza mas, sobretudo, como ser da cultura na qual ele não é criatura do mundo mas o mundo é que é criado por ele como tarefa histórica de sua liberdade. Entretanto, como dito, longe do exercício de uma radical humanidade, algumas epistemologias modernas, convergentes para a epistemologia positivista, apresentaram a realidade como dado e a contemplação como única alternativa possível, em que a consciência humana e sua racionalidade própria foram reduzidas à capacidade de observação e de raciocínio analítico. Especialmente a influência do racionalismo cartesiano corroborou para a estruturação de uma epistemologia matematizante em que a razão foi tomada como ente calculador para alcançar o conceito evidente em verdades apodícticas do tipo *cogito ergo sum*[3]. Nesta perspec-

---

3. Afirma DESCARTES: "Mas, logo em seguida, adverti que, enquanto eu queria assim pensar que tudo era falso, cumpria necessariamente que eu, que pensava,

tiva de Descartes, razão e lógica analítica se confundem num processo de conceituação linear para alcançar o irrefutável que será visto como verdade científica, nos modelos de Galileu e Newton. Hanna Arendt[4] já advertira sobre os perigos e contradições dessa redução matematizante do mundo, capaz de nos embriagar com suas verdades absolutizantes e universais, porém limitadoras de uma experiência livre, radical e humana de pensamento. Nesse mesmo sentido afirmou Karl Jaspers: "Sem embargo, liberação de obsoletas visões do mundo conduz a ciência para uma visão nova, supostamente científica e que sacrifica nossa liberdade muito mais que qualquer das precedentes."[5] As críticas de Arendt e Jaspers apontam de forma contundente como o humanismo moderno relativizou-se nas malhas de um positivismo epistemológico determinista e absolutizante, que reduziu o homem à condição de espectador e sua racionalidade a uma máquina lógica para concluir verdades necessárias.

Evidentemente, a idéia de reconhecer o modelo epistemológico supostamente linear e exato das chamadas ciências da natureza como o "único" modelo foi duramente combatida por vários setores da filosofia contemporânea. Em comum, todos recusaram aceitar a concepção de que no mundo da cultura onde os fenômenos decorrem de uma intervenção direta do sujeito na realidade seja possível alcançar e prever verdades universais e inalteráveis. Entre nós, Miguel Reale adverte para o grave erro de confundir os paradigmas das ciências naturais e humanas. Mais ainda, condena a redução destas ao modelo daquelas:

> Bastará dizer que as leis físico-naturais são cegas para o mundo dos valores; não são boas nem mais prudentes ou imprudentes, belas ou feias, mas podem ser apenas certas ou não, con-

---

fosse alguma coisa. E, notando que esta verdade: eu penso, logo existo, era tão firme e tão certa que todas as mais extravagantes suposições dos céticos não seriam capazes de abalar, julguei que podia aceitá-la, sem escrúpulo, como o primeiro princípio da filosofia que procurava." DESCARTES, *Discurso do método*, p. 46.
    4. Cf. ARENDT, *A condição humana*, pp. 260-302.
    5. JASPERS, *Introdução ao pensamento filosófico*, p. 21.

forme sua correspondência adequada aos fatos que explicam... No mundo humano, ao contrário, como os fatos sociais fazem parte da vida, dos interesses e dos fins do observador, este, por mais que pretenda ser cientificamente neutro, não os vê apenas em seus possíveis enlaces causais. Há sempre uma tomada de posição perante os fatos, tomada de posição essa que se resolve num ato valorativo ou axiológico... Daí Dilthey ter afirmado, e depois dele o problema tem logrado outros desenvolvimentos, que "a natureza se explica, enquanto a cultura se compreende".[6]

É importante frisar a diferença estabelecida por Dilthey citada por Reale entre *explicar* e *compreender*. Enquanto a primeira se ocupa em ordenar os fatos segundo nexos de causalidade, a segunda se ocupa em ordenar fatos sociais-históricos segundo conexões de sentido, num trabalho inspirado por uma ordem de valores própria do espírito humano. Nesse sentido, Hans-Georg Gadamer[7] destaca o trabalho empreendido por Wilhelm Dilthey para diferenciar os fundamentos epistemológicos das *Geisteswissenschaften* (ciências do espírito) em relação às *Naturwissenschaften* (ciências da natureza), já que, diferentemente destas, as primeiras se baseiam numa realidade social e histórica e, como tal, irredutíveis a modelos causalistas. Assim, o conhecimento na área dos fenômenos humanos implica o mundo da vida e uma experiência vivida de um sujeito que é soerguido para uma consciência de si e do mundo que é pensante e ativa.

No campo propriamente jurídico se agravam as dificuldades epistemológicas, uma vez que a "ciência do direito" não pode ser enquadrada simplesmente no campo das ciências da natureza nem tampouco das chamadas "ciências do espírito". Embora se aproxime destas últimas, o direito possui características epistemológicas próprias que decorrem de seu caráter concomitantemente social e normativo. É no âmbito da experiência vivida e no mundo cultural que se realiza o direito. Contudo, o direito não apenas recebe os influxos da vida, mas tam-

---

6. REALE, *Lições preliminares de direito*, p. 86.
7. GADAMER, *O problema da consciência histórica*, pp. 17-38.

bém gera influxos que vão determinar de certa maneira as relações vividas, num sentido normativo e com base num poder. É, precisamente, esse caráter normativo que coloca o direito em posição peculiar no que diz respeito às ciências do espírito. Assim afirma Friedrich Müller:

> La science du droit n'est pas correctement qualifiée lorsqu'on la désigne comme "science de l'esprit (Geistewissenschaft), par opposition aux sciences de la nature. Elle est une science normative apliquée qui a, de bout en bout et au premier chef, à faire avec phénomènes réels: avec la vie en commun d'êtres humains au sein de groupes, avec la balance et la compensation des intérêts, avec la comparaison et la préférence, avec le commandement, l'interdiction et de régulation des forces et groupes sociaux.[8]

Todavia, este caráter normativo do direito nem sempre foi historicamente reconhecido e trabalhado na perspectiva complexa de sua estrutura, mas sim no contexto de um marco epistemológico racionalista, linear e causalista. A ambiência do racionalismo determinista influenciou distintos momentos da filosofia do direito, porém na mesma direção de uma concepção igualmente determinista de caráter formalista e lógico-analítica. Inicialmente, o jusnaturalismo defendido por Hugo Grócio (1583-1645), Samuel Pufendorf (1632-1694), Gottfried W. Leibniz (1646-1716), dentre outros, apresentava o direito definido na forma de conceitos racionalmente dedutíveis ao interior de uma estrutura lógica assimilável pela razão. Certamente, há nessa perspectiva profunda influência do racionalismo cartesiano como matriz epistemológica determinante, na qual acredita-se encontrar a precisão de idéias claras e distintas que são de todo irrefutáveis, permitindo, através de atos de intelecção, derivar conceitos explicativos do mundo e da realidade que são, igualmente, irrefutáveis. Assim, o direito seria composto de verdades inteligíveis válidas em qualquer tempo e lugar, uma

---

8. MÜLLER, *Discours de la méthode juridique*, pp. 169-70.

vez que são fundamentadas numa estrutura de raciocínio universal, ou seja, numa mesma racionalidade existente em todo e qualquer sujeito. Posteriormente ao período de auge do jusnaturalismo, o ambiente de racionalismo associou-se à exigência epistemológica de base empírica observável, o que foi traduzido na Europa continental como processo de codificação do direito, tendo como marcos o Código Civil francês do início do século XIX – Código de Napoleão – e o Código Civil alemão do início do século XX. Nos países que se mantiveram dentro da tradição da *common law*, como a Inglaterra, a base empírica estava nas tradições e nos precedentes judiciais. Situação especial viveram os países de direito codificado – *civil law* –, pois o texto legal foi compreendido como a expressão objetiva do direito lógico assimilado pela razão universal, daí o período de codificação também ser chamado por alguns de jusracionalismo. A garantia do direito de propriedade e a defesa do patrimônio, expressas, por exemplo, na forma da Responsabilidade Civil, eram consideradas deduções lógicas do princípio universal que determina que *todo aquele que causa prejuízo a outrem tem a obrigação de reparar o dano*. À diferença do jusnaturalismo, o jusracionalismo dos códigos expressava também um ato de vontade de um poder estatal embasado na ficção de um legislador racional, de forma que racionalismo e poder (ou força) se uniram nessa nova matriz epistemológica. Maior emblema disso foi a Escola da Exegese que fazia leitura meramente formalista dos códigos, acreditando assegurar, desta forma, a plena vontade do legislador. Essa acepção dedutiva e axiomática que parece ter dominado o direito do século XVII até boa parte do século XX, impregnou tanto o jusnaturalismo quanto o jusracionalismo dos códigos. Sobre tal aspecto Plauto Faraco de Azevedo invoca Michel Villey para lembrar a influência do raciocínio matemático sobre todas as formas de conhecimento, em que, no direito, boa parte dos autores jusnaturalistas tenta construir sistemas dedutivos e axiomáticos e, posteriormente, os adeptos do positivismo jurídico de base jusracionalista consideram o direito como posto num sistema de regras lógicas engendradas pela vontade racional; *"podia, então, a lógica dedu-*

tiva instalar-se soberanamente sobre todo o domínio jurídico"[9]. O raciocínio jurídico foi reduzido a mero silogismo no qual a solução de cada caso resultaria, necessariamente, da dedução de regras abstratas tomadas como espécies de premissas axiomáticas. Porém essa redução mostrou-se absolutamente inaceitável no plano jurídico, uma vez que sua regulação se sustenta sobre valores e princípios finalísticos, ou seja, tendentes a preservar para a sociedade e para os indivíduos que a compõem os bens espirituais e materiais necessários à existência digna e pacífica. Por isso mesmo vale a assertiva: "... não cremos que o Direito possa se transformar numa Álgebra de enunciados normativos. Os resultados da formalização matemática só poderão tornar mais rigorosos os juízos de valor, mas jamais arredá-los do mundo do Direito"[10].

O problema de essência desses modelos jusnaturalista e jusracionalista – sobretudo o segundo que acabou por transformar-se em mero legalismo a partir dos códigos e com um direito positivo, via de regra, inflacionado de leis – é que revelam um modelo epistemológico no qual o sujeito é, de uma forma ou de outra, anulado no seu potencial e negado em sua complexidade. Essa situação se agrava seriamente se consideramos a natureza concomitantemente social e normativa do direito, em que o objeto de conhecimento é, ao mesmo tempo, instrumento de regulação das relações e de composição dos conflitos através de uma mediação subjetiva e institucional. Isso significa que o direito só é dado a conhecer na medida de sua operatividade, ou seja, quando está efetivamente desempenhando seu papel regulador; o que não pode jamais ocorrer sem a mediação de um sujeito no interior de uma instituição. Portanto, a grande contradição verificada reside nessa diminuição do sujeito, pois implica, inevitavelmente, a diminuição do próprio direito. Todavia, a natureza normativa, quer dizer, prescritiva e reguladora do direito, não se realiza no plano da contemplação intelectiva ou empírica, mas na delimitação das

---

9. AZEVEDO, *Aplicação do direito e contexto social*, pp. 96-7.
10. Cf. REALE, ob. cit., p. 88.

condutas juridicamente aceitáveis e na tomada de decisões acerca de relações concretas. Isso implica debate, escolhas, deliberações, sanções e convencimento. Trata-se de um complexo processo no qual a racionalidade não pode ser confinada aos padrões da lógica analítica nem da mera observação sensível, mas, antes, manifesta-se através de sucessivas cadeias de justificação que dão um sentido próprio ao mundo jurídico. A esse respeito, assim se manifesta Recaséns Siches:

> Tanto a concepção cartesiana quanto a dos cientistas empíricos – ou ambas reunidas – mutilam o campo da razão, posto que lhe negam capacidade para tratar dos domínios em que nem a dedução lógica nem a observação dos fatos podem fornecer-nos a solução dos problemas. A aceitar-se esta circunscrição da razão, não nos restaria, nesses domínios, outro recurso exceto o de neles entregar-nos às forças irracionais, a nossos instintos ou à violência.[11]

Justamente contra a violência arbitrária de que nos adverte Recaséns Siches é que a hermenêutica ocupa papel decisivo no âmbito do direito, pois assegura a função ôntica do sujeito na constituição da regulação jurídica, recuperando o teor essencialmente humanístico que deve permear o direito em todas as suas situações. Em outras palavras, significa afirmar que o momento de mediação ocupado pelos pressupostos hermenêuticos e pela atividade interpretativa é que caracteriza propriamente a complexa epistemologia jurídica em que sujeito e objeto se *com-fundem* num processo institucional marcado por escolhas e decisões normativas. Diferentemente das verdades naturais que a epistemologia positivista entende, equivocadamente, como verdades universais e necessárias, as verdades jurídicas estão em constante mutação, num devir permanente cadenciado por uma hermenêutica que liga o mundo da vida e o mundo jurídico, o fato e a norma, sujeito e objeto. Nesse dinamismo a tentação das crenças metafísicas e axiomáticas não

---

11. SICHES, Luís Recaséns, "Prólogo", *apud* AZEVEDO, ob. cit., p. 79.

resiste à necessidade de contínua refundamentação, uma vez que tudo é provisório e precisa, por isso mesmo, ser reafirmado constantemente, sob pena de desaparecer ou se tornar obsoleto. Através da mediação hermenêutica a aplicabilidade do direito ganha um espectro mais amplo de reflexão acerca do cabimento e da aceitabilidade das prescrições ou normatividades concorrentes em cada situação, reflexão esta que se funda no direito, mas não se esgota nele, levando em consideração a transdisciplinaridade própria dos fenômenos sociais dos quais brota o fenômeno jurídico. Assim, a globalidade do direito não se desvincula da realidade social-histórica para qual se dirige e que lhe é, também, condição de possibilidade de sua existência[12].

2. Conceitos acerca da hermenêutica jurídica

Na construção dos conceitos essenciais de sua hermenêutica filosófica, Gadamer nos conduz de maneira pertinente à questão da *consciência histórica*[13], ou seja, à consciência que temos de nós mesmos em nossa experiência vivencial e em nossa experiência histórica. A descoberta da consciência histórica implica o reconhecimento da historicidade humana e, por conseguinte, da responsabilidade do homem sobre sua história passada e futura, ou seja, o presente é uma experiência na qual podemos manter uma tradição para o futuro ou iniciar um futuro fora da tradição, inaugurando assim nova tradição. Em qualquer caso, nossa ação deve resultar da responsabilidade histórica que possuímos. Tudo que foi feito em nossa cultura, lou-

---

12. Cf. AZEVEDO, ob. cit., p. 94
13. Cf. GADAMER, ob. cit., pp. 17-8. Afirma Gadamer: "Entendemos por consciência histórica o privilégio do homem moderno de ter plena consciência da historicidade de todo presente e da relatividade de toda opinião... Ninguém pode atualmente eximir-se da reflexividade que caracteriza o espírito moderno. Seria absurdo, daqui por diante, confinar-se na ingenuidade e nos limites tranqüilizadores de uma tradição fechada sobre si mesma, no momento em que a consciência moderna encontra-se apta a compreender a possibilidade de uma múltipla relatividade de pontos de vista."

vável ou reprovável, não resultou de forças sobrenaturais, mas de uma intervenção humana concreta. Da mesma forma, o que vai ser feito também resultará dessa mesma intervenção. Portanto, ter consciência histórica é saber que, de alguma forma, passado e futuro são feitos a nossa imagem e semelhança, bom ou ruim. Assim, da consciência histórica se desdobra nossa *consciência ética* que nos interpela sobre nosso passado e sobre que tipo de futuro queremos. É a consciência ética que clama por parâmetros, sempre axiológicos, para a intervenção presente, levando em consideração o passado, voltada para o futuro. De efeito, apresentam-se totalmente indissociáveis *consciência hermenêutica*, *consciência histórica* e *consciência ética*.

Essa mesma indissociabilidade entre as consciências hermenêutica, histórica e ética se apresenta no campo da *hermenêutica jurídica*. A historicidade da experiência jurídica se coloca como responsabilidade entre passado e futuro, mediada por intenções que devem ser, antes de tudo, axiológicas, enquanto resultante de uma atividade plenamente humana, fundada no primado da liberdade. Nessa esteira, Miguel Reale:

> A história é, em verdade, impensável como algo de concluído, mera catalogação morta de fatos de uma humanidade "passada", pois a categoria do passado só existe enquanto há possibilidade de futuro, o qual dá sentido ao presente que em passado se converte. O presente, como tensão entre passado e futuro, o dever ser a dar peso e significado ao que se é e se foi, leva-me a estabelecer uma correlação fundamental entre valor e tempo, axiologia e história.[14]

A despeito do caráter pragmático que possa ter a ordem jurídica com a composição de conflitos específicos, a idéia de direito seria insondável caso se afastasse dela sua responsabilidade histórica e ética com a regulação das ordens vigentes. Por isso, a consciência da experiência jurídica representa a responsabilidade do operador jurídico com o passado e o futuro de

---

14. REALE, *Teoria tridimensional do direito*, p. 81.

uma comunidade ou dada sociedade organizada através do direito. O que se pretendeu na propositura da norma jurídica e o que se pretende na sua concreção correspondem a um processo de mediação voltado para um futuro próximo e específico: o da composição da lide. Na tarefa judicante impera a consciência hermenêutica, uma vez que "entre a hermenêutica jurídica e a dogmática jurídica existe, pois, uma relação essencial, na qual a hermenêutica detém uma posição predominante. Pois não é sustentável a idéia de uma dogmática jurídica total, sob a qual se pudesse baixar qualquer sentença por um simples ato de subsunção"[15]. Dessa forma, a ação do juiz realiza um giro temporal onde presente invoca o passado com vistas a um futuro eticamente ordenado. Em outras palavras, o caso concreto – presente – que é o ponto de partida invoca resolução através de um ordenamento jurídico preexistente – passado – visando uma composição fundada em justa ponderação – futuro. Esse é, precisamente, o sentido teleológico do direito em que o futuro não é uma abstração imaginativa, mas o resultado da consciência hermenêutica do operador jurídico, em especial do juiz. Consciência hermenêutica que engloba necessariamente as consciências histórica e ética; numa palavra: responsabilidade. Da mesma maneira que todo sujeito é responsável pelo mundo vivido, todo jurista é responsável pela concreção, louvável ou reprovável, da ordem jurídica ou da idéia de direito. É a hermenêutica jurídica que atribui essa responsabilidade e que, exatamente por esta razão, não pode ser pensada sem os devidos fundamentos axiológicos ou éticos. O giro temporal da aplicação do direito é que garante o sentido adequado da norma jurídica devidamente encarnada em sua situação histórica. De outra maneira estaria seriamente prejudicada a concreção do direito. Nesse sentido Fernández-Largo:

> El engarce entre el texto normativo y su aplicación actualizadora, así como tambíen entre la ley y la jurisprudencia, lo rea-

---

15. GADAMER, *Verdade e método: traços fundamentais de uma hermenêutica filosófica*, p. 490.

liza la interpretación. El pasado y el presente, lo general y lo concreto, están mediados en el derecho por la actividad aplicadora. Comprender e interpretar el derecho pasan necesariamente por el horizonte histórico, en uno de cuyos extremos hay una situación concreta y definida y en el otro hay un directivo de conducta que sería mudo y estaría inerme si no se le otorga voz al presente. El jurista no puede pensar en las leyes ni captar su sentido, si nu es sumergiéndose en el río de la historia y deslizándose hasta el presente de su aplicación.[16]

A hermenêutica jurídica importa, pois, reflexividade. Gadamer afirma que o comportamento reflexivo diante da tradição chama-se *interpretação*[17] e vincula o conceito de interpretação ao *estranhamento* daquilo que se busca compreender, ou seja, estranha-se porque não é algo dado de imediato, ao contrário é mediato, implica reflexividade, isto é, hermenêutica. Tudo que é transmitido historicamente comporta uma interpretação, uma busca de sentido além do que é dado na aparência. Essa ruptura da superficialidade para a descoberta de um sentido oculto é o trabalho de mediação que faz a hermenêutica em auxílio da interpretação. Claro que hermenêutica e interpretação são conceitos correlatos e até certo ponto interdependentes. No entanto, tem sido falado aqui em "pressupostos hermenêuticos" e "atividade interpretativa" ou, simplesmente, em "hermenêutica" e "interpretação", revelando certa diferenciação entre os termos. Em linha geral, existe uma tendência da doutrina brasileira em acompanhar o já clássico pensamento de Carlos Maximiliano que define interpretação como a determinação do sentido e alcance das expressões de direito e hermenêutica como a ciência responsável pelo estudo e sistematização dos processos utilizados pela interpretação[18]. De forma

---

16. FERNÁNDEZ-LARGO, *Hermenéutica jurídica: en torno a la hermenéutica de Hans-Georg Gadamer*, p. 98.
17. GADAMER, *O problema da consciência histórica*, p. 19.
18. Cf. MAXIMILIANO, *Hermenêutica e aplicação do direito*, pp. 13-4. Posição acompanhada pela doutrina que pode ser verificada nas seguintes obras: FRANÇA, *Hermenêutica jurídica*, p. 21; MONTORO, *Introdução à ciência do direito*, pp. 369-70; GUSMÃO, *Introdução ao estudo do direito*, pp. 219 e 229;

geral, a posição de Maximiliano pode ser compreendida na maneira como Dilvanir José da Costa define e diferencia interpretação e hermenêutica: "No sentido amplo, interpretação é sinônimo de hermenêutica. Mas técnica e juridicamente se distinguem. Enquanto interpretação é o próprio ato de extrair o sentido exato da lei, de traduzir a vontade social, a hermenêutica é a ciência, a teoria e a doutrina da interpretação"[19]. Um critério genérico, mas presente na maior parte das conceituações, diz respeito ao binômio teórico-prático, isto é, enquanto a hermenêutica jurídica se liga a uma tarefa mais teórica, reflexiva ou especulativa, a interpretação jurídica se realiza como tarefa de ordem prática ou operativa. Nessa esteira, Nelson Saldanha: "Quantos aos vocábulos 'hermenêutica' e 'interpretação', que com freqüência se empregam como equivalentes, são de fato passíveis de distinção. Hermenêutica parece algo mais próximo do âmbito teórico (dir-se-ia do 'científico'); interpretação beira antes um sentido de processo, algo como uma atividade."[20] Para efeitos do entendimento aqui adotado, em síntese, temos que a interpretação implica o momento de concreção real da normatividade jurídica, diante de determinado fato ou caso concreto que invoca parâmetros de regulação. Contudo, tais parâmetros de regulação pertencem a uma ordem de reflexividade própria da consciência hermenêutica no âmbito de sua historicidade e de sua eticidade. Assim, a interpretação jurídica tem como pressuposto a hermenêutica jurídica que lhe confere os valores e princípios fundamentais que devem orientar a busca do sentido e do alcance das normas aplicáveis. Embora passíveis de distinção, são dois momentos complemen-

---

BASTOS, *Introdução à teoria do direito*, pp. 246-7; BETIOLI, *Introdução ao direito: lições de propedêutica jurídica*, pp. 285-6; LIMA, *Introdução à ciência do direito*, p. 152; NUNES, *Manual de introdução ao estudo do direito*, pp. 189-91; RÁO, *O direito e a vida dos direitos*, p. 456; JACQUES, *Curso de introdução à ciência do direito*, p. 123; Costa, *Curso de hermenêutica jurídica*, p. 69. Relação de outras definições e conceituações cf. MELO, *Hermenêutica jurídica: uma reflexão sobre novos posicionamentos*, pp. 185-205.
  19. COSTA, ob. cit., p. 69.
  20. SALDANHA, *Filosofia do direito*, p. 195.

tares da experiência jurídica, onde a hermenêutica é responsável pela inteligibilidade da ordem jurídica, ou seja, pela sua compreensão a partir dos valores e princípios que são fundantes do próprio direito e das finalidades últimas da ordem jurídica. Dessa compreensão decorre que a experiência jurídica não pode reduzir-se jamais aos cânones legais e o conhecimento do direito não pode se limitar ao conhecimento do direito positivo, pois este só é produtivo através da mediação histórica de sujeitos livres no âmbito da hermenêutica. O conceito mesmo de direito deve ser compreendido numa totalidade que infunde tanto as normas como os conceitos de sua inteligibilidade e aplicabilidade. Assim corrobora Nelson Saldanha:

> Podemos, a estas culturas, recordar uma coisa que envolve alusão ao conceito de direito. O que se denomina direito não pode ser entendido apenas como ordem, conjunto de normas, sistema de princípios, proporção ou reparto. É necessário incluir-se, no que se entende como direito, um "corpo" de informações e conceitos que tornam avaliável e inteligível (inclusive por dentro) aquele conjunto de normas ou aquela ordem. Um corpo de conceitos que implicam ou carregam consigo valores e princípios, e que aparecem no próprio processo de realização social das normas ou da ordem. Neste corpo de conceitos e valores acha-se a hermenêutica; na relação dinâmica entre ela e a ordem, ou entre a ordem (através dele) e sua aplicação aos problemas concretos, acha-se a interpretação.[21]

Ainda para efeitos conceituais, perece conveniente o resgate etimológico da palavra hermenêutica. Como é sabido, esta vem do grego ερμηνευειν, *hermeneuein*, que é tradicionalmente traduzido como interpretar. No entanto, a referência anterior é *Hermes*, o titã que, segundo a mitologia grega, teria sido o descobridor da linguagem e da escrita, tendo, por isso, domínio daquilo que é necessário aos humanos para alcançar o significado das coisas e transmiti-las aos demais. Hermes era o deus da compreensão e por esta razão era o enviado para levar

---

21. *Idem, ibidem*, pp. 195-6.

as mensagens dos deuses aos homens, tendo como seu trabalho específico o de dar inteligibilidade ao que, a princípio, parecia fugir do entendimento humano. Trata-se de dar um sentido àquilo que parece pouco compreensível na sua forma de se manifestar[22]. Essa mesma idéia de *sentido* está presente na etimologia da palavra interpretação, que vem do latim *interpretatio – interpretari*, que pode ser traduzido como "tomar em um sentido" ou "ajuizar o sentido de algo". A busca ou produção de sentido para a norma jurídica é o elo que une hermenêutica e interpretação. Em outras palavras, temos que hermenêutica e interpretação ocupam um lugar de mediação na compreensão de determinada entidade (podendo ser tal entidade uma circunstância, um fato, um texto, uma lei, etc.), realizando, para tanto, um trabalho de produção de sentido convergente na tensão dialética entre o teórico e o prático, o geral e o particular. Enquanto a inteligibilidade do sentido se dá nos postulados hermenêuticos, a concreção do sentido se dá na atividade interpretativa. Cabe à hermenêutica a inteligibilidade da ordem jurídica e à interpretação a operatividade e aplicabilidade dessa mesma ordem.

Impossível seria pensar o direito sem o referencial hermenêutico e interpretativo. No entanto, para especificar este referencial no campo jurídico, Jerzy Wróblewski[23] comenta acerca de três grupos de conceitos referentes ao tema na literatura geral e jurídica: 1) o vocábulo interpretação pode, num sentido muito amplo, ser tomado como sinônimo de *entendimento*, em que se confere um sentido e um valor específico ao substrato material de certa cultura ou momento histórico; 2) em sentido amplo, o mesmo vocábulo pode ser tomado como sinônimo de *compreensão* de uma certa manifestação da linguagem, em que se busca compreender sinais e signos lingüísticos a fim de entender sua propositura; 3) finalmente, interpretação em sentido estrito diz respeito às situações em que pairam dúvidas acerca

---

22. Cf. CAMARGO, *Hermenêutica e argumentação: uma contribuição ao estudo do direito*, pp. 21 ss.
23. WRÓBLEWSKI, "Interpretação", pp. 426-8.

do sentido específico de determinado ato da linguagem, em que se busca superar a obscuridade ou contradição para compreender adequadamente a mensagem. Embora todos os três aspectos digam respeito à ordem jurídica, comumente o primeiro se articula à teoria ou filosofia do direito, enquanto os aspectos amplo e estrito da interpretação costumam estar evidenciados na técnica jurídica e na jurisprudência. Com efeito, no mais das vezes a interpretação jurídica gravita em torno de questões da linguagem, seu emprego e seus signos que se colocam como uma realidade própria a ser compreendida e aplicada pelo intérprete. No entanto essa relação entre determinado signo da linguagem e seu uso concreto pelos falantes de uma língua, chamada na semiologia de *pragmática*[24], não pode ser isolada do contexto social e fático em que a linguagem é empregada. A produção do sentido depende, indubitavelmente, da utilização que o intérprete fizer dos signos lingüísticos expressos na norma jurídica; contudo, e na mesma proporção, depende do momento e do contexto de sua aplicação, portanto de uma questão semântica. Considerando o caráter concomitantemente social e normativo do direito, pode-se afirmar que o contexto de aplicação da norma jurídica é constituído por uma dupla realidade: 1) a realidade social, pois, se de um lado o direito é condicionador da realidade, por outro lado ele é condicionado por ela numa inesgotável tensão dialética; 2) a realidade fática do caso concreto, pois os agentes de uma situação juridicamente relevante sempre trazem particularidades que fixam uma singularidade que deve ser considerada pelo intérprete.

Como é sabido, o ordenamento jurídico é estruturado conforme suas implicações teleológicas, isto é, conforme as exigências sociais de ordem e estabilidade radicadas em valores como dignidade, liberdade, solidariedade e igualdade que con-

---

24. No desenvolvimento da filosofia da linguagem e da semiologia foram construídos conceitos que têm sido, em certa medida, utilizados no direito, especialmente após a difusão da *teoria da argumentação* com suas necessárias inclinações lingüísticas. Entre tais conceitos vale esclarecer, *pragmática*: o estudo do signo em relação a sua utilização concreta; *semântica*: o estudo da relação entre os signos e a realidade a que se referem; *sintaxe*: o estudo da relação dos signos entre si.

formam os fins últimos do direito. O respeito e a lealdade a esta estrutura deve ser inspiração constante no trabalho hermenêutico de inteligibilidade do ordenamento jurídico e na ação interpretativa de aplicação desse mesmo ordenamento. Assim sendo, a busca de sentido empreendida pela interpretação e sustentada pelos fundamentos da hermenêutica deve estar voltada para a superação de três ameaças incompatíveis com a finalidade da ordem jurídica, a saber: vagueza, incoerência e iniquidade. A vagueza resulta da inconsistência do enunciado normativo, provocando uma dose de instabilidade excessiva; a incoerência resulta da contradição entre os enunciados normativos, provocando ameaçadora desordem; e, finalmente, a iniquidade resulta do não-reconhecimento das condições singulares do caso, provocando injustiça incompatível com os valores jurídicos. A respeito disso, assim se manifesta Wróblewski:

> Três contextos apresentam importância para determinar se o texto não está claro e se ele requer uma interpretação: os conceitos lingüísticos, sistêmicos e funcionais. A dúvida pode ser constatada quer quando termos vagos são aplicados em suas zonas de penumbra (contexto lingüístico), quer quando o sentido direito desses termos poderia levar a uma contradição ou uma incoerência com as outras regras em vigor (contexto sistêmico), quer ainda quando a regra entendida da maneira direta seja injusta ou possa levar a resultados estimados inaceitáveis ou ruins (contexto funcional).[25]

A partir da tarefa precípua do intérprete de superar a vagueza, a incoerência e a iniqüidade, a doutrina jurídica organizou e classificou diretrizes e formas distintas de interpretação, embora entrelaçadas e, muitas vezes, complementares. Apesar de certa variação decorrente do enfoque específico do autor, a classificação segue padrão geral e pode ser dividida a partir de três critérios básicos: o agente, o método e o efeito.

A interpretação classificada quanto ao agente responde à pergunta "quem interpreta?". Essa pode ser doutrinal, judicial,

---

25. WRÓBLEWSKI, ob. cit., p. 426.

administrativa e legal. A *interpretação doutrinal* é aquela que é produzida por juristas e pesquisadores de áreas afins ao direito, como resultado de uma atividade sistemática de investigação. A despeito da existência de autores que vinculam a interpretação doutrinária à bibliografia específica de operadores jurídicos, é importante registrar a crescente tendência para uma visão transdisciplinar, em que o fenômeno jurídico pode ser objeto de reflexão de profissionais de outras áreas que mantêm relação dialógica com o direito, tais como a psicologia e a sociologia, por exemplo. Portanto, todos os pesquisadores e estudiosos de elementos atinentes ao ordenamento jurídico estão aptos a produzir interpretação doutrinal. A *interpretação judicial* é aquela que é produzida pela autoridade judiciária, como resultado próprio do exercício de sua função judicante. Manifesta-se nas decisões judiciais e tende a influenciar sentenças e acórdãos futuros sobre casos semelhantes. A expressão máxima da interpretação judicial está na *súmula* da jurisprudência predominante dos tribunais superiores, com seus arestos numerados e anexados oficialmente aos seus respectivos regimentos, na forma de apêndice. A *interpretação administrativa* é aquela que é produzida pelos agentes e órgãos da administração pública, como resultado de uma ação pública reguladora de caráter administrativo amparada na legislação em vigor. As espécies normativas (decretos, portarias e resoluções) que manifestam a interpretação administrativa podem ter caráter rotineiro e continuado ou, ainda, caráter casuístico quando visam disciplinar controvérsia pontual. A *interpretação legal* é também chamada de *interpretação autêntica* pela maior parte da doutrina, pois é aquela que é produzida pelo próprio órgão elaborador da lei, como resultado de uma atividade legislativa voltada para o esclarecimento de ponto obscuro ou controverso existente em lei anterior de sua autoria. Evidente que a interpretação autêntica pode também ocorrer no âmbito da administração pública, numa situação em que, por exemplo, um secretário de Estado poderia editar uma segunda portaria esclarecendo certo sentido da primeira portaria por ele editada. No entanto, as denominações *interpretação legal* e *interpretação autêntica* costumam aparecer como sinônimo. A principal polêmica resulta da possível retroatividade da disciplina imposta pela norma interpretadora superveniente. Duas posições são admissíveis: 1) considerar que a disciplina obrigatória retroage à data de início da vigência da norma interpretada, pois, afinal, já estaria contida nela; 2) considerar que a disciplina obrigatória dar-se-á somente a partir da data de vigência da nova lei interpretadora, pois não existia eficácia quanto a esta disciplina na lei interpretada devido a sua obscuridade.

A interpretação classificada quanto ao método responde à pergunta "como interpreta?". Essa pode ser gramatical, lógica, sistemática, histórica e sociológica. A *interpretação gramatical* é aquela em que o sentido da norma é definido a partir do texto objetivo ou da letra da lei. Este é o método dominante entre as correntes do positivismo legalista, pois confere importância apenas aos vocábulos e à maneira como tais vocábulos se articulam entre si, sua sintaxe lógica. Trata-se de compreender a estrutura gramatical da oração lingüística, supondo que cada palavra possui sentido único e inequívoco. A *interpretação lógica* é aquela na qual o sentido da norma é definido a partir dos fundamentos pressupostos nas diversas orações e locuções do texto normativo. Trata-se de buscar a *ratio legis* da norma perquirindo sobre seu fim e sua razão de ser. Contudo, vale registrar que tal processo não pode ser conduzido aleatoriamente, mas deve observar certos rigores lógicos, tais como a dedução, em que é necessário inferir o sentido normativo a partir de premissas maiores. Um exemplo seria o seguinte tipo de raciocínio: "se a lei protege o de menor valor, muito mais protege o de maior valor". A *interpretação sistemática* é aquela na qual o sentido da norma é definido a partir de sua inserção no conjunto normativo. A preocupação precípua desta modalidade interpretativa é não deturpar o sentido adequado da norma em função de uma possível mutilação do corpo normativo. A integração sistêmica preconizada deve ser tanto do dispositivo interpretado em relação à lei como um todo, como da lei em que se insere o dispositivo em relação ao ordenamento jurídico como um todo. Daí a explicação para o antigo preceito que afirma que "ao se aplicar um único dispositivo normativo, em verdade se aplica todo o ordenamento jurídico" devido à necessária coerência sistemática que deve ter o direito. A *interpretação histórica* é aquela na qual o sentido da norma é definido a partir de sua origem histórica, isto é, a partir da compreensão do momento real de sua produção que, por seu turno, justificou sua existência. Em suma: as raízes da norma. Não de deve confundir interpretação histórica com interpretação autêntica, pois no caso desta existe a ocorrência de novo texto normativo esclarecedor da intenção obscura da norma interpretada; já no caso daquela não se procura a suposta vontade do legislador mas as condições reais que determinaram sua existência, ou seja, o contexto de criação da norma. Procedimento comumente sugerido para a interpretação histórica é o recurso aos *trabalhos preparatórios*, quer dizer, o conjunto de justificativas, considerandos, pareceres, notas e relatórios produzidos por ocasião da tramitação do projeto de lei. A *interpretação sociológica* é aquela na qual o sentido da norma é definido a partir de seu enquadramento na realidade presente, com suas próprias exigências e pensamento típico. Trata-se de confrontar o texto da lei e o contexto da sociedade, levando em consideração os efeitos sociais da norma e as idéias dominantes acerca dos conceitos e institutos existentes no texto normativo. É este sentido social da lei que torna possível afirmar que uma interpretação ab-rogatória pode se dar não apenas no caso de contradição entre dois dispositivos legais mas, também, quando o dispositivo da norma estiver em total desacordo com a realidade social, como ocorre nos casos de desuso.

A interpretação classificada quanto ao efeito responde à pergunta "qual o resultado?". Essa pode ser declarativa, extensiva e restritiva. A *interpretação declarativa* é aquela em que o sentido da norma coincide com o texto da norma. Eventualmente também denomina-se interpretação estrita, e nesse caso conclui-se que o pensamento expresso na norma não deve ser estendido para outras situações nem restringido por meio da exclusão de casos ou situações excepcionais. Não se deve imaginar que o efeito declarativo da interpretação pressupõe a inexistência desta com aplicação direta da norma. Ocorre aqui que um ou mais métodos interpretativos foram utilizados, e a conclusão acerca do sentido calhou de ser declarativa, como poderia, eventualmente, não ser. Embora este tipo de classificação corresponda ao resultado da aplicação de um método interpretativo anterior, é possível que ele seja inicialmente desejado, como é o caso da interpretação acerca das normas restritivas de direito ou sancionadoras de forma geral: busca-se sempre uma interpretação estrita ou declarativa. A *interpretação extensiva* é aquela na qual o sentido da norma tem alcance maior que seu texto. Pode ser chamada, também, de interpretação ampliativa ou amplificadora e caracteriza-se pela conclusão de que a *ratio legis* da norma deve ir além dos casos previstos expressamente no dispositivo da norma, uma vez que seu autor falou menos do que deveria – *minus scripsit quam voluit* – diante da implicação normativa em questão. Assim, outras situações devem ser submetidas ao império da norma devido ao enquadramento necessário na sua razão de ser. São situações nas quais os casos ou termos da norma não esgotam a matéria normável. A *interpretação restritiva* é aquela em que o sentido da norma tem alcance menor que seu texto. Ocorre onde casos excepcionais devem ser excetuados da aplicação daquela norma, por conformarem uma singularidade que deve ser regida por dispositivos próprios. A interpretação restritiva em momento nenhum fere o princípio isonômico que assegura igual tratamento diante da lei, pois a exceção que dela resulta não fere a *ratio legis* contida na lei, ao contrário, justifica-se por ela. É necessário ao intérprete limitar o campo de incidência normativa, já que o autor da norma escreveu mais do que pretendia dizer – *plus scripsit quam voluit*.

O seguinte quadro sintetiza o exposto:

INTERPRETAÇÃO QUANTO AO AGENTE	INTERPRETAÇÃO QUANTO AO MÉTODO	INTERPRETAÇÃO QUANTO AO EFEITO
Doutrinal	Gramatical	Declarativa
Judicial	Lógica	Extensiva
Administrativa	Sistemática	Restritiva
Legal ou Autêntica	Histórica	—
—	Sociológica	—

3. A questão dos valores na hermenêutica jurídica

Lembra-nos Wróblewski[26] que a interpretação jurídica pode ser tratada tanto do ponto de vista descritivo como do ponto de vista normativo. No primeiro caso temos as teorias que descrevem os procedimentos interpretativos e analisam seus respectivos modelos. No segundo caso temos a definição dos parâmetros e das diretrizes metodológicas para o trabalho de interpretação. Esse caráter normativo da interpretação, no entanto, se funda sobre valores e princípios que justificam e tornam aceitável determinada avaliação jurídica, sem a qual o direito nunca poderia se concretizar com a dose de legitimidade aceitável. Com efeito, seria impossível, ou ao menos inadequado, dissociar o direito de seus fundamentos axiológicos e, outrossim, dissociar a hermenêutica e a interpretação, igualmente, de seus fundamentos axiológicos. O direito, como bem cultural, carrega o sinal humanizante do *juízo de valor*. Enquanto os seres da natureza se adaptam ao seu mundo, o ser humano, como ser da cultura, adapta o seu mundo de acordo com seus interesses e valores dominantes. Enquanto na natureza a força justifica a si mesma, na cultura a ordem jurídica reinventa a utilização da força justificando-a segundo parâmetros eticamente aceitáveis. Assim, temos o que faz de nossa sociedade uma sociedade humana: "a diferença entre a legitimidade e a ilegitimidade, entre a verdade e a mentira, o autêntico e a impostura, a busca do poder ou de interesse privado e a busca do bem comum"[27]. O mundo criado pela cultura, onde se inserem o direito, a busca ou criação de sentido e a realização de valores essenciais, somente pode ser entendido pela articulação de *consciência hermenêutica*, *consciência histórica* e *consciência ética* que se infundem tendo em vista uma realidade humanizada e humanizante. Nessa linha segue a afirmação de António Braz Teixeira:

---
26. *Idem, ibidem*, p. 426.
27. Cf. LEFORT, *Pensando o político: ensaios sobre democracia, revolução e liberdade*, p. 27.

A cultura sendo, assim, *espírito humano objetivado*, define o seu mundo próprio (enquanto os animais têm apenas um *meio* em que vivem, o homem cria o seu *mundo*, o das criações espirituais), revela a capacidade que o espírito tem de sair de si, de se transcender, de descobrir e realizar os valores, os princípios e os ideais e dar objetividade a esse mesmo conhecimento, criando bens ou realidades valiosas e dotando de sentido ou revelando o sentido oculto nas coisas, nos seres e no vasto mundo.[28]

O direito é, pois, realidade valiosa objetivada na cultura que deve conferir sentido ético às relações sociais através de sua normatividade coercível. Uma hermenêutica que reduzisse o direito a mero procedimento técnico de regulação e não reconhecesse nele aspectos valorativos mas apenas força institucional seria manifestação brutal de um "não-direito", do torto. Pode-se falar, então, de fundamentos axiológicos da hermenêutica jurídica, devendo estes fornecer os conteúdos éticos necessários à inteligibilidade da ordem jurídica e a sua concreção através da atividade interpretativa voltada para a aplicação do direito. Mesmo que o positivismo jurídico tenha empreendido largo esforço no sentido de reduzir a norma jurídica às dimensões de imperatividade e coercibilidade, somos forçados a admitir que o *dever ser* da proposição jurídica demarca não apenas um campo lógico, mas, também, um campo ético que deve traduzir-se em conduta objetiva dos destinatários da norma. Seria grotesca vulgaridade cogitar uma aplicação do direito esvaziada de seu compromisso com os valores sociais e com os valores constitutivos da própria ordem jurídica. Entre os romanos, donde herdamos considerável acervo de nossa cultura jurídica, já se registrava, nas primeiras páginas do *Digesto*, essa fundamentação axiológica ou ética que é inarredável da idéia direito: "*Iuri operam daturum prius nosse oportet, unde nomem iuris descendat. Est autem a iustitia appelatum, nam, ut eleganter Celsus definit, ius est ars boni et aequi.*"[29] No direito

---

28. TEIXEIRA, *Sentido e valor do direito: introdução à filosofia jurídica*, p. 70.
29. Cf. *Digesto* 1, 1, 1. Ulpianus. Libro I. *Institutionum*: "Convém, para aquele que haja de estudar o direito, primeiro conhecer de onde provém a palavra '*ius*'.

positivo brasileiro, temos o caso emblemático do artigo 5º da Lei de Introdução ao Código Civil que apresenta como regra objetiva a base axiológica da hermenêutica e da interpretação ao determinar que "na aplicação da lei, o juiz atenderá aos fins sociais a que ela se dirige e às exigências do bem comum". Esta é, portanto, a *regra de ouro* da interpretação jurídica, em razão de sua capacidade de justificar a aplicação razoável da norma, ou seja, aceitável porque dentro dos parâmetros éticos que sustentam a juridicidade. Esses parâmetros são utilizados, muitas vezes, como diretrizes pelo próprio legislador que não pode tratar com minudência da temática e, por isso, oferece as diretrizes que serão bases hermenêuticas para o aplicador da norma. Bons exemplos estão no texto constitucional, tais como os artigos 170 e 193 que estabelecem, respectivamente, os fundamentos ético-jurídicos das ordens econômica e social: justiça social, dignidade e bem-estar social[30].

A compreensão do direito como realidade cultural implica, como já visto, admitir a existência de um plano axiológico próprio da ordem jurídica. Entretanto, a partir desse mesmo raciocínio devemos concluir pelo reconhecimento de uma *processualidade* intrínseca nesse mesmo direito, na medida em que no mundo da cultura a mutação é sempre clara e necessária. Essa processualidade se reconhece na idéia mesma de hermenêutica jurídica: "Ora, toda realidade cultural é, essencialmente, processo que não pode ser compreendido senão na unidade solidária de seu desenvolvimento dialético. O direito, visto na totalidade de seu processo, é uma sucessão de culminantes momentos normativos, nos quais os fatos e os valores se integram dinamicamente: é essa unidade concreta e dinâmica que deve ser objeto da hermenêutica jurídica."[31] A palavra-chave

---

Ora, é chamada assim porque derivada de '*iustitia*'; pois como, elegantemente, Celso define: '*ius*' é a arte do bom e do justo."

30. Constituição Federal, *in verbis*: "Art. 170. A ordem econômica, fundada na valorização do trabalho humano e na livre iniciativa, tem por fim assegurar a todos existência digna, conforme os ditames da justiça social..."; "Art. 193. A ordem social tem como base o primado do trabalho, e como objetivo o bem-estar e a justiça sociais."

31. Cf. REALE, *Filosofia do direito*, p. 581.

que nos permite entender melhor a dinâmica jurídica e associá-la à hermenêutica é: *devir*, isto é, vir-a-ser. A experiência jurídica acontece condicionada por diversos fatores internos e externos ao ordenamento que o colocam em constante mudança ou mutação. Essa perspectiva é facilmente percebida quando pensamos a eficácia técnica da norma jurídica com sua vigência e revogação determinada pela multiplicidade convergente de normas válidas. Contudo, o devir do ordenamento jurídico ocorre mesmo durante a vigência da norma que vai tendo seu sentido próprio redefinido pelas condições diversas de sua aplicabilidade, num constante devir. O ordenamento jurídico, através da atuação do intérprete, atualiza o sentido de suas normas, mantendo viva conexão com os valores de dado momento histórico. Assim, o devir do direito é sustentado pela ação da hermenêutica e da interpretação que mantém atualizada a valoração da norma. Por isso o elo que liga direito, hermenêutica, devir e valores num único processo dialético. Vale atentar para o que assevera Miguel Reale:

> Se a regra jurídica não pode ser entendida sem conexão necessária com as circunstâncias de fato e as exigências axiológicas, é essa complexa condicionalidade que nos explica por que uma mesma norma de direito, sem que tenha sofrido qualquer alteração, nem mesmo de uma vírgula, adquire significados diversos com o volver dos anos, por obra da doutrina e da jurisprudência.[32]

Assim, temos que o sentido normativo das prescrições jurídicas está em constante mutação mesmo sem que se altere uma palavra sequer, "basta que se altere o prisma histórico-social de sua aferição axiológica"[33]. Nesse sentido, a ordem jurídica somente pode ser compreendida de maneira razoável graças ao trabalho da hermenêutica que lhe confere inteligibilidade, como afirmado anteriormente. Um bom exemplo para esse devir atualizador do sentido da norma no ordenamento vem

---

32. *Idem, ibidem*, pp. 582-3.
33. *Idem, ibidem*, p. 568.

do constitucionalismo norte-americano: trata-se do caso *Brown v. Board of Education of Topeka*, ocorrido em 1954. Até o acontecimento do caso havia entendimento pacífico de que o princípio da igual proteção dos indivíduos perante a lei[34] não restava ferido ou violado pela ocorrência da segregação racial nas escolas públicas, conhecida como doutrina do *separate but equal*. Quando do julgamento do caso, a Suprema Corte tinha diante de si o mesmo texto constitucional que vigorava desde a data da décima quarta emenda sem nenhuma alteração. Entretanto, depreendeu novo sentido ou mesmo novo conteúdo normativo sem mudança do dispositivo: passou a considerar a doutrina do *separado mas igual* incompatível com o princípio constitucional da igual proteção da lei e, portanto, uma iniqüidade. Assim se pronunciou o relator juiz Warren: "We conclude that in the field of public education the doctrine of 'separate but equal' has no place. Separate education facilities are inherently unequal."[35] Consoante a sua teoria tridimensional do direito, Miguel Reale afirma:

> Muitas e muitas vezes, porém, as palavras das leis conservam-se imutáveis, mas a sua acepção sofre um processo de erosão ou, ao contrário, de enriquecimento, em virtude de interferência de fatores diversos que vêm amoldar a letra da lei a um novo espírito, a uma imprevista *ratio juris*. Tais alterações na semântica normativa podem resultar: a) do impacto de *valorações* novas, ou de mutações imprevistas na hierarquia dos valores dominantes; b) da superveniência de *fatos* que venham modificar para mais ou para menos os *dados* da incidência normativa; c) da intercorrência de outras normas, que não revogam propriamente uma regra em vigor, mas interferem no seu campo

---

34. Constituição dos Estados Unidos da América: "Artigo XIV, seção 1. Todas as pessoas nascidas ou naturalizadas nos Estados Unidos, e sujeitas a sua jurisdição, são cidadãos dos Estados Unidos e do estado onde tiver residência. Nenhum Estado poderá fazer ou executar leis restringindo os privilégios ou as imunidades dos cidadãos dos Estados Unidos; nem poderá privar qualquer pessoa de sua vida, liberdade ou bens sem processo legal, *ou negar a qualquer pessoa sob sua jurisdição a igual proteção das leis.*" (Grifo nosso.)
35. Cf. CANOTILHO, *Direito constitucional e teoria da Constituição*, p. 1065.

ou linha de interpretação; d) da conjugação de dois ou até mesmo dos três fatores discriminados.[36]

O sentido da norma nunca é um dado em si mesmo, como se resultasse de um apriorismo metafísico, mas somente pode ser entendido em correspondência com as outras normas do ordenamento, com os valores históricos do tempo presente e do próprio ordenamento jurídico e, por fim, com as exigências da realidade social e do caso concreto. Tudo isso confere constante variabilidade semântica às proposições normativas e, por isso, ao próprio direito, mantendo-o em contínuo devir, aberto ao mundo da vida. Daí ser questionável a afirmação contida no brocardo *in claris cessat interpretatio*. Crer na ausência de interpretação pela suposta clareza da norma significa desprezar esse devir constitutivo do direito e, mais ainda, negar que o que pode ser claro num momento pode se tornar obscuro em outro; que aquilo que parece ser claro para um intérprete pode ser problemático para outro, etc. Evidentemente, o ato interpretativo pode extrair um alcance normativo que coincida literalmente com o enunciado do dispositivo mas, de qualquer forma, para se chegar até esta conclusão foi necessário o trabalho do intérprete. Apesar de ser utilizado em latim, o brocardo não se coaduna com o Direito romano, já que Ulpiano assim se manifestou no *Digesto*: "*quamvis sit manifestissimum edictum praetoris, attamen non est negligenda interpretatio eius*"[37].

Relevante aspecto desse debate acerca do devir do direito é o problema da segurança jurídica. Tradicionalmente, e por influência decisiva da epistemologia positivista, "segurança" no direito em geral é entendida como sinônimo de previsibilidade, bem a gosto do lema positivista: "*ver para prever*". No entanto, é sabido que esta idéia do previsível, do necessário, já não encontra fundamentos sólidos mesmo no campo das ciên-

---

36. REALE, *Filosofia do direito*, pp. 566-7.
37. Cf. *Digesto* 25, 4, 1. ULPIANUS: "embora claríssimo o edito do pretor, contudo não se deve descurar de sua interpretação".

cias da natureza, no qual a idéia de leis universais e imutáveis já foi colocada em xeque sobretudo pelo paradigma da física quântica, especialmente pelo "princípio da incerteza" de Werner Heisenberg. Muito mais questionável é a idéia de previsibilidade no mundo da cultura, onde a realidade é sempre resultante da intervenção mais ou menos ordenada ou desordenada de sujeitos livres. Evidente que o caráter social e normativo do direito requer pautas de condutas claras e compreensíveis, o que não autoriza ninguém a esperar certeza absoluta em casos de composição de conflitos de interesses. Isso porque o direito não se estrutura a partir do verdadeiro, mas do verossímil, ou seja, de uma forte possibilidade. Em sede de argumentação jurídica sempre há possibilidade de refutação, e as conclusões são necessariamente provisórias e limitadas. Contudo é nisso que deve repousar uma idéia adequada e democrática de "segurança jurídica": 1) a provisoriedade e o limite de conceitos e decisões implica constante debate para reafirmações do sentido e cabimento das normas jurídicas, tornando possível manter o coerente e superar o insustentável em cada caso e em cada momento histórico; 2) o constante debate e o caráter argumentativo próprios do mundo jurídico é que fazem aceitável a apreciação judiciária de toda e qualquer demanda ou interesse subjetivo ou difuso, sem o qual ninguém estaria juridicamente seguro. Por isso a segurança jurídica não pode ser vista como previsibilidade, e sim como processualidade tendente a assegurar direitos subjetivos justificáveis a cada caso e momento, levando em consideração o histórico pessoal e social de cada envolvido. Daí o princípio constitucional do *devido processo legal* não possuir natureza meramente formal, e sim material, pois é graças a ele e seus corolários, como o *contraditório* e a *ampla defesa*, que se pode falar em efetiva garantia de direitos e, com isso, em segurança jurídica. A objetividade da norma não pode ser convertida em fetiche da segurança jurídica e deve, também, ser tomada no âmbito da consciência hermenêutica segundo sua historicidade intrínseca. É pertinente a assertiva de Fernández-Largo de que a pretensão diretiva da norma *"no equivale a encerrarla en su 'objetividad', antes bien, es un modo de abrirla a un devenir formado por su significado histórico. En esa pretensión irrenunciable se fundamenta su validez, entendiendo por tal la meta aplicativa, más allá de la cual ya no tendría sentido seguir refiriéndose a la norma*"[38].

Entre nós, corrobora Miguel Reale ao registrar que "o Direito é um processo aberto exatamente porque é próprio dos valores, isto é, das fontes dinamizadoras de todo o ordenamento jurídico, jamais se exaurir em soluções normativas de caráter definitivo"[39].

A tarefa de interpretação da norma jurídica é coisa que não se dá em abstrato. Tem sempre em vista a situação real ou caso concreto que provocou o ato reflexivo por parte do intérprete mediador, naquele momento, entre a norma e o fato. Se, por um lado a hermenêutica jurídica permite uma atitude especulativa que busca compreender o ordenamento jurídico a partir de seus valores e princípios, mesmo que abstratamente, por outro lado, a interpretação jurídica implica necessária concreção e volta-se para o momento de aplicação do direito no dialético processo da decidibilidade. Por isso é tão importante compreender aquele dinamismo que abre a ordem jurídica para uma constante variabilidade semântica de suas proposições, num devir responsável pela atualização desta mesma ordem. Isso porque é apenas no momento específico da decisão que as prescrições genéricas podem ganhar sentido adequado à demanda da vida real. Nessa esteira, é possível falar numa *textura aberta* do direito que somente se resolve pela ação concreta do intérprete, pois, caso contrário, estaríamos diante de brutal arbitrariedade da norma que regularia a vida social em padrões tão inflexíveis que acabaria por produzir mais malefícios do que benefícios à sociedade. Confirmando esse raciocínio, Herbert Hart ensina que "a textura aberta do direito significa que há, na verdade, áreas de conduta em que muitas coisas devem ser deixadas para serem desenvolvidas pelos tribunais ou pelos funcionários, os quais determinam o equilíbrio, à luz das cir-

---

38. FERNÁNDEZ-LARGO, ob. cit., p. 98.
39. REALE, *Filosofia do direito*, p. 574.

cunstâncias, entre interesses conflitantes que variam em peso, de caso para caso"[40]. Seria mesmo um absurdo imaginar que todas as situações juridicamente relevantes recairiam, necessariamente, em soluções previamente estipuladas e definidas, podendo, dessa forma, prescindir de qualquer mediação efetiva. Em lição tornada clássica, o jurista italiano Francesco Ferrara já advertira para o fato de que o direito opera por comandos abstratos, mas a realização forçada de tais comandos efetua-se por imposição da autoridade judiciária. Por isso, "o juiz é o intermediário entre a norma e a vida: é o instrumento vivo que transforma a regulamentação típica imposta pelo legislador na regulamentação individual das relações particulares; que traduz o comando abstrato da lei no comando concreto entre as partes, formulado na sentença. O juiz é a *viva vox iuris*"[41].

Nessa tarefa de regulação concreta das condutas que é coordenada pela autoridade judiciária, o movimento dinâmico do ordenamento jurídico se encarna na dinâmica do processo judicial, em que deve ser aferido, respectivamente: a) a situação de fato do mundo da vida e transposta – sempre de maneira limitada – para os autos; b) os sentidos possíveis para as normas jurídicas aplicáveis; e c) a justificativa para a decisão que optou por uma dentre as soluções possíveis. Essa forma de proceder a aplicação do direito, no qual se insere a interpretação como um dos momentos constitutivos, revela um tipo de raciocínio singular: o raciocínio jurídico. Em vários momentos, a teoria do direito buscou associar o raciocínio jurídico aos padrões da lógica formal, em especial ao modelo dedutivo do silogismo demonstrativo. Este, chamado por Aristóteles[42] de *filosofema*, é um silogismo necessário em que a conclusão decorre necessariamente da premissa. No direito teríamos a premissa maior na lei, a premissa menor no fato e a conclusão na sentença que determina as conseqüências jurídicas da aplicação da lei ao fato. Uma boa visão dessa forma de pensar nos é oferecida por Paulo Dourado de Gusmão:

---

40. HART, *O conceito de direito*, p. 148.
41. FERRARA, *Interpretação e aplicação das leis*, p. 111.
42. ARISTÓTELES, *Tópicos*, p. 153, VIII, 11, 162a, 15-20.

Tal aplicação (*da lei*) tem a forma do *raciocínio silogístico*. Daí denominar-se de *silogismo jurídico* ou *judicial* a atividade mental de aplicação do direito. Dito silogismo tem por premissa maior a norma jurídica; por premissa menor, o caso concreto a ser decidido pelo juiz, e por conclusão ou corolário, a sentença, que impõe a uma das partes ou a ambas as conseqüências previstas na norma jurídica. Assim, por exemplo, ocorrendo bigamia, teríamos o seguinte raciocínio – *premissa maior*: nulo é o casamento se ocorrer bigamia (preceito legal); *premissa menor*: Fulano, casado, escondendo tal situação, casa-se com Beltrana, solteira, que pode desconhecer o estado civil de seu noivo; *conclusão*: nulidade do casamento (conseqüência jurídica de violação do preceito citado) além do procedimento penal.[43]

O raciocínio jurídico, tomado como silogismo demonstrativo, conduz à idéia de conclusão necessária, apoiada no prestígio da lógica formal como prócera representante da verdade. Corroborou com essa teoria a ambiência cientificista da modernidade, que valorizou a técnica e o raciocínio analítico e matematizante como caminhos para verdades naturais e irrefutáveis. Afetada por tudo isso, a teoria jurídica dominante na maior parte dos séculos XIX e XX passou a vincular raciocínio jurídico e silogismo demonstrativo como se esta fórmula representasse a mais alta expressão de uma ciência rigorosa do direito fundada sobre a verdade e a demonstração e manifestada pela técnica e a razão, isenta de qualquer tipo de juízo de valor ou mesmo de influência moral. Entretanto, essa perspectiva não passou isenta de desconfiança e crítica de muitos juristas que reconheceram o caráter *complexo* da aplicação do direito e de seus fundamentos hermenêuticos. Bom exemplo de ressalva ao suposto caráter silogístico da aplicação do direito vem de Ferrara:

> Tem-se dito que o julgamento é um silogismo em que a premissa maior está na lei, a menor na espécie de fato e o corolário na sentença. E isto é verdade, embora não se deva acreditar que a atividade judicial se reduz a uma simples operação lógica, porque na aplicação do direito entram ainda fatores psíquicos e

---

43. GUSMÃO, ob. cit., pp. 217-8.

apreciações de interesses, especialmente no determinar o sentido da lei, e o juiz nunca deixa de ser uma personalidade que pensa e tem consciência e vontade, para se degradar num autômato de decisões.[44]

Contudo, mais do que mitigar as conseqüências danosas da redução do raciocínio jurídico aos padrões da lógica formal, é necessário mesmo avaliar a pertinência dessa redução. Esse é o sentido das questões levantadas por Chaïm Perelman, especialmente quando afirma que a lógica formal deixa de lado o estudo acerca de formas de raciocínio que são importantes em disciplinas não matemáticas, a exemplo do que ocorre com o direito que se utiliza de argumentos *a fortiori*, *a contrario* e por analogia, dentre outros[45].

Partindo do problema da decisão judicial como referente central do raciocínio jurídico, somos forçados a concordar que a maneira como a razão jurídica deve se afirmar no âmbito de sua finalidade reguladora é através do debate, da argumentação e do convencimento, que existem como corolários da processualidade da ordem jurídica e do devido processo legal. Como afirmado anteriormente, a natureza normativa do direito não se realiza no plano da contemplação intelectiva ou empírica, mas na delimitação das condutas juridicamente aceitáveis e na tomada de decisões acerca de relações concretas, o que implica debate, escolhas, deliberações, sanções e convencimento. Trata-se de um complexo processo no qual a racionalidade não pode ser confinada aos padrões da lógica analítica nem da mera observação sensível, mas, antes, manifesta-se através de su-

---

44. FERRARA, ob. cit., p. 112.
45. Cf. PERELMAN, *Ética e direito*, p. 471. Para uma definição das formas dos argumentos temos, *a fortiori*: dada uma proposição que afirma uma obrigação de um sujeito, deve-se concluir pela existência de outra disposição jurídica que afirma a mesma obrigação de outro sujeito em condições de merecer a mesma obrigação conferida ao primeiro. Ex.: se é proibido pisar na grama, *a fortiori*, é proibido arrancá-la; *a contrario*: dada uma proposição jurídica que afirma uma obrigação de um sujeito, na falta de outra disposição expressa deve-se excluir a validade de uma proposição jurídica diferente que afirma a mesma obrigação a propósito de qualquer outro sujeito. Ex.: se todos os rapazes ao completar dezoito anos devem prestar serviço militar, *a contrario*, as moças não estão sujeitas à mesma obrigação.

cessivas conexões e ponderações que dão um sentido próprio ao mundo jurídico. Assim, longe do modelo do silogismo demonstrativo, o raciocínio jurídico se aproxima do modelo do silogismo dialético. Este, chamado por Aristóteles[46] de *epiquerema*, é um silogismo provável, isto é, a conclusão tem apenas certo grau de probalidade em relação às premissas. Os silogismos dialéticos "dizem respeito aos meios de persuadir e convencer pelo discurso, de criticar as teses do adversário, de defender e justificar as suas próprias, valendo-se de argumentos mais ou menos fortes"[47]. É fundamental diferenciar o estatuto epistemológico das premissas sobre as quais se apóiam os diferentes silogismos: no caso do silogismo demonstrativo temos premissas verdadeiras, postas fora de questão; já no caso do silogismo dialético temos premissas verossímeis, sempre discutíveis. Segundo Aristóteles, é possível destacar a diferença entre o verdadeiro e o verossímil: enquanto o primeiro é universal e necessário, o segundo é apenas da ordem do *provável*, não sendo, pois, garantido que seja exatamente como se acredita. Por exemplo, a afirmação "amar quem nos ama ou odiar quem nos odeia" é verossímil e não verdadeira[48]. Portanto, há duas diferenças essenciais entre o silogismo demonstrativo (ou raciocínios analíticos) e o silogismo dialético (ou raciocínio dialético) que dizem respeito à natureza da proposição e à conseqüência do raciocínio: o primeiro parte de verdades apodícticas e, por isso mesmo, permite uma conclusão necessária; o segundo parte de postulados sempre questionáveis tornando a conclusão relativa. Diante dessas informações essenciais acerca das formas de silogismo ou raciocínio, devemos, assim como feito por Perelman[49], indagar a respeito da natureza do raciocínio jurídico: é adequado ou não, do ponto de vista de uma filosofia do direito, associá-lo ao silogismo demonstrativo ou raciocínio analítico? A resposta cabível é certamente negativa, uma vez que o raciocínio jurídico não se volta para uma *conclusão* baseada em verdades absolutas, e sim para uma *deci-*

---

46. ARISTÓTELES, ob. cit., p. 153, VIII, 11, 162a, 15-20.
47. Cf. PERELMAN, ob. cit., p. 2.
48. Cf. AZEVEDO, ob. cit., p. 77.
49. Cf. PERELMAN, ob. cit., pp. 1-26.

são baseada em argumentos *verossímeis*. Por isso, todas as teorias do direito que se fundamentam sobre perspectivas matematizantes, afirmando as proposições jurídicas como axiomas para conclusões precisas e intocáveis, acabam por distorcer ou mutilar o raciocínio jurídico que é, pela sua própria natureza, polissêmico e controvertido. A ilusão cientificista, sobretudo moderna, de uma verdade universal e necessária se quebra claramente na epistemologia jurídica que se realiza como conhecimento de uma experiência aberta e dinâmica, com conceitos e decisões *sempre refutáveis*. Aliás, a refutabilidade é a marca maior do mundo jurídico, sem o que não faria sentido falar em doutrina, jurisprudência, processo judicial, duplo grau de jurisdição, etc. Veja-se eloqüente afirmação de Perelman:

> Com efeito, a estrutura da argumentação que motiva uma decisão parece muito diferente da de um silogismo pelo qual passamos das premissas a uma conclusão. Enquanto no silogismo a passagem das premissas à conclusão é obrigatória, o mesmo não acontece quando se trata de passar dos argumentos à decisão: tal passagem não é de modo algum obrigatória, pois se o fosse não estaríamos diante de uma decisão, que supõe sempre a possibilidade, quer de decidir de outro modo, quer de não decidir de modo algum.[50]

Para uma visualização esquemática, temos:

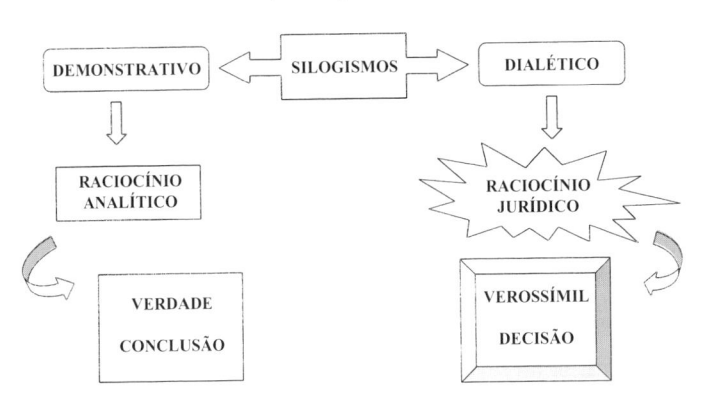

---

50. *Idem, ibidem*, p. 3.

É imprescindível notar que o reconhecimento do caráter verossímil e decisional do raciocínio jurídico implica um modelo de racionalidade que não pode ser reduzido à mera causalidade ou mecanicismo. No direito, as reflexões e especulações se apresentam como um campo de sabedoria prática, tendente à produção de um resultado efetivo por meio de uma decisão acerca do que é melhor, mais adequado diante das exigências da situação ou caso concreto. Essa sabedoria prática ou *phrónesis*, como aludido por Aristóteles[51], se baseia na idéia de *deliberação*, ou seja, na capacidade de tomar boas decisões tendo em vista a natureza particular do fato em questão. Nessa perspectiva, a razão é compreendida muito mais como *discernimento* do que como cálculo matemático: "O que se chama discernimento, e em virtude do qual se diz que os homens são 'juízes humanos' e que 'possuem discernimento', é a reta discriminação do eqüitativo. Mostra-o o fato de dizermos que o homem eqüitativo é acima de tudo um homem de discernimento humano, e de identificarmos a eqüidade com o discernimento humano a respeito de certos fatos."[52] Com efeito, o alicerce da experiência jurídica repousa sobre um modelo de *sabedoria prática* ou razão prática que, por sua vez, se apresenta como a busca de uma deliberação tendente ao *bem*, isto é, da decisão eqüitativa, justa. No dinamismo próprio da processualidade jurídica no qual a pluralidade de opiniões e a diversidade dos argumentos apresentam várias formas possíveis de chegar a uma decisão, é necessário discernimento para chegar a uma posição mais matizada e razoável[53]. Isso significa que no momento de aplicação da norma existe uma tensão interna no ordenamento jurídico quanto às várias possibilidades de regulação concreta. Chegar à alternativa mais adequada é tarefa da interpretação, baseada nos postulados da hermenêutica jurídica. Daí a afirmação de que toda hermenêutica jurídica possui um necessário fundamento axiológico, pois é este que sustenta

---

51. ARISTÓTELES, *Ética a Nicômaco*, pp. 342-54, VI, 11, 1139a-1145a.
52. *Idem, ibidem*, p. 350, VI, 11, 1143a, 20.
53. Cf. PERELMAN, ob. cit., p. 3.

a decisão judicial enquanto manifestação de uma escolha justa. Fernández-Largo assevera que "*la hermenéutica dinamiza el sentido del derecho y contribuye a su progressividad en razón de las sucesivas situaciones con que se ve enfrentado; puede, por lo mismo 'contribuir incluso a una aplicación en general más justa del derecho, afinando la sensibilidad jurídica que ha guiado la interpretación'*"[54]. O raciocínio jurídico procura ir ao encontro de uma decisão razoável através de opções valorativas sustentadas pela consciência hermenêutica e pela consciência ética que atuam na tensão dialética do ordenamento jurídico e do processo judicial. É possível mesmo afirmar que os valores que fundamentam a interpretação e a aplicação do direito constituem o verdadeiro móbil do raciocínio jurídico numa perspectiva pós-positivista. Segundo Perelman:

> O raciocínio jurídico, mesmo sendo sujeito a regras e a prescrições que limitam o poder de apreciação do juiz na busca da verdade e na determinação do que é justo – pois o juiz deve amoldar-se à lei –, não é uma mera dedução que se ateria a aplicar regras gerais a casos particulares. O poder concedido ao juiz de interpretar e, eventualmente, de completar a lei, de qualificar os fatos, de apreciar, em geral livremente, o valor das presunções e das provas que tendem a estabelecê-los, o mais das vezes basta para permitir-lhe motivar, de forma juridicamente satisfatória, as decisões que seu senso de eqüidade lhe recomenda como sendo, social e moralmente, as mais desejáveis. Se acaso uma legislação francamente iníqua não lhe permitir, por uma ou outra razão, exercer seu ofício em conformidade com sua consciência, o juiz é moralmente obrigado a renunciar a suas funções. Pois ele não é uma simples máquina de calcular. Contribuindo, com seu concurso, para o funcionamento de uma ordem iníqua, ele não pode isentar sua responsabilidade.[55]

O reconhecimento de uma ordem de valores que oferece suporte à hermenêutica e à interpretação no âmbito do direito

---

54. FERNÁNDEZ-LARGO, ob. cit., p. 99.
55. PERELMAN, *Ética e direito*, pp. 489-90.

deve resultar de duas considerações básicas: 1) a variabilidade semântica das proposições jurídicas e dos respectivos comandos normativos como forma de ser específica do movimento constante e aberto que caracteriza o ordenamento jurídico que, por seu turno, é constitutivo do mundo cultural, marcado pela liberdade e pela criatividade; 2) o caráter dinâmico e prático do raciocínio jurídico como expressão de uma racionalidade dialógica e comprometida com um equilíbrio ponderado tendente a uma decisão *justificada* pela sua adequação ético-jurídica. Nas duas perspectivas encontra-se presente a exigência que transcende o universo jurídico e se apresenta como condição de possibilidade de toda e qualquer instituição social: o respeito à dignidade humana. É da necessidade desse respeito que resultam os valores sociojurídicos e o seu mister de assegurar uma coexistência em que ninguém seja preterido, marginalizado ou excluído por nenhum motivo. Por isso a exigência da felicidade, do bem comum ou da justiça sempre foi a maior aspiração do direito, para além do direito positivo. A consciência hermenêutica, na sua historicidade e eticidade, deve realizar essa vocação axiológica do direito, fazendo da interpretação um trabalho constante de reconstrução da norma por meio da procura de um sentido eficaz na garantia da dignidade concreta do sujeito para o qual se destina esta norma. Continua sendo esse o maior desafio que se coloca para os filósofos, juristas e todos os que se voltam para a reflexão em torno da regulação normativa da sociedade.

4. Considerações finais

A pergunta seminal que cabe ser feita por cada um daqueles que atuam no mundo jurídico – advogados, promotores, juízes, professores, etc. – é a seguinte: qual é minha responsabilidade nisso? Não em busca de uma resposta pragmática, mas de uma resposta ética que impeça o esconder-se atrás da lei e revele o *cuidado* que todos devemos ter com o outro e com o mundo. Buscar os valores que dão sustentabilidade e aceitabilidade moral ao direito significa assumir a responsabilidade pelo cuidado que devemos ter com o outro: com o cliente, com o jurisdicionado, com o educando, com o cidadão, com o ser humano que espera da ordem jurídica a garantia de seus direitos fundamentais em qualquer situação. Para isso existe o direito: cuidar da sociedade e do homem. Com Leonardo Boff, devemos lembrar que o cuidado é de nossa própria essência e nos tornamos mais humanos com ele e a partir dele:

> Por fim, que imagem de ser humano projetamos quando o descobrimos como um ser-no-mundo-com-outros sempre se relacionando, construindo seu hábitat, ocupando-se com as coisas, preocupando-se com as pessoas, dedicando-se àquilo que lhe representa importância e valor e dispondo-se a sofrer e a alegrar-se com quem se sente unido e ama? A resposta mais adequada será: o ser humano é um ser de cuidado, mais ainda, sua essência se encontra no cuidado. Colocar o cuidado em tudo o que projeta e faz, eis a característica singular do ser humano.[56]

Assumir o cuidado que nos humaniza é, também, humanizar o direito. Sendo assim, ou os juristas assumem o cuidar do outro como tarefa vital que dá sentido a sua existência ou se transformam em arrogantes cuspidores de leis no mais das vezes comprometidas com processos de exclusão.

O cuidado se manifesta na atitude hermenêutica como a busca da *justa medida*, isto é, o ótimo relativo, o termo entre o mais e o menos, a posição ponderada, o ponto de equilíbrio já preconizado por Aristóteles[57]. Essa justa medida, meta inarredável do intérprete, deve ser o lugar da mediação razoável entre a norma e o fato, exigindo, para tanto, realismo, eticidade e constante otimização dos limites. Para isso, a hermenêutica

---

56. BOFF, *Saber cuidar: ética do humano, compaixão pela terra*, p. 35.
57. ARISTÓTELES, *Ética a Nicômaco*, p. 329, V, 5, 1133b, 30. Cf: "Temos, pois, definido o justo e o injusto. Após distingui-los assim um do outro, é evidente que a ação justa é intermediária entre o agir injustamente e o ser vítima de uma injustiça; pois um deles é ter demais e o outro é ter demasiado pouco. A justiça é uma espécie de meio-termo."

jurídica deve admitir a insuficiência da monocausalidade como base de conformação da realidade humana, social e jurídica. Nessa realidade, tudo é complexo e se conecta numa rede de incontáveis relações de influência recíproca. Todos os aspectos devem estar articulados para uma decisão integradora que reconhece a diversidade do mosaico constituído por esta pluralidade fenomênica. Para captar essa realidade complexa, vale recordar os ensinamentos de Blaise Pascal, filósofo e matemático francês que no século XVII introduziu uma valiosa distinção entre *esprit de géometrie* e *esprit de finesse*[58]. O espírito de geometria é o espírito calculatório e pragmático, interessado na eficiência e no poder. Raciocina mecânica e ordenadamente a partir dos princípios objetivos. O espírito de finura é o espírito da sensibilidade e da sutileza, é aquele que busca os princípios entrevistos e pressentidos, unindo o sentimento ao pensamento para buscar o significado mais profundo, mesmo que desordenado, das grandes valorações. A modernidade sempre foi guiada pelo espírito de geometria, associando-o ao pensamento cientificista. Assim, relegou o espírito de finura a um plano tido como menos importante, associado à poesia e às artes. O direito moderno, que procurou sua pretensão de verdade no modelo positivista de ciência, foi urdido pelo espírito de geometria e passou a se manifestar de forma embrutecida pela imperatividade e coercibilidade de sua norma. Mesmo a hermenêutica e a interpretação foram capturadas e controladas pelo espírito de geometria para serem apresentadas simplesmente como técnicas de leitura e delimitação das proposições jurídicas. Nesses tempos de revisão de modos de vida, parece adequado recuperar o espírito de finura para entrar em sintonia mais larga com a complexidade do real, podendo, assim, oferecer respostas mais integrais e integradoras a um mundo que é multidimensional, assim como o ser humano. Não há dúvida que os fundamentos axiológicos da hermenêutica jurídica são mais bem compreendidos pelo espírito de finura.

---

58. PASCAL, *Pensamentos*, pp. 37-47, I, 1-60.

Bibliografia

ARENDT, Hannah. *A condição humana*. Rio de janeiro: Forense Universitária, 1995.
ARISTÓTELES. *Ética a Nicômaco*. Col. "Os Pensadores". São Paulo: Abril Cultural, 1973.
———. *Tópicos*. Col. "Os Pensadores". São Paulo: Abril Cultural, 1973.
AZEVEDO, Plauto Faraco. *Aplicação do direito e contexto social*. São Paulo: Revista dos Tribunais, 1998.
BASTOS, Aurélio Wander. *Introdução à teoria do direito*. Rio de Janeiro: Lumen Juris, 1999.
BETIOLI, Antonio Bento. *Introdução ao direito: lições de propedêutica jurídica*. São Paulo: Letras e Letras, 1995.
BOFF, Leonardo. *Saber cuidar: ética do humano, compaixão pela terra*. Petrópolis: Vozes, 1999.
CAMARGO, Margarida Maria Lacombe. *Hermenêutica e argumentação: uma contribuição ao estudo do direito*. Rio de Janeiro: Renovar, 1999.
CANOTILHO, J. J. Gomes. *Direito constitucional e teoria da Constituição*. Coimbra: Almedina, 1999.
COSTA, Dilvanir José da. *Curso de hermenêutica jurídica*. Belo Horizonte: Del Rey, 1997.
DESCARTES, René. *Discurso do método*. Col. "Os Pensadores". São Paulo: Abril Cultural, 1979.
FERNÁNDEZ-LARGO, Antonio Osuna. *Hermenéutica jurídica: en torno a la hermenéutica de Hans-Georg Gadamer*. Valladolid: Secretariado de Publicaciones, Universidad de Valladolid, 1992.
FERRARA, Francesco. *Interpretação e aplicação das leis*. Coimbra: Armênio Amado, 1987.
FRANÇA, R. Limonge. *Hermenêutica jurídica*. São Paulo: Saraiva, 1994.
GADAMER, Hans-Georg. *O problema da consciência histórica*. Rio de Janeiro: Fundação Getúlio Vargas, 1998.
———. *Verdade e método: traços fundamentais de uma hermenêutica filosófica*. Petrópolis: Vozes, 1997.
GUSMÃO, Paulo Dourado de. *Introdução ao estudo do direito*. Rio de Janeiro: Forense, 2001.
HÄRBELE, Peter. *Hermenêutica constitucional. A sociedade aberta dos intérpretes da Constituição: contribuição para a interpretação*

pluralista e "procedimental" da Constituição. Porto Alegre: Sergio Antonio Fabris, 1997.

HART, Herbert L. A. *O conceito de direito*. Lisboa: Calouste Gulbenkian, 1986.

JACQUES, Paulino. *Curso de introdução à ciência do direito*. Rio de Janeiro: Forense, 1971.

JASPERS, Karl. *Introdução ao pensamento filosófico*. São Paulo: Cultrix, 1993.

LEFORT, Claude. *Pensando o político: ensaios sobre democracia, revolução e liberdade*. Rio de Janeiro: Paz e Terra, 1991.

LIMA, Hermes. *Introdução à ciência do direito*. Rio de Janeiro: Freitas Bastos, 1996.

MAXIMILIANO, Carlos. *Hermenêutica e aplicação do direito*. Rio de Janeiro: Freitas Bastos, 1951.

MELO, Orlando Ferreira de. *Hermenêutica jurídica: uma reflexão sobre novos posicionamentos*. Itajaí: Univali, 2001.

MONTORO, André Franco. *Introdução à ciência do direito*. São Paulo: Revista dos Tribunais, 1999.

MÜLLER, Friedrich. *Discours de la méthode juridique*. Paris: PUF, 1996.

NUNES, Luiz Antonio Rizzatto. *Manual de introdução ao estudo do direito*. São Paulo: Saraiva, 1996.

PASCAL, Blaise. *Pensamentos*. Col. "Os Pensadores". São Paulo: Abril Cultural, 1979.

PERELMAN, Chaïm. *Ética e direito*. São Paulo: Martins Fontes, 1996.

———. *Lógica jurídica*. São Paulo: Martins Fontes, 1998.

PERRY, Stephen R. "Interpretação e metodologia na teoria jurídica". In: MARMOR, Andrei (org.). *Direito e interpretação*. São Paulo: Martins Fontes, 2000.

POLETTI, Ronaldo. *Introdução ao direito*. São Paulo: Saraiva, 1996.

RÁO, Vicente. *O direito e a vida dos direitos*. São Paulo: Revista dos Tribunais, 1999.

REALE, Miguel. *Filosofia do direito*. São Paulo: Saraiva, 1996.

———. *Lições preliminares de direito*. São Paulo: Saraiva, 1995.

———.*Teoria tridimensional do direito*. São Paulo: Saraiva, 1994.

RUSS, Jacqueline. *La pensée éthique contemporaine*. Paris: PUF, 1994.

SALDANHA, Nelson. *Filosofia do direito*. Rio de Janeiro: Renovar, 1998.

TEIXEIRA, António Braz. *Sentido e valor do direito: introdução à filosofia jurídica*. Portugal: Imprensa Nacional, Casa da Moeda, 1990.

WRÓBLEWSKI, Jerzy. "Interpretação". In: ARNAUD, André-Jean (org.). *Dicionário enciclopédico de teoria e de sociologia do direito*. Rio de Janeiro: Renovar, 1999.

Reflexões sobre a Estética de Luigi Pareyson e a plasticidade do Direito, nos modelos e na significação

*Carlos Eduardo de Abreu Boucault**

Para os objetivos desse trabalho, constitui-se ponto de partida o ensaio escrito, durante o curso de Filosofia da Universidade de Sapienza de Roma, na primavera de 1997, por Romano Cappelletto[1], cujo tema versa sobre os paradigmas conceituais na estética de Luigi Pareyson.

Assim, o texto que ora se produz incorpora a tradução de alguns tópicos da tese e as correlações entre o Direito e a Arte, embasadas na dimensão existencial do homem, enquanto sujeito destinatário das proposições gerais que lhe envolvem na tessitura histórica dos sistemas culturais-jurídicos.

Um dos segmentos da tese se intitula "A estética entre a arte e o 'agir-comum'" e discorre sobre as reflexões de Luigi Pareyson no domínio da estética:

"Nas páginas seguintes, o nome de Luigi Pareyson, filósofo italiano falecido em 1991, figura apenas na primeira linha, e o motivo dessa referência se explica pelo fato de que a obra desse

---

* Professor da Faculdade de Direito da Universidade Estadual Júlio de Mesquita Filho – UNESP e da Faculdade de Direito da Fundação Álvares Penteado – FAAP.
1. ROMANO CAPPELLETTO, autor do ensaio intitulado *A estética entre a arte e o agir comum: reflexões sobre a estética de Luigi Pareyson*, elaborado durante o curso de Filosofia na Universidade Sapienza, em Roma. O autor deste artigo traduziu parcialmente o texto do ensaio, utilizando os tópicos que apresentam pontos de conexão com o objetivo temático do trabalho.

grande mestre para o autor deste ensaio buscou estabelecer uma seqüência, e não simplesmente uma reprodução de conteúdo (talvez, até mesmo, as frases das obras?). Uma tentativa de avançar nas análises dos problemas estéticos, preservando, todavia, na base de cada tópico, os pontos fundamentais dos ensinamentos do filósofo.

O escopo desse trabalho acompanha os comentários do autor da tese sobre as reflexões de Pareyson a respeito da Estética e o 'agir' humano. Daí, o desdobramento do texto procede à tentativa de se distinguirem pontos de encontro entre o Direito, a Estética e a Hermenêutica, cujas repercussões se associam na construção de modelos históricos, cujos fundamentos constituem pólos importantes com que se articulam princípios jurídicos pertencentes a diferenciados componentes éticos e políticos.

PARTE I – Caráter Formativo da Vida Espiritual

A reflexão estética de Pareyson se baseia quase exclusivamente na conhecida *teoria da formalidade*, ou seja, a teoria segundo a qual toda atividade humana é um 'formar', uma tal maneira de fazer que, fazendo, o ser humano cria o modo de fazer, e a atividade que melhor ilustra esta característica é a artística; ao tratar de um tema específico como artes, sob um ponto de vista filosófico, deve-se partir do pressuposto de que a filosofia é meditação sobre a experiência humana em geral, considerando-se que é sempre no âmbito interno dessa generalidade que cada experiência específica deve ser examinada. No que se refere à arte, há algo, uma atividade, que, presente em todo labor humano, na atividade propriamente artística, acentua-se de forma preponderante."

Nesse momento, a visualização do fenômeno jurídico como emanação cultural de um processo histórico global tangencia as instâncias estéticas, na medida em que a "organização normativa" reproduz modelos sistemáticos definidos por instituições, princípios, regras que direcionam as relações em sociedade, mediadas por códigos, formas, ritualizadas nas práticas sociais, nos textos legislativos, nas audiências, nos processos inquisitórios, dentre outros elementos integrantes do acervo simbólico do Direito.

A respeito dessas criações civilizatórias, Nelson Saldanha[2] alude à associação entre as imagens da *agora* ateniense, do *forum* romano, destinados ao exercício da atividade política, individuando os contornos da *ordem* estabelecida. Por este procedimento cultural, a *pólis* grega e a *urb* romana formatam modelos políticos, pelos quais se identificam os agentes de representação e da linguagem dinamizadores dos arquétipos da cultura greco-romana.

Assim, as imagens registram dimensões institucionais do cotidiano estruturadas pelas regras de convivência e o significado valorativo das relações entre os sujeitos no contexto social, seus conflitos e contradições operacionalizadas no plano dialético. Nesse sentido, a ordenação dos grupos humanos ao longo do evolver histórico pressupõe o ato de "fazer", a partir do surgimento das normas e dos paradigmas epistemológicos que têm justificado a existência de regras na sociedade, fixadas em determinações de autoridades políticas.

Em reforço à dimensão conceitual e valorativa dos modelos jurídicos, a partir da *periodização da história*, efetivada por uma cristalização de transmudações políticas que dão origem a rupturas estruturais, sem, contudo, atingir uma erradicação absoluta dos matizes caracterizadores de cada período, poder-se-ia conceber a experiência humana vivenciada em regimes políticos, consolidados na capacidade humana de decisão e de construção dos padrões normativos. Chaïm Perelman[3] analisa o papel que os modelos desempenham enquanto mecanismo de influência no sentimento dos homens, como veículo de "exemplo" e "ilustração", assentado nos recursos da argumentação, incorporando as regras de sensibilidade e historicidade: "A argumentação pelo modelo, como o argumento de autoridade, supõe que se trata de uma autorização que, pelo seu presti-

---

2. SALDANHA, Nelson. "Pólis. Diálogo. Salve os arquétipos clássicos da política e de seus problemas centrais". *Revista Brasileira de Estudos Políticos*, n.º 74/75, jan./jul., 1992, p. 7.

3. PERELMAN, Chaïm. *O império retórico*. Trad. F. Trindade e Rui A. Grácio. Porto: Edições Asa, 1999, 2.ª ed., p. 124.

gio, serve de caução à ação visada. É esta, aliás, a razão pela qual aqueles que têm consciência de que seus atos constituem-se modelo devem prestar atenção ao que fazem e dizem. Todo o discurso de Isócrates a Nicolès se inspira nesta idéia: "Faz da tua própria ponderação um exemplo para os outros, lembrando-te de que os costumes de um povo se assemelham aos de quem o governa. Terás um testemunho de valor da tua autoridade real quando certificares que os teus súditos adquiriram mais bem-estar e costumes civilizados graças às tuas ações."

Percebe-se, assim, o significado mais valioso do modelo político que inspira a produção normativa num ambiente estético favorável às adaptações sociais e à assimilação que busca a imitação pelas condutas, que, por sua vez, tendem a refletir o ideal harmônico da "paz social".

Retomando-se o texto originário, prossegue Cappelletto:

> E aquilo que se pode designar por *formalidade* corresponde a um *modo de fazer*, que inexistindo regra e uma finalidade pré-ordenada, ao se operacionalizar, tal procedimento cria regras e finalidades. Se cada obra é um tipo de produção, da mesma forma, o ato de *produzir*, de acordo com um certo modo, observando regras e finalidades já previamente fixadas, comumente, ao executá-las, transforma-as em regras individualizadas, pontuais, próprias daquela factibilidade específica e indutível a qualquer outro tipo de norma. Por essa razão, o *fazer* humano é sempre caracterizado pelo risco, é sempre tentativa: o homem não é uma máquina que simplesmente executa tarefas, porque, em sua busca, ele inventa, e ao executar, ele desenvolve o processo criativo.

Identificam-se em toda obra duas características que são, pois, essenciais de cada forma: a independência e a exemplaridade. Cada criação, realmente, a partir do momento em que se realiza, parece desprender-se do cordão umbilical que a ligava a seu criador e passa a ter vida própria, exprimindo totalmente, em si mesma, seu próprio significado. A forma funciona, em outras palavras, com um organismo.

É um resultado que tem vida própria, independente de seu autor, e tampouco vincula-se a finalidades posteriores.

De igual modo, cada obra apresenta um caráter de exemplaridade, pelo qual sua absoluta individualidade, paradoxalmente, faz com que ela se torne princípio regulador para atividades ulteriores.

Tais aspectos evocam, sem dúvida, a originalidade e a exemplaridade, com que Kant[4], em sua obra *Crítica do juízo*, identifica o gênio. "O gênio", escreve Kant, "é o talento de produzir aquilo a que não se pode impor uma regra determinada (...); em conseqüência, a originalidade é sua primeira apropriação (...). Embora aconteçam extravagâncias originais, seus produtos devem ser, no conjunto, *modelos*, ou seja, exemplares (...)".

Sobre essas ponderações, as teorias político-jurídicas, bem como o corolário dogmático da ciência do Direito se plasmam nas valorações da vida em sociedade, principalmente na conformação histórica da modernidade. Assim, Jeremy Waldron[5] demonstra a criação legislativa e a função do legislador no procedimento normativo-estatal. Inicialmente, o autor procura desvincular a interpretação de uma dada realidade como resultado da "intenção" de alguém, comparando o texto de um romance e um texto legislativo, conforme seu entendimento, assim explicitando: "A legislação, assim presumi, é o produto de uma assembléia de múltiplos membros, abrangendo uma quantidade de pessoas com objetivos, interesses históricos radicalmente diferentes. Nessas condições, as estipulações específicas de uma lei em particular são muitas vezes o resultado de compromissos e de votação por partes." Contudo, a autoria de um projeto de lei conserva a individualidade do parlamentar, cuja iniciativa deverá seguir os rituais do processo legislativo, dependendo a aprovação do referido projeto à legislação do congresso. Waldron opina contrariamente à possibilidade de perquirir a intenção do legislador, uma vez que, diante das inten-

---

4. KANT. *Crítica do juízo*. 1994, p. 133.
5. WALDRON, Jeremy. "As intenções dos legisladores e a legislação não internacional". In: MARMOR, Andrei (org.). *Direito e interpretação*. São Paulo: Martins Fontes, 2000, p. 265.

ções legislativas, deve-se apenas considerar a consecução dos atos formalmente propostos, embora reconheça a existência de "pensamentos" e "intenções" que poderão estar associados "frouxamente" com a autoria da lei, ponderando, no entanto, que tal viés pouco influencia o processo hermenêutico das normas.

Na verdade, os eixos conceituais das reflexões de Pareyson sobre o caráter *formativo* dos espíritos, se transpostos para os postulados do contexto jurídico, vislumbram a produção legislativa e a organização social difusa das comunidades de formação religiosa, que as teorias do Direito Comparado informam a respeito da historicidade dos sistemas jurídicos, dentre os quais o romano-germânico, que sobreviveu, influenciando o direito de muitos povos, aspecto que denota seu caráter exemplar, em que pese a insuficiência de esquemas classificatórios de modelos históricos. Como se reportou no texto, não somente as iniciativas destinadas à codificação de regras jurídicas, às interpolações, às consolidações de textos normativos firmaram sua exemplaridade técnica, como também as comunidades primitivas produziram suas normas, tais como o Código de Hamurábi ou o mito tartésico.

A despeito de se verificar a existência de regras que resultam de processos normativos de criação espontânea, como os costumes, contemplam-se os mecanismos do direito consuetudinário do sistema *Common-Law*, além das normas que observam as competências estabelecidades em leis, ou fundamentos fixados como princípios jurídicos.

Contudo, a criação de uma lei não elimina a existência de conflito na sociedade, porquanto o homem busca realizar permanentemente valores como "Justiça", "Ética", "Igualdade"; ou seja, o processo de criação de regras, tanto as de domínio técnico como principiológico, edifica uma dinâmica em constante "devir" na tentativa de aperfeiçoamento das instituições.

Uma vez em vigor, a lei adquire uma expressão própria, sujeita a interpretações e aplicações diferenciadas, suscitando a problemática da linguagem do direito, considerando-se ainda as questões que tratam de vigência, validade das normas, para se demonstrar que após sua criação a norma assume sua própria vitalidade, desprendendo-se de seu autor, da legislatura que a originou, podendo ter eficácia por séculos, conforme exemplifica Orlando Ferreira de Melo[6]: "Os problemas jurídicos são de tempo presente, nem do passado nem do futuro. A lei, conteúdos dogmáticos do direito, refere-se somente ao tempo cronológico, duração das penas, termos processuais, discricionais, etc. que expressam valores de ordem e segurança. Entretanto, o tempo próprio da experiência jurídica é o tempo existencial", que, segundo o autor, compreende as dimensões presentes, pretéritas e futuras, uma vez que "O tempo jurídico está carregado de subjetividade, embora seja um tempo do mundo (mundanizado)".

Retornando-se ao texto-base, prossegue-se na óptica kantiana, sob a argumentação de Romano Cappelletto:

"Mas Kant se refere à atividade artística propriamente dita, enquanto aqui o enfoque se centra no 'fazer' em geral. O que significa, em outras palavras, que, em essência, toda atividade humana contém em si um traço artístico. Não é a operacionalização humana, ou seja, o processo de mera 'fabricação', em que o aspecto exclusivamente executório e realizado não se faz acompanhar, pelas razões expostas anteriormente, o elemento inventivo, imaginoso e figurativo. No 'fazer' humano, o elemento técnico-mecânico e o elemento artístico coexistem.

Se se considera, por exemplo, a vida moral do homem, na qual a atuação do 'dever-ser', proveniente de uma instância moral, não surge como puro exercício realizador, mas na passagem da lei ao ato, ou para expressá-la em termos kantianos, do mundo numênico ao fenomênico, é necessário o recurso ao esforço inventivo por parte do indivíduo, pelo qual a moralidade da lei possa se efetivar no âmbito de uma determinada situação. Não é o caso de imaginar que o mundo moral se constitua por uma constelação de figuras exemplares: na verdade, a prática de um ato moral, como um resultado que se verifica na adequação do ato individual (singular), isoladamente considerado, a leis universais, torna esse mesmo ato exemplar.

---

6. MELO, Orlando Ferreira. *Hermenêutica jurídica: uma reflexão sobre novos posicionamentos*. Itajaí: Univali, 2001, p. 117.

Por outro lado, atribuímos o termo 'beleza' aos atos que não são especificamente artísticos e, ao se falar precisamente de 'beleza', refere-se a uma ação ou idéia, ou a um pensamento; e, nessas hipóteses, não se trata de uma metáfora. Eis que, então, a filosofia, em sua complexidade, é também reflexão estética, porque toda a vida que é objeto de análise tem em si um caráter artístico, porque a 'beleza', conceito fundamental da estética, define-se, nesta prospectiva, como contemplação da forma enquanto forma e não, simplesmente, como forma artística."

Após o enfoque direcionado para as correlações entre os modelos jurídicos e a interpretação valorativa das normas, como o eixo da visualização da dinâmica normativa em seu processo institucional, o entrecho seguinte narrado por Cappelletto adentra os domínios da "estética" que, de certos parâmetros, resvala para o universo do Direito. Liberando os elementos constitucionais do *positivismo* imperante nas tendências que ilustram a *Ciência Jurídica*, a partir da História Moderna, englobando o esquema formal de extração kantiana, os enunciados epistemológicos contemporâneos inauguram textos mais inventivos, na medida em que manifestam, pelos seus autores, uma adesão à perspectiva estética do Direito, mediante a integração *arte-ciência* e *verdade*, em razão de a *verdade* haver sido fixada como instrumento identificador do saber científico.

Em erudito trabalho, José Ricardo Ferreira Cunha[7] discute as proposições redentoras da dicotomia arte-ciência, consubstanciando seus fundamentos e descortinando as contradições das regras e ações entre o jogo do poder e os questionamentos éticos, mediante a análise das relações injustas que norteiam a dominação dos sujeitos no âmbito das convenções. Nessa busca de novos experimentos, Ferreira Cunha propõe uma estetização do fenômeno jurídico, aplicada a uma nova produção do conhecimento jurídico, resgatando possibilidades hermenêuticas que entranhem as incoerências da realidade examinada. São suas observações: "O ponto de partida para a admissibilidade

---

7. CUNHA, José Ricardo F. *Direito e estética*: *fundamentos para com o direito humanístico*. Porto Alegre: Fabris, 1998.

de uma estética do Direito, ou de um Direito Estético, será sua encarnação nessa nova visão de ciência. Nos parece totalmente inviável plasmar uma plasticidade jurídica comprometida radicalmente com o humanismo e, dessa forma, aberta ao devir e à sua exigência estética, se permanecermos confinados ao interior do quadro teórico tradicional da ciência."[8]

Os fundamentos da proposição teórica buscam a eliminação da Dogmática em sua óptica clássica e pressupõem o exercício da subjetividade e a interlocução com o "outro", ou seja, a alteridade como realização estética e comprometimento ético do Direito.

O autor estabelece uma modalidade de utopia humanista, assumindo as vicissitudes das diferenças, reconhecendo as conquistas operacionalizadas na tessitura histórica de idéias de justiça, porém entrevê que a "criação" de um novo paradigma estético reporta-se necessariamente à autoria dessa mesma criação, enquanto forma de estabelecimento de um modelo, embora associada a uma opção ética. A questão reside na legitimação da instância criadora para "novos pontos de partida" de criação normativa, "capaz de conter os princípios-postulados fundamentais dispostos em unidade interna, articulados com as relações da vida e capaz de adequar o fenômeno juridicamente relevante às exigências da justiça..."[9].

O argumento aí desenvolvido vincula-se à reformulação de paradigmas, mas, *a priori*, é necessário admitir-se os critérios de *justificação* de aceitação desses mesmos paradigmas, porquanto o objeto das relações estabelecidas no plano da subjetividade e da alteridade decorrem de convicções compartilhadas e que reproduzem uma constatação puntual das proposições políticas historicamente ideadas pela "instância" criadora.

---

8. *Idem, ibidem*, p. 154.
9. *Idem, ibidem*, p. 163.

Especificação do ato artístico

Mas, afinal, o que caracteriza uma obra de arte propriamente dita? Graças a que fator o campo artístico se especifica no âmbito de vida espiritual humana? Retome-se a premissa anteriormente estabelecida, segundo a qual a filosofia é sempre uma reflexão sobre uma atividade empírica. Se isto é possível, é porque a filosofia é filosofia da pessoa, um conceito preciso de pessoa que nos esclarece por que em cada atividade contém, conjuntamente, concentração de vida espiritual e a especificação dessa mesma atividade determinada.

São as características de unitotalidade e iniciativa, co-presentes, reunidas na pessoa, a nos propiciar esse esclarecimento. A pessoa é unitotalidade, um organismo: o que garante a mútua constituição de todas as atividades no âmbito de uma atividade determinada. Mas a pessoa é também iniciativa, o que lhe permite imprimir ativamente uma direção que especifique uma atividade.

No caso da arte (arte sem genitivo), a direção especificadora é aquela que acentua, ou melhor, absolutiza o caráter de formatividade inerente a cada atividade humana. Letal e artificioso foi o processo que se destinou a considerar a estética como filosofia da arte, mas não deixa de ser também verdadeiro que esse processo de recorte epistemológico tem em si uma razão específica: se em todo engenho humano nós identificamos os *aspectos* de formalidade, de beleza e de plasticidade, esses aspectos se revelam em toda sua *pureza* e *absolutividade* no campo propriamente artístico. A arte verdadeira e própria é formalidade pura.

O artista não cria em nome de qualquer objetivo preciso ou determinando; cria simplesmente para formar, razão pela qual, enquanto cada atividade humana é formativa, a operacionalização pelo artista é essa mesma formação"

Este último tópico parece decisivo para o tratamento da função da arte e a autonomia do processo de criação em relação ao autor da obra, pelo mesmo processo em que se tenta correlacionar o papel da produção normativa e a atuação do intérprete como ator na contextualização de tentativas de construção teórica dos que se utilizam dos recursos de expressão do Direito.

O conceito de estética, nessa medida, pressupõe a idealização de princípios que particulariza a unidade social, na configuração do modelo jurídico. Apreciando o corolário de uma teoria ético-política da justiça, com base no pensamento de John Rawls, Sônia T. Felipe[10] exemplifica: "A sociedade democrática, cujo modelo de justiça é a eqüidade, procura a perfeição na sua forma de distribuir bens, equilibrando o montante do que exige do cidadão, com o montante que lhe oferece, levando-se sempre em conta a liberdade de cada um de escolher em qual posição econômica e social quer ficar." Dessa forma, a expressão da liberdade e a eqüidade funcionam como princípios motores desse processo político, propiciando um ideal de "beleza", centrado no postulado de um sentimento igualitário que deve assinar e inspirar o comportamento e a solidariedade na comunidade de indivíduos. Essa visualização *harmônica* que se pretende *permanente* e *exemplar* infunde um padrão estético de sociedades pautadas em critérios igualitários, sem, contudo, desembocar em mecanismos igualitaristas. Resta, portanto, identificar as formas de concretização desse e de outros ideais que contenham um componente estético na fundamentação do Direito.

A esse respeito, sobreleva-se a análise de Joseph Raz[11] sobre as obras de arte e a criação normativa na espécie de legislação: "Os artistas, como os legisladores, sabem (quando sabem)[12] que o significado de seu trabalho é aquele que pode ser auferido sem consideração do contexto privado e, portanto, criarão obras que têm o significado que pretendem quando assim compreendidas. Mas a analogia, embora válida, disfarça uma diferença básica entre as obras de arte e legislação." Segundo o autor, a lei vincula porque decorre de autoridade com-

---

10. FELIPE, Sônia T. "Rawls: uma teoria-política de justiça". *Correntes fundamentais da ética contemporânea*. Org. Manfredo A. de Oliveira. Petrópolis: Vozes, p. 137.

11. RAZ, Joseph. "Interpretação sem restabelecimento". In: MARMOR, Andrei (org.). *Direito e interpretação*. São Paulo: Martins Fontes, 2000.

12. O autor alude a civilizações que, embora não conhecessem o conceito de arte, produziram obras de arte.

petente para o ato de legislar e deve, ao contrário da obra de arte, ser interpretada em conformidade com a convenção que expresse a intenção do legislador. Todavia, Raz estabelece um procedimento criativo da interpretação das leis e da História, em face de novas perspectivas que ressurgem dinamizadas pelas transformações culturais e em novas exigências sociais impostas pelas reivindicações políticas, fato que reflete uma instabilidade do exercício hermenêutico das fontes culturais-normativas diante dos conflitos permanentes na sociedade. Assim, Direito e Arte, em sede de interpretação, tendem a ser explicitados no contexto em que são criados, e nem sempre traduzem "a intencionalidade" dos respectivos autores, principalmente nas instâncias em que o intérprete busca as articulações entre os novos paradigmas e os conceitos antecedentes cuja influência viceja tanto na compreensão da obra de arte, como na adequação de princípios e de regras jurídicas, às injunções históricas emergentes.

Conclui o referido autor[13]: "A interpretação de obras de arte pode ser considerada única nesse aspecto. Com certeza, a interpretação da história investe a história de significado; a história não é feita por meio de sua interpretação, mas pelas pessoas a que a história pertence. A arte demonstra seu caráter especial, no sentido de que parte de sua natureza, quando captada pela presunção de que a obra interpretada passa a ter influência em questões importantes, transforma-se num espelho de nosso mundo e de nossas vidas. A história e o Direito não são espelhos; estão aí, feitos pelos que os forjaram, e devem ser apenas compreendidos pelos que os interpretam. Ou não? A descrição oferecida aqui aplica-se diretamente apenas à interpretação de obras de arte. Exige modificação cuidadosa para aplicar-se a outros objetos de interpretação. Mas, segundo creio, as similaridades entre domínios diferentes de interpretação são, pelo menos, tão notáveis quanto as diferenças."

A experiência teórica que o presente artigo está propondo permite uma subjetividade no processo de conhecimento da

---

13. RAZ, ob. cit., p. 265.

realidade jurídica, que deflui de postulados científicos libertadores do discurso tradicional da *Ciência do direito*, descobrindo flancos sugestivos para o campo da interpretação e concepção do Direito, numa discussão que protagoniza as formas, a caracterização do procedimento criador de normas, sua significação no complexo cultural das idéias, valores e sentimentos que desenham um esboço da plasticidade do fenômeno jurídico, concebida sob diferenciados projetos de utopias humanizantes, constituindo a *beleza* de uma normalização ética, retratada na exemplaridade *bela* e *idealizada* para as gerações que virão.

Bibliografia

CAPPELLETTO, Romano, autor do ensaio intitulado *A estética entre a arte e o agir comum: reflexões sobre a estética de Luigi Pareyson*, elaborado durante o curso de Filosofia na Universidade Sapienza, em Roma. O autor deste artigo traduziu parcialmente o texto do ensaio, utilizando os tópicos que apresentam pontos de conexão com o objetivo temático do trabalho.

CUNHA, José Ricardo F. *Direito e estética: fundamentos com direito humanístico*. Porto Alegre: Fabris, 1998.

FELIPE, Sônia T. "Rawls: uma teoria-política de justiça". *Correntes fundamentais da ética contemporânea*. Org. Manfredo A. de Oliveira. Petrópolis: Vozes, p. 137.

KANT, Immanuel. *Crítica do juízo*, 1994, p. 133.

MELO, Orlando Ferreira. *Hermenêutica jurídica: uma reflexão sobre novos posicionamentos*. Itajaí, 2001, p. 117.

PERELMAN, Chaïm. *O império retórico*. Trad. F. Trindade e Rui A. Grácio. Porto: Edições ASA, 1992, 2.ª ed., p. 124.

RAZ, Joseph. "Interpretação sem restabelecimento". In: MARMOR, Andrei (org.), *Direito e interpretação*. São Paulo: Martins Fontes, 2001.

SALDANHA, Nelson. "Pólis. Diálogo. Salve os arquétipos clássicos da política e de seus problemas centrais". *Revista Brasileira de Estudos Políticos*, n.º 74/75, jan./jul., 1992, p. 7.

WALDRON, Jeremy. "As intenções dos legisladores e a legislação não internacional". In: MARMOR, Andrei (org.). *Direito e interpretação*. São Paulo: Martins Fontes, 2000, p. 265.

QUARTA PARTE
Hermenêutica e Constituição

Eficácia constitucional:
uma questão hermenêutica

*Margarida Maria Lacombe Camargo**

O problema da aplicação do estatuto jurídico constitucional é uma constante na evolução dos povos modernos. Transcorridos quase quinze anos da promulgação de sua Constituição verifica-se, atualmente, mais de dez anos da sua promulgação, uma vontade especial de fazer valer a nossa Constituição. Diante das constantes ameaças de ver no texto constitucional um empecilho ao saneamento do Estado e às ações de governo, vale relembrar suas causas primeiras, geralmente vinculadas ao autoritarismo que lhe antecedeu, bem como às severas desigualdades advindas de um modelo liberal descuidado da questão social. Tais aspectos, somados aos efeitos perversos da globalização, ensejam agora a busca de um novo constitucionalismo e de um novo direito: um direito comprometido com a ética e com a justiça.

Sob essa ordem de fundamentos, de natureza axiológica, cabe retomarmos a questão da eficácia da Constituição. Falar em eficácia é falar em aplicação da norma constitucional; portanto, um problema hermenêutico. Dessa forma, procuraremos situar o debate acerca da interpretação da Constituição sob o prisma da filosofia do direito, ou melhor, da filosofia do direito constitucional. Ainda que sem abordar as várias contribuições teóricas existentes, de filósofos e constitucionalistas, pro-

---

* Professora da Faculdade de Direito da Universidade Gama Filho e da Universidade Católica de Petrópolis.

curaremos esclarecer o porquê de algumas questões. Afinal, por que se fala tanto em princípios ou em princípios constitucionais, com destaque para o princípio da proporcionalidade? Por que se encontram em voga, por exemplo, o direito civil constitucional e o direito processual constitucional? Ou, ainda, qual a importância da argumentação jurídica?

Durante muito tempo, as relações privadas – civis e comerciais – formaram o eixo da vida social. A composição dos interesses individuais era vista como prioritária, e o Estado (moderno) foi criado justamente com esse fim: de garantir a ordem pública, assegurando as relações privadas, livres de qualquer tipo de interferência que pudesse prejudicar o natural correr dos acontecimentos. A individualidade ganha assento, assim como os interesses fazem vigorar a lei do mercado: da oferta e da procura. A conduta correta é aquela que visa o bem-estar, garantido pelo poder econômico; logo, a ética do mercado, ou a ética do lucro, é que passa a gerir as relações sociais.

A pura e simples busca do lucro leva à desigualdade social, no sentido mais elementar da teoria marxista, e as injustiças daí advindas agridem qualquer ser humano dotado de um mínimo de sensibilidade e respeito para com o próximo. Não é por menos que a Constituição brasileira de 1988, ao tentar conciliar a iniciativa privada aos valores sociais do trabalho, num espírito de solidariedade, à semelhança de várias outras que lhe são contemporâneas, toma como fundamento primeiro da ordem jurídica a dignidade da pessoa, no melhor sentido do antigo Direito natural. No entanto, não é mais o indivíduo indiscriminado que se procura proteger, mas a pessoa, naquilo que ela tem de próprio e que a distingue dos demais membros da sociedade. Ganham relevo, com isso, as idéias de personalidade e de diferença, de maneira que todos devam ser respeitados naquilo que lhe é peculiar, tendo a liberdade como base[1]. No entan-

---

1. Conforme Donnald Kommers, em sua análise sobre a jurisprudência do Tribunal Constitucional Federal alemão, o princípio da dignidade humana, na maioria das vezes, é entendido, naquele país, de acordo com os interesses de liberdade, os quais são protegidos pelos princípios da personalidade. A relação do artigo 1.º, 1 ("A dignidade da pessoa humana é inviolável. Todas as autoridades públi-

to, todos sabemos que a personalidade só tem condições de ser desenvolvida dentro de um espírito de cidadania, que envolve a participação civil, política, social e comunicacional; leia-se esta última como o poder de fala (diálogo) e interação social entre pessoas e grupos[2].

Feitas essas considerações iniciais, verificamos a necessidade de repensar algumas noções importantes, como a de Estado de Direito, por exemplo. Ainda que, em pleno século XXI, possamos contestar a validade de suas bases históricas e políticas, não se pretende o afastamento do princípio da legalidade, capaz de conter o arbítrio e controlar a conduta política e social. Portanto, é o Estado de Direito que se quer revigorado. Mas não o Estado do legalismo puro e simples, artificial e inconteste, conforme preconizado por Locke e Montesquieu, mas o Estado da legalidade: da legalidade dos direitos fundamentais. Sua base são os direitos humanos originados no pós-guerra, quando a lei não é mais vista como sinônimo do justo, tornando-se necessário, para alguns, o apoio em uma ordem moral transcendente às disposições legais traduzidas em competências[3]. Afinal, norma jurídica e justiça não se confundem. Do contrário, não teríamos, por exemplo, como condenar o na-

---

cas têm o dever de a respeitar e proteger") com o artigo 2.º, 1 ("Todos têm o direito ao livre desenvolvimento da sua personalidade, desde que não violem os direitos de outrem e não atentem contra a ordem constitucional ou a lei moral"), da Lei Fundamental de Bonn, a seu ver, é simbiótica, pois todas as suas provisões nutrem e reforçam uma a outra. Cf. KOMMERS, Donnald P. *The Constitutional Jurisprudence of the Federal Republic of Germany*. Londres: Duke University Press, 1997, 2.ª ed., p. 298.

2. À já tradicional e amplamente conhecida classificação da cidadania apresentada por T. H. Marshall (*Cidadania, classe social e status*, Rio de Janeiro: Zahar), que a divide em civil, política e social, hão de ser acrescidas novas formas de participação. Na dimensão política, por exemplo, devemos considerar outros meios de participação no processo de tomada de decisões que não apenas e necessariamente o dos partidos políticos, notadamente num mundo globalizado em que as relações de poder extravasam os limites do Estado. Nesse sentido, a busca de condições éticas e efetivas para o diálogo, bem como a alternativa de novos canais, devem ser priorizadas.

3. Nesse sentido, ressaltam-se os trabalhos de Perelman e Dworkin. Ambos os autores respaldam suas teorias numa ordem valorativa capaz de impor-se, justificadamente, ao direito positivo.

zismo e outras tantas atrocidades de natureza discriminatória ou não.

Paulo Bonavides fala em duas concepções de Estado de Direito: "uma, em declínio, ou de todo ultrapassada, que se vinculou doutrinariamente ao princípios da *legalidade*; (...) outra, em ascensão, atada aos princípio da *constitucionalidade*, que deslocou para o respeito dos direitos fundamentais o centro de gravidade da ordem jurídica"[4]. Com isso, ganha destaque a atuação do Poder Judiciário, responsável último pela interpretação e aplicação da Constituição.

Apesar da estreita ligação existente entre direitos humanos e direitos fundamentais, a menos a título de classificação ou busca de alguma distinção que nos permita trabalhar em dimensões distintas, podemos identificar os primeiros como componentes de uma ordem moral abrangente às várias nações ditas "civilizadas", ou com um grau de racionalidade condizente com o respeito à vida, à liberdade e à igualdade, comumente consagrados em tratados internacionais; enquanto os direitos fundamentais seriam os daí decorrentes, como desdobramentos possíveis de serem identificados nos textos constitucionais, em forma de catálogos de direitos positivados, a merecerem apoio coercitivo da máquina estatal[5].

---

4. BONAVIDES, Paulo. *Curso de direito constitucional*. São Paulo: Malheiros, 1999, 8.ª ed., p. 362.

5. A expressão "direitos humanos" surge, historicamente, nos tratados e convenções internacionais, particularmente no segundo pós-guerra, dando origem ao moderno "Direito Internacional dos Direitos Humanos". Nesse sentido, cabe conferir o trabalho de PIOVESAN, Flávia, *Direitos humanos e o direito internacional constitucional* (São Paulo: Max Limonad, 1997, pp. 131 ss.). Já a expressão "Direitos fundamentais", segundo Bonavides, tem origem no direito alemão, mais especificamente no texto constitucional, cujo primeiro capítulo é inaugurado com a expressão "direitos fundamentais". Daí Konrad Hesse considerar que direitos fundamentais são aqueles que o Direito vigente qualifica como tais. Cf. BONAVIDES, ob. cit., p. 514, e HESSE, Konrad, *Elementos de direito constitucional da República Federal da Alemanha* (Trad. Luís Afonso Heck. Porto Alegre: Sergio Fabris, 1998, p. 225). Tal distinção, de cunho conceitual, tem sido adotada em nossa tratadística, conforme anota Ingo Wolfgang Sarlet, com base nos ensinamentos de J. J. Gomes Canotilho e Jorge Miranda: "Em que pese sejam ambos os termos ('Direitos Humanos' e 'Direitos Fundamentais') comumente utilizados como sinônimos, a explicação corriqueira e, diga-se de passagem, procedente para a distinção

Para A. Perez Luño, os direitos humanos devem ser entendidos como "um conjunto de faculdades e instituições que, em cada momento histórico, concretizam as exigências da dignidade, da liberdade e da igualdade humanas, as quais devem ser reconhecidas positivamente pelos ordenamentos jurídicos em nível nacional e internacional"[6]. Segundo o autor, com a noção de direitos fundamentais temos aqueles direitos humanos garantidos pelo ordenamento jurídico positivo, na maior parte dos casos em sua normativa constitucional, e que devem dispor de tutela reforçada. É quando encontramos a íntima relação entre Estado de Direito e direitos fundamentais, uma vez que "o Estado de Direito exige e implica, para sê-lo, garantir os direitos fundamentais, enquanto estes exigem e implicam, para sua realização, o Estado de Direito"[7]. Perez Luño identifica ainda uma dimensão clássica, subjetiva, dos direitos fundamentais, de uma outra dimensão, objetiva, teoricamente mais atual, como pauta valorativa a conformar toda legislação infraconstitucional[8]. Portanto, é a supremacia dos direitos fundamentais que deve ver garantida.

Percebe-se, a partir daí, um significativo deslocamento na também clássica teoria da divisão dos poderes. A soberania do Poder Legislativo, que subordinava os demais, Executivo e Judiciário – originalmente este um membro daquele – em suas ações meramente executivas, uma vez que encarregados de aplicar a lei, seja para solucionar conflitos e compor interesses, seja para administrar a coisa pública, cede agora espaço à atua-

---

é de que o termo 'Direitos Fundamentais' se aplica para aqueles direitos do ser humano reconhecidos e positivados na esfera do direito constitucional positivo de determinado Estado, ao passo que a expressão 'Direitos Humanos' guardaria relação com os documentos de Direito Internacional, por referir-se àquelas posições jurídicas que se reconhecem ao ser humano como tal, independentemente de sua vinculação com determinada ordem constitucional, e que, portanto, aspiram à validade universal, para todos os povos e tempos, de tal sorte que revelam um inequívoco caráter supranacional (internacional)." Cf. *A eficácia dos direitos fundamentais*. Porto Alegre: Livraria do Advogado, 1998, p. 31.

6. Cf. LUÑO, Antonio E. Perez. *Los derechos fundamentales*. Madrid: Tecnos, 1998, p. 46.

7. *Idem, ibidem*, p. 19.

8. Cf. *idem, ibidem*, pp. 20 ss.

ção do Poder Judiciário, na sua mais abrangente jurisdição constitucional[9].

Assim, cabe salientar o *jurisprudencialismo* destacado por A. Castanheira Neves, quando aponta para a crise pela qual está passando o Direito[10]. Crise não apenas externa ou estrutural, quando se apontam os problemas institucionais e de organização, mas, principalmente, uma crise interna, de *sentido*, buscando-se na dignidade da pessoa as diferenças a serem contempladas pelo Estado Democrático de Direito, e na interpretação dos tribunais a garantia desse mesmo Estado Democrático de Direito.

Entretanto, a mudança de perspectiva ética, humanista e solidária, mencionada inicialmente, tendo os direitos fundamentais como valores supremos da ordem jurídica positiva, lança uma dimensão valorativa sobre ela, de forma a ser compreendida em função de sua unidade axiológica.

Sobre a dimensão axiológica da ordem jurídica positiva, podemos destacar os ensinamentos de Karl Larenz e Claus-Wilhem Canaris. Este, quando defende a ordem e a unidade do Direito, sob a idéia de sistema, aponta para o seu caráter axiológico e teleológico, enquanto recusa a lógica puramente axiomático-dedutiva. O sistema, afirma, "devendo exprimir a unidade aglutinadora das normas singulares, não pode, pelo que lhe toca, consistir apenas em normas; antes deve apoiar-se nos valores que existam por detrás delas ou que nelas estejam compreendidos. (...) Trata-se, pois, de encontrar elementos que, na multiplicidade dos valores singulares, tornem claras as conexões interiores, as quais não podem, por isso, ser idênticas à

---

9. Verifica-se a propagação recente da expressão "jurisdição constitucional" em pesquisa realizada pela Casa de Rui Barbosa em convênio com o Departamento de Direito da PUC-Rio, no artigo escrito por VIEIRA, José Ribas e CAMARGO, Margarida Maria Lacombe, publicado na revista *Direito, Estado e Sociedade*. Rio de Janeiro: PUC-Rio, n.º 15, ago./dez., 1999, p. 119.

10. É o que o autor desenvolve em seu estudo "Entre o 'legislador', a 'sociedade' e o 'juiz' ou entre 'sistema', 'função' e 'problema': os modelos atualmente alternativos da realização jurisdicional do Direito", publicado no *Boletim da Faculdade de Direito da Universidade de Coimbra*. Vol. LXXIV, Separata. Coimbra, 1998.

pura soma deles"[11]. Larenz, a seu turno, aproxima as idéias de princípio e valor, ao dimensionar a ordem jurídica sob a "idéia de direito", tida como princípio fundamental ou algo devido, a comportar determinações mais detalhadas, que podem ser caracterizadas como princípios de direito justo, a servirem de pensamentos diretores e causas de justificação para as regulações concretas de direito positivo[12].

No mesmo sentido, autores como Dworkin e Alexy procuram aproximar ainda mais os valores dos princípios, vistos agora como categoria normativa. Enquanto o primeiro ressalta a importância dos princípios como pautas valorativas a integrar a ordem jurídica e comandar a interpretação constitucional, o segundo identifica os princípios como valores revestidos de normatividade, a compor uma ordem deontológica. Alexy irá aprofundar-se na análise do que ele chama de norma jusfundamental, sob a dimensão argumentativa, como será destacado a seguir.

Ocorre que a dificuldade de lidar com valores gera uma série de incertezas que nos faz reconhecer as insuficiências do paradigma cientificista predominante, cujas bases advêm do Racionalismo e do Iluminismo do século XVII, ou mesmo antes, com Maquiavel, para quem a certeza, no âmbito das ciências políticas ou sociais, é objetivamente alcançada pela posição neutra do sujeito distante do objeto de conhecimento.

A lógica estritamente formal ignora o conteúdo das premissas. Considerando-se supostas afirmativas como verdadeiras, temos que, se A=B e C=D, então é correto dizer que A=D. A modernidade, amparada no pensamento de Descartes, acaba por valorizar a lógica formal, desde que as premissas que servirão de base ou ponto de partida para o raciocínio apresentem-se como evidentes, pondo de lado, portanto, premissas sujeitas à dúvida. Dessa forma, a verdade é aquela que pode ser

---

11. Cf. CANARIS, Claus-Wilhem. *Pensamento sistemático e conceito de sistema na ciência do direito*. Lisboa: Calouste Gulbenkian, 1989, pp. 41, 76.

12. Cf. LARENZ, Karl. *Derecho justo: fundamentos de ética jurídica*. Madrid: Civitas, 1993, pp. 38 ss.

obtida como resultado de um processo lógico-dedutivo, de natureza eminentemente formal, em que se reconhecem como certas as conclusões logicamente extraídas de determinados axiomas, tomando-se como falso tudo aquilo que é provável. Assim, sob o ponto de vista puramente lógico, ou meramente formal, é tão correto dizer que a propriedade é um direito individual, e, se fulano adquiriu legitimamente (leia-se, legalmente) determinado terreno, ele pode utilizá-lo em toda sua extensão, como também é correto afirmar a conclusão oposta, que a propriedade é um bem coletivo, e por isso fulano não poderá utilizá-la individualmente, em toda sua extensão. Logo, para a lógica formal não importa o conteúdo das premissas, mas apenas a correção do raciocínio. Parte-se do dado (teórico ou empírico) para extrair daí algumas certezas, e garantir com isso o verdadeiro (e correto) conhecimento. A premissa há de se impor pela evidência, sem que qualquer dúvida possa incidir sobre ela. O conteúdo valorativo, que faz prevalecer uma posição (ou opção) inicial e não outra, é, assim, de todo afastado. Nesse sentido é que o positivismo jurídico desenvolvido por Kelsen, ao tomar a lei posta como premissa inquestionável, atende aos parâmetros da cientificidade, colocando o Direito entre os objetos puros do conhecimento, garantido por métodos que lhe são próprios; no caso, os que seguem as relações de imputação.

Tal processo, de relativa simplicidade, não se sustenta diante da complexidade democrática, quando o pluralismo de idéias e de interesses deve ser respeitado. Nesse sentido, o positivismo jurídico, de matriz kelseniana, que parte da norma dada e sistematicamente organizada, para daí deduzir uma solução logicamente correta, não é suficiente para as expectativas da justiça nem para os anseios da democracia. O próprio Kelsen, no capítulo dedicado à interpretação da norma jurídica, quando se utiliza da figura da moldura imposta pela interpretação do texto legal, e que serve de limite à atuação do juiz, ignora a opção (valorativa) do intérprete quando este escolhe uma dentre as várias soluções possíveis para o mesmo caso. O que Kelsen entendia como política do Direito, e portanto fora do objeto da ciência jurídica, entendemos nós agora parte substancial dele, trazendo para este campo do conhecimento a hermenêutica jurídica, isto é, o processo de interpretação e escolha por uma e não outra solução para o problema posto. Afinal, o que faz prevalecer uma solução dentre outras que se apresentem também como lógica e formalmente corretas? O que leva a considerarmos uma solução como adequada, razoável ou justa? Podemos desde já responder que uma outra idéia de correção; agora material ou substancial. O que irá sustentar uma decisão como correta será sua capacidade de fundamentação e justificativa, de forma que pretenda alcançar o consenso, como veremos adiante[13].

De acordo com o paradigma da modernidade, que pretendia a) constância e linearidade de pensamento, sob a idéia de universalidade; b) controle e previsibilidade da ação social e c) interpretação sistemática oriunda de conceitos previamente concebidos, a partir do método axiomático-dedutivo, a verdade é aquela capaz de ser extraída do desdobramento correto, isto é, sem falhas sob o ponto de vista lógico. Ocorre que este tipo de raciocínio, demonstrativo, não se mostra condizente com o pensamento que escolhe suas premissas, dentre outras opções também possíveis. É quando a *doxa* (opinião), em caráter de verossimilhança, pode ser tomada como ponto de partida para o raciocínio.

Daí falarmos hoje em pós-modernidade e pós-positivismo, ao buscarmos as bases de um novo paradigma. "Pós", no sentido de que ambos se concentram antes no reconhecimento das insuficiências do paradigma da modernidade, do que na sua completa imprestabilidade. Não se trata de um resgate puro e simples do paradigma da modernidade, nem tampouco da sua mera substituição. A idéia é antes aproveitar o que tal referência conquistou de positivo e redimensionar seus fundamentos[14].

---

13. De pronto, podemos citar Habermas quando afirma que "os argumentos decisivos têm que poder ser aceitos, em princípio, por todos os membros que compartilham 'nossas' tradições e valorações fortes". *Direito e democracia: entre facticidade e validade*. Rio de Janeiro: Tempo Brasileiro, 1997, vol. I, p. 143.

14. Sobre o termo pós-positivismo, Willis Santiago e Bonavides falam em superação dialética da antítese entre o positivismo e o jusnaturalismo, a fim de distinguir regras (descrição de hipótese fática acompanhada de sanção) e princípios, como prescrição de valores. Ver referência feita em GUERRA FILHO, Willis San-

Nesse sentido é que, no Direito, com o termo "pós-positivismo" procuramos antes resgatar as bases da aplicação e efetivação da norma jurídica, cuja força objetiva é retirada do elemento da coercitividade que lhe é característico, sem contudo nos descurarmos do seu viés valorativo, francamente rejeitado pelo positivismo de versão kelseniana. Por isso é que se procura dar força cogente aos princípios, independentemente das dificuldades geradas pela vaguidade dos seus termos e pela indeterminabilidade do seu alcance, que levam seus mandamentos a um alto grau de abstração e generalidade, principalmente quando respeitamos a origem e a posição hierárquica configuradoras de sua estatura constitucional[15].

Como normas de alto conteúdo e densidade valorativa, a consubstanciarem os direitos fundamentais, base da ordem jurídica positiva, é que os princípios jurídicos ganham em importância para o Estado constitucional[16]. A partir do momento em que passam a ser considerados normas jurídicas, porque postos pela autoridade competente, todo esforço é pouco em emprestar-lhes eficácia. E não é por outro motivo que a doutrina constitucional tem apresentado um significativo empenho em compreender a norma constitucional através de classificações que nos permitam descer aos seus elementos genuínos e alcançar o âmago das suas peculiaridades[17].

---

tiago. *Processo constitucional e direitos fundamentais*. São Paulo: Celso Bastos, 1999, pp. 51-2.

15. A questão dos princípios, apesar de ser do interesse da *Teoria geral do direito*, tem encontrado maior guarida entre os constitucionalistas, que enfrentam mais de perto o problema da aplicação da norma constitucional, não apenas pela superioridade dela no ordenamento jurídico positivo, como também pela natureza de suas normas, de conteúdo densamente valorativo.

16. No Brasil, um dos primeiros autores a chamar a atenção para o redimensionamento dos fundamentos da ordem jurídica, como já mencionado, foi Paulo Bonavides. Descataca-se, a respeito, o capítulo 8.º de seu livro *Curso de direito constitucional*, sugestivamente intitulado "Dos princípios gerais de direito aos princípios constitucionais".

17. Nesse sentido, como propostas de classificação mais perto de nós, cabe avaliar os trabalhos de Canotilho, Luis Roberto Barroso e Ivo Dantas. ESPÍNDOLA, Ruy Samuel, em *Conceito de princípios constitucionais* (São Paulo: Revista dos Tribunais, 1999), colige as várias acepções de princípios constitucionais existentes na doutrina jurídica brasileira.

Sobre a mudança de paradigma que caracteriza a pós-modernidade, Boaventura de Souza Santos, apesar de constatar as indefinições do novo paradigma, acredita que as características da crise atual trazem consigo o perfil do paradigma emergente[18], uma vez que a ruptura epistemológica verificada só pode ser conhecida através das razões que informam as insuficiências do modelo de orientação dominante. Segundo Boaventura, "a identificação dos limites, das insuficiências estruturais do paradigma científico moderno é o resultado do grande avanço no conhecimento que ele propiciou. O aprofundamento do conhecimento permitiu ver a fragilidade dos pilares em que se funda"[19]. Um dos pilares indicados pelo autor é o da separação drástica que isolou o conhecimento do senso comum, tido como irracional. A crise provocada particularmente no âmbito das ciências sociais, apontada desde o final do século XIX por Wilhelm Dilthey[20], ao enfrentar o problema do relativismo histórico, nos leva agora a trabalhar a superação dessa primeira ruptura, aproximando a ciência do senso comum. Boaventura fala numa nova prática de conhecimento, mais democrática e emancipadora, na medida em que defende um senso comum esclarecido e uma ciência prudente. Mas em que condições?, pergunta; ao que responde: "A condição teórica mais importante é que o senso comum só poderá desenvolver em pleno a sua positividade no interior de uma *configuração cognitiva* em que tanto ele como a ciência moderna se superem a si mesmos para dar lugar a uma outra forma de conhecimento. Daí o conceito

---

18. Cf. SANTOS, Boaventura de Souza. "Um discurso sobre as ciências na transição para uma ciência pós-moderna". *Estudos Avançados*, Ed. Instituto de Estudos Avançados, USP, maio/agosto, 1988, vol. 2, n.º 2.

19. *Idem, ibidem.*

20. Nesse sentido, vale conferir o trabalho escrito por DILTHEY, Wilhelm, *Introducción a las ciencias del espíritu: ensayo de una fundamentación del estudio de la sociedad y de la historia*, traduzido para o espanhol, diretamente do original alemão, por MARÍAS, Julián (Madrid: Revista de Occidente, 1956). Do prólogo, destacamos as seguintes palavras que traduzem o propósito do autor: "*El libro cuya primera parte publico ahora une un método histórico con uno sistemático para resolver, con el máximo grado de certeza que me sea asequible, la cuestión de los fundamentos filosóficos de las ciencias del espíritu.*"

de *dupla ruptura epistemológica*."[21] O autor proclama o paradigma de um conhecimento prudente, para uma vida decente, em que o conhecimento torne-se edificante porque mais formativo do que informativo[22].

Desmistificando o distanciamento entre o sujeito cognoscente e o objeto cognitivo, porque ambos encontram-se inseridos num mesmo momento, a compartilhar de uma mesma experiência histórica, a dicotomia entre objetividade e subjetividade é dialeticamente superada pela idéia de intersubjetividade, quando no lugar da autoridade da certeza científica a tolerância faz-se presente. A verdade é, assim, construída argumentativamente, por meio do diálogo que conduza ao consenso ou ao acordo[23], da mesma forma com que podemos reconhecer uma nova lógica: a do razoável, com base na *phronesis* aristotélica.

---

21. Cf. SANTOS, Boaventura de Souza. *Introdução a uma ciência pós-moderna*. Rio de Janeiro: Graal, 1989, pp. 41; 116. A primeira ruptura separa a ciência do senso comum, enquanto a segunda ruptura supera tanto a ciência como o senso comum num conhecimento prático esclarecido.

22. Com relação à emancipação do conhecimento e à reivenção do senso comum, sob a idéia da dupla ruptura epistemológica, conferir também o que diz o autor em *A crise da razão indolente: contra o desperdício da experiência*. São Paulo: Cortez, 2001, 3.ª ed., pp. 107 ss.

23. Para Gadamer, o intérprete não é um ser isolado, pois aceita e comunga da existência dos outros. Sua verdade não é uma verdade isolada, mas compartilhada, porque só faz sentido com a aceitação dos outros, com quem compartilha uma vida social. E numa visão positiva, não cética, acredita que, a despeito de todos os possíveis mal-entendidos, as pessoas buscam o consenso. Assim, esclarece: "*La persona que no es asocial acoge siempre al otro y acepta el intercambio con él y la construcción de un mundo común de convenciones. La convención es una realidad mejor que la impresión que la palabra produce en nuestros oídos. Significa estar de acuerdo y dar validez a la coincidencia: no significa, pues, la exterioridad de un sistema de reglas impuestas desde fuera, sino la identidad entre la conciencia individual y las creencias representadas en la conciencia de los otros, y también com los órdenes vitales así creados.*" E quanto à construção da verdade, sustenta: "*El modelo del diálogo puede aclarar la estructura de esta forma de participación. Porque el diálogo se caracteriza también por el hecho de no ser el individuo aislado el que conoce y afirma, el que domina una realidad, sino que esto se produce por la participación común en la verdad.*" Cf. "La hermenéutica como tarea teórica y práctica". *Verdad y método II*. 1978, pp. 315 e 313, respectivamente.

Uma das primeiras críticas, no segundo pós-guerra, feitas à dogmática jurídica, cujas bases advêm da jurisprudência dos conceitos desenvolvida na Alemanha, bem como à predominância do pensamento sistemático na filosofia, é a de Theodor Viehweg. Ao explorar a vertente dialético-aristotélica do Direito, com base na experiência dos romanos, Viehweg percebe que na falta de uma codificação a jurisprudência romana foi construída topicamente, isto é, a partir do caso concreto visto como problema a ser resolvido pelas autoridades judiciais. Em seu principal estudo, *Tópica e jurisprudência*, o autor destaca a dimensão problemática do pensamento jurídico, construído de forma mais livre e criativa, à medida que compete ao intérprete buscar as premissas que lhe sirvam de apoio.

A teoria de Viehweg é francamente de base argumentativa, não só pela forma de construção das premissas que defende, como também pela sua natureza valorativa[24]: os lugares-comuns, na qualidade de opiniões amplamente aceitas. Apesar de mal compreendido e pouco aceito atualmente[25], o pensamento

---

24. Sobre a natureza valorativa dos *topoi*, muitas vezes consubstanciados em princípios, e a sua aplicação no Direito, remetemos o leitor ao nosso estudo "O discurso jurídico e sua dimensão tópica", publicado na *Revista da Faculdade de Direito da UCP*, vol. 2, pp. 9 ss. Rio de Janeiro: Síntese, 2000.

25. Equivocadamente, a nosso ver o pensamento tópico tem sido interpretado como assistemático e, por isso, renegado pela maioria dos juristas. Na realidade, o estilo tópico condena a predominância do sistema sobre o problema, obliterando este último. O que critica é a forma de raciocínio que, ao privilegiar disposições lógicas e previamente ordenadas, acredita que elas são suficientes à interpretação e solução do problema; como se, a partir do mecanismo da subsunção, pudéssemos extrair do sistema uma resposta previamente determinada. Ora, tratando-se do Direito, como um campo delimitado do conhecimento, não há como negar o recurso à lei, à doutrina, à jurisprudência, que oferecem muitas das referências primeiras a serem consideradas na interpretação jurídica. É o que a doutrina aponta como tópica de segundo grau, própria a uma determinada área. Assim, na dogmática podemos buscar muitos dos pontos de vistas aptos a legitimar o raciocínio jurídico, não obstante o recurso a *topoi* mais abrangentes, como os de qualidade e quantidade, que servem a outras áreas e não raro sustentam a argumentação. A proposta de Viehweg é no mínimo sugestiva, quando procuramos interpretar o Direito levando em consideração todo e qualquer tipo de premissa que possa auxiliar a correta interpretação, notadamente aquelas apoiadas no bom senso social.

de Viehweg vale pelo seu alto poder de crítica e contestação, obrigando-nos a uma maior reflexão sobre o paradigma predominante. No entanto, foi Perelman quem inicialmente melhor trabalhou a dimensão retórico-comunicativa da interpretação jurídica, resgatando na retórica dos antigos as bases para a sua teoria da argumentação. A concepção de auditório, por ele desenvolvida, consagrou a dimensão intersubjetiva da busca da verdade, notadamente onde não cabe a evidência e a demonstração. A idéia é que, quando o sujeito pode ser interpelado em suas propostas, todo esforço de argumentação é pouco, pois para enfrentarmos possíveis críticas, seja dos interlocutores presentes, seja de interlocutores em potencial, busca-se maior poder de racionalidade, a fim de alcançar a objetividade e a universalidade das teses apresentadas. É, portanto, em relação ao auditório universal, ao contrário dos particulares, de mais fácil domínio, que o pensamento produz o seu máximo, numa tentativa de constante superação[26].

Gadamer, por sua vez, ao dispor sobre a versão hermenêutica das ciências sociais, em que a intenção das ações concorrem para a sua compreensão, traça as bases históricas da pré-compreensão, que orienta a interpretação[27]. Em Gadamer, não encontramos métodos de interpretação, mas uma reflexão sobre o próprio interpretar o papel do intérprete, participante efetivo do processo de conhecimento. Segundo Gadamer, conhecemos as coisas conhecendo-nos a nós mesmos. O ser histórico e presente compartilha uma experiência com outros seres e objetos

---

26. Olivier Reboul, ao interpretar a idéia de auditório universal em Perelman, escreve: "Em suma, o auditório universal poderia ser apenas uma pretensão, ou mesmo um truque retórico. Mas achamos que ele pode ter função mais nobre, a do ideal argumentativo. O orador sabe bem que está tratando com um auditório particular, mas faz um discurso que tenta superá-lo, dirigido a outros auditórios possíveis que estão além dele, considerando implicitamente todas as suas expectativas e todas as suas objeções. Então o auditório universal não é um engodo, mas um princípio de superação, e por ele se pode julgar da qualidade de uma argumentação." Cf. *Introdução à retórica*. São Paulo: Martins Fontes, 1998, pp. 93-4.

27. Sobre a importância das teses desses autores para a hermenêutica jurídica, vale conferir nosso trabalho *Hermenêutica e argumentação: uma contribuição ao estudo do direito*. Rio de Janeiro: Renovar, 2001.

que compõem a realidade que os cerca, e, então, o ser se *projeta* no seu acontecer como processo interpretativo. Assim, a partir da idéia de pré-compreensão concentrada na posição do sujeito, em determinado tempo (tradição) e lugar (horizonte), cai por terra toda a pretensão de objetividade advinda do distanciamento e da neutralidade entre o sujeito e o objeto, conforme pretendia a modernidade.

Para o Direito, a questão hermenêutico-valorativa repercute praticamente na tensão existente entre segurança e justiça, concentrada que está no problema da aplicação dos princípios, e que nos leva ao desafio de conjugarmos aqueles dois valores indispensáveis. Se, por um lado, a evidência garantida pelos desdobramentos lógicos da norma posta nos proporciona certeza e, portanto, segurança, não há como nos descurarmos das sendas valorativas que comandam a interpretação do caso concreto, quando privilegiamos determinados aspectos e elegemos direções, a culminar com a escolha do juiz pela melhor decisão (dentre outras possíveis, convém sempre lembrar). Esse tipo de conduta é determinado pela razão prática, sustentada que é na justificativa das posições tomadas como corretas, no sentido do bem agir. Talvez por isso nos reste buscar nas regras do diálogo, que orientam o processo argumentativo, a segurança que o Direito requer. Logo, procura-se reconhecer uma nova racionalidade jurídica, capaz de lidar com os valores, normativamente corporificados sob a forma de princípios.

Como vimos, a teoria constitucional tem trazido uma contribuição louvável em categorizar os princípios como espécies normativas dotadas de coercitividade, ao contrário da teoria tradicional, que distinguia as normas dos princípios, esvaziando significativamente a sua força e desprezando o seu conteúdo[28]. Nesse sentido, cabe destacar a importância do mais novo princípio da proporcionalidade.

---

28. Atualmente encontramos posições contrárias ao reconhecimento dos direitos sociais como direitos fundamentais. Para nós, entretanto, apesar de toda dificuldade em garantir efetividade a tais direitos, quando demandam uma ação positiva do Estado, amparada em grandes quantidades de recursos econômicos e financeiros, tal posição não se justifica, porque não há como ignorar a dimensão

A estrutura normativa dos direitos fundamentais sugere que levemos em conta, inicialmente, o tipo de norma que os traduz e garante. Robert Alexy é quem melhor leciona a respeito. Sua teoria dos direitos fundamentais tem servido de referência obrigatória para este debate. Segundo o autor, os direitos fundamentais encontram-se consagrados nas Constituições, sob a forma de princípios. Diferentemente das regras, que prevêm hipóteses determinadas de realização, os princípios são comandos *prima facie*, pois admitem relativização. É conforme na doutrina constitucional contemporânea que os direitos fundamentais, a despeito da sua importância, não são absolutos, mas relativos. Por traduzirem valores e não hipóteses concretas, não raro os princípios colidem entre si. Isto significa que as exigências do caso concreto irão determinar-lhe o raio de incidência. Potencialmente, portanto, não há como estabelecer o seu alcance, deixando-os ao comando da razão prática, que se sustenta na ação correta.

Esse é o primeiro problema encampado pelo pós-positivismo, que quer ver nas normas jusfundamentais a base da ordem jurídica positiva. De pronto percebe-se que para tal intento não bastam as referências metódicas da modernidade. A racionalidade é outra; é valorativa. Na medida em que relativizamos a incidência dos princípios, fazendo prevalecer um sobre o outro conforme as necessidades que o caso determina, maior a força dos argumentos a justificar tal medida. De pronto, essa questão encontra suporte no recém-chamado "princípio da proporcionalidade", que entendemos como um metaprincípio, à medida que orienta a aplicação dos demais, de conteúdo substancial, enquanto manifestações de direitos, como as liberdades individuais clássicas, a promover, no seu viés democrático, a convivência da divergência.

O princípio da proporcionalidade visa, praticamente, garantir a justa medida de aplicação dos direitos ou princípios que venham a incidir sobre o mesmo caso concreto. Fundamen-

---

social da dignidade humana. Contudo, trata-se de questão a ser mais bem enfrentada em outro momento, que não o deste trabalho.

talmente, um princípio de igualdade, com o qual consideramos as diferentes proporções (ou pesos) dos valores que orientam a decisão a ser tomada. Com origem no direito norte-americano, sob a denominação de "princípio da razoabilidade", ele encontra respaldo na cláusula do devido processo legal, que protege as liberdades individuais contra ações arbitrárias do poder público. É, portanto, contra a violação arbitrária ou desmedida dos direitos fundamentais que ele incorre. No direito francês, bem como no brasileiro, a idéia de razoabilidade se fez sentir inicialmente no poder de polícia, que permite à Administração Pública cercear direitos individuais tendo em vista o interesse público maior. Mas é com o Tribunal Constitucional Federal alemão que o princípio ganha contornos mais precisos, e recebe o nome de "princípio da proporcionalidade". É característica dos alemães a preocupação com a análise lógica e teórica dos argumentos, a fim de melhor controlar sua racionalidade. E daí advieram os critérios da adequação e da necessidade, capazes de atribuir maior grau de certeza à definição de sua justa medida.

Em estudo recente, o professor Willis Santiago Guerra Filho apresenta o esboço de uma tese que pretende identificar no princípio da proporcionalidade a norma fundamental capaz de garantir garante a unidade lógico-substantiva da ordem jurídica de um Estado Democrático de Direito, marcado que é por uma solução de compromisso, ou de compromissos, entre bens individuais e coletivos. A função hermenêutica desse princípio constitutivo e fundamental, de acordo com o autor, "é a de hierarquizar, em situações concretas de conflito, todos os demais princípios a serem aplicados, fornecendo, assim, a unidade e consistência desejadas"[29].

Talvez o mais interessante nessa proposta de Willis Santiago seja a idéia de norma fundamental na base da pirâmide, orientando as situações concretas, numa dimensão tópica, como sugere a perspectiva pós-moderna, de forma que ainda enfatize

---

29. GUERRA FILHO, Willis Santiago. "Princípio da proporcionalidade e teoria do direito". In: GRAU, Eros Roberto e GUERRA FILHO, Willis (orgs.). *Estudos em homenagem a Paulo Bonavides*. São Paulo: Malheiros, 2001, p. 271.

a importância da interpretação judicial. Nesse sentido, escreve o autor:

> Importante é reconhecer que, apesar dos níveis diferentes de validade, ocorrem modificações na ordem jurídica que requerem uma validação vinda "de baixo para cima", e não só "de cima para baixo", como sugere a teoria tradicional da norma fundamental. (...) Isso porque o princípio da proporcionalidade é capaz de dar um "salto hierárquico" (*hierarchical loop*) ao ser extraído do ponto mais alto da "pirâmide" normativa para ir até a sua "base", onde se verificam os conflitos concretos, validando as normas individuais ali produzidas, na forma de decisões administrativas, judiciais, etc. Essa forma de validação é tópica, permitindo atribuir um significado diferente a um mesmo conjunto de normas, a depender da situação a que são aplicadas. É esse o tipo de validação requerida nas sociedades hipercomplexas da (pós ou hiper) modernidade.

Fácil, portanto, notar que o Estado Democrático de Direito, na sua dimensão pós-positivista, em que os direitos fundamentais, na qualidade de valores objetivos a conformarem a ordem jurídica positiva, ganham proeminência, tem no princípio da proporcionalidade a orientação básica da hermenêutica jurídica constitucional. *Topos* da hermenêutica constitucional, podemos perceber com certa clareza sua adoção nas decisões mais recentes dos tribunais brasileiros. Antes, o que o senso comum dos tribunais entendia como razoável, agora possui critérios para sua utilização[30]. Assim destacam-se as submáximas da adequação e da necessidade, suficientemente exploradas pela doutrina, apoiada em exemplos de casos concretos retirados da jurisprudência dos tribunais[31].

---

30. É interessante notar a evolução da utilização do termo "razoabilidade" pelos tribunais brasileiros. Da leitura dos acórdãos que utilizam tal nomenclatura, percebemos que o que antes se apresentava de forma implícita ganha agora maior clareza. A obediência aos critérios da adequação e da necessidade, pelo menos, faz com que a justificativa que embasa a decisão apresente maior transparência e correção.

31. No Brasil, vale conferir os trabalhos de MENDES Gilmar Ferreira, *Direitos fundamentais e controle de constitucionalidade* (São Paulo: Celso Bastos, 1999); SARMENTO, Daniel, *A ponderação de interesses na Constituição Federal* (Rio de Janeiro: Lumen Juris, 2000).

Grosso modo, a adequação visa conferir se os meios ajustam-se aos fins pretendidos na lei, enquanto a necessidade cinge-se aos limites da proibição do excesso, isto é, se não há meio menos gravoso ao direito fundamental senão aquele. Mas existe um ponto ainda a ser mais bem enfrentado: o que Robert Alexy denomina de *ponderação estrito senso*, quando o esforço argumentativo é maior e o diálogo apresenta-se como a maior instância de controle da decisão a ser tomada. Segundo Alexy, a fórmula da ponderação resumir-se-ia no seguinte: "quanto mais intensa se revelar a intervenção em um dado direito fundamental, maiores hão de se revelar os fundamentos justificadores dessa intervenção"[32]. Portanto, é nos fundamentos justificadores da violação a determinado direito (ou princípio), em favor de outro que venha com ele colidir, que encontramos o ponto nodal do postulado da proporcionalidade. Para fugirmos da afirmação niilista, de que o raciocínio jurídico ou se apresenta objetivamente, como formalmente lógico, sem qualquer contradição, ou caímos no arbítrio, é que buscamos uma forma de conhecer o Direito em sua dimensão hermenêutica.

Na prática percebemos que, na falta de uma teoria da argumentação consolidada, capaz de conferir racionalidade à decisão jurídica, a dogmática vem se interessando, com exclusividade, por outros dois pontos: da adequação e da necessidade. E não é sem motivo que os estudos dedicados ao tema normalmente suspendem suas especulações no momento em que o problema da argumentação se apresente.

Não obstante, esforços consideráveis podem ser notados. A título de exemplo destacaríamos inicialmente Garcia Amado, que mais de perto segue a proposta de Viehweg[33]; Manuel Atienza, quando apresenta as bases de uma teoria da argumentação capaz de reconhecer o entrelaçamento existente entre os vários

---

32. Palestra realizada na Fundação Casa de Rui Barbosa, em 10 de dezembro de 1998, sob o título "Colisão e ponderação como problema fundamental da dogmática dos direitos fundamentais".

33. AMADO, Juan Antonio García. *Teorías de la tópica jurídica*. Madrid: Civitas, 1988. Neste livro, García Amado explora vários trabalhos sobre tópica jurídica.

argumentos que compõem uma decisão, abrangendo os aspectos sintático, semântico e pragmático de seus termos[34]; Robert Alexy, em sua já conhecida teoria analítica da argumentação, que sob uma concepção procedural considera o discurso jurídico como um caso especial do discurso prático geral[35], e Aulis Aarnio[36], ao privilegiar a inter-relação existente entre sistema e "mundo da vida", resgatando a legitimidade das decisões judiciais em sua estrutura comunicativa.

Tendo em vista, portanto, as insuficiências do paradigma predominante, cujas raízes alcançam o solo mais profundo da modernidade de fins do século XVII, concluímos pela necessidade de uma teoria da argumentação que nos ofereça formas de controle ou de conhecimento para discutir racionalmente as questões jurídicas, de inegável conteúdo valorativo. Só assim acreditamos poder enfrentar a severa crítica que ainda recai sobre o Direito, de consistir num fazer arbitrário e autoritário. O arbítrio seria fruto da ausência de um método capaz de orientar, com rigor, sua aplicação e assim alcançar um resultado admitido previamente, enquanto o elemento autoritário adviria da força da dogmática jurídica, que, ao impedir a crítica, propõe a aplicação de normas e conceitos também previamente estabelecidos, em geral por grupos economicamente poderosos, sem maior representatividade.

Em outra oportunidade defendemos a idéia de que o Direito consiste na realização de uma prática que envolve o método hermenêutico da compreensão e a técnica argumentativa[37].

---

34. Contra a égide da lógica formal, ainda a prevalecer, Atienza entende que o processo de argumentação não é linear, mas reticular: "seu aspecto não lembra uma cadeia, mas a trama de um tecido", apto a ser representado pela figura de um diagrama. Cf. ATIENZA, Manuel. *As razões do direito*: teorias da argumentação jurídica. São Paulo: Landy, 2000, p. 320.

35. ALEXY, Robert. *Teoría de la argumentación jurídica*: *la teoría del discurso racional como teoría de la fundamentación jurídica*. Trad. Manuel Atienza e Isabel Espejo. Madrid: Centro de Estudios Constitucionales, 1989.

36. AARNIO, Aulis. *Lo racional como razonable*: *un tratado sobre la justificación jurídica*. Madrid: Centro de Estudios Constitucionales, 1991.

37. Esta é a idéia central do nosso livro *Hermenêutica e argumentação*: *uma contribuição ao estudo do direito*.

Convencidos, portanto, da importância do diálogo para a construção de uma sociedade democrática, é que apontamos para a necessidade de uma revisão da metodologia jurídica tradicional. Fala-se agora em consenso ou em acordo, na medida em que possíveis certezas devem ceder lugar a incertezas, conclamando aceitarmos os desafios daí decorrentes, sob pena de sucumbirmos ao autoritarismo e ao arbítrio. Portanto, na falta de certezas cabe assumirmos o risco das incertezas; daquilo que possa apresentar-se como adequado; como melhor ou razoável, definido argumentativamente, a partir de soluções que possam ser vistas como corretas pelas justificativas que apresentam.

Desta forma, o debate atual sobre os princípios de direito só faz sentido se tomado sob a perspectiva dos direitos fundamentais e do problema metodológico-valorativo. Não é por outra razão que as principais referências para essa discussão têm sido Ronald Dworkin e Robert Alexy. O primeiro porque antes apontou para a existência de princípios integradores da ordem jurídica, e Alexy porque, sob a égide da razão prática, procurou desenvolver uma análise mais apurada sobre a incidência dos princípios na resolução dos conflitos.

Portanto, se queremos falar de princípios, que o façamos não como meras normas primeiras a traduzir as opções do legislador constituinte, quando prefere, por exemplo, o federalismo ao Estado unitário, o presidencialismo ao parlamentarismo, ou a partir de tipologias que quando muito nos auxiliam no conhecimento das normas constitucionais, mas sim sob uma concepção hermenêutica, como normas que traduzem os valores básicos fundamentais, cuja natureza os aproxima da ética e da moral. Como vimos, a dificuldade toda está em aplicar a Constituição, dentro dos parâmetros da segurança e da justiça. Os vários ramos do Direito, tradicionalmente considerados, voltaram seus olhares para a Constituição em reconhecimento aos direitos fundamentais, isto é, em reconhecimento a uma sociedade humana e solidária. Os princípios garantiriam a reposição da ética, para aqueles que acreditam na Constituição, buscando, com isso, um verdadeiro Estado constitucional, valorizador dos direitos fundamentais, e não mais um Estado soberano, pretensamente garantidor da vontade geral expressa na lei. A justiça concreta, sob os parâmetros da eqüidade, deve consistir numa preocupação permanente; enquanto os direitos sociais: de realização progressiva[38]; a democracia, na consciência prudente; e a solidariedade, na convivência ética.

---

38. Nesse sentido falou Dalmo de Abreu Dallari, em palestra proferida na Faculdade de Direito da Fundação Educacional Serra dos Órgãos, cidade de Teresópolis (RJ), em 22 de maio de 2001.

Hermenêutica constitucional, direitos fundamentais e princípio da proporcionalidade

*Willis Santiago Guerra Filho**

Introdução

A entrada em vigor de uma Carta constitucional no Brasil em outubro de 1988 representa um sério desafio para os estudiosos do Direito em nosso país, pois trouxe consigo um imperativo de renovação da ordem jurídica nacional, por ser totalmente nova a base sobre a qual ela se assenta. Tem-se, portanto, de reinterpretar o Direito pátrio como um todo, à luz da nova Constituição da República Federativa do Brasil (abrev.: CR), o que pressupõe uma atividade interpretativa da própria Lei Fundamental. O objetivo maior do presente estudo é o de fornecer subsídios teóricos para auxiliar a tarefa de interpretar – e concretizar, efetivar – a Constituição, partindo do pressuposto de que se trata de um tipo de interpretação dotado de características e peculiaridades que o distinguem claramente da inteligência de normas infraconstitucionais[1]. Nesse aspecto, é ainda bastante lacunosa a doutrina pátria.

A interpretação constitucional pressupõe – ou "pré-compreende", na expressão do constitucionalista português Gomes Canotilho[2] – uma *teoria dos direitos fundamentais*, especialmente quando se pretende interpretar uma Constituição como a

---

* Professor da Faculdade de Direito da UFC e da PUC-SP.
1. GUERRA FILHO, *Ensaios de teoria constitucional*, pp. 46 et pas.
2. CANOTILHO, *Direito constitucional*, p. 425.

que temos agora, na qual se adotou um padrão inaugurado contemporaneamente com a Constituição alemã de Bonn e já seguido antes de nós pelo legislador constitucional dos países da península ibérica, Espanha e Portugal, com quem estamos unidos por estreitos laços históricos e culturais. De acordo com esse padrão, próprio das Constituições que, como a nossa, se propõem instaurar um "Estado Democrático de Direito" (CR, artigo 1º, *caput*), ocupa uma posição central a consagração de "Direitos e Garantias Fundamentais", tal como é feito, exaustiva e amplamente, no Título II de nossa Constituição, bem como de forma esparsada em todo seu corpo, notadamente no Título VIII, "Da Ordem Social". Para captar o sentido de qualquer disposição do texto constitucional deve-se, portanto, ter em mente toda essa série de direitos fundamentais que, acima de tudo, se pretende sejam preservados no âmbito do Estado brasileiro, com base nos princípios e objetivos fundamentais declarados no Título I da CR. Também nesse ponto evidencia-se um déficit muito grande em nossa doutrina.

Além disso, há que se situar a teoria de direitos fundamentais dentro de concepções diversas a respeito do Estado e da Constituição, superando dialeticamente as doutrinas diversas e antagônicas que se propõem, sobre esses direitos (doutrina liberal, social-democrata, socialista, católica, etc.), erigindo a referida teoria em marco conceitual básico para uma *teoria do Estado* e para a *teoria constitucional*[3], bem como para a própria teoria do direito. Aqui, importa centrar o foco da análise na formação estatal que se apresenta contemporaneamente como a mais difundida e em pleno processo de expansão: a do Estado Democrático (e Social) de Direito.

Não havendo a possibilidade de desenvolver, no âmbito deste ensaio, toda uma teoria de direitos fundamentais – temos, porém, contribuição nesse sentido, publicada anteriormente[4] –, vamos nos ater à apresentação de um aspecto dela, que se reveste de significado especial, visto se tratar da questão da natureza da norma de direito fundamental. E, novamente, não se

---

3. VERDÚ, *Curso de derecho político*, pp. 406 ss.
4. Cf. GUERRA FILHO, *Processo constitucional e direitos fundamentais*, pp. 32 ss.

espere que se proceda toda uma revisão da teoria da norma jurídica, conquanto até se mostre desejável semelhante empreendimento, tendo em vista as peculiaridades dessa espécie de norma jurídica, diante do modelo tradicionalmente adotado para descrever tais normas[5]. À hermenêutica das normas de direito fundamental que se pretende, então, desenvolver, caberia o esclarecimento de um material jurídico positivo, donde se configurar como um empreendimento "no sentido de uma concepção sistematicamente orientada para o caráter geral, finalidade e alcance intrínseco dos direitos fundamentais"[6].

Devido à novidade que representa em nosso ordenamento jurídico essa ampla institucionalização de direitos e garantias fundamentais das pessoas, individual e coletivamente, faz-se extremamente necessário o recurso ao estudo do direito constitucional comparado. Dentre os diversos sistemas jurídicos, é de se destacar, pela qualidade de sua elaboração doutrinária e jurisprudencial, aquele da Alemanha Federal, do qual se buscará auferir o máximo de informações, a partir de obras-padrão, como são as de Hesse e Stern[7].

Será, portanto, nessa perspectiva, comparativa – e, por esse dentre outros motivos, verdadeiramente teorética, capaz de levantar uma pretensão de generalização de seus resultados – que abordaremos o tema específico da interpretação constitucional. Ao final, para que reste claramente evidenciada a inovação que representa esta forma de interpretação, se a compararmos com a interpretação jurídica tradicional, vão-se apresentar os cânones da nova hermenêutica, dita especificamente constitucional, ou, simplesmente, constitucional.

A norma de direito fundamental

À norma jurídica que consagra direito fundamental haveremos de nos referir fazendo uso da expressão elíptica "norma

---

5. Ver, porém, GUERRA FILHO, *Teoria política do direito*, pp. 112 ss.
6. CANOTILHO, loc. cit.
7. HESSE, *Grundzüge des Verfassungsrechts der Bundesrepublik Deutschland*; STERN, *Das Staatsrecht der Bundesrepublik Deutschland*.

de direito fundamental", correspondente ao termo alemão *Grundrechtsnorm*. A teoria do direito contemporânea, ao expandir o seu objeto de estudo da norma para o ordenamento jurídico, terminou por incluir nele espécie de norma que antes sequer era considerada como tal, o que, por via de conseqüência, acarretou uma ampliação também no conceito de norma até então corrente. E é precisamente nessa "nova espécie" de norma que se irá incluir aquela de direitos fundamentais, bem como, juntamente com elas, outras, dotadas da mesma "fundamentalidade", mas que não conferem direitos, nem configuram qualquer outra situação subjetiva.

As expressões prescritivas, em geral, deixam-se reduzir a proposições lógicas, com determinada estrutura, onde se tem (1) a descrição de um hipotético estado-de-coisas (*Sachverhalte*), e (2) sua modalização em termos deônticos através de um "funtor", cujos tipos básicos são: "obrigatório", "proibido", "facultado". No campo do Direito, sob a influência de Josef Esser, Ronald Dworkin e outros, vem-se elaborando a diferença entre normas que são "regras" e as que são "princípios", sendo entre essas últimas que se situam as normas de direitos fundamentais. As regras trazem a descrição de estados-de-coisa formados por um fato ou um certo número deles, enquanto nos princípios há uma referência direta a valores. Daí se dizer que as regras se fundamentam nos princípios, os quais não fundamentariam diretamente nenhuma ação, dependendo para isso da intermediação de uma regra concretizadora. Princípios, portanto, têm um grau incomensuravelmente mais alto de generalidade (referente à classe de indivíduos a que a norma se aplica) e abstração (referente à espécie de fato a que a norma se aplica) do que a mais geral e abstrata das regras. Por isso, também, poder-se dizer com maior facilidade, diante de um acontecimento ao qual uma regra se reporta, se essa regra foi observada ou se foi infringida, e, nesse caso, como se poderia ter evitado sua violação. Já os princípios são "determinações de otimização" (*Optimierungsgebote*), na expressão de Alexy[8], que

---

8. ALEXY, *Theorie der Grundrechte*, pp. 75 ss.

se cumprem na medida das possibilidades, fáticas e jurídicas, que se oferecem concretamente.

E, finalmente, considere-se que um conflito de regras resulta em uma antinomia, a ser resolvida pela perda de validade de uma das regras em conflito, ainda que em um determinado caso concreto, deixando-se de cumpri-la para cumprir a outra, que se entende ser a correta. As colisões entre princípios, por seu turno, resultam apenas em que se privilegie o acatamento de um, sem que isso implique o desrespeito completo do outro. Já na hipótese de choque entre regra e princípio, é de todo evidente que esse deva prevalecer, embora aí, na verdade, ele prevaleça, mas apenas naquela determinada situação concreta, sobre o princípio em que a regra se baseia, podendo recuar diante desse mesmo princípio, para que incida a regra, em alguma outra situação, devido a peculiaridades dessa mesma situação.

O traço distintivo entre regras e princípios, por último referido, aponta para uma característica desses que é de se destacar: sua relatividade. Não há princípio em relação ao qual se possa pretender que seja acatado de forma absoluta, em toda e qualquer hipótese, pois uma tal obediência unilateral e irrestrita a uma determinada pauta valorativa – digamos, individual – termina por infringir uma outra – por exemplo, coletiva. Daí se dizer que há uma necessidade lógica e, até, axiológica, de postular um "princípio de proporcionalidade" para que se possam respeitar normas, como os princípios – e, logo, também as normas de direitos fundamentais, que possuem o caráter de princípios –, tendentes a colidir[9].

A melhor compreensão desse aspecto, que se vem de suscitar, requer a tematização da norma de direito fundamental naquilo que toca com os princípios fundamentais da ordem constitucional. Após acertado serem as normas de direito fundamental um "princípio jurídico", cabe agora situá-las em um sistema normativo, deduzido do ordenamento jurídico ou, mais especificamente, da ordem constitucional estudada.

---

9. Cf. *idem, ibidem*, pp. 100, 143 ss. et pas.; GUERRA FILHO. *Ensaios de ·eoria constitucional*, pp. 47, 69 ss. et pas.

Inicialmente, vale firmar o entendimento de que esse sistema é passível de ser representado figurativamente na forma piramidal, proposta pela Escola de Viena (A. Merkl e H. Kelsen, em especial), com sua concepção do ordenamento jurídico como uma ordem escalonada de normas, situadas em patamares mais inferiores ou superiores, conforme seu menor ou maior grau de generalidade e abstração, respectivamente, sendo aquelas mais concretas e particularizadas validadas pelas que estão acima delas. É certo que divergimos da concepção original kelseniana, na qual esse processo tende ao infinito, e por isso se coloca uma "norma hipotética fundamental" como limite ao pensamento, que requer sempre uma fundamentação para a norma jurídica a que por último se chega, "subindo a pirâmide". Essa norma hipotética, porém, como veio a reconhecer o próprio Kelsen, por ser um "requisito do pensamento" e "meramente pensada", não resulta de nenhum ato de vontade que a positive, de onde não ser uma norma jurídica propriamente e, assim, não pode ser a responsável pela validação jurídica de toda a cadeia de normas que nela encontraria seu elo final. Essa incoerência, como é sabido, levou a que o autor da *Teoria pura do direito* reformulasse o seu pensamento após a publicação da segunda (e definitiva) edição dessa obra, sendo a última versão de seu pensamento a respeito aquela da obra póstuma *Teoria geral das normas*. A idéia que se requer aqui, ao que parece, é semelhante à que a física contemporânea tem do espaço, ou seja, não mais como infinito, mas sim circular. É preciso, portanto, que a "pirâmide" não seja concebida em um espaço geométrico euclidiano, plano, mas sim curvo, riesmanniano.

Não é esse o momento para entrar em semelhante discussão de teoria do direito, mas, em resumo, o que se pensa é que no encadeamento do processo de validação há de se dar uma "curva" – ou melhor, algo como o *strange loop* ou a *tangled hierarchy* de que nos fala Douglas R. Hofstadter[10], no último

---

10. HOFSTADTER. *Gödel, Escher, Bach: an Eternal Golden Braid.* pp 644 ss

capítulo de sua instigante obra de ciência cognitiva –, que permitiria a validação da mais geral e abstrata das normas, os princípios, por sua aplicação a casos concretos e particulares[11]. A nossa proposta para o momento, então, é que se dê um "corte epistemológico", a fim de que possamos estudar o "topo" da pirâmide, onde estão os princípios constitucionais, dentre os quais se incluem as normas de direito fundamental, principal objeto de estudo nessa parte do presente trabalho.

No patamar mais elevado da "pirâmide" dentro da qual, para efeito de estudo, pretendemos enquadrar nosso ordenamento jurídico, encontra-se, como é fácil perceber, as determinações de nossa Constituição de 1988. No cume dessa pirâmide, então, temos um princípio que representa – para utilizar a expressão consagrada por Loewenstein[12] – a *decisão política fundamental*, tomada pelo povo brasileiro, que levou à reunião de seus representantes em Assembléia Nacional Constituinte e à ruptura com a ordem constitucional anterior. Esse princípio é anunciado já no "Preâmbulo" da nossa Carta Constitucional, a qual só poderia desempenhar a função que lhe está reservada, de responsável pela expressão e manutenção da "unidade política" da sociedade organizada sob a égide estatal, na medida em que consignasse tal princípio e estabelecesse normas, dele derivadas, capazes de permitir sua efetivação através do ordenamento jurídico. Esse princípio maior, dentre aqueles enunciados na nossa Constituição, é o "princípio do Estado democrático".

O princípio do Estado democrático pode ser entendido como resultado da conjunção de duas exigências básicas, da parte dos integrantes da sociedade brasileira, dirigidas aos que atuarem em seu nome na realização de seus interesses, e que podem ser traduzidas no imperativo de respeito à *legalidade* (do Estado de Direito), devidamente amparada na *legitimidade*

---

11. Cf., a esse respeito e sobre o que se segue, GUERRA FILHO, *Ensaios de teoria constitucional*, pp. 49 ss. e "Sobre princípios constitucionais gerais: Isonomia e proporcionalidade", p. 59.

12. COMPARATO. *Direito público*. p. 15

(da Democracia). Já no primeiro artigo da Constituição evidencia-se que daquele princípio se extraem outros, tidos, pelo próprio enunciado do frontispício do Título I, como "Princípios Fundamentais". Dentre esses, porém, seguindo de perto conhecida doutrina constitucional portuguesa, esteada em lições germânicas, especialmente naquela de Karl Larenz[13], distinguiremos "princípios fundamentais estruturantes" de "princípios fundamentais gerais", sendo esses colocados em patamar abaixo daquele dos primeiros, havendo ainda, abaixo deles, os "princípios constitucionais especiais", e, em seguida, as normas constitucionais que não são princípios, mas simples "regras".

Como "princípios fundamentais estruturantes" apontaremos os já mencionados "princípio do Estado de Direito" e "princípio democrático". A esses Gomes Canotilho[14] acrescenta o "princípio republicano", o que evitamos, por entendermos estarem as conquistas históricas alcançadas em nome desse princípio já devidamente incorporadas aos dois princípios estruturantes que viemos de mencionar, além do que, como prova de sua estatura inferior, diante dos outros dois, haveria a circunstância de entre nós, por força de uma eventual opção plebiscitária – como a que nos foi dada, com a Constituição de 1988, por força do artigo 2.º do ADCT –, esse princípio até poder a vir a não mais integrar nossa ordem constitucional.

Dentre os "princípios fundamentais gerais", enunciados no artigo 1.º da Constituição de 1988, merece destaque especial aquele que impõe o respeito à *dignidade da pessoa humana*. O princípio mereceu formulação clássica na ética kantiana, precisamente na máxima que determina aos homens, em suas relações interpessoais, não agirem jamais de modo que o outro seja usado como um objeto, em vez de tratado como um sujeito, igualmente. Esse princípio demarcaria o que a doutrina constitucional alemã, considerando a disposição do Artigo 19, II, da Lei Fundamental, denomina de "núcleo essencial intangível"

---

13. CANOTILHO, ob. cit., pp. 129 ss
14. *Idem, ibidem*

dos direitos fundamentais[15]. Entre nós, ainda antes de entrar em vigor a atual Constituição, a melhor doutrina já enfatizava que "o núcleo essencial dos direitos humanos reside na vida e na dignidade da pessoa"[16]. Os direitos fundamentais, portanto, estariam consagrados objetivamente em "princípios constitucionais especiais", que seriam a "densificação" (Gomes Canotilho) ou "concretização" (embora ainda em nível extremamente abstrato) daquele "princípio fundamental geral", de respeito à dignidade humana. Dele, também, se deduziria o já mencionado "princípio da proporcionalidade", até como uma necessidade lógica, além de política, pois, se os diversos direitos fundamentais estão, em um plano abstrato, perfeitamente compatibilizados, em situações concretas se dariam as "colisões" entre eles, quando então, recorrendo a esse princípio, se privilegiaria, circunstancialmente, algum dos direitos fundamentais em conflitos, mas sem com isso chegar a atingir outro dos direitos fundamentais conflitantes em seu conteúdo essencial[17].

Nesse momento, vale suscitar um último aspecto, encerrando essa parte do presente trabalho. Trata-se da questão da eficácia da norma de direito fundamental, à qual não se aplicariam as classificações usualmente apresentadas, em manuais de direito constitucional pátrio, baseadas na diversidade de "cargas de eficácia" das normas constitucionais[18]. Essas classificações, em que pese alguma variação terminológica, costumam ser construídas a partir de um padrão, importado da doutrina italiana – onde, aliás, não é mais encontradiço, nas exposições recentes do direito público peninsular –, em que se teria uma gradação dessa eficácia desde um máximo, quando as normas constitucionais apresentariam "eficácia plena", até um mínimo, registrado nas chamadas "normas programáticas".

---

15. Cf., v.g., STEIN, *Staatsrecht*, pp. 258 ss.; VIEIRA DE ANDRADE, *Os direitos fundamentais na Constituição portuguesa de 1976*, pp. 233 ss.; OTTO Y PARDO, "La regulación del ejercicio de los derechos y libertades", pp. 125 ss.

16. COMPARATO, *Para viver a democracia*, p. 46.

17. Cf., a propósito, GUERRA FILHO, *Ensaios de teoria constitucional*, pp. 74-6.

18. Cf., para uma exposição atualizada e apreciação crítica, PINHEIRO, *Direito internacional e direitos fundamentais*, pp. 23 ss.

Ora, pelo que acabamos de ver, não haveria norma de direito fundamental com "eficácia absoluta" se, além da "semântica constitucional", considerarmos a "dimensão pragmática", na qual essas normas se encontram em estado de tensão e de mútua restrição. Ao mesmo tempo, e o que é mais importante de levar em conta, não se coaduna com a natureza da norma de direito fundamental a sua inclusão no rol das "normas programáticas", para o qual tendem a ser relegados os "direitos sociais, econômicos e culturais", bem mais vulneráveis que os clássicos "direitos de liberdade", por, ao contrário desses, não dependerem de uma *abstenção* e, sim, de uma *prestação* do Estado. Nossa preocupação é que a doutrina corrente entre nós sobre eficácia e aplicabilidade das normas constitucionais favoreça a adoção do que com toda propriedade se denominou "procedimentos interpretativos de bloqueio"[19], na intelecção dos direitos fundamentais, visando deixar de aplicá-los, o que causaria prejuízos incalculáveis a sua efetividade, dependente, é certo, de fatores políticos, mas também de fatores científicos, no campo do Direito.

Nesse sentido, revela-se ainda atual a lição de Eros R. Grau, quando, mesmo no período em que a Constituição do País acobertava um regime ditatorial, apontava o caráter reacionário de construções em que se desloca a consagração de direitos fundamentais para as normas programáticas, evitando, assim, sua aplicabilidade imediata pelos poderes estatais, em virtude da falta de norma regulamentadora[20]. No mesmo diapasão, afirma Gomes Canotilho peremptoriamente[21]: "pode e deve-se dizer que hoje não há normas constitucionais programáticas", no sentido em que delas se fala tradicionalmente na doutrina. Adiante, refere o mestre de Coimbra que os direitos fundamentais, por possuírem, como já vimos, igualmente uma "dimensão objetiva" – isto é, não são apenas "direitos subjeti-

---

19. FERRAZ JR., *Interpretação e estudos da Constituição de 1988*, p. 12.
20. Cf. GRAU, "A Constituição brasileira e as normas programáticas" pp. 42 s.
21. CANOTILHO. ob. cit.. p. 132

vos", conforme enfatiza a doutrina alemã[22] –, reconduzível a uma obrigação do Poder Público de viabilizar materialmente o exercício desses direitos, podem vir a estar consagrados em normas ditas "programáticas". Contudo, não só não se deve confundir as duas dimensões, como aquela objetiva "não é menos digna e menos vinculativa que a dimensão subjetiva. Tem apenas outro caráter normativo e outro fim: servir de imposições legiferantes ou de imposições constitucionais fundamentadoras de um dever concreto de o Estado e poderes públicos dinamizarem, dentro das possibilidades de desenvolvimento econômico e social, a criação de instituições, procedimentos e condições materiais indispensáveis à realização e exercício efetivo dos direitos fundamentais"[23].

Cânones hermenêutico-constitucionais

Praticar a "interpretação constitucional" é diferente de interpretar a Constituição de acordo com os cânones tradicionais da hermenêutica jurídica, desenvolvidos, aliás, em época em que as matrizes do pensamento jurídico assentavam-se em bases privatísticas[24]. A intelecção do texto constitucional também se dá, em um primeiro momento, recorrendo aos tradicionais métodos filológico, sistemático, teleológico, etc. Apenas haverá de ir além, empregar outros recursos argumentativos, quando com o emprego do instrumental clássico da hermenêutica jurídica não se obtenha como resultado da operação exegética uma "interpretação conforme à Constituição", a *verfassungskonforme Auslegung* dos alemães, que é uma interpretação de acordo com as opções valorativas básicas, expressas no texto constitucional.

A referência feita a um jargão em língua alemã não foi aleatória, pois é da recente experiência constitucional alemã -

---

22. Cf., v.g., HESSE, ob. cit., § 9 II, pp. 112 s.
23. *Idem, ibidem*, p. 474.
24. Nesse sentido. COMPARATO. *Direito público*. pp. 74 s

quando após a hecatombe nazista se retoma o projeto político-jurídico antipositivista da época da República de Weimar, propugnado por autores como Rudolf Smend[25] – que se extraem os melhores subsídios para aprofundar a questão aqui colocada, da necessidade de desenvolver uma forma específica de interpretar a Constituição. O contato com essa experiência modelar mostra como a nova metódica hermenêutico-constitucional resultou de uma íntima colaboração entre produção teórica e elaboração jurisprudencial, em nível de jurisdição constitucional. Marcelo Lima Guerra[26] exprimiu com muita propriedade aquilo que se pretende nesse passo referir, quando escreveu a seguinte passagem: "No âmbito jurisdicional é, talvez, onde mais significativamente repercute essa *força especial* dos direitos fundamentais, caracterizada, basicamente, pela combinação do caráter hierarquicamente superior das normas jusfundamentais, com a sua aplicabilidade imediata, que torna legítimas todas as soluções compatíveis com elas, independentemente de texto legal (infraconstitucional)." É essa natureza diferenciada de princípios e regras que suscita a necessidade de desenvolver uma hermenêutica constitucional igualmente diferenciada, diante da hermenêutica tradicional. Especialmente a distinção por último referida, segundo a qual os princípios encontram-se em estado latente de colisão uns com os outros, requer o emprego dos cânones da interpretação constitucional, que passamos a expor, na formulação já clássica de Konrad Hesse[27], secundado, em língua portuguesa, por Paulo Bonavides[28], Gomes Canotilho[29], dentre outros, sendo, no entanto, de se atribuir a Fridrich Müller[30] o maior mérito pelo desenvolvimento dos novos cânones hermenêutico-jurídicos, desde sua veemente postulação da positividade dos direitos fundamen-

---

25. SMEND, *Constitución y derecho constitucional*.
26. GUERRA, *Execução indireta*, pp. 52-3.
27. HESSE, ob. cit., pp. 26 ss.
28. BONAVIDES, *Curso de direito constitucional*, caps. 13-4.
29. CANOTILHO, ob. cit., pp. 162 ss.
30. MÜLLER, *Die Positivität der Grundrechte. Fragen einer praktischen Grundrechtsdogmatik*: *Juristische Methodik*: e *Strukturiende Rechtslehre*

tais, chegando à formulação da "Teoria Estruturante do Direito" e da correspondente "metódica jurídica".

(1) O primeiro – e mais importante – desses cânones é o da unidade da Constituição, o qual determina que se observe a interdependência das diversas normas da ordem constitucional, de modo que formem um sistema integrado, em que cada norma encontra sua justificativa nos valores mais gerais, expressos em outras normas, e assim sucessivamente, até chegarmos ao mais alto desses valores, expresso na decisão fundamental do constituinte, naquilo que Pablo Lucas Verdú[31] chama de fórmula política. Lembremos que, para o eminente catedrático da Universidade de Madri, "fórmula política de uma Constituição é a expressão ideológica que organiza a convivência política em uma estrutura social". O ato de interpretação constitucional, portanto, sempre tem um significado político e se dá calcado numa ideologia, que, porém, não deve ser a ideologia particular do intérprete, mas sim aquela em que se baseia a própria Constituição. No caso da nossa, a fórmula política se acha claramente indicada no "Preâmbulo" e no seu artigo 1º: Estado Democrático de Direito. Ela há de se situar no plano do que na hermenêutica filosófica de Gadamer se denomina "pré-compreensão" (*Vorverständnis*), designando a pré-disposição orientadora do ato hermenêutico de compreensão.

(2) Cânone do efeito integrador, indissoluvelmente associado ao primeiro, ao determinar que, na solução dos problemas jurídico-constitucionais, se dê preferência à interpretação que mais favoreça a integração social, reforçando a unidade política.

(3) Cânone da máxima efetividade, também denominado cânone da eficiência ou da interpretação efetiva, por determinar que, na interpretação de norma constitucional, se atribua a ela o sentido que a confira maior eficácia, sendo de observar que, atualmente, não mais se admite haver na Constituição normas que sejam meras exortações morais ou declarações de

---

31. VERDÚ. ob. cit., p. 532

princípios e promessas a serem atendidos futuramente[32]. Tal cânone assume particular relevância na inteligência das normas consagradoras de direitos fundamentais.

(4) Cânone da força normativa da Constituição, que chama a atenção para a historicidade das estruturas sociais, às quais se reporta a Constituição, donde a necessidade permanente de proceder a sua atualização normativa, garantindo, assim, sua eficácia e permanência. Esse cânone nos alerta para a circunstância de que a evolução social determina sempre, se não uma modificação do texto constitucional, pelo menos alterações no modo de compreendê-lo, bem como às normas infraconstitucionais.

(5) Cânone da conformidade funcional, que estabelece a estrita obediência, do intérprete constitucional, à repartição de funções entre os poderes estatais, prevista constitucionalmente.

(6) Cânone da interpretação conforme a Constituição, que afasta interpretações contrárias a alguma das normas constitucionais, ainda que favoreça o cumprimento de outras delas. Determina, também, esse cânone, a conservação de norma, mesmo se aparentemente inconstitucional, quando seus fins possam se harmonizar com preceitos constitucionais, ao mesmo tempo em que estabelece como limite à interpretação constitucional as próprias regras infraconstitucionais, impedindo que ela resulte numa interpretação *contra legem*, que contrarie a letra e o sentido dessas regras.

(7) Cânone da concordância prática ou da harmonização, segundo o qual se deve buscar, no problema a ser solucionado em face da Constituição, confrontar os bens e valores jurídicos que ali estariam conflitando, de modo que, no caso concreto sob exame, se estabeleça qual ou quais dos valores em conflito deverá prevalecer, preocupando-se, contudo, em otimizar a preservação, igualmente, dos demais, evitando o sacrifício total de uns em benefício dos outros. Nesse ponto, tocamos o problema crucial de toda hermenêutica constitucional, que nos leva a introduzir o *topos* argumentativo da proporcionalidade.

---

[32]. CANOTILHO. ob. cit.. p. 132

Para resolver o grande dilema da interpretação constitucional, representado pelo conflito entre princípios constitucionais, aos quais se deve igual obediência, por ser a mesma a posição que ocupam na hierarquia normativa, se preconiza o recurso a um "princípio dos princípios", o princípio da proporcionalidade, que determina a busca de uma "solução de compromisso", na qual se respeita mais, em determinada situação, um dos princípios em conflito, procurando desrespeitar o mínimo ao(s) outro(s), jamais lhe(s) faltando minimamente com o respeito, isto é, ferindo-lhe seu "núcleo essencial", no qual se encontra entronizado o valor da dignidade humana. Esse princípio, embora não esteja explicitado de forma individualizada em nosso ordenamento jurídico, é uma exigência inafastável da própria fórmula política adotada por nossa constituinte, a do "Estado Democrático de Direito", pois sem a sua utilização não se concebe como bem realizar o mandamento básico dessa fórmula, de respeito simultâneo dos interesses individuais, coletivos e públicos – isso em virtude das contradições que, concretamente, terminam se manifestando, entre esses interesses e os valores que os amparam, agasalhados em princípios jurídicos de estatura constitucional.

O princípio da proporcionalidade

Da mesma forma como em sede de teoria do direito os doutrinadores pátrios apenas começam a se tornar cientes da distinção entre regras e princípios, antes referida, também aos poucos é que estudiosos do direito constitucional e demais ramos do direito vão se dando conta da necessidade, intrínseca ao bom funcionamento de um Estado Democrático de Direito, de se reconhecer e empregar o princípio da proporcionalidade, a *Grundsatz der Verhältnismäßigkeit* dos alemães, também chamada de "mandamento da proibição de excesso" (*Übermaßverbot*), ao qual se encontra referência já em doutrinadores prussianos do século XVIII, como Svarez.

Infelizmente, nesse passo, não trilhamos o caminho seguido por constituintes de outros países, que cumpriram sua função já na fase atual do constitucionalismo, a qual se pode considerar iniciada no segundo pós-guerra. Isso porque não há previsão expressa, em nossa Constituição, do princípio em tela, à diferença, por exemplo, da Constituição portuguesa, de 1974, que em seu artigo 18.º, dispondo sobre a "força jurídica" dos preceitos constitucionais consagradores de direitos fundamentais – de modo equiparável ao que é feito, em nossa Constituição, nos dois parágrafos do artigo 5º –, estabelece, no inciso II, *expressis verbis*: "A lei só pode restringir os direitos, liberdades e garantias nos casos expressamente previstos na Constituição, devendo as restrições limitar-se ao necessário para salvaguardar outros direitos ou interesses constitucionalmente protegidos."[33]

Essa norma, notadamente em sua segunda parte, enuncia a essência e destinação do princípio da proporcionalidade: preservar os direitos fundamentais. Tal princípio, assim sendo, coincide com a essência e destinação mesma de uma Constituição que, tal como hoje se concebe, pretenda desempenhar o papel que lhe está reservado na ordem jurídica de um Estado de Direito Democrático. Daí termos nos referido a esse princípio como "princípio dos princípios", verdadeiro *principium* ordenador do direito. A circunstância de ele não estar previsto expressamente na Constituição de nosso País não impede que o reconheçamos em vigor também aqui, invocando o disposto no § 2.º do artigo 5.º: "Os direitos e garantias expressos nesta Constituição não excluem outros decorrentes do regime e dos princípios por ela adotados (etc.)."

Aqui cabe indagar se o princípio da proporcionalidade corresponderia a um *direito* ou *garantia* fundamental, podendo a mesma questão ser colocada em face do princípio da isonomia. Nossa resposta é afirmativa, considerando que tanto o princípio da proporcionalidade como o princípio da isonomia são necessários ao aperfeiçoamento daquele "sistema de proteção

---

33. GUERRA FILHO. "Notas em torno ao princípio da proporcionalidade'

organizado pelos autores de nossa lei fundamental em segurança da pessoa humana, da vida humana, da liberdade humana", como refere Rui Barbosa às garantias constitucionais em sentido estrito[34] – as quais, para nós, não são essencialmente diversas dos direitos fundamentais propriamente ditos, que sem esse sistema de tutela, essa dimensão processual, não se aperfeiçoam enquanto direitos, por se mostrarem fragilizados em sua efetividade. Os princípios da isonomia e da proporcionalidade, aliás, acham-se estreitamente associados, sendo possível, inclusive, que se entenda a proporcionalidade como incrustada na isonomia, caso se entenda que o princípio da isonomia traduz a idéia aristotélica – ou antes "pitagórica", como prefere Del Vecchio – de "igualdade proporcional", própria da "justiça distributiva", "geométrica", que se acrescenta àquela "comutativa", "aritmética", meramente formal – aqui, igualdade de bens; ali, igualdade de relações.

Para bem atinar no alcance do princípio da proporcionalidade, faz-se necessário referir o seu conteúdo – e ele, à diferença dos princípios que se situam em seu mesmo nível, de mais alta abstração, não é tão-somente formal, revelando-se concretamente apenas no momento em que se há de decidir sobre a constitucionalidade de alguma situação jurídica ou algo assim. Esse aspecto concreto, material, do princípio da proporcionalidade, inclusive, já fez com que se referisse a ele como uma proposição jurídica, à qual, como ocorre com normas que são regras, se podem subsumir fatos jurídicos diretamente[35].

O princípio da proporcionalidade, entendido como um mandamento de otimização do respeito máximo, na medida do jurídico e faticamente possível, a todo direito fundamental, em situação de conflito com outro(s), tem um conteúdo que se reparte em três "princípios parciais" (*Teilgrundsätze*): "princípio da proporcionalidade em sentido estrito" ou "máxima do sopesamento" (*Abwägungsgebot*), "princípio da adequação" e "prin-

---

34. RUI BARBOSA, "Comentários à Constituição brasileira", vol. VI, p. 278. *apud* FERREIRA FILHO, *Comentários à Constituição brasileira de 1988*, p. 24
35. ALEXY, ob. cit., p. 100

cípio da exigibilidade" ou "máxima do meio mais suave" (*Gebot des mildesten Mittels*).

O "princípio da proporcionalidade em sentido estrito" determina que se estabeleça uma correspondência entre o fim a ser alcançado por uma disposição normativa e o meio empregado, que seja *juridicamente* a melhor possível. Isso significa, acima de tudo, que não se fira o "conteúdo essencial" (*Wesensgehalt*) de direito fundamental, com o desrespeito intolerável da dignidade humana. Além disso, estabelece que, mesmo em havendo desvantagens para, digamos, o interesse de pessoas, individual ou coletivamente consideradas, acarretadas pela disposição normativa em apreço, ela seja observada, se as vantagens que traz para interesses de outra ordem superam aquelas desvantagens.

Os subprincípios da adequação e da exigibilidade ou indispensabilidade (*Erforderlichkeit*), por seu turno, determinam que, dentro do *faticamente* possível, o meio escolhido se preste para atingir o fim estabelecido, mostrando-se, assim, "adequado". Além disso, esse meio deve se mostrar "exigível", o que significa não haver outro, igualmente eficaz, e menos danoso a direitos fundamentais.

Do exposto até aqui, espera-se ter ficado suficientemente evidenciada a íntima conexão entre o princípio da proporcionalidade e a concepção, antes esboçada, do ordenamento jurídico como formado por princípios e regras, princípios esses que podem se converter em direitos fundamentais – e vice-versa. Da mesma forma, como assevera R. Alexy[36], atribuir o caráter de princípio a normas jurídicas implica logicamente o reconhecimento daquele princípio maior e vice-versa. É ele que permite fazer o "sopesamento" (*Abwägung, balancing*) dos princípios e direitos fundamentais, bem como dos interesses e bens jurídicos em que se expressam, quando se encontram em estado de contradição, solucionando-a de forma que maximize o respeito a todos os envolvidos no conflito. O princípio em apreço, portanto, começa por ser uma exigência cognitiva, de

---

36. *Idem. ibidem*. p. 100

elaboração racional do Direito – e aqui vale lembrar a sinonímia e origem comum, na matemática, dos termos "razão" (latim: *ratio*) e "proporção" (latim: *proportio*), sem que daí se possa concluir que haja identidade entre o princípio da proporcionalidade e aquele outro, de origem anglo-saxônica, denominado entre nós "princípio da razoabilidade" (a doutrina anglo-americana costuma referi-lo como "princípio da irrazoabilidade"), pois este veda a prática do absurdo, ainda que amparada juridicamente, enquanto o princípio da proporcionalidade estabelece critérios para que se opte entre diversas soluções possíveis para um caso jurídico, nenhuma absurda, favorecendo aquela que melhor promova a realização de direitos fundamentais, considerados em seu conjunto. Isso explica a circunstância de a idéia subjacente ao princípio da proporcionalidade encontrar-se refletida também num dos cânones metodológicos da chamada "interpretação especificamente constitucional", aquela a que se deve recorrer quando o emprego da hermenêutica jurídica tradicional não oferece um resultado constitucionalmente satisfatório, especialmente no que toca a realização de seu objetivo principal, traduzido no elenco de direitos e garantias fundamentais: o cânone da "concordância prática" ou "harmonização", conforme vimos acima. Não se confunda, porém, o princípio constitucional da proporcionalidade, que é norma jurídica consagradora de um direito (*rectius*: garantia) fundamental – portanto, é uma prescrição – com um cânone da nova hermenêutica constitucional, que não atua sobre a vontade, mas sim sobre o intelecto do intérprete do Direito, nos quadros de um Estado democrático.

Na verdade, pode-se perfeitamente compreender aqueles cânones todos como uma transcrição, para o plano heurístico, das opções políticas (e éticas) fundamentais, subjacentes àquela forma de Estado na qual o cânone do efeito integrador corresponde à soberania popular (CR, artigo 1º, parágrafo único); o da máxima efetividade, à aplicabilidade imediata dos direitos fundamentais (CR, artigo 5º, § 1º); o da força normativa da Constituição, aos objetivos fundamentais da República (CR. artigo 3º); o da conformidade funcional, à separação de Poderes da União (CR, artigo 2º); o da interpretação conforme a constituição, à legalidade do Estado de Direito, assim como o da unidade da constituição corresponde à legitimidade democrática, estando ambos consagrados no artigo 1º da CR, no *caput*, em seus incisos, bem como ao longo de toda a ordem constitucional e da ordem jurídica que nela se funda, como um desdobramento dessa polarização da forma jurídica do Estado de Direito com o conteúdo ético-político da Democracia, condições epistemológicas de incidência da teoria hermenêutico-jurídica aqui esboçada.

Bibliografia

ALEXY, R. *Theorie der Grundrechte*. Baden-Baden: Nomos, 1985.
BONAVIDES, Paulo. *Curso de direito constitucional*. São Paulo: Malheiros, 1994, 5.ª ed.
CANOTILHO, José Joaquim Gomes. *Direito constitucional*. Lisboa: Almedina, 1989.
COMPARATO, Fábio K. *Direito público: estudos e pareceres*. São Paulo: Saraiva, 1996.
———. *Para viver a democracia*. São Paulo: Brasiliense, 1989.
FERRAZ JR., Tercio Sampaio. *Interpretação e estudos da Constituição de 1988*. São Paulo: Atlas, 1990.
FERREIRA FILHO, Manoel Gonçalves. *Comentários à Constituição brasileira de 1988*, vol. I. São Paulo: Saraiva, 1990.
GRAU, Eros R. "A Constituição brasileira e as normas programáticas" *Revista de Direito Constitucional e Ciência Política*. Rio de Janeiro Forense, 1985.
GUERRA, Marcelo L. *Execução indireta*. São Paulo: RT, 1998.
GUERRA FILHO, Willis S. *Ensaios de teoria constitucional*. Fortaleza. Imprensa Universitária (UFC), 1989.
———. "Notas em torno ao princípio da proporcionalidade". In: MIRANDA, Jorge (ed.). *Perspectivas constitucionais: nos 20 anos da Constituição de 1976*. Coimbra: Coimbra Ed., 1996, vol. I.
———. *Processo constitucional e direitos fundamentais*. São Paulo: Instituto Brasileiro de Direito Constitucional/Celso Bastos Ed., 2001, 2.ª ed.
———. "Sobre princípios constitucionais gerais: isonomia e proporcionalidade". *Revista dos Tribunais*, n.º 719, São Paulo, 1995.
———. *Teoria política do direito*. Brasília: Brasília Jurídica. 2000

HESSE, Konrad. *Grundzüge des Verfassungsrechts der Bundesrepublik Deutschland*. Heidelberg: C. F. Müller, 1984.
HOFSTADTER, Douglas R. *Gödel, Escher, Bach: an Eternal Golden Braid*. Londres: Penguin, 1999, 2.ª ed.
MÜLLER, F. *Die Positivität der Grundrechte. Fragen einer praktischen Grundrechtsdogmatik*. Berlim: Duncker & Humblot, 1990, 2.ª ed.
_____. *Juristische Methodik*. Berlim: Duncker & Humblot, 1995, 6.ª ed
_____. *Strukturiende Rechtslehre*. Berlin: Duncker & Humblot, 1994. 2.ª ed.
OTTO Y PARDO, I. "La regulación del ejercicio de los derechos y libertades". In: OTTO Y PARDO, I.; MARTÍN-RETORTILLO BAQUER. Lorenzo. *Derechos fundamentales y Constitución*. Madri: Civitas, 1988.
PINHEIRO, Carla. *Direito internacional e direitos fundamentais*. São Paulo: Atlas, 2001.
SMEND, Rudolf. *Constitución y derecho constitucional*. Trad. J. M. Beneyto Pérez. Madrid: Centro de Estudios Constitucionales, 1985.
STEIN, Ekkehart. *Staatsrecht*. Tübingen: J. C. B. Mohr, 1982.
STERN, Klaus. *Das Staatsrecht der Bundesrepublik Deutschland*. Munique: C. H. Beck, 1988, 3 vols.
VERDÚ, Pablo Lucas. *Curso de derecho político*, vol. II. Madrid: Tecnos. 1977.
VIEIRA DE ANDRADE, José Carlos. *Os direitos fundamentais na Constituição portuguesa de 1976*. Coimbra: Almedina, 1987.

A atuação do direito no Estado democrático

*Augusto César Leite de Carvalho**

1. Democracia: um conceito histórico

A democracia, diz-se comumente, é um legado da civilização helênica, mas os que assim se pronunciam parecem deslembrados que a *polis* nasceu quando o *demos*[1] deu lugar à ágora[2] e que os filósofos da Antiguidade clássica, como Platão e Aristóteles, preferiam os sábios ao povo no governo. A palavra democracia, para eles, designava a forma corrompida do governo de muitos[3].

Somente o historiador Políbio, já no século II a.C., prescreveu a monarquia, a aristocracia e a democracia como as formas boas de governo, que sucediam às correspondentes formas degeneradas: a monarquia era sucedida pela tirania, a aristocracia pela oligarquia, a democracia pela oclocracia, para enfim se reiniciar o ciclo com novo período monárquico e assim por diante.

A era moderna inovou a concepção de *Estado*, e Maquiavel sustentou, então, que todos os domínios sempre foram re-

---

* Professor da Faculdade de Direito da Universidade Federal de Sergipe.
1. *Demos* era como se denominava o aglomerado de agricultores e artesãos em torno do palácio central.
2. Praça pública onde passaram a ocorrer as transações comerciais e as discussões sobre a vida e a defesa da cidade.
3. Cf. WOLLHEIM, "Democracia", p. 93. Também BOBBIO, *A teoria das formas de governo*, pp. 56-66. A alusão a Maquiavel e Montesquieu também tem essa obra de Bobbio como fonte secundária de consulta.

públicas ou principados, nas repúblicas estando compreendidas a aristocracia e a democracia, se a poucos ou muitos era entregue a condução da sociedade. Quanto a esse ciclo se repetir, Maquiavel disse que não, porque a guerra o impedia, constituindo-se novos Estados.

Até então, a tirania não se confundia com o despotismo. sendo legítimo o governo despótico quando, para Aristóteles, contava com a sujeição espontânea dos súditos, lá no Oriente; para Jean Bodin, na era moderna, o despotismo era legítimo se era um prêmio pela vitória em uma guerra e a ele se submetiam os povos dominados. Montesquieu redargüiu que o despotismo era uma terceira forma de governo e era ruim, sendo boas a república e o principado já antes referidos por Maquiavel.

Mas, se a democracia não era, de todos, a forma de governo preferida, o que era o bom governo? Para Platão, o que era estável e obedecia às leis; para Aristóteles, o que atendia ao interesse comum; para Maquiavel, o que assegurava estabilidade, não interessando o meio; para Montesquieu, essa estabilidade pressupunha divisões horizontais e verticais do poder e se diluía quando o povo não mais reconhecia a autoridade do senado, dos magistrados e juízes.

Kant pareceu dissentir de todos, ao propor que a forma boa de governo era, num aparente paradoxo, a *república monárquica*, mas assim se deu porque ele distinguiu o modo como se governava da pessoa que era investida de poder. A república, como modo de governar, era antônimo de despotismo, ou seja, de governo arbitrário, não obediente às leis, estivesse ele constituído em forma de monarquia, aristocracia ou democracia[4].

É certo, portanto, que a forma democrática de governo foi raramente recomendada pela filosofia política de tempos idos. Contudo, também o é que o século XIX trouxe ao conceito de democracia um inusitado componente, qual seja, a possibilidade de ela ter um conteúdo moral, útil ou até indispensável ao represamento do furor libertário, que na conta da vontade livre

---

4. BOBBIO. *Direito e Estado no pensamento de Imanuel Kant*. p. 140

creditava a liberdade de o capital revolucionário exigir a fadiga do trabalho proletário.

As Constituições de Querépago, no México, e de Weimar, na Alemanha, foram pioneiras em inserir os direitos sociais entre os direitos fundamentais, sendo editadas na segunda década do século XX. Mas a alusão ao século XIX tem uma razão de ser, quando se quer situar, no tempo, o início da social-democracia.

É que a fundação do Partido Social-Democrático alemão, em 1875, significou a união dos seguidores de Lassale aos marxistas, não obstante a resistência de Marx, e incomodou Bismarck, o Chanceler de Ferro, que reagiu à perspectiva de os trabalhadores conquistarem poder político assegurando uma regulamentação minudente das relações de trabalho, em que inclusive limitava a vontade dos contratantes no que concernia, entre outros assuntos, às medidas de proteção à saúde e à vida dos trabalhadores, às normas para o trabalho de mulheres e crianças e às disposições a propósito da vigilância obrigatória das empresas[5].

2. A universalidade e a diversidade

Assim, os direitos humanos, antes restritos às liberdades civis e à liberdade política, ganharam nova dimensão e foram positivados, elevando-se agora ao *status* de direitos fundamentais. O conflito social fez nascer, deste modo, a social-democracia. Porém, numa sociedade de classes, a atribuição de direito social por iniciativa ou aquiescência da classe que detém a hegemonia não é uma conquista, mas uma medida compensatória, que se intensifica ou reduz na mesma proporção em que é desafiado, ou não, o poder hegemônico. Isso já bastaria para que se compreendesse como é impreciso, porque histórico e contingente, o conteúdo pretensiosamente universal dos direitos fundamentais.

---

5 CUEVA. *Derecho mexicano del trabajo*. pp. 35-42

Essa ambiciosa universalidade não apetece, pois, ao mundo real; e é também ilusória no plano metafísico, porque os direitos fundamentais que queremos são irrelevantes, não raro, para a sociedade norte-americana, sendo possivelmente esquisitos para os seguidores de Maomé. Mesmo entre nós, a desigualdade econômica não é a única expressão da desigualdade, não podendo a democracia esgotar o seu conteúdo na proteção dos que são economicamente débeis, se deixar ao desabrigo outros grupos minoritários e também discriminados pela ordem liberal. Ademais, assiste razão a Guerra Filho[6], quando lembra o teórico cearense:

> A explicação dos conflitos sociais como conflitos entre classes sociais com diferentes ideologias não mais se aplica às sociedades pós-industriais de hoje em dia, não sendo através desses referenciais – classe social e ideologia – que se explicam engajamentos assumidos pelos indivíduos enquanto feministas, homossexuais, ecologistas, naturalistas, da terceira idade, jovens *new ages*, *skin-heads*, *cyber-punks*, *tecno-pops*, *yuppies*, etc., etc, pois as classes sociais dos adeptos de cada uma dessas "posturas" são as mais variadas e, a rigor, não se pode dizer que tenham uma ideologia em comum.

O que é democracia, afinal? Alain Touraine[7] questiona se a democracia pode ser compreendida a partir de seus três elementos básicos: a *representatividade dos governantes*, a *cidadania* e o *respeito aos direitos fundamentais*.

A representatividade dos governantes faz lembrar, nos dias que correm, que a sociedade de massas tornou superada a velha discussão sobre o sistema representativo. É que sempre se questionou se este comportaria um mandato imperativo ou representativo, mas a aparente vitória do primeiro modelo, veementemente defendido por Rousseau, já não se conforma ao sufrágio universal, conforme diagnóstico de Paulo Bonavides: "A vontade una e soberana do povo, que deveria resultar de um

---

6. GUERRA FILHO, *Autopoiese do direito na sociedade pós-moderna*. p. 22
7 TOURAINE, Alain. *O que é a democracia?*. p. 42

sistema representativo de índole e inspiração totalmente popular, se decompôs em nossos dias na vontade antagônica e disputante de partidos e grupos de pressão"[8].

A cidadania, por seu turno, também não se exaure no direito de votar, se a eleição não basta à representatividade dos governantes. Não custa recordar que Hitler, arauto do Estado totalitário, foi eleito ao menos uma vez. E não se pode, num paradoxo, vulnerabilizar o sistema político, expondo-o à própria ruptura, pois a história também registra, *exempli gratia*, que a ditadura clerical do Irã e a ditadura stalinista representaram, a certo tempo, o apogeu de uma ação revolucionária.

Quando os teóricos sustentam, enfim, o respeito aos direitos fundamentais como terceira e última exigência, parecem atribuir à palavra democracia uma certa pluralidade de sentidos. De que direitos fundamentais se está cuidando? Não se pode desprezar que a aldeia global é culturalmente diversificada, nem se olvidar que uma sociedade homogênea seria, provavelmente, antidemocrática, já que estaria certamente negando a indivíduos ou minorias a defesa conseqüente de seus interesses.

Tratamos, então, do multiculturalismo e, no âmbito de cada sociedade, das diferenças individuais ou coletivas. Há, decerto, um mundo *pós-moderno* globalizado e, por isso, indefinido, às vezes contraditório. São as diversidades culturais, que já faziam, em 1948, da Declaração Universal dos Direitos Humanos um produto do Ocidente. Referindo-se à rejeição do iluminismo pelos teóricos do pós-modernismo, Lindgren Alves faz a observação seguinte:

> Enquanto na modernidade os embates sociais se desenrolavam em nome da comunidade nacional, da afirmação do *homem* genérico e universal ou no contexto das lutas de classe, na pós-modernidade as batalhas da cidadania são, muitas vezes, empreendidas em nome de uma comunidade de identificação menor do que o Estado nacional e diferente da classe social. Os governos, por sua vez, de todos os quadrantes, assemelham-se a

---

8. BONAVIDES, *Ciência política*, p. 217

administradores de empresas, preocupados sobretudo, ou apenas, com a eficiência da gestão econômica – objetivo aparentemente impossível enquanto perdurar a inexistência de controle supranacional para a flutuação do capital especulativo.[9]

Em seu ensaio, Lindgren Alves propõe a sobrevigência da Declaração Universal dos Direitos Humanos como a última grande narrativa, mas sem desprezar a importância de conferências que procuram adequá-la a um universo cultural variado[10]. Não resiste, por isso mesmo, a registrar, na formulação de sua defesa, algumas perguntas que ameaçam essa ultratividade:

> Se os direitos humanos são uma invenção intransferível da cultura ocidental, ela própria injusta e apenas dissimuladamente libertária, como se pode coerentemente impedir os talibãs de enclausularem as mulheres afegãs? Como exigir dos aiatolás iranianos que aceitem a comunidade bahai, proscrita em sua Constituição? Como exigir a revogação da *fatwa* de execução contra o escritor Salman Rushdie, se uma *fatwa* religiosa é irrevogável por definição? Como promover a liberdade de crença e de expressão se a *sharia* islâmica fundamentalista prevê, até mesmo, a crucificação de apóstatas? Como condenar a repressão aos dissidentes chineses e norte-coreanos, quando o confucionismo, muito mais do que qualquer tipo de socialismo, impõe como valor crucial a obediência à autoridade?[11] (...) Como universalizar tais direitos, construídos historicamente na tradição ocidental, sem conferir-lhes feições imperialistas?[12]

---

9. ALVES, "A Declaração dos Direitos Humanos na pós-modernidade", pp. 13-4.
10. Refere-se o autor, por exemplo, ao artigo 5º da Declaração aprovada na Conferência de Viena: "As particularidades nacionais e regionais devem ser levadas em consideração, assim como os diversos contextos históricos, culturais e religiosos, mas é dever dos Estados promover e proteger todos os direitos humanos e liberdades fundamentais, independentemente de seus sistemas políticos, econômicos e culturais."
11. ALVES, ob. cit., p. 21
12. *Idem, ibidem*, p. 16

3. A democracia e o resgate do sujeito

No capítulo dos direitos fundamentais, as Constituições de hoje acrescem às liberdades negativas, que exigem abstenção do Estado, as garantias inerentes à liberdade positiva, ao direito de participar da formação do Estado. Mas esses aspectos da liberdade não são, entre si, excludentes, não se podendo atribuir cidadania ao custo da liberdade do indivíduo. Touraine defende, por isso e pretensiosamente, que a figura central da ação democrática seja o *sujeito*, aqui entendido como o indivíduo que consegue associar o desejo de liberdade com a filiação a uma cultura e o apelo à razão; portanto, um princípio de individualidade, um princípio de particularismo e um princípio universalista[13].

Mais adiante, será possível este esforço monográfico concluir, ao tratar da prática dos juízes, que a desejada objetividade axiológica das fontes jurídicas de produção estatal deve ceder lugar, no espaço democrático, ao exame dos aspectos idiossincráticos de cada relação intersubjetiva.

Mas essa conclusão terá como pressuposto a compreensão do direito como *discurso*, com o significado que os lingüistas atribuem a essa expressão, isto é, a assimilação do direito "como uma prática social discursiva que é mais do que palavras", sendo, "também, comportamentos, símbolos, conhecimentos; que é, ao mesmo tempo, o que a lei manda, os juízes interpretam, os advogados argumentam, os litigantes declaram, os teóricos produzem, os legisladores sancionam ou os doutrinários criticam e sobretudo o que, ao nível dos súditos, opera como sistema de representações"[14].

3.1 A razão comunicativa

Não parece acertado que se cogite de realizar o princípio da democracia sem que se esboce, *a priori*, uma possível solução para as questões antecedentes: qual o significado de demo-

---
13. TOURAINE, ob. cit., p. 28.
14. Cf. CÁRCOVA, *Direito, política e magistratura*, p. 174

cracia?, como conciliar o desejo de universalidade com o respeito à diversidade, nas ações democráticas de todos os níveis? Se não basta sua concepção como democracia procedural, porque o respeito às regras do jogo[15], ao procedimento, pode conduzir ao poder e nele perpetuar o totalitarismo e a conseqüente segregação das minorias, a ação somente será democrática se de outro modo se puder garantir a sua legitimidade, a idoneidade de seu fundamento. Como definir, então, o que vem a ser um direito fundamental legítimo? É o mesmo que perguntar: como dizer legítimo o fundamento de um direito para que se possa, com esteio nessa legitimidade, qualificá-lo como o direito de uma sociedade democrática?

Quando a diversidade de crenças impede a prevalência de uma verdade metafísica, como fundamento de um direito que disciplinará sujeitos e relações desiguais, seria possível recorrer ao princípio moral subjacente ao imperativo categórico[16]? Parece-nos que não. A complexidade da sociedade pós-industrial parece corromper a pretensão à universalidade da lei geral de Kant, podendo existir em cada monólogo um imperativo categórico distinto. É de Adeodato[17] a crítica à crítica kantiana:

> Kant parece partir de sua própria certeza moral e tomá-la como um dado ontológico e óbvio na razão de todos os homens (problema comum a muitos de nós), não conferindo muita importância aos condicionamentos sociais e aos efeitos das ações, por exemplo, mas antes às supostas intenções do agente. Não considera, por exemplo, que duas ações diferentes, praticadas

---

15. Cf. BOBBIO, MATTEUCCI e PASQUINO, *Dicionário de política*, vol. 1. p. 327. Em *O futuro da democracia* (pp. 18-20), Bobbio propõe, uma vez mais, uma definição mínima de democracia, assim entendida como contraposta a todas as formas de governo autocrático e caracterizada "por um conjunto de regras (primárias ou fundamentais) que estabelecem *quem* está autorizado a tomar as decisões coletivas e com quais *procedimentos*".

16. Na *Metafísica dos costumes*, Kant define: "O imperativo categórico e portanto só um único, que é este: age apenas segundo uma máxima tal que possas ao mesmo tempo querer que ela se torne lei universal." A razão comunicativa mantém esse caráter abstrato, mas supera a monologicidade.

17. ADEODATO, *Filosofia do direito*, p. 34. Também HABERMAS. *Cons ciência moral e agir comunicativo*. pp. 84 e 100

por pessoas diferentes, podem ser igualmente conformes ao imperativo categórico e, não obstante, a realização de uma delas implicar a exclusão da possibilidade de realização da outra por qualquer motivo como, digamos, convergirem ambas sobre um mesmo objeto. Também não atribui qualquer papel à infra-estrutura econômica ou a outros componentes do meio ambiente na constituição e na avaliação ética do indivíduo.

Habermas resgata a crítica de Kant, mas apela para a *dialogicidade* quando insiste que a razão prática precisa tornar-se razão comunicativa. É a teoria do discurso. As questões morais são solucionadas quando os desavindos se sujeitam a uma obrigação ilocucionária, voltada para o entendimento. Seria essa racionalidade compatível com o direito, que não trata da vontade livre, mas da liberdade de arbítrio; não se reveste de autonomia, mas se realiza em relações intersubjetivas; que precisa de coercibilidade[18]? Como compatibilizar a relação de poder, que o direito pressupõe, com a situação comunicativa ideal, que exige a igualdade dos participantes, a necessidade de eventual justificação e prova de cada argumento?

É simples, desde que se exija essa mesma racionalidade, fundada na teoria do discurso, desde o nascimento da norma, seja ela um princípio ou uma regra jurídica. E se a exija das partes interessadas, mas também do terceiro comunicador, o emissor da norma, porque é certo que a discussão jurídica é usualmente triádica. A distribuição de tarefas nas corporações legislativas, o modo de escolha e de atuação dos deputados, todas as etapas do processo legislativo devem permitir negociações eqüitativas e a complementação da vontade parlamentar e dos partidos políticos em esferas políticas autônomas, que

---

18. Referimo-nos aos tópicos kantianos, na distinção entre moral e direito: o conceito de direito diz respeito à relação externa; não significa uma relação do arbítrio com o *desejo*, mas refere-se exclusivamente às relações com o arbítrio dos outros; nessa relação com o arbítrio do outro, não se considera a *matéria* do arbítrio, ou seja, o fim que uma pessoa se propõe por um objeto que ela quer, mas somente a *forma* na relação dos dois arbítrios. BOBBIO, *Direito e Estado no pensamento de Imanuel Kant*. p. 66.

não se organizam como corporações legislativas. O respeito à diversidade e à manifestação da vontade das minorias faz sempre com que a lógica dos discursos resulte em atenção ao princípio do pluralismo jurídico. Como observa Habermas[19]:

> O surgimento da legitimidade a partir da legalidade não é paradoxal, a não ser para os que partem da premissa de que o sistema do direito tem que ser representado como um processo circular que se fecha recursivamente, legitimando-se a si mesmo. A isso se opõe a evidência de que instituições jurídicas da liberdade decompõem-se quando inexistem iniciativas de uma população acostumada à liberdade. Sua espontaneidade não pode ser forçada através do direito; ele se regenera através das tradições libertárias e se mantém nas condições associacionais de uma cultura política liberal.

Ao justificar essa sua opção pela racionalidade que se realiza num agir comunicativo, Habermas é ainda mais persuasivo quando argumenta que essa é a fórmula para o direito moderno se nutrir da solidariedade entre os cidadãos:

> Ou a ordem jurídica permanece embutida nos contextos de um *ethos* da sociedade global subordinada à autoridade de um direito sagrado – como foi o caso das formas de transição absolutistas ou estamentais do Renascimento; ou as liberdades subjetivas de ação são complementadas por direitos subjetivos de outro tipo – através de direitos dos cidadãos que não visam à liberdade de arbítrio, mas à autonomia. Pois, sem um respaldo religioso ou metafísico, o direito coercitivo, talhado conforme o comportamento legal, só consegue garantir sua força integradora se a totalidade dos destinatários singulares das normas jurídicas puder considerar-se autora racional dessas normas.[20]

Não são, assim, incompatíveis a legitimidade e a legalidade, se não é esta última produto de autoritarismo, mas da formação de opinião e vontade em situações ideais de comunicação.

---

19. HABERMAS, *Direito e democracia*, p. 168
20. *Idem, ibidem*, p. 54

Por isso, parece assistir razão a Habermas quando diz absorver o pensamento democrático de Kant e Rousseau ao compreender o direito legítimo como aquele que se gera em um processo de argumentação que garante a liberdade comunicativa dos sujeitos.

Longo tempo ainda poderia ser despendido para se questionar, neste trabalho, a observância pelas corporações legislativas das regras isonômicas inerentes ao agir comunicativo, nas sociedades estatais em que o direito de argumentação, no processo legislativo, é tolhido por grupos de pressão.

O ponto central deste estudo é, porém, outro e mais especifico, concernindo à aplicação desse mesmo pressuposto de racionalidade (a razão comunicativa) no processo judicial.

3.2 A razão comunicativa no modelo operacional de Tercio Ferraz

Do abstrato ao concreto, a razão discursiva é um imperativo. A norma precisa ser sempre percebida na dimensão pragmática da linguagem, quando importa a relação do signo com os seus intérpretes e mesmo com seus destinatários.

Em se divisando o discurso por seu ângulo pragmático, quer-se enfatizar, ainda, que quem discursa age (ação lingüística) e que todo discurso apela para o entendimento de outrem, sendo esta a sua finalidade primordial. Essa finalidade do entendimento e, eventualmente, da persuasão ou do convencimento (a justificação não precisa se realizar efetivamente, mas é certo que pode ser sempre exigida) conota o *dever de prova* dos partícipes da situação comunicativa e qualifica esta como uma *discussão fundamentante*. Como nota Ferraz Jr., "quem deseja justificar aquilo que faz e diz não despreza a necessidade de orientar-se no mundo: busca objetivos para o seu agir e razões para o seu falar"[21].

---
21 FERRAZ JR., *Direito, retórica e comunicação*, p. 4.

Anota ainda o mesmo autor que dessa situação discursiva se distinguem dois graus: num primeiro plano, todo discurso se revela como uma discussão, vale dizer, uma ação lingüística cujo modelo primário se resume na articulação do ato de *perguntar*[22] e de *responder*[23].

O segundo plano da situação discursiva revela-se "na medida em que uma discussão não se resume no questionamento de objetivos e fundamentos, que devem ser justificados, mas envolve o questionamento das próprias justificações, isto é, o modelo pergunta-resposta repete-se em relação a si mesmo, em termos de reflexividade"[24]. Essa reflexividade pode trazer, em grau progressivo, *complexidade* ao discurso.

As justificações sucessivas, uma da outra, fazem com que a discussão seja percebida como um processo de argumentação, o que significa, por seu lado, captar o ato de discutir como ato de persuadir e de convencer. Não custa lembrar, neste ponto, que "há o entendimento pacífico na doutrina de que argumentação é o oposto de demonstração. O fundamento da teoria da demonstração é a evidência, que significa algo que não tem necessidade de ser provado sob a ótica do raciocínio demonstrativo, a função da prova é a redução à evidência. Em linhas gerais, a teoria da argumentação parte do princípio de que nem toda prova é concebível como a redução à evidência, mas requer técnicas capazes de provocar ou acrescer a adesão dos espíritos às teses que se apresentam ao seu descortínio"[25].

---

22. Diz o autor (FERRAZ JR., *Teoria da norma jurídica*, p. 15): "(...) o homem não age e tem um comportamento qualquer; não age e reage pura e simplesmente, mas se detém, a fim de tornar presente, discursivamente, um comportamento passado ou futuro. A esse momento de intelecção de algo acontecido ou de planejamento de algo por acontecer, que envolve uma falta de segurança, denominamos perguntar. A pergunta representa, assim, um não sentir-se seguro de sua própria ação".
23. *Idem, ibidem*, p. 16: "A pergunta não se move num vácuo, mas se articula num mundo de justificações que entram em cena com pretensão de autoridade, isto é, capacidade e prontidão para exigir confiança – sustentabilidade –, já na determinação de objetivos, já pela apresentação de fundamentos. A esse momento da sustentabilidade da própria ação e do próprio comportamento e, assim, da possibilidade de fixação de objetivos e conseqüências do próprio agir, bem como do discurso na sua fundamentação, denominamos resposta."
24. *Idem, Direito, retórica e comunicação*, p. 5.
25. Cf. BARROS, *Teoria geral do direito e lógica jurídica*, p. 55

3.2.1 *As modalidades do discurso* – monólogo ou diálogo

Tercio Ferraz Jr. observa que também Perelman e Tyteca fazem essa distinção entre *argumentação* e *demonstração*, mas adverte: quando insistimos na situação comunicativa como ponto de partida (operando na dimensão pragmática, portanto), "o campo de possibilidades de consideração se transforma", sendo interessante notar que, para tal efeito, o discurso pode ser classificado, segundo a reação do ouvinte, em *monólogo* ou *diálogo*. Mas em nenhum desses discursos, como adiante se verá, prescinde-se da argumentação para prestigiar-se apenas a demonstração.

No discurso monológico, a reação do ouvinte é de passividade, porque o ouvinte não está habilitado para uma intervenção ou não está interessado em ter presença ativa nela. O objeto do monólogo é, pois, um *certum*, uma questão que não pode mais ser reflexiva, em virtude da reação passiva do ouvinte. Isso equivale a dizer que esse tipo de situação discursiva mediatiza uma verdade, um axioma, aplicando-se o princípio lógico do terceiro excluído (pois o ato de falar é ou não atacável, excluindo-se uma terceira possibilidade).

Ao contrário, o discurso dialógico tem como objeto um *dubium* e, nele, o ouvinte não é somente aquele a quem se dirige o orador, mas, por ser um interessado ativo, é, como o orador, um dado concreto. O diálogo é sempre histórico – no sentido de que é inseparável do momento situacional em que ocorre – e o seu objeto não pode ser reduzido a um axioma, não se lhe aplicando o princípio *tertium non datur* (como elucida a *dialética de complementaridade*, sustentada por Reale[26]). Essa

---

26. REALE, Miguel (*Fontes e modelos do direito*, p. 80), defende, após afirmar que "toda gênese de modelos jurídicos se dá num processo de natureza axiológica, dependendo das opções do poder a prevalência deste ou daquele outro critério normativo, no instante em que é tomada uma decisão", que "somente a dialética de complementaridade, com vigência crescente no pensamento contemporâneo, logra explicar a correlação existente entre fenômenos que se sucedem no tempo, em função de elementos e valores que ora contrapostamente se polarizam, ora mutuamente se implicam, ora se ligam segundo certos esquemas ou perspectivas con-

alta reflexividade determina o discurso como um jogo infinito de estratégias, que se organizam a partir de *topoi*, ou seja, de *fórmulas de procura* que, servindo de orientação prática na elaboração de estratégias, "dão à estrutura uma flexibilidade e abertura características, pois sua função é antes a de ajudar a construir um quadro problemático, mais do que resolver problemas"[27].

À primeira vista, o monólogo seria receptivo à demonstração (por meio de raciocínio apodítico) e o diálogo, à argumentação (através de raciocínio dialético, que faz uso de *topoi*). Mas essa impressão é prematura e falsa: cabe ver que a passividade do ouvinte, na discussão monológica, não implica dizer que este não está presente, sendo exato afirmar que a sua participação tem conseqüências decisivas. Acentua Ferraz Jr. que, "mesmo no caso de um livro ou de uma conferência, existe aquela situação, de que se queixa Platão, onde 'ninguém responde', mas em que o escritor se vê obrigado, na esperança da adesão do leitor, a apresentar suas propostas tão cautelosamente quanto possível. Por isso, não vemos o discurso monológico nem como fixação unilateral de uma estrutura, nem como discurso sem interlocutor"[28].

---

junturais, em função de variáveis circunstâncias de lugar e de tempo. O que distingue, pois, a dialética de complementaridade é que, nela, seus fatores (digamos assim) se mantêm distintos uns dos outros, sem se reduzirem ou se identificarem a qualquer deles, sendo múltiplas as hipóteses desse correlacionamento ao longo do processo". O autor está distinguindo esse modelo da dialética hegeliana, em que a *idéia* se desenvolve a partir de uma série sucessiva de conciliação entre opostos, tanto de contrários como de contraditórios, "os quais se compõem em identidade, ponto de partida para o superamento de novas contradições que não se sabe bem como possam, depois, emergir do que já se tornara idêntico".

27. Cf. FERRAZ JR., *Teoria da norma jurídica*, p. 23. O autor exemplifica, como exemplos de *topoi*, a noção de "fins sociais" e "bem comum" extraíveis do artigo 5º. da LICC, bem assim a "imparcialidade do juiz", a noção de "boa-fé", a "presunção de inocência até prova em contrário", etc. VIEHWEG, Theodor, em *Tópica e jurisprudência*, p. 25, recorda que Aristóteles, no *Organon*, distinguiu o raciocínio *apodítico*, que se funda na verdade, do raciocínio *dialético*, que se manifesta na arte de disputar e tem como premissas opiniões acreditadas e verossímeis (ou *endoxa*), que devem contar com aceitação, referindo-se ainda ao raciocínio *erístico* ou *sofístico*, que se funda em proposições que parecem estar conforme as opiniões aceitas, mas não o estão de fato, e finalmente aos *pseudo-raciocínios* que se formam com base em proposições especiais de determinadas ciências

28. *Idem, Direito, retórica e comunicação*, pp. 25-6

E o mesmo que dizer: o *certum* que qualifica o discurso como monológico não é uma qualidade *a priori* do objeto do discurso, pois o monólogo não é uma espécie de discurso, e sim um *modo de discursar*. Rejeitando essa dicotomia entre argumentação e demonstração, entre lógica do racional e do razoável, entre liberdade e necessidade, entre ciências humanas e da natureza, Ferraz Jr. assevera que "em toda discussão encontramos estruturas dialógicas e monológicas, que se determinam a partir da situação comunicativa. A regra segundo a qual toda e qualquer ação lingüística é questionável não exclui a possibilidade de que certas ações sejam imunizadas à crítica. As duas regras se exigem, se consideramos a totalidade do discurso. A prevalência de uma ou outra regra, o que determina, então, a estrutura discursiva, depende da situação comunicativa"[29].

3.2.2 A racionalidade do discurso

Quer no diálogo, quer no monólogo, será tido por *racional* somente o discurso que está a serviço do *mútuo entendimento* (o que não implica dizer *consenso*, mas sim a compreensão pelo outro e o fato de os partícipes levarem o discurso a sério), o discurso em que o agente se submete ao dever de prova.

Impende resumir que o discurso é, portanto, tido por racional quando os seus agentes não deixam as ações lingüísticas se determinarem por elementos exteriores à discussão, no sentido de que esses elementos devem ser postos *pela* discussão, em termos de mútuo entendimento. É inevitável perceber que esse modo de assimilar a racionalidade aspira inclusive corrigir a tendência *a oeste* da pretensiosa razão universal, pura ou prática, que vem há muito animando a filosofia, embora desprezando, por vezes, a diversidade cultural[30].

---

29. *Idem, ibidem*, pp. 33-4.
30. *Vide* HABERMAS, ob. cit. *Consciência moral e agir comunicativo*, pp. 30-7. O autor critica ao pensamento de Tugendhat

Os agentes do discurso não incorporam tradições e costumes, *e.g.*, ao discurso, mas, num paradoxo apenas aparente, não é ignorada a ação lingüística que se deixe orientar por valores transcendentais de qualquer ordem – vale dizer: a racionalidade do discurso não implica neutralidade, não importando um inexorável distanciamento da objetividade das ciências naturais. Diferente disso, a racionalidade é concebida *situacionalmente*, porque captada dentro da situação comunicativa.

Embora essa racionalidade imponha que toda ação lingüística esteja submetida ao princípio da crítica, a reflexividade do discurso (a sucessividade de justificações) pode ser total ou parcialmente suspensa por seus agentes, passando uma qualquer justificação a gozar de autoridade e, no que lhe diz respeito, a discussão converte-se de dialógica em monológica.

3.2.3 As espécies de diálogo – ocorrência de homologia ou heterologia

Quanto às espécies de diálogo, vale recordar que a regra segundo a qual toda e qualquer ação lingüística é questionável não exclui a possibilidade de certas ações serem imunizadas à crítica[31], passando assim a ser objeto de monólogo. Contudo, para que tal ocorra, é necessário que o ouvinte assuma comportamento crítico ou ativo, mas, sem embargo disso, que essa sua atividade tenha sentido *cooperacional*. Nessa medida, estará um agente discutindo *com* o outro, existindo, entre ambos, *homologia*, no sentido socrático do termo: "ambos possuem qualidades, não só para discutir um com o outro, mas também para verificar interpessoalmente o que é enunciado"[32]. Ter-se-á, portanto, um discurso dialógico *homológico*, apto a converter-se em discurso monológico.

Ocorre, porém, de a reação do ouvinte não ter sentido cooperacional, mas sim *contestatório*, não se negando assim ao diá-

---

31. FERRAZ JR., *Direito, retórica e comunicação*, p. 34
32. Cf. *Idem. Teoria da norma jurídica*, p. 27

logo, antes comportando-se de modo que o orientasse partidariamente. Estará um agente discutindo *contra* o outro, num diálogo *heterológico*.

Inobstante o pensamento contrário, Ferraz Jr. sustenta que o discurso heterológico também pode ser racional, uma vez que a discussão fundamentante tanto pode ter fundamentação que vise ao *convencimento* de uma verdade (hipótese de discurso homológico), como também pode a fundamentação servir à *persuasão* (que é sentimento de natureza eminentemente prática, ocorrente no nível da ação)[33]. A fundamentação persuasiva tem lugar nos discursos heterológicos (*discussão-contra*), por óbvio.

O objeto (ou *questão*) da discussão heterológica é, assim, um *dubium conflitivo*, entendendo-se que há conflito quando a relação entre as partes é predominantemente assimétrica, constituída de alternativas *incompatíveis*[34], exigindo uma decisão. *Decisão* é um ato de falar que soluciona uma questão sem eliminá-la.

3.2.4 A decisão *no discurso heterológico*

É fácil notar que a norma jurídica (inclusive a sentença judicial) é uma decisão, que soluciona um conflito, vale dizer, resolve uma discussão heterológica. Despiciendo, portanto, é ressaltar a importância de compreender, enfatizando-se por repetição, que por não cuidar de questões contraditórias, mas sim incompatíveis, a decisão permite uma solução (não a eliminação, como já se disse) para o conflito e não tem, necessariamente, "por finalidade estabelecer consenso, mas, sim, ab-

---

33. Cf. *Idem, Direito, retórica e comunicação*, p. 40.
34. Cf. *Idem, Teoria da norma jurídica*, p. 28. O autor completa: "Alternativas incompatíveis se distinguem das contraditórias. Estas são mutuamente excludentes e a sua afirmação conjunta não tem sentido. Alternativas incompatíveis, porém, não são de imediato mutuamente excludentes, pois elas não indicam, fora de qualquer contexto, que a adoção de uma exclua a outra."

sorver insegurança, pois decisões não eliminam alternativas. mas tornam alternativas indecidíveis em decidíveis"[35].

Sobremais, é imperioso constatar que decidir não é, primordialmente, estabelecer uma relação eqüitativa, se o uso da "eqüidade" implicar o uso de um critério pressuposto e exterior ao discurso. Isso exigiria do ato decisório um tipo de neutralidade e de distância que o tornariam não-situacional[36].

Enquanto ação lingüística, a decisão transforma em triádica a situação comunicativa, porque implica o ingresso, no discurso, de um *terceiro comunicador*. Além disso, a decisão há de ser igualmente racional, ou seja, o terceiro comunicador também deve prestar contas de seu agir.

Destarte, também o juiz deve fundamentar a sua decisão. porque a mera alusão a uma norma legal precedente não a faz racional, sobretudo se dessa norma foi questionada a pertinência ou a legitimidade.

3.3 A razão comunicativa e o direito positivo

Numa discussão jurídica, parte dos argumentos pode estar. portanto, imunizada à crítica, porque em discussões jurídicas precedentes esses argumentos foram racionalmente convertidos em *dogmas*, ou seja, em decisões normativas que solucionaram questões conflitivas e optaram então por uma entre várias alternativas incompatíveis, mas não contraditórias. A alternativa escolhida pelo legislador tem efeito persuasivo, mas não se transforma, por isso, em verdade, podendo ter sempre a sua legitimidade posta à prova. A norma serve à solução de novos conflitos, mas, ao surgir, pretende solucionar uma outra questão conflitiva, em um nível maior de abstração. Esse caráter reflexivo da norma é relevante para as conclusões a que. adiante, deveremos chegar.

Ao início ou no decurso da situação comunicativa, podem entender os participantes que alguma das premissas da discus-

---

35. Cf. *Idem, ibidem*, p. 29.
36. *Idem. Direito. retórica e comunicação*. p. 43

são contém verdade (é, por isso, um *axioma*, não apenas um *dogma*), assumindo posição de absoluta passividade diante dela. Tolera-se que alguns princípios sejam axiomatizados, e o presente trabalho tem a pretensão de defender que ao princípio democrático se deve atribuir esse grau de axioma, para que ele, como conteúdo (histórico) mas sobretudo como método que atende à pretensão de legitimidade, possa emprestar fundamento e racionalidade a todo o sistema jurídico[37].

Conforme Bonavides[38], os nomes de Robert Alexy e Ronald Dworkin devem ser lembrados como os teóricos que instituíram a distinção, como tipos de norma, entre *regras* e *princípios*, estes com maior grau de generalidade e densidade axiológica que aquelas. A percepção de que os princípios de direito, com a preeminência dos princípios constitucionais, estão não somente imunizados à crítica em meio à argumentação jurídica, mas sobretudo se revestem de força normativa é, por óbvio, necessária à compreensão da democracia como norma principiológica.

Noutro passo, é interessante notar que Dworkin teve e tem participação destacada entre os teóricos do direito que, em tempo recente, vêm criticando o juiz apegado à dimensão estritamente sintática (em que sobressai a relação entre signos: a norma superior valida a inferior) ou mesmo semântica (ênfase na relação signo-significado: parte-se da suposição de que as controvérsias jurídicas são todas empíricas e se referem à relação entre os conceitos empregados e fatos relevantes). Naturalistas, positivistas e realistas se encontram, certamente, na alça de mira dessa crítica de Dworkin, sobretudo quando ele enfatiza que além das discrepâncias semânticas as controvérsias são significativas.

Dworkin está assentando que as tais controvérsias "referem-se àqueles fundamentos teóricos ou princípios que justificam a ação coercitiva do Estado. Não se trata apenas da identificação de um texto aplicável, mas do estabelecimento de seu

---

37. Neste sentido, CÁRCOVA, ob. cit., p. 178.
38. BONAVIDES, *Curso de direito constitucional*, p. 248

sentido correto (ou verdadeiro), que deve produzir-se interpretativamente através de uma prática específica, cuja finalidade é deduzir, dos princípios de justiça, eqüidade e devido processo da prática legal da comunidade"[39].

Nada há de propriamente novo. Mesmo no âmbito das ciências da natureza, há muito se tem como certo que os fenômenos regidos pela causalidade se modificam diante da presença do observador, e cada observador os interpreta segundo o seu ponto de vista, usando as premissas cognitivas ou empíricas de que dispõe. Não seria diferente no reino da liberdade, que é o campo da ética. Na argumentação jurídica, os seus participantes interagem a ponto de projetarem na norma (signo) as suas próprias inclinações, aderindo ao sentido ideológico incrustado na linguagem que utilizam ou o denunciando, para denunciarem a possível ilegitimidade do direito posto. A neutralidade política do juiz (terceiro comunicador) é um mito. Ou melhor:

> As assunções metodológicas do positivismo, relativas à neutralidade e à objetividade do discurso cognitivo, constituem-se em barreira intransponível para perceber os elementos que definem o direito como discurso da ordem e para revelar os complexos mecanismos ideológicos que, no seu interior, atuam como garantia de legitimação e reprodução de dita (de toda) ordem.[40]

3.4 Momentos de violação do princípio democrático

O que estamos sustentando, nesta quadra derradeira, é que há pelo menos dois momentos, na prática judiciária, em que se nega vigência ao princípio democrático. Em ambos os momentos abstraem-se os julgadores do caráter reflexivo da norma e, nessa medida, da situação do *sujeito* da relação sob exame, no conflito virtual antes dirimido pela regra legal.

---

39. Cf. CÁRCOVA, ob. cit., p. 189
40. Cf. *Idem. ibidem*. p. 197

Analisamos, até aqui, os pressupostos teóricos da tese que sustentaremos em seguida. Mas, para que se suponha um prévio entendimento, entre o monografista e seu interlocutor, é necessário que, depois desse intróito, presumamos imunizadas à crítica e, por isso, válidas, duas premissas: a primeira é a de que a ação democrática deve compatibilizar, com apelo à razão, a objetividade do direito com a vivência singular do *sujeito*, ou seja, do destinatário da norma jurídica; a segunda premissa toca à percepção de que a norma é reflexiva e, portanto, não guarda conformidade com o princípio da democracia a aplicação da norma que a faz incidir, enquanto ato decisório, sobre um conflito cujos itens essenciais diferem da questão dúbia que a tal norma (ou *decisão*) solucionou, em argumentação jurídica antecedente.

Exploremos, pois, duas situações em que, exemplificativamente, essas premissas são inobservadas, implicando isso a violação do princípio democrático.

3.4.1 A inconstitucionalidade da Emenda Constitucional n.º 3/93

Referimo-nos, primeiro, à Emenda Constitucional (EC) n.º 3, de 1993, que inovou, entre os brasileiros, a ação declaratória de constitucionalidade, para observar que o Supremo Tribunal Federal (STF) não pode declarar a *constitucionalidade em tese* de uma norma com base em premissas ou tópicos que foram suscitados pela autoridade interessada em sua eficácia, se há outros *topoi*, como aqueles alusivos à capacidade contributiva e à vedação do confisco em matéria tributária, que somente podem ser avaliados na dimensão do caso concreto.

O primeiro artigo da Carta Magna, não custa recordar, revela constituir-se a República Federativa do Brasil em um Estado Democrático de Direito e, num claro reforço, são enumerados como limites materiais do poder reformador: a forma federativa do Estado; o voto direto, secreto, universal e periódico; a separação dos poderes e os direitos e garantias constitucionais (artigo 60, § 4º). No universo da linguagem, registra-se um episódio de *coerência semântica*[41] ou, se se quiser, uma construção pleonástica.

Significa dizer que o princípio democrático, a que se filiou nossa Constituição em seu preceito inaugural, fortaleceu um compromisso explícito da sociedade brasileira com um conjunto normativo que está, apenas em parte, esboçado nas chamadas cláusulas pétreas[42].

Pode-se até sustentar que a separação dos poderes e o sistema federalista mais se vinculam ao liberalismo que à democracia (em especial quando se associa esta à democracia social)[43], mas resta inquestionável a opção pelo *governo do povo* na alusão ao voto universal e às liberdades individuais. E os princípios constitucionais, a democracia entre estes, denunciam a identidade da Constituição, sendo as suas manifestações normativas inderrogáveis pelo poder constituinte derivado, que é, afinal, poder constituído.

Além da certeza quanto à inclusão do princípio da democracia no núcleo rígido da Constituição brasileira, um outro antecedente lógico precisa estar vencido desde logo, qual seja, a possibilidade de as emendas constitucionais se sujeitarem ao

---

41. Vide CORREAS, *Crítica da ideologia jurídica*, p. 38.

42. Em verdade, o legislador constituinte adotou, à expressão de Canotilho (*Direito constitucional e a teoria da Constituição*, pp. 87-92), a "domesticação do domínio político pelo direito" (Estado de direito) e "uma ordem de domínio legitimada pelo povo" (Estado democrático) ou, numa expressão singela, o *Estado constitucional*. E embora seja plural, na doutrina, o conceito de *democracia*, é certo que se enaltecerá, na evolução deste trabalho monográfico, a fusão entre o seu sentido formal (que se refere ao princípio maioritário e ao respeito às regras do jogo) e o seu sentido substancial (em que há ênfase para os fins a que se volta o regime democrático, especialmente o fim da igualdade jurídica, social e econômica). Essa fusão entre *fins* e *procedimento* está, conforme Bobbio (*Dicionário de política*, p. 329), evidenciada na teoria de Rousseau, "segundo a qual o ideal igualitário que a inspira (Democracia como valor) se realiza somente na formação da vontade geral (Democracia como método)".

43. Inobstante isso, não parece desarrazoado lembrar, com apoio em BONAVIDES (*Ciência política*, p. 186), que o sistema federativo proporciona, na relação entre as unidades federadas, uma "sociedade entre iguais", notadamente pela participação igual dos Estados-membros no Senado, em países como Brasil e Estados Unidos, revelando-se uma "democracia de Estados"

controle concentrado ou difuso de constitucionalidade. Alexandre de Moraes lembra que o Supremo Tribunal Federal já firmou posição sobre a matéria e, nesse sentido, transcreve voto do ministro Celso de Mello:

> Atos de revisão constitucional – tanto quanto as emendas à Constituição – podem, assim, também incidir no vício de inconstitucionalidade, configurando este pela inobservância de limitações jurídicas superiormente estabelecidas no texto da Carta Política por deliberação do órgão exercente das funções constituintes primárias ou originárias.[44]

Resulta evidente que, em se admitindo, por suposto, a emenda constitucional como a manifestação de um poder constituído, a sua forma e conteúdo deverão respeitar os limites autorizados pelo legislador constituinte originário. Esse entendimento foi externado na prefalada decisão do STF, em que o nominado ministro relator diz secundar a doutrina de Otto Bachof, Jorge Miranda, Maria Helena Diniz, Canotilho e José Afonso da Silva. Há boa base, portanto, para prosseguir com apoio em tal premissa (que submete à justificação e prova toda a ordem positiva, excluído apenas o texto originário da Constituição).

Nesse ponto, é inadiável que se enfatize o aspecto de servirem os princípios constitucionais à clara indicação de quais são, além das cláusulas pétreas explícitas, os limites materiais implícitos oponíveis ao poder constituinte derivado. Essa existência de limites implícitos[45] traz a lume, como lembra Canotilho, a vetusta divergência sobre ser possível submeter gerações futuras a idéias e projetos políticos atuais ou, na interrogação

---

44. MORAES, *Direito constitucional*, p. 495. O autor faz menção ainda ao julgamento com voto transcrito (ADIN n.º 829-3/DF contra a EC n.º 2 de 25/8/92, *in* RTJ 153/786) e, em igual sentido, à decisão havida nas ADINs n.ºs 939-7/DF contra a EC n.º 3 de 17/3/93 e n.º 1805/DF contra a EC n.º 16 de 4/6/97.

45. CANOTILHO (ob. cit., p. 942) distingue os *limites textuais implícitos*, deduzidos do próprio texto constitucional, dos *limites tácitos* imanentes numa ordem de valores pré-positiva, vinculativa da ordem constitucional concreta

de Thomas Jefferson: "uma geração de homens tem o direito de vincular outra?". O constitucionalista de Coimbra propõe a resposta:

> Nenhuma lei constitucional evita o ruir dos muros dos processos históricos e, conseqüentemente, as alterações constitucionais, se ela já perdeu a sua força normativa. Mas há também que assegurar a possibilidade de as constituições cumprirem a sua tarefa e esta não é compatível com a completa disponibilidade da Constituição pelos órgãos de revisão.[46]

Em outra passagem de sua obra, Canotilho relembra que "a idéia de superioridade do poder constituinte não pode terminar na idéia de Constituição ideal, alheia ao seu 'plebiscito quotidiano', à alteração dos mecanismos constitucionais derivados das mutações na correlação de forças e indiferente ao próprio 'sismógrafo' das revoluções. Mas o que o legislador constituinte pode exigir do poder de revisão é a solidariedade entre os princípios fundamentais da Constituição e as idéias constitucionais consagradas pelo poder de revisão"[47].

Ademais, a já enaltecida atribuição de força normativa aos princípios constitucionais, estes que saíram dos códigos (onde se apresentavam como princípios gerais de direito) para a norma superior[48], demandou e continua a exigir uma atuação deci-

---

46. Não se está abstraindo que a revisão periódica da Constituição portuguesa não tem paralelo na ordem jurídica brasileira, mas os limites da emenda – que é espécie, como a revisão, da reforma constitucional – não são mais amplos que os da revisão (antes, o contrário, no Brasil). CANOTILHO (ob. cit., p. 943) remata: "Não deve banalizar-se a sujeição da lei fundamental à disposição de maiorias parlamentares 'de dois terços'. Assegurar a continuidade da Constituição num processo histórico em permanente fluxo implica, necessariamente, a proibição não só de uma *revisão total* (desde que isso não seja admitido pela própria Constituição), mas também de *alterações constitucionais aniquiladoras da identidade de uma ordem constitucional histórico-concreta*. Se isso acontecer é provável que se esteja perante uma nova afirmação do poder constituinte, mas não perante uma manifestação do poder de revisão."
47. CANOTILHO, ob. cit., p. 938.
48. A conversão dos princípios gerais de direito em princípios constitucionais mereceu de Bonavides a seguinte observação: "Desde a constitucionalização dos princípios, fundamento de toda a revolução principal, os princípios constitu-

siva dos órgãos judiciais, com competência para exercerem a tutela jurisdicional constitucional.

Perelman notou esse novo perfil da jurisprudência em seu próprio país, a Bélgica, observando, após afirmar que os princípios gerais de direito têm valor de direito positivo e são aplicáveis mesmo na ausência de um texto:

> Cada vez mais, a doutrina e a jurisprudência de nossos tribunais invocarão tais princípios: a Corte de Cassação da Bélgica admite atualmente que, (embora) instituída para reprimir as contravenções à lei, poderá cassar uma sentença por violação de um princípio geral de direito. Conseqüentemente, e contrariando a interpretação estrita do artigo 1080 do Código Judiciário, que exige que o recurso de cassação contenha "a indicação dos dispositivos legais cuja violação é invocada", bastará que o demandante indique o princípio geral de direito que teria sido desrespeitado pela sentença contra a qual interpõe o recurso.[49]

Uma primeira reflexão se faz, porém, inevitável, quando evidenciada a normatividade dos princípios constitucionais, em especial do princípio democrático, e a importância, nesse âmbito, da jurisdição constitucional: a regra inferior pode violar um princípio constitucional e, por essa razão, tornar-se ineficaz, dando azo a uma decisão do STF que declare, com efeito *erga omnes*, a ausência de fundamento de validade (referência à ação direta de inconstitucionalidade). Mas, *de lege ferenda*[50], o mesmo raciocínio não se aplica à hipótese em que

---

cionais outra coisa não representam senão os princípios gerais de direito, ao darem estes o passo decisivo de sua peregrinação normativa, que, inaugurada nos Códigos, acaba nas Constituições." Cf. BONAVIDES, *Curso de direito constitucional*, pp. 261-2.

49. PERELMAN, *Lógica jurídica*.

50. Cogita-se de legislação desejável (*de lege ferenda*) porque, não bastasse a já citada emenda constitucional, a Lei 9.869, de 10/11/1999, dispõe sobre o processo e julgamento da ação direta de inconstitucionalidade e da ação declaratória de constitucionalidade perante o STF. O seu artigo 11, §1º, prevê que a medida cautelar concedida em ação direta de inconstitucionalidade será dotada de eficácia *erga omnes* e terá efeito *ex nunc*, salvo se o Tribunal entender que deva conceder-lhe eficácia retroativa. O seu artigo 21 estatui que a medida cautelar concedida em ação declaratória de constitucionalidade importará a suspensão dos processos que

da mesma corte judicial é exigido um pronunciamento (mediante uma ação declaratória de constitucionalidade) sobre amoldar-se uma regra legal ou constitucional ao princípio democrático, se a violação a esse princípio e a outras normas constitucionais somente pode ser verificada, muita vez, na dimensão do sujeito.

Um primeiro e mais expressivo exemplo dessa incongruência está, como visto, em regra estatuída no artigo 102, § 2.º, da Constituição brasileira – acrescido pela Emenda Constitucional n.º 3, de 1993, a emenda que autorizou o ajuizamento da ação declaratória de constitucionalidade. Reza o tal preceito que "as decisões definitivas de mérito, proferidas pelo Supremo Tribunal Federal, nas ações declaratórias de constitucionalidade de lei ou ato normativo federal, produzirão eficácia contra todos e efeito vinculante, relativamente aos demais órgãos do Poder Judiciário e ao Poder Executivo".

Em síntese, a tal emenda constitucional cuidou de padronizar uma certa percepção da cúpula do Poder Judiciário, obtida em face de argumentos específicos – e expostos, não é demasia acrescentar, por autoridade interessada na eficácia da norma. A realidade é multifária, porém. O princípio constitucional que reclama um valor inderrogável, em vista de uma dada situação fática, pode ceder espaço a regra ou outro princípio em conflito diverso, cuja solução esteja a desafiar a prevalência de outros valores[51].

---

cuidarem de igual questão nas instâncias inferiores, até julgamento definitivo pelo STF. Enfim, o seu artigo 28, parágrafo único, reza, a propósito da decisão final: "A declaração de constitucionalidade ou de inconstitucionalidade, inclusive a interpretação conforme a Constituição e a declaração parcial de inconstitucionalidade sem redução de texto, têm eficácia contra todos e efeito vinculante em relação aos órgãos do Poder Judiciário e à Administração Pública federal, estadual ou municipal." É evidente que a eiva de inconstitucionalidade está, antes, viciando a própria Lei 9868/99, porque demonstra o seu contraste com o princípio democrático.

51. Cf. HABERMAS, ob. cit. *Direito e democracia* I, p. 62. Diz Habermas: "os limites à autolegitimação do direito são tanto mais estreitos quanto menos o direito, tomado como um todo, pode apoiar-se em garantias metassociais e se inunizar contra a crítica"

Importante para que se alcance tal compreensão é, como se está insistentemente a sustentar, que se adote uma visão pragmática da norma jurídica, percebendo-se ainda que os conflitos intersubjetivos não são *eliminados*, mas *solucionados* pelos órgãos de jurisdição, porquanto se centra a lógica judiciária na idéia de *adesão*, já que inapetente, regra geral, para deduzir a *verdade*[52].

Como propor, junto a um juízo de primeiro grau, o questionamento metacrítico[53] de uma norma infraconstitucional se é ela, ao que se extrai da citada emenda constitucional, impermeável a valores que uma situação singular (nela subsumida, no plano lógico) está induzindo, mesmo quando esses valores têm fundamento constitucional, mas o STF, para eles não alertado, já decidiu sobre sua validade e disse estar a tal regra em consonância com toda a Constituição? O cidadão brasileiro estaria condenado a ser mais um *igual* e a estabelecer relações jurídicas *típicas*, no mundo da diversidade?

Mais grave ainda é o fato de o artigo 21 da Lei 9.868/99 prever que "o Supremo Tribunal Federal, por decisão da maioria absoluta de seus membros, poderá deferir pedido de medida cautelar na ação declaratória de constitucionalidade, consistente na determinação de que os juízes e os tribunais suspendam o julgamento dos processos que envolvam a aplicação da lei ou do ato normativo objeto da ação até seu julgamento definitivo". O legislador infraconstitucional, quando *suspende* o ofício jurisdicional e o vincula, mais adiante, à decisão final do STF, está claramente impedindo que as instâncias menores de jurisdição percebam – ou possam dizer que percebem – des-

---

52. PERELMAN (ob. cit., p. 241) observa, a esse propósito, que "em uma sociedade democrática, é impossível manter a visão positivista do direito, segundo a qual este seria apenas a expressão arbitrária da vontade do soberano. Pois o direito, para funcionar eficazmente, deve ser aceito e não só imposto por coação".

53. FERRAZ JR. observa que, para além do questionamento dogmático, a norma pode ser questionada em sua referibilidade reflexiva a outras normas. É o questionamento *zetético*, que se opera no nível *metacrítico* quando o fundamento da norma é posto à prova, pedindo-se a sua justificação. A norma é questionada, então, no seu sentido metanormativo, isto é, para além de sua vigência, na sua eficácia e no seu fundamento axiológico.

semelhanças entre o modelo deôntico e o caso concreto que nele parece subsumir-se; impede-se que haja a percepção, no caso concreto, de componentes outros nem sequer cogitados pelo produtor da norma. Interdita-se, enfim, o acesso à Justiça, porquanto a esta se impossibilita conhecer e harmonizar a realidade e a necessidade do *sujeito* com a ordem jurídica abstrata.

Reproduzindo reflexões de Husson, insta dizer que "o direito não tem por objeto – como as ciências positivas, algumas das quais desejariam hoje absorvê-lo – o conhecimento de uma realidade, ou de uma verdade, que só tivesse de registrar e analisar, mas sim regulamentar a organização e o funcionamento das sociedades humanas, realizando nelas uma ordem tão eqüitativa quanto possível". A dinâmica e a complexidade das relações sociais não passam despercebidas ao autor francês, que conclui assim o seu pensamento:

> Só pode cumprir este ofício trazendo (o direito) aos problemas concretos, criados por essa organização e por esse funcionamento, soluções viáveis e adaptadas às circunstâncias, que não encontra prontas, mas lhe cabe inventar e reinventar incessantemente consoante mudanças sobrevindas e resultados que consegue observar; ele é, em razão de suas incidências mútuas, obrigado a coordenar essas soluções entre si para que formem um conjunto tão coerente quanto possível; é também forçado a assumir formas diversas e condenado a uma atualização incessante.[54]

Não há como imaginar a adequação incondicional de uma regra qualquer à Constituição se, "via de regra", como observa Perelman, "é fora do tribunal, na própria sociedade, que se realizam lentamente as mudanças de opinião que levam a uma transformação dos âmbitos nos quais se desenrolam os debates judiciários"[55].

É preciso dizer, em se afirmando o contraste entre a ação declaratória de constitucionalidade e a regra democrática de não se abstrair o dado empírico no ato decisório, que nada há de

---

54. *Apud* PERELMAN, ob. cit., p. 237
55. *Idem, ibidem*, p. 240

extraordinário ou inédito em se exigir da jurisdição constitucional, no Brasil, o necessário respeito às *construções estruturantes* que concernem ao caso concreto.

Quer exercendo o controle concentrado, quer ao ultimar o controle difuso de (in)constitucionalidade em processos em que o conflito entre a norma inferior e a carta política é submetido a sua apreciação, o mesmo Supremo Tribunal Federal que recebeu a competência funcional de apreciar a pretensão declaratória de constitucionalidade usa correlacionar os fundamentos de sua decisão com tópicos específicos, que foram suscitados pelas partes em vista de seus interesses igualmente especificados. Talvez a experiência autorize afirmar, sem uma prévia consulta a dados estatísticos (inexistentes), que é fato excepcional a decisão pela inconstitucionalidade que não refira um quadro fenomenológico ou uma construção jurídica em especial.

A título de ilustração, pode-se enfatizar que a inconstitucionalidade da Lei n.º 8.162/91 foi declarada pelo STF em vista de alguns servidores públicos que haviam adquirido, antes de sua edição, o direito previsto no dispositivo legal por ela derrogado[56]. Se invertemos a operação (ADC, em vez de ADIN), forçoso é concluir que, não houvesse sido o tópico *observância de direito adquirido* proposto por alguns servidores a quem interessava, e, por certo, nada obstaria a declaração de constitucionalidade da aludida lei.

Em outras ocasiões, o STF decidiu que o artigo 35 da Lei n.º 7.713/88 era inconstitucional quando tributava a simples apuração do lucro líquido dos acionistas de sociedades anônimas e que a sua constitucionalidade, no tocante aos sócios cotistas de sociedades limitadas, ficava dependendo, em cada caso concreto, de o contrato social prever que a destinação do lucro líquido a outra finalidade, que não a distribuição, estava condi-

---

56. O direito previsto no artigo 100 da Lei n.º 8.112/90, revogado pela Lei n" 8.162/91, era o da contagem do tempo de serviço prestado sob o regime celetista para efeito de anuênio e licença-prêmio (RE 221957/MG. min. Ilmar Galvão. DJ 25/6/99. p. 49. vol. 01956-08. p. 1.525)

cionado ao assentimento de cada sócio, sendo inconstitucional quando essa condição não era imposta[57]. A um só tempo, o artigo 35 da Lei n.º 7.713/88 foi declarado constitucional e inconstitucional, interessando compulsar as especificidades de cada conflito.

Ocorre ainda de o STF remeter à instância do controle difuso a apreciação do pedido de que declare a inconstitucionalidade de alguma norma inferior, assim procedendo quando instado, por exemplo, a dirimir sobre a possível inconstitucionalidade de uma emenda à Constituição do Estado de Goiás, que contrariava uma norma com característica especial: embora até há pouco integrasse a Constituição brasileira, teria tal norma sido revogada por recente reforma administrativa (EC 19/98). No voto vencedor, o ministro relator assentou que se o "novo texto das normas constitucionais federais revogou, ou não, a norma estadual objeto da impugnação, é questão que só se pode resolver no controle difuso de constitucionalidade, ou seja, na solução de casos concretos, nas instâncias próprias. Não, assim, no controle concentrado, *in abstrato*, da Ação Direta de Inconstitucionalidade"[58].

E o que dizer do eventual conflito entre a norma e alguns princípios jurídicos da tributação, a exemplo dos princípios da capacidade contributiva e da vedação do confisco, uma antinomia que somente se pode perceber na dimensão do caso concreto? Alguém, num rasgo de tolerância jurídica, estará apto a justificar, no plano da *legitimidade*, uma decisão declaratória de *constitucionalidade em tese* de uma norma que, sob perspectiva tópica, viole o princípio constitucional que assegura serem os impostos graduados segundo a capacidade econômica do contribuinte (artigo 145, § 1.º)? Como discernir, na dicção abstrata de uma lei estadual que conceda isenção tributá-

---

57. RE 233486/DF, min. Sydney Sanches, DJ 09/04/1999, p. 46, vol. 01945-15, p. 3190. O acórdão faz alusão a julgamento anterior, havido por conta do RE 172058.
58. ADI 1674/GO, min. Sydney Sanches, DJ 28/05/1999, p. 4, vol. 01952-01, p. 122. Há referência, pelo serviço jurisprudencial, na página da internet, às ADINs n.ºˢ 1.137, 575, 512 e 1.907.

ria, o instante em que se está atendo o permissivo constitucional que autoriza tratamento diferenciado com vistas à redução das desigualdades regionais (artigo 170, VII) daquele em que se está assegurando privilégio ou favorecimento injustificado à empresa em detrimento dos interesses da concorrência e das outras regiões?

De igual sorte, não há como legitimar, mediante uma ação declaratória de constitucionalidade em que se provoque o questionamento sobre haver ou não confisco, uma norma que promova, na realidade microcósmica de um homem desempregado ou de uma empresa vitimada pela concorrência predatória do grande capital, uma tributação que implique o confisco vedado pela Constituição (artigo 150, IV). Hugo de Brito Machado lembra, inclusive, que "o caráter confiscatório do tributo há de ser avaliado em função do sistema, vale dizer, em face da carga tributária resultante dos tributos em conjunto"[59]. Logo, também a conformação da norma ao princípio da vedação do confisco, com matriz constitucional, somente pode ser verificada em vista de tópicos jurídicos pertinentes a uma dada realidade empírica. Ou do contrário se estará negando a juridicidade do princípio constitucional.

O que se está sustentando, portanto, é que a adequação da norma aos princípios constitucionais não pode ser captada à exaustão (*"agora e para sempre"*), sendo viável, tão-somente, a percepção de que a norma é inconstitucional em vista de noções tópicas, pertinentes a construções jurídicas que se afinam com a argumentação que se desenvolve a partir de uma certa situação discursiva, ou seja, a argumentação que tem origem no problema e, sem abstraí-lo, evolui como uma discussão situacional.

A menos que, por tirania ou indolência, se queira subtrair do Poder Judiciário o dever da prestação jurisdicional, paradoxalmente imposto pelo artigo 5º, XXXV, da Constituição, imunizando uma qualquer ideologia e seus instrumentos polí-

---

59. MACHADO, *Curso de direito tributário*, p. 35.

ticos da confrontação pontual com o Estado Democrático de Direito[60].

Logo, a ADC requer a abstração do sujeito e a axiomatização de argumentos, que se referem apenas a uma parte do mundo real, como se fossem expressivos de uma verdade, argumentos apodíticos concernentes a toda a realidade.

3.4.2 A atuação democrática do direito em conflitos intersubjetivos

Queremos nos referir, enfim, aos julgamentos que ocorrem em quaisquer graus de jurisdição e que se baseiam no silogismo tradicional, em um raciocínio dedutivo que ignora a força normativa dos princípios, identifica a norma legal apropriada e nela prestigia apenas o seu sentido deôntico, que é o sentido nela denotado. A norma tem, sempre e também, um sentido ideológico, que pode ser extraído por conotação e não raro destoa da ideologia, inclusive da idéia de democracia social, que empresta substância à Constituição e denuncia a sua identidade.

Não há interesse, aqui, em analisar as regras de direito processual que permitem seja operacionalizado o controle da cons-

---

60. É irresistível que se faça menção, enquanto compreendendo a norma como um fato lingüístico, às fórmulas conceituais da nova semiótica (sintaxe, semântica e pragmática), já referidas em nota anterior. VIEHWEG (*Tópica e jurisprudência*, pp. 102-3) adverte, por oportuno, que "o modo não-situacional, em todo caso, oferece comodidades intelectuais" – imaginem-se os raciocínios analíticos a partir de sistemas estritamente dedutivos. E explica: "... se conseguimos libertar uma estrutura de pensamento das perturbações advindas da situação pragmática inicial – na medida em que isto seja viável –, então se torna possível dispor, extensivamente e sem perturbações, sobre sua isolada construção sintática". Mais adiante e já então cuidando do aspecto semântico do discurso normativo, observa que "este desempenha na jurisprudência e na pesquisa jurídica um papel peculiar e, até mesmo, às vezes, enganoso. Pois, aqui, produtos da linguagem jurídica são freqüentemente apresentados como objetos extralingüísticos, por ela meramente copiados. Deste modo criam-se, por vezes, campos objetivos independentes, que o pensamento jurídico imagina atingir e adequadamente descrever, embora seja ele próprio quem os produza." A segurança apenas sintática ou semântica era e é, no mais das vezes, insuficiente, portanto, exigindo-se o raciocínio dialético, que conduzisse a "uma fundamentação plena e abarcante. Deparava-se, então, visivelmente, com a problemática situacional. com a qual tem a ver. em primeiro plano. a tópica.."

titucionalidade pela via incidental. Em vez disso, há duas idéias básicas ou premissas que, dando sentido e coerência a este trabalho, podem ser aqui associadas a exemplos práticos.

A primeira dessas premissas é a de que a adoção do princípio democrático, na prática da decisão judicial, importa, nesta e como seu antecedente[61], o exame da norma em seu caráter reflexivo[62], como forma de verificar se o discurso normativo, que se supõe aplicável, serviu antes à solução de conflito (na ordem abstrata) semelhante àquele submetido, no plano concreto, à apreciação judicial.

A segunda premissa é a seguinte: a atenção a essa propriedade reflexiva da norma deve conduzir à percepção de seu sentido ideológico, que precisa incorporar a *democracia em seu sentido substancial*, sob pena de ser violado um discurso imunizado à crítica pela Carta constitucional, qual seja, a inserção dos direitos sociais entre os direitos fundamentais do homem[63].

A primeira premissa realiza, assim, o princípio democrático na dimensão do *sujeito*, cuidando de não impingir ao homem e sua realidade singular a norma que ignora aspectos relevantes do conflito que ele vivencia, malgrado contenha, em sua expressão, a referência abstrata a essa situação conflitiva. Como em qualquer outro processo de abstração, também a norma nos remete a um fato ou hipótese (o *dubium*) que não se

---

61. Valer dizer, no decurso do discurso judicial.
62. Por *reflexividade*, relembre-se: a norma tem caráter prospectivo, mas também reflete o *dubium* que pretendeu solucionar.
63. Cf. HABERMAS, ob. cit. p. 170: "O direito a iguais liberdades subjetivas de ação concretiza-se nos direitos fundamentais, os quais, enquanto direitos positivos, revestem-se de ameaças de sanções, podendo ser usados contra interesses opostos ou transgressões de normas. Nesta medida, eles pressupõem o poder de sanção de uma organização, a qual dispõe de meios para o emprego legítimo da coerção, a fim de impor o respeito às normas jurídicas. Neste ponto surge o Estado, que mantém como reserva um poder militar, a fim de *garantir* seu poder de comando." Bem se vê que o autor está dizendo que o Estado é necessário, em suma porque "o poder organizado politicamente não se achega ao direito como que a partir de fora, uma vez que é *pressuposto* por ele: ele mesmo se estabelece em formas de direito. O poder político só pode desenvolver-se através de um código jurídico institucionalizado na forma de direitos fundamentais" (ob. cit., p. 171)

confundia com toda a realidade, pois "a parcela do mundo que podemos observar e analisar é sempre finita"[64].

A segunda premissa – a que identifica o sentido ideológico da norma e, neste, a integração do discurso democrático – é a que compatibiliza a dimensão individual da norma com a segurança jurídica, tão cara ao Estado de Direito, mas sempre atentando para a prevalência dos princípios constitucionais que dão substância ou conteúdo à democracia e que a definem em cada unidade política.

Quando o juiz é instado a decidir e não visualiza a norma em sua dimensão pragmática, especialmente a complexidade que é, nela, tanto mais expressiva quanto maior for a sua reflexividade, esse juiz dogmático opta por enquadrar o fato em um conceito legal e, se não obtém êxito, recorre aos métodos de integração da norma jurídica (no direito civil brasileiro, a analogia, os costumes e princípios gerais de direito).

Acostumado a proferir decisões como um autômato, esse juiz vê-se em estado de perplexidade diante da contingência de ter que colmatar uma lacuna. Em sua perspectiva, a lacuna se verifica, como sugere Bobbio, "não mais por falta de uma norma expressa pela regulamentação de um determinado caso, mas pela falta de um critério para a escolha de qual das duas regras gerais, a exclusiva (onde falta o ordenamento jurídico, falta o direito) ou a inclusiva (no caso de lacuna, o juiz deve recorrer a normas que regulam casos parecidos ou matérias análogas), deva ser aplicada"[65].

O juiz do exemplo esboçado assimila a norma apenas em seu caráter prospectivo, cotejando a sua estrutura lógica com a de outras normas, mas não raro limitado à sua dimensão sintática (relação entre signos) e desprezando o fato de que a sua reflexividade, a possibilidade de ser ela questionada como *decisão* de um conflito precedente, é de observância necessária para quem quer identificar os seus reais destinatários, o seu domínio de vigência (espacial e temporal) e, antes, a sua imunização pelos princípios constitucionais, de indiscutível densidade axiológica.

---

64. Cf. BRONOWSKI, *As origens do conhecimento e da imaginação*
65. BOBBIO. *Teoria do ordenamento jurídico*, p. 137

No universo das relações trabalhistas, que é aquele em que, possivelmente, ainda se processam, em maior número, os fatos jurídicos e conflitos a estes inerentes, alguns possíveis exemplos podem ser conjecturados:

1. A Constituição brasileira assegura licença à gestante, sem prejuízo de emprego e salário, por cento e vinte dias (artigo 7.º, XVIII), e, também, estabilidade à gestante, desde a confirmação da gravidez até o quinto mês após o parto (artigo 10, II, b, do ADCT – não estende essa última proteção à empregada doméstica, conforme artigo 7.º, parágrafo único). Que interesses, da mãe ou do feto, foram objeto (*dubium*) do conflito que deu azo a tais decisões normativas? Estabelecida a resposta, em atenção à primeira das premissas (a que concerne à reflexividade da norma), questiona-se: a adoção autoriza a exigibilidade desses mesmos direitos ou lhe são estranhas as variáveis do conflito solucionado por citadas normas[66]? Uma questão final, alusiva à segunda das premissas acima propostas: há princípio constitucional protegendo, de igual modo, a adoção?

2. A mesma Constituição assegura aviso prévio proporcional ao tempo de serviço do empregado, sendo no mínimo de trinta dias (artigo 7.º, XXI), isso como direito social (ou fundamental) do trabalhador, especialmente daquele que tem a vida profissional associada, há mais tempo, a um certo emprego. O fato de a CLT prever, antes disso, aviso prévio igual para os dois sujeitos da relação de emprego, às vezes menor que o de trinta dias (artigo 487, I), tal fato faria extensiva ao empregador a mesma regra (inclusive o mínimo de trinta dias), prevista como direito social do homem trabalhador, em vista da utilidade que, para este e com exclusividade, tem o aviso prévio? A pergunta final, alusiva à segunda premissa: a ideologia democrática, que

---

66. *Vide* decisão do TST: "Licença-gestante. Mãe-adotiva. Apesar de o menor adotado também exigir cuidados especiais, a adoção não traz as mesmas conseqüências que uma gravidez provoca na mulher gestante nem o adotado será sempre um recém-nascido, não podendo as situações serem tratadas de maneira idêntica, tendo os mesmos privilégios a mãe adotiva em qualquer tipo de adoção e a mãe biológica. Com certeza, por isto, a licença-gestante prevista na Constituição Federal destina-se tão-somente à mãe biológica, ficando uma futura licença à mãe adotiva subordinada aos trâmites do processo legislativo. Recurso do reclamado conhecido e provido." TST, 2.ª Turma, ministro Valdir Righetto, Ac. n.º 159112, julgado em 23/9/1998, p. 181

se consubstancia na democracia social, revela-se através do direito de aviso prévio em favor do empregador?

3. O artigo 8º, VIII, da Constituição, veda a dissolução do contrato, salvo por falta grave, do empregado sindicalizado que se candidatar a dirigente ou representante sindical, enquanto o artigo 10, II, *a*, do Ato das Disposições Constitucionais Transitórias veda, por seu turno, a dispensa arbitrária ou sem justa causa do empregado eleito para cargo de direção de comissões internas de prevenção de acidentes, em ambos os casos sendo estatuído que essa proteção se estende desde o registro da candidatura até um ano após o final do mandato, porque este o período em que a ação do empregado, em defesa do interesse coletivo, por vezes contra o interesse patronal, expõe-no à ira ou possível emulação do empregador. Recentemente, a Lei nº 9.962/2000 assegurou estabilidade para os representantes dos empregados na Comissão de Conciliação Prévia, titulares ou suplentes, até um ano após o mandato (artigo 625, *b*, parágrafo único, da CLT). A nova lei não explicitou o início do período de estabilidade. Em havendo decisão legal (dir-se-ia constitucional) pondo fim a igual conflito, caberia a estabilidade desde o registro da candidatura[67]? Como sempre, a pergunta final: A proteção ao representante de empregados, no ambiente empresarial, tem referência no capítulo dos direitos fundamentais, inserto na Constituição?

4. O artigo 196 da Constituição enuncia que "a saúde é direito de todos e dever do Estado", assim se solucionando o conflito inerente à responsabilidade do ente público, no tocante à saúde. Ante o surgimento da Síndrome da Imunodeficiência Adquirida (SIDA/Aids), a Lei nº 7.670/88 já havia determinado que tal enfermidade, incurável a princípio, deveria ser considerada, para os efeitos legais, causa que justificaria, como ainda justifica, licença para tratamento de saúde, aposentadoria, reforma militar, pensão especial, auxílio-doença e levantamento do FGTS, tudo a implicar suspensão do contrato de emprego e impossibilidade de o empregado ser, então, dispensado sem justa causa. Em surgindo outras novas doenças, com igual grau de letalidade, seria a mesma *decisão* legal aplicável ao conflito tra-

---

67. *Vide*, sustentando que a estabilidade se inicia a partir da eleição: Gomes Neto, "Lei nº 9.958, de 12 de janeiro de 2000. Das comissões de conciliação prévia", pp. 27-40. Em sentido contrário, sustentando que a estabilidade se inicia desde o registro da candidatura: Carvalho, "Período de estabilidade do representante dos trabalhadores na comissão de conciliação prévia", pp. 80-2

balhista de iguais características? A pergunta final: uma decisão judicial contrária afrontaria princípio constitucional?

Quando se exclui a última indagação (a *pergunta final*), em cada um dos quatro tópicos exemplificativos, volta-se a atenção à primeira premissa acima enunciada, pertinente à correlação entre o conflito que motivou decisão legal e aquele outro sob apreciação jurisdicional.

É preciso, então, notar que há, em cada um desses conflitos virtuais, elementos que não caracterizaram o conflito paradigma (o parto e o aleitamento natural no primeiro exemplo, a paridade do aviso prévio no segundo exemplo, as outras causas de estabilidade no terceiro exemplo e o agente patogênico específico no quarto exemplo), dirimido através de norma estatal. Mas essa ausência não impede a adoção da mesma lei (decisão legal), se aqueles que a elaboraram não levaram em consideração, ao tempo que a elaboraram, o elemento que falta ao novo conflito. Em suma, deve ser considerado o elemento irrelevante (sob a perspectiva do órgão que decidiu, mediante lei, o conflito anterior), no exame da reflexidade.

Essa *desconsideração* pode ser investigada metodologicamente, bastando que se isolem o elemento faltante no novo conflito e a alternativa[68] que o legislador converteu em *decisão* no conflito precedente, estabelecendo-se ou não a relação etiológica, de causa e efeito: interessa investigar, portanto, se também o parto e a amamentação pela mãe natural ou somente o período de primeiros cuidados e adaptação justificam a licença-maternidade e a estabilidade, no primeiro exemplo; no segundo exemplo, se as causas que motivaram o aviso prévio por igual período, para ambos os sujeitos de todos os contratos por tempo indeterminado, desde o século XIX, foram consultadas pelo constituinte quando este definiu os direitos sociais do trabalhador; no terceiro exemplo, se também foram consideradas as razões que motivam a aquisição de estabilidade ou o foi somente

---

68. Relembre-se que a decisão é uma escolha entre alternativas incompatíveis, embora não contraditórias

a conflituosidade latente, entre a representação obreira e o empregador, na delimitação do tempo de estabilidade; por fim e no quarto exemplo, se a classificação científica da doença ou apenas o seu caráter letal importaram para a proteção previdenciária. Se não houver relação de causa e efeito, a análise conduzirá sempre à *desconsideração* do elemento faltante.

Esse método foi aplicado, até agora, à hipótese em que o novo conflito tem dimensão menor. E se é possível notar, em vez disso, que ao novo conflito podem ser atribuídas uma ou mais características que não existiam na relação conflituosa dirimida pela lei, ou mesmo escaparam à percepção do legislador, na escolha da alternativa que serviu à decisão do conflito anterior? A resposta, talvez com maior ênfase, é a mesma, porquanto o método analítico, acima desenvolvido, conduz, necessariamente, à conclusão de que o novo conflito não tem referência legal (porque é mais abrangente a sua dimensão fática), malgrado a existência de lei que, em sua dicção, o reproduz no plano abstrato.

Essa análise já foi feita quando se cuidou do caráter ilusório da constitucionalidade em tese, mas é evidente que nas instâncias ordinárias, com maior freqüência, os juízes têm oportunidade de negar ao caso concreto a subsunção na lei que, embora o descreva, pôs termo a um dissídio a que não se poderiam atribuir os mesmos *topoi*, as mesmas estruturas lógicas de argumentação. Esta observação está, uma vez mais, em consonância com a realidade multifária que caracteriza o nosso mundo sensível. A visão ou percepção do juiz, como, antes, a do legislador, é sempre finita.

Em suma, fere o princípio democrático a conduta do juiz que é amante do silogismo fácil, preocupado sempre em encontrar a premissa maior e desencadear, vigoroso, o raciocínio dedutivo que ignora os sujeitos e sua vida singular.

Igual reflexão se pode levar a efeito quando se inaugura, em alguns países (como o Brasil) e por aparente influência do sistema de precedentes comum aos anglo-saxões, a sugestão de que se editem, com efeito vinculante para instâncias inferiores, enunciados de súmula de jurisprudência.

Jurisdição é poder, é influência qualificada pela imperatividade. Porquanto poder, manifesta-se numa situação comunicativa triádica em que um dos sujeitos é investido de autoridade para solucionar o conflito (*res dubia*), impondo uma das decisões possíveis. Uma imposição dessa ordem é *força*, que somente se legitima, no ambiente democrático, quando autorizada pela vontade popular. Essa autorização, já o vimos, dá sentido à *legitimidade*.

Padece de legitimidade, pois, a decisão que ordena um padrão de conduta recomendado, em lei ou súmula de jurisprudência, para solucionar conflito dessemelhante, antecedido por apenas parte da realidade vivenciada, singularmente, pelos sujeitos do processo judicial.

É de *legimitidade* e *democracia*, portanto, que se está cuidando. Na sociedade democrática, o resgate da liberdade, valor inaugural dos direitos humanos, exige a percepção do sujeito em meio à multidão.

Bibliografia

ABRÃO, Bernadette Siqueira. *História da filosofia.* Col. "Os Pensadores". São Paulo: Nova Cultural, 1999.
ADEODATO, João Maurício. *Filosofia do direito: uma crítica à verdade na ética e na ciência.* São Paulo: Saraiva, 1996.
ALVES, José Augusto Lindgren. "A declaração dos direitos humanos na pós-modernidade". *Cidadania e Justiça, Revista da AMB,* nº 5. Rio de Janeiro, 1998.
ARISTÓTELES. *Organon VI. Elementos sofísticos.* Trad. Pinharanda Gomes. Col. "Os Pensadores". São Paulo: Nova Cultural, 1999.
———. *Política.* Trad. Therezinha Monteiro Deutsch e Baby Abrão. Col. "Os Pensadores". São Paulo: Nova Cultural, 1999.
BARROS, Cristiane Gouveia de. *Teoria geral do direito e lógica jurídica.* Rio de Janeiro: Forense, 1998.
BOBBIO, Norberto. *A era dos direitos.* Trad. Carlos Nelson Coutinho Rio de Janeiro: Campus, 1992, 6.ª reimpressão.
———. *A teoria das formas de governo.* Trad. Sérgio Bath. Brasília: Editora UnB, 1998.
———. *Direito e Estado no pensamento de Imanuel Kant.* Trad. Alfredo Kait. Brasília: Editora UnB, 1997.

———. *O futuro da democracia*. Trad. Marco Aurélio Nogueira. Rio de Janeiro: Paz e Terra, 1986.
———. *Teoria do ordenamento jurídico*. Trad. Maria Celeste C. J. Santos. Brasília: Editora UnB, 1997.
———, MATTEUCCI, Nicola, e PASQUINO, Gianfranco. *Dicionário de política*. Trad. Carmen Varriale *et al*. Brasília: Editora UnB, 1997. 10.ª ed.
BONAVIDES, Paulo. *Ciência política*. São Paulo: Malheiros, 1998. 10.ª ed.
———. *Curso de direito constitucional*. São Paulo: Malheiros, 1997.
BRONOWSKI, Jacob. *As origens do conhecimento e da imaginação* Trad. Maria Julieta de Alcântara Carreira Penteado. Brasília: Editora UnB, 1997.
CANOTILHO, J. J. Gomes. *Direito constitucional*. Coimbra: Livraria Almedina, 1987, 4.ª ed.
———. *Direito constitucional e a teoria da Constituição*. Coimbra: Livraria Almedina, 1998, 2.ª ed.
CÁRCOVA, Carlos Maria. *Direito, política e magistratura*. Trad. Rogério Viola Coelho e Marcelo Ludwig Dornelles Coelho. São Paulo LTr, 1996.
CARVALHO, Augusto César Leite de. "Período de estabilidade do representante dos trabalhadores na comissão de conciliação prévia". In: *VIII Congresso Brasileiro de Direito do Trabalho*. São Paulo: LTr. 2000, pp. 80-2.
COLE, George. In: CRESPIGNY, Anthony de, e CRONIN, Jeremy (ed.) *Ideologias políticas*. Trad. Sérgio Duarte. Brasília: Editora UnB, 1998.
CORREAS, Oscar. *Crítica da ideologia jurídica: ensaio sócio-semiológico*. Trad. Roberto Bueno. Porto Alegre: Sérgio Antonio Fabris, 1995.
CUEVA, Mario de la. *Derecho mexicano del trabajo*. México: Editorial Porrua, 1961, 6.ª ed.
DWORKIN, Ronald. *Uma questão de princípio*. São Paulo: Martins Fontes, 2000.
FALCÃO, Raimundo Bezerra. *Hermenêutica*. São Paulo: Malheiros, 1997.
FERRAZ JR., Tercio Sampaio. *A ciência do direito*. São Paulo: Atlas. 1980, 2.ª ed.
———. *Direito, retórica e comunicação*. São Paulo: Saraiva, 1997, 2.ª ed
———. *Teoria da norma jurídica*. Rio de Janeiro: Forense, 1997.
GOMES NETO, Indalécio. "Lei n.º 9.958, de 12 de janeiro de 2000. Das comissões de conciliação prévia". *Revista do Tribunal Superior do Trabalho*. Brasília: Síntese, 2000, pp. 27-40.
GUERRA FILHO, Willis Santiago. *Autopoiese do direito na sociedade pós-moderna*. Porto Alegre: Livraria do Advogado. 1997

HABERMAS, Jürgen. *Consciência moral e agir comunicativo*. Trad Guido Antônio de Almeida. Biblioteca Tempo Universitário 84. Rio de Janeiro: Tempo Brasileiro, 1989.
———. *Direito e democracia*, vol. I. Trad. Flávio Beno Siebeneichler Rio de Janeiro: Tempo Brasileiro, 1997.
HACKING, Ian. *Por que a linguagem interessa à filosofia?* Trad. Maria Elisa Marchini Sayeg. São Paulo: Editora Unesp, 1999.
KELSEN, Hans. *A democracia*. Trad. Ivone Castilho Benedetti *et al*. São Paulo: Martins Fontes, 1993.
———. *Teoria geral do direito e do Estado*. Trad. Luís Carlos Borges São Paulo: Martins Fontes, 1998, 3.ª ed.
———. *Teoria pura do direito.* Trad. João Baptista Machado. São Paulo: Martins Fontes, 1996, 5.ª ed.
MACHADO, Hugo de Brito. *Curso de direito tributário*. São Paulo: Malheiros, 1998, 14.ª ed.
MORAES, Alexandre. *Direito constitucional*. São Paulo: Atlas, 1999. 5.ª ed.
PERELMAN, Chaïm. *Ética e direito.* Trad. Maria Ermantina Galvão. São Paulo: Martins Fontes, 1996.
———. *Lógica jurídica.* Trad. Vergínia Pupi. São Paulo: Martins Fontes, 1998.
PLATÃO. *A república.* Trad. Enrico Corvisieri. São Paulo: Nova Cultural, 1997.
REALE, Miguel. *Filosofia do direito.* São Paulo: Saraiva, 1996, 17.ª ed
———. *Fontes e modelos do direito.* São Paulo: Saraiva, 1994.
SILVA, José Afonso da. *Curso de direito constitucional positivo*. São Paulo: RT, 1989c.
TOURAINE, Alain. *O que é a democracia?*. Trad. Guilherme João de Freitas Teixeira. Petrópolis: Vozes, 1996, 2.ª ed.
VASCONCELOS, Arnaldo. *Direito, humanismo e democracia*. São Paulo: Malheiros, 1998.
VIEHWEG, Theodor. *Tópica e jurisprudência*. Trad. Tercio Sampaio Ferraz Jr. Col. "Pensamento Jurídico Contemporâneo", vol. 1. Brasília Departamento de Imprensa Nacional, 1979.
WOLHEIM, Richard. "Democracia". In: CRESPIGNY, Anthony de, e CRONIN, Jeremy (ed.). *Ideologias políticas*. Trad. Sérgio Duarte. Brasília: Editora UnB, 1998, 2.ª ed.

Hermenêutica constitucional e transponibilidade das cláusulas pétreas

Luís Rodolfo de Souza Dantas*

1. Peter Häberle e a hermenêutica clássica

A importância da hermenêutica jurídica, mormente da hermenêutica constitucional, na solução de sérias questões jurídico-políticas que afetam hodiernamente vários Estados contemporâneos é constatação que nos últimos tempos vem sendo ressaltada com bastante freqüência, restando aparentemente superada a diretriz que recomendava a adoção do chamado método hermenêutico clássico no plano da interpretação constitucional.

Como é cediço, este método está sustentado em duas premissas básicas. A primeira delas defende que a Constituição considerada lei (maior ou não) há de ser interpretada da mesma forma que se interpreta qualquer lei. A segunda estabelece que a interpretação da lei está vinculada às regras da hermenêutica jurídica clássica. A interpretação, assim tradicionalmente considerada, seria uma atividade dirigida, de modo consciente e intencional, à compreensão e explicitação do sentido de um texto. Obviamente, esta concepção restrita – reflexo dos métodos tradicionais de origem civilista propostos por Savigny – é insuficiente à análise hermenêutica realista proposta por Peter Häberle.

Peter Häberle, inegavelmente, foi um dos autores a quem a tópica de Theodor Viehweg mais influenciou. Sua metodologia implica a radicalização da orientação tópico-problemática

---

* Professor da Faculdade de Direito da FAAP

no campo da teoria da Constituição. Partindo da perspectiva conceitual de Karl Popper, defende a adequação da hermenêutica constitucional à sociedade aberta, através da democratização da interpretação da Constituição.

Em novo contexto hermenêutico-metodológico, Häberle assume relevo ao destacar que a doutrina tradicional apresenta graves deficiências, tornando-se necessário o uso de um conceito mais amplo de interpretação, que reconheça a relevância do espaço público na sociedade aberta. Entre outras instigantes propostas oferecidas, irá ele advogar a tese de que não é possível o estabelecimento de um número limitado de intérpretes da Constituição, na medida em que todos os órgãos estatais e potências públicas, assim como todos os grupos e cidadãos, encontram-se envolvidos neste processo de interpretação, que deverá ser tão mais aberto quanto mais pluralista for uma sociedade.

De fato, como antecipado, Peter Häberle propõe o abandono do modelo hermenêutico clássico, construído a partir de uma sociedade fechada, reconhecendo que não apenas o processo de formação é pluralista, mas também todo o desenvolvimento posterior, de modo que a teoria da Constituição – assim como a teoria da democracia – exercem um papel mediador entre Estado e sociedade. Tanto do ponto de vista teórico quanto do ponto de vista prático, a interpretação da Constituição não constitui um fenômeno absolutamente estatal, pois, além dos órgãos estatais e dos participantes diretos, todas as forças da comunidade política – ainda que de forma potencial – também têm acesso a esse processo. O papel exercido pelas pessoas concretas merece destaque na teoria de Häberle, inclusive no que diz respeito às funções estatais – leia-se parlamentares, funcionários públicos e juízes. A isto ele denomina personalização da interpretação constitucional. A teoria da interpretação constitucional, portanto, deveria deter-se sobre aspecto fundamental para o qual não se tem dado a devida importância: a questão relativa aos participantes da interpretação.

Neste sentido, é oportuno registrar passagem provocativa do texto de Häberle sobre a sociedade aberta dos intérpretes da Constituição:

Não se conferiu até aqui maior significado à questão relativa ao contexto sistemático em que se coloca um terceiro (novo) problema relativo aos participantes da interpretação, questão que, cumpre ressaltar, provoca a práxis em geral. Uma análise genérica demonstra que existe um círculo muito amplo de participantes do processo de interpretação pluralista, processo este que se mostra muitas vezes difuso. Isto já seria razão suficiente para a doutrina tratar de maneira destacada esse tema, tendo em vista, especialmente, uma concepção teórica, científica e democrática. A teoria da interpretação constitucional esteve muito vinculada a um modelo de interpretação de uma "sociedade fechada". Ela reduz, ainda, seu âmbito de investigação, na medida em que se concentra, primariamente, na interpretação constitucional dos juízes e nos procedimentos formalizados. Se se considera que uma teoria da interpretação constitucional deve encarar seriamente o tema "Constituição e realidade constitucional" – aqui se pensa na exigência de incorporação das ciências sociais e também nas teorias jurídico-funcionais, bem como nos métodos de interpretação voltados para atendimento do interesse público e do bem-estar geral –, então há de se perguntar, de forma mais decidida, sobre os agentes conformadores da "realidade constitucional.[1]

Após ressaltar que a interpretação constitucional tem sido, até agora, manifestação de uma sociedade fechada, restrita aos intérpretes jurídicos vinculados às corporações e às partes formais do processo, observa Häberle, de forma convincente:

> A estrita correspondência entre vinculação (à Constituição) e legitimação para a interpretação perde, todavia, o seu poder de expressão quando se consideram os novos conhecimentos da teoria da interpretação: interpretação é um processo aberto. Não é, pois, um processo de passiva submissão, nem se confunde com a recepção de uma ordem. A interpretação conhece possibilidades e alternativas diversas. A vinculação se converte em liberdade na medida em que se reconhece que a nova orientação hermenêutica consegue contrariar a ideologia da subsun-

---

1 HÄBERLE. *Hermenêutica constitucional*. pp. 11-2

ção. A ampliação do círculo dos intérpretes aqui sustentada é apenas a conseqüência da necessidade, por todos defendida, de integração da realidade no processo de interpretação. É que os intérpretes em sentido amplo compõem essa realidade pluralista. Se se reconhece que a norma não é uma decisão prévia, simples e acabada, há de se indagar sobre os participantes no seu desenvolvimento funcional, sobre as forças ativas da *law in public action* (personalização, pluralização da interpretação constitucional!).[2]

O reconhecimento do caráter complexo e plural da interpretação constitucional leva, como acentua Häberle, a uma relativização da interpretação constitucional jurídica:

Essa relativização assenta-se nas seguintes razões:
1. O juiz constitucional já não interpreta, no processo constitucional, de forma isolada: muitos são os participantes do processo; as formas de participação ampliam-se acentuadamente;
2. Na posição que antecede a interpretação constitucional "jurídica" dos juízes (*Im Vorfeld juristischer Verfassungsinterpretation der Richter*), são muitos os intérpretes, ou, melhor dizendo, todas as forças pluralistas públicas são, potencialmente, intérpretes da Constituição. O conceito de "participante do processo constitucional" (*am Verfassungsprozess Beteiligte*) relativiza-se na medida em que se amplia o círculo daqueles que, efetivamente, tomam parte na interpretação constitucional. A esfera pública pluralista (*die pluralistische Öffentlichkeit*) desenvolve força normatizadora (*normierende Kraft*). Posteriormente, a Corte Constitucional haverá de interpretar a Constituição em correspondência com a sua atualização pública;
3. Muitos problemas e diversas questões referentes à Constituição material não chegam à Corte Constitucional, seja por falta de competência específica da própria Corte, seja pela falta de iniciativa de eventuais interessados. Assim, a Constituição material "subsiste" sem interpretação constitucional por parte do juiz. Considerem-se as disposições dos regimentos parlamentares! Os participantes do processo de interpretação constitucional em sentido amplo e os intérpretes da Constituição desenvol-

---

2. *Idem, ibidem*, pp. 30-1

vem, autonomamente, direito constitucional material. Vê-se, pois, que o processo constitucional formal não é a única via de acesso ao processo de interpretação constitucional.[3]

Por mais que a construção de Häberle pressuponha a existência de um consenso sobre os conteúdos jurídicos básicos, sob pena de se converter num instrumento de dissolução da normatividade constitucional, permite essa abordagem uma releitura da relação "Constituição e realidade", oferecendo uma resposta não só para a necessidade de uma interpretação constantemente atualizadora da Constituição. Paulo Bonavides, ao comentar o pensamento de Häberle, aponta, nesse tocante, uma série de dificuldades que estariam presentes, quando da aplicação do método preconizado pelo jurista alemão:

> (...) o método concretista da "Constituição aberta" demanda para uma eficaz aplicação a presença de sólido consenso democrático, base social estável, pressupostos institucionais firmes, cultura política bastante ampliada e desenvolvida, fatores sem dúvida difíceis de achar nos sistemas políticos e sociais das nações subdesenvolvidas ou em desenvolvimento, circunstância essa importantíssima, porquanto logo invalida como terapêutica das crises aquela metodologia cuja flexibilidade engana à primeira vista. Até mesmo para a Constituição dos países desenvolvidos sua serventia se torna relativa e questionável, com um potencial de risco manifesto. Debilitando o fundamento jurídico específico do edifício constitucional, a adoção sem freios daquele método – instalada uma crise que não se lograsse conjurar satisfatoriamente – acabaria por dissolver a Constituição e sacrificar a estabilidade das instituições. Ademais, o surto de preponderância concedida a elementos fáticos e ideológicos de natureza irreprimível é capaz de exacerbar na sociedade, em proporções imprevisíveis, o antagonismo de classes, a competição dos interesses e a repressão das idéias.[4]

Apesar disso, reconhece o eminente constitucionalista pátrio o mérito do método da Constituição aberta, o qual

---

3. *Idem, ibidem,* pp. 41-2.
4. BONAVIDES, *Curso de direito constitucional,* p. 472.

(...) representa uma contribuição fecunda dos juristas da tópica ao Direito Constitucional. Sem a tópica, a teoria material da Constituição não teria feito os excepcionais progressos que alcançou, depois de chegar a um ponto de exaustão a controvérsia do positivismo com o direito natural nos arraiais do pensamento filosófico europeu. A grande saída de Viehweg e Esser na hermenêutica jurídica do século XX foi o caminho aberto às correntes críticas de um constitucionalismo de renovação, que reaproximou, com base em profunda reflexão, a Constituição e a realidade. Fez possível dentro da sociedade móvel e dinâmica de nosso tempo um Estado de Direito com fundamento de legitimidade nos direitos sociais e nas garantias concretas da liberdade.[5]

De outro modo, desempenharia a Corte Constitucional, para Häberle, o papel de mediadora entre as diferentes forças com legitimação no processo constitucional. Vale registrar, também aqui, o que leciona:

> Colocado no tempo, o processo de interpretação constitucional é infinito, o constitucionalista é apenas um mediador (*Zwischenträger*). O resultado de sua interpretação está submetido à reserva da consistência (*Vorbehalt der Bewährung*), devendo ela, no caso singular, mostrar-se adequada e apta a fornecer justificativas diversas e variadas, ou, ainda, submeter-se a mudanças mediante alternativas racionais. O processo de interpretação constitucional deve ser ampliado para além do processo constitucional concreto. O raio de interpretação normativa amplia-se graças aos "intérpretes da Constituição da sociedade aberta". Eles são os participantes fundamentais no processo de "*trial and error*", de descoberta e de obtenção do direito. A sociedade torna-se aberta e livre, porque todos estão potencial e atualmente aptos a oferecer alternativas para a interpretação constitucional. A interpretação constitucional jurídica traduz (apenas) a pluralidade da esfera pública e da realidade (*die pluralistische Öffentlichkeit und Wirklichkeit*), as necessidades e as possibilidades da comunidade, que constam do texto, que antecedem os textos constitucionais ou subjazem a eles. A teoria da

---

5. *Idem, ibidem*, p. 472.

interpretação tem a tendência de superestimar sempre o significado do texto.[6]

Por mais que devamos reconhecer os riscos de uma deturpação deste tipo de proposta teórica, uma das virtudes da teoria de Häberle reside na negação de um monopólio da interpretação constitucional, mesmo naqueles casos em que se confere a um órgão jurisdicional específico o monopólio da censura. O reconhecimento da pluralidade e da complexidade da interpretação constitucional traduziria não apenas uma concretização do princípio democrático, mas também uma conseqüência metodológica da abertura material da Constituição.

Não afastando a precedência da jurisdição constitucional – até porque reconhece que a ela compete dar a última palavra sobre a interpretação –, Häberle afirma que devem ser reconhecidos como igualmente legitimados a interpretar a Constituição os seguintes indivíduos e grupos sociais: o recorrente e o recorrido, no recurso constitucional, como agentes que justificam a sua pretensão e obrigam o Tribunal Constitucional a tomar uma posição ou a assumir um diálogo jurídico; outros participantes do processo, que têm direito de manifestação ou de integração à lide, ou que são convocados, eventualmente, pela própria Corte; os órgãos e entidades estatais, assim como os funcionários públicos, agentes políticos ou não, na suas esferas de decisão; os pareceristas ou *experts*; os peritos e representantes de interesses, que atuam nos tribunais; os partidos políticos e frações parlamentares, no processo de escolha dos juízes das cortes constitucionais; os grupos de pressão organizados; os requerentes ou partes nos procedimentos administrativos de caráter participativo; a mídia em geral, imprensa, rádio e televisão; a opinião pública democrática e pluralista, e o processo político; os partidos políticos fora do seu âmbito de atuação organizada; as escolas da comunidade e as associações de pais; as igrejas e as organizações religiosas; os jornalistas, professores, cientistas e artistas; a doutrina constitucional, por sua própria

---

6. HÄBERLE, ob. cit., pp. 42-3.

atuação e por tematizar a participação de outras forças produtoras de interpretação.

De fato, as decisões da Corte Constitucional estão inevitavelmente imunes a qualquer controle democrático. Essas decisões podem anular, sob a invocação de um direito superior que, em parte, apenas é explicitado no processo decisório, a produção de um órgão direta e democraticamente legitimado, não estando livre a Corte Constitucional do perigo de converter uma vantagem democrática em eventual risco para a democracia.

Assim como a atuação da jurisdição constitucional pode contribuir para reforçar a legitimidade do sistema, permitindo a renovação do processo político com o reconhecimento dos direitos de novos ou pequenos grupos e com a inauguração de reformas sociais, pode ela também bloquear o desenvolvimento constitucional do país. Häberle, assim, sustenta que a interpretação constitucional não é e nem deve ser um evento exclusivamente estatal. Tanto o cidadão que interpõe um recurso constitucional, quanto o partido político que impugna uma decisão legislativa são intérpretes da Constituição. Por outro lado, é a inserção da Corte no espaço pluralista – ressalta Häberle – que evita distorções que poderiam advir da independência do juiz e de sua estrita vinculação à lei. Defende, por fim, a necessidade de que os instrumentos de informação dos juízes constitucionais sejam ampliados, especialmente no que se refere às audiências públicas e às "intervenções de eventuais interessados", assegurando-se novas formas de participação das potências públicas pluralistas enquanto intérpretes em sentido amplo da Constituição.

Neste sentido, no caso brasileiro, a Lei n.º 9.868, de 10 de novembro de 1999, que estabelece o processo e julgamento da ação direta de inconstitucionalidade e da ação declaratória de constitucionalidade perante o Supremo Tribunal Federal, autoriza que outros titulares do direito de propositura da ação direta possam manifestar-se, por escrito, sobre o objeto da ação, pedir a juntada de documentos úteis para o exame da matéria no prazo das informações, bem como apresentar memoriais (artigos 7.º, § 1.º, e 18, § 1.º), permitindo que o Tribunal decida com pleno conhecimento dos diversos aspectos envolvidos na questão. Da mesma forma, o relator, considerando a relevância da matéria e a representatividade dos postulantes, poderá admitir a manifestação de outros órgãos ou entidades (artigos. 7.º, § 2.º, e 18, § 2.º), visando fazer com que o Tribunal decida as causas com pleno conhecimento de todas as suas implicações ou repercussões. Com tais disposições legais, vislumbramos a possibilidade de abertura do processo de controle abstrato de normas para a participação daqueles que, por serem destinatários e maiores interessados no comando normativo, irão poder informar o intérprete oficial (órgão da jurisdição constitucional) sobre suas respectivas pré-compreensões.

Não nos parece exagero afirmar que a abertura procedimental à participação institucionalizada nas ações diretas de inconstitucionalidade e declaratórias de constitucionalidade adensará o processo democrático, na linha do que ensina Häberle. Nessa perspectiva, como pré-intérpretes da Constituição, realizam atos de interpretação constitucional tanto os atores da cena política quanto os protagonistas do debate judicial, na medida em que atuam no âmbito de processos que são conformados pela Constituição. Esses intérpretes adjuntos chegam a ser tão importantes quanto os titulares da interpretação constitucional pelo fato de suas opiniões, direta ou indiretamente, influenciarem a jurisdição constitucional, em cujo âmbito atuam institucionalmente. Desempenhariam esses indivíduos e grupos, simultaneamente, a função de agentes conformadores da realidade constitucional e a de forças produtoras de interpretação.

Deste ponto em diante, tornar-se-ão importantes as instigantes observações de professor Inocêncio Mártires Coelho[7], que detecta neste contexto a influência das reflexões de Lassalle sobre as idéias de Peter Häberle acerca da sociedade aberta dos intérpretes da Constituição. Para o deslinde do trabalho, nos embasaremos nas aproximações feitas por Mártires Coe-

---

7. COELHO, "As idéias de Peter Häberle e a abertura da interpretação constitucional no direito brasileiro", pp. 23 ss.; e "Konrad Hesse/Peter Häberle: um retorno aos fatores reais de poder".

lho entre o pensamento de Lassale e Häberle para apontarmos uma situação que julgamos ser uma possibilidade de alteração no âmbito da jurisdição constitucional, a partir da Lei n.º 9.868/99, do modo de abordagem tradicional do poder de reforma constitucional.

Assim, ofereceremos, mais do que soluções, provocações que irão sugerir a possibilidade de transposição do que aqui optamos denominar por "falsos preceitos pétreos", ao oferecer citada lei condições de legitimação jurisdicional e domesticação dos fatores reais de poder, não se permitindo a agressão aos autênticos limites materiais ao poder reformador, mas cogitando-se a supressão ou alteração de matérias constitucionais que, sem integrar a essência constitucional, são tão-somente, reitere-se, aparentes limites substanciais, sempre com a atenta observância dos postulados do Estado Democrático de Direito e da segurança jurídica.

2. Häberle, Lassalle e a transponibilidade dos limites materiais ao poder de reforma constitucional

A Constituição brasileira de 1988, qualificada como rígida, impôs limitações intransponíveis ao Congresso Nacional, por intermédio do que se convencionou chamar de cláusulas pétreas. Quanto à federação, à separação de poderes, ao voto direto, secreto, universal e periódico e aos direitos e garantias individuais fundamentais, de acordo com o que se extrai da leitura do *caput* do artigo 60 de nossa Lei Maior, não é autorizado sequer propor emenda tendente a abolir tais matérias. Para certa vertente doutrinária, tais cláusulas consignariam o núcleo irreformável da Constituição e possuiriam eficácia total, apresentando força paralisante e absoluta de toda a legislação que vier a contrariá-las.

Alicerça-se este posicionamento na concepção de que, sendo o poder reformador subordinado e instituído pelo instrumento que lhe traçou o perfil e ditou o seu modo de atuação, qual seja, o Poder Constituinte Originário, não pode tudo realizar no âmbito das adaptações constitucionais. Se isso fosse admitido, estariam os constituintes derivados aptos a exercer o Poder Constituinte Originário, o que lhes permitiria elaborar uma nova Constituição.

Ainda neste contexto doutrinário, determinadas perguntas acabam por ser inevitavelmente formuladas, entre elas: o que justificaria, dentro de uma perspectiva democrática, que o passado possa bloquear o futuro, por intermédio destas cláusulas de inamovibilidade? Para muitos doutrinadores, as cláusulas pétreas, quando bem compreendidas e interpretadas, não constituiriam uma ameaça à democracia ou uma pretensão autoritária das gerações passadas buscando governar as futuras. Seriam limitações – por mais paradoxal que possa parecer – habilitadoras e emancipatórias. Desta forma, proibindo que o sistema político restrinja preceitos normativos e princípios fundamentais do Estado Democrático de Direito, as cláusulas pétreas estariam apenas habilitando cada geração a escolher o seu próprio caminho, sem, no entanto, estar autorizada a negar esses mesmos direitos às gerações vindouras. Limitariam minimamente, para não limitar maximamente.

Nesta altura de nosso estudo, indagamos: como o Pretório Excelso tem se posicionado diante das cláusulas inabolíveis da Constituição de 1988?

Na primeira oportunidade em que o Supremo Tribunal Federal apreciou o problema da inconstitucionalidade de emenda à Constituição, decidiu, unanimemente, que as normas intangíveis do artigo 60, § 4º, estipulam limitações ao poder reformador. A discussão travada foi quanto à extensão e ao conteúdo das chamadas cláusulas pétreas. Na ocasião, os ministros Octávio Gallotti e Paulo Brossard não admitiram expansão, através de ato interpretativo, para evitar a ruptura total da Constituição, eis que os limites à atividade reformadora consignam restrições a mudanças inconstitucionais, senão vejamos:

> EMENTA: Direito Constitucional e Tributário. Ação direta de inconstitucionalidade de Emenda Constitucional e de Lei Complementar. IPMF. Imposto Provisório sobre a Movimentação ou a Transmissão de Valores e de Créditos de Natureza Financeira – IPMF. Arts. 5º, § 2º; 60, § 4º, incisos I e IV; 150, incisos III, b e VI, a, b, c e d, da Constituição Federal.

I – Uma emenda constitucional, emanada, portanto, de Constituinte derivada, incidindo em violação à Constituição originária, pode ser declarada inconstitucional, pelo Supremo Tribunal Federal, cuja função precípua é a de guarda da Constituição (art. 102, I, a, da CF).

II – A Emenda Constitucional n.º 3, de 17/03/93, que, no art. 2.º, autorizou a União a instituir o IPMF incidiu em vício de inconstitucionalidade, ao dispor, no § 2.º desse dispositivo, que, quanto a tal tributo, não se aplica o art. 150, III, b, e IV', da Constituição, porque, desse modo, violou os seguintes princípios e normas imutáveis (somente eles, não outros):

1.º – o princípio da anterioridade, que é garantia individual do contribuinte (art. 5.º, § 2.º; art. 60, § 4.º, IV; e art. 150, III, b, da Constituição);

2.º – o princípio de imunidade tributária recíproca (que veda à União, aos Estados, ao Distrito Federal e aos Municípios a instituição de impostos sobre o patrimônio, rendas ou serviços uns dos outros) e que é garantia da Federação (art. 60, § 4.º, I; e art. 150, IV, a, da CF);

3.º – a norma que, estabelecendo outras imunidades, impede a criação de impostos (art. 150, III) sobre:

(...)

b) templos de qualquer culto;

c) patrimônio, renda ou serviços dos partidos políticos, inclusive suas fundações, das entidades sindicais dos trabalhadores, das instituições de educação e de assistência social, sem fins lucrativos, atendidos os requisitos da lei; e

d) livros, jornais, periódicos e papel destinado a sua impressão.

III – Em conseqüência, é inconstitucional, também, a Lei Complementar 77, de 13/07/93, sem redução de textos, nos pontos em que determinou a incidência do tributo no mesmo ano (art. 28) e deixou de reconhecer as imunidades previstas no art. 150, VI, a, b, c e d, da CF (arts. 3.º, 4.º e 8.º do mesmo diploma, LC 77/93).

IV – Ação direta de inconstitucionalidade julgada procedente, em parte, para tais fins, por maioria, nos termos do voto do Relator, mantida, com relação a todos os contribuintes, em caráter definitivo, a medida cautelar que suspendera a cobrança do tributo no ano de 1993." (STF ADIn 937-7/DF. Rel.: min. Sydney Sanches. Tribunal Pleno. Decisão: 15/12/93. DJ 1 de 18/03/94, p. 5.165.)

Por outro lado, o Pretório Excelso tem reconhecido os limites materiais do poder de reforma constitucional:

> EMENTA: Ação direta de inconstitucionalidade. Proposta de emenda à Constituição Federal. Instituição da pena de morte mediante prévia consulta plebiscitária. Limitação material explícita do poder reformador do Congresso Nacional (art. 60, § 4.º, IV). Inexistência do controle preventivo abstrato (em tese) no direito brasileiro. Ausência de ato normativo. Não-conhecimento da ação direta." (STF ADIn 466-91/DF. Rel. min. Celso de Mello. Tribunal Pleno. Decisão: 09/04/91. DJ 1 de 10/05/91, p. 5.926.)

> (...) O Congresso Nacional, no exercício de sua atividade constituinte derivada e no desempenho de sua função reformadora, está juridicamente subordinado à decisão do poder constituinte originário que, a par de restrição de ordem circunstancial, inibitórias do poder reformador (CF art. 60, § 1.º), identificou, em nosso sistema constitucional, um núcleo temático intangível e imune à ação revisora da instituição parlamentar. As limitações materiais, definidas no § 4.º do art. 60 da Constituição da República, incidem diretamente sobre o poder de reforma, conferido ao Poder Legislativo da União, inibindo-lhe o exercício nos pontos ali discriminados. A irreformabilidade desse núcleo temático acaso desrespeitada, pode legitimar o controle normativo abstrato, e mesmo a fiscalização jurisdicional concreta da constitucionalidade." (STF ADIn 466/91/DF. Rel. min. Celso de Mello. Tribunal Pleno. Decisão: 09/04/91. DJ 1 de 10/05/9l, p. 5.929.)

Citadas posições, como se pode constatar, afirmam no âmbito de nossa jurisdição constitucional a intransponibilidade dos limites materiais ao poder de reforma constitucional. No entanto, há quem sustente que estes limites não teriam qualquer valor, sendo juridicamente irrelevantes. Quando muito, apresentariam mera eficácia política. Na esteira desta posição, inexistiria uma diferença qualitativa entre Poder Constituinte e poderes constituídos. Assim sendo, não poderia o primeiro impor limites materiais ao poder de reforma constitucional, mas tão-somente formais. As gerações futuras não deveriam ficar obrigadas pelas concepções do mundo e valorações da geração que exercera o Poder Constituinte. O artigo 28 da Declaração jacobina de 1793, de certa forma, ao colocar que um povo tem sempre o direito de rever, de reformar e de mudar a Constituição, não podendo uma geração sujeitar as suas leis às gerações futuras, encontra eco na posição sob exame, principalmente se fundarmos esta ilimitação na própria força legitimadora da soberania popular.

A hipótese da força popular como legitimadora do poder reformador já foi apontada por Celso Ribeiro Bastos, ao sustentar a possibilidade de uma nova revisão constitucional com fundamento no artigo 3.º do ADCT, já que o constituinte derivado, isoladamente, não teria força para implementá-la novamente. É o que se pode verificar da seguinte lição:

> Cremos que a votação positiva, pela maioria dos eleitores brasileiros, supre a ausência de força para tanto, por parte do Poder Reformador isoladamente. Na verdade, passa este a tornar-se investido da força popular que é a que legitima o próprio Poder Constituinte originário.[8]

Pela adequação ao que estamos tratando, ressalta Miguel Reale em texto intitulado "Constrastes e confrontos constitucionais"[9]:

> (...) a interpretação de um texto constitucional distingue-se da pertinente às regras ordinárias pelo seu sentido eminentemente político, em virtude do qual seu texto deve ser compreendido como destinado tanto à salvaguarda da ordem jurídica quanto de sua alteração em razão das necessidades sociais, econômicas, financeiras, etc. Pensar de outra forma é conceber a Carta Magna como um sistema engessado de preceitos sem levar em conta as mutações que se operam no processo histórico.

O filósofo paulista faz esta observação ao defender que o não-pagamento da contribuição previdenciária pelo servidor

---

8. BASTOS, "Revisão constitucional só mediante plebiscito", p. 9
9. No jornal *O Estado de S. Paulo*, em 13/11/1999.

público não constitui um direito adquirido de maneira definitiva, mas antes uma situação jurídica suscetível de ser alterada em razão de impostergáveis exigências de ordem financeira, cuja procedência cumprirá ao Congresso Nacional verificar.

Paralelamente a isso, as mudanças verificáveis paulatinamente na teoria do Direito Constitucional indicam a desvalorização das normas imodificáveis de amplo espectro, em prol de outras necessariamente imodificáveis por inerentes à sobrevivência do homem em sociedade. Portanto, qualquer purismo jurídico que pretenda ver nas cláusulas pétreas uma barreira absoluta e definitiva ao poder de reforma, sem que se leve em conta a relevância maior ou menor daquilo que se petrificou, seria sempre um fator de instigação de um colapso constitucional. Defendemos que a Constituição é a representação maior que temos da possibilidade de solucionar nossos impasses por meio de procedimentos que ainda permitam arranjos menos traumáticos, em prol da promessa de estabilidade jurídico-institucional.

Na realidade, sustentamos que nenhum poder é totalmente jurisfeito, mantendo-se sempre como potencial ameaça àquilo que se petrifica, do mesmo modo que nenhum limite material é totalmente inabalável, a ponto de suscitar, em vez de harmonia, instabilidade.

Nossa Constituição, inegavelmente, foi pródiga em petrificações; mas será que todas as matérias acobertadas por intangibilidade não autorizam eventuais supressões ou mesmo alterações expressivas? Até que ponto a distinção entre Poder Constituinte Originário e Poder Constituinte Derivado não se tornaria em determinadas ocasiões um empecilho às sintonias necessárias entre a ordem constitucional e as sempre renovadas e crescentes exigências da sociedade? É importante considerar se a observância tranqüilamente subserviente do teor de tais cláusulas, em vez de assegurar a continuidade do sistema constitucional, não poderia contribuir para antecipar a sua ruptura, permitindo que o desenvolvimento constitucional se realize fora de eventual camisa-de-força do regime da imutabilidade.

Para os adeptos da ineficiência funcional dos limites materiais, destaca-se a idéia de que as cláusulas pétreas ou as garantias de eternidade não assegurariam, de forma infalível, a permanência de determinada ordem constitucional, nem excluiriam a possibilidade de que essa ordem contenha uma cláusula de transição para outro regime ou modelo. A Constituição espanhola de 1978, por exemplo, consagrou expressa previsão de revisão total da Constituição ou de revisão parcial que afete as cláusulas pétreas:

Art. 168.
1. Quando for proposta a revisão total da Constituição ou uma revisão parcial que afete o título preliminar, a seção I do capítulo II do título I ou o título II, proceder-se-á à aprovação do princípio da revisão por maioria de dois terços de cada Câmara e à dissolução das Cortes.
2. As Cortes que vierem a ser eleitas deverão ratificar a decisão e proceder ao estudo do novo texto constitucional, que deverá ser aprovado por maioria de dois terços de ambas as Câmaras.
3. Aprovada a reforma pelas Cortes Gerais, será submetida a referendo para ratificação.

Essa abordagem teórica permitiria introduzir reflexão sobre a adoção, no processo de reforma constitucional, de uma ressalva expressa às cláusulas pétreas, contemplando não só a eventual alteração dos princípios gravados com as chamadas garantias de eternidade, mas também a possibilidade de transição ordenada da ordem vigente para outro sistema constitucional (revisão total). Se se entendesse que a reforma total ou parcial das cláusulas pétreas está implícita na própria Constituição, poder-se-ia cogitar, mediante a utilização de um processo especial que contasse com a participação do povo, até mesmo de alteração das disposições constitucionais referentes ao processo de emenda constitucional com o escopo de explicitar a idéia de reforma total ou específica das cláusulas pétreas, permitindo, assim, que se disciplinasse, juridicamente, a alteração das cláusulas pétreas ou mesmo a substituição ou a superação da ordem constitucional vigente por outra[10].

Outrossim, inspira ainda boa parte dos autores que defendem a transponibilidade dos limites materiais ao poder de reforma a afirmação de Ferdinand Lassalle[11], para quem os problemas constitucionais não seriam problemas de Direito, mas de poder. Lecionava referido autor:

> (...) a verdadeira constituição de um país somente tem por base os fatores reais e efetivos do poder que naquele país vigem, e as constituições escritas não têm valor nem são duráveis a não ser que exprimam fielmente os fatores do poder que imperam na realidade social: eis aí os critérios fundamentais que devemos sempre lembrar.

Lassalle estabeleceu o antagonismo entre a Constituição verdadeira ou real, que exprime a correlação de forças reais do país, e a Constituição escrita ou formal, qualificada de "folha de papel". A Constituição "folha de papel" se transforma em objeto dos fragmentos do poder, dotados de força decisória suficiente para reconstituí-la, se, na hipótese de Lassalle, um incêndio consumisse todos os seus exemplares.

Pinto Ferreira[12], em sua obra *Da Constituição*, neste sentido destaca que para Lassalle a Constituição real, que é a totalidade destes fatores reais de poder, prima sobre a Constituição positiva ou jurídica, podendo ser enumerados como fatores sociológicos e reais a monarquia, o caudilhismo, as oligarquias, os banqueiros, a grande burguesia, a consciência coletiva do país, a pequena burguesia, as massas proletárias, a cultura intelectual, etc., tornando a Constituição positiva um compromisso deste estado de tensão social.

Lassalle deslocou a Constituição de sua posição suprema, invertendo as regras estabelecidas pelo constitucionalismo clássico. Não é a Constituição que controla e institucionaliza o

---

10. MENDES, "Cláusulas pétreas ou garantias constitucionais?".
11. LASSALLE, *O que é uma constituição política*, p. 42.
12. FERREIRA, *Da Constituição*, p. 36.

poder, submetendo-o às competências e normas preordenadas. É o poder, através de seus fragmentos, que domina e faz a Constituição. Basta projetar essas relações reais, esses fragmentos do poder, em uma folha de papel, dar-lhes forma escrita e redação jurídica, para surgir a Constituição escrita.

Para Tercio Sampaio Ferraz Jr.[13], os fatores reais do poder, quando se convertem em fatores jurídicos, geram a organização de uma série de procedimentos que culminam na elaboração das normas de um documento. Segundo suas palavras: "Em termos de teoria das fontes, a Constituição, como conjunto de fatores reais, é a fonte da qual emanam as normas constitucionais. De um lado, temos uma regra estrutural, de outro, um elemento do sistema do ordenamento."

Figura de destaque do pensamento socialista da segunda metade do século XIX, o realismo sociológico de Lassalle tornou-se precursor do movimento de desestima constitucional, que se alimentou das idéias lassaleanas, no plano ideológico e, no plano psicológico, também se projeta no pouco-caso dado ao destino das Leis Máximas, indiferença que torna a Constituição alvo constante das arremetidas do poder fático, desfazendo a Lei Suprema na "folha de papel" a serviço dos interesses cambiantes e instáveis dos fragmentos do poder.

As considerações de Lassalle acerca da Constituição renderam ensejo a fortes críticas, que basicamente sustentam que as idéias de Constituição como fatores reais de poder, como conjunto de decisões políticas fundamentais e outras semelhantes não são aptas para os propósitos científicos porque se fundam em elementos não-normativos ou apresentam erros lógicos. No entanto, fica patente a força com que as idéias de Lassalle contrastam e até ameaçam noções jurídicas rígidas que, por mais que subsistam dentro de um critério de operacionalidade do próprio sistema jurídico, atiçam ainda mais o tormentoso dilema acerca da pureza científica do Direito.

Fundamentalmente, Lassalle nos permite vislumbrar o fenômeno constitucional com a dose certa de realismo, também

---

13. FERRAZ JR., *Introdução ao estudo do direito*, p. 230.

verificável nas posições de Carl Schmitt – embora mantenha este último uma posição que desvenda os fatores reais de poder como fomentadores, em grande parte, do embate social entre amigos e inimigos –, defendendo mecanismos que possibilitem ao máximo manter a ordem constitucional vigente até o extremo das possibilidades jurídicas.

Na verdade, os fatores reais de poder detectados por Lassalle contribuem presentemente para também pensarmos a problemática da identidade da Constituição brasileira de 1988. Reconhecer o caráter dinâmico das forças sociais, que exigem constantes atualizações na ordem jurídica, é constatar o óbvio. Mas, no jogo democrático, princípios fundamentais à subsistência de uma democracia saudável devem domesticar e compor os inúmeros interesses em conflito.

Ao aproximar o pensamento de Ferdinand Lassalle com o Peter Häberle, Inocêncio Mártires Coelho desenvolve interessantes colocações:

> Nesse aspecto, como veremos afinal, as lições de Lassalle têm o singular efeito de estimular os seus discípulos, confessos ou não, a procurarem saídas para aqueles impasses. Já que o mestre não admitia as acomodações como soluções políticas para os conflitos entre a Constituição escrita e a Constituição real, e esses conflitos não podem ser ignorados nem suprimidos – nem muito menos ser reprimidos indefinidamente –, não restou aos seguidores de Lassalle senão a alternativa de procurar outras saídas para esses impasses, fórmulas ou procedimentos jurídico-institucionais que, na medida do possível, prevenissem os confrontos e, nas situações de crise, pudessem impedir que, precisamente em razão deles, se cumprisse o destino trágico das Constituições folha de papel. A esse propósito, quem se detiver no exame de duas obras contemporâneas da maior importância – *A força normativa da Constituição*, de Konrad Hesse, e *A sociedade aberta dos intérpretes da Constituição*, de Peter Häberle –, haverá de concluir, sem *maior esforço, que as fórmulas* apresentadas por esses juristas como soluções modernas para aqueles antigos problemas, embora de fabricação recente, são as mesmas chaves das mesmas e velhas prisões. Por isso, o sucesso que eventualmente possam ter alcançado ao empreender a

sua fuga parece ter decorrido muito mais da identidade das fechaduras do que da astúcia dos que lograram escapar daquelas prisões. É que, embora seguindo caminhos diversos, e não muito diferentes, o que Hesse e Häberle fizeram, ao fim e ao cabo, foi constitucionalizar os fatores reais de poder, no que se mostraram sensatos e competentes. O primeiro, pelo reconhecimento explícito de que a norma constitucional não tem existência autônoma em face da realidade e que, por isso, a sua pretensão de eficácia não pode ser separada das condições históricas de sua realização; o segundo, pela afirmação, como tantas outras de conteúdo semelhante, de que não apenas as instâncias oficiais, mas também os demais agentes conformadores da realidade constitucional – porque representam um pedaço da publicidade e da realidade da Constituição – devem ser havidos como legítimos intérpretes da Constituição.[14]

Tendo diagnosticado as causas daqueles conflitos entre Constituição e realidade constitucional, para concluir que os problemas constitucionais não são problemas de Direito, mas problemas de poder, Ferdinand Lassalle acabou por ensinar a juristas e cientistas políticos formas eficazes de combater os males que, vez por outra, acometem até os mais saudáveis organismos institucionais.

Peter Häberle, por seu turno, premido pela necessidade de constitucionalizar essas forças sociais, preconiza a construção de uma sociedade aberta dos intérpretes da Constituição a partir do reconhecimento de que, além dos seus intérpretes oficiais – juízes e tribunais –, devem ser admitidos a interpretá-la todos os agentes conformadores da realidade constitucional, todas as forças produtoras de interpretação. Na realidade, tanto Lassalle quanto Häberle condicionam a eficácia das constituições à manutenção da sintonia entre o seu texto e a realidade que elas pretendem conformar; entre a superestrutura jurídica e a infra-estrutura social; entre a Constituição folha de papel e as forças sociais, quaisquer que sejam as suas denominações –

---

14. COELHO, "Konrad Hesse/Peter Häberle: um retorno aos fatores reais de poder".

fatores reais de poder, fragmentos de Constituição, agentes conformadores da realidade constitucional ou forças produtoras de interpretação.

No entanto, Lassalle, diferentemente de Häberle, não vislumbrou saídas institucionais para os choques entre a Constituição jurídica e a Constituição social, a ponto de afirmar que "onde a Constituição escrita não corresponder à Constituição real, irrompe inevitavelmente um conflito que é impossível evitar e no qual, mais dias menos dias, a Constituição escrita, a folha de papel, sucumbirá necessariamente, perante a Constituição real, a das verdadeiras forças vitais do país". Já Peter Häberle, à luz da experiência acumulada desde Lassalle e favorecido pelo ambiente saudável de uma sociedade aberta e pluralista, imaginou procedimentos que se mostram aptos a resolver aqueles impasses exatamente porque implicam a assimilação das forças vitais do país no processo de tradução/formulação da vontade constitucional.

Peter Häberle criou espaços hermenêuticos para que os agentes conformadores da realidade constitucional, as forças vivas do país, referidas por Lassalle, pudessem entrar no processo constitucional formal e, por essa via, viessem a participar do específico jogo-de-linguagem no qual se decide – com eficácia contra todos e efeito vinculante – qual o verdadeiro sentido da Constituição. Hermeneuticamente assimiladas, se forem devidamente consideradas, e na medida em que o sejam, essas forças pluralistas da sociedade poderão transformar-se em fatores de mudança e, conseqüentemente, de estabilização social.

Acima de tudo, quer concordemos ou não com as diretrizes doutrinárias que defendem, sob vários matizes, ora a transponibilidade, ora a não-transponibilidade dos limites materiais ao poder de reforma constitucional, cumpre adequá-las às conjunturas que necessitarem de fundamentos teóricos sólidos, tornando-as viáveis e convenientes em contexto empírico-constitucional, estabilizando as forças político-sociais sem que estas intentem eventuais rupturas constitucionais (antes de tudo, a manutenção da ordem constitucional legítima, e o estímulo a uma catequese que gradativamente inspire na sociedade a idéia de que nossa Lei Maior não é mera folha de papel).

Diante do que abordamos anteriormente é que supeitamos que em termos lingüísticos o significante "cláusulas pétreas" pode refrear de maneira autoritária e perigosa as forças político-constitucionais que exigem uma permanente adequação do significado desta mesma expressão, não devendo haver uma mera submissão ao que o constituinte originário quis furtar ao poder de reforma constitucional, mas sim uma postura hermenêutica responsável que detecte o que efetivamente merece ser resguardado da atuação do constituinte derivado.

Na realidade, tais considerações nos levam a perceber a necessidade de pensarmos o delicado tema das cláusulas pétreas de acordo com a distinção estabelecida entre regras e princípios jurídicos, sendo que os últimos têm abrangência geral e dão sustentação ao sistema jurídico, além de vincular a interpretação das demais normas. Assim, justamente por serem tais princípios as normas/base do ordenamento, não poderiam ser abolidos pois, tendo eles abrangência geral, afrontá-los traria sérias conseqüências a todo o sistema de leis vigentes no país. Caso fosse extirpado ou enfraquecido consideravelmente algum princípio constitucional, ruiria o edifício jurídico nacional. Portanto, somente rompendo-se com a atual ordem constitucional é que poderia ser excluído ou alterado um princípio como o federativo. Cabe aqui uma comparação: o ordenamento jurídico pode ser assemelhado a um ecossistema, em que tudo deve funcionar em perfeito equilíbrio, sendo que qualquer alteração na ordem das coisas acarreta uma reação em cadeia que pode tomar graves proporções.

Não compactuamos com aqueles que sustentam que os limites materiais ao poder de reforma constitucional não têm qualquer valor, sendo juridicamente irrelevantes sob o ponto de vista jurídico. É engano acreditar que os depositários do limitado poder reformador, investidos na laboriosa tarefa de modificar a Constituição, a fim de adaptá-la a novas realidades fáticas, tudo podem fazer. No entanto, ao reconhecermos que na prática legislativa brasileira propostas de emendas constitucionais, por mais que padeçam de algum vício de inconstitucionalidade, são admitidas à deliberação e posteriormente aprovadas; se identificamos emendas que, incorporadas ao texto constitucional, agridem preceitos petrificados relacionados diretamente a elementos fundamentais da identidade histórica da Constituição; se até o presente nosso Supremo Tribunal Federal não se ocupou em distinguir limites materiais que, ao serem violados, contribuiriam para deflagrar um processo de erosão da própria Constituição, de outros limites que consubstanciariam temas aparentemente intangíveis; conjecturamos uma situação que julgamos ser uma possibilidade de alteração no âmbito da jurisdição constitucional, a partir da Lei n.º 9.868/99, do modo de abordagem hermenêutica tradicionalmente aceita acerca do papel e extensão do poder de reforma constitucional, sem que haja a necessidade de nos apegarmos a doutrinas que defendam a impotência das cláusulas pétreas em face do – entendem – irrefreável poder reformador.

A transposição de disposições pétreas, conforme já escrito, tornar-se-ia legítima após o enquadramento jurisdicional destes fatores reais de poder, não se permitindo a flexibilização dos autênticos limites materiais ao poder reformador, mas tão-somente de preceitos normativos que, sem integrar a essência constitucional, seriam enganosos limites substanciais. Ressaltamos, portanto, a necessidade crescente em nosso país de lembrarmos a lição de Häberle de que a continuidade da Constituição somente é possível quando o passado e o futuro nela se acham conjugados. Ainda para este autor, a interpretação concretista, por sua flexibilidade, pluralismo e abertura, mantém abertas as janelas para o futuro e para as mudanças mediante as quais Constituição se conserva estável na rota do progresso e das transformações incoercíveis, sem padecer abalos estruturais, como os decorrentes de uma ação revolucionária atualizadora, havendo necessidade, para tanto, de muitas vezes implementar a despetrificação do falsamente pétreo.

Deste modo, somos otimistas com relação a certas saudáveis conseqüências hermenêuticas advindas da efetiva aplicação da Lei n.º 9.868/99 – por mais que ela padeça, em alguns pontos, de duvidosa constitucionalidade –, ao permitir que nosso Supremo Tribunal Federal (STF) possa vir a adotar uma realística jurisprudência de resultados, assumidamente inspirada nos valores da segurança jurídica e do interesse social, que são congênitos à idéia de direito.

Mencionamos da citada lei, por exemplo, a faculdade conferida ao relator para, em caso de necessidade de esclarecimento de matéria ou circunstância de fato, ou de notória insuficiência das informações existentes nos autos, requisitar informações adicionais, designar peritos para emitir parecer sobre a questão, ou fixar data para, em audiência pública, ouvir depoimentos de pessoas com experiência e autoridade na matéria, bem como a permissão, igualmente concedida ao relator, para solicitar informações aos tribunais superiores, aos tribunais federais e estaduais acerca da aplicação da norma impugnada, podendo vir a ampliar consideravelmente o seu horizonte de compreensão e, por via de conseqüência, a decidir melhor as demandas constitucionais.

Significativa também se mostra a possibilidade de que – atento à relevância da matéria e à representatividade dos postulantes – o relator possa autorizar que qualquer outro órgão ou entidade se manifeste no processo, vindo a contribuir para que o tribunal decida as questões constitucionais com pleno conhecimento de todas as suas implicações ou repercussões. Por mais que a lei dê ao juiz, se considerar oportuno e conveniente, a iniciativa exclusiva para recorrer a essas manifestações, só o fato de ensejá-las representa significativo avanço.

Poderá assim o STF enriquecer a interpretação constitucional pela reintegração entre fato e norma, entre realidade constitucional e texto constitucional, reintegração que se faz tanto mais necessária quanto sabemos que esses elementos se implicam e se exigem reciprocamente, como condição de possibilidade da compreensão, da interpretação e da aplicação de qualquer modelo jurídico (importante lembrar que a correlação fato-norma é da própria essência do direito, que só é o que é enquanto se manifesta como ordenação jurídica da vida social).

Nossa Constituição, recheada de petrificações, poderá contar com uma arena onde os fatores reais de poder se dialetizarão, sempre sob a batuta da prudência judicial, com dispositivos normativo-constitucionais falsamente intangíveis, que necessitam muitas vezes ser removidos, mas que só não o são por um enfoque hermenêutico assaz cauteloso e excessivamente generoso com relação ao alcance das disposições contidas no artigo 60 § 4.º, incisos I, II, III, IV da Constituição Federal de 1988.

Assim, vislumbramos nessas aberturas hermenêuticas uma maneira segura e legítima para manifestação do titular do Poder Constituinte, para aquém dos excessos de procedimentos temerários, tais como consultas plebiscitárias e por referendo (aqui, fazemos menção a determinada diretriz que afirma ser válido ao titular do Poder Constituinte Originário abolir posteriormente, por meio destes instrumentos de consulta, o que havia, por decisão de uma Assembléia Constituinte soberana, subtraído do Poder Constituinte Derivado). Procedimentalmente, a Lei n.º 9.868/99 abre a possibilidade de se integrar a realidade no processo de interpretação constitucional no contexto das ações diretas de inconstitucionalidade e declaratórias de constitucionalidade, por meio de mecanismos que, por mais que devamos reconhecê-los ainda insuficientes, poderão ser capazes de filtrar e absorver os anseios dos atores da cena social, despetrificando e extinguindo democraticamente e de forma prudente certos conteúdos, e harmonizando – sem necessidade de recorrer ao subterfúgio da dupla revisão – as correntes adeptas da transponibilidade e da intransponibilidade dos limites materiais. É inegável que os legitimados ativos para a propositura das citadas ações deverão contribuir como agentes imprescindíveis e desencadeadores do processo de abordagem tópica e pluralista de emendas constitucionais que outrora poderiam ser propostas não admitidas em face de um entendimento precipitado acerca de um alcance por demais dilatado das cláusulas pétreas.

Por fim, quanto mais aberto à participação social se mostrar o processo de interpretação e aplicação de nossa Lei Maior, mais consistentes e mais eficazes serão as decisões da jurisdição constitucional como respostas hermenêuticas às perguntas da sociedade sobre o sentido, o alcance e a própria necessidade da sua Constituição e de disposições que, pela intangibilidade, se tornam entraves a sua plena sintonização temporal. De fato, o óbice às compatibilizações necessárias entre a ordem constitucional e as sempre renovadas e crescentes exigências da sociedade, em vez de assegurar a continuidade do sistema constitucional, pode instigar a sua ruptura, permitindo que o desenvolvimento constitucional se realize fora de eventual camisa-de-força de falsas imutabilidades materiais. Mas, antes de tal ocorrência traumática, tentemos as vias do hospital processual.

Bibliografia

BARACHO, José Alfredo de Oliveira. *Teoria da Constituição*. São Paulo: Resenha Universitária, 1979.

———. "Teoria geral da revisão constitucional e teoria da Constituição originária". *Revista de Direito Administrativo*, 198, Rio de Janeiro, 1994.

BASTOS, Celso Ribeiro. "Revisão constitucional só mediante plebiscito". *Revista Literária de Direito*, ano IV, n.º 19, set./out., 1997.

BONAVIDES, Paulo. *Curso de direito constitucional*. São Paulo: Malheiros, 1996, 6.ª ed.

BRITO, Edvaldo. *Limites da revisão constitucional*. Porto Alegre: Sergio Antonio Fabris, 1993.

COELHO, Inocêncio Mártires. "As idéias de Peter Häberle e a abertura da interpretação constitucional no direito brasileiro". *Cadernos de Direito Constitucional e Ciência Política*. São Paulo, vol. 6, n.º 25, out./dez., 1998.

———. "Konrad Hesse/Peter Häberle: um retorno aos fatores reais de poder". *Notícia do Direito Brasileiro*. Universidade de Brasília, Faculdade de Direito, n.º 15, 1998.

FERRAZ JR., Tercio Sampaio. *Introdução ao estudo do direito: técnica, decisão, dominação*. São Paulo: Atlas, 1994, 2.ª ed.

FERREIRA, Pinto. *Da Constituição*. Rio de Janeiro: José Konfino, 1956, 2.ª ed.

FERREIRA FILHO, Manoel Gonçalves. *Curso de direito constitucional*. São Paulo: Saraiva, 1997, 24.ª ed.

———. *O poder constituinte*. São Paulo: Saraiva, 1999, 3.ª ed.
HÄBERLE, Peter. *Hermenêutica constitucional. A sociedade aberta dos intérpretes da Constituição: contribuição para uma interpretação pluralista e "procedimental" da Constituição*. Trad. Gilmar Ferreira Mendes. Porto Alegre: Sérgio Fabris Editor, 1997.
LASSALLE, Ferdinand. *O que é uma constituição política*. São Paulo: Global, 1987.
MENDES, Gilmar Ferreira. "Cláusulas pétreas ou garantias constitucionais?". *Revista Jurídica Consulex*, n.º 2, jan./dez., 1987.
———. COELHO, Inocêncio Mártires; BRANCO, Paulo Gustavo Gonet. *Hermenêutica constitucional e direitos fundamentais*. Brasília: Brasília Jurídica, 2000.
SAMPAIO, Nelson de Sousa. *O poder de reforma constitucional*. Belo Horizonte: Nova Alvorada, 1995, 3.ª ed.
SIEYÈS, Emmanuel Joseph. *O que é o terceiro Estado*. Rio de Janeiro: Lumen Juris, 1997, 3.ª ed.

IMPRESSÃO E ACABAMENTO:
YANGRAF Fone/Fax: 6198.1788